樂府詩集

下

【宋】郭茂倩 編撰
聶世美 倉陽卿 校

上海古籍出版社

乐府诗集卷第四十三　相和歌辞 十八

楚调曲 下

班婕妤　　晋·陆机

一曰《婕妤怨》。《汉书》曰："孝成班婕妤，初入宫为少使，俄而大幸，为婕妤，居增成舍。自鸿嘉后，帝稍隆内宠，婕妤进侍者李平。平得幸，为婕妤，赐姓卫，所谓卫婕妤也。其后，赵飞燕姊弟亦从微贱兴。班婕妤失宠，稀复进见。赵氏姊弟骄妒，婕妤恐久见危，求供养太后长信宫，帝许焉。"《乐府解题》曰："《婕妤怨》者，为汉成帝班婕妤作也。婕妤，徐令彪之姑，况之女。美而能文，初为帝所宠爱。后幸赵飞燕姊弟，冠于后宫。婕妤自知见薄，乃退居东宫，作赋及纨扇诗以自伤悼。后人伤之，而为《婕妤怨》也。"

婕妤去辞宠，淹留终不见。寄情在玉阶，托意唯团扇。春苔暗阶除，秋草芜高殿。黄昏履綦绝，愁来空雨面。

同　前　　梁元帝

婕妤初选入，含媚向罗帏。何言飞燕宠，青苔生玉墀。谁知同辇爱，遂作裂纨诗。以兹自伤苦，终无长信悲。

同　前　　梁·刘孝绰

应门寂已闭，非复后庭时。况在青春日，萋萋绿草滋。妾身似秋扇，君恩绝履綦，讵忆游轻辇，从今贱妾辞。

同　前　　　梁·孔翁归

长门与长信,日暮九重空。雷声听隐隐,车响绝珑珑。恩光随妙舞,团扇逐秋风。铅华谁不慕,人意自难终。

同　前　　　梁·何思澄

寂寂长信晚,雀声喧洞房。蜘蹰网高阁,驳藓被长廊。虚殿帘帏静,闲阶花蕊香。悠悠视日暮,还复拂空床。

同　前　　　梁·王叔英妻沈氏

日落应门闭,愁思百端生。况复昭阳近,风传歌吹声。宠移终不恨,谗枉太无情。只言争分理,非独舞腰轻。

同　前　　　梁·阴铿

柏梁新宠盛,长信昔恩倾。谁为诗书巧,翻为歌舞轻。花月分窗进,苔草共阶生。妾泪衫前满,单眠梦里惊。可惜逢秋扇,何用合欢名?

同　前　　　陈·何楫

齐纨既逐筐,赵舞即凌人。履迹随恩故,阶苔逐恨新。独卧销香炷,长啼费手巾。庭草何聊赖,也持春当春。

同　前　　　唐·徐彦伯

君恩忽断绝,妾思终未央。巾栉不可见,枕席空馀香。

窗暗网罗白,阶秋苔藓黄。应门寂已闭,流涕向昭阳。

同　前　　　唐·严识玄

贱妾如桃李,君王若岁时。秋风一已劲,摇落不胜悲。寂寂苍苔满,沉沉绿草滋。荣一作繁①华非此日,指辇竟何辞。

同前三首　　　唐·王　维

玉窗萤影度,金殿人声绝。秋夜守罗帏,孤灯耿不灭。
宫殿生秋草,君王恩幸疏。那堪闻凤吹,门外度金舆。
怪来妆阁闭,朝下不相迎。总向春园里,花间语笑声。

婕妤怨　　　唐·崔　湜

不分君恩断,新妆视镜中。容华尚春日,娇爱已秋风。枕席临窗晓,帏屏向月空。年年后庭树,荣落在深宫。

同　前　　　唐·崔国辅

长信宫中草,年年愁处生。故侵珠履迹,不使玉阶行。

同　前　　　唐·张　烜

贱妾裁纨扇,初摇明月姿。君王看舞席,坐起秋风时。玉树清御路,金陈翳垂丝。昭阳无分理,愁寂任前期。

---

① "荣一作繁"四字,底本阙,据四部丛刊本补。

同　前　　唐·刘方平

夕殿别君王，宫深月似霜。人愁在长信，萤出向昭阳。露裛红兰死，秋雕碧树伤。唯当合欢扇，从此箧中藏。

同　前　　唐·王　沈

长信梨花暗欲栖，应门上籥草萋萋。春风吹花乱扑户，班婕①车声不至啼。

同　前　　唐·皇甫冉

由来咏团扇，今与值秋风。事逐时皆往，恩无日再中。早鸿闻上苑，寒露下深宫。颜色年年谢，相如赋岂工。

同　前　　唐·陆龟蒙

妾貌非倾国，君王忽然宠。南山掌上来，不敌新恩重。后宫多窈窕，日日学新声。一落君王耳，南山又须轻。

同　前　　唐·翁　绶

谗谤潜来起百忧，朝承恩宠暮仇雠。火烧白玉非因玷，霜剪红兰不待秋。花落昭阳谁共辇，月明长信独登楼。繁华事逐东流水，围扇悲歌万古愁。

---

① 婕，底本阙，据四部丛刊本补。

　　　　　同　前　　　　唐·刘氏云

　君恩不可见,妾岂如秋扇。秋扇尚有时,妾身永微贱。莫言朝花不复落,娇容几夺昭阳殿。

　　　　　长信怨　　　　唐·王谌

　飞燕倚身轻,争人巧笑名。生君弃妾意,增妾怨君情。日落昭阳壁,秋来长信城。寥寥金殿里,歌吹夜无声。

　　　　　同　前　　　　唐·王昌龄

　金井梧桐秋叶黄,珠帘不卷夜来霜。金炉玉枕无颜色,卧听南宫—作宫中清漏长。

　奉帚平明金殿开,暂将团扇共徘徊。玉颜不及寒鸦色,犹带昭阳日影来。

　　　　　同　前　　　　唐·李　白

　月皎昭阳殿,霜清长信宫。天行乘玉辇,飞燕与君同。更有留情处,承恩乐未穷。谁怜团扇妾,独坐怨秋风。

　　　　　娥眉怨　　　　唐·王　翰

　君不见,宜春苑中九华殿,飞阁连连直如发。白日全含朱鸟窗,流云半入苍龙阙。宫中彩女夜无事,学凤吹箫弄清越。珠帘北卷待凉风,绣户南开向明月。忽闻天子忆娥眉,宝凤衔花揲两螭。传声走马开金屋,夹路鸣环上玉墀。长

563

乐彤庭宴华寝,三千美人曳光锦。灯前含笑更罗衣,帐里承恩荐瑶枕。不意君心半路回,求仙别作望仙台。仓琅禁闼遥相忆,紫翠岩房昼不开。欲向人间种桃实,先从海底觅蓬莱。蓬莱可求不可上,孤舟缥缈知何往。黄金作盘铜作茎,晴天白露掌中擎。王母嫣然感君意,云车羽旆欲相迎。飞廉观前空怨慕,少君何事须相误。一朝埋没茂陵田,贱妾蛾眉不重顾。宫车晚出向南山,仙卫逶迤去不还。朝晡泣对麒麟树,树下苍苔日渐班。人生百年夜将半,对酒长歌莫长叹。乘知白日不可思,一死一生何足算。

玉阶怨　　齐·谢朓

夕殿下珠帘,流萤飞复息。长夜缝罗衣,思君此何极!

同前　　齐·虞炎

紫藤拂花树,黄鸟度青枝。思君一叹息,苦泪应言垂。

同前　　唐·李白

玉阶生白露,夜久侵罗袜。却下水精帘,玲珑望秋月。

宫怨　　唐·长孙左辅

窗前好树名玫瑰,去年花落今年开。无情春色尚识返,君心忽断何时来?忆昔妆成候仙仗,宫琐玲珑日新上。拊心却笑西子颦,掩鼻谁忧郑姬谤。草染文章衣下履,花黏甲乙床前帐。三千玉貌休自夸,十二金钗独相向。盛衰倾夺欲何如,娇爱翻悲逐佞谀。重远岂能惭沼鹄,弃前方见泣船鱼。看笼不记薰龙脑,咏扇空曾秃鼠须。始意—作喜类萝新托柏,终伤如荠却甘荼。除院独开还独闭,鹦鹉惊飞苔覆地。满箱旧赐前日衣,渍枕新垂夜来泪。痕多开镜照还悲,绿鬓青蛾尚未衰。莫道新缣长绝比,犹逢故剑会相追。

同 前　　　唐·李 益

露湿晴花宫殿香,月明歌吹在昭阳。似将海水添宫漏,共滴长门一夜长。

同 前　　　唐·于 濆

妾家望江口,少年家财厚。临江起珠楼,不卖文君酒。当年乐贞独,巢燕时为友。父兄未许人,畏妾事姑舅。西墙邻宋玉,窥见妾眉宇。一旦及天聪,恩光生户牖,谓言入汉宫,富贵可长久。君王纵有情,不奈陈皇后。谁怜颊似桃,孰知腰胜柳。今日在长门,从来不如丑。

同 前　　　唐·柯 宗

尘满金炉不在香。黄昏①独自立重廊。笙歌何处承恩宠,一一随风入上阳。

长门槐柳半萧疏,玉辇沈思恨有馀。红泪旋销倾国态,黄金谁为达相如?

---

① 黄昏,底本及四部丛刊本皆阙,据《全唐诗》补。

杂怨三首　　　　　　唐·聂夷中

生在绮罗下,岂识渔阳道。良人自戍来,夜夜梦中到。渔阳万里远,近于中门限。中门逾有时,渔阳常在眼。

良人昨日去,明日又不还—作明月又不圆,别时各有泪,零落青楼前。

君泪濡罗巾,妾泪滴路尘。罗巾今在手,日得随妾身。路尘如因飞,得上君车轮。

同前三首　　　　　　唐·孟　郊

夭桃花清晨,游女红粉新。夭桃花薄暮,游女红粉故。树有百年—作度花,人无一定颜。花送人老尽,人悲花自闲。

贫女镜不明,寒花日少容。暗蛩有虚织,短线无长缝。浪水不可照,狂夫不可从。浪水多散影,狂夫多异踪。持此一生薄,空成百恨浓。

忆人莫至悲,至悲空自衰。寄人莫剪衣,剪衣未必归。朝为双—作同蒂花,暮为四散飞。花落却绕树,游子不顾期。

大曲十五曲

《宋书·乐志》曰:"大曲十五曲:一曰《东门》,二曰《西山》,三曰《罗敷》,四曰《西门》,五曰《默默》,六曰《园桃》,七曰《白鹄》,八曰《碣石》,九曰《何尝》,十曰《置酒》,十一曰《为乐》,十二曰《夏门》,十三曰《王者布大化》,十四曰《洛阳令》,十五曰《白头吟》。《东门》,《东门行》;《罗敷》,《艳歌罗敷行》;《西门》,《西门行》;《默默》,《折杨柳行》;《白鹄》、《何尝》,并《艳歌何尝行》;《为乐》、《满歌行》;《洛阳令》、《雁门太守行》;《白头吟》并古辞。《碣石》、《步出夏门行》,武帝辞。《西山》、《折杨柳行》;《园桃》、《煌煌京洛行》并文帝辞。《夏门》、《步出夏门行》;《王者布大化》、《棹歌行》并明帝辞。《置酒》、《野田黄爵行》,东阿王辞。《白头吟》,与《棹歌》同调。其《罗敷》、《何尝》、《夏门》三曲,前有'艳',后有'趋'。《碣石》一篇,有'艳'。《白鹄》、《为乐》、《王者布大化》三曲,有'趋'。《白头吟》一曲有'乱'。"《古今乐录》曰:"凡诸大曲竟,黄老弹独出舞,无辞。"案王僧虔《技录》:"《棹歌行》在瑟调,《白头吟》在楚调。"而沈约云同调,未知孰是。

满歌行二首 四解　　　古　辞

《乐府解题》曰"古辞云:'为乐未几时,遭时崄巇。'其始言逢此百罹,零丁荼毒。古人逊位躬耕,遂我所愿。次言穷达天命,智者不忧。庄周遗名,名垂千载。终言命如凿石见火,宜自娱以颐养,保此百年也。"

为乐未几时,遭世险巇。逢此百罹,零丁荼毒,愁懑难支。遥望辰极,天晓月移。忧来填心,谁当我知?一解戚戚多思虑,耿耿不宁。祸福无形,唯念古人,逊位躬耕,遂我所愿,以兹自宁。自鄙山栖,守此一荣。二解暮秋烈风起,西蹈沧海。心不能安,揽衣起瞻夜,北斗阑干。星汉照我,去去自无他。奉事二亲,劳心可言。三解穷达天所为,智者不愁,多为少忧。安贫乐正道,师彼庄周。遗名者贵,子熙同巇。往者二贤,名垂千秋。四解饮酒歌舞,不乐何须。善哉照观日月,日月驰驱,轥轹世间。何有何无,贪财惜费,此何一愚!命如凿石见火,居世竟能几时?但当欢乐自娱,尽心极所嬉怡。安善养君德性，百年保此期颐。"饮酒"上为"趣"。

右一曲，晋乐所奏。

为乐未几时，遭时崄巇，逢此百离。伶丁荼毒，愁苦难为。遥望极辰，天晓月移。忧来填心，谁当我知？戚戚多思虑，耿耿殊不宁。祸福无形，惟念古人，逊位躬耕，遂我所愿，以〔兹〕自宁。自鄙栖栖，守此末荣。莫秋烈风，昔蹈沧海。心不能安，揽衣瞻夜，北斗阑干。星汉照我，去自无他。奉事二亲，劳心可言。穷达天为，智者不愁，多为少忧。安贫乐道，师彼庄周。遗名者贵，子遐同游。往者二贤，名垂千秋。饮酒歌舞，乐复何须。照视日月，日月驰驱。辗轲人间，何有何无。贪财惜费，此一何愚！凿石见火，居代几时？为当欢乐，心得所喜。安神养性，得保遐期。

右一曲，本辞。

乐府诗集卷第四十四　清商曲辞一

清商乐，一曰清乐。清乐者，九代之遗声。其始即相和三调是也，并汉魏已来旧曲。其辞皆古调及魏三祖所作。自晋朝播迁，其音分散，苻坚灭凉得之，传于前后二秦。及宋武定关中，因而入南，不复存于内地。自时已后，南朝文物号为最盛。民谣国俗，亦世有新声。故王僧虔论"三调"歌曰："今之清商，实由铜雀。魏氏三祖，风流可怀。京洛相高，江左弥重。而情变听改，稍复零落。十数年间，亡者将半。所以追馀操而长怀，抚遗器而太息者矣。"后魏孝文讨淮汉，宣武定寿春，收其声伎，得江左所传中原旧曲《明君》、《圣主》、《公莫》、《白鸠》之属，及江南吴歌、荆楚西声，总谓之清商乐。至于殿庭飨宴，则兼奏之。遭梁、陈亡乱，存者盖寡。及隋平陈得之，文帝善其节奏，曰："此华夏正声也。"乃微更损益，去其哀怨，考而补之，以新定律吕，更造乐器。因于太常置清商署以管之，谓之"清乐"。开皇初，始置七部乐，清商伎其一也。大业中，炀帝乃定清乐、西凉等为九部。而清乐歌曲有《杨伴》，舞曲有《明君》、《并契》。乐器有钟、磬、琴、瑟、击琴、琵琶、箜篌、筑、筝、节鼓、笙、笛、箫、篪、埙等十五种，为一部。唐又增吹叶而无埙。隋室丧乱，日益沦缺。唐贞观中，用十部乐，清乐亦在焉。至武后时，犹有六十三曲。其后歌辞在者，有《白雪》、《公莫》、《巴渝》、《明君》、《凤将雏》、《明之君》、《铎舞》、《白鸠》、《白纻》、《子夜吴声四时歌》、《前溪》、《阿子及欢闻》、《团扇》、《懊恼》、《长史变》、《丁督护》、《读曲》、《乌夜啼》、《石城》、《莫愁》、《襄阳》、《西乌夜飞》、《估客》、《杨伴》、《雅歌骁壶》、《常林欢》、《三洲》、《采桑》、《春江花月夜》、《玉树后庭花》、《堂堂》、《泛龙舟》等三十二曲，《明之君》、《雅歌》各二首，《四时歌》四首，合三十七首。又七曲有声无辞，《上柱》、《凤雏》、《平调》、《清调》、《瑟调》、《平折》、《命啸》，通前为四十四曲存焉。长安已后，朝廷不重古曲，工伎寖缺，能合于管弦者，唯《明君》、《杨伴》、《骁壶》、《春歌》、《秋歌》、《白雪》、《堂堂》、《春江花月夜》等八曲。自是乐章讹失，与吴音转远。开元中，刘贶以为宜取吴人，使之传习，以问歌工李郎子。郎子北人，学于江都人俞才生。时声调已失，唯雅歌曲辞，辞典而音雅。后郎子亡去，清乐之歌遂阙。自周、隋已来，管弦雅曲将数百曲，多用西凉乐。鼓舞曲多用龟兹乐。唯琴工犹传楚汉旧声及清调。蔡邕五弄，楚调四弄，谓之九弄。雅声独存，非朝廷郊庙所用，故不载。《乐府解题》曰："蔡邕云：'清商曲，又有《出郭西门》、《陆地行车》、《夹钟》、《朱堂寝》、《奉法》等五曲，其词不足采著。'"

吴声歌曲 一

《晋书·乐志》曰："吴歌杂曲，并出江南。东晋已来，稍有增广。其始皆徒歌，既而被之管弦。盖自永嘉渡江之后，下及梁、陈，咸都建业，吴声歌曲起于此也。"《古今乐录》曰："吴声歌，旧器有箎、箜篌、琵琶，今有笙、筝；其曲有《命啸》吴声游曲半折、六变、八解，《命啸》十解，存者有《乌噪林》、《浮云驱》、《雁归湖》、《马让》，馀皆不传。吴声十曲：一曰《子夜》，二曰《上柱》，三曰《凤将雏》，四曰《上声》，五曰《欢闻》，六曰《欢闻变》，七曰《前溪》，八曰《阿子》，九曰《丁督护》，十曰《团扇郎》，并梁所用曲。《凤将雏》已上三曲，古有歌，自汉至梁不改，今不传。《上声》已下七曲，内人包明月制舞《前溪》一曲，馀并王金珠所制也。游曲六曲《子夜四时歌》、《警歌》、《变歌》，并十曲中间游曲也。半折、六变、八解，汉世已来有之。八解者，古弹、上柱古弹、郑干、新蔡、大治、小治、当男、盛当,梁太清中犹有得者,今不传。又有《七日夜》、《女歌》、《长史变》、《黄鹄》、《碧玉》、《桃叶》、《长乐佳》、《欢好》、《懊恼》、《读曲》,亦皆吴声歌曲也。"

吴歌三首　　　　　　宋·鲍照

夏口樊城岸,曹公却月戍。但观流水还,识是侬流下。
夏口樊城岸,曹公却月楼。观见流水还,识是侬泪流。
人言荆江狭,荆江定自阔。五两了无闻,风声那得达。

子夜歌四十二首　　　　晋宋齐辞

《唐书·乐志》曰:"《子夜歌》者,晋曲也。晋有女子,名子夜,造此声,声过哀苦。"《宋书·乐志》曰:"晋孝武太元中,琅琊王轲之家,有鬼歌《子夜》。殷允为豫章,豫章侨人庚僧虔家,亦有鬼歌《子夜》。"殷允为豫章,亦是太元中,则《子夜》是此诗以前人也。《古今乐录》曰:"凡歌曲终,皆有送声。子夜以持子送曲,《凤将雏》以泽雉送曲。"《乐府解题》曰:"后人更为四时行乐之词,谓之《子夜四时歌》。又有《大子夜歌》、《子夜警歌》、《子夜变歌》,皆曲之变也。"

落日出前门,瞻瞩见子度。冶容多姿鬓,芳香已盈路。
芳是香所为,冶容不敢当。天不夺人愿,故使侬见郎。
宿昔不梳头,丝发被两肩。婉伸郎膝上,何处不可怜?
自从别欢来,奁器了不开。头乱不敢理,粉拂生黄衣。
崎岖相怨慕,始获风云通。玉林语石阙,悲思两心同。
见娘喜—作善容媚,愿得结金兰。空织无经纬,求匹理自难。
始欲识郎时,两心望如一。理丝入残机,何悟不成匹。

前丝断缠—作成绵，意欲结交情。春蚕易感化，丝子已复生。

今夕已欢别，合会在何时？明灯照空局，悠然未有期！
自从别郎来，何日不咨嗟。黄蘖郁成林，当奈苦心多。
高山种芙蓉，复经黄蘖坞。果得一莲时，流离婴辛苦。
朝思出前门，暮思还后渚。语笑向谁道，腹中阴忆汝。
揽枕北窗卧，郎来就侬嬉。小喜多唐突，相怜能几时？
驻箸不能食，蹇蹇步闱里。投琼著局上，终日走博子。
郎为傍人取，负侬非一事。摛门不安横，无复相关意。
年少当及时，蹉跎日就老。若不信侬语，但看霜下草。
绿揽迕题锦，双裙今复开。已许腰中带，谁共解罗衣？
常虑有贰意，欢今果不齐。枯鱼就浊水，长与清流乖。
欢愁侬亦惨，郎笑我便喜。不见连理树，异根同条起。
感欢初殷勤，叹子后辽落。打金侧玳瑁，外艳里怀薄。
别后涕流连，相思情悲满。忆子腹糜烂，肝肠尺寸断！
道近不得数，遂致盛寒违。不见东流水，何时复西归。
谁能思不歌，谁能饥不食。日冥当户倚，惆怅底不忆。
揽裙未结带，约眉出前窗。罗裳易飘飏，小开骂春风。
举酒待相劝，酒还杯亦空。愿因微觞会，心感色亦同。
夜觉百思缠，忧叹涕流襟。徒怀倾筐情，郎谁明侬心！
侬年不及时，其于作乖离。素不如浮萍，转动春风移。
夜长不得眠，转侧听更鼓。无故欢相逢，使侬肝肠苦。
欢从何处来？端然有忧色。三唤不一应，有何比松柏？
念爱情慊慊，倾倒无所惜。重帘持自鄣，谁知许厚薄。

气清明月朗,夜与君共嬉。郎歌妙意曲,侬亦吐芳词。
惊风急素柯,白日渐微蒙。郎怀幽闺性,侬亦恃春容。
夜长不得眠,明月何灼灼! 想闻散唤声,虚应空中诺。
人各既畴匹,我志独乖违。风吹冬帘起,许时寒薄飞。
我念欢的的,子行由豫情。雾露隐芙蓉,见莲不分明。
侬作北辰星,千年无转移。欢行白日心,朝东暮还西。
怜欢好情怀,移居作乡里。桐树生门前,出入见梧子。
遣信欢不来,自往复不出。金铜作芙蓉,莲子何能(贵)
〔实〕?
初时非不密,其后日不如。回头批栉脱,转觉薄志疏。
寝食不相忘,同坐复俱起。玉藕金芙蓉,无称我莲子。
恃爱如欲进,含羞未肯前。口朱发艳歌,玉指弄娇弦。
朝日照绮钱,光风动纨素。巧笑蒨两犀,美目扬双蛾。

子夜四时歌七十五首　　　晋宋齐辞
春歌二十首

春风动春心,流目瞩山林。山林多奇采,阳鸟吐清音。
绿荑带长路,丹椒重紫茎。流吹出郊外,共欢弄春英。
光风流月初,新林锦花舒。情人戏春月,窈窕曳罗裾。
妖冶颜荡骀,景色复多媚。温风入南牖,织妇怀春意。
碧楼冥初月,罗绮垂新风。含春未及歌,桂酒发清容。
杜鹃竹里鸣,梅花落满道。燕女游春月,罗裳曳芳草。
朱光照绿苑,丹华粲罗星。那能闺中绣,独无怀春情?
鲜云媚朱景,芳风散林花。佳人步春苑,绣带飞纷葩。

罗裳迮红袖,玉钗明月珰。冶游步春露,艳觅同心郎。
春林花多媚,春鸟意多哀。春风复多情,吹我罗裳开。
新燕弄初调,杜鹃竞晨鸣。画眉忘注口,游步散春情。
梅花落已尽,柳花随风散。叹我当春年,无人相要唤。
昔别雁集渚,今还燕巢梁。敢辞岁月久,但使逢春阳。
春园花就黄,阳池水方渌。酌酒初满杯,调弦始终一作成曲。
娉婷扬袖舞,阿那曲身轻。照灼兰光在,容冶春风生。
阿那曜姿舞,逶迤唱新歌。翠衣发华洛,回情一见过。
明月照桂林,初花锦绣色。谁能不相思,独在机中织!
崎岖与时竞,不复自顾虑。春风振荣林,常恐华落去。
思见春花月,含笑当道路。逢侬多欲摘,可怜持自误。
自从别欢后,叹音不绝响。黄檗向春生,苦心随日长。

夏歌二十首

高堂不作壁,招取四面风。吹欢罗裳开,动侬含笑容。
反覆华簟上,屏帐了不施。郎君未可前,待我整容仪。
开春初无欢,秋冬更增凄。共戏炎暑月,还觉两情谐。
春别犹春恋,夏还情更久。罗帐为谁褰,双枕何时有?
叠扇放床上,企想远风来。轻袖拂华妆,窈窕登高台。
含桃已中食,郎赠合欢扇。深感同心意,兰室期相见。
田蚕事已毕,思妇犹苦身。当暑理絺服,持寄与行人。
朝登凉台上,夕宿兰池里。乘月采芙蓉,夜夜得莲子。
暑盛静无风,夏云薄暮起。携手密叶下,浮瓜沉朱李。

郁蒸仲暑月,长啸出湖边。芙蓉始结叶,花艳未成莲。
适见戴青幡,三春已复倾。林鹄改初调,林中夏蝉鸣。
春桃初发红,惜色恐侬摘。朱夏花落去,谁复相寻觅!
昔别春风起,今还夏云浮。路遥日月促,非是我淹留。
青荷盖渌水,芙蓉葩红鲜。郎见欲采我,我心欲怀莲。
四周芙蓉池,朱堂敞无壁。珍簟镂玉床,缱绻任怀适。
赫赫盛阳月,无侬不握扇。窈窕瑶台女,冶游戏凉殿。
春倾桑叶尽,夏开蚕务毕。昼夜理机缚,知欲早成匹。
情知三夏热,今日偏独甚。香巾拂玉席,共郎登楼寝。
轻衣不重彩,飙风故不凉。三伏何时过,许侬红粉妆。
盛暑非游节,百虑相缠绵。泛舟芙蓉湖,散思莲子间。

秋歌十八首

风清觉时凉,明月天色高。佳人理寒服,万结砧杵劳。
清露凝如玉,凉风中夜发。情人不还卧,冶游步明月。
鸿雁搴南去,〔乳〕燕指北飞。征人难为思,愿逐秋风归。
开窗秋一作取月光,灭烛解罗裳。合笑帷幌里,举体兰蕙香。
适忆三阳初,今已九秋暮。追逐泰始乐,不觉华年度。
飘飘初秋夕,明月耀秋辉。握腕同游戏,庭含媚素归。
秋夜凉风起,天高星月明。兰房竞妆饰,绮帐待双情。
凉秋开窗寝,斜月垂光照。中宵无人语,罗幌有双笑。
金风扇素节,玉露凝成霜。登高去来雁,惆怅客心伤。

草木不常—作长荣，憔悴为秋霜。今遇泰始世，年逢九春阳。

自从别欢来，何日不相思。常恐秋叶零，无复莲条时。
掘作九州池，尽是大宅里。处处种芙蓉，婉转得莲子。
初寒八九月，独缠自络丝。寒衣尚未了，郎唤侬底为？
秋爱两两雁，春感双双燕。兰鹰接野鸡，雊落谁当见？
仰头看桐树，桐花特可怜。愿天无霜雪，梧子解千年。
白露朝夕生，秋风凄长夜。忆郎须寒服，乘月捣白素。
秋夜入窗里，罗帐起飘飏。仰头看明月，寄情千里光。
别在三阳初，望还九秋暮。恶见东流水，终年不西顾。

冬歌十七首

渊冰厚三尺，素雪覆千里。我心如松柏，君情复何似？
涂涩无人行，冒寒往相觅。若不信侬时，但看雪上迹。
寒鸟依高树，枯林鸣悲风。为欢憔悴尽，那得好颜容！
夜半冒霜来，见我辄怨唱。怀冰暗中倚，已寒不蒙亮。
蹑履步荒林，萧索悲人情。一唱泰始乐，枯草衔花生。
昔别春草绿，今还墀雪盈。谁知相思老，玄鬓白发生。
寒云浮天凝，积雪冰川波。连山结玉岩，修庭振琼柯。
炭炉却夜寒，重抱坐叠褥。与郎对华榻，弦歌秉—作炳兰烛。
天寒岁欲暮，朔风舞飞雪。怀人重衾寝，故有三夏热。
冬林叶落尽，逢春已复曜。葵藿生谷底，倾心不蒙照。
朔风洒霰雨，绿池莲水结。愿欢攘皓腕，共弄初落雪。

严霜白草木,寒风昼夜起。感时为欢叹,霜鬓不可视。
何处结同心,西陵柏树下。晃荡无四壁,严霜冻杀我。
白雪停阴冈,丹华耀阳林。何必丝与竹,山水有清音。
未尝经辛苦,无故强相矜。欲知千里寒,但看井水冰。
果欲结金兰,但看松柏林。经霜不堕一作坠地,岁寒无异心。
适见三阳日,寒蝉已复鸣。感时为欢叹,白发绿鬓生。

子夜四时歌七首　　　梁武帝

春　歌

兰叶始满地,梅花已落枝。持此可怜意,摘以寄心知。

夏歌三首

江南莲花开,红光复碧水。色同心复同,藕异心无异。
闺中花如绣,帘上露如珠。欲知有所思,停织复踟蹰。
含桃落花日,黄鸟莺飞时。君住马已一作欲疲,妾去蚕已饥。

秋歌二首

绣带合欢结,锦衣连理文。怀情入夜月,含笑出朝云。
当信抱梁期,莫听回风音。镜上两入髻,分明无两心。

冬　歌

寒闺动簟帐,密筵重锦席。卖眼拂长袖,含笑留上客。

577

子夜四时歌八首　　梁·王金珠

春歌三首

朱日光素水，黄华映白雪。折梅待佳人，共迎阳春月。
阶上香入怀，庭中花照眼。春心郁如此，情来不可限。
吹漏不可停，断弦当更续。俱作双思引，共奏同心曲。

夏歌二首

玉盘贮朱李，金杯盛白酒。本欲持自亲，复恐不甘口。
垂帘倦烦热，卷幌乘清阴。风吹合欢帐，直动相思琴。

秋歌二首

叠素兰房中，劳情桂杵侧。朱颜润红粉，香汗光玉色。
紫茎垂玉露，绿叶落金樱。著锦如言重，衣罗始觉轻。

冬　歌

寒闺周蔪帐，锦衣连理文。怀情入夜月，含笑出朝云。

乐府诗集卷第四十五　清商曲辞 二

吴声歌曲 二

子夜春歌　　唐·王　翰

春气满林香,春游不可忘。落花吹欲尽,垂柳折还长。桑女淮南曲,金鞍塞北装。行行小垂手,日暮渭川阳。

子夜冬歌　　唐·崔国辅

寂寥抱冬心,裁罗又褧褧,夜久频挑灯,霜寒剪刀冷。

同　前　　唐·薛　耀

朔风扣群木,严霜凋百草。借问月中人,安得长不老?

子夜四时歌六首　　唐·郭元振
春歌二首

青楼含日光,绿池起风色。赠子同心花,殷勤此何极。
陌头杨柳枝,已被春风吹。妾心正断绝,君怀那得知。

秋歌二首

邀欢空伫立,望美频回顾。何时复采菱,江中密相遇。
辟恶茱萸囊,延年菊花酒。与子结绸缪,丹心此何有。

冬歌二首

北极严气升,南至温风谢。调丝竞短歌,拂枕怜长夜。
帷横双翡翠,被卷两鸳鸯。婉态不自得,宛转君王床。

子夜四时歌四首　　唐·李白
春　歌

秦地罗敷女,采桑绿水边。素手青条上,红妆白日鲜。
蚕饥妾欲去,五马莫留连。

夏　歌

镜湖三百里,菡萏发荷花。五月西施采,人看隘若耶。
回舟不待月,归去越王家。

秋　歌

长安一片月,万户捣衣声。秋风吹不尽,总是玉关情。
何日平胡虏,良人罢远征?

冬　歌

明朝驿使发,一夜絮征袍。素手抽针冷,那堪把剪刀!
裁缝寄远道,几日到临洮?

子夜四时歌四首　　唐·陆龟蒙
春　歌

山连翠羽屏,草接烟华席。望尽南飞燕,佳人断信息—

作消息。

夏 歌

兰眼抬露斜,莺唇映花老。金龙倾漏尽,玉井敲冰早。

秋 歌

凉汉清沉寥,衰林怨风雨。愁听络纬唱,似与羁魂语。

冬 歌

南光走冷圭,北籁号空木。年年任霜霰,不减筼筜绿。

大子夜歌二首

歌谣数百种,子夜最可怜。慷慨吐清音,明转出天然。
丝竹发歌响,假器扬清音。不知歌谣妙,声势出口心。

子夜警歌二首

镂碗传绿酒,雕炉薰紫烟。谁知苦寒调,共作白雪弦。
恃爱如欲进,含羞出不前。朱口发艳歌,玉指弄娇弦。

子夜变歌三首

《宋书·乐志》曰:"六变诸曲,皆因事制歌。"《古今乐录》曰:"《子夜变歌》,前作持子送,后作欢娱我送。《子夜警歌》,无送声,仍作变,故呼为变头,谓六变之首也。"

人传欢负情,我自未常见。三更开门去,始知子夜变。
岁月如流迈,春尽秋已至。荧荧条上花,零落何乃驶。

岁月如流迈,行已及素秋。蟋蟀吟堂前,惆怅使侬愁。

同　　前　　　　梁·王金珠

七彩紫金柱,九华白玉梁。但歌绕不去,含吐有馀香。

上声歌八首　　　　晋宋梁辞

《古今乐录》曰:"《上声歌》者,此因上声促柱得名。或用一调,或用无调名,如古歌辞所言,谓哀思之音,不及中和。梁武因之改辞,无复雅句。"

侬本是萧草,持作兰桂名。芬芳顿交盛,感郎为《上声》。

郎作《上声曲》,柱促使弦哀。譬如秋风急,触遇伤侬怀。

初歌《子夜》曲,改调促鸣筝。四座暂寂静,听我歌《上声》。

三鼓染乌头,闻鼓白门里。揽裳抱履走,何冥不轻纪。

三月寒暖适,杨柳可藏雀。未言涕交零,如何见君隔。

新衫绣两端一作裆,迮著罗裙里。行步动微尘,罗裙随风起。

裲裆与郎着,反绣持贮里。汗污莫溅浣,持许相存在。

春月暖何太,生裙迮罗袜。暧暧日欲冥,从侬门前过。

同　　前　　　　梁·王金珠

花色过桃杏,名称重金琼。名歌非《下里》,含笑作《上声》。

欢闻歌

《古今乐录》曰:"《欢闻歌》者,晋穆帝升平初歌,毕辄呼'欢闻不'?以为送声,后因此为曲名。今世用莎持乙子代之,语稍讹异也。"

遥遥天无柱,流漂萍无根。单身如萤火,持底报郎恩?

同　前　　　　王金珠

艳艳金楼女,心如玉池莲。持底报郎恩,俱期游梵天。

欢闻变歌六首

《古今乐录》曰:"《欢闻变歌》者,晋穆帝升平中,童子辈忽歌于道,曰'阿子闻',曲终辄云:'阿子汝闻不?'无几而穆帝崩。褚太后哭'阿子汝闻不'?声既凄苦,因以名之。"

金瓦九重墙,玉壁珊瑚柱。中夜来相寻,唤欢闻不顾。
欢来不徐徐,阳窗都锐户。耶婆尚未眠,肝心如推橹。
张罾不得鱼,〔鱼〕不橹罾归。君非鸬鹚鸟,底为守空池?
刻木作班鸠,有翅不能飞。摇著帆樯上,望见千里矶。
锲臂饮清血,牛羊持祭天。没命成灰土,终不罢相怜。
驶风何曜曜,帆上牛渚矶。帆作伞子张,船如侣马驰。

同　前　　　　王金珠

南有相思木,合影复同心。游女不可求,谁能识得音。

前溪歌七首

《宋书·乐志》曰:"《前溪歌》者,晋车骑将军沈玩所制。"郗昂《乐府解题》曰:"《前溪》,舞曲也。"

忧思出门倚,逢郎前溪度。莫作流水心,引新都舍故。

为家不凿井,担瓶下前溪。开穿乱漫下,但闻林鸟啼。

前溪沧浪映,通波澄渌清。声弦传不绝,千载寄汝名,永与天地并。

逍遥独桑头,北望东武亭。黄瓜被山侧,春风感郎情。

逍遥独桑头,东北无广亲。黄瓜是小草,春风何足一作处叹,忆汝涕交零。

黄葛结蒙笼,生在洛溪边。花落逐水去,何当顺流还,还亦不复鲜。

黄葛生烂熳,谁能断葛根。宁断娇儿乳,不断郎殷勤。

同　前　　　梁·包明月

当曙与未曙,百鸟啼窗前。独眠抱被叹,忆我怀中侬,单情何时双?

阿子歌三首

《宋书·乐志》曰:"《阿子歌》者,亦因升平初歌云'阿子汝闻不'。后人演其声为《阿子》、《欢闻》二曲。"《乐苑》曰:"嘉兴人养鸭儿,鸭儿既死,因有此歌。未知孰是。"

阿子复阿子,念汝好颜容。风流世希有,窈窕无人双。

春月故鸭啼,独雄颠倒落。工知悦弦死,故来相寻博。

野田草欲尽,东流水又暴。念我双飞凫,饥渴常不饱。

同　　前　　　　　王金珠

可怜双飞凫,飞集野田头。饥食野田草,渴饮清河流。

丁督护歌五首　　　宋武帝

一曰《阿督护》。《宋书·乐志》曰:"《督护歌》者,彭城内史徐逵之为鲁轨所杀,宋高祖使府内直督护丁旿收敛殡埋之。逵之妻,高祖长女也。呼旿至阁下,自问殓送之事。每问辄叹息曰:'丁督护!'其声哀切,后人因其声广其曲焉。"《唐书·乐志》曰"《丁督护》,晋宋间曲也;今歌是宋武帝所制"云。

督护北征去,前锋无不平。朱门垂高盖,永世扬功名。
洛阳数千里,孟津流无极。辛苦戎马间,别易会难得。
督护北征去,相送落星墟。帆樯如芒柽,督护今何渠。
督护初征时,侬亦恶闻许。愿作石尤风,四面断行旅。
闻欢去北征,相送直渎浦。只有泪可出,无复情可吐。

同　　前　　　　　王金珠

黄河流无极,洛阳数千里。辘轲戎旅间,何由见欢子?

同　　前　　　　　唐·李白

云阳上征去,两岸饶商贾。吴牛喘月时,拖船一何苦!
水浊不可饮,壶浆半成土。一唱《都护歌》,心摧泪如雨。万人凿盘石,无由达江浒。君看石芒砀,掩泪悲千古。

团扇郎六首

《古今乐录》曰:"《团扇郎歌》者,晋中书令王珉,捉白团扇与嫂婢谢芳姿有爱,情好甚笃。嫂捶挞婢过苦,王东亭闻而止之。芳姿素善歌,嫂令歌一曲当赦之。应声歌曰:'白团扇,辛苦五流连。是郎眼所见。'珉闻,更问之:'汝歌何遗?'芳姿即改云:'白团扇,憔悴非昔容,羞与郎相见。'后人因而歌之。"

七宝画团扇,灿烂明月光。饷郎却喧暑,相忆莫相忘。
青青林中竹,可作白团扇。动摇郎玉手,因风托方便。
犊车薄不乘,步行耀玉颜。逢侬都共语,起欲著夜半。
团扇薄不摇,窈窕摇蒲葵。相怜中道罢,定是阿谁非。
御路薄不行,窈窕决横塘。团扇鄣白日,面作芙蓉光。
白练薄不著,趣欲著锦衣。异色都言好,清白为谁施?

同　　前　　　　　王金珠

手中白团扇,净如秋团月。清风任动生,娇声任意发。

同　　前

团扇复团扇,持许自遮面。憔悴无复理,羞与郎相见。

同　　前　　　　唐·张祜

白团扇,今来此去捐。愿得入郎手,团圆郎眼前。

同　　前　　　　唐·刘禹锡

团扇复团扇,奉君清暑殿。秋风入庭树,从此不相见。

上有乘鸾女,苍苍虫网遍。明年入怀袖,别是机中练。

七日夜女歌九首

三春怨离泣,九秋欣期歌。驾鸾行日时,月明济长河。
长河起秋云,汉渚风凉发。含欣出霄路,可笑向明月。
金风起汉曲,素月明河边。七章未成匹,飞燕—作鸾起长川。
春离隔寒暑,明秋暂一会。两叹别日长,双情若饥渴。
婉娈不终夕,一别周年期。桑蚕不作茧,昼夜长悬丝。
灵匹怨离处,索居隔长河。玄云不应雷,是侬啼叹歌。
振玉下金阶,拭眼瞩星兰。惆怅登云轺,悲恨两情殚。
风骖不驾缨,翼人立中庭。箫管且停吹,展我叙离情。
紫霞烟翠盖,斜月照绮窗。衔悲握离袂,易尔还年容。

长史变歌三首

《宋书·乐志》曰:"《长史变歌》者,晋司徒左长史王廞临败所制也。"

出侬吴昌门,清水绿碧色。徘徊戎马间,求罢不能得。
口和狂风扇,心故清白节。朱门前世荣,千载表忠烈。
朱桂结贞根,芳芬—作菲溢帝庭。陵霜不改色,枝叶永流荣。

黄生曲三首

黄生无诚信,冥强将侬期。通夕出门望,至晓竟不来。
崔子信桑条,馁去都馁还。为欢复摧折,命生丝发间。

松柏叶青蒨,石榴花葳蕤。迮置前后事,欢今定怜谁。

黄鹄曲四首

《列女传》曰:"鲁陶婴者,鲁陶明之女也。少寡,养幼孤,无强昆弟,纺绩为产。鲁人或闻其义,将求焉。婴闻之,恐不得免,乃作歌,明己之不更二庭也。其歌曰:'悲夫黄鹄之早寡兮,七年不双。宛颈独宿兮,不与众同。夜半悲鸣兮,想其故雄。天命早寡兮,独宿何伤!寡妇念此兮,泣下数行。呜呼哀哉兮,死者不可忘!飞鸣尚然兮,况于真良。虽有贤雄兮,终不重行。'鲁人闻之,不敢复求。"按《黄鹄》本汉横吹曲名。

黄鹄参天飞,半道郁徘徊。腹中车轮转,君知思忆谁。

黄鹄参天飞,半道还哀鸣。三年失群侣,生离伤人情。

黄鹄参天飞,疑翮争风回。高翔入玄阙,时复乘云颓。

黄鹄参天飞,半道还后渚。欲飞复不飞,悲鸣觅群侣。

碧玉歌三首

《乐苑》曰:"《碧玉歌》者,宋汝南王所作也。碧玉,汝南王妾名。以宠爱之甚,所以歌之。"

(岩)〔碧〕玉破瓜时,郎为情颠倒。芙蓉陵霜荣,秋容故尚好。

碧玉小家女,不敢攀贵德。感郎千金意,惭无倾城色。

碧玉小家女,不敢贵德攀。感郎意气重,遂得结金兰。

同前二首

碧玉破瓜时,相为情颠倒。感郎不羞郎,回身就郎抱。

杏梁日始照，蕙席欢未极。碧玉奉金杯，渌酒助花色。

同　　前　　　　唐·李暇

碧玉上宫妓，出入千花林。珠被玳瑁床，感郎情意深。

桃叶歌三首

《古今乐录》曰："《桃叶歌》者，晋王子敬之所作也。桃叶，子敬妾名。缘于笃爱，所以歌之。"《隋书·五行志》曰："陈时，江南盛歌王献之《桃叶》诗，云：'桃叶复桃叶，渡江不用楫。但渡无所苦，我自迎接汝。'后，隋晋王广伐陈，置将桃叶山下，及韩擒虎渡江，大将任蛮奴至新亭，以导北军之应。子敬，献之字也。"

桃叶映红花，无风自婀娜。春花映何限，感郎独采我。
桃叶复桃叶，桃树连桃根。相怜两乐事，独使我殷勤。
桃叶复桃叶，渡江不用楫。但渡无所苦，我自来迎接一作我自迎接汝。

同　　前

桃叶复桃叶，渡江不待橹。风波了无常，没命江南渡。

长乐佳七首

小庭春映日，四角佩琳琅。玉枕龙须席，郎瞑首何当。
雎鸠不集林，体絜好清流。贞节曜奇世，长乐戏汀洲。
鸳鸯翻碧树，皆以戏兰渚。寝食不相离，长莫过时许。
欲知长乐佳，仲陵罗淑女，媚兰双情谐。
欲知长乐佳，中陵罗雎鸠，美死两心齐。

比翼交颈游,千载不相离。偕情欣欢,念长乐佳。
欲知长乐佳,仲陵罗背林,前溪长相随。

同 前

红罗复斗帐,四角垂朱珰。玉枕龙须席,郎眠何处床。

欢好曲三首

淑女总角时,唤作小姑子。容艳初春花,人见谁不爱!
窈窕上头欢,那得及破瓜。但看脱叶莲,何如芙蓉花。
逶迤总角年,华艳星间月。遥见情倾廷,不觉喉中哕。

乐府诗集卷第四十六　清商曲辞 三

吴声歌曲 三

懊侬歌十四首

《古今乐录》曰："《懊侬歌》者,晋石崇绿珠所作,唯'丝布涩难缝'一曲而已。后皆隆安初民间讹谣之曲。宋少帝更制新歌三十六曲。齐太祖常谓之《中朝曲》,梁天监十一年,武帝敕法云改为《相思曲》。"《宋书·五行志》曰："晋安帝隆安中,民忽作《懊恼歌》,其曲中有'草生可揽结,女儿可揽抱'之言。桓玄既篡居天位,义旗以三月二日扫定京师。玄之宫女,及逆党之家子女妓妾,悉为军赏。东及瓯越,北流淮泗,人皆有所获焉。时则草可结,事则女可抱,信矣。"

丝布涩难缝,令侬十指穿。黄牛细犊车,游戏出孟津。
江中白布帆,乌布礼中帷。撢如陌上鼓,许是侬欢归。
江陵去扬州,三千三百里。已行一千三,所有二千在。
寡妇哭城颓,此情非虚假。相乐不相得,抱恨黄泉下。
内心百际起,外形空殷勤。既就颓城感,敢言浮花言。
我与欢相怜,约誓底言者。常叹负情人,郎今果成诈。
我有一所欢,安在深阁里。桐树不结花,何由得梧子?
长樯铁鹿子,布帆阿那起。诧侬安在间,一去三千里。
虉薄牛渚矶,欢不下廷板。水深沾侬衣,白黑何在浣。
爱子好情怀,倾家料理乱。揽裳未结带,落托行人断。
月落天欲曙,能得几时眠。凄凄下床去,侬病不能言!

发乱谁料理,托侬言相思。还君华艳去,催送实情来。
山头草,欢少。四面风趋,使侬颠倒。
懊恼奈何许,夜闻家中论,不得侬与汝。

懊恼曲　　　　　　　　唐·温庭筠

藕丝作线难胜针,蕊粉染黄那得深。玉白兰芳不相顾,倡—作青楼一笑轻千金。莫言自古皆如此,健剑刺钟铅绕指。三秋庭绿尽迎霜,惟有荷花守红死。西—作庐江小吏朱班轮,柳缕吐牙香玉春。两股金钗已相许,不令独作空城尘。悠悠楚水流如马,恨紫愁红满平野。野土千年怨不平,至今烧作鸳鸯瓦。

华山畿二十五首

《古今乐录》曰:"《华山畿》者,宋少帝时懊恼一曲,亦变曲也。少帝时,南徐一士子,从华山畿往云阳。见客舍有女子年十八九,悦之无因,遂感心疾。母问其故,具以启母。母为至华山寻访,见女具说。闻感之,因脱蔽膝,令母密置其席下卧之,当已。少日果差。忽举席,见蔽膝而抱持,遂吞食而死。气欲绝,谓母曰:'葬时车载,从华山度。'母从其意。比至女门,牛不肯前,打拍不动。女曰:'且待须臾。'妆点沐浴,既而出。歌曰:'华山畿,君既为侬死,独活为谁施?欢若见怜时,棺木为侬开。'棺应声开,女(透)〔遂〕入棺。家人叩打,无如之何。乃合葬,呼曰'神女冢'。"

华山畿,君既为侬死,独生为谁施?欢若见怜时,棺木为侬开!

闻欢大养蚕,定得几许丝。所得何足言,奈何黑瘦为?

夜相思，投壶不停箭，忆欢作娇时。
开门枕水渚，三刀治一鱼，历乱伤杀汝。
未敢便相许，夜闻侬家论，不持侬与汝。
懊恼不堪止，上床解要绳，自经屏风里。
啼著曙，泪落枕将浮，身沈被流去。
将懊恼，石阙昼夜题，碑泪常不燥。
别后常相思，顿书千丈阙，题碑无罢时。
奈何许，所欢不在间，娇笑向谁绪。
隔津叹，牵牛语织女，离泪溢河汉。
啼相忆，泪如漏刻水，昼夜流不息。
著处多遇罗，的的往年少，艳情何能多！
无故相然我，路绝行人断，夜夜故望汝。
一坐复一起，黄昏人定后，许时不来已。
摩可侬，巷巷相罗截，终当不置汝。
不能久长离，中夜忆欢时，抱被空中啼。
腹中如汤灌，肝肠寸寸断，教侬底聊赖。
相送劳劳渚，长江不应满，是侬泪成许。
奈何许！天下人何限，慊慊只为汝。
郎情难可道，欢行豆挟心，见荻多欲绕。
松上萝，愿君如行云，时时见经过。
夜相思，风吹窗帘动，言是所欢来。
长鸣鸡，谁知侬念汝，独向空中啼。
腹中如乱丝，愤愤适得去，愁毒已复来。

读曲歌八十九首

《宋书·乐志》曰:"《读曲歌》者,民间为彭城王义康所作也。其歌云'死罪刘领军,误杀刘第四'是也。"《古今乐录》曰:"《读曲歌》者,元嘉十七年袁后崩,百官不敢作声歌,或因酒宴,止窃声读曲细吟而已,以此为名。"按义康被徙,亦是十七年。南齐时,朱硕仙善歌吴声《读曲》。武帝出游钟山,幸何美人墓。硕仙歌曰:"一忆所欢时,缘山破荇苃。山神感侬意,盘石锐锋动。"帝神色不悦,曰:"小人不逊,弄我。"时朱子尚亦善歌,复为一曲云:"暧暧日欲冥,观骑立蜘蟠。太阳犹尚可,且愿停须臾。"于是俱蒙厚赉。

花钗芙蓉髻,双鬟如浮云。春风不知著,好来动罗裙。
念子情难有,已恶动罗裙,听侬入怀不?
红蓝与芙蓉,我色与欢敌。莫案石榴花,历乱听侬摘。
千叶红芙蓉,照灼绿水边。馀花任郎摘,慎莫罢侬莲。
思欢久,不爱独枝莲,只惜同心藕。
打坏木栖床,谁能坐相思。三更书石阙,忆子夜啼碑。
奈何不可言,朝看莫牛迹,知是宿蹄痕。
娑拖何处归,道逢播搯郎。口朱脱去尽,花钗复低昂。
所欢子,莲从胸上度,刺忆庭欲死。
揽裳蹀,跣把丝织履,故交白足露。
上知所,所欢不见怜,憎状从前度。
思难忍,络罂语酒壶,倒写侬顿尽。
上树摘桐花,何悟枝枯燥。迢迢空中落,遂为梧子道。
桐花特可怜,愿天无霜雪,梧子解千年。
柳树得春风,一低复一昂。谁能空相忆,独眠度三阳。

折杨柳,百鸟园林啼,道欢不离口。

縠衫两袖裂,花钗鬓边低。何处分别归,西上古馀啼。

所欢子,不与他人别,啼是忆郎耳。

披被树明灯,独思谁能忍。欲知长寒(衣)〔夜〕,兰灯倾壶尽。

坐起叹,汝好愿他甘,丛香倾筐入怀抱。

逋发不可料,憔悴为谁睹?欲知相忆时,但看裙带缓几许。

忆欢不能食,徘徊三路间,因风觅消息。

朝日光景开,从君良燕游。愿如卜者策,长与千岁龟。

所欢子,问春花可怜,摘插裲裆里。

芳萱初生时,知是无忧草。双眉画未成,那能就郎抱。

百花鲜,谁能怀春日,独入罗帐眠。

闻欢得新侬,四支懊如垂。鸟散放行路井中,百翅不能飞。

怜欢敢唤名,念欢不呼字。连唤欢复欢,两誓不相弃。

奈何许!石阙生口中,衔碑不得语。

白门前,乌帽白帽来。白帽郎是侬,良不知乌帽郎是谁?

初阳正二月,草木郁青青。蹑履步前园,时物感人情。

青幡起御路,绿柳荫驰道。欢赠玉树筝,侬送千金宝。

桃花落已尽,愁思犹未央。春风难期信,托情明月光。

计约黄昏后,人断犹未来。闻欢开方局,已复将谁期。

自从别郎后,卧宿头不举。飞龙落药店,骨出只为汝。

日光没已尽,宿鸟纵横飞。徙倚望行云,躞蹀待郎归。
百度不一回,千书信不归。春风吹杨柳,华艳空徘徊。
音信阔弦朔,方悟千里遥。朝霜语白日,知我为欢消。
合冥过藩来,向晓开门去。欢取身上好,不为侬作虑。
五鼓起开门,正见欢子度。何处宿行还,衣被有霜露?
本自无此意,谁交郎举前。视侬转迈迈,不复来时言。
自我别欢后,叹音不绝响。茱萸持捻泥,毣有杀子像。
家贫近店肆,出入引长事。郎君不浮华,谁能呈实意。
念日行不遇,道逢播搭郎。查灭衣服坏,白肉亦黯疮。
歔欷暗中啼,斜日照帐里。无油何所苦,但使天明尔。
黄丝呹素琴,泛弹弦不断。百弄任郎作,唯莫《广陵散》。

思欢不得来,抱被空中语。月没星不亮,持底明侬绪。
诈我不出门,冥就他侬宿。鹿转方相头,丁倒欺人目。
欢但且还去,遗信相参伺。契儿向高店,须臾侬自来。
欲行一过心,谁我道相怜。摘菊持饮酒,浮华著口边。
语我不游行,常常走巷路。败桥语方相,欺侬那得度!
阔面行负情,诈我言端的。画背作天图,子将负星历。
君行负怜事,那得厚相于。麻纸语三葛,我薄汝粗疏。
黄天不灭解,甲夜曙星出。漏刻无心肠,复令五更毕。
打杀长鸣鸡,弹去乌臼鸟,愿得连冥不复曙,一年都一晓。

空中人住在,高墙深阁里。书信了不通,故使风往尔。
侬心常慊慊,欢行由预情。雾露隐芙蓉,见莲讵分明。

非欢独慊慊,侬意亦驱驱。双灯俱时尽,奈许两无由。
谁交强缠绵,常持罢作虑。作生隐藕叶,莲侬在何处。
相怜两乐事,黄作无趣怒。合散无黄连,此事复何苦!
谁交强缠绵,常持罢作意。走马织悬帘,薄情奈当驶。
执手与欢别,合会在何时?明灯照空局,悠然未有期!
百忆却欲噫,两眼常不燥。蕃师五鼓行,离侬何太早!
合笑来向侬,一抱不能置。领后千里带,那顿谁多媚。
欢相怜,今去何时来?裲裆别去年,不忍见分题。
欢相怜,题心共饮血。梳头入黄泉,分作两死计。
娇笑来向侬,一抱不能已。湖燥芙蓉萎,莲汝藕欲死。
欢心不相怜,慊苦竟何已?芙蓉腹里萎,莲汝从心起。
下帷掩灯烛,明月照帐中。无油何所苦,但使天明侬。
执手与欢别,欲去情不忍。馀光照已藩,坐见离日尽。
种莲长江边,藕生黄蘗浦。必得莲子时,流离经辛苦。
人传我不虚,实情明把纳。芙蓉万层生,莲子信重沓。
闻乖事难怀,况复临别离。伏龟语石板,方作千岁碑。
铃荡与时竞,不得寻倾虑。春风扇芳条,常念花落去。
坐倚无精魂,使我生百虑。方局十七道,期会是何处?
暂出白门前,杨柳可藏乌。欢作沈水香,侬作博山炉。
十期九不果,常抱怀恨生。然灯不下炷,有油那得明。
自从近日来,了不相寻博。竹帘裲裆题,知子心情薄。
下帷灯火尽,朗月照怀里。无油何所苦,但今天明尔。
近日莲违期,不复寻博子。六筹翻双鱼,都成罢去已。
一夕就郎宿,通夜语不息。黄蘗万里路,道苦真无极。

登店卖三葛,郎来买丈馀。合匹与郎去,谁解断粗疏。
侬亦粗经风,罢顿葛帐里,败许粗疏中。
紫草生湖边,误落芙蓉里。色分都未获,空中染莲子。
闺阁断信使,的的两相忆。譬如水上影,分明不可得。
逍遥待晓分,转侧听更鼓。明月不应停,特为相思苦。
罢去四五年,相见论故情。杀荷不断藕,莲心已复生。
辛苦一朝欢,须臾情易厌。行膝点芙蓉,深莲非骨念。
慊苦忆侬欢,书作后非是。五果林中度,见花多忆子。

同前五首　　唐·张　祜

窗中独自起,帘外独自行。愁见蜘蛛织,寻思直到明。
碓上人不舂,窗中丝罢络。看渠驾去车,定是无四角。
不见心相许,徒云脚漫勤。摘荷空摘叶,是底采莲人。
窗外山魈立,知渠脚不多。三更机底下,摸着是谁梭。
郎去摘黄瓜,郎来收赤枣。郎耕种麻地,今作西舍道。

乐府诗集卷第四十七　清商曲辞 四

吴声歌曲 四

春江花月夜二首　　　　隋炀帝

《唐书·乐志》曰:"《春江花月夜》、《玉树后庭花》、《堂堂》,并陈后主所作。后主常与宫中女学士及朝臣相和为诗,太常令何胥又善于文咏,采其尤艳丽者,以为此曲。"

暮江平不动,春花满正开。流波将月去,潮水带星来。
夜露含花气,春潭漾月晖。汉水逢游女,湘川值两妃。

同　前　　　　隋·诸葛颖

花帆渡柳浦,结缆隐梅洲。月色含江树,花影覆船楼。

同前二首　　　　唐·张子容

林花发岸口,气色动江新。此夜江中月,流光花上春。分明石潭里,宜照浣纱人。

交甫怜瑶佩,仙妃难重期。沈沈绿江晚,惆怅碧云姿。初逢花上月,言是弄珠时。

同　前　　　　唐·张若虚

春江潮水连海平,海上明月共潮生。滟滟随波千万里,何处春江无月明!江流宛转绕芳甸,月照花林皆似霰。空里流霜不觉飞,汀上白沙看不见。江天一色无纤尘,皎皎空中孤月轮。江畔何人初见月,江月何年初照人?人生代代无穷已,江月年年望相似。不知江月待何人,但见长江送流水。白云一片去悠悠,青枫浦上不胜愁。谁家今夜扁舟子,何处相思明月楼?可怜楼上月徘徊,应照离人妆镜台。玉户帘中卷不去,捣衣砧上拂还来。此时相望不相闻,愿逐月华流照君。鸿雁长飞光不度,鱼龙潜跃水成文。昨夜闲潭梦落花,可怜春半不还家。江水流春去欲尽,江潭落月复西斜。斜月沉沉藏海雾,碣石潇湘无限路。不知乘月几人归,落月摇情满江树。

同　前　　　　　　　　唐·温庭筠

玉树歌阑海云黑,花庭忽作青芜国。秦淮有水水无情,还向金陵漾春色。杨家二世安九重,不御华芝嫌六龙。百幅锦帆风力满,连天展尽金芙蓉。珠翠丁星复明灭,龙头劈浪哀筇发。千里涵空照水魂,万枝破鼻团香雪。漏转霞高沧海西,颇黎枕上闻天鸡。蛮弦玳雁曲如语,一醉昏昏天下迷。四方倾动烟尘起,犹在浓香梦魂里。后主荒宫有晓莺,飞来只隔西江水。

玉树后庭花　　　　　　　　陈后主

《隋书·乐志》曰:"陈后主于清乐中造《黄骊留》及《玉树后庭花》、《金钗两鬓垂》等曲,与幸臣等制其歌词,绮艳相高,极于轻荡。男女唱和,其音甚哀。"《五行志》曰:"祯明初,后主作新歌,辞甚哀怨,令后宫美人习而歌之。其辞曰:'玉树后庭花,花开不复久。'时人以歌谶,此其不久兆也。"《南史》曰:"后主张贵妃名丽华,与龚、孔二贵嫔,王、李二美人,张、薛二淑媛,袁昭仪、何婕妤、江修容等,并有宠;又以宫人袁大舍等为女学士。每引宾客游宴,则使诸贵人女学士与狎客共赋新诗。采其尤艳丽者,以为曲调,被以新声,选宫女千数歌之。其曲有《玉树后庭花》、《临春乐》等。其略云:'璧月夜夜满,琼树朝朝新。'大抵皆美张贵妃、孔贵嫔之容色。"按《大业拾遗记》,"璧月"句,盖江总辞也。

丽宇芳林对高阁,新妆艳质本倾城。映户凝娇乍不进,出帷含态笑相迎。妖姬脸似花含露,玉树流光照后庭。

同　前　　　唐·张祜

轻车何草草,独唱后庭花。玉座谁为主,徒悲张丽华。

堂　堂　　　温庭筠

钱塘岸上春如织,渺渺寒潮带晴色。淮南游客马连嘶,碧草迷人归不得。风飘客意如吹烟,纤指殷勤伤雁弦。一曲堂堂红烛筵,金鲸泻酒如飞泉。

三阁词四首　　　唐·刘禹锡

《三阁词》,刘禹锡所作吴声曲也。《南史》曰:"陈后主至德二年,于光昭殿前,起临春、结绮、望仙三阁。高数十丈,并数十间。窗牖壁带悬楣栏槛之类,皆以沉檀香为之。又饰以珠玉,间以珠翠,外施珠帘,内有宝床宝帐,服玩瑰丽,近古未有。每微风暂至,香闻数里;朝日初照,光映后庭。其下积石为山,引水为池,植以奇树,杂以花药。后主自居临春阁,张贵妃居结绮阁,龚、孔二贵嫔居望仙阁,并复道交相往来。"

贵人三阁上,日晏未梳头。不应有恨事,娇甚却成愁。
珠箔曲琼钩,子细见扬州。北兵那得度,浪语判悠悠。
沈香帖阁柱,金缕画门楣。回首降幡下,已见黍离离。
三人出臼井,一身登槛车。朱门漫临水,不可见鲈鱼。

泛龙舟　　　　　　　　　隋炀帝

《隋书·乐志》曰:"炀帝大制艳篇,辞极淫绮。令乐正白明达造新声,创《万岁乐》、《藏钩乐》、《七夕相逢乐》、《舞席同心髻》、《玉女行觞》、《神仙留客》、《掷砖续命》、《(断)〔斗〕鸡子》、《斗百草》、《泛龙舟》、《还旧宫》、《长乐花》、《十二时》等曲,掩抑摧藏,哀音断绝。"《唐书·乐志》曰:"《泛龙舟》,隋炀帝江都宫作。"

舳舻千里泛归舟,言旋旧镇下扬州。借问扬州在何处,淮南江北海西头。六辔聊停御百丈,暂罢开山歌棹讴。讵似江东掌间地,独自称言鉴里游。

黄竹子歌

唐李康成曰:"《黄竹子歌》、《江陵女歌》,皆今时吴歌也。"

江边黄竹子,堪作女儿箱。一船使两桨,得娘还故乡。

江陵女歌

雨从天上落,水从桥下流。拾得娘裙带,同心结两头。

神弦歌十八首

《古今乐录》曰:"《神弦歌》十一曲:一曰《宿阿》,二曰《道君》,

三曰《圣郎》，四曰《娇女》，五曰《白石郎》，六曰《青溪小姑》，七曰《湖就姑》，八曰《姑恩》，九曰《采菱童》，十曰《明下童》，十一曰《同生》。"

宿阿曲

苏林开天门，赵尊闭地户。神灵亦道同，真官今来下。

右一曲。

道君曲

中庭有树，自语梧桐，推枝布叶。

右一曲。

圣郎曲

左亦不佯佯，右亦不翼翼。仙人在郎傍，玉女在郎侧。酒无沙糖味，为他通颜色。

右一曲。

娇女诗

北游临河海，遥望中菰菱。芙蓉发盛华，渌水清且澄。弦歌奏声节，仿佛有馀音。

蹀躞越桥上，河水东西流。上有神仙一作仙圣〔居〕，下有西流鱼。行不独自〔去〕，三三两两俱。

右二曲。

白石郎曲

白石郎，临江居。前导江伯后从鱼。

603

积石如玉，列松如翠。郎艳独绝，世无其二。

右二曲。

青溪小姑曲

吴均《续齐谐记》曰："会稽赵文韶，宋元嘉中为东扶侍，廨在青溪中桥。秋夜步月，怅然思归，乃倚门唱《乌飞曲》。忽有青衣，年可十五六许，诣门曰：'女郎闻歌声，有悦人者，逐月游戏，故遣相问。'文韶都不之疑，遂邀暂过。须臾，女郎至，年可十八九许，容色绝妙。谓文韶曰：'闻君善歌，能为作一曲否？'文韶即为歌'草生盘石下'，声甚清美。女郎顾青衣，取箜篌鼓之，泠泠似楚曲。又令侍婢歌《繁霜》，自脱金簪，扣箜篌和之。婢乃歌曰：'歌繁霜，繁霜侵晓幕。何意空相守，坐待繁霜落。'留连宴寝，将旦别去，以金簪遗文韶。文韶亦赠以银碗及琉璃匕。明日，于青溪庙中得之，乃知得所见青溪神女也。"按(于)〔干〕宝《搜神记》曰："广陵蒋子文，尝为秣陵尉，因击贼，伤而死。吴孙权时封中都侯，立庙钟山。"《异苑》曰："青溪小姑，蒋侯第三妹也。"

开门白水，侧近桥梁。小姑所居，独处无郎。

右一曲。

湖就姑曲

赤山湖就头，孟阳二三月，绿蔽贲荇薮。
湖就赤山矶，大姑大湖东，仲姑居湖西。

右二曲。

姑恩曲

明姑遵八风，蕃谒云日中。前导陆离兽，后从朱鸟麟凤凰。

苕苕山头柏,冬夏叶不衰。独当被天恩,枝叶华葳蕤。

右二曲。

采莲童曲

泛舟采菱叶,过摘芙蓉花。扣楫命童侣,齐声采莲歌。
东湖扶菰童,西湖采菱芰。不持歌作乐,为持解愁思。

右二曲。

明下童曲

走马上前阪,石子弹马蹄。不惜弹马蹄,但惜马上儿。
陈孔骄赭白,陆郎乘班骓。徘徊射堂头,望门不欲归。

右二曲。

同生曲

人生不满百,常抱千岁忧。早知人命促,秉烛夜行游。
岁月如流迈,行已及素秋。蟋蟀鸣空堂,感怅令人忧。

右二曲。

神弦曲　　唐·李贺

西山日没东山昏,旋风吹马马踏云。画弦素管声浅繁,花裙綷縩步秋尘。桂叶刷风桂坠子,青狸哭血寒狐死。古壁彩虬金帖尾,雨工骑入秋潭水—作雨公夜骑入潭水。百年老鸮成木魅,笑声碧火巢中起。

神弦别曲　　　　　　　李　贺

巫山一作阳小女隔云别,松花春风山上发一作春风松花山上发。绿盖独穿香径归,白马花竿前子子。蜀江风澹水如罗,堕兰谁泛相经过。南山桂树为君死,云衫残污红脂花。

祠渔山神女歌二首　　唐·王　维

张茂先《神女赋序》曰:"魏济北从事弦超,嘉平中夜,梦神女来,自称天上玉女,姓成公,字智琼,东郡人。早失父母,天地哀其孤苦,令得下嫁。后三、四日一来,即乘辎軿,衣罗绮。智琼能隐其形,不能藏其声,且芬香达于室宇,颇为人知。一旦,神女别去,留赠裙衫裲裆。"《述征记》曰:"魏嘉平中,有神女成公智琼降弦超,同室疑其有奸,智琼乃绝。后五年,超使将之洛,西至济北渔山下陷,上,遥望曲道头,有车马,似智琼,果〔是〕。至洛,克复旧好。"唐王勃《杂曲》曰:"智琼神女,来访文君。"按《十道志》云:"渔山,一名吾山。汉武帝过渔山,作《瓠子歌》,云'吾山平兮巨野溢'是也。"

迎　神

坎坎击鼓,渔山之下。吹洞箫,望极浦。女巫进,纷屡舞。陈瑶席,湛清酤。风凄凄,又夜雨。不知神之来兮不来,使我心兮苦复苦。

送　神

纷进舞兮堂前,目眷眷兮琼筵。来不言兮意不传,作暮雨兮愁空山。悲急管兮思繁弦,神之驾兮俨欲旋。倏云收兮雨歇,山青青兮〔水〕潺湲。

　　　　祠神歌二首　　　　　王叡
　　　　　迎　神

蒫草头花椰叶裙,蒲葵树下舞蛮云。引领望江遥滴酒,白蘋风起水生文。

　　　　　送　神

枨枨山响答琵琶,酒湿青莎肉饲鸦。树叶无声神去后,纸钱灰出木绵花。

西曲歌 上

《古今乐录》曰:"西曲歌有《石城乐》、《乌夜啼》、《莫愁乐》、《估客乐》、《襄阳乐》、《三洲》、《襄阳蹋铜蹄》、《采桑度》、《江陵乐》、《青阳度》、《青骢白马》、《共戏乐》、《安东平》、《女儿子》、《来罗》、《那呵滩》、《孟珠》、《翳乐》、《夜度娘》、《长松标》、《双行缠》、《黄督》、《黄缨》、《平西乐》、《攀杨枝》、《寻阳乐》、《白附鸠》、《拔蒲》[1]、《寿阳乐》、《作蚕丝》、《杨叛儿》、《西乌夜飞》、《月节折杨柳歌》三十四曲。《石城乐》、《乌夜啼》、《莫愁乐》、《估客乐》、《襄阳乐》、《三洲》、《襄阳蹋铜蹄》、《采桑度》、《江陵乐》、《青骢白马》、《共戏乐》、《安东平》、《那呵滩》、《孟珠》、《翳乐》、《寿阳乐》并舞曲。《青阳度》、《女儿子》、《来罗》、《夜黄》、《夜度娘》、《长松标》、《双行缠》、《黄督》、《黄缨》、《平西

---

[1] 拔蒲,底本作"枝蒲",据下卷四十九改。下同。

乐》、《攀杨枝》、《寻阳乐》、《白附鸠》、《拔蒲》、《作蚕丝》,并倚歌。《孟珠》、《翳乐》,亦倚歌。按西曲歌出于荆、郢、樊、邓之间,而其声节送和,与吴歌亦异,故其方俗而谓之西曲云。"

石城乐五首　　　　　　　　无名氏

《唐书·乐志》曰:"《石城乐》者,宋臧质所作也。石城在竟陵,质尝为竟陵郡,于城上眺瞩,见群少年歌谣通畅,因作此曲。《古今乐录》曰:"《石城乐》,旧舞十六人。"

生长石城下,开窗对城楼。城中诸少年,出入见依投。
阳春百花生,摘插环髻前。捥指蹋忘愁,相与及盛年。
布帆百馀幅,环环在江津。执手双泪落,何时见欢还?
大艑载三千,渐水丈五馀。水高不得渡,与欢合生居。
闻欢远行去,相送方山亭。风吹黄蘗藩,恶闻苦离声!

　　　　　　　　　　　　　　右五曲。

乌夜啼八曲

《唐书·乐志》曰:"《乌夜啼》者,宋临川王义庆所作也。元嘉十七年,徙彭城王义康于豫章。义庆时为江州,至镇,相见而哭。文帝闻而怪之,征还,(宅)〔庆〕大惧。伎妾夜闻乌夜啼声,扣斋阁云:'明日应有赦。'其年更为南兖州刺史,因此作歌。故其和云:'夜夜望郎来,笼窗窗不开。'今所传歌辞,似非义庆本旨。"《教坊记》曰:"《乌夜啼》者,元嘉二十八年,彭城王义康有罪放逐,行次浔阳;江州刺史衡阳王义季,留连饮宴,历旬不去。帝闻而怒,皆囚之。会稽公主,姊也,尝与帝宴洽,中席起拜。帝未达其旨,躬止之。主流涕曰:'车子岁暮,恐不为陛下所容。'车子,义康小字也。帝指蒋山曰:'必无此,不尔,便负初宁陵。'武帝葬于蒋山,故指先帝陵为誓。因封馀酒寄义康,(旦日)〔且〕曰:'昨与会稽姊饮,乐,忆弟,故附所饮酒往。'遂宥之。使未达浔阳,衡阳家人扣二王所囚院曰:'昨夜乌夜啼,官当有赦。'少顷,使至。二王得释,故有此曲。"按史书称临川王义康为江州,而云衡阳王义季,传之误也。《古今乐录》曰:"《乌夜啼》,旧舞十六人。"《乐府解题》曰:"亦有《乌栖曲》,不知与此同否。"

歌舞诸少年,娉(停)〔婷〕无种迹。菖蒲花可怜,闻名不曾识。

长樯铁鹿子,布帆阿那起。诧侬安在间,一去数千里。
辞家远行去,侬欢独离居。此日无啼音,裂帛作还书。
可怜乌臼鸟,强言知天曙。无故三更啼,欢子冒暗去。
乌生如欲飞,二飞各自去。生离无安心,夜啼至天曙。
笼窗窗不开,荡户户不动。欢下葳蕤籥,交侬那得往?
远望千里烟,隐当在欢家。欲飞无两翅,当奈独思何!
巴陵三江口,芦荻齐如麻。执手与欢别,痛切当奈何!

右八曲。

同　　前　　　　梁简文帝

绿草庭中望明月,碧玉堂里对金铺。鸣弦拨揆发初异,挑琴欲吹众曲殊。不疑三足朝含影,直言九子夜相呼。羞言独眠枕下泪,托道单栖城上乌。

同　　前　　　　梁·刘孝绰

鹍弦且辍弄,鹤操暂停徽。别有啼乌曲,东西相背一作各自飞。倡人怨独守,荡子游未归。忽闻生离曲,长夜泣罗衣。

同前二首　　　　　　周·庾信

促柱繁弦非《子夜》,歌声舞态异《前溪》。御史府中何处宿,洛阳城头那得栖?弹琴蜀郡卓家女,织锦秦川窦氏妻。讵不自惊长泪落,到头啼乌恒夜啼!

桂树悬知远,风竿讵肯低。独怜明月夜,孤飞犹未栖。虎贲谁见惜,御史讵相携!虽言入弦管,终是曲中啼。

同前　　　　　　唐·杨巨源

可怜杨叶复杨花,雪净烟深碧玉家。乌栖不定枝条弱,城头夜半声哑哑。浮萍摇荡门前水,任冒芙蓉莫堕沙。

同前　　　　　　唐·李白

黄云城边乌欲栖,归飞哑哑枝上啼。机中织锦秦川女—作闺中织妇秦家女,碧纱如烟隔窗语。停梭怅然忆远人,独宿孤房泪如雨—作停梭向人问故夫,欲说辽西泪如雨。

同前二首　　　　　　顾况

玉房掣锁声翻叶,银箭添泉绕霜堞。毕逋发剌月衔城,八九雏飞其母惊。此是天上老鸦鸣,人间老鸦无此声。摇杂佩,耿华烛,良夜羽人弹此曲,东方曈曈赤日旭。

月出江林西,江林寂寂城鸦啼。昔人何处为此曲,今人何处听不足。城寒月晓驰思深,江上青草为谁绿。

　　　　同　　前　　　　唐·李群玉

曾波隔梦时,一望青枫林。有鸟在其间,达晓自悲吟。是时月黑天,四野烟雨深。如闻生离哭,其声痛人心。悄悄夜正长,空山响哀音。远客不可听,坐愁华发侵。既非蜀帝魂,恐是桓山禽。四子各分散,母声犹至今。

　　　　同　　前　　　　唐·聂夷中

众鸟各归枝,乌乌尔不栖。还应知妾恨,故向绿窗啼。

　　　　同　　前　　　　唐·白居易

城上归时晚,庭前宿处危。月明无叶树,霜滑有风枝。啼涩饥喉咽,飞低冻翅垂。画堂鹦鹉鸟,冷暖不相知。

　　　　同　　前　　　　唐·王　建

庭树乌,尔何不向别处栖,夜夜〔夜〕半当户啼。家人把烛出洞户,惊栖失群飞落树。一飞直欲飞上天,回回不离旧栖处。未明重绕主人屋,欲下空中黑相触。风飘雨湿亦不移,君家树头多好枝。

　　　　同　　前　　　　　张　祜

忽忽南飞返,危弦共怨栖。暗霜移树宿,残夜绕枝啼。咽绝声重叙,憎淫思乍迷。不妨还报喜,误使玉颜低。

乐府诗集卷第四十八　清商曲辞 五

西曲歌 中

乌栖曲四首　　　　梁简文帝

芙蓉作船丝作䉡，北斗横天月将落。采莲渡头碍黄河，郎今欲渡畏风波。

浮云似帐月如钩，那能夜夜南陌头。宜城投泊今行熟，停鞍系马暂栖宿。

青牛丹毂七香车，可怜今夜宿倡家。倡家高树乌欲栖，罗帷翠被任君低。

织成屏风金屈膝，朱脣玉面灯前出。相看气息望君怜，谁能含羞不自前。

同前六首　　　　梁元帝

𪓰中清酒马脑钟，裙边杂佩琥珀龙。虚持寄君心不惜，共指三星今何夕？

浓黛轻红点花色，还欲令人不相识。金壶夜水讵能多，莫持奢用比悬河。

沙棠作船桂为楫，夜渡江南采莲叶。复值西施新浣沙，共向江干眺月华。

月华似璧星如佩，流影澄明玉堂内。邯郸九枝朝始成，金卮玉碗共君倾。

　　交龙成锦斗凤纹,芙蓉为带石榴裙。日下城南两相望,月没参横掩罗帐。

　　七彩随珠九华玉,蛱蝶为歌明星曲。兰房椒阁夜方开,那知步步香风逐。

同　　前　　　　梁·萧子显

　　芳树归飞聚俦匹,犹有残光半山日。莫惮褰裳不相求,汉皋游女习风流。

同前二首　　　　陈·徐　陵

　　卓女红粉—作妆期此夜,胡姬沽酒谁论价?风流荀令好儿郎,偏能傅粉复薰香。

　　绣帐罗帷隐灯烛,一夜千年犹不足。唯憎无赖汝南鸡,天河未落犹争啼。

同　　前　　　　陈·岑之敬

　　骢马直去没浮云,河渡冰开两岸分。(乌)〔鸟〕藏日暗行人息,空栖只影长相忆。明月二八照花新,当垆十五晚留宾。

同　　前　　　　唐·李　白

　　姑苏台上乌栖时,吴王宫里醉西施。吴歌楚舞欢未毕,青山犹衔半边日。银箭金壶—作金壶丁丁漏水多,起看秋月坠

613

江波,东方渐高奈乐—作尔何!

同　前　　　　李　端

白马逐朱车,黄昏入狭斜。狭斜柳树乌争宿,争枝未得飞上屋。东房少妇婿从军,每听乌啼知夜分。

同　前　　　　王　建

章华宫人夜上楼,君王望月西山头。夜深宫殿门不锁,白露满山山叶堕。

同　前　　　唐·张　籍

西山作宫潮满池,宫鸟晓鸣茱萸枝。吴姬自唱采莲曲—作吴姬采莲自唱曲,君王昨夜舟中宿。

栖乌曲三首　　　陈后主

陌头新花历乱生,叶里春鸟送春情。长安游侠无数伴,白马骊珂路中满。

金鞍向暝欲相连,玉面俱要来帐前。含态眼语悬相解,翠带罗裙入为解。

合欢襦薰百和香,床中被织两鸳鸯。乌啼汉没天应曙,只持怀抱送郎去。

同　前　　　陈·江总

桃花春水木兰桡,金羁翠盖聚河桥。陇西上计应行去,城南美人啼著曙。

同前二首　　　　唐·刘方平

娥眉曼脸倾城国,鸣环动佩新相识。银汉斜临白玉堂,芙蓉行障掩灯光。

画舸双艚锦为缆,芙蓉花发莲叶暗。门前月色映横塘,感郎中夜渡潇湘。

莫愁乐

《唐书·乐志》曰:"《莫愁乐》者,出于《石城乐》。石城有女子名莫愁,善歌谣,《石城乐》和中复有忘愁声,因有此歌。"《古今乐录》曰:"《莫愁乐》亦云蛮乐,旧舞十六人,梁八人。"《乐府解题》曰:"古歌亦有莫愁,洛阳女,与此不同。"

莫愁在何处,莫愁石城西。艇子打两桨,催送莫愁来。

闻欢下扬州,相送楚山头。探手抱腰看,江水断不流。

右二曲。

莫愁乐　　　　唐·张　祜

侬居石城下,郎到石城游。自郎石城出,长在石城头。

莫愁曲　　　　唐·李　贺

(莫)〔草〕生陇坂下,鸦噪城堞头。何人此城里,城角栽石榴。青丝系五马,黄金络双牛。白鱼驾莲船,夜作十里游。归来无人识,暗上沈香舟。罗床倚瑶瑟,残月倾帘钩。今日槿花落,明朝梧树秋。若负平生意,何名作莫愁?

估客乐 　　　　　　齐武帝

《古今乐录》曰:"《估客乐》者,齐武帝之所制也。帝布衣时,尝游樊、邓;登祚以后,追忆往事而作歌,使乐府令刘瑶管弦被之教习,卒遂无成。有人启释宝月善解音律,帝使奏之,旬日之中,便就谐合。敕歌者常重为感忆之声,犹行于世。宝月又上两曲。帝数乘龙舟,游五城江中放观,以红越布为帆,绿丝为帆纤,锡石为篙足。篙榜者悉著郁林布,作淡黄袴,列开,使江中衣,出。五城,殿犹在。齐舞十六人,梁八人。"《唐书·乐志》曰:"梁改其名为《商旅行》。"

昔经樊邓役,阻潮梅根渚。感忆追往事,意满辞不叙。

同前二首 　　　　　　齐·释宝月

郎作十里行,侬作九里送。拔侬头上钗,与郎资路用。
有信数寄书,无信心相忆。莫作瓶落井,一去无消息。

同前二首 　　　　　　释宝月

大舶珂峨头,何处发扬州。借问舶上郎,见侬所欢不?
初发扬州时,船出平津泊。五两如竹林,何处相寻博?
　　　　　　　　　　　　右五曲。

同前 　　　　　　陈后主

三江结俦侣,万里不辞遥。恒随鹢首舫,屡逐鸡鸣潮。

同前 　　　　　　唐·李白

海客乘天风,将船远行役。譬如云中鸟,一去无踪迹。

同前　　　唐·元稹

估客无住着,有利身即行。出门求火伴,入户辞父兄。父兄相教示,求利莫求名。求名有所避,求利无不营。火伴相勒缚,卖假莫卖诚。交关少交假,交假本生轻。自兹相将去,誓死意不更。一解市头语,便无乡里情。输石打臂钏,糯米吹项璎。归来村中卖,敲作金玉声。村中田舍娘,贵贱不敢争。所费百钱本,已得十倍赢。颜色转光净,饮食亦甘馨。子本频蓄息,货赂日兼并。求珠驾沧海,采玉上荆衡。北买党项马,西擒吐蕃鹦。炎洲布火浣,蜀地锦织成。越婢脂肉滑,奚僮眉眼明。通算衣食费,不计远近程。经营天下遍,却到长安城。城中东西市,闻客次第迎。迎客兼说客,多财为势倾。客心本明黠,闻语心已惊。先问十常侍,次求百公卿。侯家与主第,点缀无不精。归来始安坐,富与王家勍。市卒酒肉臭,县胥家舍成。岂唯绝言语,奔走极使令。大儿贩材木,巧识梁栋形。小儿贩盐卤,不入州县征。一身偃市利,突若截海鲸。钩距不敢下,下则牙齿横。生为估客乐,判尔乐一生。尔又生两子,钱刀何岁平。

贾客乐　　　张籍

金陵向西贾客多,船中生长乐风波。欲发移船近江口,船头祭神各浇酒。停杯共说远行期,入蜀经蛮远别离。金多众中为上客,夜夜算缗眠独迟。秋江初月猩猩语,孤帆夜发满湘渚。水工持楫防暗滩,直过山边及前侣。年年逐利西复东,姓名不在县籍中。农夫税多长辛苦,弃业长为贩卖翁一作贩宝。

贾客词　　　周·庾信

五两开船头,长樯发新浦。悬知岸上人,遥振江中鼓。

同　前　　　唐·刘禹锡

贾客无定游,所游唯利并。眩俗杂良苦,乘时知重轻。心计析秋毫,捶钩俟悬衡。锥刀既无弃,转化日已盈。邀福祷波神,施财游化城。妻约雕金钏,女垂贯珠缨。高赀比封君,奇货通幸卿。趋时鸷鸟思,藏镪盘龙形。大舸浮通川,高楼次旗亭。行止皆有乐,关梁似无征。农夫何为者,辛苦事寒耕。

同　前　　　唐·刘驾

贾客灯下起,犹言发已迟。高山有疾路,暗行终不疑。寇盗伏其路,猛兽来相追。金玉四散去,空囊委路歧。扬州有大宅,白骨无地归。少妇当此日,对镜弄花枝。

襄阳乐

《古今乐录》曰:"《襄阳乐》者,宋随王诞之所作也。诞始为襄阳郡,元嘉二十六年仍为雍州刺史,夜闻诸女歌谣,因而作之,所以歌和中有'襄阳来夜乐'之语也。"旧舞十六人,梁八人。又有《大堤曲》,亦出于此。简文帝雍州十曲,有《大堤》、《南湖》、《北渚》等曲。《通典》曰:"裴子野《宋略》称晋安侯刘道产为襄阳太守,有善政,百姓乐业,人户丰赡,蛮夷顺服,悉缘沔而居。由此歌之,号《襄阳乐》。"盖非此也。

朝发襄阳城,暮至大堤宿。大堤诸女儿,花艳惊郎目。
上水郎担篙,下水摇双橹。四角龙子幡,环环江当柱。
江陵三千三,西塞陌中央。但问相随否,何计道里长。
人言襄阳乐,乐作非侬处。乘星冒风流,还侬扬州去。
烂漫女萝草,结曲绕长松。三春虽同色,岁寒非处侬。
黄鹄参天飞,中道郁徘徊。腹中车轮转,欢今定怜谁。
扬州蒲锻环,百钱两三丛。不能买将还,空手揽抱侬。
女萝自微薄,寄托长松表。何惜负霜死,贵得相缠绕。
恶见多情欢,罢侬不相语。莫作乌集林,忽如提侬去。

右九曲。

同　　前　　　　唐·张祜

大堤花月夜,长江春水流。东风正上信,春夜特来游一作待郎游。

襄阳曲二首　　　　唐·崔国辅

蕙草娇红萼,时光舞碧鸡。城中美年少,相见白铜鞮。
少年襄阳地,来往襄阳城。城中轻薄子,知妾解秦筝。

同　　前　　　　唐·施肩吾

大堤女儿郎莫寻,三三五五结同心。清晨对镜冶容色,意欲取郎千万金。

同　前　　　　　　　李　端

襄阳堤路长,草碧杨柳黄。谁家女儿临夜妆,红罗帐里有灯光。雀钗翠羽动明珰,欲出不出脂粉香。同居女伴正衣裳,中庭寒月白如霜。贾生十八称才子,空得门前一断肠。

雍州曲三首　　　　　梁简文帝

《通典》曰:"雍州,襄阳也。《禹贡》荆河州之南境,春秋时楚地,魏武始置襄阳郡,晋兼置荆河州。宋文帝割荆州置雍州,号南雍。魏、晋以来,常为重镇,齐、梁因之。"

南　湖

南湖荇叶浮,复有佳期游。银纶翡翠钩,玉舳芙蓉舟。荷香乱衣麝,桡声送急流。

北　渚

岸阴垂柳叶,平江含粉蝶。好值城傍人,多逢荡舟妾。绿水溅长袖,浮苔染轻楫。

大　堤

宜城断中道,行旅极留连。出妻工织素,妖姬惯数钱。炊雕留(吐)〔上〕客,贳酒逐神仙。

大堤曲　　　　　唐·张柬之

南国多佳人,莫若大堤女。玉床翠羽帐,宝袜莲花炬。魂处自—作在目成,色授开心许。迢迢不可见,日暮空愁予。

同　前　　　　　唐·杨巨源

二八婵娟大堤女,开垆相对依江渚。待客登楼向水看,邀郎卷幔临花语。细雨濛濛湿芰荷,巴东商侣挂帆多。自传芳酒涴红袖,谁调妍妆回翠娥。珍簟华灯夕阳后,当垆理瑟矜纤手。月落星微五鼓声,春风摇荡窗前柳。岁岁逢迎沙岸间,北人多识绿云鬟。无端嫁与五陵少,离别烟波伤玉颜。

同　前　　　　　　李白

汉水临—作横襄阳,花开大堤暖。佳期大堤下,泪向南云满。春风复无情,吹我梦魂乱。不见眼中人,天长音信断。

同　前　　　　　　李贺

妾家住横塘,红(沙)〔纱〕满桂香。青云教绾头上髻,明月与作耳边珰。莲风起,江畔春。大堤上,留北人。郎食鲤鱼尾,妾食猩猩唇。莫指襄阳道,绿浦归帆少。今日菖蒲花,明朝枫树老。

大堤行　　　　　唐·孟浩然

大堤行乐处，车马相驰突。岁岁春草生，踏青二三月。王孙挟珠弹，游女矜罗袜。携手今莫同，江花为谁发。

三洲歌

《唐书·乐志》曰："《三洲》，商人歌也。"《古今乐录》曰："《三洲歌》者，商客数游巴陵三江口往还，因共作此歌。其旧辞云：'啼将别共来。'梁天监十一年，武帝于乐寿殿道义竟留十大德法师设乐，敕人人有问，引经奉答。次问法云：'闻法师善解音律，此歌何如？'法云奉答：'天乐绝妙，非肤浅所闻。愚谓古辞过质，未审可改以不？'敕云：'如法师语音。'法云曰：'应欢会而有别离，啼将别可改为欢将乐，故歌。'歌和云：'三洲断江口，水从窈窕河傍流。欢将乐，共来长相思。'旧舞十六人，梁八人。"

送欢板桥弯，相待三山头。遥见千幅帆，知是逐风流。
风流不暂停，三山隐行舟。愿作比目鱼，随欢千里游。
湘东酃醁酒，广州龙头铛。玉樽金镂碗，与郎双杯行。

　　　　　　　　　　　　　右三曲。

同　前　　　　　陈后主

春江聊一望，细草遍长洲。沙汀时起伏，画舸屡淹留。

同　前　　　　　唐·温庭筠

团圆莫作波中月，絜白莫为枝上雪。月随波动碎潾潾，雪似梅花不堪折。李娘十六青丝发，画带双花为君结。门前有路轻离别—作别离,惟恐归来旧香灭。

襄阳蹋铜蹄　　　　梁武帝

《隋书·乐志》曰:"梁武帝之在雍镇,有童谣云:'襄阳白铜蹄,反缚扬州儿。'识者言:'白铜蹄,谓金蹄,为马也。白,金色也。'及义师之兴,实以铁骑。扬州之士皆面缚,果如谣言。故即位之后,更造新声,帝自为之词三曲,又令沈约为三曲,以被管弦。"《古今乐录》曰:"《襄阳蹋铜蹄》者,梁武西下所制也。沈约又作,其和云:'襄阳白铜蹄,圣德应乾来。'天监初,舞十六人,后八人。"

陌头征人去,闺中女下机。含情不能言,送别沾罗衣。
草树非一香,花叶百种色。寄语故情人,知我心相忆。
龙门紫金鞍,翠髦白玉羁。照耀双阙下,知是襄阳儿。

同　前　　　　梁·沈约

分手桃林岸,望别岘山头。若欲寄音信,汉水向东流。
生长宛水上,从事襄阳城。一朝遇神武,奋翼起先鸣。
蹀鞚飞尘起,左右自生光。男儿得富贵,何必在归乡!

右六曲。

采桑度

《采桑度》一曰《采桑》。《唐书·乐志》曰:"《采桑》因三洲曲而生,此声苑也。《采桑度》,梁时作。"《水经》曰:"河水过屈县西南为采桑津。《春秋》僖公八年,晋里克败狄于采桑是也。"梁简文帝《乌栖曲》曰:"采桑渡头碍黄河,郎今欲渡畏风波。"《古今乐录》曰:"《采桑度》旧舞十六人,梁八人,即非梁时作矣。"

蚕生春三月，春桑正含绿。女儿采春桑，歌吹当春曲。
冶游采桑女，尽有芳春色。姿容应春媚，粉黛不加饰。
系条采春桑，采叶何纷纷。采桑不装钩，牵坏紫罗裙。
语欢稍养蚕，一头养百抠。奈当黑瘦尽，桑叶常不周。
春月采桑时，林下与欢俱。养蚕不满百，那得罗绣襦。
采桑盛阳月，绿叶何翩翩。攀条上树表，牵坏紫罗裙。
伪蚕化作茧，烂熳不成丝。徒劳无所获，养蚕持底为？

右七曲。

乐府诗集卷第四十九　清商曲辞 六

西曲歌 下

江陵乐

《古今乐录》曰:"《江陵乐》,旧舞十六人,梁八人。"《通典》曰:"江陵,古荆州之域。春秋时楚之郢地,秦置南郡,晋为荆州,东晋、宋、齐以为重镇,梁元帝都之。有纪南城,楚渚宫在焉。"

不复蹋蹀人,蹀地地欲穿。盆隘欢绳断,蹋坏绛罗裙。
不复出场戏,蹀场生青草。试作两三回,蹀场方就好。
阳春二三月,相将蹋百草。逢人驻步看,扬声皆言好。
蹙出后园看,见花多忆子。乌鸟双双飞,侬欢今何在?
　　　　　　　　　　　　右四曲。

青阳度

《古今乐录》曰:"《青阳度》,倚歌。凡倚歌悉用铃鼓,无弦有吹。"

隐机倚不织,寻得烂漫丝。成匹郎莫断,忆侬经绞时。
碧玉捣衣砧,七宝金莲杵。高举徐徐下,轻捣只为汝。
青荷盖绿水,芙蓉披红鲜。下有并根藕,上生并目连。
　　　　　　　　　　　　右三曲。

青骢白马

《古今乐录》曰:"《青骢白马》,旧舞十六人。"

青骢白马紫丝缰,可怜石桥根柏梁。
汝忽千里去无常,愿得到头还故乡。
系马可怜著长松,游戏徘徊五湖中。
借问湖中采菱妇,莲子青荷可得否?
可怜白马高缠鬃,著地踯躅多徘徊。
问君可怜六萌车,迎取窈窕西曲娘。
问君可怜下都去,何得见君复西归。
齐唱可怜使人惑,昼夜怀欢何时忘。

右八曲。

共戏乐

《古今乐录》曰:"《共戏乐》,旧舞十六人,梁八人。"

齐世方昌书轨同,万宇献乐列国风。
时泰民康人物盛,腰鼓铃柈各相竞。
长袖翩翩若鸿惊,纤腰袅袅会人情。
观风采乐德化昌,圣皇万寿乐未央。

右四曲。

安东平

《古今乐录》曰:"《安东平》,旧舞十六人,梁八人。"

凄凄烈烈,北风为雪。船道不通,步道断绝。
吴中细布,阔幅长度。我有一端,与郎作袴。

微物虽轻,拙手所作。馀有三丈,为郎别厝。

制为轻巾,以奉故人。不持作好,与郎拭尘。

东平刘生,复感人情。与郎相知,当解千龄。

右五曲。

女儿子

《古今乐录》曰:"《女儿子》,倚歌也。"

巴东三峡猿鸣悲,夜鸣三声泪沾衣。

我欲上蜀蜀水难,蹋蹀珂头腰环环。

右二曲。

来　罗

《古今乐录》曰:"倚歌也。"

郁金黄花标,下有同心草。草生日已长,人生日就老。

君子防未然,莫近嫌疑边。瓜田不蹑履,李下不正冠。

故人何怨新,切少必求多。此事何足道,听我歌来罗。

白头不忍死,心愁皆敖然。游戏泰始世,一日当千年。

右四曲。

那呵滩

《古今乐录》曰:"《那呵滩》,旧舞十六人,梁八人。其和云:'郎去何当还。'多叙江陵及扬州事。那呵,盖滩名也。"

我去只如还,终不在道边。我若在道边,良信寄书还。

沿江引百丈,一濡多一艇。上水郎担篙,何时至江陵。

江陵三千三,何足持作远。书疏数知闻,莫令信使断。

闻欢下扬州,相送江津弯。愿得篙橹折,交郎到头还。
篙折当更觅,橹折当更安。各自是官人,那得到头还。
百思缠中心,憔悴为所欢。与子结终始,折约在金兰。
右六曲。

孟　珠

一曰《丹阳孟珠歌》。《古今乐录》曰:"《孟珠》十曲,二曲,倚歌八曲。旧舞十六人,梁八人。"

人言孟珠富,信实金满堂。龙头衔九花,玉钗明月珰。
阳春二三月,草与水同色。攀条摘香花,言是欢气息。
右二曲。

人言春复著,我言未渠央。蹔出后湖看,蒲菰如许长。
扬州石榴花,摘插双襟中。葳蕤当忆我,莫持艳他侬。
阳春二三月,草与水同色。道逢游冶郎,恨不早相识。
望欢四五年,实情将懊恼。愿得无人处,回身与郎抱。
阳春二三月,正是养蚕时。那得不相怨,其再许侬来。
将欢期三更,合冥欢如何。走马放苍鹰,飞驰赴郎期。
适闻梅作花,花落已成子。杜鹃绕林啼,思从心下起。
可怜景阳山,苕苕百尺楼。上有明天子,麟凤戏中游。
右八曲。

翳　乐

《古今乐录》曰:"《翳乐》一曲,倚歌二曲。〔旧〕舞十六人,梁八人。"

人生欢爱时,少年新得意。一旦不相见,辄作烦冤思。
右一曲。

同 前

阳春二三月,相将舞翳乐。曲曲随时变,持许艳郎目。
人言扬州乐,扬州信自乐。总角诸少年,歌舞自相逐。

右二曲。

夜 黄

《古今乐录》曰:"《夜黄》,倚歌也。"
　湖中百种鸟,半雌半是雄。鸳鸯逐野鸭,恐畏不成双。

右一曲。

夜度娘

《古今乐录》曰:"《夜度娘》,倚歌也。"
　夜来冒霜雪,晨去履风波。虽得叙微情,奈侬身苦何。

右一曲。

长松标

《古今乐录》曰:"《长松标》,倚歌也。"
　落落千丈松,昼夜对长风。岁暮霜雪时,寒苦与谁双?

右一曲。

双行缠

《古今乐录》曰:"《双行缠》,倚歌也。"
　朱丝系腕绳,真如白雪凝。非但我言好,众情共所称。

新罗绣行缠,足趺如春妍。他人不言好,独我知可怜。

右二曲。

黄　督

《古今乐录》曰:"《黄督》,倚歌也。"

乔客他乡人,三春不得归。愿看杨柳树,已复藏班雏。
笼车度蹋衍,故人求寄载。催牛闭后户,无预故人事。

右二曲。

平西乐

《古今乐录》曰:"《平西乐》,倚歌也。"

我情与欢情,二情感苍天。形虽胡越隔,神交中夜间。

右一曲。

攀杨枝

一曰攀杨枝。《古今乐录》曰:"《攀杨枝》,倚歌也。"《乐苑》曰:"《攀杨枝》,梁时作。"

自从别君来,不复著绫罗。画眉不注口,施朱当奈何?

右一曲。

寻阳乐

《古今乐录》曰:"《寻阳乐》,倚歌也。"

鸡亭故侬去,九里新侬还。送一却迎两,无有暂时闲。

右一曲。

白附鸠　　　　梁·吴　均

《古今乐录》曰:"《白附鸠》,倚歌,亦曰《白浮鸠》,本拂舞曲也。"

石头龙尾弯,新亭送客(者)〔渚〕。酤酒不取钱,郎能饮几许?

右一曲。

白浮鸠　　　　梁·吴　均

琅琊白浮鸠,紫翳飘□头。食饮东莞野,栖宿越王楼。

拔　蒲

《古今乐录》曰:"《拔蒲》,倚歌也。"

青蒲衔紫茸,长叶复从风。与君同舟去,拔蒲五湖中。
朝发桂兰渚,昼息桑榆下。与君同拔蒲,竟日不成把。

右二曲。

拔蒲歌　　　　唐·张　祜

拔蒲来,领郎镜湖边。郎心在何处,莫趁新莲去。拔得无心蒲,问郎看好无?

寿阳乐

《古今乐录》曰:"《寿阳乐》者,宋南平穆王为豫州所作也。旧舞十六人,梁八人。"按其歌辞,盖叙伤别望归之思。

可怜八公山,在寿阳,别后莫相忘。
东台百馀尺,凌风云,别后不忘君。

梁长曲水流,明如镜,双林与郎照。
辞家远行去,空为君,明知岁月驶。
笼窗取凉风,弹素琴,一叹复一吟。
夜相思,望不来,人乐我独愁。
长淮何烂漫,路悠悠,得当乐忘忧。
上我长濑桥,望归路,秋风停欲度。
衔泪出伤门,寿阳去,必还当几载。

右九曲。

作蚕丝

《古今乐录》曰:"《作蚕丝》,倚歌也。"

柔桑感阳风,阿娜婴兰妇。垂条付绿叶,委体看女手。
春蚕不应老,昼夜常怀丝。何惜微躯尽,缠绵自有时。
绩蚕初成茧,相思条女密。投身汤水中,贵得共成匹。
素丝非常质,屈折成绮罗。敢辞机杼劳,但恐花色多。

右四曲。

杨叛儿

《唐书·乐志》曰:"《杨伴儿》,本童谣歌也。齐隆昌时,女巫之子曰杨旻,少时随母入内,及长为何后宠。童谣云:'杨婆儿,共戏来所欢。'语讹,遂成杨伴儿。"《古今乐录》曰:"《杨叛儿》送声云:'叛儿教侬不复相思。'"

截玉作手钩,七宝光平天。绣袷织成带,严帐信可怜。
蹔出白门前,杨柳可藏乌。欢作沈水香,侬作博山炉。
送郎乘艇子,不作遭风虑。横篙掷去桨,愿倒逐流去。

七宝珠络鼓,教郎拍复拍。黄牛细犊儿,杨柳映松柏。
欢欲见莲时,移湖安屋里。芙蓉绕床生,眠卧抱莲子。
闻欢远行去,送欢至新亭。津逻无侬名。
落秦中庭生,诚知非好草。龙头相钩连,见枝如欲绕。
杨叛西随曲,柳花经东阴。风流随远近,飘扬闷侬心。

右八曲。

同　前　　　　梁武帝

桃花如发红,芳草尚抽绿。南音多有会,偏重叛儿曲。

同　前　　　　陈后主

青春上阳月,结伴戏京华。龙媒玉珂马,凤轸绣香车。
水映临桥树,风吹夹路花。日昏欢宴罢,相将归狭斜。

同　前　　　　唐·李白

君歌杨叛儿,妾劝新丰酒。何许最关人,乌啼白门柳。
乌啼隐杨花,君醉留妾家。博山炉中沈香火,双(咽)〔烟〕一
气凌紫霞。

西乌夜飞

《古今乐录》曰:"《西乌夜飞》者,宋元徽五年,荆州刺史沈攸之所作也。攸之举兵发荆州,东下,未败之前,思归京师,所以歌。和云:'白日落西山,还去来。'送声云:'折翅乌,飞何处,被弹归。'"

日从东方出,团团鸡子黄。夫归恩情重,怜欢故在傍。
蹔请半日给,徙倚娘店前。目作宴瑱饱,腹作宛恼饥。

我昨忆欢时,揽刀持自刺。自刺分应死,刀作离楼僻。
阳春二三月,诸花尽芳盛。持底唤欢来,花笑莺歌咏。
感郎崎岖情,不复自顾虑。臂绳双入结,遂成同心去。

右五曲。

月节折杨柳歌

正月歌

春风尚萧条,去故来入新。苦心非一朝,折杨柳,愁思满腹中,历乱不可数。

二月歌

翩翩乌入乡,道逢双燕飞。劳君看三阳,折杨柳,寄言语侬欢,寻还不复久。

三月歌

泛舟临曲池,仰头看春花。杜鹃纬林啼。折杨柳,双下俱徘徊,我与欢共取。

四月歌

芙蓉始怀莲,何处觅同心。俱生世尊前。折杨柳,捻香散名花,志得长相取。

五月歌

菰生四五尺,素身为谁珍。盛年将可惜。折杨柳,作得九子粽,思想劳欢手。

六月歌

三伏热如火,笼窗开北牖。与郎对榻坐。折杨柳,铜坯贮蜜浆,不用水洗溴。

七月歌

织女游河边,牵牛顾自叹。一会复周年。折杨柳,揽结长命草,同心不相负。

八月歌

迎欢裁衣裳,日月流如水。白露凝庭霜。折杨柳,夜闻捣衣声,窈窕谁家妇?

九月歌

甘菊吐黄花,非无杯觞用。当奈许寒何。折杨柳,授欢罗衣裳,含笑言不取。

十月歌

大树转萧索,天阴不作雨。严霜半夜落。折杨柳,林中与松柏,岁寒不相负。

十一月歌

素雪任风流,树木转枯悴,松柏无所忧。折杨柳,寒衣履薄冰,欢讵知侬否?

十二月歌

天寒岁欲暮,春秋及冬夏。苦心停欲度。折杨柳,沈乱枕席间,缠绵不觉久。

闰月歌

成闰暑与寒,春秋补小月。念子无时闲。折杨柳,阴阳推我去,那得有定主?

常林欢　　　　　　　　唐·温庭筠

《唐书·乐志》曰:"《常林欢》,疑宋、梁间曲。宋、梁之世,荆、雍为南方重镇,皆皇子为之牧。江左辞咏,莫不称之,以为乐土,故随王诞作襄阳之歌,齐武帝追忆樊、邓。梁简文帝乐府歌云:'分手桃林岸,送别岘山头。若欲寄音信,汉水向东流。'又曰:'宜城投酒今行熟,停鞍系马蹔栖宿。'桃林在汉水上,宜城在荆州北,荆州有长林县。江南谓情人为欢。常、长声相近,盖乐人误谓长为常。"《通典》曰:"《常林欢》,盖宋、齐间曲。"

宜城酒熟花覆桥,沙晴绿鸭鸣咬咬。穠桑绕舍麦如尾,幽轧鸣机双燕巢。马声特特荆门道,蛮水扬光色如草。锦荐金炉梦正长,东家呃喔鸡鸣早。

乐府诗集卷第五十　清商曲辞 七

江南弄 上

江南弄七首　　　　　梁武帝

《古今乐录》曰:"梁天监十一年冬,武帝改西曲,制《江南上云乐》十四曲,《江南弄》七曲:一曰《江南弄》,二曰《龙笛曲》,三曰《采莲曲》,四曰《凤笛曲》,五曰《采菱曲》,六曰《游女曲》,七曰《朝云曲》。又沈约作四曲:一曰《赵瑟曲》,二曰《秦筝曲》,三曰《阳春曲》,四曰《朝云曲》,亦谓之《江南弄》云。"

江南弄

《古今乐录》曰:"《江南弄》三洲韵。和云:'阳春路,娉婷出绮罗。'"

众花杂色满上林,舒芳耀绿垂轻阴。连手躞蹀舞春心。舞春心,临岁腴,中人望,独踟蹰。

龙笛曲

《古今乐录》曰:"《龙笛曲》,和云:'江南音,一唱值千金。'马融《长笛赋》曰:'近世双笛从羌起,羌人伐竹未及已。龙鸣水中不见已,截竹吹之声相似。'然则《龙笛曲》盖因声如龙鸣而名曲。"

美人绵眇在云堂,雕金镂竹眠玉床。婉爱寥亮绕红梁。绕红梁,流月台,驻狂风,郁徘徊。

采莲曲

《古今乐录》曰:"《采莲曲》,和云:'采莲渚,窈窕舞佳人。'"

游戏五湖采莲归,发花田叶芳袭衣。为君艳歌世所希。世所希,有如玉。江南弄,采莲曲。

凤笙曲

《古今乐录》曰:"《凤笙曲》,和云:'弦吹席,长袖善留客。'"

绿耀克碧雕琯笙,朱唇玉指学凤鸣。流速参差飞且停。飞且停,在凤楼,弄娇响,间清讴。

采菱曲

《古今乐录》曰:"《采菱曲》,和云:'菱歌女,解佩戏江阳。'"

江南稚女珠腕绳,金翠摇首红颜兴。桂棹容与歌采菱。歌采菱,心未怡,翳罗袖,望所思。

游女曲

《古今乐录》曰:"《游女曲》,和云:'当年少,歌舞承酒笑。'"

氛氲兰麝体芳滑,容色玉耀眉如月。珠佩婐𡣪戏金阙。戏金阙,游紫庭。舞飞阁,歌长生。

朝云曲

《古今乐录》曰:"《朝云曲》,和云:'徙倚折耀华。'"宋玉《高唐赋序》曰:"楚襄王与宋玉游云梦之台,望高唐之观,独有云气,变化无穷。王问玉曰:'此何气也?'玉曰:'所谓朝云也。'王曰:'何谓朝云也?'玉曰:'昔者先王尝游高唐,怠而昼寝,梦见一妇人曰:"妾巫山之女也,为高唐之客。闻君游高唐,愿荐枕席。"王因幸之。去而辞曰:"妾在巫山之阳,高丘之阻,旦为朝云,暮为行雨,朝朝暮暮,阳台之下。"旦朝视之如言,故为立庙,号曰朝云。'"郦道元《水经注》曰:"巫山者,帝女居焉。宋玉谓帝之季女名曰瑶姬,未行而亡,封于巫山之台。精魂为草,实谓灵芝,所谓巫山之女,高唐之姬也。"《朝云曲》盖取于此。

　　张乐阳台歌上谒,如寝如兴芳晻暧。容光既艳复还没。复还没,望不来。巫山高,心徘徊。

右七曲。

江南弄三首　　　　梁简文帝

江南曲

和云:"阳春路,时使佳人度。"

　　枝中水上春并归,长杨扫地桃花飞。清风吹人光照衣。光照衣,景将夕。掷黄金,留上客。

龙笛曲

和云:"《江南弄》,真能下翔凤。"

　　金门玉堂临水居,一嚬一笑千万馀。游子去还愿莫疏。愿莫疏,意何极,双鸳鸯,两相忆。

采莲曲

和云:"采莲归,渌水好沾衣。"

　　桂楫兰桡浮碧水,江花玉面两相似。莲疏藕折香风起。

香风起,白日低,采莲曲,使君迷。

江南弄四首　　梁·沈约
赵瑟曲

邯郸奇弄出文梓,紫弦急调切流徵。玄鹤徘徊白云起。白云起,郁披香。离复合,曲未央。

秦筝曲

罗袖飘缅拂雕桐,促柱高张散轻宫。迎歌度舞遏归风。遏归风,止流月。寿万春,欢无歇。

阳春曲

刘向《新序·宋玉对楚威王问》曰:"客有歌于郢中者,其始曰《下里巴人》,国中属而和者千人。其为《阳陵采薇》,国中属而和者数百人。其为《阳春白雪》,国中属而和者,数十人而已也。引商刻角,杂以流徵,国中属而和者,不过数人。是以其曲弥高,其和弥寡。然则《阳春》所从来亦远矣。"《乐府解题》曰:"阳春,伤也。"

杨柳垂地燕差池,缄情忍思落容仪。弦伤曲怨心自知。心自知,人不见。动罗裙,拂珠殿。

朝云曲

阳台氤氲多异色,巫山高高上无极。云来云去长不息。长不息,梦来游。极万世,度千秋。

江南弄 中

江南弄　　　唐·王勃

江南弄，巫山连楚梦。行雨行云几相送。瑶轩金谷上春时，玉童仙女无见期。紫露香烟眇难托，清风明月遥相思。遥相思，草徒绿，为听双飞凤皇曲。

同　前　　　唐·李贺

江中绿雾起凉波，天上叠巘红嵯峨。水风浦云生老竹，渚暝蒲帆如一幅。鲈鱼千头酒百斛，酒中倒卧南山绿。吴歈越吟未终曲，江上团团帖寒玉。

采莲曲二首　　　梁简文帝

晚日照空矶，采莲承晚晖。风起湖难度，莲多摘未稀。棹动芙蓉落，船移白鹭飞。荷丝傍绕腕，菱角远牵衣。

常闻蕖可爱，采撷欲为裙。叶滑不留绽，心忙无假薰。千春谁与乐？唯有妾随君。

同　前　　　梁元帝

碧玉小家女，来嫁汝南王。莲花乱脸色，荷叶杂衣香。因持荐君子，愿袭芙蓉裳。

同　前　　　梁·刘孝威

金桨木兰船，戏采江南莲。莲香隔蒲渡，荷叶满江鲜。

房垂易入手,柄曲自临盘。露花时湿钏,风茎乍拂钿。

同　　前　　　　梁·朱　超

艳色前后发,缓楫去来迟。看妆碍荷影,洗手畏菱滋。摘除莲上叶,挖出藕中丝。湖里人无限,何日满船时?

同　　前　　　　梁·沈君攸

平川映晓霞,莲舟泛浪华。衣香随岸远,荷影向流斜。度手牵长柄,转楫避疏花。还船不畏满,归路讵嫌赊。

同前二首　　　　梁·吴　均

江南当夏清,桂楫逐流萦。初疑京兆剑,复似汉冠名。荷香带风远,莲影向根生。叶卷珠难溜,花舒红易倾。日暮凫舟满,归来渡锦城。

锦带杂花钿,罗衣垂绿川。问子今何去?出采江南莲。辽西三千里,欲寄无因缘。愿君早旋返,及此荷花鲜。

同　　前　　　　陈后主

相催暗中起,妆前日已光。随宜巧注口,薄落点花黄。风住疑衫密,船小畏裾长。波文散动楫,荌花拂度航。低荷乱翠影,采袖新莲香。归时会被唤,且试入兰芳。

同　　前　　　　隋·卢思道

曲浦戏妖姬,轻盈不自持。擎荷爱圆水,折藕弄长丝。

珮动裙风入,妆销粉汗滋。菱歌惜不唱,须待暝归时。

同　前　　　隋·殷英童

荡舟无数伴,解缆自相催。汗粉无庸拭,风裾随意开。棹移浮荇乱,船进倚荷来。藕结牵作缕,莲叶捧成杯。

同　前　　　唐·崔国辅

玉溆花红发,金塘水碧流。相逢畏相失,并著采莲舟。

同　前　　　唐·徐彦伯

妾家越水边,摇艇入江烟。既觅同心侣,复采同心莲。折藕丝能脆,开花叶正圆。春歌弄明月,归棹落花前。

同　前　　　唐·李　白

若耶溪傍采莲女,笑隔荷花共人语。日照新妆水底明,风飘香袖空中举。岸上谁家游冶郎,三三五五映垂杨。紫骝嘶入落花去,见此踟蹰空断肠。

同　前　　　唐·贺知章

稽山罢雾郁嵯峨,镜水无风也自波。莫言春度芳菲尽,别有中流采芰荷。

同前三首　　　唐·王昌龄

吴姬越艳楚王妃,争弄莲舟水湿衣。来时浦口花迎入,采罢江头月送归。

荷叶罗裙一色裁,芙蓉向脸两边开。乱入池中看不见,闻歌始觉有人来。

越女作桂舟,还将桂为楫。湖上水渺漫,清江初可涉。摘取芙蓉花,莫摘芙蓉叶。将归问夫婿,颜色何如妾?

同前二首　　唐·戎昱

虽听采莲曲,讵识采莲心。漾楫爱花远,回船愁浪深。烟生极浦色,日落半江阴。同侣怜波静,看妆堕玉簪。

浔阳女儿花满头,毵毵同泛木兰舟。秋风日暮南湖里,争唱菱歌不肯休。

同前　　唐·储光羲

浅渚荷花繁,深塘菱叶疏。独往方自得,耻邀淇上姝。广江无术阡,大泽绝方隅。浪中海童语,流下鲛人居。春雁时隐舟,新荷复满湖。采采乘日暮,不思贤与愚。

同前二首　　唐·鲍溶

弄舟竭来南塘水,荷叶映身摘莲子。暑衣清净鸳鸯喜,作浪舞花惊不起。殷勤护惜纤纤指,水菱初熟多新刺。

采莲竭来水无风,莲潭如镜松如龙。夏衫短袖交斜红,艳歌笑斗新芙蓉,戏鱼住听莲花东。

同前　　唐·张籍

秋江岸边莲子多,采莲女儿凭船歌。青房圆实齐戢戢,争前竞折荡漾波。试（索）〔牵〕绿茎（不）〔下〕寻藕，断处丝多刺伤手。白练束腰袖半卷，不插玉钗妆梳浅。船中未满度前洲，借问谁家家住远。归时共待暮潮上，自弄芙蓉还荡桨。

同　　前　　　　唐·白居易

菱叶萦波荷飐风，荷花深处小船通。逢郎欲语低头笑，碧玉搔头落水中。

同　　前　　　　唐·僧齐己

越溪女，越江莲，齐菡萏，双婵娟。嬉游〔向〕何处，采摘且同船。浩〔唱〕发容与，清波生漪涟。时逢岛屿泊，几共鸳鸯眠。襟袖既盈溢，馨香亦相传。薄暮归去来，苎罗生碧烟。

采莲归　　　　　　王　勃

采莲归，绿水芙蓉衣。秋风起浪凫雁飞。桂棹兰桡下长浦，罗裙玉腕摇轻橹。叶屿花潭极望平，江讴越吹相思苦。相思苦，佳期不可驻。塞外征夫犹未还，江南采莲今已暮。今已暮，摘莲花。今渠那必尽倡家。官道城南把桑叶，何如江上采莲花。莲花复莲花，花叶何重叠？叶翠本羞眉，花红强如颊。佳人不兹期，怅望别离时。牵花怜共蒂，折藕爱连丝。故情何处所，新物徒华滋。不惜南津交佩解，还羞北海雁书迟。采莲歌有节，采莲夜未歇。正逢浩荡江上风，又值徘徊江上月。莲浦夜相逢，吴姬越女何丰茸。共问寒江千里外，征客关山更几重？

采莲女　　　　　　唐·阎朝隐

采莲女,采莲舟,春日春江碧水流。莲衣承玉钏,莲刺胃银钩。薄暮敛容歌一曲,氛氲香气满汀洲。

湖边采莲妇　　　　　李　白

小姑织白纻,未解将人语。大嫂采芙蓉,溪湖千万重。长兄行不在,莫使外人逢。愿学秋胡妇,真心比古松。

张静婉采莲曲　　　唐·温庭筠

《梁书》曰:"羊侃性豪侈,善音律,姬妾列侍,穷极奢侈。有舞人张静婉,容色绝世,腰围一尺六寸,时人咸推能掌上舞。侃尝自造《采莲》、《棹歌》两曲,甚有新致,乐府谓之《张静婉采莲曲》。其后所传,颇失故意。"

兰膏坠发红玉春,燕钗拖颈抛盘云。城西—作边杨柳向娇晚,门前沟水波潾潾。麒麟公子朝天客,珮马珰珰度春陌。掌中无力舞衣轻,剪断鲛绡破春碧。抱月飘烟一尺腰,麝脐龙髓怜娇饶。秋罗拂水碎光动,露重花多香不销。鸂鶒胶胶塘水满,绿萍如粟—作绿芒金粟莲茎短。一夜西风送雨来,粉痕零落愁红浅。船头折藕丝暗牵,藕根莲子相留连。郎心似月月易—作未缺,十五十六清光圆。

凤笙曲　　　　　　唐·沈佺期

忆昔王子晋,凤笙游云空。挥手弄白日,安能恋青宫。岂无婵娟子,结念罗帐中。怜寿不贵色,身世两无穷。

凤吹笙曲　　　　李　白

　　仙人十五爱吹笙,学得昆丘彩凤鸣。始闻炼气餐金液,复道朝天赴玉京。玉京迢迢几千里,凤笙去去无边已。欲叹离声发绛唇,更嗟别调流纤指。此时惜别讵堪闻,此地相看未忍分。重吟真曲和清吹。却奏仙歌响绿云。绿云紫气向函关,访道应寻缑氏山。莫学吹笙王子晋,一遇浮丘断不还。

乐府诗集卷第五十一　清商曲辞 八

江南弄 下

采菱歌七首　　　宋·鲍照

鹜舲驰桂浦,息棹偃椒潭。箫弄澄湘北,菱歌清汉南—作弄弦潇湘北,歌菱清汉南。

弭榜搴薫荑,停唱纳薫若。含伤拾泉花,萦念采云蘤。

瞬阔逢暄新,凄怨值妍华。秋心殊不那—作秋心不可荡,春思乱如麻。

要艳双屿里,望美两洲间。裊裊风出浦,沉沉日向山。

烟噎越嶂深,箭迅楚江急。空抱琴心悲,徒望弦开泣。

缄叹凌珠渊,收慨上金堤。春芳行歇落,是人方未齐。

思今怀近忆,望古怀远识。怀古复怀今,长怀无终极。

采菱曲　　　梁简文帝

菱花落复含,桑女罢新蚕。桂棹浮星艇,徘徊莲叶南。

同前　　　梁·陆罩

参差杂荇枝,田田竞荷密。转叶任香风,舒花影流日。戏鸟波中荡,游鱼菱下出。不与文王嗜,羞持比萍实。

　　　　同　　前　　　　梁·费昶

妾家五湖口,采菱五湖侧。玉面不关妆,双眉本翠色。日斜天欲暮,风生浪未息。宛在水中央,空作两相忆。

　　　　同　　前　　　　梁·江淹

秋日心容与,涉水望碧莲。紫菱亦可采,试以缓愁年。参差万叶下,泛漾百流前。高彩隘通壑,香气丽广川。歌出棹女曲,舞入江南弦。乘鼋非逐俗,驾鲤乃怀仙。众美信如此,无恨在清泉。

　　　　同前二首　　　　梁·江洪

风生绿叶聚,波动紫茎开。含花复含实,正待佳人来。

白日和清风,轻云杂高树。忽然当此时,采菱复相遇。

　　　　同　　前　　　　梁·徐勉

相携及嘉月,采菱渡北渚。微风吹棹歌,日暮相容与。采采不能归,望望方延伫。倪逢遗佩人,预以心相许。

　　　　同　　前　　　　唐·储光羲

浊水菱叶肥,清水菱叶鲜。义不游浊水,志士多苦言。潮没具区薮,潦深云梦田。朝随北风去,暮逐南风还。浦口多渔家,相与邀我船。饭稻以终日,羹莼将永年。方冬水物穷,又欲休山樊。尽室相随从,所贵无忧患。

649

采菱行　　　唐·刘禹锡

白马湖平秋日光,紫菱如锦彩鸾—作鸳翔。荡舟游女满中央,采菱不顾马上郎。争多逐胜纷相向,时转兰桡破轻浪。长鬟弱袂动参差,钗影钏文浮荡漾。笑语哇咬顾晚晖,蓼花缘岸扣舷归。归来共到市桥步,野蔓系船萍满衣。家家竹楼临广陌,下有连樯多估客。携觞荐芰夜经过,醉踏大堤相应歌。屈平祠下沅江水,月照寒波白烟起。一曲南音此地闻,长安北望三千里。

阳春歌　　　宋·吴迈远

百里望咸阳,知是帝京域。绿树摇云光,春城起风色。佳人爱华景,流靡园塘侧。妍姿艳月映,罗衣飘蝉翼。宋玉歌阳春,巴人长叹息。雅郑不同赏,那令君怆恻。生重受惠轻,私自怜何极。

同　前　　　梁·吴　均

紫苔初泛水,连绵浮且没。若欲歌阳春,先歌青楼月。

同　前　　　檀约

青春献初岁,白云映雕梁。兰萌犹自短,柳叶未能长。已见红花发,复闻绿草香。乘此试游衍,谁知心独伤。

同　前　　　陈·顾野王

春草正芳菲,重楼启曙扉。银鞍侠客至,柘弹婉童归。

池前竹叶满,井上桃花飞。蓟门寒未歇,为断流黄机。

同　前　　　　隋·柳顾言

春鸟一啭有千声,春花一丛千种名。旅人无语坐檐楹,思乡怀土志难平。唯当文共酒,暂与兴相迎。

同　前　　　　唐·李　白

长安白日照春空,绿杨结烟桑袅风。披香殿前花始红,流芳发色绣户中。绣户中,相经过,飞燕皇后轻身舞,紫宫夫人绝世歌。圣君三万六千日,岁岁年年奈乐何!

阳春曲

芣苢生前迳,含桃落小园。春心自摇荡,百舌更多言。

同　前　　　　唐·温庭筠

云母空窗晓烟薄,香昏龙气凝辉阁。霏霏雾雨杏花天,帘外春威著罗幕。曲栏伏槛金麒麟,沙苑芳郊连翠茵。厩马何能(齿)〔啮〕芳草,路人不敢随流尘。

同　前　　　　唐·庄南杰

紫锦红囊香满风,金鸾玉轵摇丁冬。沙鸥白羽剪晴碧,野桃红艳烧春空。芳草绵延锁平地,垅蝶双双舞幽翠。凤叫龙吟白日长,落花声底仙娥醉。

同前　　　唐·僧贯休

为口莫学阮嗣宗，不言是非非至公。为手须似朱云辈，折槛英风至今在。男儿结发事君亲，须教前贤多慷慨。历数雍熙房与杜，魏公姚公宋开府。尽向天上仙宫闲处坐，何不却辞上帝下下土，忍见苍生苦苦苦。

朝云引　　　唐·郎大家宋氏

巴西巫峡指巴东，朝云触石上朝空。巫山巫峡高何已，行雨行云一时起。一时起，三春暮，若言来，且就阳台路。

上云乐　　　梁武帝

《古今乐录》曰："《上云乐》七曲，梁武帝制，以代西曲。一曰《凤台曲》，二曰《桐柏曲》，三曰《方丈曲》，四曰《方诸曲》，五曰《玉龟曲》，六曰《金丹曲》，七曰《金陵曲》。"按《上云乐》又有老胡文康辞，周舍作，或云范雲。《隋书·乐志》曰："梁三朝第四十四，设寺子导安息孔雀、凤皇、文鹿胡舞登连《上云乐》歌舞伎。"

凤台曲

《古今乐录》曰："《凤台曲》，和云：'上云真，乐万春。'"

凤台上，两悠悠。云之际，神光朝天极，华盖遏延州。羽衣昱耀，春吹去复留。

桐柏曲

《古今乐录》曰："《桐柏曲》，和云：'可怜真人游。'"

桐柏真,升帝宾。戏伊谷,游洛滨。参差列凤管,容与起梁尘。望不可至,徘徊谢时人。

方丈曲

方丈上,峻层云。挹八玉,御三云。金书发幽会,碧简吐玄门。至道虚凝,冥然共所遵。

方诸曲

《古今乐录》曰:"《方诸曲》,三洲韵。和云:'方诸上,可怜欢乐长相思。'"

方诸上,上云人,业守仁。拟金集瑶池,步光礼玉晨。霞盖容长肃,清虚伍列真。

玉龟曲

《古今乐录》曰:"《玉龟曲》,和云:'可怜游戏来。'"

玉龟山,真长仙。九光耀,五云生。交带要分影,大华冠晨缨。耆—作寿如玄罗,出入游太清。

金丹曲

《古今乐录》曰:"《金丹曲》,和云:'金丹会,可怜乘白云。'"

紫霜耀,绛雪飞。追以还,转复飞。九真道方微,千年不传,一传裔云衣。

金陵曲

勾曲仙,长乐游洞天。巡会迹,六门揖,玉板登金门,凤泉回肆,鹭羽降寻云。鹭羽一流,芳芬郁氛氲。

右七曲。

上云乐

上云乐　　　　　　　梁·周　舍

西方老胡,厥名文康。遨游六合,傲诞三皇。西观濛汜,东戏扶桑。南泛大蒙之海,北至无通之乡。昔与若士为友,共弄彭祖扶床。往年暂到昆仑,复值瑶池举觞。周帝迎以上席,王母赠以玉浆。故乃寿如南山,志若金刚。青眼䩄䩄,白发长长。蛾眉临髭,高鼻垂口。非直能俳,又善饮酒。箫管鸣前,门徒从后。济济翼翼,各有分部。凤皇是老胡家鸡,师子是老胡家狗。陛下拨乱反正,再朗三光。泽与雨施,化与风翔。觇云候吕,志游大梁。重驯修路,始届帝乡。伏拜金阙,仰瞻玉堂。从者小子,罗列成行。悉知廉节,皆识义方。歌管愔愔,铿鼓锵锵。响震钧天,声若鹓皇。前却中规矩,进退得宫商。举技无不佳,胡舞最所长。老胡寄箧中,复有奇乐章。赍持数万里,愿以奉圣皇。乃欲次第说,老耄多所忘。但愿明陛下,寿千万岁,欢乐未渠央。

同　前　　　　　　　唐·李　白

金天之西,白日所没。康老胡雏,生彼月窟。巉岩容仪,戍削风骨。碧玉炅炅双目瞳,黄金拳拳两鬓红。华盖垂下睫,嵩岳临上唇。不睹谲诡貌,岂知造化神。大道是文康之严父,元气乃文康之老亲,抚顶弄盘古,推车转天轮。云见日月初生时,铸冶火精与水银。阳乌未出谷,顾兔半藏身。女娲戏黄土,团作愚下人。散在六合间,濛濛若沙尘。生死了不尽,谁明此胡是仙真。西海栽若木,东溟植扶桑。别来几多时,枝叶万里长。中国有七圣,半路颓鸿荒。陛下应运起,龙飞入咸阳。赤眉立盆子,白水兴汉光。叱咤四海动,洪涛为簸扬。举足蹋紫微,天关自开张。老胡感至德,东来进仙倡。五色师子,九苞凤皇,是老胡鸡犬鸣舞飞帝乡。淋漓飒沓,进退成行。能胡歌,献汉酒,跪双膝,并两肘,散花指天举素手。拜龙颜,献圣寿。北斗戾,南山摧,天子九九八十一万岁,长倾万岁—作年杯。

　　　　同　前　　　　唐·李贺

飞香走红满天春,花龙盘盘上紫云。三千宫女列金屋—作彩女别金屋,五十弦瑟海上闻。大江碎碎银沙路,嬴女机中断烟素。断烟素,缝舞衣,八月一日君前舞。

　　　　凤台曲　　　　唐·王无竞

凤台何逶迤,嬴女管参差。一日彩云至,身去无还期。遗曲此台上,世人多学吹。一吹一落泪,至今怜玉姿。

　　　　同　前　　　　李　白

尝闻秦帝女,传得凤皇声。是日逢仙子,当时别有情。人吹彩箫去,天借绿云迎。曲—作心在身不返,空馀弄玉名。

凤皇曲　　　　　唐·李白

嬴女吹玉箫,吟弄天上春。青鸾不独去,更有携手人。影灭彩云断,遗声落西秦。

箫史曲　　　　　宋·鲍照

箫史爱少年,嬴女羡童颜。火粒愿排弃,霞好忽登攀。龙飞逸天路,凤起出秦关。身去长不返,箫声时往还。

同　前　　　　　齐·张融

引响犹天外,吟声似地中。戴〔胜〕噪落景,龙喷清霄风。

同　前　　　　　陈·江总

弄玉秦家女,箫史仙处童。来时兔月照,去后凤楼空。密笑开还敛,浮声咽更通。相期红粉色,飞向紫烟中。

方诸曲　　　　　陈·谢燮

望仙室,仰云光,绳河里,扇月傍。井公能六著,玉女善投壶。琼醴和金液,还将天地俱。

梁雅歌

《古今乐录》曰:"梁有雅歌五曲:一曰《应王受图曲》,二曰《臣道曲》,三曰《积恶篇》,四曰《积善篇》,五曰《宴酒篇》。三朝乐第十五奏之。"

应王受图曲

应王受图,荷天革命。乐曰功成,礼云治定。恩弘庇臣,念昭率性。迺眷三才,以宣八政。愧无则哲,临渊自镜。或戒面从,永隆福庆。

臣道曲

孝义相化,礼让为风。当官无媚,嗣民必公。谦谦君子,謇謇匪躬。谅而不讦,和而不同。诫之诫之,去骄思冲。弘兹大雅,是曰至忠。

积恶篇

积恶在人,犹酖处腹。酖成形亡,恶积身覆。殷辛再离,温舒五族。责必及嗣,财岂润屋。斯川既往,逝命不复。镜兹馀殃,幸修多福。

积善篇

惟德是辅,皇天无亲。抱狱归舜,捨财去邠。豚鱼怀信,行苇留仁。先世有作,馀庆方因。鸣玉承家,锡珪于民。连城非重,积善为珍。

宴酒篇

记称成礼,诗咏饱德。卜昼有典,厌夜不忒。彝酒作民,乐饮亏则。腐腹遗丧,濡首亡国。誓彼六马,去兹三惑。

占言孔昭,以求温克。

梁雅歌
君道曲　　　　　唐·李　白

　　唐李白曰:"梁之雅歌有五篇,今作一章。"按梁雅歌无《君道曲》,疑《应王受图曲》是也。

　　大君若天覆,广运无不至。轩后爪牙常先太山稽,如心之使臂。小白鸿翼于夷吾,刘葛鱼水本无二。土扶可成墙,积德为厚地。

乐府诗集卷第五十二　舞曲歌辞一

《通典》曰:"乐之在耳者曰声,在目者曰容。声应乎耳,可以听知;容藏于心,难以貌观。故圣人假干戚羽旄以表其容,发扬蹈厉以见其意,声容选和而后大乐备矣。《诗序》曰:'咏歌之不足,不知手之舞之,足之蹈之。'然乐心内发,感物而动,不觉手之自运,欢之至也。此舞之所由起也。"舞亦谓之万。《礼记外传》曰:"武王以万人同灭商,故谓舞为万。"《商颂》曰:"万舞有奕。"则殷已谓之万矣。《鲁颂》曰:"万舞洋洋。"卫诗曰:"公庭万舞。"然则万亦舞之名也。《春秋》鲁隐公五年:"考仲子之宫,将万焉。因问羽数于众仲,众仲对曰:'天子用八,诸侯六,大夫四,士二。舞所以节八音而行八风,故自八而下。'于是初献六羽,始用六佾也。"杜预以为六六三十六人,而沈约非之,曰:"八音克谐,然后成乐,故必以八人为列。自天子至士,降杀以两,两者减其二列尔。预以为一列又减二人,至士止馀四人,岂复成乐。服虔谓天子八八,诸侯六八,大夫四八,士二八,于义为允也。"周有六舞:一曰帗舞,二曰羽舞,三曰皇舞,四曰旄舞,五曰干舞,六曰人舞。帗舞者,析五彩缯,若汉灵星舞子所持是也。羽舞者,析羽也。皇舞者,杂五彩羽,如凤皇色,持之以舞也。旄舞者,牦牛之尾也。干舞者,兵舞持盾而舞也。人舞者,无所执,以手袖为威仪也。《周官·舞师》:"掌教兵舞,帅而舞山川之祭祀。教帗舞,帅而舞社稷之祭祀。教羽舞,帅而舞四方之祭祀。教皇舞,帅而舞旱暵之事。"乐师亦掌教国子小舞。自汉以后,乐舞寖盛。故有雅舞,有杂舞。雅舞用之郊庙、朝飨,杂舞用之宴会。晋傅玄又有十馀小曲,名为舞曲。故《南齐书》载其辞云:"获罪于天,北徙朔方。

坟墓谁扫,超若流光。"疑非宴乐之辞,未详其所用也。前世乐饮酒酣,必自起舞,诗云"屡舞仙仙"是也。故知宴乐必舞,但不宜屡尔。讥在屡舞,不讥舞也。汉武帝乐饮,长沙定王起舞是也。自是已后,尤重以舞相属,所属者代起舞,犹世饮酒以杯相属也。灌夫起舞以属田蚡,晋谢安舞以属桓嗣是也。近世以来,此风绝矣。

雅 舞

　　雅舞者,郊庙、朝飨所奏文武二舞是也。古之王者,乐有先后,以揖让得天下,则先奏文舞,以征伐得天下,则先奏武舞,各尚其德也。黄帝之《云门》,尧之《大咸》,舜之《大韶》,禹之《大夏》,文舞也。殷之《大濩》,周之《大武》,武舞也。周存六代之乐,至秦唯馀《韶》、《武》。汉魏已后,咸有改革,然其所用,文武二舞而已。名虽不同,不变其舞。故《古今乐录》曰:"自周以来,唯改其辞,示不相袭,未有变其舞者也。"然自《云门》而下,皆有其名而亡其容,独《大武》之制,存而可考。《乐记》曰:"乐者,象成者也。总干而山立,武王之事也。发扬蹈厉,太公之志也。武乱皆坐,周召之治也。武始而北出,再成而灭商,三成而南,四成而南国是强,五成而分周公左、召公右,六成复缀以崇天子,夹振之而四伐盛,威于中国也。分夹而进,事蚤济也,久立于缀,以待诸侯之至也,故季札观乐见舞象箾南籥者,曰:'美哉犹有憾。'见舞《大武》者,曰:'美哉周之盛也,其若此乎!'其后成王以周公为有勋劳,命鲁公世世祀周公以天子礼乐,升歌清庙,下管象武,朱干玉戚,冕而舞《大武》,皮弁素积,裼而舞《大夏》,以广鲁于天下也。自汉已后,又有庙舞,各用于其庙,凡此皆雅舞也。"

后汉武德舞歌诗　　东平王苍

　　一曰世祖庙登歌。《宋书·乐志》曰:"周存六代之乐,至秦唯馀

《韶》、《武》而已。始皇二十六年，改周《大武舞》曰《五行》。汉高祖四年，造《武德舞》，舞人悉执干戚，以象天下乐已行武以除乱也。六年，改舜《韶舞》曰《文始》，以示不相袭也。文帝又造《四时舞》，以明天下之安和。盖乐先王之乐者，明有法也；乐己所自作者，明有制也。孝景采《武德舞》作《昭德舞》，荐之太宗之庙。孝宣采《昭德舞》为《盛德舞》，荐之世宗之庙。"《汉书·礼乐志》曰："高庙奏《武德》、《文始》、《五行》之舞，孝文庙奏《昭德》、《文始》、《四时》、《五行》之舞，孝武庙奏《盛德》、《文始》、《四时》、《五行》之舞，诸帝庙皆常奏《文始》、《四时》、《五行》舞，大抵皆因秦旧事焉。"《东观汉记》曰："明帝永平三年八月，公卿奏世祖庙舞名。东平王苍议，以为汉制，宗庙各奏其乐，不皆相袭，以明功德。光武皇帝拨乱中兴，武功盛大，庙乐舞宜曰《大武》之舞，其《文始》、《五行》之舞如故，勿进《武德舞》。诏曰：'如骠骑将军议，进《武德》之舞如故。'"

於穆世庙，肃雍显清。俊乂翼翼，秉文之成。越序上帝，骏奔来宁。建立三雍，封禅泰山。章明图谶，放唐之文。休矣惟德，罔射协同。本支百世，永保厥功。

晋正德大豫舞歌二首　　晋·傅　玄

《宋书·乐志》曰："晋武帝泰始九年，荀勖典知乐事，使郭琼、宋识等造《正德》、《大豫》之舞，而勖及傅玄、张华又各造舞歌。咸宁元年，诏定祖宗之号，而庙乐同用《正德》、《大豫舞》。初，魏明帝景初元年造《武始》、《咸熙》二舞，祀郊庙。《武始舞》者，平冕，黑介帻，玄衣裳，白领袖，绛领袖中衣，绛合幅袴，绛袜，黑韦鞮。《咸熙舞》者，冠委貌，其餘服如前。奏于朝廷，则《武始舞》者，武冠，赤介帻，生绛袍，单衣，绛领袖，皂领袖中衣，虎文画合幅袴，白布袜，黑韦鞮。《咸熙舞》者，进贤冠，黑介帻，生黄袍，单衣，白合幅袴。其餘服如前。

晋相承用之。"

正德舞歌

天命有晋,光济万国。穆穆圣皇,文武惟则。在天斯正,在地成德。载韬政刑,载崇礼教。我敷玄化,臻于中道。

大豫舞歌

於铄皇晋,配天受命。熙帝之光,世德惟圣。嘉乐大豫,保祐万姓。渊兮不竭,冲而用之。先帝弗违,虔奉天时。

晋正德大豫舞歌二首　　荀勖
正德舞歌

人文垂则,盛德有容。声以依咏,舞以象功。干戚发挥,节以笙镛。羽籥云会,翙宣令踪。敷美尽善,允协时邕。焕炳其章,光乎万邦。万邦洋洋,承我晋道。配天作享,元命有造。上化如风,民应如草。穆穆斌斌,形于缀兆。文武旁作,庆流四表。无竞维烈,永世是绍。

大豫舞歌

豫顺以动,大哉惟时。时迈其仁,世载邕熙。兆我区夏,宣文是基。大业惟新,我皇隆之。重光累晖,钦明文思。迄用有成,惟晋之祺。穆穆圣皇,受命既固。品物咸宁,芳烈云布。文教旁通,笃以淳素。玄化洽畅,被之暇豫。作乐崇德,同美《韶》、《濩》。潜邈幽遐,式遵王度。

晋正德大豫舞歌二首　　　张　华

正德舞歌

曰皇上天，玄鉴惟光。神器周回，五德代章。祚命于晋，世有哲王。弘济区夏，陶甄万方。大明垂耀，旁烛无疆。蛰蛰庶类，风德永康。皇道惟清，礼乐斯经。金石在县，万舞在庭。象容表庆，协律被声。轶《武》超《濩》，取节《六韺》。同进退让，化渐无形。太和宣洽，通于幽冥。

大豫舞歌

惟天之命，符运有归。赫赫大晋，三后重晖。继明绍世，光抚九围。我皇绍期，遂在璇玑。群生属命，奄有庶邦。慎徽五典，玄教遐通。万方同轨，率土咸雍。受制大豫，宣德舞功。醇化既穆，王道协隆。仁及草木，惠加昆虫。亿兆夷人，悦仰皇风。丕显大业，永世弥崇。

宋前后舞歌二首　　　王韶之

《宋书·乐志》曰："武帝永初元年，改晋《正德舞》曰《前舞》，《大豫舞》曰《后舞》，并蕤宾厢作。孝武孝建二年九月，建平王宏议以为：舞不更名，直为《前》、《后》二舞。依据昔代，义舛事乖，宜釐改权称，以'凯容'为《韶舞》，'宣烈'为《武舞》。祖宗庙乐，总以德为名。若庙非不毁，则乐（舞）〔无〕别称。犹汉高、文、武，咸有嘉号，惠、景二主，乐无馀名。章皇太后庙唯奏文乐，明妇人无武事也。郊祀之乐，无复别名，仍同宗庙而已。诏如宏议。"

663

前舞歌

於赫景明,天监是临。乐来伊阳,礼作惟阴。歌自德富,舞由功深。庭列宫县,陛罗瑟琴。翻籥繁会,笙磬谐音。《箫韶》虽古,九成在今。导志和声,德音孔宣。光我帝基,协灵配乾。仪刑六合,化穆自然。如彼云汉,为章于天。熙熙万类,陶和当年。击辕中《韶》,永世弗骞。

后舞歌

假乐圣后,实天诞德。积美自中,王猷四塞。龙飞在天,仪刑万国。钦明惟神,临朝渊默。不言之化,品物咸德。告成于天,铭勋是勒。翼翼厥猷,亹亹其仁。顺命创制,因定和神。海外有截,九围无尘。冕旒司契,垂拱临民。乃舞《大豫》,钦若天人。纯嘏孔休,万载弥新。

齐前后舞歌四首
前舞阶步歌　　　　　齐辞

《隋书·乐志》曰:"近代舞出入皆作乐,谓之阶步,咸用《肆夏》,至梁去之,隋复用焉。即《周官》所谓'乐出入奏钟鼓'也。"《古今乐录》曰:"何承天云:今舞出乐谓之阶步,蕤宾厢作。寻《仪礼》燕、饮、射三乐,皆云席工于西阶上,大师升自西阶北面东上,相者坐受瑟,乃降笙入,立于县中北面,乃合乐工,歌《鹿鸣》、《四牡》、《周南》。今直谓之阶步,而承天又以为出乐,俱失之矣。"

天挺圣哲,三方维纲。川岳伊宁,七耀重光。茂育万物,众庶咸康。道用潜通,仁施遐扬。德厚坤极,功高昊苍,舞象盛容,德以歌章。八音既节,龙跃凤翔。皇基永树,二仪等长。

前舞凯容歌　　　　　　宋　辞

《南齐书·乐志》曰:"宋《前》、《后》舞歌二章,齐微改革,多仍旧辞。《宣烈舞》执干戚,用魏武始舞冠服;《凯容舞》执羽籥,用魏《咸熙舞》冠服。宋以《凯容》继《韶》为文舞。据《韶》为言,《宣烈》即是古之《大武》,今世谚呼为武王伐纣。齐初仍旧,不改宋舞名。其舞人冠服,亦相承用之。"《古今乐录》曰:"宋孝武改《前舞》为《凯容》之舞,《后舞》为《宣烈》之舞。何承天《三代乐序》云:'晋《正德》、《大豫舞》,盖出于汉《昭容》、《礼容乐》,然则其声节有古之遗音焉。'晋使郭琼、宋识等造《正德》、《大豫舞》,初不言因革昭业等两舞,承天空谓二容,竟自无据。"按《正德》、《大豫》二舞,即出《宣武》、《宣文》、魏《大武》三舞也。《宣武》,魏《昭武舞》也。《宣文》,魏《武始舞》也。魏改《巴渝》为《昭武》,《五行》曰《大武》。今《凯容舞》执籥秉翟,即魏《武始舞》也。《宣烈舞》有矛弩,有干戚。矛弩,汉《巴渝舞》也;干戚,周武舞也。宋世止革其辞与名,不变其舞。舞相传习,至今不改。琼、识所造,正是杂用二舞,以为《大豫》尔。夷蛮之乐虽陈宗庙,不应杂以周舞也。

於赫景命,天鉴是临。乐来伊阳,礼作惟阴。歌自德富,舞由功深。庭列宫县,陛罗瑟琴。翾籥繁会,笙磬谐音。《箫韶》虽古,九奏在今。导志和声,德音孔宣。光我帝基,协灵配乾。仪刑六合,化穆自宣。如彼云汉,为章于天。熙熙万类,陶和当年。击辕中韶,永世弗骞。

后舞阶步歌　　　　　　齐　辞

皇皇我后,绍业盛明。涤拂除秽,宇宙载清。允执中和,以莅苍生。玄化远被,兆世轨形。何以崇德,乃作九成。妍步徊徊,雅曲芬馨。八风清鼓,应以祥祯。泽浩天下,功齐百灵。

后舞凯容歌　　　　　　宋　辞

假乐圣后,实天诞德。积美自中,王猷四塞。龙飞在天,仪〔利〕〔刑〕万国。钦明惟神,临朝渊默。不言之化,品物咸得。告成于天,铭勋是勒。翼翼厥猷,亹亹其仁。从命创制,因定和神。海外有截,九国无尘。冕旒司契,垂拱临民。乃舞《凯容》,钦若天人。纯嘏孔休,万载弥新。

梁大壮大观舞歌二首　　　沈　约

《隋书·乐志》曰:"梁初犹用《凯容》、《宣烈》之舞,武帝定乐,以武舞为《大壮舞》,文舞为《大观舞》。二郊明堂太庙三朝同用。"《古今乐录》曰:"梁改《宣烈》为《大壮》,即周《武舞》也;改《凯容》为《大观》,即舜《韶舞》也。陈以《凯容》乐舞用之郊庙,而《大壮》、《大观》犹同梁舞,所谓祠用宋曲,宴准梁乐,盖取人神不杂也。"

大壮舞歌

《隋书·乐志》曰:"《大壮舞》取《易·象》云:'大壮,大者壮也,正大而天地之情可见也。'"《古今乐录》曰:"《大壮》、《大观》二舞,以大为名。《老子》云:'域中有四大。'《论语》云:'惟天为大。'今制'大壮'、'大观'之名,亦因斯而立义焉。"

高高在上,实爱斯人。眷求圣德,大拯彝伦。率土方燎,如火在薪。慄慄黔首,暮不及晨。朱光启耀,兆发穹旻。我皇郁起,龙跃汉津。言届牧野,电激雷震。阙鞏之甲,彭濮之人。或貔或武,漂杵浮轮。我邦虽旧,其命惟新。六伐乃止,七德必陈。君临万国,遂抚八(寅)〔夤〕。

大观舞歌

《隋书·乐志》曰:"《大观舞》取《易·彖》曰:'大观在上。观天之神道而四时不忒也。'"

皇矣帝烈,大哉兴圣。奄有四方,受天明命。居上不息,临下惟敬。举无愆则,动无失正。物从其本,人遂其性。昭播九功,肃齐八柄。宽以惠下,德以为政。三趾晨仪,重轮夕映。栈壑忘阻,梯山匪复。如日有恒,与天无竟,载陈金石,式流舞咏。《咸》、《英》、《韶》、《夏》,于兹比盛。

北齐文武舞歌四首

《隋书·乐志》曰:"北齐元会大飨奏文武二舞,二舞将作,并先设阶步焉。"

文舞阶步辞

我后降德,肇峻皇基。摇铃大号,振铎命期。云行雨洽,天临地持。茫茫区宇,万代一时。文来武肃,成定于兹。象容则舞,歌德言诗。锵锵金石,列列匏丝。凤仪龙至,乐我雍熙。

文舞辞

皇天有命,归我大齐。受兹华玉,爰锡玄珪。奄家环海,实子蒸黎。图开宝匣,检封芝泥。无思不顺,自东徂西。教南暨朔,罔敢或携。比日之明,如天之大。神化之洽,率土无外。眇眇舟车,华戎毕会。祠我春秋,服我冠带。仪协震象,乐均天籁。蹈武在庭,其容蔼蔼。

武舞阶步辞

大齐统历,天鉴孔昭。金人降泛,火凤来巢。眇均虞德,干戚降苗。夙沙攻主,归我轩朝。礼符揖让,乐契《咸》、《韶》。蹈扬惟序,律度时调。

武舞辞

天眷横流,宅心玄圣。祖功宗德,重光袭映。我皇恭己,诞膺灵命。宇外斯烛,域中咸镜。悠悠率土,时惟保定。微微动植,莫违其性。仁丰庶物,施洽群生。海宁洛变,契此休明。雅宣茂烈,颂纪英声。铿锽钟鼓,掩抑箫笙。歌之不足,舞以礼成。铄矣王度,缅迈千龄。

隋文武舞歌二首

《隋书·乐志》曰:"隋有文舞武舞,舞各六十四人。文舞黑介帻,冠进贤冠,绛纱连裳,内单皁褾领,襈裾,革带,乌皮履。左手执籥,右手执翟。武舞服,武弁,朱褠衣,馀同文舞。左执朱干,右执大戚。其舞六成,始而受命,再成而定山东,三成而平蜀道,四成而北狄是通，五成而江南是拓，六成复缀以阐太平。"

文舞歌

天睠有属，后德惟明。君临万宇，昭事百灵。濯以江汉，树之风声。罄地毕归，穷天皆至。六戎行朔，八蛮请吏。烟云献彩，龟龙表异。缉和礼乐，燮理阴阳。功由舞见，德以歌彰。两仪同大，日月齐光。

武舞歌

惟皇御宇，惟帝乘乾。五材并用，七德兼宣。平暴夷险，拯溺救燔。九域载安，兆庶斯赖。续地之厚，补天之大。声隆有截，化覃无外。鼓钟既奋，干戚攸陈。功高德重，政谧化淳。鸿休永播，久而弥新。

晋昭德成功舞歌四首

《唐馀录》曰："晋天福五年，诏有司复修正至朝会二舞之制，以文舞为《昭德》之舞，武舞为《成功》之舞。十一月冬至，遂奏之。于时二舞久废，众喜于复兴，而乐工舞员，杂取教坊以满之。声节靡曼，缀兆合节，而无远促迟速之累。及明年正旦再奏，而蹈厉进退无列，议者非之。"《五代史·乐志》曰："文舞六十四人，左手执籥，右手执翟。冠进贤冠，服黄纱袍，白纱中单，皁领襈，白练襀裆，白布大口裤，革带，乌皮履，白布袜。武舞六十四人，左手执干，右手执戚。服弁，平巾帻，金支绯丝布大袖，绯丝布裲裆，甲金饰，白练襀裆，锦腾蛇起梁带，豹文大口布裤，乌皮靴。"

昭德舞歌二首

圣代修文德,明庭举旧章。两阶陈羽籥,万舞合宫商。剑佩森鸳鹭,《箫韶》下凤凰。我朝青史上,千古有辉光。

寰海干戈戢,朝廷礼乐施。白驹皆就縶,丹凤复来仪。德备三苗格,风行万国随。小臣同百兽,率舞贺昌期。

成功舞歌二首

拨乱资英主,开基自晋阳。一戎成大业,七德焕前王。炎汉提封远,姬周世祚长。朱干将玉戚,全象武功扬。

睿算超前古,神功格上圆。百川留禹迹,万国戴尧天。既已櫜弓矢,诚宜播管弦。跄跄随鸟兽,共乐太平年。

乐府诗集卷第五十三　舞曲歌辞 二

杂　舞 一

杂舞者,《公莫》、《巴渝》、《槃舞》、《鞞舞》、《铎舞》、《拂舞》、《白纻》之类是也。始皆出自方俗,后寖陈于殿庭。盖自周有缦乐散乐,秦汉因之增广,宴会所奏,率非雅乐。汉、魏已后,并以鞞、铎、巾、拂四舞,用之宴飨。宋武帝大明中,亦以鞞拂杂舞合之。钟石施于庙庭,朝会用乐,则兼奏之。明帝时,又有西伧羌胡杂舞,后魏、北齐,亦皆参以胡戎伎,自此诸舞弥盛矣。隋牛弘亦请存四舞,宴会则与杂伎同设,于西凉前奏之,而去其所持鞞拂等。按此虽非正乐,亦皆前代旧声。故成公绥赋云:"鞞铎舞庭,八音并陈。"梁武帝报沈约云"鞞、铎、巾、拂,古之遗风"是也。唐太宗贞观中,始造宴乐。其后又分为立坐二部,堂下立奏,谓之立部伎。堂上坐奏,谓之坐部伎。立部伎八:一《安乐》,二《太平乐》,三《破阵乐》,四《庆善乐》,五《大定乐》,六《上元乐》,七《圣寿乐》,八《光圣乐》。自《破阵乐》以下,皆用大鼓,杂以龟兹乐,其声震厉。《大定乐》又加金钲。《庆善乐》颛用西凉乐,声颇闲雅。坐部伎六:一《宴乐》,二《长寿乐》,三《天授乐》,四《鸟歌万岁乐》,五《龙池乐》,六《小破阵乐》。自《长寿乐》以下,用龟兹乐,唯《龙池乐》则否。武后、中宗之世,大增造立坐部伎诸舞,随亦寝废。武后毁唐太庙,《七德》、《九功》之舞皆亡,独其名存。自后宴飨,复用隋文舞武舞而已。开元中,又有《凉州》、《绿腰》、《苏合香》、《屈柘枝》、《团乱旋》、《甘州》、《回波乐》、《兰陵王》、《春莺啭》、《半社渠》、《借席乌夜啼》之属,谓之软舞。《大祁》、《阿

671

连》、《剑器》、《胡旋》、《胡腾》、《阿辽》、《柘枝》、《黄獐》、《拂菻》、《大渭州》、《达磨支》之属,谓之健舞。文宗时,教坊又进《霓裳羽衣舞》女三百人。末世兵乱,舞制多失。凡此,皆杂舞也。

魏俞儿舞歌四首　　　　王粲

《晋书·乐志》曰:"《巴渝舞》,汉高帝所作也。高帝自蜀汉将定三秦,阆中范因率賨人从帝为前锋,号板楯蛮,勇而善斗。及定秦中,封因为阆中侯,复賨人七姓。其俗喜歌舞,高帝乐其猛锐,数观其舞,曰:'武王伐纣歌也。'后使乐人习之。阆中有渝水,因其所居,故曰《巴渝舞》。舞曲有《矛渝》、《弩渝》、《安台》、《行辞》,本歌曲四篇。其辞既古,莫能晓其句度。"左思《蜀都赋》云"奋之则賨旅,玩之则渝舞"也。颜师古曰:"巴,巴人也。俞,俞人也。高祖初为汉王,得巴俞人,并趫捷,与之灭楚,因存其武乐。巴渝之乐,自此始也。"巴即今之巴州,渝即今之渝州,名各本其地。《宋书·乐志》曰:"魏《俞儿舞歌》四篇,魏国初建所用,使王粲改创其辞,为《矛俞》、《弩俞》、《安台》、《行辞新福歌》曲,行辞以述魏德。后于太祖庙并作之。黄初二年,改曰《昭武舞》,及晋,又改曰《宣武舞》。"《唐书·乐志》曰:"俞,美也。魏、晋改其名,梁复号巴渝,隋文帝以非正典,罢之。"

　　汉初建国家,匡九州。蛮荆震服,五刃三革休。安不忘备武乐修。宴我宾师,敬用御天,永乐无忧。子孙受百福,常与松乔游。烝庶德,莫不咸欢柔。

右《矛俞新福歌》

　　材官选士,剑弩错陈。应桴蹈节,俯仰若神。绥我武烈,笃我淳仁。自东自西,莫不来宾。

右《弩俞新福歌》

　　武功既定,庶士咸绥。乐陈我广庭,式宴宾与师。昭文德,宣武威,平九有,抚民黎。荷天宠,延寿尸,千载莫我违。

右《安台新福歌》

神武用师士素厉,仁恩广覆,猛节横逝。自古立功,莫我弘大。桓桓征四国,爰及海裔。汉国保长庆,垂祚延万世。

右《行辞新福歌》

吴俞儿舞歌三首　　唐·陆龟蒙

枝月喉,椁霜脊,北斗离离在寒碧。龙魂清,虎尾白,秋照海心同一色。纛影咤沙干影侧,神豪发直。四睨之人股佶栗,欲定不定定不得。春膜残,儿且止,狄胡有胆大如山,怖亦死。

右剑俞

手盘风,头背分。电光战扇,欲刺敲心留半线。缠肩绕胵,襡合眩旋。卓植赴列,夺避中节。前冲函礼穴,上指㧞彗灭,与君一用来有截。

右矛俞

牛来开弦,人为置镞。捩机关,进山谷,鹿骇涩,隼击迟。析毫中睫,洞腋分龟。达坚垒,残雄师,可以冠猛乐壮曲。抑扬蹈厉,有裂犀兕之气者,非公与?

右弩俞

晋宣武舞歌四首　　傅　玄

《晋书·乐志》曰:"魏黄初三年改汉《巴渝舞》曰《昭武舞》。景初元年,又作《武始》、《咸熙》、《章斌》三舞,皆执羽籥。及晋,改《昭武舞》曰《宣武舞》,《羽籥舞》曰《宣文舞》。咸宁元年,诏庙乐停《宣武》、《宣文》二舞，而同用《正德》、《大豫舞》云。"

惟圣皇篇　矛俞第一

惟圣皇，德巍巍，光四海。礼乐犹形影，文武为表里。乃作《巴俞》，肆舞士。剑弩齐列，戈矛为之始。进退疾鹰鹞，龙战而豹起。如乱不可乱，动作顺其理，离合有统纪。

短兵篇　剑俞第二

剑为短兵，其势险危。疾逾飞电，回旋应规。武节齐声，或合或离。电发星骛，若景若差。兵法攸象，军容是仪。

军镇篇　弩俞第三

弩为远兵军之镇，其发有机。体难动，往必速，重而不迟。锐精分镈，射远中微。弩俞之乐，一何奇，变多姿。退若激，进若飞，五声协，八音谐，宣武象，赞天威。

穷武篇　安台行乱第四

穷武者丧，何但败北。柔弱亡战，国家亦废。秦始、徐偃，既已作戒前世。先王鉴其机，修文整武艺，文武足相济。然后得光大。乱曰：高则亢，满则盈，亢必危，盈必倾。去危倾，守以平，冲则久，浊能清，混文武，顺天经。

晋宣文舞歌二首　　　　傅玄
羽籥舞歌

羲皇之初，天地开元。罔罟禽兽，群黎以安。神农教耕，创业诚难。民得粒食，澹然无所患。黄帝始征伐，万品造其端。军驾无常居，是曰轩辕。轩辕既勤止，尧、舜匪荒宁。夏禹治水，汤、武又用兵。孰能保安逸，坐致太平。圣皇迈乾乾，天下兴颂声。穆穆且明明。惟圣皇，道化彰，澄四海，清三光，万几理，庶事康。潜龙升，仪凤翔。风雨时，物繁昌。却走马，降瑞祥。扬侧陋，简忠良。百禄是荷，眉寿无疆。

羽铎舞歌

昔在浑成时，两仪尚未分。阳升垂清景，阴降兴浮云。中和合氤氲，万物各异群。人伦得其序，众生乐圣君。三统继五行，然后有质文。皇王殊运代，治乱亦缤纷。伊大晋，德兼往古，越牺、农，(邈)〔邈〕舜、禹，参天地，陵三五。礼唐、周，乐《韶》《武》，岂惟《箫韶》，六代具举。泽霑地境，化充天宇。圣明临朝，元凯作辅，普天同乐胥。浩浩元气，遐哉太清。五行流迈，日月代征。随时变化，庶物乃成。圣皇继天，光济群生。化之以道，万国咸宁。受兹介福，延于亿龄。

魏陈思王鼙舞歌五首

《宋书·乐志》曰："《鼙舞》未详所起，然汉代已施于燕享矣。傅毅、张衡所赋，皆其事也。魏曹植《鼙舞歌序》曰：'汉灵帝西园鼓吹，有李坚者，能《鼙舞》。遭乱，西随段颎。先帝闻其旧有技，召之。坚既中废，兼古曲多谬误，故改作新歌五篇。'晋《鼙舞歌》，亦五篇，并陈于元会。《鼙舞》故二八，桓玄将即真，太乐遣众伎。袁明子启增满八佾，相承不复革。宋明帝自改舞曲歌辞，并诏近臣虞龢并作。"

《古今乐录》曰:"《鞞舞》,梁谓之《鞞扇舞》,即《巴渝》是也。鞞扇,器名也。鞞扇上舞作《巴渝弄》,至《鞞舞》竟,岂非《巴渝》一舞二名,何异《公莫》亦名《巾舞》也。汉曲五篇:一曰《关东有贤女》,二曰《章和二年中》,三曰《乐久长》,四曰《四方皇》,五曰《殿前生桂树》,并章帝造。魏曲五篇:一《明明魏皇帝》,二《大和有圣帝》,三《魏历长》,四《天生烝民》,五《为君既不易》,并明帝造,以代汉曲。其辞并亡。陈思王又有五篇:一《圣皇篇》,以当《章和二年中》;二《灵芝篇》,以当《殿前生桂树》;三《大魏篇》,以当《汉吉昌》,四《精微篇》,以当《关中有贤女》,五《孟冬篇》,以当《狡兔》。按汉曲无《汉吉昌》、《狡兔》二篇,疑《乐久长》、《四方皇》是也。"《隋书·乐志》曰:"《鞞舞》,汉《巴渝舞》也。"按《乐录》、《隋志》并以《鞞舞》为《巴渝》,今考汉、魏二篇,歌辞各异,本不相乱。盖因梁、陈之世,于《鞞舞》前作《巴渝弄》,遂云一舞二名,殊不知二舞亦容合作,犹《巾舞》以《白纻》送,岂得便谓《白纻》为《巾舞》邪?失之远矣。

圣皇篇

圣皇应历数,正康帝道休。九州咸宾服,威德洞八幽。三公奏诸(公)〔王〕不得久淹留。藩位任至重,旧章咸率由。侍臣省文奏,陛下体仁慈。沉吟有爱恋,不忍听可之。迫有官典宪,不得顾恩私。诸王当就国,玺绶何累缛。便时舍外殿,宫省寂无人。主上增顾念,皇母怀苦辛。何以为赠赐,倾府竭宝珍。文钱百亿万,采帛若烟云。乘舆服御物,锦罗与金银。龙旂垂九旒,羽盖参班轮。诸王自计念,无功荷厚德。思一效筋力,糜躯以报国。鸿胪拥节卫,副使随经营。贵戚并出送,夹道交辐辁。车服齐整设,韡晔耀天精。武骑卫前后,鼓吹箫笳声。祖道魏东门,泪下沾冠缨。扳盖因内顾,俯仰慕同生。行行将日暮,何时还阙庭。车轮为徘徊,四马踌躇鸣。路人尚酸鼻,何况骨肉情。

灵芝篇

灵芝生玉地,朱草被洛滨。荣华相晃耀,光采晔若神。古时有虞舜,父母顽且嚚。尽孝于田垄,烝烝不违仁。伯瑜年七十,彩衣以娱亲。慈母笞不痛,歔欷涕沾巾。丁兰少失母,自伤早孤茕。刻木当严亲,朝夕致三牲。暴子见陵侮,犯罪以亡刑。丈人为泣血,免戾全其名。董永遭家贫,父老财无遗。举假以供养,佣作致甘肥。责家填门至,不知何用归。天灵感至德,神女为秉机。岁月不安居,呜呼我皇考。生我既已晚,弃我何其早。《蓼莪》谁所兴,念之令人老。退咏《南风》诗,洒泪满袆抱。乱曰:圣皇君四海,德教朝夕宣。万国咸礼让,百姓家肃虔。庠序不失仪,孝悌处中田。户有曾闵子,比屋皆仁贤。髫龀无夭齿,黄发尽其年。陛下三万岁,慈母亦复然。

大魏篇

大魏应灵符,天禄方甫始。圣德致泰和,神明为驱使。左右宜供养,中殿宜皇子。陛下长寿考,群臣拜贺咸悦喜。积善有馀庆,宠禄固天常。众喜填门至,臣子蒙福祥。无患及阳遂,辅翼我圣皇。众吉咸集会,凶邪奸恶并灭亡。黄鹄游殿前,神鼎周四阿。玉马充乘舆,芝盖树九华。白虎戏西除,舍利从辟邪。骐骥蹑足舞,凤皇拊翼歌。丰年大置酒,玉樽列广庭。乐饮过三爵,朱颜暴已形。式宴不违礼,君臣歌《鹿鸣》。乐人舞鼙鼓,百官雷抃赞若惊。储礼如江海,积善若陵山,皇嗣繁且炽,孙子列曾玄。群臣咸称万岁,陛下长寿乐年。御酒停未饮,贵戚跪东厢。侍人承颜色,奉进金玉觞。此酒亦真酒,福禄当圣皇。陛下临轩笑,左右咸欢康。杯来一何迟,群僚以次行。赏赐累千亿,百官并富昌。

精微篇

精微烂金石,至心动神明。杞妻哭死夫,梁山为之倾。子丹西质秦,乌白马角生。邹衍囚燕市,繁霜为夏零。关东有贤女,自字苏来卿。壮年报父仇,身没垂功名。女休逢赦书,白刃几在颈。俱上列仙籍,去死独就生。太仓令有罪,远征当就拘。自悲居无男,祸至无与俱。缇萦痛父言,荷担西上书。盘桓北阙下,泣泪何涟如。乞得并姊弟,没身赎父躯。汉文感其义,肉刑法用除。其父得以免,辩义在列图。多男亦何为,一女足成居。简子南渡河,津吏废舟船。执法将加刑,女娟拥楫前。妾父闻君来,将涉不测渊。畏惧风波起,祷祝祭名川。备礼飨神祇,为君求福先。不胜醮祀诚,至令犯罚艰。君必欲加诛,乞使知罪愆。妾愿以身代,至诚感苍天。国君高其义,其父用赦原。河激奏中流,简子知其贤。归娉为夫人,荣宠超后先。辩女解父命,何况健少年。黄初发和气,明堂德教施。治道致太平,礼乐风俗移。刑错民无枉,怨女复何为。圣皇长寿考,景福常来仪。

孟冬篇

孟冬十月，阴气厉清。武官诫田，讲旅统兵。元龟袭吉，元光著明。蚩尤跸路，风弭雨停。乘舆启行，鸾鸣幽轧。虎贲采骑，飞象珥鹖。钟鼓铿锵，箫管嘈喝。万骑齐镳，千乘等盖。夷山填谷，平林涤薮。张罗万里，尽其飞走。趯趯狡兔，扬白跳翰。猎以青骹，掩以修竿。韩卢宋鹊，呈才骋足。噬不尽绁，牵麋掎鹿。魏氏发机，养基抚弦。都卢寻高，搜索猴猨。庆忌孟贲，蹈谷超峦。张目决眦，发怒穿冠。顿熊扼虎，蹴豹搏貙。气有馀势，负象而趋。获车既盈，日侧乐终。罢役解徒，大飨离宫。乱曰：圣皇临飞轩，论功校猎徒。死禽积如京，流血成沟渠。明诏大劳赐，太官供有无。走马行酒醴，驱车布肉鱼。鸣鼓举觞爵，击钟醑无余。绝网纵麟麑，弛罩出凤雏。收功在羽校，威灵振鬼区。陛下长欢乐，永世合天符。

晋鼙舞歌五首　　　　　傅玄

《古今乐录》曰："晋鼙舞歌五篇：一曰《洪业篇》，当魏曲《明明魏皇帝》，古曲《关东有贤女》；二曰《天命篇》，当魏曲《大和有圣帝》，古曲《章和二年中》；三曰《景皇篇》，当魏曲《魏历长》，古曲《乐久长》；四曰《大晋篇》，当魏曲《天生烝民》，古曲《四方皇》；五曰《明君篇》，当魏曲《为君既不易》，古曲《殿前生桂树》。"按曹植《怨歌行》云："为君既不易，为臣良独难。"不知与此同否？

洪业篇

宣文创洪业，盛德在泰始。圣皇应灵符，受命君四海。

万国何所乐,上有明天子。唐尧禅帝位,虞舜惟恭己。恭己正南面,道化与时移。大赦荡萌渐,文教被黄支。象天则地,体无为,聪明配日月,神圣参两仪。虽有三凶类,静言无所施,象天则地,体无为,稷、契并佐命,伊、吕升王臣。兰芷登朝肆,下无失宿民。声发响自应,表立景来附。虓虎从羁制,潜龙升天路。备物立成器,变通极其数。百事以时叙,万机有常度。训之以克让,纳之以忠恕。群下仰清风,海外同欢慕。象天则地,化云布,昔日贵雕饰,今尚俭与素。昔日多纤介,今去情与故,象天则地,化云布,济济大朝士,夙夜综万机。万机无废理,明明降畴谘。臣譬列星景,君配朝日晖。事业并通济,功烈何巍巍。五帝继三皇,三王世所归。圣德应期运,天地不能违。仰之弥已高,犹天不可阶。将复御龙氏,凤皇在庭栖。

天命篇

圣祖受天命,应期辅魏皇。入则综万机,出则征四方。朝廷无遗理,方表宁且康。道隆舜臣尧,积德逾太王。孟度阻穷险,造乱天一隅。神兵出不意,奉命致天诛。赦善戮有罪,元恶宗为虚。威风震劲蜀,武烈慴强吴。诸葛不知命,肆逆乱天常。拥徒十馀万,数来寇边疆。我皇迈神武,秉钺镇雍、凉。亮乃畏天威,未战先仆僵。盈虚自然运,时变固多艰。东征陵海表,万里枭贼渊。受遗齐七政,曹爽又滔天。群凶受诛殄,百保咸来臻。黄华应福始,王凌为祸先。

景皇篇

景皇帝，聪明命世生，盛德参天地。帝王道〔大〕，创基既已难，继世亦未易。外则夏侯玄，内则张与李。三凶称逆乱帝纪，从天行诛，穷其奸宄。(遏)〔边〕将御其渐，潜谋不得起。罪人咸伏辜，威风振万里。平衡综万机，万机无不理。召陵桓不君，内外何纷纷，众小便成群。蒙昧恣心，治乱不分。睿圣独断，济武常以文。从天惟废立，扫霓披浮云。云霓既已辟，清和未几间。羽檄首尾至，变起东南蕃。俭、钦为长蛇，外则凭吴蛮。万国纷骚扰，戚戚天下惧不安。神武御六军，我皇秉钺征。俭、钦起寿春，前锋据项城。出其不意，并纵奇兵。奇兵诚难御，庙胜实难支。两军不期遇，敌退计无施。虎骑惟武进，大战沙阳陂。钦乃亡魂走，奔虏若云披。天恩赦有罪，东土放鲸鲵。

大晋篇

赫赫大晋，於穆文皇。荡荡巍巍，道迈陶唐。世称三皇五帝，及今重其光。九德克明，文既显，武又章。恩弘六合，兼济万方。内举元凯，朝政以纲。外简虎臣，时惟鹰扬。靡从不怀，逆命斯亡。仁配春日，威逾秋霜。济济多士，同兹兰芳。唐虞至治，四凶滔天。致讨俭、钦，罔不肃虔。化感海外，海外来宾。献其声乐，并称妾臣。(而)〔西〕蜀猾夏，僭号方域。命将致讨，委国稽服。吴人放命，凭海阻江。飞书告谕，响应来同。先王建万国，九服为藩卫。亡秦坏诸侯，享祚不二世。历代不能复,忽逾五百岁。我皇迈圣德,应期创典制。分土五等,蕃国正封界。莘莘文武佐,千秋遘嘉会。洪业溢区内,仁风翔海外。

明君篇

明君御四海,听鉴尽物情。顾望有谴罚,竭忠身必荣。兰茝出荒野,万里升紫庭。茨草秽堂阶,扫截不得生。能否莫相蒙,百官正其名。恭己慎有为,有为无不成。暗君不自信,群下执异端。正直罹潜润,奸臣夺其权。虽欲尽忠诚,结舌不敢言。结舌亦何惮,尽忠为身患。清流岂不絜,飞尘浊其源。歧路令人迷,未远胜不还。忠臣立君朝,正色不顾身。邪正不并存,譬若胡与秦。秦胡有合时,邪正各异津。忠臣遇明君,乾乾惟日新。群目统在纲,众星拱北辰,设令遭暗主,斥退为凡民。虽薄共时用,白茅犹可珍。冰霜昼夜结,兰桂摧为薪。邪臣多端变,用心何委曲。便僻从情指,动随君所欲。偷安乐目前,不问清与浊。积伪罔时主,养交以持禄。言行恒相违,难餍甚溪谷。昧死射乾没,觉露则灭族。

鞞舞歌

东海有勇妇　　　　　唐·李　白

魏《鞞舞》五曲。李白作此篇以代《关中有贤女》。

梁山感杞妻,恸哭为之倾。金石忽暂开,都由激深情。东海有勇妇,何惭苏子卿。学剑越处子,超腾若流星。捐躯报夫仇,万死不顾生。白刃耀素雪,苍天感精诚。十步两躩跃,三呼一交兵。斩首掉国门,蹴踏五藏行。割此伉俪愤,粲然大义明。北海李(史)〔使〕君,飞章奏天庭。舍罪警风俗,流芳播沧瀛。志在列女籍,竹帛已光荣。淳于免诏狱,汉主为缇萦。津妾一棹歌,脱父于严刑。十子若不肖,不如一女英。豫让斩空衣,有心竟无成。要离杀庆忌,壮夫素所轻。妻子亦何辜?焚之买虚名。岂如东海妇,事立独扬名!

章和二年中　　　　唐·李　贺

　　云萧索—作正云萧索,风拂拂—作田风拂拂,麦芒如簪黍如粟。关中父老百领襦,关东吏人乏诉租。健犊春耕土膏黑,菖莆丛丛沿水脉。殷勤为我下田锄,百钱携赏丝桐客。游春漫光坞花白,野林散香神降席。拜神得寿献天子,七星贯断姮娥死。

乐府诗集卷第五十四　舞曲歌辞 三

杂　舞 二

齐鼙舞曲三首
明君辞

《南齐书·乐志》曰:"汉章帝造。《鼙舞歌》云:'关东有贤女。'魏明帝代汉曲云:'明明魏皇帝。'傅玄代魏曲作晋《洪业篇》云:'宣文创洪业,盛德存泰始。圣皇应灵符,受命君四海。'今前四句错综其辞,从'五帝'至'不可阶'六句全玄辞。后二句本云'将复御龙氏,凤凰在庭栖',又改易焉。"

明君创洪业,盛德在建元。受命君四海,圣皇应灵乾。五帝继三皇,三皇世所归。圣德应期运,天地不能违。仰之弥已高,犹天不可阶。将复结绳化,静拱天下齐。

圣主曲辞

圣主受天命,应期则虞、唐。升旒综万机,端扆驭八方。盈虚自然数,揖让归圣明。北化陵河塞,南威越沧溟。广德齐七政,敷教腾三辰。万宇必承庆,百福咸来臻。圣皇应福始,昌德洞祐先。

明君辞

明君御四海,总鉴尽人灵。仰成恩已洽,竭忠身必荣。

圣泽洞三灵,德教被八乡。草木变柯叶,川岳洞嘉祥。愉乐盛明运,舞蹈升太时。微霜永昌命,轨心长欢怡。

梁鞞舞歌七首　　　　沈　约

《隋书·乐志》曰:"梁三朝乐第十七设《鞞舞》。"《唐书·乐志》曰:"《明君》,本汉世《鞞舞曲》。梁武帝时改其辞以歌君德。"

大梁七百始,天监三元初。圣功澄宇县,帝德总车书。熙熙亿兆臣,其志皆欢愉。

刑措甫自今,隆平亦肇兹。神武超楚、汉,安用道邠、岐。百拜奄来宅,执玉咸在斯。象天则地,体无为。

礼缉民用扰,乐谐风自移。舜琴中已绝,尧衣今复垂。象天则地,体无为。

治兵战六兽,为邦命九官。灵蛇及瑞羽,分素复衔丹。望就逾轩、顼,铿锵掩《咸》、《护》。九尾扰成群,八象鸣相顾。象天则地,化云布。

有为臣所执,司契君之道。运行乃四时,无言信苍昊。宸居体冲寂,忘怀定天保。

至德同自然,裁成侔玄造。珍祥委天贶,灵物开地宝。窈窕降青琴,参差秀朱草。

右明之君。

梁鞞舞歌三首　　　　周　舍

赫矣明之君,我皇迈前古。机灵通日月,圣敬缔区宇。淮海无横波,文轨同一土,乐哉太平世,当歌复当舞。

右明之君。

圣主应图箓,天下咸所归。端扆临赤县,宸居法紫微。
遐方奉正朔,外户辟重扉。我君延万寿,福祚长巍巍。

右明主曲。

明君班五瑞,就日朝百王。充庭植鹭羽,钧天奏清商。
本支同中岳,良臣安四方。盛明普日月,兆民乐未央。

右明君曲。

铎舞歌二首

《唐书·乐志》曰:"《铎舞》,汉曲也。"《古今乐录》曰:"铎,舞者所持也。木铎制法度以号令天下,故取以为名。今谓汉世诸舞,鞞、巾二舞是汉事,铎、拂二舞以象时。古《铎舞曲》有《圣人制礼乐》一篇,声辞杂写,不复可辨,相传如此。魏曲有《太和时》,晋曲有《云门篇》,傅玄造,以当魏曲,齐因之。梁周舍改其篇。"《隋书·乐志》曰:"《铎舞》,傅玄代魏辞云'振铎鸣金'是也。梁三朝乐第十八设《铎舞》。"

圣人制礼乐篇　　　　　古　辞

昔皇文武邪　弥弥舍善　谁吾时吾　行许帝道　衔来治路万邪　治路万邪　赫赫意黄运道吾　治路万邪　善道明邪金邪　善道　明邪金邪帝邪　近帝武武邪邪　圣皇八音　偶邪尊来　圣皇八音　及来仪邪同邪　乌及来义邪善草供国吾　咄等邪乌　近帝邪武邪　近帝武邪武邪　应节合用　武邪尊邪　应节合用　酒期义邪同邪　酒期义邪善草供国吾咄等邪乌　近帝邪武邪　近帝武武邪邪　下音足木　上为鼓义邪　应众义邪　乐邪邪延否　已邪乌已

礼祥　呲等邪乌　素女有绝其圣乌乌武邪

云门篇　　　　　　　晋·傅玄

黄《云门》，唐《咸池》，虞《韶舞》，夏《夏》殷《濩》。列代有五，振铎鸣金，延《大武》。清歌发唱，形为主。声和八音，协律吕。身不虚动，手不徒举，应节合度，周其叙。时奏宫角，杂之以徵羽。下厴众目，上从钟鼓。乐以移风，与德礼相辅，安有失其所。

右二曲。

齐铎舞歌

《南齐书·乐志》曰："《铎舞歌》一曲，傅玄辞，以代魏《太和时》，（徵用之）〔徵羽〕除'下厌众目，上从钟鼓'二句。"

黄《云门》，唐《咸池》，虞《韶舞》，夏《夏》殷《濩》，列代有五。振铎鸣金，延《太武》。清歌发唱，形为主。声和八音，协律吕。身不虚动，手不徒举，应节合度，周期序。时奏宫角，杂之以徵羽。乐以移风，礼相辅，安有出其所。

右一曲。

梁铎舞曲　　　　　　　周　舍

《云门》且莫奏，《咸池》且莫歌。我后兴至德，乐颂发中和。白云汾已隆，万舞郁骈罗。功成圣有作，黄、唐何足多。

右一曲。

巾舞歌(诗) 古 辞

《唐书·乐志》曰:"《公莫舞》,晋、宋谓之《巾舞》。其说云:汉高祖与项籍会鸿门,项庄舞剑,将杀高祖,项伯亦舞,以袖隔之,且语庄云:'公莫苦!'□人相呼曰公,言公莫害汉王也。汉人德之,故舞用巾以像项伯衣袖之遗式。"《宋书·乐志》曰:"按《琴操》有《公莫渡河》,然则其声所从来已久。俗云项伯,非也。"《古今乐录》曰:"《巾舞》,古有歌辞,讹异不可解。江左以来,有歌舞辞,沈约疑是《公无渡河曲》。今三调中自有《公无渡河》,其声哀切,故入瑟调,不容以瑟调离于舞曲。惟《公无渡河》,古有歌有弦,无舞也。"

吾不见公莫时吾何婴公来婴姥时吾哺声何为茂时为来婴当恩吾明月之土转起吾何婴土来婴转去吾哺声何为土转南来婴当去吾城上羊下食草吾何婴下来吾食草吾哺声汝何三年针缩何来婴吾亦老吾平平门淫涕下吾何婴何来婴涕下吾哺声昔结吾马客来婴吾当行吾度四州洛四海吾何婴海何来婴四海吾哺声熽西马头香来婴吾洛道吾治五丈度汲水吾噫邪哺谁当求儿母何意零邪钱健步哺谁当吾求儿母何吾哺声三针一发交时还弩心意何零意弩心遥来婴弩心哺声复相头巾意何零何邪相哺头巾相吾来婴头巾母何何吾复来推排意何零相哺推相来婴推非母何吾复车轮意何零子以邪相哺转轮吾来婴转母何吾使君去时意何零子以邪使君去时使来婴去时母何吾思君去时意何零子以邪思君去时思来婴吾去时母何何吾吾

齐公莫舞辞

《南齐书·乐志》曰:"晋《公莫舞歌》二十章,章无定句,前是第一解,后是第十九、二十解,杂有三句,并不可晓解。建武初,明帝奏乐至此曲,言是似永明乐,流涕忆世祖云。"

吾不见公莫时,吾何婴公来。婴姥时吾,思君去时。吾何零,子以耶,思君去时,思来婴,吾去时母那何,去吾。

右一曲。

公莫舞歌　　　　唐·李贺

方花古—作石础排九楹,刺豹淋血盛银罂。华—作军筵鼓吹无桐竹,长刀直立割鸣筝。横楣粗锦生红纬,日炙锦嫣王未醉。腰下三看宝玦光,项庄掉箾栏前起。材官小臣公莫舞,座上真人赤龙子。芒砀云瑞抱天回,咸阳王气清如水。铁枢铁楗重束关,大旗五丈撞双镮。汉王今日须秦印,绝膑刳肠臣不论。

晋拂舞歌

《晋书·乐志》曰:"《拂舞》出自江左,旧云吴舞也。晋曲五篇:一曰《白鸠》,二曰《济济》,三曰《独禄》,四曰《碣石》,五曰《淮南王》。齐多删旧辞,而因其曲名。"《古今乐录》曰:"梁《拂舞歌》并用晋辞。"《乐府解题》曰:"读其辞,除《白鸠》一曲,馀并非吴歌,未知所起也。"

白鸠篇

《南齐书·乐志》曰:"《白符鸠舞》,出江南,吴人所造。其歌本云:'平平白符,思我君惠,集我金堂。'言白者金行,符合也,鸠亦合也,符鸠虽异,其义是同。"《宋书·乐志》曰:"晋杨泓《舞序》云:'自到江南,见《白符舞》,或言《白凫鸠舞》,云有此来数十年矣。察其辞旨,乃是吴人患孙皓虐政,思属晋也。'晋辞曰:'翩翩白鸠,载飞载鸣。怀我君德,来集君庭。'盖晋人改其本歌云。"

翩翩白鸠,载飞载鸣。怀我君德,来集君庭。白雀呈瑞,素羽明鲜。翔庭舞翼,以应仁乾。交交鸣鸠,或丹或黄。乐我君惠,振羽来翔。东璧馀光,鱼在江湖。惠而不费,敬我微躯。策我良驷,习我驱驰。与君周旋,乐道亡馀。我心虚静,我志沾濡。弹琴鼓瑟,聊以自娱。凌云登台,浮游太清。扳龙附凤,目望身轻。

济济篇

畅飞畅舞气流芳,追念三五大绮黄。去失有时可行,去来同时此未央。时冉冉,近桑榆,但当饮酒为欢娱。衰老逝,有何期,多忧耿耿内怀思。渊池广,鱼独希,愿得黄浦众所依。恩感人,世无比,悲歌(具)〔且〕舞无极已。

独漉篇

"独漉",一作"独禄"。《南齐书·乐志》曰:"古辞《明君曲》后云:'勇安乐,无慈不问清与浊。清与无时浊,邪交与独禄。'《伎录》曰:'求禄求禄,清白不浊。清白尚可,贪污杀我。'晋歌为'鹿'字,古通用也。疑是风刺之辞。"

独漉独漉,水深泥浊。泥浊尚可,水深杀我。雍雍双雁,游戏田畔。我欲射雁,念子孤散。翩翩浮萍,得风遥轻。我心何合,与之同并。空床低帷,谁知无人。夜衣锦绣,谁别伪真。刀鸣削中,倚床无施。父冤不报,欲活何为。猛虎班班,游戏山间。虎欲啮人,不避豪贤。

碣石篇

《南齐书·乐志》曰:"《碣石》,魏武帝辞;晋以为《碣石舞》。其歌四章:一曰《观沧海》,二曰《冬十月》,三曰《土不同》,四曰《龟虽寿》。"《乐府解题》曰:"《碣石篇》,晋乐,奏魏武帝辞。首章言东临碣石,见沧海之广,日月出入其中。二章言农功毕而商贾往来。三章言乡土不同,人性各异。四章言老骥伏枥,志在千里,烈士暮年,壮心不已也。"按《相和大曲》,《步出夏门行》亦有《碣石篇》,与此并同,但曲前更有艳尔。

东临碣石,以观沧海。水何澹澹,山岛竦峙。树木丛生,百草丰茂。秋风萧瑟,洪波涌起。日月之行,若出其中。星汉粲烂,若出其里。幸甚至哉,歌以咏志。

右《观沧海》。

孟冬十月,北风徘徊。天气肃清,繁霜霏霏。鹍鸡晨鸣,雁过南飞。鸷鸟潜藏,熊罴窟栖。钱镈—作鎌停置,农收积场。逆旅整设,以通贾商。幸甚至哉,歌以咏志。

右《冬十月》。

乡土不同,河朔隆寒。流澌浮漂,舟船行难。锥不入地,丰籁深奥。水竭不流,冰坚可蹈。士隐者贫,勇侠轻非。心常叹怨,戚戚多悲。幸甚至哉,歌以咏志。

右《土不同》。

神龟虽寿,犹有竟时。腾蛇乘雾,终为土灰。老骥伏枥,志在千里。烈士暮年,壮心不已。盈缩之期,不但在天。养怡之福,可得永年。幸甚至哉,歌以咏志。

右《龟虽寿》。

淮南王篇

崔豹《古今注》曰:"《淮南王》,淮南小山之所作也。淮南王服食求仙,遍礼方士,遂与八公相携俱去,莫知所往。小山之徒,思恋不已,乃作《淮南王曲》焉。"班固《汉武帝故事》曰:"淮南王安好神仙,招方术之士,能为云雨。百姓传云:'淮南王得天子,寿无极。'帝心恶之,使觇王,云:'能致仙人,与共游处,变化无常;又能隐形飞行,服气不食。'帝闻而喜,欲受其道,王不肯传。帝怒,将诛焉。王知之,出令与群臣,因不知所之。"《乐府解题》曰:"古词云:'淮南王,自言尊。'实言安仙去。"

淮南王,自言尊,百尺高楼与天连。后园凿井银作床,金瓶素绠汲寒浆。汲寒浆,饮少年,少年窈窕何能贤。扬声悲歌音绝天。我欲渡河河无梁,愿化双黄鹄,还故乡。还故乡,入故里,徘徊故乡,苦身不已。繁舞寄声无不泰,徘徊桑梓游天外。

乐府诗集卷第五十五　舞曲歌辞 四

杂　舞 三

齐拂舞歌五首
白鸠辞

晋《白鸠舞歌》七解,齐乐所奏,是最前一解。

翩翩白鸠,再飞再鸣。怀我君德,来集君庭。

右一曲。

济济辞

《南齐书·乐志》曰:"晋《济济舞歌》六解,齐乐所奏,是最后一解。"按《晋书·乐志》是最前一解,疑《齐书》之误。

畅飞畅舞,气流芳,追念三五,大绮黄。

右一曲。

独禄辞

《南齐书·乐志》曰:"晋《独鹿歌》六解,齐乐所奏,是最前一解。"

独禄独禄,水深泥浊。泥浊尚可,水深杀我!

右一曲。

碣石辞

《南齐书·乐志》曰:"晋《碣石舞歌》四章,齐乐所奏,是前一章。"

东临碣石,以观沧海。水河淡淡,山岛竦峙。树木丛生,百草丰茂,秋风萧瑟,洪波涌起。日月之行,若出其中。星汉粲烂,若出其里。幸甚至哉,歌以言志。

右一曲。

淮南王辞

《南齐书·乐志》曰:"晋《淮南王舞歌》六解,齐乐所奏,前是第一解,后是第五解。"

淮南王,自言尊,百尺高楼与天连。我欲渡河河无梁,愿作双黄鹄,还故乡。

右一曲。

梁拂舞歌

《古今乐录》曰:"梁三朝乐第十九,设《拂舞》。"

翩翩白鸠,再飞再鸣。怀我君德,来集君庭。暧暧鸣球,或丹或黄。乐我君恩,振羽来翔。

拂舞歌

拂舞辞　　　　唐·李贺

吴娥声绝天,空云闲徘徊。门外满车马,亦须生绿苔。樽有乌程酒,劝君千万寿。全胜汉武锦楼上,晓望晴寒饮花露。东方日不破,天光无老时。丹成作蛇乘白雾,千年重化玉井龟。从蛇作龟二千载—作玉井龟,二千载,吴堤绿草年年在。背有八卦称神仙,邪鳞顽甲滑腥涎。

白鸠辞　　　　　唐·李白

《古今乐录》曰:"《鞞》《铎》《巾》《拂》四舞,梁并夷则格,钟磬鸠拂和,故白拟之,为《夷则格上白鸠拂舞辞》云。"

铿鸣钟,考朗鼓,歌白鸠,引拂舞。白鸠之白谁与邻,霜衣雪襟诚可珍。含哺七子能平均,食不咽,性安驯,首农政,鸣阳春。天子刻玉杖,镂形赐耆人。白鹭—作鹰亦白非纯真,外絜其色心匪仁。阙五德,无司晨,胡为啄我葭下之紫鳞。鹰鹯雕鹗,贪而好杀,凤皇虽大圣,不愿以为臣。

独漉篇　　　　　李白

独漉水中泥,水浊不见月。不见月尚可,水深行人没。越鸟从南来,胡鹰亦北度。我欲弯弓向天射,惜其中道失归路。落叶别树,飘零随风。客无所托,悲与此同。罗帷舒卷,似有人开。明月直入,无心可猜。雄剑挂壁,时时龙鸣。不断犀象,绣涩苔生。国耻未雪,何由成名。神鹰梦泽,不顾鸱鸢。为君一击,搏鹏九天。

独漉歌　　　　　唐·王建

独独漉漉,鼠食猫肉。乌日中,鹤露宿,黄河水直人心曲。

临碣石　　　　　梁·沈　约

碣石送返潮,登罘礼朝日。溟涨无端倪,山岛互崇崒。骥老心未穷,酬恩岂终毕。

小临海　　　　　梁·刘孝威

碣石望山海,留连降尊极。秦帝枉钩陈,汉家增礼饰。石桥终不成,桑田竟难测。蜃气远生楼,鲛人近潜织。空劳帝女填,讵动波神色。

淮南王二首　　　　宋·鲍　照

淮南王,好长生,服食炼气读仙经。琉璃药碗牙作盘,金鼎玉匕合神丹。合神丹,赐紫房,紫房彩女弄明珰,鸾歌凤舞断君肠。朱门九重—作朱城九重门九闱,愿逐明月入君怀。入君怀,结君佩,怨君恨君恃君爱。筑城思坚剑思利,同盛同衰莫相弃。

晋白纻舞歌诗三首

《宋书·乐志》曰:"《白纻舞》,按舞辞有巾袍之言,纻本吴地所出,宜是吴舞也。晋俳歌云:'皎皎白绪,节节为双。'吴音呼'绪'为纻,疑'白绪'即白纻也。"《南齐书·乐志》曰:"《白纻歌》,周处《风土记》云:'吴黄龙中童谣云:行白者君,追汝句骊马。后孙权征公孙渊,浮海乘舶,舶白也。今歌和声犹云"行白纻"焉。'"《乐府解题》曰:"古词盛称舞者之美,宜及芳时为乐,其誉白纻曰:'质如轻云色如银,制以为袍馀作巾。袍以光躯巾拂尘。"《唐书·乐志》曰:"梁武帝令沈约改其辞为《四时白纻歌》。今中原有《白纻曲》,辞旨与此全殊。"

轻躯徐起何洋洋,高举两手白鹄翔。宛若龙转乍低昂,凝停善睐容仪光。如推若引留且行,随世而变诚无方。舞以尽神安可忘,晋世方昌乐未央。质如轻云色如银,爱之遗谁赠佳人。制以为袍余作巾,袍以光驱巾拂尘。丽服在御会嘉宾,醪醴盈樽美且淳。清歌徐舞降祇神,四座欢乐胡可陈。

右一篇。

双袂齐举鸾凤翔,罗裾飘飖昭仪光。趋步生姿进流芳,鸣弦清歌及三阳。人生世间如电过,乐时每少苦日多。幸及良辰耀春华,齐倡献舞赵女歌。羲和驰景逝不停,春露未晞严霜零。百草凋索花落英,蟋蟀吟牖寒蝉鸣。百年之命忽若倾,早知迅速秉烛行。东造扶桑游紫庭,西至昆仑戏曾城。

右一曲。

阳春白日风花香,趋步明玉舞瑶珰。声发金石媚笙簧,罗袿徐转红袖扬。清歌流响绕凤梁,如矜若思凝且翔。转眄遗精艳辉光,将流将引双雁行。欢来何晚意何长,明君御世永歌昌。

右一曲。

宋白纻舞歌诗

《宋书·乐志》曰:"《白纻舞歌诗》,旧新合三篇,二篇与晋辞同,其一篇异。"

高举两手白鹄翔,轻躯徐起何洋洋。凝停善睐容仪光,宛若龙转乍低昂。随世而变诚无方,如推若引留且行。宋世方昌乐未央,舞以尽神安可忘。爱之遗谁赠佳人,质如轻云色如银。袍以光躯巾拂尘,制以为袍馀作巾,四坐欢乐胡可陈,清歌徐舞降祇神。

右一篇。

齐白纻〔辞〕五首　　　　王　俭

阳春白日风花香,趋步明月舞瑶裳。
情发金石媚笙簧,罗袿徐转红袖扬。
清歌流响绕凤梁,如惊若思凝且翔。
转眄流精艳辉光,将流将引双雁行。
欢来何晚意何长,明君驭世永歌昌。

右五曲。

梁白纻辞二首　　　　武帝

《古今乐录》曰:"梁三朝乐第二十,设《巾舞》,并《白纻》,盖《巾舞》以《白纻》四解送也。"

朱丝玉柱罗象筵,飞琯促节舞少年。短歌流目未肯前,含笑一转私自怜。

纤腰袅袅不任衣,娇怨独立特为谁。赴曲君前未忍归,上声急调中心飞。

白纻舞辞
白纻曲　　　　宋·刘铄

仙仙徐动何盈盈,玉腕俱凝若云行。佳人举袖耀青蛾,掺掺擢手映鲜罗。状似明月泛云河,体如轻风动流波。

白纻歌六首　　　　　鲍照

吴刀楚制为佩袆,纤罗雾縠垂羽衣。含商咀徵歌露晞,珠履—作履飒沓纨袖飞。凄风夏起素云回,车怠马烦客忘归,兰膏明烛承夜晖。

桂宫柏寝—作梁拟天居,朱爵文窗韬绮疏。象床瑶席镇犀渠,雕屏铪—作匼匝组帷舒。秦筝赵瑟挟笙竽,垂珰散珮—作缨盈玉除,停觞不语欲谁须?

三星参差露沾湿,弦悲管清月将入。寒光萧条候虫急,荆王流叹楚妃泣。红颜难长时易戢,凝华结藻—作彩久延立,非君之故岂安集。

池中赤鲤庖所捐,琴高乘云腾—作飞上天。命逢福世丁溢恩—作徵命逢福丁溢恩,簪金藉绮升曲筵。思君厚德委如山,絜诚洗志期暮年,乌白马角宁足言!

朱唇动,素腕—作袖举,洛阳少童邯郸女。古称《渌水》今《白纻》,催弦急管为君舞。穷秋九月荷叶黄,北风驱雁天雨霜,夜长酒多乐未央。

春风澹荡侠思多,天色净绿气妍和。桃含红萼兰—作连紫芽,朝日灼烁发园花。卷幌结帷罗玉筵,齐讴秦吹卢女弦,千金顾笑买芳年。

同前二首　　　　　宋·汤惠休

琴瑟未调心已悲,任罗胜绮强自持。忍思一舞望所思,将转未转恒如疑。桃花水上春风出,舞袖逶迤鸾照日。徘徊鹤转情艳逸,君为迎歌心如一。

少年窈窕舞君前,容华艳艳将欲然。为君娇凝复迁延,流目送笑不敢言。长袖拂面心自煎,愿君流光及盛年。

同前九首　　　　梁·张　率

歌儿流唱声欲清,舞女趁节体自轻。歌舞并妙会人情,依弦度曲婉盈盈,扬蛾为态谁目成。

妙声屡唱轻体飞,流津染面散芳菲。俱动齐息不相违,令彼嘉客淡忘归,时久玩夜明星稀。

日暮搴门望所思,风吹庭树月入帷。凉阴既满草虫悲,谁能离别长夜时?流叹不寝泪如丝,与君之别终何知。

秋风萧—作鸣条露垂叶,空闱光尽坐愁妾。独向长夜泪承睫,山高水(照)〔深〕路难涉,望君光景何时接。

遥夜方远时既寒,秋风萧瑟白露团。佳期不待岁欲阑,念此迟暮独无欢,鸣弦流管增长叹。

夜寒湛湛夜未央,华灯空(兰)〔烂〕月悬光。从风衣起发芬香,为君起舞幸不忘。

列坐华筵纷羽爵,清曲未终月将落。歌舞及时酒常酌,无令朝露坐销铄。

愁来—作多夜迟犹叹息,抚枕思君终反仄。金翠钗环稍不饰,雾縠流黄不能织。但坐空闺思何极,欲以短书寄飞翼。

遥夜忘寐起长叹,但望云中双飞翰。明月入牖风吹幔,终夜悠悠坐申旦。谁能知我心中乱,终然有怀岁方晏。

白纻辞二首　　　　　唐·崔国辅

洛阳梨花落如霰,河阳桃叶生复齐。坐恐玉楼春欲尽,红锦粉絮裛妆啼。

董贤女弟在椒风,窈窕繁华贵后宫。璧带金釭皆翡翠,一朝零落变成空。

同前二首　　　　　唐·杨　衡

玉缨翠珮杂轻罗,香汗微渍朱颜酡。为君起唱《白纻歌》,清声袅云思繁多,凝笳哀琴时相和。金壶半倾芳夜促,梁尘霏霏暗红烛。令君安坐听终曲,坠叶飘花难再复。

蹑珠履,步琼筵,轻身起舞红烛前。芳姿艳态妖且妍,回眸转袖暗催弦。凉风萧萧流水急,月华泛艳红莲湿,牵裙览带翻成泣。

同前三首　　　　　李　白

扬清歌—作音,发皓齿,北方佳人东邻子。旦吟《白纻》停《渌水》,长袖拂面为君起。寒云夜卷霜海空,胡风吹天飘塞鸿。玉颜满堂乐未终,馆娃日落歌吹濛。

月寒江清夜沈沈,美人一笑千黄金。垂罗舞縠扬哀音,郢中《白雪》且莫吟,《子夜》吴歌动君心。动君心,冀君赏,愿作天池双鸳鸯,一朝飞去青云上。

吴刀剪彩—作绮缝舞衣,明妆丽服夺春辉。扬眉转袖若雪飞,倾城独立世所稀。《激楚》《结风》醉忘归,高堂月落烛已微,玉钗挂缨君莫违。

白纻歌二首　　　　　唐·王　建

天河漫漫北斗粲,宫中乌啼知夜半。新缝白纻舞衣成,来迟邀得吴王迎。低鬟转面掩双袖,玉钗浮动秋风生。酒多夜长夜未晓,月明灯光两相照,后庭歌声更窈窕。

馆娃宫中春日暮,荔枝木瓜花满树。城头乌栖休击鼓,青蛾弹瑟白纻舞。夜天燀燀不见星,宫中火照西江明。美人醉起无次第,堕钗遗佩满中庭。此时但愿可君意,回昼为宵亦不寐,年年奉君君莫弃。

同　前　　　　　唐·张　籍

皎皎白纻白且鲜,将作春衫称少年。裁缝长短不能定,自持刀尺向姑前。复恐兰膏污纤指,常遣傍人收堕珥。衣裳著时寒食下,还把玉鞭鞭白马。

同　前　　　　　唐·柳宗元

翠帷双卷出倾城,龙剑破匣霜月明。朱唇掩抑悄无声,金簧玉磬宫中生。下沉秋水激太清,天高地迥凝日晶。羽觞荡漾何事倾。

乐府诗集卷第五十六　舞曲歌辞 五

杂　舞 四

四时白纻歌五首　　　梁·沈　约

《古今乐录》曰:"沈约云:'《白纻》五章,敕臣约造。武帝造后两句。'"

春白纻

兰叶参差桃半红,飞芳舞縠戏春风。如娇如怨状不同,含笑流盻满堂中。翡翠群飞飞不息,愿在云间长比翼。佩服瑶草驻容色,舜日尧年欢无极。

夏白纻

朱光灼烁照佳人,含情送意遥相亲。嫣然宛转乱心神,非子之故欲谁因。翡翠群飞飞不息,愿在云间长比翼。佩服瑶草驻容色,舜日尧年欢无极。

秋白纻

白露欲凝草已黄,金琯玉柱响洞房。双心一意俱徊翔,吐情寄君君莫忘。翡翠群飞飞不息,愿在云间长比翼。佩服瑶草驻容色,舜日尧年欢无极。

冬白纻

寒闺昼寝罗幌垂，婉容丽心长相知。双去双还誓不移，长袖拂面为君施。翡翠群飞飞不息，愿在云间长比翼。佩服瑶草驻容色，舜日尧年欢无极。

夜白纻

秦筝齐瑟燕赵女，一朝得意心相许。明月如规方袭予，夜长未央歌《白纻》。翡翠群飞飞不息，愿在云间长比翼。佩服瑶草驻(驻)容色，舜日尧年欢无极。

四时白纻歌二首　　　隋炀帝
东宫春

洛阳城边朝日晖，天渊池前春燕归。含露桃花开未飞，临风杨柳自依依。小苑花红洛水绿，清歌宛转繁弦促。长袖逶迤动珠玉，千年万岁阳春曲。

江都夏

梅黄雨细麦秋轻，枫树萧萧江水平。飞楼倚观轩若惊，花簟罗帷当夏清。菱潭落日双凫舫，绿水红妆两摇漾。还似浮桑碧海上，谁肯空歌采莲唱？

四时白纻歌二首　　　隋·虞茂
江都夏

长洲茂苑朝夕池，映日含风结细漪。坐(当)〔堂〕伏槛红莲(枝)〔披〕，雕轩洞户青蘋吹。轻幌芳烟郁金馥，绮檐花簟桃李枝。兰苕翡翠恒相逐，桂树鸳鸯恒并宿。

长安秋

露寒台前晓露清，昆明池水秋色明。摇环动珮出曾城，鹍弦凤管奏新声。上林蒲桃合缥缈，甘泉奇树上葱青。玉人当歌理清曲，婕妤恩情断还续。

冬白纻歌　　唐·元稹

吴宫夜长宫漏款，帘幕四垂灯焰暖。西施自舞王自管，雪纻翻翻鹤翎散，促节牵繁舞腰懒。舞腰懒，王罢饮，盖覆西施凤花锦。身作匡床臂为枕，朝珮拟拟王晏寝。酒醒闻报门无事，子胥死后言为讳。近王之臣谕王意，共笑越王穷惴惴，夜夜抱冰寒不睡。

晋杯槃舞歌诗

《宋书·乐志》曰："《槃舞》，汉曲也。张衡《舞赋》云：'历七槃而纵蹑。'王粲《七释》云：'七槃陈于广庭。'颜延之云：'递间关于槃扇。'鲍照云：'七槃起长袖。'皆以七槃为舞也。《搜神记》云：'晋太康中，天下为《晋世宁舞》，矜手以接杯槃而反覆之。'此则汉世唯有《柈舞》，而晋加之以杯，反覆也。"《五行志》曰："其歌云：'晋世宁，舞杯盘。'言接杯盘于手上而反覆之，至危也。杯盘者，酒食之器也，而名曰'晋世宁'者，言晋世之士，偷苟于酒食之间，而其知不及远。晋世之宁，犹杯盘之在手也。"《唐书·乐志》曰："汉有《盘舞》，晋世谓之《杯盘舞》。乐府诗云：'妍袖陵七盘。'言舞用盘七枚也。"

晋世宁，四海平，普天安乐永大宁。四海安，天下欢，乐治兴隆舞杯盘。舞杯盘，何翩翩，举坐翻覆寿万年。天与日，终与一，左回右转不相失。筝笛悲，酒舞疲，心中慷慨可健儿。樽酒甘，丝竹清，愿令诸君醉复醒。醉复醒，时合同，四坐欢乐皆言工。丝竹音，可不听，亦舞此槃左右轻。自相当，合坐欢乐人命长。人命长，当结友，千秋万岁皆老寿。

右一篇。

齐世昌辞

《南齐书·乐志》曰："晋《杯槃舞歌》十解，第三解云：'舞杯槃，何翩翩，举坐翻覆寿万年。'其第一解首句云'晋世宁'，宋改为'宋世宁'，恶其杯槃翻覆，辞不复取。齐改为'齐世昌'，后一解辞同。"《唐书·乐志》曰："梁谓之舞盘伎，唐隶散乐部中。"《隋书·乐志》曰："梁三朝乐第二十一设舞盘伎。"

齐世昌，四海安乐齐太平。人命长，当结久，千秋万岁皆老寿。

右一曲。

宋泰始歌舞曲辞

《古今乐录》曰："《宋泰始歌舞》十二曲：一曰《皇业颂》，歌自尧至楚元王、高祖，世载圣德，二曰《圣祖颂》，三曰《明君大雅》，四曰《通国风》，五曰《天符颂》，六曰《明德颂》，七曰《帝图颂》，八曰《龙跃大雅》，九曰《淮祥风》，十曰《宋世大雅》，十一曰《治兵大雅》，十二曰《白纻篇大雅》。"

皇业颂 明帝

皇业沿德建,帝运资勋融。胤唐重盛轨,胄楚载休风。尧帝兆深祥,元王衍遐庆。积善传上业,祚福启英圣。衰数随金禄,登历昌水命。维宋垂光烈,世美流舞咏。

圣祖颂

圣祖惟高德,积勋代晋历。永建享鸿基,万古盛音册。睿文缵宸驭,广运崇帝声。衍德被仁祉,留化洽民灵。孝建缔孝业,允协天人谋。宇内齐政轨,宙表烛威流。钟管腾列圣,彝铭贲重猷。

明君大雅 虞龢

明君应乾数,拨乱纽颓基。民庆来苏日,国颂薰风诗。天步或甓艰,列蕃扇迷愿。庙胜敷九伐,神谟洞七德。文教洗昏俗,武谊清祲埏。英勋冠帝则,万寿永齐—作衍天。

通国风 明帝

开宝业,资贤昌。谟明盛,弼谐光。烈武惟略,景王勋,南康华容变政文。猛绩爱著有左军,三王到氏文武赞,丞相作辅属伊旦。沈柳宗侯皆殄乱。泰始开运超百王,司徒骠骑勋德康。江安谟效殷诚彰,刘沈承规功名扬,庆归我后祚无疆。

天符颂　　　　　　明　帝

天符革运,世诞英皇。在馆神炫,既壮龙骧。六钟集表,四纬骈光。於穆配天,永休厥祥。

明德颂　　　　　　明　帝

明德孚教,幽符丽纪。山鼎见奇,醴液涵祉。鹓雏耀仪,驺虞游趾。福延亿祚,庆流万祀。

帝图颂

帝图凝远,瑞美昭宣。济流月镜,鹿氄霜鲜。甘露降和,花雪表年。孝德载衍,芳风永传。

龙跃大雅

龙跃戎府,玉耀蕃宫。岁淹豫野,玺属嫔中。江波澈映,石柏开文。观毓花蕊,楼凝景云。白乌三获,甘液再呈。嘉穟表沃,连理协成。德充动物,道积通神。宋业允大,灵瑞方臻。

淮祥风

淮祥应,贤彦生。翼赞中兴致太平。

宋世大雅　　　　　　虞　龢

宋世宁,在泰始。醉酒欢,饱德喜。万国朝,上寿酒。

帝同天,惟长久。

治兵大雅　　　　明　帝

王命治兵,有征无战。巾拂以净,丑类革面。王仪振旅,载戢在辰。中虚巾拂,四表静尘。

白纻篇大雅

在心曰志发言诗,声成于文被管丝。手舞足蹈欣泰时,移风易俗王化基。琴角挥韵白云舒,《箫韶》协音神凤来。拊击和节咏在初,章曲乍毕情有馀。文同轨一道德行,国靖民和礼乐成。四县庭响美勋英,八列陛唱贵人声。舞饰丽华乐容工,罗裳映—作皎日袂随风。金翠列辉蕙麝丰,淑姿秀—作委体允帝衷。

齐明王歌辞　　　　王　融

《齐明王歌辞》,七曲,王融应司徒教而作也。一曰《明王曲》,二曰《圣君曲》,三曰《渌水曲》,四曰《采菱曲》,五曰《清楚引》,六曰《长歌引》,七曰《散曲》。

明王曲

明王日月照,至乐天地和。幸息《云门》吹,复歇《咸池》歌。桂房金鲍棟,瑶轩丝石罗。朱骐步踯躅,玄鹤舞蹉跎。露凝嘉草秀,烟度醴泉波。皇基方万祀,齐民乐如何。

　　　　　　　　　　右一曲,三解。

圣君曲

圣君应昌历,景祚启休期。龙楼神睿道,兔园仁义基。海荡万川集,山崖百草滋。盘苗成萃止,渝铩异来思。清明动离轸,威惠—作怀被殊辞。大哉君为后,何羡唐虞时。

右一曲,三解。

渌水曲

湛露改寒司,文莺变春旭。琼树落晨红,瑶塘水初渌。日霁沙溆明,风动泉华烛。遵渚泛兰舠,乘漪弄—作舞清曲。斗酒千金轻,寸阴百年促。何用尽欢娱,王度式如玉。

右一曲,三解。

采菱曲

炎光销玉殿,凉风吹凤楼。雕辐—作青辂俿平隰,朱棹泊安流。金华妆翠羽,鹢首画飞—作龙舟。荆姬采菱曲,越女江南讴。腾声翻叶静,发—作散响谷云浮。良时时一遇,佳人难再求。

右一曲,三解。

清楚引

平原数千里,飞观郁岧岧。清月囧将曙,浩露零中宵。转叶渡沙海,别羽自冰辽。四面涌—作通寒色,左右竟严飙。崤渑多榛梗,京索久尘苗。逝将凭神武,奋剑荡遗妖。

右一曲,三解。

长歌引

周雅听休明,齐德觇升平。紫烟四时合,黄河万里清。翠柳荫通街,朱阙临高城。方毂雷尘起,接袖风云生。酣笑争日夕,丝管互逢迎。徂年无促虑,长歌有馀声。

右一曲,三解。

散曲

金枝湛明燎,绣幕裂芳然。层闱横绿绮,旷席缅朱缠。楚调《广陵散》,瑟柱秋风弦。轻裾中山丽,长袖邯郸妍。徐歌驻行景,迅节篇浮烟。言愿圣明主,永永万斯年。

右一曲,三解。

唐功成庆善乐舞辞　　太宗

一曰《九功舞》,殿庭朝会所奏文舞也。《新唐书·礼乐志》曰:"太宗生于武功之庆善宫,贞观六年幸之。宴从臣,赏赐闾里,同汉沛、宛。帝欢甚赋诗,吕才被之管弦,名曰《功成庆善乐》。以童儿六十四人,冠进德冠,紫裤褶,长袖,漆髻,屣履而舞。"《旧书·乐志》曰:"《庆善乐》,太宗所造也,名《九功之舞》。舞蹈安徐,以象文德洽而天下安乐也。冬正享宴及国有大庆,与《七德舞》偕奏于庭。"

寿丘唯旧迹,酆邑乃前基。粤余承累圣,悬弧亦在兹。弱龄逢运改,提剑郁匡时。指麾八荒定,怀柔万国夷。梯山盛入款,驾海亦来思。单于陪武帐,日逐卫文㮰。端扆朝四岳,无为任百司。霜节明秋景,轻冰结水湄。芸黄遍原隰,禾颖积京坻。共乐还谯宴,欢此《大风》诗。

唐中和乐舞辞　　　　　德　宗

《唐会要》曰:"贞元十四年,德宗以中和节自制《中和舞》,舞中成八卦。"又叙其舞曰:"朕以中春之首,纪为令节,象中和之容,作《中和》之舞。"按此曲盖因继《天诞圣乐》而作也。

芳岁肇佳节,物华当仲春。乾坤既昭泰,烟景含氤氲。德浅荷玄贶,乐成思治人。前庭列钟鼓,广殿延群臣。八卦随舞意,五音转曲新。顾非《咸池》奏,庶协南风薰。式宴礼所重,浃欢情必均。同和谅在兹,万国希可亲。

霓裳辞十首　　　　　唐·王　建

一曰《霓裳羽衣曲》。《唐逸史》曰:"罗公远多秘术。尝与玄宗至月宫,初以拄杖向空掷之,化为大桥。自桥行十馀里,精光夺目,寒气侵人。至一大城,公远曰:'此月宫也。'仙女数百,皆素练霓衣,舞于广庭。问其曲,曰《霓裳羽衣》。帝晓音律,因默记其音调而还。回顾桥梁,随步而没。明日,召乐工,依其音调,作《霓裳羽衣曲》。一说曰:开元二十九年中秋夜,帝与术士叶法善游月宫,听诸仙奏曲。后数日,东西两川驰骑奏,其夕有天乐自西南来,过东北去。帝曰:'偶游月宫听仙曲,遂以玉笛接之,非天乐也。'曲名《霓裳羽衣》,后传于乐部。"《乐苑》曰:"《霓裳羽衣曲》,开元中,西凉府节度杨敬述进。郑愚曰:'玄宗至月宫,闻仙乐,及归,但记其半。会敬述进《婆罗门曲》,声调相符,遂以月中所闻为散序,敬述所进为曲,而名《霓裳羽衣》也。'白居易曰:'《霓裳》法曲也。其曲十二遍,起于开元,盛于天宝。'凡曲将终,声拍皆促,唯《霓裳》之末,长引一声。故其歌云'繁音急节十二遍,唳鹤曲终长引声'是也。按王建辞云:'弟子部中留一色,听风听水作《霓裳》。'刘禹锡诗云:'三乡陌上望仙山,归作《霓裳羽衣曲》。'然则非月中所闻矣。"

弟子部中留一色,听风听水作《霓裳》。散声未足重来授,直到床前见上皇。

中管五弦初半曲,遥教合上隔帘听。一声声向天头落,效得仙人夜唱经。

自直梨园得出稀,更番上曲不教归。一时跪拜《霓裳》彻,立地阶前赐紫衣。

旋翻新谱声初足,除却梨园未教人。宣与书家分手写,中官走马赐功臣。

伴教《霓裳》有贵妃,从初直到曲成时。日长耳里闻声熟,拍数分毫错总知。

弦索扠扠隔彩云,五更初发一山—作满宫闻。武皇自送西王母,新换霓裳月色裙。

敕赐宫人澡浴回,遥看美女院门开。一山星月《霓裳》动,好字先从殿里来。

传呼法部按《霓裳》,新得承恩别作行。应是—作日晚贵妃楼上看,内人舁下彩罗箱。

朝元阁上山风起—作风初起,夜听《霓裳》玉露寒。宫女月中更替立,黄金梯滑并行难。

知向—作在华清年月满,山头山底种长生。去时留下《霓裳曲》,总—作半是离宫别馆声。

柘枝词

《乐府杂录》曰:"健舞曲有《柘枝》,软舞曲有《屈柘》。"《乐苑》

曰："羽调有《柘枝曲》，商调有《屈柘枝》。此舞因曲为名，用二女童，帽施金铃，抃转有声。其来也，于二莲花中藏，花坼而后见，对舞相占，实舞中雅妙者也。"《教坊记》曰："凡棚车上击鼓非《柘枝》，则《阿辽破》也。"《羯鼓录》曰："凡曲有意尽声不尽者，须以他曲解之，如《耶婆色鸡》用《屈柘急遍》解，《屈柘》用《浑脱》解之类是也。一说曰：《柘枝》，本《柘枝舞》也，其后字讹为柘枝。"沈亚之赋云："昔神祖之克戎，宾杂舞以混会。柘枝信其多妍，命佳人以继态。"然则似是戎夷之舞。按今舞人衣冠类蛮服，疑出南蛮诸国也。

将军奉命即须行，塞外领强兵。闻道烽烟动，腰间宝剑匣中鸣。

同前[①]三首　　　唐·薛　能

同营三十万，震鼓伐西羌。战血黏秋草，征尘搅夕阳。归来人不识，帝里独戎装。

悬军征拓羯，内地隔萧关。日色昆仑上，风声朔漠间。何当千万骑，飒飒贰师还。

意气成功日，春风起絮天。楼台新邸第，歌舞小婵娟。急破催摇曳，罗衫半脱肩。

屈柘词　　　唐·温庭筠

杨柳萦桥绿，玫瑰拂地红。绣衫金騕褭，花鬓玉珑璁。宿雨香潜润，春流水暗通。画楼初梦断，晴一作晓日照湘风。

[①] 同前，底本作"柘枝调"，据四部丛刊本改。

散乐附

《周礼》曰:"旄人教舞散乐。"郑康成云:"散乐,野人为乐之善者,若今黄门倡。"即《汉书》所谓黄门名倡丙强、景武之属是也。汉有黄门鼓吹,天子所以宴群臣。然则雅乐之外,又有宴私之乐焉。《唐书·乐志》曰:"散乐者,非部伍之声,俳优歌舞杂奏。"秦汉已来,已有杂伎,其变非一,名为百戏,亦总谓之散乐。自是历代相承有之。

俳歌辞　　　　　古辞

一曰《侏儒导》,自古有之,盖倡优戏也。《说文》曰:"俳,戏也。"《穀梁》曰:"鲁定公会齐侯于夹谷,罢会,齐人使优施舞于鲁君之幕下。"范宁云:"优,俳。施,其名也。"《乐记》:"子夏对魏文侯问曰:'新乐进俯退俯,俳优侏儒獶杂子女。'"王肃云:"俳优,短人也。"则其所从来亦远矣。《南齐书·乐志》曰:"《侏儒导》,舞人自歌之。古辞俳歌八曲,前一篇二十二句,今侏儒听歌,摘取之也。"《古今乐录》曰:"梁三朝乐第十六,设俳伎,伎儿以青布囊盛竹簏,贮两躞子,负束写地歌舞。小儿二人,提沓躞子头,读俳云:见俳不语言,俳涩所俳作一起。四坐敬止。马无悬蹄,牛无上齿。骆驼无角,奋迅两耳。半折荐博,四角恭跱。"《隋书·乐志》曰:"魏、晋故事,有《侏儒导》引,隋文帝以非正典,罢之。"

俳不言不语,呼俳喻所。俳适一起,狼率不止。生拔牛角,摩断肤耳。马无悬蹄,牛无上齿。骆驼无角,奋迅两耳。

宋凤皇衔书伎辞

《隋书·乐志》曰:"凤皇衔书伎,自宋齐已来有之。三朝用之。"

《南齐书·乐志》曰:"盖鱼龙之流也。元会日,侍中于殿前跪取其书以授舍人,舍人受书,升殿跪奏,宋世有辞。齐初诏江淹改造,至梁武帝普通中,下诏罢之。"

大宋兴隆膺灵符,凤鸟感和衔素书。嘉乐之美通玄虚,惟新济济迈唐虞。巍巍荡荡道有馀。

齐凤皇衔书伎辞

皇齐启运从瑶玑,灵凤衔书集紫微。和乐既洽神所依,超商卷夏耀英辉,永世寿昌声华飞。

乐府诗集卷第五十七　琴曲歌辞一

琴者，先王所以修身、理性、禁邪、防淫者也，是故君子无故不去其身。《唐书·乐志》曰："琴，禁也。夏至之音，阴气初动，禁物之淫心也。"《世本》曰："琴，神农所造。"《广雅》曰："伏羲造琴，长七尺二寸，而有五弦。"扬雄《琴清英》曰："舜弹五弦之琴而天下化。"《琴操》曰："琴长三尺六寸六分，象三百六十〔六〕日。广六寸，象六合也。文上曰池，池，水也，言其平。下曰滨，滨，宾也，言其服也。前广后狭，象尊卑也。上圆下方，法天地也。五弦，象五行也。文王、武王加二弦以合君臣之恩。"《古今乐录》曰："今称二弦为文武弦是也。"应劭《风俗通》曰："七弦，法七星也。"《三礼图》曰："琴第一弦为宫，次弦为商，次为角，次为羽，次为徵，次为少宫，次为少商。"桓谭《新论》曰："今琴四尺五寸，法四时五行也。"崔豹《古今注》曰："蔡邕益琴为九弦，二弦大，次三弦小，次四弦尤小。"梁元帝《纂要》曰："古琴名有清角，黄帝之琴也。鸣鹿、循况、滥胁、号钟、自鸣、空中，皆齐桓公琴也。绕梁，楚庄王琴也。绿绮，司马相如琴也。焦尾，蔡邕琴也。凤皇，赵飞燕琴也。自伏羲制作之后，有瓠巴、师文、师襄、成连、伯牙、方子春、钟子期，皆善鼓琴。而其曲有畅、有操、有引、有弄。"《琴论》曰："和乐而作，命之曰畅，言达则兼济天下而美畅其道也。忧愁而作，命之曰操，言穷则独善其身而不失其操也。引者，进德修业，申达之名也。弄者，情性和畅，宽泰之名也。其后西汉时有庆安世者，为成帝侍郎，善为《双凤离鸾之曲》，齐人刘道强能作《单鳧寡鹤之弄》，赵飞燕亦善为《归风送远之操》，皆妙绝当时，见称后世。若夫心意感发，声调谐应，大弦宽和而温，小弦清廉而不乱，攫之深,醉之愉,斯为尽善矣。古琴曲有五曲、九引、十二操。五曲:一曰《鹿鸣》,二曰《伐檀》,三曰《驺虞》,四曰《鹊巢》,五曰《白驹》。九引:一曰《烈女引》,二曰《伯妃引》,三曰《贞女引》,四曰《思归引》,五曰《霹雳引》,六曰《走马引》,七曰《箜篌引》,八曰《琴引》,九曰《楚引》。十二操:一曰《将归操》,二曰《猗兰操》,三曰《龟山操》,四曰《越裳操》,五曰《拘幽操》,六曰《岐山操》,七曰《履霜操》,八曰《朝飞操》,九曰《别鹤操》,十曰《残形操》,十一曰《水仙操》,十二曰《襄陵操》。自是已后,作者相继,而其义与其所起,略可考而知,故不复备论。"《乐府解题》曰:"琴操纪事,好与本传相违,存之者,以广异闻也。"

白雪歌　　　　　　齐·徐孝嗣

谢希逸《琴论》曰:"刘涓子善鼓琴,制《阳春》、《白雪》曲。《琴集》曰:'《白雪》,师旷所作商调曲也。'"《唐书·乐志》曰:"《白雪》,周曲也。"张华《博物志》曰:"《白雪》者,太帝使素女鼓五十弦瑟曲名也。"高宗显庆二年,太常言:《白雪》琴曲,本宜合歌,今依琴中旧曲,以御制《雪诗》为《白雪》歌辞。又古今乐府奏正曲之后,皆别有送声,乃取侍臣许敬宗等和诗以为送声,各十六节。六年二月,吕才造琴歌《白雪》等曲,帝亦制歌辞十六章,皆著于乐府。

风闺晚翻霭,月殿夜凝明。愿君早留一作流盻,无令春草生。

同　　前　　　　　　梁·朱孝廉

凝云没霄汉,从风飞且散。联翩避幽谷,徘徊依井幹。既兴楚客谣,亦动周王叹。所恨轻寒早,不逮阳春一作春光旦。

白雪曲　　　　　　唐·僧贯休

列鼎佩金章,泪眼看风枝。却思食藜藿,身作屠沽儿。负米无远近,所希斗斛归。为人无贵贱,莫学鸡狗肥。斯言如不忘,别更无光辉。斯言如或忘,即安用人为。

神人畅　　　　　　唐尧

《古今乐录》曰:"尧郊天地,祭神座上有响,诲尧曰:'水方至为害,命子救之。'尧乃作歌。"谢希逸《琴论》曰:"《神人畅》,尧帝所作。尧弹琴感神人现,故制此弄也。"

清庙穆兮承予宗,百僚肃兮于寝堂。醊祷进福求年丰,有响在坐,敕予为害在玄中。钦哉皓天德不隆,承命任禹写中—作东宫。

思亲操　　　　　　虞舜

《古今乐录》曰:"舜游历山,见鸟飞,思亲而作此歌。"谢希逸《琴论》曰:"舜作《思亲操》,孝之至也。"

陟彼历山兮崔嵬,有鸟翔兮高飞,瞻彼鸠兮徘徊。河水洋洋兮青泠,深谷鸟鸣兮嘤嘤,设罝张罟兮思我父母力耕。日与月兮往如驰,父母远兮吾当安归。

南风歌二首　　　　　虞舜

《古今乐录》曰:"舜弹五弦之琴,歌《南风》之诗。"《史记·乐书》曰:"舜歌《南风》而天下治,《南风》者,生长之音也。舜乐好之,乐与天地同意,得万国之欢心,故天下治也。"

反彼三山兮商岳嵯峨,天降五老兮迎我来歌。有—作青黄龙兮自出于河,负书图兮委蛇罗沙,案图观谶兮闵天嗟嗟。击石拊韶兮沦幽洞微,鸟兽跄跄兮凤皇来仪,凯风自南兮喟其增叹。

南风之薰兮,可以解吾民之愠兮。南风之时兮,可以阜吾民之财兮。

湘　妃　　　　唐·刘长卿

《山海经》曰:"洞庭之山,帝之二女居之。"郭璞云:"天帝之女,处江为神,即《列仙传》所谓江妃二女也。"刘向《列女传》曰:"帝尧之二女,长曰娥皇,次曰女英,尧以妻舜于妫汭。舜既为天子,娥皇为后,女英为妃。舜死于苍梧,二妃死于江湘之间,俗谓之湘君。"《湘中记》曰:"舜二妃死为湘水神,故曰湘妃。"韩愈《黄陵庙碑》曰:"秦博士对始皇帝云:'湘君者,尧之二女舜妃者也。'刘向、郑玄亦皆以二妃为湘君,而《离骚》、《九歌》既有《湘君》,又有《湘夫人》,王逸以为湘君者,自其水神而谓,湘夫人乃二妃,璞与逸俱失也。尧之长女娥皇为舜正妃,故曰君,其二女女英自宜降曰夫人也。故《九歌》谓娥皇为君,女英为帝子,各以其盛者推言之也。礼有小君,明其正自得称君也。"按《琴操》有《湘妃怨》,又有《湘夫人》曲。

帝子不可见,秋风来暮思。婵娟湘江月,千载空蛾眉。

同　前　　　　唐·李贺

筠竹千年老不死,长伴秦—作神娥盖湘水。蛮娘吟弄满寒空,九山静绿泪花红。离鸾别凤烟梧中,巫云蜀雨遥相通。幽愁秋气上青枫,凉夜波间吟古龙。

湘妃怨　　　　唐·孟郊

南巡竟不返,帝子一作二妃怨逾积。万里丧蛾眉,潇湘水空碧。冥冥荒山下,古庙收贞魄。乔木深青春,清光满瑶席。搴芳徒有荐,灵意殊脉脉。玉佩不可亲,徘徊烟波夕。

同　　前　　　　唐·陈　羽

二妃怨处云沉沉,二妃哭处湘水深。商人酒滴庙前草,萧飒风生斑竹林。

湘妃列女操　　　唐·鲍　溶

有虞夫人哭虞后,淑女何事又伤离。竹上泪迹生不尽,寄哀云和五十丝。云和经奏钧天曲,乍听宝琴遥嗣续,三湘测测流急绿。秋夜露寒蜀帝飞,枫林月斜楚臣宿。更疑川宫日黄昏,暗携女手殷勤言,环珮玲珑有无间。终疑既远双悄悄,苍梧旧云岂难召,老猿心寒不可啸。目盱盱兮意蹉跎,魂腾腾兮惊秋波。曲一尽兮忆再奏,众弦不声且如何。

湘夫人　　　　梁·沈　约

潇湘风已息,沅澧复安流。扬蛾一含睇,嫕娟好且修。捐玦置澧浦,解珮寄中洲。

同　　前　　　　梁·王僧孺

桂栋承薜帷,眇眇川之湄。白蘋徒可望,绿芷竟空滋。

日暮思公子,衔意嘿无辞。

同　前　　　唐·邹绍先

枫叶下秋渚,二妃愁渡湘。疑山空杳蔼,何处望君王。日落水云里,油油心自伤。

同　前　　　唐·李　颀

九嶷日已暮,三湘云复愁。窅霭罗袂色,潺湲江水流。佳期来北渚,捐玦在芳洲。

同　前　　　唐·郎士元

蛾眉对湘水,遥哭苍梧间。万乘既已殁,孤舟谁忍还?至今楚山上,犹有泪痕斑。

南有浔阳路,渺渺多新愁。昔神降回时,风波江上秋。彩云忽无处,碧水空安流。

襄陵操　　　夏　禹

一曰《禹上会稽》。《书》曰:"汤汤洪水方割,荡荡怀山襄陵,浩浩滔天。"《古今乐录》曰:"禹治洪水,上会稽山,顾而作此歌。"谢希逸《琴论》曰:"夏禹治水而作《襄陵操》。"《琴集》曰:"《禹上会稽》,夏禹东巡狩所作也。"

呜呼,洪水滔天,下民愁悲,上帝愈咨。三过吾门不入,父子道衰。嗟嗟不欲烦下民。

霹雳引　　　　　梁简文帝

谢希逸《琴论》曰："夏禹作《霹雳引》。"《乐府解题》曰："楚商梁游于雷泽，霹雳下，乃援琴而作之，名《霹雳引》。"未知孰是。

来从东海上，发自南山阳。时闻连鼓响，乍散投壶光。飞车走四瑞，绕电发时祥。令去于斯表，杀来永传芳。

同　前　　　　　隋·辛德源

出地声初奋，乘乾威更作。云衔天笑明，雨带星精落。碎枕神无绕，震楹书自若。侧一作时闻吟白虎，远见飞一作舞玄鹤。

同　前　　　　　唐·沈佺期

岁七月火伏而金生，客有鼓瑟于门者，奏霹雳之商声。始戞羽以骁砉，终扣宫而砰磤。电耀耀兮龙跃，雷阗阗兮雨冥。气呜唅以会雅，态欻翕以横生。有如驱千旗，制五兵，截荒虺，斩长鲸。孰与广陵比意，别鹤侪精而已。俾我雄子魄动，毅夫发立，怀恩不浅，武义双辑。视胡若芥，剪羯如拾。岂徒慨慷中筵，备群娱之禽习哉！

箕子操　　　　　殷·箕子

一曰《箕子吟》。《史记》曰："纣始为象箸，箕子叹曰：'彼为象箸，必为玉杯；为玉杯，则必思远方珍怪之物而御之矣。舆马宫室之渐自此始，不可振也。'乃披发佯狂而为奴，遂隐而鼓琴以自悲。"《古今乐录》曰："纣时，箕子佯狂，痛宗庙之为墟，乃作此歌，后传以为操。"《琴集》曰:"《箕子吟》,箕子自作也。"

嗟嗟,纣为无道杀比干。嗟重复嗟独奈何!漆身为厉,被发以佯狂,今奈宗庙何!天乎天哉!欲负石自投河。嗟复嗟,奈社稷何!

拘幽操　　　　　　周文王

一曰《文王哀羑里》。《琴操》曰:"《拘幽操》,文王拘于羑里而作也。文王修德,百姓亲附。崇侯虎疾之,谮于纣曰:'西伯昌,圣人也。长子发,中子旦,皆圣人也。三圣合谋,君其虑之。'乃囚文王于羑里,将杀之。于是文王四臣散宜生之徒,得美女、大贝、白马朱鬣以献于纣,纣遂出西伯。文王在羑里,演《易》八卦以为六十四,作郁厄之辞曰:'困于石,据于蒺藜。'乃申愤而作歌云。"

殷道溷溷,浸浊烦兮。朱紫相合,不别分兮。迷乱声色,信谗言兮。炎炎之虐,使我愆兮。幽闭牢阱,由其言兮。遘我四人,忧动勤兮。

同　前　　　　　　唐·韩愈

目掔掔兮其凝其盲,耳肃肃兮听不闻声。朝不日出兮夜不见月与星,有知无知兮为死为生。呜呼,臣罪当诛兮天王圣明。

文王操　　　　　　周文王

《琴操》曰:"纣为无道,诸侯皆归文王。其后有凤皇衔书于郊,文王乃作此歌。"谢希逸《琴论》曰:"《文王操》,文王作也。"

翼翼翱翔,彼凤皇兮。衔书来游,以会昌兮。瞻天案图,殷将亡兮。苍苍之天,始有萌兮。五神连精,合谋房兮。兴我之业,望羊来兮。

克商操　　　　　　周武王

一曰《武王伐纣》。《古今乐录》曰:"武王伐纣而作此歌。"谢希逸《琴论》曰:"《克商操》,武王伐纣时制。"《琴集》曰:"《武王伐纣》,武王自作也。"

上告皇天兮,可以行乎?

伤殷操　　　　　　宋·微子

《琴集》曰:"《伤殷操》,微子所作也。"《尚书大传》曰:"微子将朝周,过殷之故墟,见麦秀之蘄蘄,黍禾之蝇蝇也,曰:'此故父母之国,宗庙社稷之亡也。'志动心悲,欲哭则为朝周,欲泣则近妇人,推而广之作雅声,即此操也,亦谓之《麦秀歌》。"

麦秀渐渐兮禾黍油油,彼狡童兮不我好仇。

越裳操　　　　　　周公旦

《琴操》曰:"《越裳操》,周公所作也。"《古今乐录》曰:"越裳献白雉,周公作歌,遂传之为《越裳操》。"

於戏嗟嗟,非旦之力,乃文王之德。

同　前　　　　　　唐·韩愈

雨之施,物以挚,我何意于彼为。自周之先,其艰其勤。以有疆宇,私我后人。我祖在上,四方在下。厥临孔威,敢戏以侮。孰荒于门?孰治于田?四海既均,越裳是臣。

岐山操　　　　　　　　韩　愈

《琴操》曰:"《岐山操》,周公为大王作也。"

我家于豳,自我先公。伊我承绪,敢有不同。今狄之人,将土我疆。民为我战,谁使死伤。彼岐有岨,我往独处,人莫(旧作莫尔余追,无思我悲。

神凤操　　　　　　　　周成王

一曰《凤皇来仪》。《古今乐录》曰:"周成王时,凤皇翔舞,成王作此歌。"谢希逸《琴论》曰:"成王作《神凤操》,言德化之感也。"《琴集》曰:"《凤皇来仪》,成王所作。"

凤皇翔兮于紫庭,予何德兮以感灵。赖先人兮恩泽臻,于胥乐兮民以宁。

采薇操　　　　　　　　周·伯　夷

《琴集》曰:"《采薇操》,伯夷所作也。"《史记》曰:"武王克殷,伯夷、叔齐耻之,不食周粟,隐于首阳山,采薇而食之。乃作歌,因传以为操。"《乐府解题》曰:"《采薇操》,亦曰《晨游高举》。"

登彼高山,言采其薇。以乱易暴,不知其非。神农虞夏,忽焉没兮。我适安归?

履霜操　　　　　　　　周·尹伯奇

《琴操》曰:"《履霜操》,尹吉甫之子伯奇所作也。伯奇无罪,为后母谮而见逐,乃集芰荷以为衣,采楟花以为食。晨朝履霜,自伤见放,于是援琴鼓之而作此操。曲终,投河而死。"

履朝霜兮采晨寒,考不明其心兮听谗言,孤恩别离兮摧肺肝。何辜皇天兮遭斯愆?痛殁不同兮恩有偏,谁说顾兮知我冤?

同　前　　　　唐·韩愈

父兮儿寒,母兮儿饥。儿罪当笞,逐儿何为?儿在中野,以宿以处。四无人声,谁与儿语?儿寒何衣,儿饥何食?儿行于野,履霜以足。母生众儿,有母怜之。独无母怜,儿宁不悲?

士失志操四首　　　晋·介子推

《琴集》曰:"《士失志操》,介子推所作也。一曰《龙蛇歌》。"《琴操》曰:"文公与介子绥俱遁,子绥割腓股以啖文公。文公复国,咎犯、赵衰俱蒙厚赏,子绥独无所得,乃作《龙蛇之歌》而隐。文公求之不肯出。"按《史记》:"文公重耳奔狄,其后反国,赏从亡,未及介子推。子推欲隐,从者怜之,乃悬书宫门。文公出见之,曰:'此介子推也。'使人召之,亡入绵上山中。于是文公环绵上山而封之,以为介推田,号曰介山是也。"

有龙矫矫,顷失其所。五蛇从之,周遍天下。龙饥无食,一蛇割股。龙反其渊,安其壤土。四蛇入穴,皆有处所。一蛇无穴,号于中野。

有龙矫矫,遭天谴怒。三蛇从之,一蛇割股。二蛇入国,厚蒙爵土。馀有一蛇,弃于草莽。

有龙矫矫,将失其所。有蛇从之,周流天下。龙既入深渊,得其安所。蛇脂尽乾,独不得甘雨。

龙欲上天,五蛇为辅。龙已升云,四蛇各入其宇。一蛇独怨,终不见处所。

雉朝飞操　　　　　　　齐·犊沐子

一曰《雉朝雏操》。扬雄《琴清英》曰:"《雉朝飞操》,卫女傅母之所作也。卫侯女嫁于齐太子,中道闻太子死,问傅母曰:'何如?'傅母曰:'且往当丧。'丧毕不肯归,终之以死。傅母悔之,取女所自操琴,于冢上鼓之。忽二雉俱出墓中,傅母抚雉曰:'女果为雉耶?'言未毕,俱飞而起,忽然不见。傅母悲痛,援琴作操,故曰《雉朝飞》。"崔豹《古今注》曰:"《雉朝飞》者,犊沐子所作也。齐宣王时,处士泯宣,年五十无妻。出薪于野,见雉雄雌相随而飞,意动心悲,乃仰天叹大圣在上,恩及草木鸟兽,而我独不获。因援琴而歌,以明自伤,其声中绝。魏武帝时,宫人有卢女者,七岁入汉宫,学鼓琴,特异于馀妓,善为新声,能传此曲。"伯牙《琴歌》曰:"麦秀蕲兮雉朝飞,向虚壑兮背乔槐,依绝区兮临回池。"《乐府解题》曰:"若梁简文帝'晨光照麦畿',但咏雉而已。"

雉朝飞兮鸣相和,雌雄群游于山阿。我独何命兮未有家。时将暮兮可奈何,嗟嗟暮兮可奈何!

同　前　　　　　　　　宋·鲍照

雉朝飞,振羽翼,专场挟雌恃强力。媒已惊,翳又逼,蒿间潜縠卢矢直。刎绣颈,碎锦臆,绝命君前无怨色。握君手,执杯酒,意气相倾死何有!

同　前　　　　　　　　梁简文帝

晨光照麦畿,平野度春翚。避鹰时耸角,妒垄或一作忽斜飞。少年从远役,有恨意多违。不如随荡子,罗袂拂臣衣。

同　前　　　　梁·吴均

二月雉朝飞,横行傍垄归。斜看水外翟,侧听岭南翚。躞蹀恒欲战,耿耿恃强威。当令君见赏,何辞碎锦衣。

同　前　　　　唐·李白

麦陇青青三月时,白雉朝飞挟两雌。锦衣绮翼何离褷,犊沐采薪感之悲。春天和,白日暖;啄食饮泉勇气满,争雄斗死绣颈断。雉子班奏急管弦,心倾美酒尽玉碗。枯杨枯杨尔生荑,我独七十而孤栖。弹弦写恨意不尽,瞑目归黄泥。

同　前　　　　韩愈

雉之飞,于朝日。群雌孤雄,意气横出。当东而西,当啄而飞。随飞随啄,群雌粥粥。嗟我虽人,曾不如彼雉鸡。生身七十年,无一妾与妃。

同　前　　　　唐·张祜

朝阳陇东泛暖景,双啄双飞双顾影。朱冠锦襦聊日整,漠漠雾中如衣袭。伤心卢女弦,七十老翁长独眠。雄飞在草雌在田,衷肠结愤气呵天。圣人在上心不偏,翁得女妻甚可怜。

乐府诗集卷第五十八　琴曲歌辞 二

思归引　　　晋·石崇

一曰《离拘操》。《琴操》曰:"卫有贤女,邵王闻其贤而请聘之,未至而王薨。太子曰:'吾闻齐桓公得卫姬而霸,今卫女贤,欲留之。'大夫曰:'不可。若贤必不我听,若听必不贤,不可取也。'太子遂留之,果不听。拘于深宫,思归不得,遂援琴而作歌,曲终,缢而死。"晋石崇《思归引序》曰:"崇少有大志,晚节更乐放逸。因览乐篇有《思归引》,古曲有弦无歌,乃作乐辞。"但思归河阳别业,与琴操异也。《乐府解题》曰:"若梁刘孝威'胡地凭良马',备言思归之状而已。"按谢希逸《琴论》曰:"箕子作《离拘操》。"不言卫女作,未知孰是。

思归引,归河阳。假余翼,鸿鹤高飞翔。经芒阜,济河梁,望我旧馆心悦康。清渠激,鱼彷徨,雁惊溯波群相将,终日周览乐无方。登云阁,列姬姜,拊丝竹,叩宫商,宴华池,酌玉觞。

同　前　　　梁·刘孝威

胡地凭良马,怀骄负汉恩。甘泉烽火入,回中宫室燔。锦车劳远驾,绣衣疲屡奔。贰师已丧律,都尉亦销①魂。龙堆求援急,狐塞请先屯。枥下驱双骏,腰边带两鞬。乘障无

---

① 销:底本无,据四部丛刊本补。

期限,思归安可论一作言。

同前　　　唐·张祜

重重作闺清旦镳,两耳深声长不彻。深宫坐愁百年身,一片玉中生愤血。焦桐罢弹丝自绝,漠漠暗魂愁夜月。故乡不归谁共穴,石上作蒲蒲九节。

猗兰操　　　鲁·孔子

一曰《幽兰操》。《古今乐录》曰:"孔子自卫反鲁,见香兰而作此歌。"《琴操》曰:"《猗兰操》,孔子所作。孔子历聘诸侯,诸侯莫能任。自卫反鲁,隐谷之中,见香兰独茂,喟然叹曰:'兰当为王者香,今乃独茂,与众草为伍。'乃止车,援琴鼓之,自伤不逢时,托辞于香兰云。"《琴集》曰:"《幽兰操》,孔子所作也。"

习习谷风,以阴以雨。之子于归,远送于野。何彼苍天,不得其所。逍遥九州,无所定处。时一作世人暗蔽,不知贤者。年纪逝迈,一身将老。

同前　　　隋·辛德源

奏事传青阁,拂除乃陶嘉。散条凝露彩,含芳映日华。已知香若麝,无怨直如麻。不学芙蓉草,空作眼中花。

同前　　　唐·韩愈

兰之猗猗,扬扬其香。不采而佩,于兰何伤。今天之旋,其曷为然。我行四方,以日以年。雪霜贸贸,荠麦之茂。子如不伤,我不尔觏。荠麦之茂,荠麦之有。君子之伤,君子之守。

幽兰五首　　　　　宋·鲍　照

倾晖引暮色，孤景流恩颜。梅歇春欲罢，期渡往不还。
帘委兰蕙露，帐含桃李风。揽带昔何道，坐令芳节终。
结佩徒分明，抱梁辄乖互。华落知不终，空愁坐相误。
眇眇蛸挂网，漠漠蚕弄丝。空惭不自信，怯与君尽一作划期。
陈国郑东门，古来共所知。长袖蹔徘徊，驷马停路歧。

同　前　　　　　唐·崔　涂

幽植众能知，贞芳只暗持。自无君子佩，未是国香衰。
白露沾长早，青春每到迟。不知当路草，芳馥欲何为。

将归操　　　　　鲁·孔　子

一曰《郰操》。《琴操》曰："《将归操》，孔子所作也。"《孔丛子》曰："赵使聘夫子，夫子闻鸣犊与窦犨之见杀也，回舆而旋，为操曰《将归》。"《史记·世家》曰："孔子既不得用于卫，将西见赵简子，至于河，而闻窦鸣犊、舜华之死，临河而叹曰：'美哉水，洋洋乎，丘之不济此，命也夫。'子贡曰：'何谓也？'孔子曰：'窦鸣犊、舜华，晋国之贤大夫也。赵简子未得志之时，须此两人而后从政，及其已得志，杀之乃从政。夫鸟兽之不义也，尚知辟之，况乎丘哉！'乃还，息乎郰乡，作为《郰操》以哀之。"徐广曰："窦鸣犊、舜华，或作鸣铎、窦犨。"王肃曰："《郰操》，琴曲名也。"

翱翔于卫，复我旧居。从吾所好，其乐只且。

同　前　　　　　　韩　愈

秋之水兮其色幽幽，我将济兮不得其由。涉其浅兮石啮我足，乘其深兮龙入我舟。我济而悔兮将安归尤。归乎归乎，无与石斗兮无应龙求。

龟山操　　　　　　韩　愈

《琴操》曰："《龟山操》，孔子所作也。季桓子受齐女乐，孔子欲谏不得，退而望鲁龟山，作此曲，以喻季氏，若龟山之蔽鲁也。"

龟之气兮不能云旧作为雨，龟之桢兮不中梁柱，龟之大兮只以奄鲁，知将隳兮哀莫余伍。周公有思兮嗟余归辅。

残形操　　　　　　韩　愈

《琴操》曰："《残形操》，曾子所作。曾子梦一狸，不见其首，而作此曲也。"

有兽维狸兮我梦得之，其身孔明兮而头不知。吉凶何为兮觉坐而思，巫咸上天兮识者其谁。

双燕离　　　　　　梁简文帝

《琴集》曰："《独处吟》、《流澌咽》、《双燕离》、《处女吟》四曲，其词俱亡。"《琴历》曰："河间新歌二十一章，此其四曲也。"

双燕有雄雌，照日两差池。衔花落北户，逐蝶上南枝。桂栋本曾宿，虹梁早自窥。愿得长如此，无令双燕离。

同　前　　　　　　梁·沈君攸

双燕双飞，双情想思。容色已改，故心不衰。双入幕，双出帷。秋风去,春风归。幕上危,双燕离。衔羽一别涕泗垂,夜夜孤飞谁相知。左回右顾还相慕,翩翩桂水不忍渡,悬目挂心思越路。萦郁摧折意不泄,愿作镜鸾相对绝一作〔孤〕鸾对镜绝,武本愿作镜鸾相对绝。

同前　　　　唐·李白

双燕复双燕,双飞令人羡。玉楼珠阁不独栖,金窗绣户长相见。柏梁失火去,因入吴王宫。吴宫又焚荡,雏尽巢亦空。憔悴一身在,孀雌忆故雄。双飞难再得,伤我寸心中。

处女吟　　　　鲁处女

《琴操》曰:"《处女吟》,鲁处女所作也。"《古今乐录》曰:"鲁处女见女贞木而作歌,亦谓之《女贞木歌》。"

菁菁茂木,隐独荣兮。变化垂枝,含蕤英兮。修身养志,建令名兮。厥道不同,善恶并兮。屈身身独,去微清兮。怀忠见疑,何贪生兮。

贞女引　　　　梁简文帝

《琴操》曰:"鲁次室女作《贞女引》。"

借问怀春台,百尺凌云雾。北有岁寒松,南临女贞树。庭花对帷满,隙月依枝度。但使明妾心,无嗟坐迟暮。

同前　　　　梁·沈约

贞心信无矫,傍邻也见疑。轻生本非惜,贱躯良足悲。传芳托嘉树,弦歌寄好词。

列女操　　　　　　唐·孟　郊

《琴集》曰:"楚樊姬作《列女引》。"

梧桐相待老,鸳鸯会双死。贞妇贵徇夫,舍生亦如此。波澜誓不起,妾心井中水。

别鹤操　　　　　　商陵牧子

崔豹《古今注》曰:"《别鹤操》,商陵牧子所作也。娶妻五年而无子,父兄将为之改娶。妻闻之,中夜起,倚户而悲啸。牧子闻之,怆然而悲,乃援琴而歌。后人因为乐章焉。"《琴谱》曰:"琴曲有四大曲,《别鹤操》其一也。"

将乖比翼兮隔天端,山川悠远兮路漫漫,揽衣不寐兮食忘餐。

同　前　　　　　　宋·鲍　照

双鹤俱起时,徘徊沧海间。长弄若天汉,轻躯似云悬。幽客时结侣,提携游—作到三山。青缴凌瑶台,丹萝笼紫烟。海上疾风急,三山多云雾。散乱—相失,惊孤不得住。缅然日月驰,远—作已矣绝音仪。有愿而不遂,无怨以生离。鹿鸣在深草,蝉鸣隐高枝。心自有所怀—作存,旁人那得知?

同　前　　　　　　唐·韩　愈

雄鹤—作鹄衔枝来,雌鹤啄泥归。巢成不生子,大义当乖离。江汉水之大,鹤身鸟之微。更无相逢日,安可相随飞。

别　鹤　　　　　梁简文帝

接翮同发燕,孤飞独向楚。值雪已迷群,惊风复失侣。

同　前　　　　　梁·吴　均

别鹤寻故侣,联翩辽海间。单栖孟津水,惊唳陇头山。

同　前　　　　　唐·杨巨源

海鹤一为别,高程方杳然。影摇江海路,思结潇湘天。皎然仰白日,真姿栖紫烟。含情九霄际,顾侣五云前。遐心属清都,凄响激朱弦。超摇间云雨,迢递各山川。东南信多水,会合当有年。雄飞戾冥寞,此意何由传。

同　前　　　　　唐·王　建

主人一去池水绝,池鹤散飞不相别。青天漫漫碧海重,知向何山风雪中。万里虽然音影在,两心终是死生同。池边巢破松树死,树头年年乌生子。

同　前　　　　　唐·张　籍

双鹤出云溪,分飞各自迷。空巢在松杪,折羽落江泥。寻水终不饮,逢林亦未栖。别离应易老,万里两凄凄。

同　前　　　　　唐·杜　牧

分飞共所从,六翮势摧风。声断碧云外,影孤明月中。

青田归路远，月桂旧巢空。矫翼知何处？天涯不可穷。

走马引　　　　　　梁·张率

一曰《天马引》。崔豹《古今注》曰："《走马引》，樗里牧恭所作也。为父报怨，杀人而亡，匿于山之下。有天马夜降，围其室而鸣，觉闻其声，以为追吏，奔而亡去。明旦视之，乃天马迹也。因惕然大悟曰：'岂吾所处之将危乎？'遂荷粮而逃，入于沂泽中，援琴而鼓之，为天马之声，故曰《走马引》也。"

良马龙为友，玉珂金作羁。驰骛一作相去宛与洛，半骤复半驰。倏忽而千里，光景不及移。九方惜未见，薛公宁所知。敛辔且归去，吾畏路傍儿。

同　前　　　　　　唐·李贺

我有辞乡剑，玉锋堪截云。襄阳一作长安走马客，意气自生春。朝嫌剑光静，暮嫌剑花冷。能持剑向人，不解持照身一作解持照身影。

天马引　　　　　　陈·傅縡

骢色表连钱，出冀复来燕。取用偏开地，为歌乃号天。权奇意欲远，躞蹀势难前。本珍白玉镫，因饰黄金鞭。愿酬刍秣宠，千里得千年。

龙丘引　　　　　　梁简文帝

一曰《楚引》。《琴操》曰："《楚引》者，楚游子龙丘高所作也。龙丘高出游三年，思归故乡，望楚而长叹，故曰《楚引》。"

龙丘一回首,楚路苍无极。水照弄珠影,云吐阳台色。浦狭村烟度,洲长归鸟息。游荡逐春心,空怜无羽翼。

楚朝曲　　　　宋·吴迈远

白云萦蔼荆山阿,洞庭纵横日生波。幽芳远客悲如何,绣被掩口越人歌。壮年流瞻襄成和,清贞空情感电过。初同末异忧愁多,穷巷恻怆沉汨罗。延思万里挂长河,翻惊汉阴动湘娥。

楚明妃曲　　　　宋·汤惠休

琼台彩楹,桂寝雕甍。金闺流耀,玉牗含英。香芬幽蔼,珠彩珍荣。文罗秋翠,纨绮春轻。骖驾鸾鹤,往来仙灵。含姿绵视,微笑相迎。结兰枝,送目成,当年为君荣。

渡易水　　　　燕·荆　轲

一曰《荆轲歌》。《史记》曰:"燕太子丹使荆轲刺秦王,丹送之至于易水之上。轲使高渐离击筑,荆①轲和而歌,为变徵之声。又前而为此歌,复为羽声忼慨,于是就车而去。"《乐府广题》曰:"后人以为琴中曲。"按《琴操》商调有《易水曲》,荆轲所作,亦曰《渡易水》是也。

风萧萧兮易水寒,壮士一去兮不复还。

同　前　　　　吴　均

杂虏客来齐,时余在角抵。扬鞭渡易水,直至龙城西。

---

① 荆,底本阙,据四部丛刊本补。

日昏筘乱动，天曙马争嘶。不能通瀚海，无面见三齐。

荆轲歌　　　　　陈·阳缙

函谷路不通，燕将重深功。长虹贯白日，易水急寒风。壮发危冠下，匕首地图中。琴声不可识，遗恨没秦宫。

力拔山操　　　　楚·项籍

《汉书》曰："项羽壁垓下，军少食尽，汉帅诸侯兵围之数重。夜闻汉军四面皆楚歌，惊曰：'汉已得楚乎？何楚人多也！'起饮帐中，有美人姓虞氏，常从，骏马名骓，常骑。乃悲歌忼慨，自为歌诗。歌数曲，美人和之。羽泣下数行，遂上马，溃围南出。平明，汉军乃觉。"按《琴集》有《力拔山操》，项羽所作也。近世又有《虞美人曲》，亦出于此。

力拔山兮气盖世，时不利兮骓不逝。骓不逝兮可奈何，虞兮虞兮奈若何！

项王歌

无复拔山力，谁论盖世才。欲知汉骑满，但听楚歌哀。悲看骓马去，泣望舣舟来。

大风起　　　　　汉高帝

《汉书》曰："高祖既定天下，还过沛，留，置酒沛宫，悉召故人父老子弟佐酒，发沛中儿得百二十人，教之歌。酒酣，帝击筑自歌，令儿皆和习之。帝自起舞。"《礼乐志》曰："至孝惠时，以沛宫为原庙，令歌儿习吹以相和，常以百二十人为员。"按《琴操》有《大风起》，汉高帝所作也。

大风起兮云飞扬,威加海内兮归故乡,安得猛士兮守四方。

采芝操　　　汉·四皓

《琴集》曰:"《采芝操》,四皓所作也。"《古今乐录》曰:"南山四皓隐居,高祖聘之,四皓不甘,仰天叹而作歌。"按《汉书》曰:"四皓皆八十馀,须眉皓白,故谓之四皓,即东园公、绮里季、夏黄公、角里先生也。"崔鸿曰:"四皓为秦博士,遭世暗昧,坑黜儒术。于是退而作此歌,亦谓之《四皓歌》。"二说不同,未知孰是。

皓天嗟嗟,深谷透迤。树木莫莫,高山崔嵬。岩居穴处,以为幄茵。晔晔紫芝,可以疗饥。唐虞往矣,吾当安归?

四皓歌　　　唐·崔　鸿

漠漠商洛,深谷威夷。晔晔紫芝,可以疗饥。皇农邈远,余将安归?驷马高盖,其忧甚大。富贵而畏人,不如贫贱而轻世。

八公操　　　汉·刘　安

一曰《淮南操》。《古今乐录》曰:"淮南王好道,正月上辛,八公来降,王作此歌。"谢希逸《琴论》曰:"《八公操》,淮南王作也。"

煌煌上天,照下土兮。知我好道,公来下兮。公将与余,生毛羽兮。超腾青云,蹈梁甫兮。观见瑶光,过北斗兮。驰乘风云,使玉女兮。含精吐气,嚼芝草兮。悠悠将将,天相保兮。

乐府诗集卷第五十九　琴曲歌辞 三

昭君怨　　汉·王嫱

《乐府解题》曰："王嫱，字昭君。《琴操》载：昭君，齐国王穰女。端正闲丽，未尝窥门户。穰以其有异于人，求之者皆不与。年十七，献之元帝。元帝以地远不之幸，以备后宫。积五、六年，帝每游后宫，常怨不出。后单于遣使朝贡，帝宴之，尽召后宫。昭君盛饰而至，帝问欲以一女赐单于，能者往。昭君乃越席请行。时单于使在旁，惊恨不及。昭君至匈奴，单于大悦，以为汉与我厚，纵酒作乐。遣使报汉，白璧一只，骏马十匹，胡地珍宝之物。昭君恨帝始不见遇，乃作怨思之歌。单于死，子世达立，昭君谓之曰：'为胡者妻母，为秦者更娶。'世达曰：'欲作胡礼。'昭君乃吞药而死。"按《汉书·匈奴传》曰："竟宁中，呼韩邪来朝，汉归王昭君，号宁胡阏氏。呼韩邪死，子雕陶莫皋立，为复株累若鞮单于，复妻昭君。"不言饮药而死。

秋木萋萋，其叶萎黄。有鸟处山，集于苞桑。养育毛羽，形容生光。既得升云，上游曲房。离宫绝旷，身体摧藏。志念抑沈，不得颉颃。虽得委食，心有徊徨。我独伊何，改往变常。翩翩之燕，远集西羌。高山峨峨，河水泱泱。父兮母兮，道里悠长。呜呼哀哉，忧心恻伤。

同　前　　梁·王叔英妻刘氏

一生竟何定？万事最难保。丹青失旧仪，玉匣成秋草。想妾辞关泪，至今犹未燥。汉使汝南还，殷勤为人道。

同　前　　　　　　　陈后主

图形汉宫里,遥聘单于庭。狼山聚云暗,龙沙飞雪轻。筇吟度陇咽,笛转出关鸣。啼妆寒叶下,愁眉塞月生。只馀马上曲,犹作别时声。

同　前　　　　　　　唐·白居易

明妃风貌最娉婷,合在椒房应四星。只得当年备宫掖,何曾专夜奉帏屏。见疏从道迷图画,知屈那教配虏庭。自是君恩薄如纸,不须一向恨丹青。

同前二首　　　　　　唐·张　祜

万里边城远,千山行路难。举头唯见月,何处是长安?
汉庭无大议,戎虏几先和。莫羡倾城色,昭君恨最多!

同　前　　　　　　　唐·梁氏琼

自古无和亲,贻灾到妾身。胡风嘶去马,汉月吊行轮。衣薄狼山雪,妆成虏塞春。回看父母国,生死毕胡尘。

明妃怨　　　　　　　唐·杨　凌

汉国明妃去不还,马驼弦管向阴山。匣中纵有菱花镜,羞到单于照旧颜。

蔡氏五弄

《琴历》曰:"琴曲有《蔡氏五弄》。"《琴集》曰:"《五弄》,《游春》、

《渌水》、《幽居》、《坐愁》、《秋思》,并宫调,蔡邕所作也。"《琴书》曰:"邕性沈厚,雅好琴道。嘉平初,入青溪访鬼谷先生。所居山有五曲:一曲制一弄,山之东曲,常有仙人游,故作《游春》;南曲有涧,冬夏常渌,故作《渌水》;中曲即鬼谷先生旧所居也,深邃岑寂,故作《幽居》;北曲高岩,猿鸟所集,感物愁坐,故作《坐愁》;西曲灌水吟秋,故作《秋思》。三年曲成,出示马融,甚异之。"《琴议》曰:"隋炀帝以《嵇氏四弄》、《蔡氏五弄》,通谓之《九弄》。"今按近世作者多因题命辞,无复本意云。

游春曲二首　　　　唐·王　维

万树江边杏,新开一夜风。满园深浅色,照在绿波中。
上苑何穷树,花开次第新。香车与丝骑,风静亦生尘。

游春辞二首　　　　王　维

曲江丝柳变烟条,寒谷冰随暖气销。才见春光生绮陌,已闻清乐动云韶。
经过柳陌与桃蹊,寻逐风光著处迷。鸟度时时冲絮起,花繁衮衮压枝低。

同前三首　　　　唐·令狐楚

晚游临碧殿,日上望春亭。芳树罗仙仗,晴山展翠屏。
一夜好风吹,新花一万枝。风前调玉管,花下簇金羁。
阊阖春风起,蓬莱雪水消。相将折杨柳,争取最长条。

渌水曲　　　　齐·江　奂

塘上蒲欲齐,汀州杜将歇。春心既易荡,春流岂难越。

桂楫及晚风，菱江映初月。芳香若可赠，为君步罗袜。

同　前　　　梁·吴　均

香暖金堤满，湛淡春塘溢。已送行台花，复倒高楼日。

同前二首　　　梁·江　洪

尘容不忍饰，临池客未归。谁能别渌水，全取浣罗衣。
潺湲复皎絜，轻鲜自可悦。横使有情禽，照影遂孤绝。

同　前　　　唐·李　白

渌水明秋月，南湖采白蘋。荷花娇欲语，愁杀荡舟人。

渌水辞　　　唐·李　贺

今宵好风月，阿侯在何处。为有倾城色—作人，翻成足愁苦。东湖采莲叶，南湖拔蒲根—作折蒲茸。未持寄小姑，且持感愁魂—作感秋风。

幽居弄　　　唐·顾　况

苔衣生，花露滴，月入西林荡东壁。扣商占角两三声，洞户溪窗一冥寂。独去沧洲无四邻，身婴世网此何身。关情命曲寄惆怅，久别江南山里人。

秋思二首　　　唐·李　白

春阳如昨日，碧树鸣黄鹂。芜然蕙草暮，飒尔凉风吹。

天秋木叶下,月冷莎鸡悲。坐愁群芳歇,白露凋华滋。

阏氏黄叶落,妾望白登台。月出一作海上碧云断,蝉声一作单于秋色来。胡兵沙塞合,汉使玉关回。征客无归日,空悲蕙草摧。

同前三首　　唐·鲍溶

胡风吹雁翼,远别无人乡。君近雁来处,几回断君肠。昔奉千日书,抚心怨星霜。无书又千日,世路重茫茫。燕国有佳丽,蛾眉富春光。自然君归晚,花落君空堂。君其若不然,岁晚双鸳鸯。

顾兔蚀残月,幽光不如星。女儿晚事夫,颜色同秋萤。秋日边马思,武夫不遑宁。燕歌易水怨,剑舞蛟龙腥。风折连枝树,水翻无蒂萍。立身多户门,何必燕山铭?生世不如鸟,双双比翼翎。

季秋天地闲,万物生意足。我忧长于生,安得及草木。试从古人愿,致酒歌秉烛。燕赵皆世人,讵能长似玉。俯怜老期近,仰视日车速。萧飒御风君,魂梦愿相逐。百年夜销半,端为垂缨束。

同前　　唐·司空曙

静与懒相偶,年将衰共催。前途欢不集,往事恨空来。昼景委红叶,月华铺绿苔。沈思更何有,结坐玉琴哀。

同前　　唐·司空图

身病时亦危,逢秋多恸哭。风波一摇荡,天地几翻覆。

孤萤出荒池,落叶穿破屋。势利长草草,何人访幽独。

　　　　　同前二首　　　　　王　维

网轩凉吹动轻衣,夜听更长玉漏稀。月渡天河光转湿,鹊惊秋树叶频飞。

宫连太液见苍波,暑气微清秋意多。一夜轻风蘋末起,露珠翻尽满池荷。

　　　　　胡笳十八拍　　　后汉·蔡　琰

《后汉书》曰:"蔡琰,字文姬,邕之女也。博学有才辩,又妙于音律,适河东卫仲道。夫亡无子,归宁于家。兴平中,天下丧乱,文姬没于南匈奴。在胡中十二年,生二子。曹操痛邕无嗣,乃遣使者以金璧赎之,而重嫁陈留董祀。后感伤乱离,追怀悲愤,作诗二章。"《蔡琰别传》曰:"汉末大乱,琰为胡骑所获,在右贤王部伍中。春月登胡殿,感笳之音,作诗言志。曰:'胡笳动兮边马鸣,孤雁归兮声嘤嘤。'"唐刘商《胡笳曲序》曰:"蔡文姬善琴,能为《离鸾别鹤之操》。胡虏犯中原,为胡人所掠,入番为王后,王甚重之。武帝与邕有旧,敕大将军赎以归汉。胡人思慕文姬,乃卷芦叶为吹笳,奏哀怨之音。后董生以琴写胡笳声为十八拍,今之《胡笳弄》是也。"《琴集》曰:"大胡笳十八拍,小胡笳十九拍,并蔡琰作。"按蔡翼《琴曲》有大小胡笳十八拍。沈辽集世名流家声小胡笳,又有契声一拍,共十九拍,谓之祝家声。祝氏不详何代人,李良辅《广陵止息谱序》曰:"契者,明会合之至理,殷勤之馀也。"李肇《国史补》曰:"唐有董庭兰,善沈声、祝声,盖大小胡笳云。"

第一拍

我生之初尚无为,我生之后汉祚衰。天不仁兮降乱离,地不仁兮使我逢此时。干戈日寻兮道路危,民卒流亡兮共哀悲。烟尘蔽野兮胡虏盛,志意乖兮节义亏。对殊俗兮非我宜,遭恶辱兮当告谁。笳一会兮琴一拍,心溃怨兮无人知。

第二拍

戎羯逼我兮为室家,将我行兮向天涯。云山万重兮归路遐,疾风千里兮扬尘沙。人多暴猛兮如虺蛇,控弦被甲兮为骄奢。两拍张悬兮弦欲绝,志摧心折兮自悲嗟。

第三拍

越汉国兮入胡城,亡家失身兮不如无生。毡裘为裳兮骨肉震惊,羯膻为味兮枉遏我情。鞞鼓喧兮从夜达明,风浩浩兮暗塞昏营。伤今感昔兮三拍成,衔悲畜恨兮何时平!

第四拍

无日无夜兮不思我乡土,禀气含生兮莫过我最苦。天灾国乱兮人无主,唯我薄命兮没戎虏。俗殊心异兮身难处,嗜欲不同兮谁可与语。寻思涉历兮何龘阻,四拍成兮益凄楚。

第五拍

雁南征兮欲寄边心,雁北归兮为得汉音。雁飞高兮邈难寻,空肠断兮思愔愔。攒眉向月兮抚雅琴,五拍泠泠兮意弥深。

第六拍

冰霜凛凛兮身苦寒,饥对肉酪兮不能餐。夜闻陇水兮声呜咽,朝见长城兮路杳漫。追思往日兮行李难,六拍悲来兮欲罢弹。

第七拍

日暮风悲兮边声四起,不知愁心兮说向谁是。原野萧条兮烽戎万里,俗贱老弱兮少壮为美。逐有水草兮安家葺垒,牛羊满地—作野兮聚如蜂蚁。草尽水竭兮羊马皆徙,七拍流恨兮恶居于此。

第八拍

为天有眼兮何不见我独漂流?为神有灵兮何事处我天南海北头?我不负天兮天何配我殊匹?我不负神兮神何殛我越荒州?制兹八拍兮拟排忧,何知曲成兮转悲愁。

第九拍

天无涯兮地无边,我心愁兮亦复然。人生倏忽兮如白驹之过隙,然不得欢乐兮当我之盛年。怨兮欲问天,天苍苍兮上无缘。举头仰望兮空云烟,九拍怀情兮谁为传?

第十拍

城头烽火不曾灭,疆场征战何时歇?杀气朝朝冲塞门,胡风夜夜吹边月。故乡隔兮音尘绝,哭无声兮气将咽。一生辛苦兮缘别离,十拍悲深兮泪代血。

第十一拍

我非贪生而恶死,不能捐身兮心有以。生乃既得兮归桑梓,死当埋骨兮长已矣。日居月诸兮在(我)〔戎〕垒,胡人宠我兮有二子。鞠之育之〔兮〕不羞耻,愍之念之兮生长边鄙。十有一拍兮因兹起,哀响兮彻心髓。

第十二拍

东风应律兮暖气多,汉家天子兮布阳和。羌胡踏舞兮共讴歌,两国交欢兮罢兵戈。忽逢汉使兮称近诏,遣千金兮赎妾身。喜得生还兮逢圣君,嗟别二子兮会无因。十有二拍兮哀乐均,去住两情兮难具陈。

第十三拍

不谓残生兮却得旋归,抚抱胡儿兮泣下沾衣。汉使迎我兮四牡騑騑,胡儿号兮谁得知?与我生死兮逢此时,愁为子兮日无光辉,焉得羽翼兮将汝归?一步一远兮足难移。魂消影绝兮恩爱遗,十有三拍兮弦急调悲,肝肠搅刺兮人莫我知。

第十四拍

　　身归国兮儿莫知随,心悬悬兮长如饥。四时万物兮有盛衰,唯有愁苦兮不暂移。山高地阔兮见汝无期,更深夜阑兮梦汝来斯。梦中执手兮一喜一悲,觉后痛吾心兮无休歇时。十有四拍兮涕泪交垂,河水东流兮心是思。

第十五拍

　　十五拍兮节调促,气填胸兮谁识曲？处穹庐兮偶殊俗,愿归来兮天从欲。再还汉国兮欢心,心有忆兮愁转深。日月无私兮曾不照临,子母分离兮意难任。同天隔越兮如商参,生死不相知兮何处寻？

第十六拍

　　十六拍兮思茫茫,我与儿兮各一方。日东月西兮徒相望,不得相随兮空断肠。对萱草兮徒想忧忘,弹鸣琴兮情何伤。今别子兮归故乡,旧怨平兮新怨长。泣血仰头兮诉苍苍,生我兮独罹此殃。

第十七拍

　　十七拍兮心鼻酸,关山阻修兮行路难。去时怀土兮〔心无绪,来时别儿兮思漫漫。塞上黄蒿兮〕枝枯叶干,沙场白骨兮刀痕箭瘢。风霜凛凛兮春夏寒,人马饥豗兮骨肉单。岂知重得兮入长安,叹息欲绝兮泪阑干。

第十八拍

胡笳本自出胡中,缘琴翻出音律同。十八拍兮曲虽终,响有馀兮思未穷。是知丝竹微妙兮均造化之功,哀乐各随人心兮有变则通。胡与汉兮异域殊风,天与地隔兮子西母东。苦我怨气兮浩于长空,六合虽〔广〕兮受之应不容。

胡笳十八拍　　　唐·刘 商

第一拍

汉室将衰兮四夷不宾,动干戈兮征战频。哀哀父母生育我,见离乱兮当此辰。纱窗对镜未经事,将谓珠帘能蔽身。一朝虏骑入中国,苍黄处处逢胡人。忽将薄命委锋镝,可惜红颜随虏尘。

第二拍

马上将余向绝域,厌生求死死不得。戎羯腥膻岂是人,豺狼喜怒难姑息。行尽天山足霜霰,风土萧条近胡国。万里重阴鸟不飞,寒沙莽莽无南北。

第三拍

如羁囚兮在缧绁,忧虑万端无处说。使余力兮剪余发,食余肉兮饮余血。诚知杀身愿如此,以余为妻不如死。早被蛾眉累此身,空悲弱质柔如水。

第四拍

山川路长谁记得？何处天涯是乡国？自从惊怖少精神，不觉风霜损颜色。夜中归梦来又去，朦胧岂解传消息。漫漫胡天叫不闻，明明汉月应相识。

第五拍

水头宿兮草头坐，风吹汉地衣裳破。羊脂沐发长不梳，羔子皮裘领仍左。狐襟貉袖腥复膻，昼披行兮夜披卧。毡帐时移无定居，日月长兮不可过。

第六拍

怪得春光不来久，胡中风土无花柳。天翻地覆谁得知，如今正南看北斗。姓名音信两不通，终日经年常闭口。是非取与在指拨，言语传情不如手。

第七拍

男儿妇人带弓箭，塞马蕃羊卧霜霰。寸步东西岂自由，偷生乞死非情愿。龟兹筚篥愁中听，碎叶琵琶夜深怨。竟夕无云月上天，故乡应得重相见。

第八拍

忆昔私家恣娇小，远取珍禽学驯扰。如今沦弃念故乡，悔不当初放林表。朔风萧萧寒日暮，星河寥落胡天晓。旦夕思归不得归,愁心想似笼中鸟。

第九拍

当日苏武单于问,道是宾鸿解传信。学他刺血写得书,书上千重万重恨。髯胡少年能走马,弯弓射飞无远近。遂令边雁转怕人,绝域何由达方寸。

第十拍

恨凌辱兮恶腥膻,憎胡地兮怨胡天。生得胡儿欲弃捐,及生母子情宛然。貌殊语异憎还爱,心中不觉常相牵。朝朝暮暮在眼前,腹生手养宁不怜。

第十一拍

日来月往相催迁,迢迢星岁欲周天。无冬无夏卧霜霰,水冻草枯为一年。汉家甲子有正朔,绝域三光空自悬。几回鸿雁来又去,肠断蟾蜍亏复圆。

第十二拍

破瓶落井空永沈,故乡望断无归心。宁知远使问姓名,汉语泠泠传好音。梦魂几度到乡国,觉后翻成哀怨深。如今果是梦中事,喜过悲来情不任。

第十三拍

童稚牵衣双在侧,将来不可留又忆。还乡惜别两难分,宁弃胡儿归旧国。山川万里复边戍,背面无由得消息。泪痕满面对残阳,终日依依向南北。

第十四拍

莫以胡儿可羞耻,恩情亦各言其子。手中十指有长短,截之痛惜皆相似。还乡岂不见亲族,念此飘零隔生死。南风万里吹我心,心亦随风渡辽水。

第十五拍

叹息襟怀无定分,当时怨来归又恨。不知愁怨情若何,似有锋铓扰方寸。悲欢并行情未快,心意相尤自相问。不缘生得天属亲,岂向仇雠结恩信。

第十六拍

去时只觉天苍苍,归日始知胡地长。重阴白日落何处,秋雁所向应南方。平沙四顾自迷惑,远近悠悠随雁行。征途未尽马蹄尽,不见行人边草黄。

第十七拍

行尽胡天千万里,唯见黄沙白云起。马饥跑雪衔草根,人渴敲冰饮流水。燕山仿佛辨烽戍,鼙鼓如闻汉家垒。努力前程是帝乡,生前免向胡中死。

第十八拍

归来故乡见亲族,田园半芜春草绿。明烛重然煨烬灰,寒泉更洗沈泥玉。载持巾栉礼仪好,一弄丝桐生死足。出入关山十二年,哀情尽在胡笳曲。

胡笳曲　　　　宋·吴迈远

轻命重意气,古来岂但今。缓颊献一说,扬眉受千金。边风落寒草,鸣笳坠飞禽。越情结楚思,汉耳听胡音。既怀离俗伤,复悲朝光侵。日当故乡没,遥见浮云阴。

同　前　　　(宋)〔梁〕·陶弘景

负扆飞天历,与夺徒纷纭。百年三五代,终是甲辰君。

同前二首　　　　江　洪

藏器欲逢时,年来不相让。红颜征戍儿,白首边城将。落日惨无光,临河独饮马。飔飔夕风高,联翩飞雁下。

乐府诗集卷第六十　琴曲歌辞 四

飞龙引　　　　隋·萧悫

河曲衔图出，江上负舟归。欲因作雨去，还逐景云飞。引商吹细管，下徵泛长徽。持此凄清引，春夜舞罗衣。

同前二首　　　　唐·李白

黄帝铸鼎于荆山，炼丹砂。丹砂成黄金，骑龙飞上太清家，云愁海思令人嗟。宫中彩女颜如花，飘然挥手凌紫霞，从风纵体登鸾车。登鸾车，侍轩辕。遨游青天中，其乐不可言。

鼎湖流水清且闲，轩辕去时有弓剑，古人传道（流）〔留〕其间。后宫婵娟多花颜，乘鸾飞烟亦不还，骑龙攀天造天关。造天关，闻天语，长云河车载玉女。载玉女，过紫皇，紫皇乃赐白兔所捣之药〔方〕，后天而老凋三光。下视瑶池见王母，蛾眉萧飒如秋霜。

乌夜啼引　　　　唐·张籍

李勉《琴说》曰："《乌夜啼》者，何晏之女所造也。初，晏系狱，有二乌止于舍上。女曰：'乌有喜声，父必免。'遂撰此操。"按清商西曲亦有《乌夜啼》，宋临川王所作，与此义同而事异。

秦乌啼哑哑，夜啼长安吏人家。吏人得罪囚在狱，倾家卖产将自赎。少妇起听夜啼乌，知是官家有赦书。下床心喜不重寐，未明上堂贺舅姑。少妇语啼乌，汝啼慎勿虚，借汝庭树作高巢，年年不令伤尔雏。

宛转歌二首　　　　　晋·刘妙容

一曰《神女宛转歌》。《续齐谐记》曰："晋有王敬伯者，会稽馀姚人。少好学，善鼓琴。年十八，仕于东宫，为卫佐。休假还乡，过吴，维舟中渚。登亭望月，怅然有怀，乃倚琴歌《泫露》之诗。俄闻户外有嗟赏声，见一女子，雅有容色，谓敬伯曰：'女郎悦君之琴，愿共抚之。'敬伯许焉。既而女郎至，姿质婉丽，绰有馀态，从以二少女，一则向先至者。女郎乃抚琴挥弦，调韵哀雅，类今之登歌，曰：'古所谓《楚明君》也，唯嵇叔夜能为此声，自兹已来，传习数人而已。'复鼓琴，歌《迟风》之词，因叹息久之。乃命大婢酌酒，小婢弹箜篌，作《宛转歌》。女郎脱头上金钗，扣琴弦而和之，意韵繁谐，歌凡八曲。敬伯唯忆二曲。将去，留锦卧具、绣香囊并佩一双，以遗敬伯，敬伯报以牙火笼、玉琴轸。女郎怅然不忍别，且曰：'深闺独处，十有六年矣。邂逅旅馆，尽平生之志，盖冥契，非人事也。'言竟便去。敬伯船至虎牢戍，吴令刘惠明者，有爱女早世，舟中亡卧具，于敬伯船获焉。敬伯具以告，果于帐中得火笼、琴轸。女郎名妙容，字雅华，大婢名春条，年二十许，小婢名桃枝，年十五，皆善弹箜篌及《宛转歌》，相继俱卒。"唐李端又有《王敬伯歌》，亦出于此。

月既明，西轩琴复清。寸心斗酒争芳夜，千秋万岁同一情。歌宛转，宛转凄以哀。愿为星与汉，光影共徘徊。

悲且伤，参差泪成一作几行。低红掩翠方无色，金徽玉轸为谁锵？歌宛转，宛转情复悲。愿为烟与雾，氤氲对容姿。

同　前　　　　唐·郎大家宋氏

风已清,月朗琴复鸣。掩抑非千态,殷勤是一声。歌宛转,宛转和且长。愿为双鸿鹄,比翼共翱翔。

日已暮,长檐鸟应度。此时望君君不来,此时思君君不顾。歌宛转,宛转那能异栖宿。愿为形与影,出入恒相逐。

同前二首　　　　唐·刘方平

星参差,月二八,灯五枝。黄鹤瑶琴将别去,芙蓉羽帐惜空垂。歌宛转,宛转恨无穷。愿为波与浪,俱起碧流中。

晓将近,黄姑织女银河尽。九华锦衾无复情,千金宝镜谁能引?歌宛转,宛转伤别离。愿作杨与柳,同向玉窗垂。

同　前　　　　陈·江总

七夕天河白露明,八月涛水秋风惊。楼中恒闻哀响曲,塘上复有苦辛行。不解何意悲秋气,直置无秋悲自生。不怨前阶促织鸣,偏愁便路捣衣声。别燕差池自有返,离蝉寂寞讵含情。云聚怀情四望台,月冷相思九重观。欲题芍药诗不成,来采芙蓉花已散。金樽送曲韩娥起,玉柱调弦楚妃叹。翠眉结恨不复开,宝鬟迎秋度前乱。湘妃拭泪洒贞筠,筊药浣衣何处人?步步香飞金薄履,盈盈扇掩珊瑚唇。已言采桑期陌上,复能解佩就江滨。竞入华堂要花枕,争开羽帐奉华茵。不惜独眼前下钓,欲许便作后来薪。后来瞑瞑同玉床,可怜颜色无比方。谁能巧笑特窥井,乍取新声学绕梁。宿处留娇堕黄珥,镜前含笑弄明珰。采蒐摘心心不尽,茱萸折叶叶更芳。已闻能歌《洞箫赋》,讵是故爱邯郸倡。

宛转行　　　　　唐·张　籍

　　华屋重翠幄,绮席雕象床。远漏微更疏,薄衾中夜凉。炉氲暗徘徊,塞烟背斜光。妍姿结宵态,寝壁幽梦长。宛转复宛转,忆忆更未央。

王敬伯歌　　　　唐·李　端

　　妾本舟中客,闻君江上琴。君初感妾叹,妾亦感君心。遂出合欢被,同为交颈禽。传杯唯畏浅,接膝犹嫌远。侍婢奏箜篌,女郎歌宛转。宛转怨如何,中庭霜渐多。霜多叶可惜,昨日非今夕。徒结万里欢,终成一宵客。王敬伯,渌水青山从此隔。

三峡流泉歌　　　　唐·李季兰

《琴集》曰:"《三峡流泉》,晋阮咸所作也。"

　　妾家本住巫山云,巫山流水常自闻。玉琴弹出转寥复,直似当时梦中听。三峡流泉几千里,一时流入深闺里。巨石奔崖指下生,飞波走浪弦中起。初疑喷涌含雷风,又似呜咽流不通。回湍曲濑势将尽,时复滴沥平沙中。忆昔阮公为此曲,能使仲容听不足。一弹既罢复一弹,愿似流泉镇相续。

风入松歌 　　唐·僧皎然

《琴集》曰:"《风入松》,晋嵇康所作也。"

西岭松声落日秋,千枝万叶风飀飀。美人援琴弄成曲,写得松间声断续。声断续,清我魂,流波坏陵安足论。美人夜坐月明里,含少商兮照清徵。风何凄兮飘飀,搅寒松兮又夜起。夜未央,曲何长,金徽更促声泱泱。何人此时不得意,意苦弦悲闻客堂。

秋风 　　宋·吴迈远

寒乡无异服,衣毡代文练。月月望君归,年年不解线。荆杨早春和,幽冀犹霜霰。地寒妾已知,南心君不见。

同前 　　宋·汤惠休

秋风袅袅入曲房,罗帐含月思心伤。蟋蟀夜鸣断人肠,长夜思君心飞扬。他人相思君相忘,锦衾瑶席为谁芳。

同前三首 　　梁·江洪

先拂连云台,罢入迎风殿。已折池中荷,复驱檐里燕。
北牖风催树,南篱寒蛩吟。庭中无限月,思妇夜鸣砧。
孀妇悲四时,况在秋闺内。凄叶留晚蝉,虚庭吐寒菜。

秋风引 　　唐·刘禹锡

何处秋风至?萧萧送雁群。朝来入庭树,孤客最先闻。

明月引　　　　　唐·卢照邻

洞庭波起兮鸿雁翔,风瑟瑟兮野苍苍。浮云卷霭,明月流光。荆南兮赵北,碣石兮潇湘。澄清规于万里,照离思于千行。横桂枝于西第,绕菱花于北堂。高楼思妇,飞盖君王。文姬绝域,侍子他乡。见胡鞍之似练,知汉剑之如霜。试登高而极目,莫不变而回肠。

明月歌　　　　　唐·阎朝隐

梅花雪白柳叶黄,云雾四起月苍苍。箭水泠泠漏刻长,挥玉指,拂罗裳,为君一奏《楚明光》。

绿　竹　　　　　梁·吴　均

婵娟鄣绮殿,绕弱拂春漪。何当逢采拾,为君笙与篪。

绿竹引　　　　　唐·宋之问

青溪绿潭潭水侧,修竹婵娟同一色。徒生仙实凤不游,老死空山人讵识。妙年秉愿逃俗纷,归卧嵩丘弄白云。含情傲〔睨〕慰心目,何可一日无此君。

山人劝酒　　　　　李　白

苍苍云松,落落绮皓。春风尔来为阿谁,胡蝶忽然满芳草。秀眉霜雪颜桃花,骨青髓绿长美好—作秀眉雪霜桃花貌,青髓绿发长美好。称是秦时避世人,劝酒相欢不知老。各守兔鹿志,耻随龙虎争。欻起佐太子,汉王—作皇乃复惊。顾谓戚夫人,彼翁羽翼成。归来南—作商山下,泛若云无情。举觞酹巢、由,洗耳何独—作太清。浩歌望嵩岳,意气还—作遥相倾。

幽涧泉　　　　　李　白

拂彼白石,弹吾素琴。幽涧愀兮流泉深。善手明徽,高张清心。寂历似千古,松飕飗兮万寻。中见愁猿吊影而危处兮,叫秋木而长吟。客有哀时失志而听者,泪淋浪以沾襟。乃缉商缀羽,潺湲成音。吾但写声发情于妙指,殊不知此曲之古今。幽涧泉,鸣深林。

龙宫操　　　　　唐·顾　况

顾况曰:"壬子癸丑二年大水,时在滁,遂作此操,盖大历中也。"

龙宫月明光参差,精卫衔石东飞时,鲛人织绡采藕丝。翻江倒汉倾吴、蜀,汉女江妃杳相续,龙王宫中水不足。

飞鸢操　　　　　刘禹锡

鸢飞杳杳青云里,鸢鸣萧萧风四起。旗尾飘扬势渐高,箭头砉划声相似。长空悠悠霁日悬,六翮不动凝飞烟。游鹢翔雁出其下,庆云清景相回旋。忽闻饥乌一噪聚,瞥下云中争腐鼠。腾音砺吻相喧呼,仰天大嚇疑鸳雏。畏人避犬投高处,俯啄无声犹屡顾。青鸟自爱三山禾,仙禽徒贵华亭露。朴樕危巢向暮时,鹡鸰饱腹蹲枯枝。游童挟弹一麾肘,臆碎羽分人不悲。天生众禽各有类,威凤文章在仁义。鹰隼仪形螻蚁心,虽能戾天何足贵。

升仙操　　　　唐·李群玉

嬴女去秦宫,琼箫生碧空。凤台闭烟雾,鸾吹飘天风。复闻周太子,亦遇浮丘公。丛簧发仙弄,轻举紫霞中。浊世不久住,清都路何穷。一去霄汉上,世人那得逢。

成　连　　　　隋·辛德源

征夫从远役,归望绝云端。蓑笠城逾坏,桑落梅初寒。雪夜然烽湿,冰朝饮马难。寂寂长安信,谁念客衣单。

琴歌三首　　　　秦·百里奚妻

《风俗通》曰:"百里奚为秦相,堂上乐作,所赁浣妇自言知音,因援琴抚弦而歌。问之,乃其故妻,还为夫妇也,亦谓之扊扅。"《字说》曰:"门关谓之扊扅,或作剡移。"

百里奚,五羊皮。忆别时,烹伏雌,炊扊扅,今日富贵忘我为。

百里奚,初娶我时五羊皮。临当别时烹乳鸡,今适富贵忘我为。

百里奚,百里奚,母已死,葬南溪,坟以瓦,覆以柴。舂黄黎,搤伏鸡,西入秦,五羖皮,今日富贵捐我为。

同前二首　　　　汉·司马相如

《琴集》曰:"司马相如客临邛,富人卓王孙有女文君新寡,窃于壁间见之。相如以琴心挑之，为《琴歌》二章。"按《汉书》相如饮卓氏弄琴，文君窃从户窥，心悦而好之。乃夜亡奔相如，相如与驰归成都，后俱如临邛是也。

凤兮凤兮归故乡，遨游四海求其凰。时未遇兮无所将，何悟今夕升斯堂。有艳淑女在闺房，室迩人遐毒我肠。何缘交颈为鸳鸯，胡颉颃兮共翱翔。

凤兮凤兮从我栖，得托孳尾永为妃。交情通体心和谐，中夜相从知者谁？双翼俱起翻高飞，无感我思使余悲。

司马相如琴歌　　唐·张祜

凤兮凤兮非无凰，山重水阔不可量。梧桐结阴在朝阳，濯(雨)〔羽〕弱水鸣高翔。

琴　歌　　汉·霍去病

《古今乐录》曰："霍将军去病益封万五千户，秩禄与大将军等，于是志得意欢而作歌。"按《琴操》有《霍将军渡河操》，去病所作也。

四夷既护，诸夏康兮。国家安宁，乐未央兮。载戢干戈，弓矢藏兮。麒麟来臻，凤皇翔兮。与天相保，永无疆兮。亲亲百年，各延长兮。

霍将军　　唐·崔颢

长安甲第高入云，谁家居住霍将军？日晚朝回拥宾从，路傍揖拜何纷纷！莫言炙手手可热，须臾火尽灰亦灭。莫言贫贱即可欺，人生富贵自有时。一朝天子赐颜色，世上悠悠应自知。

琴　歌　　　　　魏·阮瑀

《魏书》曰："太祖雅闻阮瑀,辟之不应,乃逃入山中。焚山得瑀,太祖大延宾客,怒瑀不与语,使就技人列。瑀善解音,能鼓琴,抚弦而歌,为曲既捷,音声殊妙。"

奕奕天门开,大魏应期运。青盖巡九州,在东西人怨。士为知己死,女为悦者玩。恩义苟潜畅,他人岂能乱。

同前二首　　　　晋·赵整

《晋书》曰："苻坚末年,怠于为政,赵整援琴作歌二章以讽。"

昔闻盟津河,千里作一曲。此水本自清,是谁乱使浊。
北园有枣树,布叶垂重阴。外虽多棘刺,内实有赤心。

同　前　　　　　赵　整

《晋书·载记》曰："苻坚分氐户于诸镇,赵整因侍,援琴而歌。坚笑而不纳。及败于姚苌,果如整言。"

阿得脂,阿得脂,博劳旧父是仇绥。尾长翼短不能飞,远徙种人留鲜卑,一旦缓急语阿谁?

琴　歌　　　　　唐·顾况

琴调秋些,胡风绕雪。峡泉声咽,佳人愁些。

乐府诗集卷第六十一　杂曲歌辞一

《宋书·乐志》曰："古者天子听政，使公卿大夫献诗，耆艾修之，而后王斟酌焉。然后被于声，于是有采诗之官。周室下衰，官失其职。汉、魏之世，歌咏杂兴，而诗之流乃有八名：曰行，曰引，曰歌，曰谣，曰吟，曰咏，曰怨，曰叹，皆诗人六义之馀也。至其协声律，播金石，而总谓之曲。若夫均奏之高下，音节之缓急，文辞之多少，则系乎作者才思之浅深，与其风俗之薄厚。当是时，如司马相如、曹植之徒，所为文章，深厚尔雅，犹有古之遗风焉。自晋迁江左，下逮隋、唐，德泽寖微，风化不竞，去圣逾远，繁音日滋。艳曲兴于南朝，胡音生于北俗。哀淫靡曼之辞，迭作并起，流而忘反，以至陵夷。原其所由，盖不能制雅乐以相变，大抵多溺于郑、卫，由是新声炽而雅音废矣。昔晋平公说新声，而师旷知公室之将卑。李延年善为新声变曲，而闻者莫不感动。其后元帝自度曲，被声歌，而汉业遂衰。曹妙达等改易新声，而隋文不能救。呜呼，新声之感人如此，是以为世所贵。虽沿情之作，或出一时，而声辞浅迫，少复近古。故萧齐之将亡也，有《伴侣》；高齐之将亡也，有《无愁》；陈之将亡也，有《玉树后庭花》；隋之将亡也，有《泛龙舟》。所谓烦手淫声，争新怨衰，此又新声之弊也。杂曲者，历代有之，或心志之所存，或情思之所感，或宴游欢乐之所发，或忧愁愤怨之所兴，或叙离别悲伤之怀，或言征战行役之苦，或缘于佛老，或出自夷虏。兼收备载，故总谓之杂曲。自秦、汉已来，数千百岁，文人才士，作者非一。干戈之后，丧乱之馀，亡失既多，声辞不具，故有名存义亡，不见所起，而有古辞可考者，则若《伤歌行》、《生别离》、《长相思》、《枣下何纂纂》之类是也。复有不见古辞,而后人继有拟述,可以概见其义者,则若《出自蓟北门》、《结客少年场》、《秦王卷衣》、《半渡溪》、《空城雀》、《齐讴》、《吴趋》、《会吟》、《悲哉》之类是也。又如汉阮瑀之《驾出北郭门》,曹植之《惟汉》、《苦思》、《欲游南山》、《事君》、《车已驾》、《桂之树》等行,《磐石》、《驱车》、《浮萍》、《种葛》、《吁嗟》、《鰕䱇》等篇,傅玄之《云中白子高》、《前有一樽酒》、《鸿雁生塞北行》、《昔君》、《飞尘》、《车遥遥篇》,陆机之《置酒》,谢惠连之《晨风》,鲍照之《鸿雁》,如此之类,其名甚多,或因意命题,或学古叙事,其辞具在,故不复备论。"

蛱蝶行　　　　古　辞

蛱蝶之遨游东园,奈何卒逢三月养子燕,接我苜蓿间。持之,我入紫深宫中,行缠之,傅椽栌间。雀来燕,燕子见啣哺来,摇头鼓翼,何轩奴轩。

同　前　　　　梁・李镜远

青春已布泽,微虫应节欢。朝出南园里,暮依华叶端。菱舟追或易,风池渡更难。群飞终不远,还向玉阶兰。

桂之树行　　　　魏・曹植

桂之树,桂之树,桂生一何丽佳。扬朱华而翠叶,流芳布天涯。上有栖鸾,下有盘螭。桂之树,得道之真人,咸来会讲仙:教尔服食日精,要道甚省不烦。淡泊无为自然。乘蹻万里之外,去留随意所欲存。高高上际于众外,下下乃穷极地天。

秦女休行　　魏·左延年

左延年辞，大略言女休为燕王妇，为宗报仇，杀人都市，虽被囚系，终以赦宥，得宽刑戮也。晋傅玄云"庞氏有烈妇"，亦言杀人报怨，以烈义称，与古辞义同而事异。

始出上西门，遥望秦氏庐。秦氏有好女，自名为女休。休年十四五，为宗行报仇。左执白杨刃，右据宛鲁矛。仇家便东南，〔仆〕僵秦女休。女休西上山，上山四五里。关吏呵问女休，女休前置辞："平生为燕王妇，于今为诏狱囚。平生衣参差，当今无领襦。明知杀人当死，兄言快快，弟言无道忧。女休坚辞为宗报仇，死不疑。"杀人都市中，徼我都巷西。丞卿罗东向坐，女休凄凄曳梏前。两徒夹我，持刀刀五尺馀。刀未下，朣胧击鼓赦书下。

同前　　晋·傅玄

庞氏有烈妇，义声驰雍、凉。父母家有重怨，仇人暴且强。虽有男兄弟，志弱不能当。烈女念此痛，丹心为寸伤。外若无意者，内潜思无方。白日入都市，怨家如平常。匿剑藏白刃，一奋寻身僵。身首为之异处，伏尸列肆旁。肉与土合成泥，洒血溅飞梁。猛气上干云霓，仇党失守为披攘。一市称烈义，观者收泪并慨慷。百男何当益，不如一女良。烈女直造县门，云父不幸遭祸殃。今仇身以分裂，虽死情益扬。杀人当伏法，义不苟活隳旧章。县令解印绶，令我伤心不忍听。刑部垂头塞耳，令我吏举不能成。烈著希代之绩，义立无穷之名。夫家同受其祚，子子孙孙咸享其荣。今我弦歌吟咏高风,激扬壮发悲且清。

同前　　　唐·李白

西门秦氏女,秀色如琼花。手挥白杨刀,清昼杀仇家。罗袖洒赤血,英声凌紫霞。直上西山去,关吏相邀遮。婿为燕国王,身被诏狱加。犯刑若履虎,不畏落爪牙。素颈未及断,摧眉伏泥沙。金鸡忽放赦,大辟得宽赊。何惭聂政姊,万古共惊嗟。

当墙欲高行　　　魏·曹植

龙欲升天须浮云,人之仕进待中人。众口可以铄金,谗言三至,慈母不亲。愤愤俗间,不辨伪真。愿欲披心自说陈,君门以九重,道远河无津。

当欲游南山行　　　曹植

东海广且深,由卑下百川。五岳虽高大,不逆垢与尘。良木不十围,洪条无所因。长者能博爱,天下寄其身。大匠无弃材,船车用不均。锥刀各异能,何所独却前。嘉善而矜愚,大圣亦同然。仁者各寿考,四坐咸万年。

当事君行　　　曹植

人生有所贵尚,出门各异情。朱紫更相夺色,雅郑异音声。好恶随所爱(增)〔憎〕,追举逐虚名。百心可事一君,巧诈宁拙诚。

当车已驾行　　　　　　曹　植

坐玉殿,会诸贵客。侍者(打)〔行〕觞,主人离席。顾视东西箱,丝竹与鞞铎。不醉无归来,明灯以继夕。

驱车上东门行　　　　　　古　辞

驱车上东门,遥望郭北墓。白杨何萧萧,松柏夹广路。下有(冻)〔陈〕死人,杳杳即长暮。潜寐黄泉下,千载永不寤。浩浩阴阳移,年命如朝露。人生忽如寄,寿无金石固。万岁更相送,贤圣莫能度。服食求神仙,多为药所误。不如饮美酒,被服纨与素。

驾言出北阙行　　　　　　晋·陆　机

驾言出北阙,踯躅遵山陵。长松何郁郁,丘墓互相承。念昔姐没子,悠悠不可胜。安寝重冥庐,天壤莫能兴。人生何期促,忽如朝露凝。辛苦百年间,戚戚如履冰。仁智亦何补,迁化有明征。求仙鲜克仙,太虚安可凌。良会馨美服,对酒宴同声。

驾出北郭门行　　　　　　魏·阮　瑀

驾出北郭门,马樊不肯驰。下车步踟蹰,仰折枯杨枝。顾闻丘林中,噭噭有悲啼。借问啼者出:"何为乃如斯?"亲母舍我殁,后母憎孤儿。饥寒无衣食,举动鞭捶施。骨消肌肉尽,体若枯树皮。藏我空室中,父还不能知。上冢察故处,存亡永别离。亲母何可见,泪下声正嘶。弃我于此间,穷厄岂有赀。传告后代人,以此为明规。

出门行二首　　唐·孟　郊

长河悠悠去无极,百龄同此可叹息。秋风白露沾人衣,壮心凋落夺颜色。少年出门将诉谁?川无梁兮路无歧。一闻陌上苦寒奏,使我伫立惊且悲。君今得意厌粱肉,岂复念我贫贱时?

海风萧萧天雨霜,穷愁独坐夜何长。驱车旧忆太行险,始知游子悲故乡。美人相思隔天阙,长望云端不可越。手持琅玕欲有赠,爱而不见心断绝。南山峨峨白石烂,碧海之波浩漫漫。参辰出没不相待,我欲横天无羽翰。

出门行　　唐·元　稹

兄弟同出门,同行不同志。凄凄分歧路,各各营所为。兄上荆山巅,翻石辨虹气。弟沈沧海底,偷珠待龙睡。出门不数年,同归亦同遂。俱用私所珍,升沈自兹异。献珠龙王宫,值龙觅珠次。但喜复得珠,不求珠所自。酬客双龙女,授客六龙辔。遣充行雨神,雨泽随客意。零夏钟鼓繁,禜秩玉帛积。彩色画廊庙,奴僮被珠翠。骥骎千万双,鸳鸯七十二。言者禾稼枯,无人敢轻议。其兄因献璞,再刖不履地。门户亲戚疏,匡床妻妾弃。铭心有所待,视足无所愧。持璞自枕头,泪痕双血渍。一朝龙醒寤,本问偷珠事。因知行雨偏,妻子五刑备。仁兄捧尸哭,势友掉头讳。丧车黔首葬,吊客青蝇至。楚有望气人,王前忽长跪。贺王得贵宝,不远王所莅。求之果如言,剖则浮筠腻。白珩无颜色,垂棘有瑕累。在楚列地封,入赵连城贵。秦遣李斯书,书为传国瑞。秦亡汉、魏传,传者得神器。卞和名永永,与宝不相坠。劝尔出门行,行难莫行易。易得还易失,难同亦难离。善贾识贪廉,良田无穑稚。磨剑莫磨锥,磨锥成小利。

出自蓟北门行　　　宋·鲍　照

魏曹植《艳歌行》曰:"出自蓟北门,遥望胡地桑。枝枝自相值,叶叶自相当。"《乐府解题》曰:"《出自蓟北门行》,其致与《从军行》同,而兼言燕蓟风物及突骑勇悍之状。若鲍照云'羽檄起边亭',备叙征战苦辛之意。"《通典》曰:"燕本秦上谷郡,蓟即渔阳郡,皆在辽西。"《汉书》曰:"蓟,故燕国也。"

羽檄起边亭,烽火入咸阳。征师屯广武,分兵救朔方。严秋筋竿劲,虏阵精且强。天子按剑怒,使者遥相望。雁行缘石径,鱼贯度飞梁。箫鼓流汉思,旌甲被胡霜。疾风冲塞起,沙砾自飘扬。马毛缩如蝟,角弓不可张。时危见臣节,世乱识忠良。投躯报明主,身死为国殇。

同　　前　　　陈·徐　陵

蓟北聊长望,黄昏心独愁。燕山对古刹,代郡隐城楼。屡战桥恒断,长冰堑不流。天云如蛇阵,汉月带胡愁。溃土泥函谷,授绳缚凉州。平生燕颔相,会自得封侯。

同　　前　　　周·庾　信

蓟门还北望,役役尽伤情。关山连汉月,陇水向秦城。

箭寒芦叶脆,弓冻纾弦鸣。梅林能止渴,复姓可防兵。将军连转战,都护夜巡营。燕山犹有石,须勒几人名?

同　前　　　唐·李白

虏阵横北荒,胡星曜精芒。羽书速惊电,烽火昼连光。虎竹救边急,戎车森已行。明主不安席,按剑心飞扬。推毂出猛将,连旗登战场。兵威冲绝漠,杀气凌穹苍。列卒—作阵赤山下,开营紫塞傍。途冬沙风紧,旌旗飒凋伤。画角悲海月,征衣卷天霜。挥刃斩楼兰,弯弓射（资）〔贤〕王。单于一平荡,种落自奔亡。收功报天子,行歌—作歌舞归咸阳。

蓟门行五首　　　唐·高适

边城十一月,雨雪乱霏霏。元戎号令严,人马亦轻肥。羌胡无尽日,征战几时归?

幽州多骑射,结发重横行。一朝事将军,出入有声名。纷纷猎秋草,相向角弓鸣。

蓟门逢古老,独立思氛氲。一身既零丁,头鬓白纷纷。勋庸今已矣,不识霍将军!

茫茫长城外,日没更烟尘。胡骑虽凭陵,汉兵不顾身。古树满空塞,黄云愁杀人。

汉家能用武,开拓穷异域。戍卒厌糠籺,降胡饱衣食。开亭试一望,吾欲涕沾臆。

同前〔二首〕　　　唐·李希仲

旄头有精芒,胡骑猎秋草。羽檄南渡河,边庭用兵早。

汉家爱征战,宿将今已老。辛苦羽林儿,从戎榆关道。
一身救边速,烽火连蓟门。前军鸟飞断,格斗尘沙昏。
寒日鼓声急,单于夜火奔。当须徇忠义,身死报国恩。

君子有所思行　　　晋·陆机

《乐府解题》曰:"《君子有所思行》,晋陆机云:'命驾登北山。'宋鲍照云:'西上登雀台。'梁沈约云:'晨策终南首。'其旨言雕室丽色,不足为久欢,宴安酖毒,满盈所宜敬忌,与《君子行》异也。"

命驾登北山,延伫望城郭。廛里一何盛,街巷纷漠漠。甲第崇高闼,洞房结阿阁。曲池何湛湛,清川带华薄。邃宇列绮窗,兰室接罗幕。淑貌色斯升,哀音承颜作。人生盛行迈—作人生诚行过,容华随年落。善哉膏粱士,营生奥且博。宴安消灵根,酖毒不可恪。无以肉食资,取笑藜—作葵与藿。

同　前　　　　　宋·谢灵运

总驾越钟陵,还顾望京畿。踯躅周名都,游目倦—作卷忘归。市鄽无陕—作夹室,世族有高闱。密亲丽华苑,轩骞饰通逵。孰是金、张乐,谅由燕、赵诗。长夜恣酣饮,穷年弄音徽。盛往速露坠,衰来疾风飞。馀生不欢娱,何以竟暮归。寂寥曲肱子,瓢饮疗朝饥。所秉自天性,贫富岂相讥。

同　前　　　　　鲍照

西上登雀台,东下望云阙。层阁肃天居,驰道直如发。绣甍结飞霞,璇题纳明—作行月。筑山拟蓬壶,穿池类溟渤。

选色遍齐、代,徵声匝邛、越。陈钟陪夕宴,笙歌待明发。年貌不可留,身意会盈歇。蚁壤漏山河,丝泪毁金骨。器恶含满欹,物忌厚生没。智哉众多士,服理辨昭晰。

同前　　　　　　梁·沈约

晨策终南首,顾望咸阳川。戚里溯曾阙,甲馆负崇轩。复涂希紫阁,重台拟望仙。巴姬《幽兰》奏,郑女《阳春》弦。共矜红颜日,俱忘白发年。寂寥茂陵宅,照曜未央蝉。无以五鼎盛,顾噬三经玄。

同前　　　　　　李白

紫阁连终南,青冥天倪色。凭崖望咸阳,宫阙罗北极。万井惊画出,九衢如弦直。渭水清银河,横天流不息。朝野盛文物,衣冠何贪绝。厩马散连山,军容威绝域。伊、皋运元化,卫、霍输筋力。歌钟乐未休,荣去老还逼。圆光过满缺,太阳移中昃。不散东海金,何争西辉匿。无作牛山悲,恻怆泪沾臆!

同前二首　　　　唐·僧贯休

我爱正考甫,思贤作《商颂》。我爱扬子云,理乱皆如凤。振衣中夜起,露花香旖旎。扑碎骊龙明月珠,敲出凤凰五色髓。陋巷萧萧风淅淅,缅想斯人胜珪璧。寂寥千载不相逢,无限区区尽虚掷。君不见沈约道:"佳人不在兹,春光为谁惜?"

安得龙猛笔,点石为黄金。散问─作向酷吏家,使无贪残心。甘棠密叶成翠幄,颍凤不来天地塞。所以倾城人,如今不可得。

乐府诗集卷第六十二　杂曲歌辞 二

伤歌行　　　　古　辞

《伤歌行》，侧调曲也。古辞伤日月代谢，年命遒尽，绝离知友，伤而作歌也。

昭昭素明月，辉光烛我床。忧人不能寐，耿耿夜何长。微风吹闺闼，罗帷自飘扬。揽衣曳长带，屣履下高堂。东西安所之，徘徊以彷徨。春鸟翻一作向南飞，翩翩独翱翔。悲声命俦匹，哀鸣伤我肠。感物怀所思，泣涕忽沾裳。伫立吐高吟，舒愤诉穹苍。

同　前　　　　唐·张籍

黄门诏下促收捕，京兆君一作尹系御史府。出门无复部曲随，亲戚相逢不容语。辞成谪尉南海州，受命不得须臾留。身着青衫骑恶马，东门之东无送者。邮夫防吏急喧驱，往往惊坠马蹄下。长安里中荒大宅，朱门已除十二戟。高堂舞榭锁管弦，美人遥望西南天。

伤哉行　　　　唐·孟郊

众毒蔓贞松，一枝难久荣。岂知黄庭客，仙骨生不成。春色舍芳蕙，秋风绕枯茎。弹琴不成曲，始觉知音倾。馆月改旧照，吊宾写馀情。还舟空江上，波浪送铭旌。

777

同　前　　　　　唐·庄南杰

兔走乌飞不相见，人事依俙速如电。王母夭桃一度开，玉楼红粉千回变。车驰马走咸阳道，石家旧宅空荒草。秋雨无情不惜花，芙蓉一一惊香倒。劝君莫谩栽荆棘，秦皇虚费—作负驱山力。英风一去更无言，白骨沈埋暮山碧。

悲歌行　　　　　古　辞

悲歌可以当泣，远望可以当归。思念故乡，郁郁累累。欲归家无人，欲渡河无船，心思不能言，肠中车轮转。

同　前　　　　　唐·李　白

悲来乎，悲来乎！主人有酒且莫斟，听我一曲悲来吟。悲来不吟还不笑，天下无人知我心。君有数斗酒，我有三尺琴。琴鸣酒乐两相得，一杯不啻千钧金。悲来乎，悲来乎！天虽长，地虽久，金玉满堂应不守。富贵百年能几何？死生一度人皆有。孤猿坐啼坟上月，且须一尽杯中酒。悲来乎，悲来乎！凤鸟不至河无图，微子去之箕子奴。汉帝不忆李将军，楚王放却屈大夫。悲来乎，悲来乎！秦家李斯早追悔，虚名拨向身之外。范子何曾爱五湖，功成名遂身自退。剑是一夫用，书能知姓名。惠施不肯干万乘，卜式未必穷一经。还须黑头取方伯，莫谩白首为儒生。

悲哉行　　　　　晋·陆　机

《歌录》曰："《悲哉行》，魏明帝造。"《乐府解题》曰："陆机云：'游客芳春林。'谢惠连云：'羁人感淑节。'皆言客游感物忧思而作也。"

游客芳春林，春芳伤客心。和风飞清响，鲜云垂薄阴。蕙草饶淑气，时鸟多好音。翩翩鸣鸠羽，喈喈仓庚音一作吟。幽兰盈通谷，长莠被高岑。女萝亦有托，蔓葛亦有寻。伤哉客游士，忧思一何深。目感随气草，耳悲咏时禽。寤寐多远念，缅然若飞沈。愿托归风响，寄言遗所钦。

同 前　　　宋·谢灵运

萋萋春草生，王孙游有情。差池燕始飞，夭袅柳一作桃始荣。灼灼桃悦色，飞飞燕弄声。檐上云结阴，涧下风吹清。幽树虽改观，终始在初生。松茑欢蔓延，樛葛欣虆萦。眇然游宦子，晤言时未并。鼻感改朔气，眼一作心伤变节荣。侘傺岂徒然，澶一作缅漫绝音形。风来不可托，鸟去岂为听。

同 前　　　宋·谢惠连

羁人感淑节，缘感欲回泬。我行讵几时，华实骤舒结。睹实情有悲，瞻华意无悦。览物怀同志，如何复乖别。翩翩翔禽罗，关关鸣鸟列。翔禽常畴偶，所叹独乖绝。

同 前　　　梁·沈 约

旅游媚年春，年春媚游人。徐光旦垂彩，和露晓凝津。时婴起稚叶，蕙气动初蘋。一朝阻旧国，万里隔良辰。

同 前　　　唐·孟云卿

孤儿去慈亲，远客丧主人。莫吟苦辛曲，〔此曲〕谁忍闻？可闻（可闻）不可说，去去无期别。行人念前程，不待参辰没。朝亦常苦饥，暮亦常苦饥。飘飘万馀里，贫贱多是非。少年莫远游，远游多不归。

同 前　　唐·白居易

悲哉为儒者，力学不能疲。读书眼欲暗，秉笔手生胝。十上方一第，成名常苦迟。纵有宦达者，两鬓已成丝。可怜少壮日，适在穷贱时。丈夫老且病，焉用富贵为。沈沈朱门宅，中有乳臭儿。状貌如妇人，光明膏粱肌。手不把书卷，身不擐戎衣。二十袭封爵，门承勋戚资。春来日日出，服御何轻肥。朝从博徒饮，暮有倡楼期。评封还酒债，堆金选蛾眉。声色狗马外，其馀一无知。山苗与涧松，地势随高卑。古来无奈何，非君独伤悲。

同 前　　唐·鲍溶

促促晨复昏，死生同一源。贵年不惧老，贱老伤久存。朗朗哭前歌，绛旌引幽魂。来为千金子，去卧百草根。黄土塞生路，悲风送回辕。金鞍旧良马，四顾不出门。生结千岁念，荣及百代孙。黄金买性命，白刃仇一言。宁知北山上，松柏侵田园。

妾薄命二首　　魏·曹　植

《乐府解题》曰："《妾薄命》，曹植云：'日月既逝西藏。'盖恨燕私之欢不久。梁简文帝云：'名都多丽质。'伤良人不返，王嫱远聘，卢姬嫁迟也。"

携玉手,喜同车。比上云阁飞除。钓台寨产清虚,池塘灵沼可娱。仰泛龙舟绿波,俯擢神草枝柯。想彼宓妃洛河,退咏汉女湘娥。

日月既逝—作日既逝矣西藏,更会兰室洞房。华灯步障—作先置舒光,皎若日出扶桑。促樽—作酒合坐—作座行觞。主人起舞滥盘,能者穴触别端。腾觚飞爵阑干,同量等色齐颜。任意交属所欢,朱颜发外形兰。袖随礼容极情,妙—作屡舞仙仙—作僊僊体轻。裳解—作解裳履遗绝缨,俯仰笑喧无呈。览持佳人玉颜,齐举金爵翠盘—作槃。手形罗袖良难,腕弱不胜珠环,坐者叹息舒颜。御巾裹粉君傍,中有霍纳都梁,鸡舌五味杂香。进者何人齐姜,恩重爱深难忘。召延亲好宴私,但歌杯来何迟。客赋既醉言归,主人称露未晞。

同　　前　　　梁简文帝

名都多丽质,本自恃容姿。荡子行未至,秋胡无定期。玉貌歇红脸,长嚬串翠眉。衾镜迷朝色,缝针脆故丝。本异摇舟旨,何关窃席疑。生离谁拊背,溘死讵来迟。王嫱貌本绝,踉跄入毡帷。卢姬嫁日晚,非复少年—作年少时。转山犹可遂,乌白望难期。妾心徒自苦,傍人会见嗤。

同　　前　　　梁·刘孝威

去年从越障,今岁殁胡庭。严霜封碣石,惊沙暗井陉。玉簪久落髻,罗衣长挂屏。浴蚕思漆水,挑桑忆郑坰。寄书朝鲜吏,留钏武安亭。的言戎夏隔,但念心契冥。不见丰城剑,千祀复同形。

同　前　　　　梁·刘孝胜

冯姜朝汲远,徐吾夜火穷。旧井长逢幕,邻灯欲未通。五逐无来娉,三娶尽凶终。离灾阳禄观,就废昭台宫。乘屯迹虽淑,应戚理恒同。复传苏国妇①,故爱在房栊。愁眉歇巧黛,啼妆落艳红。织书凌窦锦,敏诵轶繁弓。离剑行当合,春床勿怨空。

同　前　　　　唐·崔国辅

虽入秦帝宫,不上秦帝床。夜夜玉窗里,与他卷罗裳。

同　前　　　　唐·武平一

有女妖且丽,徘徊湘水湄。水湄兰杜芳,采之将寄谁?瓠犀发皓齿,双蛾颦翠眉。红脸如开莲,素肤若凝脂。绰约多逸态,轻盈不自持。常矜绝代色,复恃倾城姿。子夫前入侍,飞燕复当时。正悦掌中舞,宁哀团扇诗。洛川昔云遇,高唐今尚违。幽阁禽雀噪,闲阶草露滋。流景一何速,年华不可追。解珮安所赠,怨咽空自悲。

同　前　　　　唐·李百药

团扇秋风起,长门夜月明。羞闻拊背入,恨说舞腰轻。太常应已醉,刘君恒带(醒)〔醒〕。横陈每虚设,吉梦竟何成。

---

① 妇,底本阙,据四部丛刊本补。

　　　　同　　前　　　　唐·杜审言

　草绿长门闭,苔青永巷幽。宠移新爱夺,泣下故情留。啼鸟惊残梦,飞花搅独愁。自怜春色罢,团扇复迎秋。

　　　　同　　前　　　　唐·刘元淑

　自从离别守空闺,遥闻征战起云梯。夜夜愁君辽海外,年年弃妾渭桥西。阳春白日照空暖,紫燕啣花向庭满。彩鸾琴里怨声多,飞鹊镜前妆梳断。谁家夫婿不从征,应是渔阳别有情。莫道红颜燕地少,家家还似洛阳城。且逐新人殊未归,还令秋至夜霜飞。北斗星前横度雁,南楼月下捣寒衣。夜深闻雁肠欲绝,独坐缝衣灯又灭。暗啼罗帐空自怜,梦度阳关向谁说？每怜容貌宛如神,如何薄命不胜人。愿君朝夕燕山至,好作明年杨柳春。

　　　　同　　前　　　　　李　白

　汉帝重—作宠阿娇,贮之黄金屋。咳唾落九天,随风生珠玉。宠极爱还歇,妒深情却疏。长门一步地,不肯暂回车。雨落不上天,水覆难再收—作重难收。君情与妾意,各自东西流。昔日芙蓉花,今成断根草。以色事他人,能得几时好？

　　　　同　　前　　　　　孟　郊

　不惜十指弦,为君千万弹。常恐新声至—作发,坐使—作使我故声—作曲残。弃置今日悲,即是昨日欢。将新变故易,持故为新难。青山有蘼芜,泪叶长不干。空令后代人,采掇幽思攒—作思幽兰。

同前　　　　张　籍

薄命妇,良家子,无事从军去万里。汉家天子平四夷,护羌都尉裹尸归。念君此行为死别,对君裁缝泉下衣。与君一日为夫妇,千年万岁亦相守。君爱龙城征战功,妾愿青楼欢乐同。人生各各有所欲,讵得将心入君腹?

同前三首　　唐·李　端

忆妾初嫁君,花鬟如绿云。回灯入绮帐,对—作转面脱罗裙。折步教人学,偷香与客熏。容颜南国重,名字北方闻。一从失恩意,转觉身憔悴。对镜不梳头,倚窗空落泪。新人莫恃新,秋至会无春。从来闭在长门者,必是宫中第一人。

玉垒城边争走马,铜蹄市里共乘舟。鸣环动珮思无尽,掩袖低巾泪不流。畴昔将歌邀客醉,如今欲舞对君羞。忍怀贱妾平生曲,独上襄阳旧酒楼。

自从君弃妾,憔悴不羞人。唯馀坏粉泪,未免映衫匀。

同前　　　　唐·卢　纶

妾年初二八,两度嫁狂夫。薄命今犹在,坚贞扫地无。

同　前　　唐·卢弼

君恩已断尽成空,追想娇欢恨莫穷。长为蕣华光晓日,谁知团扇送秋风。黄金买赋心徒切,清路飞尘信莫通。闲凭玉栏思旧事,几回春暮泣残红。

同　前　　唐·胡曾

阿娇初失汉皇恩,旧赐罗衣亦罢薰。欹枕夜悲金屋雨,卷帘朝泣玉楼云。宫前叶落鸳鸯瓦,架上尘生翡翠裙。龙骑不巡时渐久,长门长掩绿苔文。

同　前　　唐·王贞

薄命头欲白,频年嫁不成。秦娥未十五,昨夜事公卿。岂有机杼力,空传歌舞名。妾专修妇德,媒氏却相轻。

乐府诗集卷第六十三　杂曲歌辞 三

羽林郎　　　　后汉·辛延年

《汉书》曰:"武帝太初元年,初置建章营骑,后更名羽林骑,属光禄勋。又取从军死事之子孙,养羽林官,教以五兵,号羽林孤儿。"颜师古曰:"羽林,宿卫之官,言其如羽之疾,如林之多。一说,羽所以为主者羽翼也。"《后汉书·百官志》曰:"羽林郎,掌宿卫侍从,常选汉阳、陇西、安定、北地、上郡、西河六郡良家补之。"《地里志》曰"汉兴,六郡良家子选给羽林"是也。又有《胡姬年十五》,亦出于此。

昔有霍家(姝)〔奴〕,姓冯名子都。依倚将军势,调笑酒家胡。胡姬年十五,春日独当垆。长裾连理带,广袖合欢襦。头上蓝田玉,耳后大秦珠。两鬟何窈窕,一世良所无。一鬟五百万,两鬟千万馀。不意金吾子,娉婷过我庐。银鞍何煜爚,翠盖空踟蹰。就我求清酒,丝绳提玉壶。就我求珍肴,金盘脍鲤鱼。贻我青铜镜,结我红罗裾。不惜红罗裂,何论轻贱躯。男儿爱后妇,女子重前夫。人生有新故,贵贱不相逾。多谢金吾子,私爱徒区区。

羽林行　　　　唐·王　建

长安恶少出名字,楼下劫商楼上醉。天明下直明光宫,散入五陵松柏中。百回杀人身合死,赦书尚有收城功。九衢一日消息定,乡吏籍中重改姓。出来依旧属羽林,立在殿前射飞禽。

同　前　　　唐·孟　郊

朔雪寒断指，朔风劲裂冰。胡中射雕者，此日犹不能。翩翩羽林儿，锦臂飞苍鹰。挥鞭决白马，走出黄河凌。

同　前　　　唐·鲍　溶

朝出羽林宫，入参云台议。独请万里行，不奏和亲事。君王重年少，深纳开边利。宝马雕玉鞍，一朝从万骑。煌煌都门外，祖帐光七贵。歌钟乐行军，云物惨别地。箫笳整部曲，幢盖动郊次。临风亲戚怀，满袖儿女泪。行行复何赠，长剑报恩字。

胡姬年十五　　　晋·刘　琨

虹梁照晓日，渌水泛香莲。如何十五少，含笑酒垆前。花将面自许，人共影相怜。回头堪百万，价重为时年。

当垆曲　　　梁简文帝

《汉书》曰："司马相如与卓文君俱之临邛，尽卖车骑，买酒舍，乃令文君当卢。相如身自著犊鼻裈，与庸保杂作，涤器于市中。"郭璞曰："卢，酒卢也。"颜师古曰："卖酒之处，累土为卢以居酒瓮。四边隆起，其一面高，形如锻卢，故名卢。"《当垆曲》盖取此也。

十五正团团，流光满上兰。当垆设夜酒，宿客解金鞍。迎来挟琴易，送别唱歌难。欲知心恨急，翻令衣带宽。

同　前　　　梁·范静妻沈氏

逶迤飞尘唱,宛转绕梁声。调弦可以进,蛾眉画未成。

齐瑟行

《歌录》曰:"《名都》、《美女》、《白马》,并《齐瑟行》也。曹植《名都篇》曰:'名都多妖女。'《美女篇》曰:'美女妖且闲。'《白马篇》曰:'白马饰金羁。'皆以首句名篇,犹《艳歌罗敷行》有《日出东南隅篇》,《豫章行》有《鸳鸯篇》是也。"

名都篇　　　　　魏·曹　植

名都者,邯郸、临淄之类也。以刺时人骑射之妙,游骋之乐,而无忧国之心也。

名都多妖女,京洛出少年。宝剑直千金,被服光—作丽且鲜。斗鸡东郊—作长安道,走马长楸间。驰驱未能半,双兔过我前。揽弓捷鸣镝,长驱上南山—作驱上彼南山。左挽因右发,一纵两禽连。馀巧—作功未及展,仰手接飞鸢。观者咸称善,众工归我妍。归来宴平乐,美酒斗十千。脍鲤臇胎鰕,炮鳖炙熊蹯。鸣俦啸匹旅,列坐竟长筵。连翩击鞠壤,巧捷惟万端。白日西南驰,光景不可攀。云散还城邑,清晨复来还。

美女篇　　　　　　曹　植

美女者,以喻君子。言君子有美行,愿得明君而事之。若不遇时,虽见征求,终不屈也。

卷第六十三 ◎ 杂曲歌辞三

美女妖且闲,采桑歧路间。柔条纷冉冉,叶落何翻翻。攘袖见素手,皓腕约金环。头上三一作金爵钗,腰佩翠琅玕。明珠交玉体,珊瑚间木难。罗衣何飘飘,轻裾随风还。顾眄遗光采,长(肃)〔啸〕气若兰。行徒用息驾,休者以忘餐。借问女何居?乃在城南端。青楼临大路,高门结重关。容华耀朝日,谁不希令颜。媒氏何所营,玉帛不时安。佳人慕高义,求贤良独难。众人徒嗷嗷,安知彼所观。盛年处房室,中夜起长叹。

　　　　　　同　前　　　　晋·傅玄

美人一何丽,颜若芙蓉花。一顾乱人国,再顾乱人家。未乱犹可奈何?

　　　　　　同　前　　　　梁简文帝

佳丽尽关情,风流最有名。约黄能效月,裁金巧作星。粉光胜玉靓,衫薄拟蝉轻。密态随流脸,娇歌逐软声。朱颜半已醉,微笑隐香屏。

　　　　　　同　前　　　　梁·萧子显

章丹蹔辍舞,巴姬请罢弦。佳人淇洧出,艳赵复倾燕。繁秾既为李,照水亦成莲。朝酤成都酒,暝数河间钱。馀光幸未借,兰膏空自煎。

　　　　　　同前二首　　　北齐·魏　收

楚襄游梦去,陈思朝洛归。参差结旌旆,掩霭顿骖騑。

变化看台曲,骇散属川沂。仍令赋神女,俄闻要宓妃。照梁何足艳,升霞反奋飞。可言不可见,言是复言非。□□□□,我帝更朝衣。擅宠无论贱,入忧不嫌微。智琼非俗物,罗敷本自稀。居然陋西子,定可比南威。新吴何为误?旧郑果难依。甘言诚易污,得失定因机。无憎药英妒,心赏易侵违!

同前　　　　隋·卢思道

京洛多妖艳,馀香爱物华。恒临邓渠水,共采邺园花。时摇五明扇,聊驻七香车。情疏看笑浅,娇深眄欲斜。微津染长黛,新溜湿轻纱。莫言人未解,随君独问家。

白马篇　　　　魏·曹植

白马者,见乘白马而为此曲。言人当立功立事,尽力为国,不可念私也。《乐府解题》曰:"鲍照云:'白马骍角弓。'沈约云:'白马紫金鞍。'皆言边塞征战之事。"

白马饰金羁,连翩西北驰。借问谁家子?幽、并游侠儿。少小去乡邑,扬声—作名沙漠垂。宿昔秉良弓,楛矢何参差。控弦破左的,右发摧月支。仰手接飞猱,俯身散马蹄。狡捷过猿猴,勇剽若豹螭。边城多警急,胡虏—作虏骑数迁移。羽檄从北来,厉马登高堤。右驱蹈匈奴,左顾陵鲜卑。寄身锋刃端,性命安可怀?父母且不顾,何言子与妻!名编—作在壮士籍—作高名在壮籍,不得中顾私。捐躯赴国难,视死忽如—作若归。

同　前　　　　宋·袁淑

剑骑何翩翩,长安五陵间。秦地天下枢,八方凑才贤。荆、魏多壮士,宛、洛富少年。意气深自负,肯事郡邑权？籍籍关外来,车徒倾国鄽。五侯竞书币,群公亟为言。义分明于霜,信行直如弦。交欢池阳下,留宴汾阴西。一朝许人诺,何能坐相捐。髟节去函谷,投珮出甘泉。嗟此务远图,心为四海悬。但营身意遂,岂校耳目前。侠烈良有闻,古来共知然。

同　前　　　　宋·鲍照

白马骍角弓,鸣鞭乘北风。要途问边急,杂虏入云中。闭壁自往夏,清野逐还冬。侨装多阙绝,旅服少裁缝。埋身守汉境—作节,沉命对胡封。薄暮塞—作雪云起,飞沙被远松。含悲望两都,楚歌登四墉。丈夫设计误,怀恨逐边戎。弃—作罢别中国爱,要冀胡马功。去来今何道,单贱生所钟。但令塞上儿,知我独为雄。

同前二首　　　齐·孔稚珪

骥子蹋且鸣,铁阵与云平。汉家嫖姚将,驰突匈奴庭。少年斗猛气,怒发为君征。雄戟摩白日,长剑断流星。早出飞狐塞,晚泊楼烦城。虏骑四山合,胡尘千里惊。嘶笳振地响,吹角沸天声。左碎呼韩阵,右破休屠兵。横行绝漠表,饮马瀚海清—作汀。陇树枯无色,沙草不常青。勒石燕然道,凯归长安亭。县官知我健,四海谁不倾?但使强胡灭,何须甲第成!当令丈夫志,独为上古英。

白马金具装,横行辽水傍。问是谁家子?宿卫羽林郎。文犀六属铠,宝剑七星光。山虚弓响彻,地迥角声长。宛河推勇气,陇蜀擅威强。轮台受降虏,高阙剪名王。射熊入飞观,校猎下长杨。英名欺卫、霍,智策蔑平、良。岛夷时失礼,卉服犯边疆。征兵离蓟北,轻骑出渔阳。集军随日晕,挑战逐星芒。阵移龙势动,营开虎翼张。冲冠入死地,攘臂越金汤。尘飞战鼓急,风交征旆扬。转斗平华地,追奔扫带方。本持身许国,况复武功彰。会令千载后,流誉满旂常。

同 前　　　梁·沈 约

白马紫金鞍,停镳过上兰。寄言狭斜子,讵知陇道难。赤坂途三折,龙堆路九盘。冰生肌里冷,风起骨中寒。功名志所急,日暮不遑餐。长驱入右地,轻举出楼兰。直去已垂涕,宁可望长安。匪期定远封,无羡轻车官。唯见恩义重,岂觉衣裳单。本持躯命答,幸遇身名完。

同 前　　　梁·王僧孺

千里生冀北,玉鞘黄金勒。散蹄去无已,摇头意相得。豪气发西山,雄风擅东国。飞鞚出秦陇,长驱绕岷嶓。承谟若有神,禀算良不惑。澌汨河水黄,参差嶂云黑。安能对儿女,垂帷弄毫墨。兼弱不称雄,后得方为特。(主恩)〔此心〕亦何已,君恩良未塞。不许跨天山,何由报皇德。

同　前　　　　梁・徐悱

研蹄饰镂鞍,飞鞚度河干。少年本上郡,遨游入露寒。剑琢荆山玉,弹把隋珠丸。闻有边烽急,飞候至长安。然诺窃自许,捐躯谅不难。占兵出细柳,转战向楼兰。雄名盛李、霍,壮气勇彭、韩。能令石饮羽,复使发冲冠。要功非汗马,报效乃锋端。日没塞云起,风悲胡地寒。西征鹹小月,北去脑乌丸。归报明天子,燕然石复刊。

　　　　同　前　　　　隋・王胄

白马黄金鞍,蹀躞柳城前。问此何乡客?长安恶少年。结发从戎事,驰名振朔边。良弓控繁弱,利剑挥龙泉。披林扼雕虎,仰手接飞鸢。前年破沙漠,昔岁取祁连。折冲摧右校,搴旗殪左贤。虒弥还谢力,庆忌本推儇。海外平遐险,来庭识负襄。三韩劳薄伐,六事指幽燕。良家选河右,猛将征西山。浮云屯羽骑,蔽日引长旃。自矜有余勇,应募忽争先。王师已得俊,夷首失求全。鼓行徇玉检,乘胜荡朝鲜。志勇期功立,宁惮微躯捐。不羡山河赏,唯希竹素传。

　　　　同　前　　　　隋・辛德源

任侠重芳辰,相从竞逐春。金羁络赭汗,紫缕应一作紫陌映红尘红尘。宝剑提一作横三尺,雕弓韬六钧。鸣珂蹀细柳,飞盖出宜春。遥见浮光一作云发,悬知上头人。

同前　　　　　　　唐·李白

龙马花雪毛,金鞍五陵豪。秋霜切玉剑,落日明珠袍。斗鸡事万乘,轩盖一何高。弓摧南山虎,手接太行猱。酒后竞风彩,三杯弄宝刀。杀人如剪草,剧孟同游遨。发愤去函谷,从军向临洮。叱咤万战场—作经百战,匈奴尽(波涛)〔奔逃〕。归来使酒气,未肯拜萧、曹。羞入原宪室,荒径隐蓬蒿。

苦思行　　　　　　魏·曹植

绿萝缘玉树,光曜粲相晖。下有两真人,举翅翻高飞。我心何踊跃,思欲攀云追。郁郁西岳巅,石室青葱与天连。中有耆年一隐士,须发皆皓然。策杖从吾游,教我要忘言。

升天行二首　　　　曹植

《乐府解题》曰:"《升天行》,曹植云:'日月何时留。'鲍照云:'家世宅关辅。'曹植又有《上仙箓》与《神游》、《五游》、《龙欲升天》等篇,皆伤人世不永,俗情险艰,当求神仙,翱翔六合之外,与《飞龙》、《仙人》、《远游篇》、《前缓声歌》同意。"按《龙欲升天》,即《当墙欲高行》也。

乘蹻追术士,远之蓬莱山。灵液飞素波,兰桂上参天。玄豹游其下,翔鹍戏其颠。乘风忽登举,仿佛—作彷徨见众仙。

扶桑之所出,乃在朝阳溪。中心陵苍昊,布叶盖天涯。日出登东干,既夕没西枝。愿得纡阳辔,回日使东驰。

同　前　　　　　宋·鲍照

家世宅关辅,胜带宦王城。备闻十帝事,委曲两都情。倦见物兴衰,骤睹俗屯平。翩翻—作翻翩类回掌,怳惚似朝荣。穷涂悔短计,晚志爱长生。从师入远岳,结友事仙灵。五芝发金记,九籥隐丹经。风餐委松宿,云卧恣天行。冠霞金彩阁,解玉饮—作隐椒庭。暂游越万里,近别数千龄。凤台无还驾,箫管有遗声。何时—作当与尔曹,啄腐共吞腥。

同　前　　　　　梁·刘孝胜

尧攀已徒说,汤扣亦妄陈。欲访青云侣,正遇丹丘人。少翁俱仕汉,韩终苦入秦。汾阴观化鼎,瀛洲宴羽人。广成参日月,方朔问星辰。惊祠伐楚树,射药战江神。阊阖皆曾倚,太一岂难亲。赵简犹闻乐,周储固上宾。秦皇多忌害,元朔少宽仁。终无良有以,非关德不邻。

同　前　　　　　隋·卢思道

寻师得道诀,轻举厌人群。玉山候王母,珠庭谒老君。煎为返魂药,刻作长生文。飞策乘流电,雕轩曳白云。玄洲望不极,赤野(晓)〔眺〕无垠。金楼旦巑岏,玉树晓氛氲。拥琴遥可望,吹笙远讵闻。不觉蜉蝣子,□莽何纷纷!

同　前　　　　　唐·僧齐己

身不沉,骨不重。驱青鸾,驾白凤。幢盖飘飘入冷空,天风瑟瑟星河动。瑶阙参差阿母家，楼台戏闭凝彤霞。五三仙子乘龙车，堂前碾烂蟠桃花。回头却顾蓬山顶，一点浓岚在深井。

云中白子高行　　晋·傅玄

陵阳子，来明意，欲作天与仙人游。超登元气攀日月，遂造天门将上谒。阊阖辟，见紫微绛阙，紫宫崔嵬，高殿嵯峨，双阙万丈玉树罗。童女掣电〔策〕，童男挽雷车。云汉随天流，浩浩如江河。因王长公谒上皇，钧天乐作不可详。龙仙神仙，教我灵秘；八风子仪，与游我祥。我心何戚戚，思故乡。俯看故乡，二仪设张。乐哉二仪，日月运移。地东南倾，天西北驰。鹤五气所补，鳌四足所支。齐驾飞龙骖赤螭，逍遥五岳间，东西驰。长与天地并，复何为，复何为？

乐府诗集卷第六十四　　杂曲歌辞 四

五　游　　　　　魏·曹 植

九州不足步，愿得凌云翔。逍遥八纮外，游目历遐荒。披我丹霞衣，袭我素霓裳。华盖纷暗蔼，六龙仰天骧。曜灵未移景，倏忽造昊苍。阊阖启丹扉，双阙曜朱光。徘徊文昌殿，登陟太微堂。上帝休西棂，群后集东厢。带我琼瑶佩，漱我沆瀣浆。踟蹰玩灵芝，徙倚弄华芳。王子奉仙药，羡门进奇方。服食享遐纪，延寿保无疆。

远游篇　　　　　曹 植

《楚辞·远游》章句曰："悲时俗之迫阨兮，愿轻举而远游。质菲薄而无因兮，焉托乘而上浮。"王逸云："《远游》者，屈原之所作也。屈原履方直之行，不容于世，困于谗佞，无所告诉，乃思与仙人俱游戏，周历天地，无所不至焉。"周王褒又有《轻举篇》，亦出于此。

远游临四海，俯仰观洪波。大鱼若曲陵，承浪相经过。灵鳌戴方丈，神岳俨嵯峨。仙人翔其隅，玉女戏其阿。琼蕊可疗饥，仰漱吸朝霞。昆仑本吾宅，中州非我家。将归谒东父，一举超流沙。鼓翼舞时风，长啸激清歌。金石固易弊，日月同光华。齐年与天地，万乘安足多！

轻举篇　　　　　周·王 褒

天地能长久，神仙寿不穷。白玉东华检，方诸西岳童。

（我）〔俄〕瞻少海北，暂别扶桑东。俯观云似盖，低望月如弓。看棋城邑改，辞家墟巷空。流珠馀旧灶，种杏发新丛。酒酿瀛洲玉，剑铸昆吾铜。谁能揽六博？还当访井公。

仙人篇　　　魏·曹植

《乐府广题》曰："秦始皇三十六年，使博士为《仙真人诗》，游行天下，令乐人歌之。"曹植《仙人篇》曰："仙人揽六著。"言人生如寄，当养羽翼，徘徊九天，以从韩终、王乔于天衢也。齐陆瑜又有《仙人览六著》篇，盖出于此。

仙人揽六著，对博太山隅。湘娥抚琴瑟，秦女吹笙竽。玉樽盈桂酒，河伯献神鱼。四海一何局，九州安所如。韩终与王乔，要我于天衢。万里不足步，轻举凌太虚。飞腾逾景云，高风吹我躯。回驾观紫微，与帝合灵符。阊阖正嵯峨，双阙万丈馀。玉树扶道生，白虎夹门枢。驱风游四海，东过王母庐。俯观五岳间，人生如寄居。潜光养羽翼，进趣且徐徐。不见昔轩辕，升龙出鼎湖。徘徊九天下，与尔长相须。

仙人览六著篇　　　齐·陆瑜

九仙会欢赏，六著且娱神。戏谷闻馀地，铭山忆旧秦。避敌情思巧，论兵势重新。问取南皮夕，还笑拂棋人。

神仙篇　　　齐·王融

命驾瑶池侧一作隈，过息嬴女台。长袖何靡靡，箫管清且哀。璧门凉月举，珠殿秋风回。青鸟骛高羽，王母停玉杯。举手惭为别，千年将复来。

同　前　　　　　梁·戴暠

徒闻石为火，未见坂停丸。暂数盈虚月，长随昼夜澜。辞家试学道，逢师得姓韩。阆山金静室，蓬丘银露坛。安平酝仙酒，渤海转神丹。初飞喜退凤，新学法乘鸾。十芒生月脑，六焰起星肝。□琼播疑俗，信玉类阳官。玄都宴晚集，紫府事朝看。谢手今为别，进怜此俗难。

同　前　　　　　陈·张正见

瀛州分渤澥，阆苑隔虹霓。欲识三山路，须寻千仞溪。石梁云外去，蓬丘雾里迷。年深毁丹灶，学久弃青泥。葛水留还杖，天衢鸣去鸡。六龙骧首起云阁，万里一别何寥廓！玄都府内驾青牛，紫盖山中乘白鹤。寻阳杏花终难朽，武陵桃花未曾落。已见玉女笑投壶，复睹仙童欣六博。同甘玉文枣，俱饮流霞药。鸾歌凤舞集天台，金阙银宫相向开。西王已令青鸟去，东海还驭赤虬来。魏武还车逢汉女，荆王因梦识阳台。凤盖随云聊蔽日，霓裳杂雨复乘雷。神岳吹笙遥谢手，当知福地有神才。

同　前　　　　　隋·卢思道

浮生厌危促，名岳共招携。云轩游紫府，风驷上丹梯。时见辽东鹤，屡听淮南鸡。玉英持作宝，琼实采成蹊。飞策扬轻电，悬旌耀彩霓。瑞银光似烛，灵石髓如泥。寥廓鸾山右，超越凤洲西。一丸应五色，持此救人迷。

同前 鲁范

王远寻仙至,栾巴访术回。乘空向紫府,控鹤下蓬莱。霜分白鹿驾,日映流霞杯。煎金丹未熟,醒酒药初开。乍应观海变,谁肯畏年颓?

神仙曲 唐·李贺

碧峰海面藏灵书,上帝拣作神仙居。晴时笑语闻空虚,斗乘巨浪骑鲸鱼。春罗剪字邀王母,共宴红楼最深处。鹤羽冲风过海迟,不如却使青龙去。犹疑王母不相许,垂露娃鬟更传语。

升仙篇 梁简文帝

少室堪求道,明光可学仙。丹缯碧林宇,绿玉黄金篇。云车了无辙,风马讵须鞭。灵桃恒可饵,几回三千年。

飞龙篇 魏·曹植

《楚辞·离骚》曰:"为余驾飞龙兮,杂瑶象以为车。"曹植《飞龙篇》亦言求仙者乘飞龙而升天,与《楚辞》同意。按琴曲亦有《飞龙引》。

晨游泰山,云雾窈窕。忽逢二童,颜色鲜好。乘彼白鹿,手翳芝草。我知真人,长跪问道。西登玉堂—作台,金楼复道。授我仙药,神皇所造。教我服食,还精补脑。寿同金石,永世难老。

应龙篇　　　　　陈·张正见

张正见《应龙篇》,言龙未起时,乃在渊底藏,以谕君子隐居养志,以待时也。《广雅》曰:"有鳞曰蛟龙,有翼曰应龙,有角曰虬龙,无角曰螭龙。"

应龙未起时,乃在渊底藏。非云足不蹈,举则冲天翔。譬彼野兰草,幽居常独香。清风播四远,万里望芬芳。隐居可颐志,自见焉得彰。

斗鸡篇　　　　　魏·曹植

《春秋左氏传》曰:"季、邱之鸡斗,季氏介其鸡,邱氏为之金距。"杜预云:"捣芥子播其羽也。或曰:以胶沙播之为介鸡。"《邺都故事》曰:"魏明帝大和中,筑斗鸡台。赵王石虎亦以芥羽漆砂,斗鸡于此。故曹植诗云'斗鸡东郊道,走马长楸间'是也。"

游目极妙伎,清听厌宫商。主人寂无为,众宾进乐方。长筵坐戏客,斗鸡观闲房。群雄正翕赫,双翅自飞扬。挥羽邀清风,悍目发朱光。嘴落轻毛散,严距往往伤。长鸣入青云,扇翼独翱翔。愿蒙狸膏助,常得擅此场。

同　前　　　　　梁·刘孝威

丹鸡翠翼张,妒敌复专场。翅中含芥粉,距外耀金芒。气逾上党列,名愧下講良。祭桥愁魏后,食跖忌齐王。愿赐淮南药,一使云间翔。

盘石篇　　　　　魏·曹植

盘石山巅石,飘飖涧底蓬。我本太山人,何为客海东?

藿葭弥斥土,林木无分重。岸岩若崩缺,湖水何汹汹。蚌蛤被滨涯,光彩如锦虹。高(彼)〔波〕凌云霄,浮气象螭龙。鲸(羹)〔脊〕若丘陵,须若山上松。呼吸吞船栅,澎濞戏中鸿。方舟寻高价,珍宝丽以通。一举必千里,乘飔举帆幢。经危履险阻,未知命所钟。常恐沈黄垆,下与鼋鳖同。南极苍梧野,游盻穷九江。中夜指参辰,欲师当定从。仰天长太息,思想怀故邦。乘桴何所志,于嗟我孔公。

驱车篇　　　　　曹植

驱车掸驾马,东到奉高城。神哉彼太山,五岳专其名。隆高贯云霓,嵯峨出太清。周流二六候,间置十二亭。上有涌醴泉,玉石扬华英。东北望吴野,西眺观日精。魂神所系属,逝者感斯征。王者以归天,效厥元功成。历代无不遵,礼祀有品程。探策或长短,唯德享利贞。封者七十帝,轩皇元独灵。飡霞漱沉瀯,毛羽被身形。发举蹈虚廓,径廷升窈冥。同寿东父年,旷代永长生。

种葛篇　　　　　曹植

种葛南山下,葛藟自成阴。与君初婚时—作初定婚,结发恩义深。欢爱在枕席,宿昔同衣衾。窃慕《棠棣》篇,好乐和瑟琴。行年将晚暮,佳人怀异心。恩纪旷不接,我情遂抑沉。出门当何顾,徘徊步北林。下有交颈兽,仰见双栖禽。攀枝长叹息,泪下沾罗襟。良马知我悲,延颈代我吟。昔为同池鱼,今为商与参。往古皆欢遇,我独(因)〔困〕于今。弃置委天命,悠悠安可任。

秋兰篇　　　　　　晋·傅　玄

秋兰本出于《楚辞》。《离骚》云:"秋兰兮麋芜,罗生兮堂下。绿叶兮素华,芳菲菲兮袭予。"兰,香草,言芳香菲菲,上及于我也。傅玄《秋兰篇》云:"秋兰荫玉池,池水且芳香。"其旨言妇人之托君子,犹秋兰之荫玉池,与《楚辞》同意。

秋兰荫玉池,池水且芳香。芙蓉随风发,中有双鸳鸯。双鱼自涌濯,两鸟时回翔。君其—作期历九秋,与妾同衣裳。

松柏篇　　　　　　宋·鲍　照

《松柏篇》,鲍照拟傅玄乐府《龟鹤篇》而作也。

松柏受命独,历代长不衰。人生浮且脆,欻若晨风悲。东海迸逝川,西山道落晖。南郭悦籍短,蒿里收永归。谅无畴昔时,百病起尽期。志士惜牛刀,忍勉自疗治。倾家行药事,颠沛去迎医。徒备火石苦,奄至不得辞。龟龄安可获,岱宗限已迫。睿圣不得留,为善何所益。舍此赤县居,就彼黄垆宅。永离九原亲,长与三辰隔。属纩生望尽,阖棺世业埋。事痛存人心,恨结亡者怀。祖葬既云及,圹璲亦已开。室族内外哭,亲疏同共哀。外姻远近至,名列通夜台。扶舆出殡宫,低回恋庭室。天地有尽期,我去无还日。居者今已尽,人事从此毕。火歇烟既没,形销声亦灭。鬼神来依我,生人永辞诀。大暮杳悠悠,长夜无时节。郁(烟)〔湮〕重冥下,烦冤难具说。安寝委沉寞,恋恋念平生。事业有馀结,(形)〔刊〕述未及成。资储无担石,儿女皆孩婴。一朝放舍

803

去，万恨缠我情。追忆世上事，束教以自拘。明发靡怡念，夕归多忧虞。(撤)〔辙〕闲晨迮(流)〔荒〕，辍宴式酒儒。知今瞑目苦，恨失尔时娱。遥遥远民居，独埋深壤中。墓前人迹灭，冢上草日丰。空(床)〔林〕响鸣蜩，高松结悲风。长寐无觉期，谁知逝者穷。生存处交广，连榻舒华裀。已没一何苦，梏哉不容身。昔日平居时，晨夕对六亲。今日掩奈何，一见无谐因。礼席有降杀，三龄速过隙。几筵就收撤，室宇改畴昔。行女游归途，仕子复王役。家世本平常，独有亡者剧。时祀望归来，四节静茔丘。孝子抚坟号，父(子)〔兮〕知来不。欲还心依恋，欲见绝无由。烦冤荒陇侧，肝心尽崩抽。

采菊篇　　　　梁简文帝

月精丽草散秋株，洛阳少妇绝妍姝。相唤—作呼提筐采菊珠，朝起露湿沾罗襦。东方千骑从骊驹，岂不下山逢故夫。

飞尘篇　　　　晋·傅玄

飞尘秽清流，朝云蔽日光。秋兰岂不芬，鲍肆乱其芳。河决溃金堤，一手不能障。

阊阖篇　　　　梁武帝

张衡《西京赋》曰："表峣阙于阊阖。"阊阖，天门也。立高阙以象之。薛综云："紫微宫门名曰阊阖也。"《阊阖篇》盖出于此。

西汉本佳妍，金马望甘泉。卫尉屯兵上，期门晓漏传。

犹重河东赋，欲以追神仙。羽骑凌云转，阊阖带空悬。长旗扫月窟，凤迹辗星躔。但使丹砂就，能令亿万年。

登名山行

名山本镇地，迢递上凌霄。云披金涧近，雾起石梁遥。翠微横鸟路，珠树拂星桥。风急清溪晚，霞散赤城朝。寓目幽栖客，驾口寻绮季。迹绝桃源士，忘情漆园吏。沉冥负俗心，疏索凌云意。苍苍耸极天，伏眺尽山川。叠峰如积浪，分崖若斜烟。浅深闻渡雨，轻重听飞泉。采药逢三岛，寻真遇九仙。藏书凡几代，看传已经年。逝将追羽客，千载一来旋。

西长安行　　　晋·傅玄

《乐府解题》曰："《西长安行》，晋傅休奕云：'所思兮何在，乃在西长安。'其下因叙别离之意也。"《三辅旧事》曰："长安城以北斗。"《周地图记》曰："长安城南为南斗形，北为北斗形。"《通典》曰："汉高帝自栎阳徙都长安，至惠帝，方发人徒筑城，即长安西北古城是也。"

所思兮何在，乃在西长安。何用存问妾，香橙双珠环。何用重存问，羽爵翠琅玕。今我兮问君，更有兮异心。香亦不可烧，环亦不可沈。香烧日有歇，环沈日自深。

齐讴行　　　晋·陆机

《汉书》曰："汉王至南郑，诸将及士卒皆歌讴思东归。"颜师古曰："讴，齐歌也。谓齐声而歌。或曰齐地之歌。"《礼乐志》曰："齐古讴员六人。"梁元帝《纂要》曰"齐歌曰讴"是也。陆机《齐讴行》，备言齐地之美,亦欲使人推分直进,不可妄有所营也。

营丘负海曲,沃野爽且平。洪川控河济,崇山入高冥。东被姑尤侧,南界聊摄城。海物错万类,陆产尚千名。孟诸吞楚梦,百二侔秦京。惟师恢东表,桓后定周倾。天道有迭代,人道无久盈。鄙哉牛山叹,未及至人情。爽鸠苟已徂,吾子安得停。行行将复去,长存非所营。

同　前　　　　梁·沈约

东秦称右地,川隰固夷昶。层峰驾苍云,浊河流素壤。青丘良杳郁,雪宫信疏敞。王佐改殷命,霸功缪周网。

齐歌行　　　　齐·陆厥

黄金徒满籝,不如守章句。雪宫纷多士,稷下炭成覆一作露。同载双连珠一作璧,合席悬河注。垂帷五行下,操笔百金赋。华屋大车方,高门驷马驱。玄豹空不食,南山隐云雾。

吴趋行　　　　晋·陆机

崔豹《古今注》曰:"《吴趋行》,吴人以歌其地。陆机《吴趋行》曰:'听我歌吴趋。'趋,步也。"

楚妃且勿叹,齐娥且莫讴。四坐并清听,听我歌吴趋。吴趋自有始,请从阊门起。阊门何嵯峨,飞阁跨通波。重栾承游极,回轩启曲阿。蔼蔼庆云被,(泠)(泠)〔泠泠〕(鲜)〔祥〕风过。山泽多藏育,土风清且嘉。泰伯导仁风,仲雍扬其波。穆穆延陵子,灼灼光诸华。王迹颓阳九,帝功兴四遐。

大皇自富春,矫手顿世罗。邦彦应运兴,粲若春林葩。属城咸有士,吴邑最为多。八族未足侈,四姓实名家。文德熙淳懿,武功侔山河。礼让何济济,流化自滂沱。淑美难穷纪,商榷为此歌。

同　前　　　无名氏

茧满盖重帷,唯有远相思,藕叶清朝钏,何见早归_{一作}还时。

同　前　　　梁元帝

水里生葱翅,池心恒欲飞。莲花逐床返,何时乘鷗归。

会吟行　　　宋·谢灵运

《乐府解题》曰:"《会吟行》,其致与《吴趋》同。会谓会稽,谢灵运《会吟行》曰:'咸共聆会吟。'"

六引缓清唱,三调伫繁音。列筵皆静寂,咸共聆会吟。会吟自有初,请从文命敷。敷绩壶冀始,刊木至江汜。列宿炳天文,负海横地理。连峰竞千仞,背流各百里。滮地溉粳稻,轻云暧松杞。两京愧佳丽,三都岂能似。层台指中天,高墉积崇雉。飞燕跃广途,鸂首戏清沚。肆呈窈窕容,路曜便娟子。自来弥世代,贤达不可纪。句践善废兴,越叟识行止。范蠡出江湖,梅福入城市。东方就旅逸,梁鸿去桑梓。牵缀书土风,辞殚意未已。

乐府诗集卷第六十五　杂曲歌辞 五

北风行　　　宋·鲍照

《北风》,本卫诗也。《北风》诗曰:"北风其凉,雨雪其雱。"传云:"北风寒凉,病害万物,以喻君政暴虐,百亲不亲也。"若鲍照《北风凉》、李白"烛龙栖寒门",皆伤北风雨雪,而行人不归,与卫诗异矣。

北风凉,雨雪雱。京洛女儿多严妆。遥艳帷中自悲伤,沉吟不语若为一作有忘。问君何行何当归,苦使妾坐自伤悲。虑年至一作去,虑颜衰。情易复,恨难追。

同前　　　唐·李白

烛龙栖寒门,光曜犹旦开。日月照之何不及此,唯有北风号怒天上来。燕山雪花大如席,片片吹落轩辕台。幽州思妇十二月,停歌罢笑双蛾摧。倚门望行人,念君长城苦寒良可哀。别时提剑救边去,遗此虎文金鞞韂。中有一双白羽箭,蜘蛛结网生尘埃。箭空在,人今战死不复回。不忍见此物,焚之已成灰。黄河捧土尚可塞,北风雨雪恨难裁一作哉。

苦热行　　　宋·鲍照

魏曹植《苦热行》曰:"行游到日南,经历交阯乡。苦热但曝露,越夷水中藏。"《乐府解题》曰:"《苦热行》,备言流金烁石、火山炎海之艰难也，若鲍照云：'赤阪横西阻，火山赫南威。'言南方瘴疠之地，尽节征伐，而赏之太薄也。"

赤阪横西阻，火山赫南威。身热头且痛，鸟堕魂未归。汤泉发云潭，焦烟起石矶。日月有恒昏，雨露未尝晞。丹蛇逾百尺，玄蜂盈十围。含沙射流影，吹蛊病行晖。瘴气昼熏体，茵露夜沾衣。饥猿莫下食，晨禽不敢飞。毒泾尚多死，渡泸宁具腓。生躯蹈死地，昌志登—作高祸机。戈船荣既薄，伏波赏亦微。爵轻君尚惜，士重安可希？

同　前　　　　梁简文帝

六龙骛不息，三伏启炎阳。寝兴烦几案，俯仰倦帏床。滂沱汗似铄，微靡风如汤。迥池愧玉浪，兰殿非含霜。细帘时半卷，轻幌乍横张。云斜花影没，日落荷心香。愿见洪崖井，讵怜河朔觞。

同　前　　　　梁·任昉

旭旦烟云卷，烈景入东轩。倾光望转蕙，斜日照西垣。既卷蕉梧叶，复倾葵藿根。重簟无冷气，挟石似怀温。霢霂类珠缀，喘嚇状雷奔。

同　前　　　　梁·何逊

昔闻草木焦，今睹沙石烂。暗暗风愈静，瞳瞳日渐旰。习静闷衣巾，读书烦几案。卧思清露浥，坐待明星灿。蝙蝠户间飞，蠛蠓窗中乱。会无河朔饮，室有临淄汗。遗金自不拾，恶木宁无干。愿以三伏晨，催促九秋换。

同　前　　　　周·庾信

火井沈荧散,炎洲高焰通。鞭石未成雨,鸣鸢不起风。思为鸾翼扇,愿借明光宫。临淄迎子礼,中散就安丰。美酒含兰气,甘瓜开蜜筒。寂寥人事屏,还得隐墙东。

同　前　　　　唐·王　维

赤日满天地,火云成山岳。草木尽焦卷,川泽皆竭涸。轻纨觉衣重,密树苦阴薄。莞簟不可近,絺绤再三濯。思出宇宙外,旷然在寥廓。长风万里来,江海荡烦浊。却顾身为患,始知心未觉。忽入甘露门,宛然清凉乐。

同　前　　　　唐·王　毂

祝融南来鞭火龙,火旗焰焰烧天红。日轮当午凝不去,万国如在洪炉中。五岳翠乾云彩灭,阳侯海底愁波竭。何当一夕金风发,为我扫却天下热。

同　前　　　　唐·僧皎然

六月金数伏,兹辰日在庚。炎曦曝肌肤,毒雾昏檐楹。安得奋翅翮,超遥出云征。不知天地心,如何匠生成。火德烧百卉,瑶草不及荣。省客当此时,忽贻怀中琼。捧玩烦袂涤,啸歌美风生。迟君佐元气,调使四序平。中令霜不袄,火馀气常贞。江南诗骚客,休吟苦热行。

同　前　　　　　唐·僧齐己

离宫划开赤帝怒，喝起六龙奔日驭。下土熬熬若煎煮，苍生惶惶无处处。火云峥嵘焚沉寥，东皋老农肠欲焦。何当一雨苏我苗，为君击壤歌帝尧。

太行苦热行　　　唐·刘长卿

迢迢太行路，自古称险恶。千骑俨欲前，群峰望如削。火云从中起，仰视飞鸟落。汗马卧高原，危旌倚长薄。清风何不至，赤日方煎烁。石露山木焦，鳞穷水泉涸。九重今旰食，万里传明略。诸将候轩车，元凶愁鼎镬。何劳短兵接，自有长缨缚。通越事岂难，渡泸功未博。朝辞羊肠坂，夕望贝丘郭。漳水斜绕营，常山遥入幕。永怀姑苏下，因寄建安作。《白雪》和诚难，沧波意空托。陈琳书记好，王粲从军乐。早晚归汉庭，随君上麟阁。

同　前　　　　　唐·独孤及

驷马上太行，修途亘辽碣。王程无留驾，日昃未遑歇。请问此何时？恢台朱明月。长蛇稽天讨，上将方北伐。明主命使臣，皇华得时杰。已忘羊肠险，岂惮温风热。摇策汗滂沱，登崖思纡结。炎云如烟火，溪谷将恐竭。昼景艳可畏，凉飙何由发。山长飞鸟堕，目极行车绝。赵、魏方俶扰，安危俟明哲。归路岂不怀，饮冰有苦节。会同传檄至，疑议立谈决，况有阮元瑜，翩翩秉书札。起予歌赤坂，永好逾《白雪》。谁念剖竹人，无因执羁绁。

春日行　　宋·鲍照

献岁发，吾将行。春山茂，春日明。园中鸟，多嘉声。梅始发，柳始青。泛舟舻，齐棹惊。奏《采菱》，歌《鹿鸣》。风微起，波微生一作微波起，微风生。弦亦发，酒亦倾。入莲池，折桂枝。芳袖动，芬叶披。两相思，两不知。

同　前　　唐·李白

深宫高楼入紫清，金作蛟龙盘绣楹一作绣作楹。佳人当窗弄白日，弦将手语弹鸣筝。春风吹落君王耳，此曲乃是《升天行》。因出天池泛蓬瀛，楼船蹙沓波浪惊。三千双蛾献歌笑，挝钟考鼓宫殿倾，万姓聚舞歌太平。我无为，人自宁。三十六帝欲相迎，仙人飘翩下云軿。帝不去，留镐京。安能为轩辕，独往入窅冥？小臣拜献南山寿，陛下万古垂鸿名。

同　前　　唐·张籍

春日融融池上暖，竹牙出土兰心短。草堂晨起酒半醒，家僮报我园〔已〕〔花〕满。头上皮冠未曾整，直入花间不寻径。树树殷勤尽绕行，举枝未遍春日暝。不用积金著青天，不用服药求神仙，但愿园里花长好，一生饮酒花前老。

朗月行　　宋·鲍照

朗月出东山，照我绮窗前。窗中多佳人，被服妖且妍。

靓妆坐帷里，当户弄清弦。鬓夺卫女迅，体绝飞燕先。为君歌一曲，当作《朗月篇》—作堂上《朗月篇》。酒至颜自解，声和心亦宣。千金何足重，所存意气间。

同前　　　　　唐·李白

小时不识月，呼作白玉盘。又疑瑶台镜，飞在青云端。仙人垂两足，桂树作团团。白兔捣药成，问言与谁餐？蟾蜍蚀圆影，大明夜已残。羿昔落九乌，天人清且安。阴精此沦惑，去去不足观。忧来其如何，恻怆摧心肝。

明月篇　　　　晋·傅玄

皎皎明月光，灼灼朝日晖。昔为春蚕丝，今为秋女衣。丹唇列素齿，翠彩发蛾眉。娇子多好言，欢合易为姿。玉颜盛有时，秀色随年衰。常恐新间旧，变故兴细微。浮萍本无根—作浮萍无根本，非水将何依？忧喜更相接，乐极还自悲。

明月子　　　　陈·谢燮

杪秋之遥夜，明月照高楼。登楼一回望，望见东—作南陌头。故人眇千里，言别历九秋。相思不相见，望望空离忧。

堂上歌行　　　　宋·鲍照

四坐且莫—作勿喧，听我堂上歌。昔仕京洛时，高门临长河。出入重宫里,结友曹与何。车马相驰逐,宾朋好容华。阳春孟春月,朝光散流霞。轻步逐芳风,言笑弄丹葩。晖晖朱颜酡,纷纷织女梭。满堂皆美人,目成对湘娥。虽谢(诗)〔待〕君闲,明妆带绮罗。筝笛更弹吹,高唱好相和。万曲不关情一作心,一曲动情多。欲知情厚薄,更听此声过。

前有一樽酒行　　　晋·傅玄

置酒结此会,主人起行觞。玉樽两楹间,丝理东西厢。舞袖一何妙,变化穷万方。宾主齐德量,欣欣乐未央。同享千年寿,朋来会此堂。

同　　前　　　陈后主

殿高丝吹满,日落绮罗解。莫论朝漏促,倾卮待夕筵。

同　　前　　　陈·张正见

前有一樽酒,主人行寿。今日合来,坐者当令,皆富且寿。欲令主人三万岁,终岁不知老。为吏当高迁,贾市得万倍。桑蚕当大得,主人宜子孙。

同前二首　　　唐·李白

春风东来忽相过,金樽绿酒生微波。落花纷纷稍觉多,美人欲醉朱颜酡。青轩桃李能几何?流光欺人忽蹉跎。君起舞,日西夕。当年意气不肯倾,白发如丝叹何益?

琴奏龙门之绿桐,玉壶美酒清若空。催弦拂柱与君饮,看朱成碧颜始红。胡姬貌如花,当垆笑春风。笑春风,舞罗衣。君今不醉欲安归?

前缓声歌　　　　　　　古　辞

晋陆机《前缓声歌》曰:"游仙聚灵族,高会曾城阿。"言将前慕仙游,冀命长缓,故流声于歌曲也。宋谢惠连又有《后缓声歌》,大略戒居高位而为谗谄所蔽,与前歌之意异矣。按缓声本谓歌声之缓,非言命也。又有《缓歌行》,亦出于此。

水中之马必有陆地之船,但有意气,不能自前。心非木石,荆根株数,得覆盖天,当复思。东流之水必有西上之鱼,不在大小,但有朝于复来。长笛续短笛,欲今皇帝陛下三千万。

同　前　　　　　　　　晋·陆　机

游仙聚灵族,高会曾城阿。长风万里举,庆云郁嵯峨。宓妃兴洛浦,王韩起太华。北徵瑶台女,南要湘川娥。肃肃霄驾动,翩翩翠盖罗。羽旗栖琼鸾,玉衡吐鸣和。太容挥高弦,洪崖发清歌。献酬既已周,轻举乘紫霞。总辔扶桑枝一作底,濯足旸谷波。清辉溢天门,垂庆惠皇家。

同　前　　　　　　　　宋·孔宁子

供帐设玄宫,众仙胥□亚。炤炤二仪旷,雍容风云暇。北伐太行鼓,南整九疑驾。笙歌兴洛川,鸣箫起秦榭。钧天异三代,广乐非《韶》、《夏》。满堂皆人灵,列筵必羽化。乌可循日留,兔自延月夜。弱水时一濯,扶桑聊暂舍。兆旬方履端,千龄□八蜡。

同　前　　　　梁·沈约

羽人广宵宴,帐集瑶池东。开霞泛彩霭,澄雾迎香风。龙驾出黄苑,帝服起河宫。九疑辖烟雨,三山驭螭鸿。玉銮乃排月,瑶軨信凌空。神行烛玄漠,帝旆委曾虹。箫歌笑嬴女,笙吹悦姬童。琼浆且未洽,羽辔已腾空。息凤曾城曲,灭景清都中。降祐集皇代,委祚溢华嵩。

同　前　　　　宋·谢惠连

羲和纤阿去嵯峨,睹物知命,使余转欲悲歌,忧戚入心胸。处山勿居峰,在行勿为公。居峰大阻锐,为公遇逸蔽。(邪)〔雅〕琴自疏越,雅韵能扬扬。滑滑相混同,终始福禄丰。

缓歌行　　　　宋·谢灵运

飞客结灵友,凌空萃丹丘。习习和风起,采采彤云浮。娥皇发湘浦,霄明出河洲。宛宛连螭辔,裔裔振龙旒。

同　前　　　　唐·李颀

小来托身攀贵游,倾财破产无所忧。暮拟经过石渠署,朝将出入铜龙楼。结交杜陵轻薄子,谓言可生复可死。一沉一浮会有时,弃我翻然如脱屣。男儿立身须自强,十五闭户颍水阳。业就功成见明主,击钟鼎食坐华堂。二八蛾眉梳堕马,美酒清歌曲房下。文昌宫中赐锦衣,长安陌上退朝归。五侯宾从莫敢视,三省官僚揖者稀。早知今日读书是,悔作从来任侠非。

乐府诗集卷第六十六　杂曲歌辞 六

结客少年场行　　宋·鲍照

《后汉书》曰:"祭遵尝为部吏所侵,结客杀人。"曹植《结客篇》曰:"结客少年场,报怨洛北邙。"《乐府解题》曰:"《结客少年场行》,言轻生重义,慷慨以立功名也。"《广题》曰:"汉长安少年杀吏,受财报仇,相与探丸为弹,探得赤丸斫武吏,探得黑丸杀文吏。尹赏为长安令,尽捕之。长安中为之歌曰:'何处求子死,桓东少年场。生时谅不谨,枯骨复何葬。'按结客少年场,言少年时结任侠之客,为游乐之场,终而无成,故作此曲也。"

骢马金络头,锦带佩吴钩。失意杯酒间,白刃起相仇。追兵一旦至,负剑远行游。去乡三十载,复得还旧丘。升高临四关—作塞,表里望皇州。九衢平若水,双阙似云浮。扶宫罗将相,夹道列王侯。日中市朝满,车马若川流。击钟陈鼎食,方驾自相求。今我独何为?辗轹怀百忧!

同　前　　梁·刘孝威

少年本六郡,遨游遍五都。插腰铜匕首,障日锦涂苏。鹭羽装银镝,犀胶饰象弧。近发连双兔,高弯落九乌。边城多警急,节使满郊衢。居延箭箙尽,疏勒井泉枯。正蒙都护接,何由惮险途。千金募恶少,一麾擒骨都。勇馀聊蹙鞠,战罢戏投壶。昔为北方将,今为南面孤。邦君行负弩,县令且前驱。

同　前　　　　周·庾信

　结客少年场，春风满路香。歌撩李都尉，果掷潘河阳。折〔一作隔〕花遥劝酒，就水更移床。今年喜夫婿，新拜羽林郎。定知刘碧玉，偷嫁汝南王。

　　　　同　前　　　　隋·孔绍安

　结客佩吴钩，横行度陇头。雁在弓前落，云从阵后浮。吴师惊燧象，燕将警奔牛。转蓬飞不息，冰河结未流。若使三边定，当封万里侯。

　　　　同　前　　　　唐·虞世南

　韩魏多奇节，倜傥遗名利。共矜然诺心，各负纵横志。结友一言重，相思千里至。绿沈明月弦，金络浮云辔。吹箫入吴市，击筑游燕肆。寻源博望侯，结客远相求。少年重一顾，长驱背陇头。焰焰霜戈动，耿耿剑虹浮。天山冬夏雪，交河南北流。云起龙沙暗，木落雁行秋。轻生徇知己，非是为身谋。

　　　　同　前　　　　虞羽客

　幽并侠少年，金络（空）〔控〕连钱。窃符方救（魏）〔赵〕，击筑正怀燕。轻生辞凤阙，挥袂上祁连。陆离横宝剑，出没惊徂旃。蒙轮恒顾敌，超乘忽争先。摧枯逾百战，拓地远三千。骨都魂已散，楼兰首复传。龙城含晓雾，瀚海隔遥天。

819

歌吹金微返，振旅玉门旋。烽火今已息，非复照甘泉。

同　前　　　　唐·卢照邻

长安重游侠，洛阳富才雄。玉剑浮云骑，金鞍明月弓。斗鸡过渭北，走马向关东。孙宾遥见待，郭解暗相通。不受千金爵，谁论万里功？将军下天上，虏骑入云中。烽火夜似月，兵气晓成虹。横行徇知己，负羽远征戎。龙旌昏朔雾，鸟阵卷寒风。追奔瀚海咽，战罢阴山空。归来谢天子，何如马上翁？

同　前　　　　唐·李白

紫燕黄金瞳，啾啾—作棱棱摇绿鬐。平明相驰逐，结客洛门东。少年学剑术，凌轹白猿公。珠袍曳锦带，匕首插吴鸿。由来万夫勇，挟此生雄风。托交从剧孟，买醉入新丰。笑尽一杯酒，杀人都市中。羞道易水寒，从令日贯虹。燕丹事不立，虚没秦帝宫。武阳死灰人，安可与成功？

同　前　　　　唐·沈彬

重义轻生一剑知，白虹贯日报仇归。片心惆怅清平世，酒市无人问布衣。

少年子　　　　齐·王融

闻有东方骑，遥见上头人。待君送客返，桂钗当自陈。

同 前　　　　　梁·吴均

董生能巧笑,子都信美目。百万市一言,千金买相逐。不道参差菜,谁论窈窕淑。愿言奉绣被,来就越人宿。

同 前　　　　　唐·李百药

少年飞翠盖,上路动金镳。始酌文君酒,新吹弄玉箫。少年不欢乐,何以尽芳朝?千金笑里面,一搦抱中腰。挂冠岂惮宿,迎拜——作落珥不胜娇。寄语少年子:无辞归路遥!

同 前　　　　　李 白

青云年少子,挟弹章台左。鞍马四边开,突如流星过。金丸落飞鸟,夜入琼楼卧。夷、齐是何人?独守西山饿。

少年乐　　　　　唐·李贺

芳草落花如锦地,二十长游醉乡里。红缨不重白马骄,垂柳金丝香拂水。吴娥未笑花不开,绿鬓耸堕兰云起。陆郎倚醉牵罗袂,夺得宝钗金翡翠。

同 前　　　　　唐·张祜

二十便封侯,名居第一流。绿鬓深小院,清管下高楼。醉把金船掷,闲敲玉镫游。带盘红鼷鼠,袍衩紫犀牛。锦袋归调箭,罗鞋起拨球。眼前长贵盛,那信世间愁?

少年行三首　　　李　白

击筑饮美酒,剑歌易水湄。经过燕太子,结托并州儿。少年负壮气,奋烈自有时。因声鲁句践,争情—作博勿相欺。

五陵年少金市东,银鞍白马度春风。落花踏尽游何处?笑入胡姬酒肆中。

君不见淮南少年游侠客,白日球猎夜拥掷。呼卢百万终不惜,报仇千里如咫尺。少年游侠好经过,浑身装束皆绮罗。兰蕙相随喧妓女,风光去处满笙歌。骄矜自言不可有,侠士堂中养来久。好鞍好马乞与人,十千五千旋沽酒。赤心用尽为知己,黄金不惜栽桃李。桃李栽来几度春,一回花落一回新。府县尽为门下客,王侯皆是平交人。男儿百年且乐命,何须徇书受贫病?男儿百年且荣身,何须徇节甘风尘?衣冠半是征战士,穷儒浪作林泉民。遮莫枝根长百丈,不如当代多还往。遮莫亲姻连帝城,不如当身自簪缨。看取富贵眼前者,何用悠悠身后名?

同前四首　　　唐·王　维

新丰美酒斗十千,咸阳游侠多少年。相逢意气为君饮,系马高楼垂柳边。

汉家君臣欢宴终,高议云台论战功。天子临轩赐侯印,将军佩出明光宫。

出身仕汉羽林郎,初随骠骑战渔阳。孰知不向边庭苦,纵死犹闻侠骨香。

一身能擘两雕弧,虏骑千群只似无。偏坐金鞍调白羽,纷纷射杀五单于。

同前二首　　　唐·王昌龄

西陵侠年少,送客过长亭。青槐夹两路,白马如流星。闻道羽书急,单于寇井陉。气高轻赴难,谁顾燕山铭?

走马还相寻,西楼下夕阴。结交期一剑,留意赠千金。高阁歌声远,重关柳色深。夜间须尽醉,莫负百年心!

同前　　　唐·张籍

少年从出猎长杨,禁中新拜羽林郎。独到辇前射双虎,君王手赐黄金铛。日日斗鸡都市里,赢得宝刀重刻字。百里报仇夜出城,平明还在倡楼醉。遥闻虏到平陵下,不待诏书行上马。斩得名王献桂宫,封侯起第一日中。不为六郡良家子,百战始取边城功。

同前三首　　　唐·李嶷

十八羽林郎,戎衣事汉王。臂鹰金殿侧,挟弹玉舆旁。驰道春风起,陪游出建章。

侍猎长杨下,承恩更射飞。尘生马影灭,箭落雁行稀。薄暮归随仗,联翩入琐闱。

玉剑膝边横,金杯马上倾。朝游茂陵道,暮宿凤凰城。豪吏多猜忌,无劳问姓名。

同　前　　　　　唐·刘长卿

射飞夸侍猎，行乐爱联镳。荐枕青娥艳，鸣鞭白马骄。曲房珠翠合，深巷管弦调。日晚春风里，衣香满路飘。

同前四首　　　　唐·令狐楚

少小边州惯放狂，骣骑蕃马射黄羊。如今年事无筋力，犹倚营门数雁行。

家本清河住五城，须凭弓箭得功名。等闲飞鞚秋原上，独向寒云试射声。

弓背霞明剑照霜，秋风走马出咸阳。未收天子河湟地，不拟回头望故乡。

霜满中庭月过楼，金樽玉柱对清秋。当年称意须为乐，不到天明未肯休。

同前二首　　　　唐·杜　牧

官为骏马监，职帅羽林儿。两绶藏不见，落花何处期？猎敲白玉镫，怒袖紫金锤。田、窦长留醉，苏、辛曲护岐。豪持出塞节，笑别远山眉。捷报云台贺，公卿拜寿卮。

连环羁玉声光碎，绿锦蔽泥虹卷高。春风细雨走马去，珠落璀璀白罽袍。

同前三首　　　　唐·杜　甫

莫笑田家老瓦盆，自从盛酒长儿孙。倾银注瓦惊人眼，共醉终同卧竹根。

巢燕养雏浑去尽,红花结子已无多。黄衫年少来宜数,不见堂前东逝波。

马上谁家白面—云薄媚郎,临阶下马坐人床。不通姓字粗豪甚,指点银瓶索酒尝。

同前　　　　张祜

少年足风情,垂鞭卖眼行。带金师子小,裘锦骐骥狞。选匠装金镫,推钱买钿筝。李陵虽效死,时论得虚名。

同前　　　　唐·韩翃

千点斓斒喷玉骢,青丝结尾绣缠鬃。鸣鞭晚出章台路,叶叶春依杨柳风。

同前　　　　唐·施肩吾

醉骑白马走空衢,恶少皆称电不如。五凤街头闲勒辔,半垂衫袖揖金吾。

同前三首　　　　唐·僧贯休

锦衣鲜华手擎鹘,闲行气貌多轻忽。稼穑艰难总不知,五帝三皇是何物?

自拳五色球,迸入他人宅。却捉苍头奴,玉鞭打一百。

面白如削玉,猖狂曲江曲。马上黄金鞍,适来新赌得。

###　　　　同　前　　　　唐·韦庄

五陵豪客多，买酒黄金贱。醉下酒家楼，美人双翠幰。挥剑邯郸市，走马梁王苑。乐事殊未央，年华已云晚。

汉宫少年行　　　　唐·李益

君不见上宫警夜营八屯，冬冬街鼓朝朱轩。玉阶霜仗拥未合，少年排入铜龙门。暗闻弦管九天上，宫漏沉沉清吹繁。才明走马绝驰道，呼鹰挟弹通潦垣。玉笼金锁养黄口，探雏取卵伴王孙。分曹六博快一掷，迎欢先意笑语喧。巧为柔媚学优孟，儒衣嬉戏冠沐猿。晚来香街经柳市，行过倡市宿桃根。相逢杯酒一言失，回朱点白闻至尊。金、张、许、史伺颜色，王侯将相莫敢论。岂知人事无定势，朝欢暮戚如掌翻。椒房宠移子爱夺，一夕秋风生庋园。徒用黄金将买赋，宁知白玉暗成痕。持杯收水水已覆，徙薪避火火更燔。欲求四老张丞相，南山如天不可上。

长乐少年行　　　　唐·崔国辅

遗却珊瑚鞭，白马骄不行。章台折杨柳，春草路旁情。

长安少年行　　　　梁·何逊

长安美少年，羽骑暮连翩。玉羁玛瑙勒，金络珊瑚鞭。阵云横塞起，赤日下城圆。追兵待都护，烽火望祁连。虎落夜方寝，鱼丽晓复前。平生不可定，空信苍浪天。

同　前　　　　　陈·沈　炯

长安好少年，骢马铁连钱，陈王装脑勒，晋后铸金鞭。步摇如飞燕，宝剑似舒莲。去来新市侧，遨游大道边。道边一老翁，颜鬓如衰蓬。自言居汉世，少小见豪雄。五侯俱拜爵，七贵各论功。建章通北阙，复道度南宫。太后居长乐，天子出回中。玉辇迎飞燕，金山赏邓通。一朝复一日，忽见朝市空。扶桑无复海，昆山倒向东。少年何假问，颓龄值福终。子孙冥灭尽，乡闾复不同。泪尽眼方暗，髀伤耳自聋。杖策寻遗老，歌啸咏悲翁。遭随各有遇，非敢访童蒙。

同前十首　　　　唐·李　廓

金紫少年郎，绕街鞍马光。身从左中尉，官属右春坊。剗戴扬州帽，重薰异国香。垂鞭踏青草，来去杏园芳。

追逐轻薄伴，闲游不著绯。长拢出猎马，数换打球衣。晓日寻花去，春风带酒归。青楼无昼夜，歌舞歇时稀。

日高春睡足，帖马赏年华。倒插银鱼袋，行随金犊车。还携新市酒，远醉曲江花。几度归侵黑，金吾送到家。

好胜耽长行，天明烛满楼。留人看独脚，赌马换偏头。乐奏曾无歇，杯巡不暂休。时时遥冷笑，怪客有春愁。

遨游携艳妓，装束似男儿。杯酒逢花住，笙歌簇马吹。莺声催曲急，春色讶归迟。不以闻街鼓，华筵待月移。

赏春唯逐胜，大宅可曾归。不乐还逃席，多狂惯衩衣。歌人踏月起，语燕卷帘飞。好妇唯相妒，倡楼不醉稀。

戟门连日闭，苦饮惜残春。开锁通新客，教姬屈醉人。请歌牵白马，自舞踏红茵。时辈皆相许，平生不负身。

新年高殿上，始见有光辉。玉雁排方带，金鹅立仗衣。酒深和碗赐，马疾打珂飞。朝下人争看，香街意气归。

游市慵骑马，随姬入坐车。楼边听歌吹，帘外市钗花。乐眼从人闹，归心畏日斜。苍头来去报，饮伴到倡家。

小妇教鹦鹉，头边唤醉醒。（天）〔犬〕娇眠玉（鼻）〔簟〕，鹰掣撼金铃。碧地攒花障，红泥待客亭。虽然长按曲，不饮不曾听。

同前　　唐·僧皎然

翠楼春酒虾蟆陵，长安少年皆共矜。纷纷半醉绿槐道，蹀躞花骢骄不胜。

渭城少年行　　唐·崔颢

洛阳二月梨花飞，秦地行人春忆归。扬鞭走马城南陌，朝逢驿使秦川客。驿使前日发章台，传道长安春早来。棠梨宫中燕初至，葡萄馆里花正开。念此使人归更早，三月便达长安道。长安道上春可怜，摇风荡日曲河边。万户楼台临渭水，五陵花柳满秦川。秦川寒食盛繁华，游子春来喜见花。斗鸡下杜尘初合，走马章台日半斜。章台帝城称贵里，青楼日晚歌钟起。贵里豪家白马骄，五陵年少不相饶。双双挟弹来金市，两两鸣鞭上渭桥。渭城桥头酒新熟，金鞍白马谁家宿？可怜锦瑟筝琵琶，玉台清酒就君家。小妇春来不解羞，娇歌一曲《杨柳花》。

邯郸少年行　　唐·高　适

邯郸城南游侠子，自矜生长邯郸里。千场纵博家仍富，几度报仇身不死。宅中歌笑日纷纷，门外车马如云屯，未知肝胆向谁是？令人却忆平原君。君不见今人交态薄，黄金用尽还疏索。以兹感激—作叹辞旧游，更于时事无所求。且与少年饮美酒，往来射猎西山头。

同　前　　唐·郑　锡

霞鞍金口骝，豹袖紫貂裘。家住丛台下，门前漳水流。唤人呈楚舞，借客试吴钩。见说秦兵至，甘心赴国仇。

乐府诗集卷第六十七　杂曲歌辞 七

轻薄篇　　　　　晋·张 华

《乐府解题》曰："《轻薄篇》，言乘肥马，衣轻裘，驰逐经过为乐，与《少年行》同意。何逊云'城东美少年'，张正见云'洛阳美少年'是也。"

　　末世多轻薄，骄或好浮华。志意能一作既放逸，资财亦丰奢。被服极纤丽，肴膳尽柔嘉。僮仆馀梁肉，婢妾蹈绫罗。文轩树羽盖，乘马鸣玉珂。横簪刻玳瑁，长鞭错象牙。足下金镂履，手中双莫耶。宾从焕络绎，侍御何芳蕤！朝与金、张期，暮宿许、史家。甲第面长街，朱门赫嵯峨。苍梧竹叶清，宜城九酝醝。浮醪随觞转，素蚁自跳波。美女兴齐、赵，妍唱出西巴。一顾倾城国，千金不足多。北里献奇舞，大陵奏名歌。新声逾《激楚》，妙妓绝《阳阿》。玄鹤降浮云，鱏鱼跃中河。墨翟且停车，展季犹咨嗟。淳于前行酒，雍门坐相和。孟公结重关，宾客不得蹉。三雅来何迟，耳热眼中花。盘案互交错，坐席咸喧哗。簪珥或堕落，冠冕皆倾邪。酣饮终日夜，明灯继朝霞。绝缨尚不尤，安能复顾他？留连弥信宿，此欢难可过。人生若浮寄，年时忽蹉跎。促促朝露期，荣乐遽几何？念此肠中悲，涕下自滂沱。但畏执法吏，礼防且切磋。

同　　前　　　　　梁·何　逊

　　城东一作长安美少年，重身轻万亿。柘弹随珠丸，白马黄金饰。长安九逵上,青槐荫道植。毂击晨已喧,肩排瞑不息。走狗通西望,牵牛向南直。相期百戏傍,去来三市侧。象床沓绣被,玉盘传绮食。大姊—作娟女掩扇歌,小妹—作妇开帘织。相看独隐笑,见人还敛色。黄鹤悲故群,山枝咏新识。乌飞过客尽,雀聚行龙匿。酌羽方厌厌,此时欢未极。

同 前　　　陈·张正见

洛阳美年少,朝日正开霞。细蹀连钱马,傍趋苜蓿花。扬鞭还却望,春色满东家。井桃映水落,门柳杂风斜。绵蛮弄青绮,蛱蝶绕承华。欲往飞廉馆,遥驻季伦车。石榴传玛瑙,兰肴荐象牙。聊持自娱乐,未是斗豪奢。莫嫌龙驭晚,扶桑复浴鸦。

同 前　　　唐·李 益

豪不必驰千骑,雄不在垂双鞬。天生俊气自相逐,出与雕鹗同飞翻。朝行九衢不得意,下鞭走马城西原。忽闻燕雁一声去,回鞭挟弹平陵园。归来青楼曲未半,美人玉色当金樽。淮阴少年不相下,酒酣半笑倚市门。安知我有不平色,白日欲顾红尘昏。死生容易如反掌,得意失意由一言。少年但饮莫相问,此中报仇亦报恩。

同前二首　　　唐·僧贯休

绣林锦野,春态相压。谁家少年,马蹄蹋蹋。斗鸡走狗夜不归,一掷赌却如花妾。唯云不颠不狂,其名不彰。

悲夫！

木落萧萧，蛩鸣唧唧。不觉朱颜脸红，霜劫鬓漆。世途多事，泣向秋日。方吟少壮不努力，老大徒伤悲。如何？

轻薄行　　　　　唐·僧齐己

玉鞭金镫骅骝蹄，横眉吐气如虹霓。五陵春暖芳草齐，笙歌到处花成泥。日沉月上且斗鸡，醉来莫问天高低。伯阳道德何涕唾，仲尼礼乐徒卑栖。

灞上轻薄行　　　　　唐·孟　郊

长安无缓步，况值天景暮。相逢灞浐间，亲戚不相顾。自叹方拙身，忽随轻薄伦。常恐失所避，化为车辙尘。此中生白发，疾走亦未歇。

游侠篇　　　　　晋·张　华

《汉书·游侠传》曰："战国时，列国公子，魏有信陵，赵有平原，齐有孟尝，楚有春申，皆藉王公之势，竞为游侠，以取重诸侯，显名天下。故后世称游侠者，以四豪为首焉。汉兴，有鲁人朱家及剧孟、郭解之徒，驰骛于闾里，皆以侠闻。其后长安炽盛，街闾各有豪侠。时万章在城西柳市，号曰'城西万章'。酒市有赵君都、贾子光，皆长安名豪，报仇怨、养刺客者也。"《魏志》曰："杨阿若后名丰，字伯阳。少游侠，常以报仇解怨为事，故时人为之号曰：'东市相斫杨阿若，西市相斫杨阿若。'后世遂有《游侠曲》。"魏陈琳、晋张华又有《博陵王宫侠曲》。

翩翩四公子，浊世称贤明。龙虎方交争，七国并抗衡。

食客三千馀，门下多豪英。游说朝夕至，辩士自从横。孟尝东出关，济身由鸡鸣。信陵西反魏，秦人不窥兵。赵胜南诅楚，乃与毛遂行。黄歇北适秦，太子还入荆。美哉游侠士，何以尚四卿？我则异于是，好古师老、彭。

同前　　　周·王褒

京洛出名讴，豪侠竞交游。河南朝四姓，关西谒五侯。斗鸡横大道，走马出长楸。桑阴徒将夕，槐路转淹留。

同前　　　隋·陈良

洛阳丽春色，游侠骋轻肥。水逐车轮转，尘随马足飞。云影遥临盖，花气近熏衣。东郊斗鸡罢，南皮射雉归。日暮河桥上，扬鞭惜晚晖。

同前　　　唐·崔颢

少年负胆气，好勇复知机。仗剑出门去，孤城逢合围。杀人辽水上，走马渔阳归。错落金锁甲，蒙茸貂鼠衣。还家行且猎，弓矢速如飞。地迥鹰犬疾，草深狐兔肥。腰间悬两绶，转眄生光辉。顾谓今日战，何如随建威？

游侠行　　　孟郊

壮士性刚决，火中见石裂。杀人不回头，轻生如暂别。岂知眼有泪，肯白头上发。平生无恩酬，剑闲一百月！

侠客篇　　　梁·王筠

侠客趋名利，剑气坐相矜。黄金涂鞘尾，白玉饰钩膺。晨驰逸广陌，日暮返平陵。举鞭向赵、李，与君方代兴。

侠客行　　　唐·李白

赵客缦胡缨，吴钩霜雪明。银鞍照白马，飒沓如流星。十步杀一人，千里不留行。事了拂衣去，深藏身与名。闲过信陵饮，脱剑膝前横。将炙啖朱亥，持觞劝侯嬴。三杯吐然诺，五岳倒为轻。眼花耳热后，意气素霓生。救赵挥金槌，邯郸先震惊。千秋二壮士，烜赫大梁城。纵死侠骨香，不惭世上英。谁能书阁下，白首《太玄经》？

同　前　　　唐·元稹

侠客不怕死，怕在事不成。事成不肯藏姓名，我非窃贼谁夜行。白日堂堂杀袁盎，九衢草草人面青。此客此心师海鲸，海鲸露背横沧溟，海波分作两处生。海鲸分海减海力，侠客有谋人莫测，三尺铁蛇延二国。

同　前　　　唐·温庭筠

欲出鸿都门，阴云蔽城阙。宝剑黯如水，微红湿馀血。白马夜频嘶—作惊，三更灞陵雪。

博陵王宫侠曲二首　　　晋·张华

侠客乐幽险，筑室穷山阴。獠猎野兽稀，施网川无禽。

岁暮饥寒至，慷慨顿足吟。穷令壮士激，安能怀苦心。干将坐自□，繁弱控馀音。耕佃穷渊陂，种粟著剑镡。收秋狭路间，一击重千金。栖迟熊罴穴，容与虎豹林。身在法令外，纵逸常不禁。

雄儿任气侠，声盖少年场。借友行报怨，杀人租市旁。吴刀鸣手中，利剑严秋霜。腰间叉素戟，手持白头镶。腾超如激电，回旋如流光。奋击当手决，交尸自从横。宁为殇鬼雄，义不入圜墙。生从命子游，死闻侠骨香。身没心不惩，勇气加四方。

游猎篇　　　　　张　华

《乐府解题》曰："梁刘孝威《游猎篇》云：'之罘讲射所，上林娱猎场。'备言游行射猎之事；亦谓之《行行游且猎篇》。"

岁暮凝霜结，坚冰冱幽泉。厉风荡原隰，浮云蔽昊天。玄云晻黙合，素雪纷连翩。鹰隼始击鸷，虞人献时鲜。严驾鸣俦侣，揽辔过中田。戎车方四牡，文轩驭紫燕。舆徒既整饬，容服丽且妍。武骑列重围，前驱抗修旃。倐忽似回飙，络绎若浮烟。鼓噪山渊动，冲尘云雾连。轻缯拂素霓，纤网荫长川。游鱼未暇窜，归雁不得旋。由基控繁弱，公差操黄间。机发应弦倒，一纵连双肩。僵禽正狼藉，落羽何翩翩。积获被山阜，流血丹中原。驰骋未及倦，曜灵俄移晷。结罝弥薮泽，嚣声振四鄙。鸟惊触白刃，兽骇挂流矢。仰手接游鸿，举足蹴犀兕。如黄扎狡兔，青骹撮飞雉。鹄鹭不尽收，凫鹥安足视。日冥徒御劳，赏勤课能否。野飨会众宾，玄酒甘且旨。燔炙播遗芳，金觞浮素蚁。珍羞坠归云，纤肴出渌水。四气运不停,年时何亶亶。人生忽如寄,居世遽能几?至人同祸福,达士等生死。荣辱浑一门,安知恶与美?游放使心狂,覆车难再履。伯阳为我诫,检迹投清轨。

行行游且猎篇　　梁·刘孝威

之罘讲射所,上林娱猎场。选徒骄楚客,诏狩夸胡王。罕车已戒道,风乌复启行。鈇飞具矰缴,材官命蹶张。高置掩月兔,劲矢射天狼。跖地不遑兔,排虚岂及翔。日暮钩陈转,风清铙吹扬。归来宴平乐,宁肯滞禽荒。

同　前　　唐·李白

边城儿,生年不读一字书,但知游猎夸轻趫。胡马秋肥宜白草,骑来蹑影何矜骄——作可怜骄。金鞭拂云挥鸣鞘,半酣呼鹰出远郊。弓弯满月不虚发,双鸧迸落连飞髇。海边观者皆辟易,猛气英风振沙碛。儒生不及游侠人,白首下帷复何益?

游子吟　　孟郊

汉苏武诗曰:"幸有弦歌曲,可以喻中怀。请为游子吟,泠泠一何悲。"又有《游子移》,亦类此也。

慈母手中线,游子身上衣。临行密密缝,意恐迟迟归。谁言寸草心,报得三春晖?

同　前　　唐·顾况

故枥思疲马,故巢思迷禽。浮云蔽我乡,踯躅游子吟。

游子悲久滞，浮云郁东岑。客堂无丝桐，落叶如秋霖。艰哉远游子，所以悲滞淫。一为浮云词，愤塞谁能禁？驰晖百年内，唯愿展所钦。胡为不归欤，坐使年病侵。未老霜绕鬓，非狂火烧心。太行何艰哉，北斗不可斟。夜晴星河出，耿耿辰与参。佳人夐青天，尺素重于金。沈寥群动异，眇默诸境森。苔衣上闲阶，蜻蜽催寒砧。立身计几误，道险无容针。三年不还家，万里遗锦衾。梦魂无重阻，离忧因古今。胡为不归欤，孤负丘中琴。腰下是何物？牵缠旷登寻。朝与名山期，夕宿楚水阴。楚水殊演漾，名山杳岖嵚。客从洞庭来，婉娈潇湘深。橘柚在南国，鸿雁遗秋音。下有碧草洲，上有青橘林。引烛窥洞穴，凌波睥天琛。蒲荷影参差，凫鹤雏淋涔。浩歌惜芳杜，散发轻华簪。胡为不归欤，泪下沾衣襟。鸢飞唳霄汉，蝼蚁制鳣鲟。赫赫大圣朝，日月光照临。圣主虽启迪，奇人分堙沈。层城发云韶，玉府锵球琳。鹿鸣志丰草，况复虞人箴。

<h3 style="text-align:center">游子吟　　　　李　益</h3>

女羞夫婿荡，客耻主人贱。遭遇同众流，低回愧相见。君非青铜镜，何事空照面。莫以衣上尘，不谓心如练。人生当荣盛，待士勿言倦。君看白日驰，何异弦上箭。

<h3 style="text-align:center">游子移　　　　宋·刘义恭</h3>

三河游荡子，丽颜迈荆宝。携持玉柱筝，怀挟忘忧草。绸缪甘泉中，驰逐邯郸道。春服候时制，秋纨迎凉造。珍魄

晖素腕，玉迹满襟抱。常叹乐日晏，恒悲欢不早。挥吹传旧美，趋谣尽新好。仲尼为辍餐，秦王足倾倒。

壮士篇　　　　　　张　华

燕荆轲歌曰："风萧萧兮易水寒，壮士一去兮不复还。"《壮士篇》盖出于此。

天地相震荡，回薄不知穷。人物禀常格，有始必有终。年时俯仰过，功名宜速崇。壮士怀愤激，安能守虚冲？乘我大宛马，抚我繁弱弓。长剑横九野，高冠拂玄穹。慷慨成素霓，啸吒起清风。震响骇八荒，奋威曜四戎。濯鳞沧海畔，驰骋大漠中。独步圣明世，四海称英雄。

壮士吟　　　　　　唐·贾　岛

壮士不曾悲，悲即无回期。如何易水上，未歌先泪垂？

壮士行　　　　　　唐·刘禹锡

阴风振寒郊，猛虎正咆哮。徐行出烧地，连吼入黄茆。壮士走马去，镫前弯玉弰。叱之使人立，一发如铍交。悍（情）〔睛〕忽星坠，飞血溅林梢。彪炳为我席，膻腥充我庖。里中欣害除，贺酒纷号呶。明日长桥上，倾城看斩蛟。

同　前　　　　　　唐·鲍　溶

西方太白高，壮士羞病死。心知报恩处，对酒歌易水。砂鸿嗥天末，横剑别妻子。苏武执节归，班超束书起。山河不足重，重在遇知己。

同　前　　唐·施肩吾

一斗之胆撑脏腑,如礠之筋碍臂骨。有时误入千人丛,自觉一身横突兀。当今四海无烟尘,胸襟被压不得伸。冻枭残虿我不取,污我匣里青蛇鳞。

乐府诗集卷第六十八　杂曲歌辞 八

浩　歌　　唐·李贺

《楚辞》屈原《九歌》曰："望美人兮不来，临风恍而浩歌。"浩，大也。

南风吹山作平地，帝遣天吴移海水。王母桃花千遍红，彭祖巫咸几回死？青毛骢马参差钱，娇春杨柳含细—作缃烟。筝人劝我金屈卮，神血未凝身问谁？不须浪饮—作不须乱舞丁督护，世上英雄本无主。买丝绣作平原君，有酒唯浇赵州土。漏催水咽玉蟾蜍，卫娘发薄不胜梳。看—作羞见秋眉换深绿，二十男儿那刺促！

浩歌行　　唐·白居易

天长地久无终毕，昨夜今朝又明日。鬓发苍浪牙齿疏，不觉身年四十七。前去五十有几年，把镜照面心茫然。既无长绳系白日，又无大药驻朱颜。朱颜日渐不如故，青史功名在何处？欲留年少待富贵，富贵不来年少去。去复去兮如长河，东流赴海无回波。贤愚贵贱同归尽，北邙塚墓高嵯峨。古来—作古今如此非独我，未死有酒且酣歌。颜回短命伯夷饿，我今所得亦已多。功名富贵须待命，命若不来知—作争奈何？

归去来引　　张炽

《晋书》曰："陶潜素简贵，不私事上官。义熙初为彭泽令，郡遣督邮至县。吏曰：'应束带见之。'潜叹曰：'吾不能为五斗米折腰,拳拳事乡里小儿。'即日解印绶去。乃赋《归去来》。其辞曰：'归去来兮,田园将芜胡不归?'言人生几时,不愿富贵,乐天知命,故去之无疑也。"

归去来,归期不可违。相见故明月,浮云共我归。

丽人曲　　　　　　唐·崔国辅

《乐府广题》曰："刘向《别录》云：'昔有丽人善雅歌,后因以名曲。'"

红颜称绝代,欲并真无侣。独有镜中人,由来自相许。

丽人行　　　　　　唐·杜甫

三月三日天气新,长安水边多丽人。态浓意远淑且真,肌理细腻骨肉匀。绣—作画罗衣裳照暮春,蹙金孔雀银麒麟。头上何所有?翠微—作为匐—作匐叶垂鬓唇;背后何所见?珠压腰衱稳称身。就中云幕椒房亲,赐名大国虢与秦。紫驼之峰—作珍出翠釜,水精之盘行素鳞。犀箸厌饫久未下,鸾刀缕切空纷纶。黄门飞鞚不动尘,御厨丝络—作骆驿送八珍。箫鼓—作管哀吟感鬼神,宾从杂遝实要津。后来鞍马何逡巡,当轩—作道下马入锦茵。杨花雪落覆白蘋,青鸟飞去衔红巾。炙手可热势—作世绝伦,慎莫近—作向前丞相嗔。

望城行　　　　　　齐·王融

金城十二重,云气出表里。万户如不殊,千门反相似。车马若飞龙,长衢无极已。箫鼓相逢迎,信哉佳城市。

东飞伯劳歌　　　　　古辞

东飞伯劳西飞燕,黄姑织女时相见。谁家女儿对门居,开颜发艳照里闾。南窗北牖挂月光,罗帷绮帐脂粉香。女儿年几十五六,窈窕无双颜如玉。三春已暮花从风,空留可怜谁与同?

同前二首　　　　　梁简文帝

翻阶蛱蝶恋花情,容华飞燕相逢迎。谁家总角歧路阴,裁红点翠愁人心。天窗绮井暖徘徊,珠帘玉箧明镜台。可怜年几十三四,工歌巧舞入人意。白日西落杨柳垂,含情弄态两相知。

西飞迷雀东羁雉,倡楼秦女乍相随。谁家妖丽邻中止,轻妆薄粉光闺里。网户珠缀曲琼钩,芳茵翠被香气流。少年年几方三六,含娇聚态倾人目。馀香落蕊坐相催,可怜绝世谁为媒?

同　前　　　　　梁·刘孝威

双栖翡翠两鸳鸯,巫云洛月乍相望。谁家妖冶折花枝,衫长钏动任风吹。金铺玉锁琉璃扉,花钿宝镜织成衣。美人年几可十馀,含羞骋笑敛风裾。珠丸出弹不可追,空留可怜持与谁?

同　前　　　　　陈后主

池侧鸳鸯春日莺,绿珠绛树相逢迎。谁家佳丽过淇上?

翠钗绮袖波中漾。雕轩绣户花恒发,珠帘玉砌移明月。年时二七犹未笄,转顾流眄鬓鬖低。风飞蕊落将何故？可惜可怜空掷度。

同　　前　　　　陈·陆　瑜

西王青鸟秦女鸾,姮娥婺女惯相看。谁家玉颜窥上路,粉色衣香杂风度。九重楼槛芙蓉华,四邻照镜菱苂花。新妆年几才三五,隐幔藏羞临网户。然香气歇不飞烟,空留可怜年一年。

同　　前　　　　陈·江　总

南飞乌鹊北飞鸿,弄玉兰香时会同。谁家可怜出窗牖,春心百媚胜杨柳。银床金屋挂流苏,宝镜玉钗横珊瑚。年时二八新红脸,宜笑宜歌羞更敛。风花一去杳不归,只为无双惜舞衣。

同　　前　　　　隋·辛德源

合欢芳树连理枝,荆王神女乍相随。谁家妖艳荡轻舟,含娇转眄骋风流。犀柣兰桡翠羽盖,云罗雾縠莲花带。女儿年几十六七,玉面新妆映朝日。落花从风俄度春,空留可怜何处新？

同　　前　　　　唐·张柬之

青田白鹤丹山凤,婺女姮娥两相送。谁家绝世绮帐前,

843

艳粉芳脂映宝钿。窈窕玉堂褰翠幕,参差绣户悬珠箔。绝世三五爱红妆,冶袖长裾兰麝香。春去花枝俄易改,可叹年光不相待。

同　前　　唐·李峤

传书青鸟迎箫凤,巫岭荆台数通梦。谁家窈窕住园楼,五马千金照陌头。罗裙—作裾玉佩当轩出,点翠施红竞春日。佳人二八盛舞歌,羞将百万呈双蛾。庭前芳树朝夕改,空驻妍华欲谁待?

同　前　　唐·李暇

秦王龙剑燕后琴,珊瑚宝匣镂双心。谁家女儿抱香枕,开衾灭烛愿侍寝。琼窗半上金缕帱,轻罗隐面不障羞。青绮帏中坐相忆,红罗镜里见愁色。檐花照莺对栖,空将可怜暗中啼。

鸣雁行　　宋·鲍照

(卫)〔邶〕《匏有苦叶》诗曰:"雍雍鸣雁,旭日始旦。"郑康成云:"雁者随阳而处,似妇人从夫,故昏礼用焉。雍雍,声和也。"《鸣雁行》盖出于此。

雍雍鸣雁鸣正旦,齐行命侣入云汉。中夜相失群离乱,留连徘徊不忍散。憔悴容仪君不知,辛苦霜雪—作风霜亦何为?

同前　　　　隋·李元操

听琴旋蔡子，张罗避翟公。夕宿寒林上，朝飞空井中。既并《玄云》曲，复变海鱼风。一报黄苑惠，还游万岁宫。

同前　　　　唐·李白

胡雁鸣，辞燕山，昨发委羽朝度关。一一衔芦枝，南飞散落天地间，连行接翼往复还。客居烟波寄湘吴，凌霜触雪毛体枯，畏逢矰缴惊相呼。闻弦虚坠良可吁，君更弹射何为乎？

同前　　　　唐·韩愈

嗷嗷鸣雁鸣且飞，穷秋南去春北归。去寒就暖识所处一作依，天长地阔栖息稀。风霜酸苦稻粱微，羽毛摧落身不肥。徘徊反顾群侣违，哀鸣欲下洲渚非。江南水阔朝一作朔云多，草长沙软无网罗。闲飞静集鸣相和，违忧怀息一作惠性匪他。凌风一举君谓何？

同前　　　　唐·鲍溶

七月朔方雁心苦，联影翻空落南土。八月江南阴复晴，浮云绕天难夜行。羽翼劳痛心虚惊，一声相呼百处鸣。楚童夜宿烟波侧，沙上布罗连草色。月暗风悲欲下天，不知何处容栖息。楚童胡为伤我神，尔不曾作远行人。江南羽族本不少，宁得网罗此客鸟？

同　前　　　　　　陆龟蒙

朔风动地来，吹起沙上声。闺中有边思，玉箸此时横。莫怕儿女恨，主人烹不鸣。

晨风行　　　　　　梁·王循

《晨风》，本秦诗也。《晨风》诗曰："鴥彼晨风，郁彼北林。"传曰："鴥，疾飞貌。晨风，鹯也。言穆公招贤人，贤人往之，疾如晨风之入北林也。"又曰："如何如何，忘我实多。""盖刺康公忘穆公之业，而弃其贤臣焉。"《益部耆旧传》曰："后汉杨终，徙于北地望松县，而母于蜀物故。终自伤被罪充边，乃作《晨风》之诗以舒其愤也。"若王循"雾开九曲渎"，沈氏"理楫令舟人"，但歌晨朝之风尔。

雾开九曲渎，风起千金堤。岸回分野径，林际成牛蹊。凫随落潮去，日傍绮霞低。望日轻舟隐，瑟瑟远寒凄。还眺小平急，宴语方难齐。

同　前　　　　　　梁·范静妻沈氏

理楫令舟人，停舻息旅薄河津。念君劬劳冒风尘，临路挥袂泪沾巾。飙流劲润逝若飞，山高帆急绝音徽。留子句句独言归，中心茕茕将依谁？风弥叶落永离索，神往形返情错漠。循带易缓愁难却，心之忧矣叵销铄。

空城雀　　　　　　鲍照

《乐府解题》曰："鲍照《空城雀》云：'雀乳四縠，空城之阿。'言轻飞近集，茹腹辛伤，免网罗而已。"

雀乳四鷇,空城之阿。朝拾野粟,夕饮冰河。高飞畏鸱鸢,下飞畏网罗。辛伤伊何言,怵迫良已多。诚不及青鸟,远食玉山禾。犹胜吴宫燕,无罪得焚窠。赋命有厚薄,长叹欲如何?

同　前　　　后魏·高孝纬

百雉何寥廓,四面风云上。纨素久为尘,池台尚可仰。啾啾雀噪城,郁郁无欢赏。日暮萦心曲,横琴聊自奖。

同　前　　　唐·李　白

嗷嗷空城雀,身计何戚促?本与鹪鹩群,不随凤皇族。提携四黄口,饮乳未尝足。食君糠秕馀,常恐乌鸢逐。耻涉太行险,羞营覆车粟。天命有定端,守分绝所欲。

同　前　　　唐·王　建

空城雀,何不飞来人家住?空城无人种禾黍。土间生子草间长,满地蓬蒿幸无主。近村虽有高树枝,雨中无食长苦饥。八月小儿挟弓箭,家家畏我田头飞。但能不出空城里,秋时百草皆有子。黄口黄口莫啾啾,长尔得成无横死。

同　前　　　唐·聂夷中

一雀入官仓,所食能损几?所虑往损频,官仓乃害尔。鱼网不在天,鸟网不在水。饮啄要自然,何必空城里?

同前　　　唐·刘驾

饥啄空城土，莫近太仓粟。一粒未充肠，却入公子腹。且吊城上骨，几曾害尔族。不闻庄辛语，今日寒芜绿。

沧海雀　　　梁·张率

大雀与黄口，来自沧海区。清晨啄原粒，日夕依野株。虽忧鸷鸟击，长怀沸鼎虞。况复随时起，翻飞不可初。寄言挟弹子：莫贱随侯珠！

雀乳空井中　　　梁·刘孝威

晋傅玄诗曰："鹊巢丘城侧，雀乳空井中。居不附龙凤，常畏蛇与虫。依贤义不恐，近暴自当穷。"《雀乳空井中》盖出于此。

远去条支国，心知汉德优。聊栖丞相府，过令黄霸羞。挟子须闲地，空井共寻求。辘轳丝绠绝，桔槔冬薛周。将怜羽翼长，谁辞各背游。

乐府诗集卷第六十九　杂曲歌辞 九

车遥遥　　梁·车䥯

车遥遥兮马洋洋,追思君兮不可忘。君安游兮西入秦,愿将微影随君身。君在阴兮影不见,君仰日月妾所愿。

同前　　唐·孟郊

路喜到江尽,江上又通舟。舟车两无阻,何处不得游。丈夫四方志,女子安可留？郎自别日言,无令生远愁。旅雁忽叫月,断猿寒啼秋。此夕梦君梦,君在百城楼。寒泪无因波,寄恨无因辀。愿为驭者手,与郎回马头。

同前　　唐·张籍

征人遥遥出古城,双轮齐动驷马鸣。山川无处无归路,念君长作万里行。野田人稀秋草绿,日暮放马车中宿。惊麇游兔在我傍,独唱乡歌对僮仆。君家大宅凤城隅,年年道上随行车。愿为玉銮系华轼,终日有声在君侧。门前旧辙久已平,无由复得君消息。

同前　　唐·张祜

东方曈曈车轧轧,地色不分新去辙。闺门半掩床半空,班班枕花残泪红。君心若车千万转,妾身如辙遗渐远。碧川楼楼山宛宛,马蹄在耳轮在眼。桑间女儿情不浅,莫道野蚕能作茧。

同前　　　　　唐·胡曾

自从车马出门朝,便入空房守寂寥。玉枕夜残鱼信绝,金钿秋尽雁书遥。脸边楚雨临风落,头上春云向日销。芳草又衰还不至,碧天霜冷转无憀。

自君之出矣　　　　　宋孝武帝

汉徐幹有《室思诗》五章,其第三章曰:"自君之出矣,明镜暗不治。思君如流水,无有穷已时。"《自君之出矣》,盖起于此。齐虞羲亦谓之《思君去时行》。

自君之出矣,金翠暗无精。思君如日月,回还昼夜生。

同前　　　　　宋·刘义恭

自君之出矣,笥锦废不开。思君如清风,晓夜常徘徊。

同前　　　　　宋·颜师伯

自君之出矣,芳帷低不举。思君如回雪,流乱无端绪。

同前　　　　　宋·鲍令晖

自君之出矣,临轩不解颜。砧杵夜不发,高门昼恒关。帷中流熠耀,庭前华紫兰。物枯识节异,鸿归知客寒。游取暮春尽,馀思待君还。

同前二首　　　　齐·王融

自君之出矣，芳萸绝瑶卮。思君如形影，寝兴未曾离。
自君之出矣，金炉香不然。思君如明烛，中宵空自煎。

同前　　　　齐·虞羲

自君之出矣，杨柳正依依。君去无消息，唯见黄鹤飞。
关山多险阻，士马少光辉。流年无止极，君去何时归？

同前　　　　梁·范云

自君之出矣，罗帐咽秋风。思君如蔓草，连延不可穷。

同前六首　　　　陈后主

自君之出矣，霜晖当夜明。思君若风影，来去不曾停。
自君之出矣，房空帷帐轻。思君如昼烛，怀心不见明。
自君之出矣，不分道无情。思君若寒草，零落故心生。
自君之出矣，尘网暗罗帷。思君如落日，无有暂还时。
自君之出矣，绿草遍阶生。思君如夜烛，垂泪著鸡鸣。
自君之出矣，愁颜难复睹。思君如蘖条，夜夜只交苦。

同前　　　　贾冯吉

自君之出矣，红颜转憔悴。思君如明烛，煎心且衔泪。

同前　　　　隋·陈叔达

自君之出矣，明镜罢红妆。思君如夜烛，煎泪几千行！

同　前　　　唐·李康代

自君之出矣,梁尘静不飞。思君如满月,夜夜减容晖。

同　前　　　唐·辛弘智

自君之出矣,弦吹绝无声。思君如百草,撩乱逐春生。

同　前　　　唐·卢　仝

自君之出矣,壁上蜘蛛织。近取见妾心,夜夜无休息。妾有双玉环,寄君表相忆。环是妾之心,玉是君之德。驰情增悴容,蓄思损精力。玉簟寒凄凄,延想心恻恻。风含霜月明,水泛碧天色。此水有尽时,此情无终极!

同　前　　　唐·雍裕之

自君之出矣,宝镜为谁明?思君如陇水,长闻呜咽声。

同　前　　　张　祜

自君之出矣,万物看成古。千寻蕈苈枝,争奈长长苦。

长相思　　　宋·吴迈远

古诗曰:"客从远方来,遗我一书札。上言长相思,下言久离别。"李陵诗曰:"行人难久留,各言长相思。"苏武诗曰:"生当复来归,死当长相思。"长者久远之辞,言行人久戍,寄书以遗所思也。古诗又曰:"客从远方来,遗我一端绮。文彩双鸳鸯,裁为合欢被。著以长相思,缘以结不解。"谓被中著绵以致相思绵绵之意,故曰长相思也。又有《千里思》，与此相类。

晨有行路客，依依造门端。人马风尘色，知从河塞还。时我有同栖，结宦游邯郸。将不异客子，分饥复共寒。烦君尺帛书，寸心从此殚。遣妾长憔悴，岂复歌笑颜。檐隐千霜树，庭枯十载兰。经春不举袖，秋落宁复看。一见愿道意，君门已九关。虞卿弃相印，担簦为同欢。闺阴欲早霜，何事空盘桓？

长相思　　　　　　梁·昭明太子

相思无终极，长夜起叹息。徒见貌婵一作嫙娟，宁知心有忆。寸心无以因，愿附归飞翼。

同前二首　　　　　梁·张　率

长相思，久离别，美人之远如雨绝。独延伫，心中结。望云云去远，望鸟鸟飞灭。空望终若斯，珠泪不能雪。

长相思，久别离。所思何在若天垂，郁陶相望不得知。玉阶月夕映罗帷，罗帷风夜吹。长思不能寝，坐望天河移。

同前二首　　　　　陈后主

长相思，久相忆，关山征戍何时极？望风云，绝音息。上林书不归，回文徒自织。羞将别后面，还似初相识。

长相思，怨成悲。蝶萦草，树连丝。庭花飘散飞入帷。帷中看只影，对镜敛双眉。两见同见月，两别共春时。

同前二首　　　陈·徐　陵

长相思,望归难,传闻奉诏戍皋兰—作传制戍皋兰。龙城远,雁门寒。愁来瘦转剧,衣带自然宽。念君今不见—作君今念不见,谁为抱腰看?

长相思,好奉节,梦里恒啼悲不泄。帐中起,窗前咽。柳絮飞还聚,游丝断复结。欲见洛阳花,如君陇头雪。

同　前　　　陈·萧　淳

长相思,久离别,新燕参差条可结。壶关远,雁书绝。对云恒忆阵,看花复愁雪。犹有望归心,流黄未剪截。

同　前　　　陈·陆　琼

长相思,久离别,一罢鸳文绮荐绝。鸿已去,柳堪结。室冷镜疑冰,庭幽花似雪。容貌朝朝改,书字看看灭。

同　前　　　陈·王　瑳

长相思,久离别,两心同忆不相彻。悲风悽—作凄,愁云结。柳叶眉上销,菱花镜中灭。雁封归飞断,鲤素还流绝。

同前二首　　　陈·江　总

长相思,久离别,征夫去远芳音灭。湘水深,陇头咽。红罗斗帐里,绿绮清弦绝。逶迤百尺楼,愁思三秋结。

长相思,久别离,春风送燕入檐窥。暗开脂粉弄花枝,红楼千愁色,玉箸两行垂。心心不相照,望望何由知。

同　前

罢秋有馀惨,还春不觉温。讵知玉筵侧,长挂销愁人。

同　前　　　唐·郎大家宋氏

长相思,久离别。关山阻,风烟绝。台上镜文销,袖中书字灭。不见君形影,何曾有欢悦。

同　前　　　唐·苏　颋

君不见天津桥下东流水,东望龙门北朝市。杨柳青青宛地垂,桃红李白花参差。花参差,柳堪结,此时忆君心断绝。

同前三首　　　唐·李　白

长相思,在长安。络纬秋啼金井栏,微霜凄凄簟色寒。孤灯不明思欲绝,卷帷望月空长叹。美人如花隔云端一作佳期迢迢隔云端。上有青冥之长天,下有绿水之波澜。天长路远魂飞苦,梦魂不到关山难。长相思,摧心肝。

日色已尽花含烟,月明欲素愁不眠。赵瑟初停凤凰柱,蜀琴欲奏鸳鸯弦。此曲有意无人传,愿随春风寄燕然。忆君迢迢隔青天,昔日横波目,今成流泪泉。不信妾肠断,归来看取明镜前。

美人在时花满堂,美人去后空馀床。床中绣被卷不寝,至今三载犹闻香。香亦竟不灭,人亦竟不来。相思黄叶落,白露点青苔。

同　前　　　　唐·张继

辽阳望河县,白首无由见。海上珊瑚枝,年年寄春燕。

同前二首　　　　唐·令狐楚

君行登陇上,妾梦在闺中。玉箸千行落,银床一半空。
绮席春眠觉,纱窗晓望迷。朦胧残梦里,犹自在辽西。

同　前　　　　唐·白居易

九月西风兴,月冷霜—作露华凝。思君秋夜长,一夜魂九升。二月东风来,草坼花心开。思君春日迟,一夜肠九回。妾住洛桥北,君住洛桥南。十五即相识,今年二十三。有如女萝草,生在松之侧。蔓短枝苦高,萦回上不得。人言人有愿,愿至天必成。愿作远方兽,步步比肩行。愿作深山木,枝枝连理生。

千里思　　　　魏·祖叔辨

细君辞汉宇,王嫱即房衢。寂寂人迳阻,迢迢天路殊。忧来似悬旆,泪下若连珠。无因上林雁,但见边城芜。

同　前　　　　唐·李白

李陵没胡沙,苏武还汉家。迢迢五原关,朔雪乱边花—

作愁见雪如花。一去隔绝域,思归但长嗟。鸿雁向西北,飞一作因书报天涯。

同　前　　唐·李　端

凉州风月美,遥望居延路。泛泛下天云,青青缘塞树。燕山苏武上,海岛田横住。更是草生时,行人出门去。

乐府诗集卷第七十　杂曲歌辞 十

行路难十（八）〔九〕首　宋·鲍照

《乐府解题》曰："《行路难》，备言世路艰难及离别悲伤之意，多以'君不见'为首。"按《陈武别传》曰："武常牧羊，诸家牧竖有知歌谣者，武遂学《行路难》。"则所起亦远矣。唐王昌龄又有《变行路难》。

奉君金卮—作匜之美酒，玳瑁玉匣之雕琴，七彩芙蓉之羽帐，九华蒲萄之锦衾。红颜零落岁将暮，寒光宛转时欲沉。愿君裁悲且减思，听我抵节《行路》吟。不见柏梁铜雀上，宁闻古时清吹音！

洛阳名工铸为金博山，千斫〔复〕万镂，上刻秦女携手仙。承君清夜之欢娱—作娱乐，列置帷里明烛前。外发龙鳞之丹彩，内含兰芬之紫烟。如今君心一朝异，对此长叹终百年。

璇闺玉墀上椒阁，文窗绣户垂绮幕。中有一人字金兰，被服纤罗蕴—作采芳藿。春燕差池风散梅，开帷对景弄禽—作春爵。含歌揽涕恒抱愁，人生几时得为乐？宁作野中之双凫，不愿云间之别鹤—作鹄。

泻水置平地，各自东西南北流。人生亦有命，安能行叹复坐愁！酌酒以自宽，举杯断绝歌《路难》。心非木石岂无感？吞声踯躅不敢言。

君不见河边草，冬时枯死春满道。君不见城上日，今暝没山去，明朝复更出。今我何时当得然？一去永灭入黄泉。

人生苦多欢乐少,意气敷腴在盛年。且愿得志数相就,床头恒有酤酒钱。功名竹帛非我事,存亡贵贱委皇天。

对案不能食,拔剑击柱长叹息。丈夫生世能—作会几时?安能蹀躞垂羽翼?弃檄罢官去,还家自休息。朝出与亲辞,暮还在亲侧。弄儿床前戏,看妇机中织。自古圣贤尽贫贱,何况我辈孤且直!

愁思忽而至,跨马出北门。举头四顾望,但见松柏园,荆棘郁蹲蹲。中有一鸟名杜鹃,言是古时蜀帝魂。声音哀苦鸣不息,羽毛憔悴似人髡。飞走树间啄虫蚁,岂忆往日天子尊?念此死生变化非常理,中心恻怆不能言。

中庭五株桃,一株先作花。阳春沃若—作妖冶二三月—作二月中,从风簸荡落西家。西家思妇见悲—作见之惋,零泪沾衣抚心叹:初我送君出户时,何言淹留节回换?床席生尘明镜垢,纤腰瘦削发蓬乱。人生不得恒称意,惆怅徙倚至夜半。

剉蘖染黄丝,黄丝历乱不可治。我昔与君始相值,尔时自谓可君意。结带与我言,死生好恶不相置—作结带与君同死生,好恶不拟相弃置。今日见我颜色衰,意中索寞—作错乱与先异。还君金钗玳瑁簪,不忍见之益愁思。

君不见蕣华不终朝,须臾淹冉零落销。盛年妖艳浮华辈,不久亦当诣冢头。一去无还期,千秋万岁无音词。孤魂茕茕空陇间,独魄徘徊绕坟基。但闻风声野鸟吟,岂忆平生盛年时。为此令人多悲悒,君当纵意自熙怡。

君不见枯箨走阶庭,何时复青著故茎?君不见亡灵蒙享祀,何时倾杯竭壶罂?君当见此起忧思,宁反得与时人争?生人倏忽如绝电,华年盛德几时见?但令纵意存高尚,旨酒佳肴相胥宴。持此从朝竟夕暮,差得亡忧消愁怖。胡为惆怅不能已?难尽此曲令君忤。

今年阳初花满林,明年冬末雪盈岑。推移代谢纷交转,我君边戍独稽沉。执袂分别已三载,迩来淹寂无分音。朝悲惨惨遂成滴,暮思绕绕最伤心。膏沐芳馀久不御,蓬首乱鬓不设簪。徒飞轻埃舞空帷,粉筐黛器靡复遗。自生留世苦不幸,心中惕惕恒怀悲。

春禽喈喈旦暮鸣,最伤君子忧思情。我初辞家从军侨,荣志溢气干云霄。流浪渐冉经三龄,忽有白发素髭生。今暮临水拔已尽,明日对镜复已盈。〔但〕恐羁死为〔鬼客〕,客思寄灭生空精。每怀旧乡野,念我旧人多悲声。忽见过客问何我,宁知我家在南城?答云我曾居君乡,知君游宦在此城。我行离邑已万里,今方羁役去远征。来时闻君妇,闺中孀居独宿有贞名。亦云朝悲泣闲房,又闻暮思泪沾裳。形容憔悴非昔悦,蓬鬓衰颜不复妆。见此令人有馀悲,当愿君怀不暂忘!

君不见少壮从军去,白首流离不得还。故乡窅窅日夜隔,音尘断绝阻河关。朔风萧条白云飞,胡笳哀急边气寒。听此愁人兮奈何,登山远望得留颜。将死胡马迹,宁见妻子难。男儿生世轗轲欲何道?绵忧摧抑起长叹。

君不见柏梁台,今日丘墟生草莱。君不见阿房宫,寒云泽雉栖其中。歌妓舞女今谁在?高坟垒垒满山隅。长袖纷纷徒竞世,非我昔时千金躯。随酒逐乐任意去,莫令含叹下黄垆。

君不见水上霜,表里阴且寒。虽蒙朝日照,信得几时安?民生故如此,谁令摧折强相看?年去年来自如削,白发零落不胜冠。

君不见春鸟初至时,百草含青俱作花。寒风萧索一旦至,竟得几时保光华?日月流迈不相饶,令我愁思怨恨多。

诸君莫叹贫,富贵不由人。丈夫四十强而仕,余当二十弱冠辰。莫言草木委大雪,会应苏息遇阳春。对酒叙长篇,穷途运命委皇天。但愿樽中九酝满,莫惜床头百个钱。直须优游卒一岁,何劳辛苦事百年。

同　前　　　　齐·僧宝月

君不见孤雁关外发,酸嘶度扬越。空城客子心肠断,幽闺思妇气欲绝。凝霜夜下拂罗衣,浮云中断开明月。夜夜遥遥徒相思,年年望望情不歇。寄我匣中清铜镜,倩人为君除白发。行路难,行路难,夜闻南城汉使度,使我流泪忆长安。

同前四首　　　　梁·吴　均

洞庭水上一株桐,经霜触浪困严风。昔时抽心曜白日,今旦卧死黄沙中。洛阳名士见咨嗟,一剪一刻作琵琶。白璧规心学明月,珊瑚映面作风花。帝王见赏不见忘,提携把握登建章。掩抑摧藏《张女》弹,殷勤促柱《楚明光》。年年月月对君王,遥遥夜夜宿未央。未央彩女弃鸣篌,争先拂拭生光仪。茱萸锦衣玉作匣,安念昔日枯树枝？不学衡山南岭桂,至今千载犹未知。

　　青琐门外安石榴,连枝接叶夹御沟。金墉城西合欢树,垂条照彩拂凤楼。游侠少年游上路,倾心颠倒相恋慕。摩顶至足买片言,开胸沥胆取一顾。自言家在赵邯郸,翩翩舌杪复剑端。青骊白驳的卢马,金羁绿控紫丝鞚。蹀躞横行不肯进,夜夜汗血至长安。长安城中诸贵臣,争贵儒者席上珍。复闻梁王好学问,轻弃剑客如埃尘。吾丘寿王始得意,司马相如适被申。大才大辩尚如此,何况我辈轻薄人！

　　君不见西陵田,从横十字成陌阡。君不见东郊道,荒凉芜没起寒烟。尽是昔日帝王处,歌姬舞女达天曙。今日翩妍少年子,不知华盛落前去。吐心吐气许他人,今旦回惑生犹豫。山中桂树自有枝,心中方寸自相知。何言岁月忽若驰,君之情意与我离。还君玳瑁金雀钗,不忍见此便心危。

　　君不见上林苑中客,冰罗雾縠象牙席。尽是得意忘言者,探肠见胆无所惜。白酒甜盐甘如乳,绿觞皎镜华如碧。少年持名不肯尝,安知白驹应过隙。博山炉中百和香,郁金苏合及都梁。逶迤好气佳容貌,经过青琐历紫房。已入中山冯后帐,复上皇帝班姬床。班姬失宠颜不开,奉帚供养长信台。日暮耿耿不能寐,秋风切切四面来。玉阶行路生细草,金炉香炭变成灰。得意失意须臾顷,非君方寸逆所裁。

同前二首　　　　梁·费昶

　　君不见长安客舍门,倡家少女名桃根。贫穷夜纺无灯烛,何言一朝奉至尊。至尊离宫百馀处,千门万户不知曙。唯闻哑哑城上乌,玉栏金井牵辘轳。丹梁翠柱飞屠—作流苏,香薪桂火炊雕胡—作雕芯。当年翻覆无常定,薄命为女何必粗!

君不见人生百年如流电,心中坎壈君不见。我昔初入椒房时,讵减班姬与飞燕?朝逾金梯上凤楼,暮下琼钩息鸾殿。柏台昼夜香,锦帐自飘扬。笙歌膝上吹,琵琶《陌上桑》。过蒙恩所赐,馀光曲沾被。既逢阴后不自专,复值程姬有所避。黄河千年始一清,微躯再逢永无议。娥眉偃月徒自妍,傅粉施朱欲谁为?不如天渊水中鸟,双去双归长比翅。

同　前　　　梁·王筠

千门皆闭夜何央,百忧俱集断人肠。探揣箱中取刀尺,拂拭机上断流黄。情人逐情虽可恨,复畏边远乏衣裳。已缲一茧催衣缕,复捣百和薰衣香。犹忆去时腰大小,不知今日身短长。裲裆双心共一袜,柏复两边作八撮。襻带虽安不忍缝,开孔裁穿犹未达。胸前却月两相连,本照君心不照天。愿君分明得此意,勿复流荡不如先。含悲含怨判不死,封情忍思待明年。

同　前　　　唐·卢照邻

君不见长安城北渭桥边,枯木横槎卧古田。昔日含红复含紫,常时留雾亦留烟。春景春风花似雪,香车玉舆恒阗

863

咽。若个游人不竞攀？若个倡家不来折？倡家宝袜蛟龙帔，公子银鞍千万骑。黄莺一向花娇春，两两三三将子戏。千尺长条百尺枝，丹桂青榆相蔽亏。珊瑚叶上鸳鸯鸟，凤凰巢里雏鹓儿。巢倾枝折凤归去，条枯叶落狂风吹。一朝零落无人问，万古摧残君讵知？人生贵贱无终始，倏忽须臾难久恃。谁家能驻西山日？谁家能偃东流水？汉家陵树满秦川，行来行去尽哀怜。自昔公卿二千石，咸拟荣华一万年。不见朱唇将白貌，惟闻素棘与黄泉。金貂有时须换酒，玉麈但摇莫计钱。寄言坐客神仙署，一生一死交情处。苍龙阙下君不来，白鹤山前我应去。云间海上邈难期，赤心会合在何时？但愿尧年一百万，长作巢由也不辞。

同　前　　唐·张纮

君不见温家玉镜台，提携抱握九重来。君不见相如绿绮琴，一抚一拍凤凰音。人生意气须及早，莫负当年行乐心。荆王奏曲楚妃叹，曲尽欢终夜将半。朱楼银阁正平生，碧草青苔坐芜漫。当春对酒不须疑，视日相看能几时？春风吹尽燕初至，此时自为称君意。秋露萎草鸿始归，此时衰暮与君违。人生翻覆何常定，谁保容颜无是非？

同前五首　　唐·贺兰进明

君不见岩下井，百尺不及泉。君不见山上蒿，数寸凌云烟。人生相命亦如此，何苦太息自忧煎。但愿亲友长含笑，相逢莫吝杖头钱。寒夜邀欢须秉烛，岂得空思花柳年。

君不见门前柳,荣曜暂时萧索久。君不见陌上花,狂风吹去落谁家？谁家思妇见之叹,蓬首不梳心历乱。盛年夫婿长别离,岁暮相逢色凋换。

君不见荒树枝,春花落尽蜂不窥。君不见梁上泥,秋风始高燕不栖。荡子从军事征战,娥眉婵娟空守闺。独宿自然堪下泪,况复时闻乌夜啼！

君不见云间月,暂盈还复缺。君不见林下风,声远意难穷。亲故平生欲聚散,欢娱未尽樽酒空。自叹青青陵上柏,岁寒能与几人同？

君不见东流水,一去无穷已。君不见西郊云,日夕空氛氲。群雁徘徊不能去,一雁悲鸣复失群。人生结交在终始,莫为升沉中路分。

同前　　唐·崔颢

君不见建章宫中金明枝,万万长条拂地垂。二月三月花如霰,九重幽深君不见。艳彩朝含四宝宫,香风吹入朝云殿。汉家宫女春未阑,爱此芳香朝暮看。看去看来心不忘,攀折将安镜台上。双双素手剪不成,两两红妆笑相向。建章昨夜起春风,一花飞落长信殿。长信丽人见花泣,忆此珍树何嗟及。我昔初在昭阳时,朝折暮折登玉墀。只言岁岁长相对,不寤今朝遥相思。

乐府诗集卷第七十一　杂曲歌辞 十一

行路难三首　　　唐·李白

金樽清酒斗十千,玉盘珍羞直万钱。停杯投箸不能食,拔剑四顾心茫然。欲渡黄河冰塞川,将登太行雪暗天。闲来垂钓坐溪上,忽复乘舟梦日边。行路难,行路难,多歧路,今安在？长风破浪会有时,直挂云帆济沧海。

大道如青天,我独不得出。羞逐长安社中儿,赤鸡白狗—作雉赌梨栗。弹剑作歌奏苦声,曳裾王门不称情。淮阴市井笑韩信,汉朝公卿忌贾生。君不见昔时燕家重郭隗,拥簪折腰—作节无嫌猜。剧辛乐毅感恩分,输肝剖胆效英才。昭王白骨萦蔓草,谁人更扫黄金台？行路难,归去来！

有耳莫洗颍川水,有口莫食首阳蕨。含光混世贵无名,何用孤高比云月。吾观自古贤达人,功成不退皆殒身。子胥既弃吴江上,屈原终投湘水滨。陆机才多岂自保？李斯税驾苦不早。华亭鹤唳讵可闻？上蔡苍鹰何足道？君不见吴中张翰称—作真达士,秋风忽忆江东行。且乐生前一杯酒,何须身后千载名？

同前三首　　　唐·顾况

君不见古来烧水银,变作北邙山上尘。藕丝挂身在虚空,欲落不落愁杀人。睢水英雄多血刃,建章宫阙成灰烬。

淮王身死桂枝折,徐氏一去音书绝。行路难,行路难,生死皆由天。秦皇汉武遭下脱,汝独何人学神仙?

君不见担雪塞井徒用力,炊砂作饭岂堪吃?一生肝胆向人尽,相识不如不相识!冬青树上挂凌霄,岁晏花凋树不雕。凡物各自有根本,种禾终不生豆苗。行路难,行路难,何处是平道?中心无事当富贵,今日觉君颜色好。

君不见少年头上如云发,少壮如云老如雪。岂知灌顶有醍醐,能使清凉头不热。吕梁之水挂飞流,鼍鼍蛟蜃不敢游。少年恃险若平地,独倚长剑凌清秋。行路难,行路难,昔少年,今已老。前朝竹帛事皆空,日暮牛羊古城草。

同　前　　　　唐·李　颀

汉家名臣杨德祖,四代五公享茅土。父兄子弟绾银黄,跃马鸣珂朝建章。火浣单衣绣方领,茱萸锦带玉盘囊。宾客填街复满座,片言出口生辉光。世人逐势争奔走,沥胆隳肝唯恐后。当时一顾生青云,自谓生死长随君。一朝谢病还乡里,穷巷苍茫绝知己。秋风落叶闭重门,昨日论交竟谁是?薄俗嗟嗟难重陈,深山麋鹿下为邻。鲁连所以蹈沧海,古往今来称达人。

同前二首　　　　唐·高　适

君不见富家翁,昔时贫贱谁比数?一朝金多结豪贵,万事胜人健如虎。子孙成长满眼前,妻能管弦妾能舞。自矜一朝忽如此,却笑傍人独悲—作愁苦。东邻少年安所如,席门穷巷出无车。有才不肯学干谒,何用年年空读书!

长安少年不少钱,能骑骏马鸣金鞭。五侯相逢大道边,美人弦管争留连。黄金如斗不敢惜,片言如山莫弃捐。安知憔悴读书者,暮宿虚台私自怜!

同　前　　　唐·张籍

湘东行人长叹息,十年离家归未得。弊裘羸马苦难行,僮仆饥寒少筋力。君不见床头黄金尽,壮士无颜色。龙蟠泥中未有云,不能生彼升天翼。

同　前　　　唐·聂夷中

莫言行路难,夷狄如中国。谓言骨肉亲,中门如异域。出处全在人,路亦无通塞。门前两条辙,何处去不得?

同　前　　　唐·韦应物

荆山之白玉兮,良工雕琢双环连,月蚀中央镜心穿。故人赠妾初相结,恩在环中寻不绝。人情厚薄苦须臾,昔似连环今似玦。连环可碎不可离,如何物在人自移?上客勿遽欢,听妾歌路难。旁人见环环可怜,不知中有长恨端。

同前三首　　　唐·柳宗元

君不见夸父逐日窥虞渊,跳踉北海超昆仑。披霄决汉出沆漭,瞥裂左右遗星辰。须臾力尽道渴死,狐鼠蜂蚁争噬吞。北方竫人长九寸,开口抵掌更笑喧。啾啾饮食滴与粒,生死亦足终天年。睢盱大志少成遂,坐使儿女相悲怜。

虞衡斤斧罗千山,工命采斫杙与橼。深林土剪十取一,百牛连鞅摧双辕。万围千寻妨道路,东西蹶倒山火焚。遗馀毫末不见保,躏跞砢礐何当存?群材未成质已夭,突兀峥嵤空岩峦。柏梁天灾武库火,匠石狼顾相愁冤。君不见南山栋梁益稀少,爱材养育谁复论?

飞雪断道冰成梁,侯家炽炭雕玉房。蟠龙吐耀虎喙张,熊蹲豹蹻争低昂。攒峦丛崿射朱光,丹霞翠雾飘奇香。美人四向回明珰,雪山冰谷晞太阳。星躔奔走不得止,奄忽双燕栖虹梁。风台露榭生光饰,死灰弃置参与商。盛时一去贵反贱,桃笙葵扇安可常?

同前　　　　　唐·鲍溶

玉堂向夕如无人,丝竹俨然宫商死。细人何言入君耳,尘生金樽酒如水。君今不念岁蹉跎,雁天明明凉露多。华灯青凝久照夜,彩童窈窕虚垂罗。入宫见妒君不察,莫入此地出风波。此时不乐早休息,女颜易老君如何?

同前五首　　　唐·僧贯休

不会当时一作初作天地,刚有多般愚与智。到头还用真宰心,何如上下皆清气。大道冥冥不知处,那堪顿得羲和辔。义不义兮仁不仁,拟学长生更容易。负心为炉复为火,缘木求鱼应且止。君不见烧金炼石古帝王,鬼火荧荧白杨里。

君不见道傍废井生古木，本是骄奢贵人屋。几度美人照影来，素绠银瓶濯纤玉。云飞雨散今如此，绣闼雕甍作荒谷。沸渭笙歌君莫夸，不应长是西家哭。休说遗编行者几，至竟终须合天理。败他成此亦何功，苏张终作多言鬼。行路难，行路难，不在羊肠里。

　　九有茫茫共尧日，浪死虚生亦非一。清净玄音竟不闻，花眼酒肠暗如漆。或偶因片言只字登第光二亲，又不能献可替否航要津。口谈羲、轩与周、孔，履行不及屠沽人。行路难，行路难，日暮途远空悲叹！

　　君不见道傍树有寄生枝，青青郁郁同荣衰。无情之物尚如此，为人不及还堪悲。父归坟兮未朝夕，已分黄金争田宅。高堂老母头似霜，心作数支泪常滴。我闻忽如负芒刺，不独为君空叹息。古人尺布犹可缝，浔阳义大令人忆。寄言世上为人子，孝义团圆莫如此。若如此，不遄死兮更何俟？

　　君不见山高海深人不测，古往今来转青碧。浅近轻浮莫与交，地卑只解生荆棘。谁道黄金如粪土，张耳、陈馀断消息。行路难，行路难，君自看。

同前二首　　唐·僧齐己

　　行路难，君好看。惊波不在黤黮间，小人心里藏崩湍。七盘九折寒崷崪，翻车倒盖犹堪出。未似是非唇舌危，暗中潜毁平人骨。君不见楚灵均，千古沉冤湘水滨。又不见李太白，一朝却作江南客。

下浸与高盘,不为行路难。是非真险恶,翻覆作峰峦。漆愧同时黑,朱惭巧处丹。令人畏相识,欲画白云看。

同前　　　唐·翁绶

行路艰难不复歌,故人荣达我蹉跎。双轮晚上铜梁雪,一叶春浮瘴海波。自古要津皆若此,方今失路欲如何。君看西汉翟丞相,凤沼朝辞暮雀罗。

同前　　　唐·薛能

何处力堪殚,人心险万端。藏山难测度,暗水自波澜。对面如千里,回肠似七盘。已经吴坂困,欲向雁门难。南北诚须泣,高深不可干。无因善行止,车辙得平安。

从军中行路难二首　　　唐·骆宾王

君不见封狐雄虺自成群,凭深负固结妖氛。玉玺分别征恶少,金坛受律动将军。将军拥旄宣廟略,战士横行静夷落。长驱一息背铜梁,直指三巴逾剑阁。阁道岩峣上戍楼,剑门遥裔俯灵丘。邛关九折无平路,江水双源有急流。征役无期返,他乡岁华晚。杳杳丘陵出,苍苍林薄远。途危紫盖峰,路涩青泥坂。去去指哀牢,行行入不毛。绝壁千里险,连山四望高。中外分区宇,夷夏殊风土。交趾枕南荒,昆弥临北户。川源饶毒雾,溪谷多淫雨。行潦四时流,崩查千岁古。漂梗飞蓬不自安,扪藤引葛度危峦。昔时闻道从军乐,今日方知行路难。苍江绿水东流驶,炎洲丹徼南中

871

地。南中南斗映星河，秦川秦塞阻烟波。三春边地风光少，五月泸中瘴疠多。朝驱疲斥候，夕息倦谁何。向月弯繁弱，连星转太阿。重义轻生怀一顾，东伐西征凡几度？夜夜朝朝班鬓新，年年岁岁戎衣故。灞城隅，滇池水。天涯望转积，地际行无已。徒觉炎凉节物非，不知关山千万里。弃置勿重陈，重陈多苦辛。且悦清笳杨柳曲，讵忆芳园桃李人。绛节朱旗分白羽，丹心白刃酬明主。但令一技君王识，谁惮三边征战苦。行路难，行路难，歧路几千端。无复归云冯短翰，〔空馀〕望日想长安。

君不见玉关尘色暗边亭，铜鞮杂虏寇长城。天子按剑征馀勇，将军受脤事横行。七德龙韬开玉帐，千里鼍鼓叠金钲。阴山苦雾埋高垒，交河孤月照连营。〔连营〕去去无穷极，拥旆遥遥过绝国。阵云朝结晦天山，寒沙夕涨迷疏勒。龙鳞水上开鱼贯，马首山前振雕翼。长驱万里詟祁连，分麾三命武功宣。百发乌号遥碎柳，七尺龙交回照莲。春来秋去移灰琯，兰闱柳市芳尘断。雁门迢递尺书稀，鸳被相思双带缓。行路难，誓令氛祲静皋兰。但使封侯龙颔贵，讵随中妇凤楼寒！

变行路难　　　　　　唐·王昌龄

向晚横吹悲，风动马嘶合。前驱引旗—作旗节，千里阵云匝。单于下阴山，砂砾空飒飒。封侯取一战，岂复念闺阁！

古别离　　　　　　　梁·江淹

《楚辞》曰："悲莫悲兮生别离。"《古诗》曰："行行重行行，与君生别离。相去万馀里,各在天一涯。"后苏武使匈奴,李陵与之诗曰:"良时不可再,离别在须臾。"故后人拟之为《古别离》。梁简文帝又为《生别离》,宋吴迈远有《长别离》,唐李白有《远别离》,亦皆类此。

远与君别者,乃至雁门关。黄云蔽千里,游子何时还?送君如昨日,檐前露已团。不惜蕙草晚,所悲道里寒。君在天一涯,妾身长别离。愿一见颜色,不异琼树枝。兔丝及水萍,所寄终不移。

同　前　　　　唐·沈佺期

白水东悠悠,中有西行舟。舟行有返棹,水去无还流。奈何生别者,戚戚怀远游。远游谁当惜,所悲会难收。自君间芳躅,青阳四五遒。皓月掩兰室,光风虚蕙楼。相思无明晦,长叹累冬秋。离居分迟暮,高驾何淹留?

同　前　　　　唐·孟云卿

朝日上高台,离人怨秋草。但见万里天,不见万里道。君行本遥远,苦乐良难保。宿昔梦同衾,忧心梦颠倒。含酸欲谁诉?转转伤怀抱。结发年已迟,征行去何早。寒暄有时谢,憔悴难再好。人皆算年寿,死者何曾老。少壮无见期,水深风浩浩。

同　前　　　　唐·李　益

双剑欲别风—作心凄然,雌沉水底雄上天。江回汉转两不见,云交雨合知何年。古来万事皆由命,何用临涕苦相连。

同前二首　　　唐·于濆

入室少情意,出门多路歧。黄鹤有归日,荡子无还时。人谁无分命,妾身何太奇?君为东南风,妾作西北枝。青楼邻里妇,终年画长眉。自倚对良匹,笑妾空罗帏。

郎本东家儿,妾本西家女。对门中道间,终谓无离阻。岂知中道间,遣作空闺主。自是爱封侯,非关备胡虏。知子去从军,何处无良人!

同前二首　　　唐·李端

水国叶黄时,洞庭霜落夜。行舟闻商估,宿在枫林下。此地送君还,茫茫似梦间。后期知几日,前路转多山。巫峡通湘浦,迢迢隔云雨。天晴见海樯,月落闻津鼓。人老自多愁,水深难急流。清宵歌一曲,白首对汀洲。

与君桂阳别,令君岳阳待。后事忽差池,前期日空在。木落雁嗷嗷,洞庭波浪高。远山云似盖,极浦树如毫。朝发能几里,暮来风又起。如何两处愁,皆在孤舟里?昨夜天月明,长川寒且清。菊花开欲尽,荠菜泊来生。下江帆势速,五两遥相逐。欲问去时人,知投何处宿?空令猿啸时,泣对湘潭竹。

同　前　　　唐·王缙

下阶欲离别,相对映兰丛。含辞未及吐,泪落兰丛中。高堂静秋日,罗衣飘暮风。谁能待明月,回首见床空。

同　前　　　唐·僧皎然

太湖三山口,吴王在时道。寂寞千载心,无人见春草。谁堪缄怨者,持此伤怀抱。孤舟畏狂风,一点宿烟岛。望所思兮若何,月荡漾兮空波。云离离兮北断,雁眇眇兮南多。身去兮天畔,心折兮湖岸。春山胡为兮塞路,使我归梦兮撩乱。

同　前　　　聂夷中

欲别牵郎衣,问郎游何处?不恨归日迟,莫向临邛去。

同前二首　　　唐·施肩吾

古人谩歌西飞燕,十年不见狂夫面。三更风作切梦刀,万转愁成系肠线。所嗟不及牛女星,一年一度得相见。

老母别爱子,少妻送征郎。血流既四面,乃亦断二肠。不愁寒无衣,不怕饥无粮。惟恐征战不还乡,母化为鬼妻为孀。

同　前　　　唐·吴融

紫燕黄鹄虽别离,一举千里何难追。犹闻啼风与叫月,流连断续令人悲。赋情更有深缱绻,碧甃千寻尚为浅。蟾蜍正向清夜流,蛱蝶须教堕丝罥。莫道断丝不可续,丹穴凤皇胶不远。草草通流水不回,海上两潮长自返。

乐府诗集卷第七十二　　杂曲歌辞 十二

古别离　　唐·王 适

昔岁惊杨柳，高楼悲独守。今年芳树枝，孤栖怨别离。珠帘昼不卷，罗幔晓长垂。苦调琴先觉，愁容镜独知。频来雁度无消息，罢去鸳文何用织？夜还罗帐空有情，春著裙腰自无力。青轩桃李落纷纷，紫庭兰蕙日氤氲。已能憔悴今如此，更复含情一待君。

古离别　　唐·常 理

君御狐白裘，妾居缃绮帱。粟钿金夹膝，花错玉搔头。离别生庭草，征行断戍楼。蟏蛸网清曙，菡萏落红秋。小胆空房怯，长眉满镜愁。为传儿女意，不用远封侯。

同 前　　唐·姚 系

凉风已袅袅，露重木兰枝。独上高楼望，行人远不知。轻寒入洞户，明月满秋池。燕去鸿方至，年年是别离。

同前二首　　唐·赵微明

离别无远近，事欢情亦悲。不闻车轮声，后会将何时。去日忘寄书，来日乖前期。纵知明当还，一夕千万思。

违别未几日，一日如三秋。犹疑望可见，日日上高楼。

唯见分手处,白蘋满芳洲。寸心宁死别,不忍生离愁。

同前二首　　　唐·孟　郊

松山云缭绕,萍路水分离。云去有归日,水分无合时。春芳役双眼,春色柔四支。杨柳织别愁,千条万条丝。

山川古今路,纵横无断绝。来往天地间,人皆有离别。行衣未束带,中肠已先结。不用看镜中,自知生白发。欲陈去留意,声向言前咽。愁结填心胸,茫茫若为说。荒郊烟莽苍,旷野风凄切。处处得相随,人那不如月。

同　前　　　唐·顾　况

西江上风动,麻姑嫁时浪。西山为水水为尘,不是人间离别人。

同　前　　　唐·僧贯休

离恨如旨酒,古今饮皆醉。只恐长江水,尽是儿女泪。伊余非此辈,送人空把臂。他日再相逢,清风动天地。

同　前　　　唐·韦　庄

晴烟漠漠柳毵毵,不那离情酒半酣。更把马鞭云外指,断肠春色在江南。

生别离　　　梁简文帝

离别四弦声,相思双笛引。一去十三年,复无好音信。

同　前　　　　　唐·孟云卿

结发生别离，相思复相保。何知日已久，五变庭中草。眇眇天海途，悠悠吴江岛。但恐不出门，出门无远道。远道行既难，家贫衣服单。严风吹积雪，晨起鼻何酸。人生各有恋—作志，岂不怀所安？分明天上日，生死誓同欢。

同　前　　　　　唐·白居易

食蘗不易食梅难，蘗能苦兮梅能酸。未如生别之为难，苦在心兮酸在肝。晨鸡载鸣残月没，征马重—作连嘶行人出。回看骨肉哭一声，梅酸蘗苦甘如蜜。黄河水白黄云秋，行人河边相对愁。天寒野旷何处宿，棠梨叶战风飕飕。生离别，生离别，忧从中来无断绝。忧积—作极心劳血气衰，未年三十生白发！

长别离　　　　　宋·吴迈远

生离不可闻，况复长相思。如何与君别，当我少年时。蕙华每摇荡，妾心长—作空自持。荣乏草木欢，悴极霜露悲。富贵貌—作身难变，贫贱颜易衰。持此断君肠，君亦宜自疑。淮阴有逸将，析羽不曾飞。楚有扛鼎士，出门不得归。正为隆准公，仗剑入紫微。君才定何如，白日下争晖？

远别离　　　　　唐·李　白

远别离，古有皇英之二女。乃在洞庭之南，潇湘之浦。

海水直下万里深，谁人不言此离苦？日惨惨兮云冥冥，猩猩啼烟兮鬼啸雨。我纵言之将何补？皇穹窃恐不照余之忠诚，雷凭凭兮欲吼怒。尧舜当之亦禅禹。君失臣兮龙为鱼，权归臣兮鼠变虎。或云：尧幽囚，舜野死。九疑联绵皆相似，重瞳孤坟竟何是？帝子泣兮绿云间，随风波兮去无还。恸哭兮远望，见苍梧之深山。苍梧山崩湘水绝，竹上之泪乃可灭。

同前　　　唐·张籍

莲叶团团杏花折，长江鲤鱼鬐鬣赤。念君少年弃亲戚，千里万里独为客。谁言远别心不易，天星坠地能为石。几时断得城南陌，勿使居人有行役。

同前二首　　　唐·令狐楚

杨柳黄金穗，梧桐碧玉枝。春来消息断，早晚是归时。玳织鸳鸯履，金装翡翠篸。畏人相问著，不拟到城南。

久别离　　　李白

别来几春未还家，玉窗五见樱桃花。况有锦字书，开缄使人嗟。至此肠断彼心绝，云鬟绿鬓罢揽一作流结，愁如回飙乱白雪。去年寄书报阳台，今年寄书重相催。胡为东风为我吹行云使西来。待来竟不来，落花寂寂委青苔。

新别离　　　唐·戴叔伦

手把杏花枝，未曾经别离。黄昏掩闺后，寂寞自心知。

今别离 　　　　　唐·崔国辅

送别未能旋,相望连水口。船行欲映舟,几度急摇手。

暗别离 　　　　　唐·刘氏瑶

槐花结子桐叶焦,单飞越鸟啼青霄。翠轩辗云轻遥遥,燕脂泪迸红线条。瑶草歇芳心耿耿,玉珮无声画屏冷。朱弦暗断不见人,风动花枝月中影。青鸾脉脉西飞去,海阔天高不知处。

潜别离 　　　　　白居易

不得哭,潜别离。不得语,暗相思。两心之外无人知。深笼夜锁独栖鸟,利剑春断连理枝。河水虽浊有清日,乌头虽黑有白时。唯有潜离与暗别,彼此甘心无后期。

别离曲 　　　　　张籍

行人结束出门去,马蹄几时踏门路？忆昔君初纳采时,不言身属辽阳戍。早知今日当别离,成君家计良为谁？男儿生身自有役,那得误我少年时？不如逐君征战死,谁能独老空闺里？

同 前 　　　　　唐·陆龟蒙

丈夫非无泪,不洒离别间。仗剑对樽酒,耻为游子颜。蝮蛇一螫手,壮士疾解腕。所思在功名,离别何足叹！

西洲曲　　　　　　　古　辞

　　忆梅下西洲,折梅寄江北。单衫杏子红,双鬓鸦雏色。西洲在何处?两桨桥头渡。日暮伯劳飞,风吹乌臼树。树下即门前,门中露翠钿。开门郎不至,出门采红莲。采莲南塘秋,莲花过人头。低头弄莲子,莲子青如水。置莲怀袖中,莲心彻底红。忆郎郎不至,仰首望飞鸿。鸿飞满西洲,望郎上青楼。楼高望不见,尽日栏干头。栏干十二曲,垂手明如玉。卷帘天自高,海水摇空绿。海水梦悠悠,君愁我亦愁。南风知我意,吹梦到西洲。

同前—作西州词　　　　唐·温庭筠

　　悠悠复悠悠,昨日下西洲。西洲—作州风色好,遥见武昌楼。武昌何郁郁,侬家定无匹。小妇被流黄,登楼抚瑶瑟。朱弦繁复轻,素手直凄清。一弹三四解,掩抑似含情。南楼登且望,西江广复平。艇子摇两桨,催过石头城。门前乌臼树,惨澹天将曙。鹧鸪—作鹧鹕飞复还,郎随早帆去。回头语同伴,定复负情侬。去帆不安幅,作抵使西风。他日相寻索,莫作西洲客。西洲人不归,春草年年碧。

荆州乐　　　　　　梁·宗　夬

　　《荆州乐》,盖出于清商曲江陵乐。荆州,即江陵也。有纪南城,在江陵县东。梁简文帝《荆州歌》云"纪城南里望朝云,雉飞麦熟妾思君"是也。又有《纪南歌》,亦出于此。

　　迢递楼雉悬,参差台观杂。城阙自相望,云霞纷飒沓。

荆州歌　　　　　李　白

白帝城边足风波,瞿塘五月谁敢过?荆州麦熟茧成蛾,缲丝忆君头绪多。拨谷飞鸣奈妾何!

同前二首　　　　唐·刘禹锡

渚宫杨柳暗,麦城朝雉飞。可怜踏青伴,乘暖著轻衣。
今日好南风,商旅相催发。沙头樯竿上,始见春江阔。

荆州泊　　　　　唐·李　端

南楼西下时,月里闻来棹。桂水舳舻回,荆州津济闹。
移帷望星汉,引带思容貌。今夜一江人,唯应妾身觉。

纪南歌　　　　　刘禹锡

郦道元《水经注》曰:"楚之先僻处荆山,后迁纪郢,即纪南城也。"《十道志》曰:"昭王十年,吴通漳水灌纪南城,入赤湖,郢城遂破。"杜预《左传注》曰:"今南郡江陵县北纪南城,故楚国也。"

风烟纪南城,尘土荆门路。天寒多猎骑,走上樊姬墓。

宜城歌　　　　　刘禹锡

《通典》曰:"宜城,楚之鄢都,谓之郢。有蛮水,又有汉宜城县,在今县南。旧名率道,天宝中改焉。"《十道志》曰:"宜城,汉县。宋孝武大明元年,以胡人流寓者,立华山郡于大堤村。古名上供,梁为率道,俗呼大堤。其地出美酒,故曰宜城竹叶酒也。"

野水绕空城,行尘起孤驿。花台侧生树,石碣阳镌额。

靡靡度行人，温风吹宿麦。

南郡歌　　　　齐·陆 厥

江南可采莲，莲生荷已大。旅雁向南飞，浮云复如盖。望美积风露，疏麻成襟带。双珠惑汉皋，蛾眉迷下蔡。玉齿徒粲然，谁与启含贝？

长干曲　　　　古 辞

逆浪故相邀，菱舟不怕摇。妾家扬子住，便弄广陵潮。

同前四首　　　　唐·崔 颢

君家定何处？妾住在横塘。停舟暂借问，或恐是同乡。
家临九江水，去来九江侧。同是长干人，生小不相识。
下渚多风浪，莲舟渐觉稀。那能不相待，独自逆潮归。
三江潮水急，五湖风浪涌。由来花性轻，莫畏莲舟重。

长干行二首　　　　李 白

妾发初覆额，折花门前剧。郎骑竹马来，绕床弄青梅。同居长干里，两小无嫌猜。十四为君妇，羞颜尚不—作未尝开。低头向暗壁，千唤不一回。十五始展眉，愿同尘与灰。常存抱柱信，岂—作耻上望夫台。十六君远行，瞿塘滟滪堆。五月不可触，猿鸣—作声天上哀。门前迟—作旧行迹，一一生绿—作苍苔。苔深不能扫，落叶秋风早。八月胡蝶来，双飞西园草。感此伤妾心，坐愁红颜老。早晚下三巴，预将书报家。相迎不道远,直至长风沙。

忆妾—作昔深闺里,烟尘不曾识。嫁与长干人,沙头候风色。五月南风兴,思君在—作下巴陵。八月西风起,想君发杨子。去来悲如何!见少别离多。湘潭几日到?妾梦越风波。昨夜狂风度,吹折江头树。淼淼暗无边,行人在何处?北客真王公,朱衣满江中。日暮来投宿,数朝不肯东。好乘浮云骢,佳期兰渚东。鸳鸯绿浦上,翡翠锦屏中。自怜十五馀,颜色桃花红。那作商人妇,愁水复愁风。

同前　　　　　　唐·张潮

婿贫如珠玉,婿富如埃尘。贫时不忘旧,富贵多宠新。妾本富家女,与君为偶匹。惠好一何深,中门不曾出。妾有绣衣裳,葳蕤金镂光。念君贫且贱,易此从远方。远方三千里,发去悔不已。日暮情更来,空望去时水。孟夏麦始秀,江上多南风。商贾归欲尽,君今尚巴东。巴东有巫山,窈窕神女颜。常恐游此山,果然不知还。

小长干曲　　　　　崔国辅

月暗送湖风,相寻路不通。菱歌唱不辍,知在此塘中。

乐府诗集卷第七十三　　杂曲歌辞 十三

杞梁妻　　　　　　　宋·吴迈远

崔豹《古今注》曰:"《杞梁妻》者,杞殖妻妹朝日之所作也。殖战死,妻曰:'上则无父,中则无夫,下则无子,人生之苦至矣。'乃抗声长哭,杞都城感之而颓,遂投水而死。其妹悲姊之贞,乃作歌,名曰《杞梁妻》焉。梁,殖之字也。"《列女传》曰:"齐庄公袭莒,殖战而死。其妻无所归,乃就其夫之尸于城下而哭,十日而城为之崩。既葬,遂赴淄水而死。"《琴操》曰:"《杞梁妻叹》,齐杞梁殖,其妻之所作也。"

灯竭从初明,兰凋犹早薰。扼腕非一代,千载炳遗文。贞夫沦莒役,杜吊结齐君。惊心眩白日,长洲崩秋云。精微贯穹旻,高城为陨坟。行人既迷径,飞鸟亦失群。壮哉金石躯,出门形影分。一随尘壤消,声誉谁共论?

同　前　　　　　　　唐·僧贯休

秦之无道兮四海枯,筑长城兮遮北胡。筑人筑土一万里,杞梁贞妇啼呜呜。上无父兮中无夫,下无子兮孤复孤。一号城崩塞色苦,再号杞梁骨出土。疲魂饥魄相逐归,陌上少年莫相非!

董娇饶　　　　　　　后汉·宋子侯

洛阳城东路,桃李生路傍。花花自相对,叶叶自相当。春风东北起,花叶正低昂。不知谁家子,提笼行采桑。纤手折其枝,花落何飘扬。请谢彼姝子,何为见损伤。高秋八九月,白露变为霜。终年会飘堕,安得久馨香。秋时自零落,春月复芬芳。何时盛年去,欢爱永相忘。吾欲竟此曲,此曲愁人肠。归来酌美酒,挟瑟上高堂。

焦仲卿妻　　　　　　　古辞

《焦仲卿妻》,不知谁氏之所作也。其序曰:"汉末建安中,庐江府小吏焦仲卿妻刘氏,为仲卿母所遣,自誓不嫁。其家逼之,乃没水而死。仲卿闻之,亦自缢于庭树。时人伤之而为此辞也。"

孔雀东南飞,五里一徘徊。"十三能织素,十四学裁衣。十五弹箜篌,十六诵诗书。十七为君妇,心中常苦悲。君既为府吏,守节情不移。〔贱妾留空房,相见常日稀。〕鸡鸣入机织,夜夜不得息。三日断五匹,大人故嫌迟。非为织作迟,君家妇难为。妾不堪驱使,徒留无所施。便可白公姥,及时相遣归。"府吏得闻之,堂上启阿母:"儿已薄禄相,幸复得此妇。结发同枕席,黄泉共为友。共事二三年,始尔未为久。女行无偏斜,何意致不厚?"阿母谓府吏:"何乃太区区。此妇无礼节,举动自专由。吾意久怀忿,汝岂得自由?东家有贤女,自名秦罗敷。可怜体无比,阿母为汝求。便可速遣之,遣去慎莫留!"府吏长跪告:"伏惟启阿母:今若遣此妇,终老不复取!"阿母得闻之,槌床便大怒:"小子无所畏,何敢助妇语?吾已失恩义,会不相从许!"府吏默无声,再拜还入户。举言谓新妇,哽咽不能语:"我自不驱卿,逼迫有阿母。卿但暂还家,吾今且报府。不久当归还,还必相迎取。以此下心意,慎勿违吾语。"新妇谓府吏:"勿复重纷纭。往昔初阳岁,谢家来贵门。奉事循公姥,进(心)〔止〕敢自专?昼夜勤作息,伶俜萦苦辛。谓言无罪过,供养卒大恩。仍更被驱遣,何言复来还!妾有绣腰襦,葳蕤自生光。红罗复斗帐,四角垂香囊。箱帘六七十,绿碧青丝绳。物物各自异,种种在其中。人贱物亦鄙,不足迎后人。留待作遣施,于今无会因。时时为安慰,久久莫相忘!"鸡鸣外欲曙,新妇起严妆。著我绣夹裙,事事四五通。足下蹑丝履,头上玳瑁光。腰若流纨素,耳著明月珰。指如削葱根,口如含朱丹。纤纤作细步,精妙世无双。上堂谢阿母,母听去不止。"昔作女儿时,生小出野里。本自无教训,兼愧贵家子。受母钱帛多,不堪母驱使。今日还家去,念母劳家里。"却与小姑别,泪落连珠子。"新妇初来时,小姑如我长。勤心养公姥,好自相扶将。初七及下九,嬉戏莫相忘。"出门登车去,涕落百馀行。府吏马在前,新妇车在后。隐隐何甸甸,俱会大道口。下马入车中,低头共耳语:"誓不相隔卿。且暂还家去,吾今且赴府。不久当还归,誓天不相负!"新妇谓府吏:"感君区区怀。君既若见录,不久望君来。君当作磐石,妾当作蒲苇。蒲苇纫如丝,磐石无转移。我有亲父兄,性行暴如雷。恐不任我意,逆以煎我怀。"举手长劳劳,二情同依依。入门上家堂,进退无颜仪。阿母大拊掌:"不图子自归。十三教汝织,十四能裁衣。十五弹箜篌,十六知礼仪。十七遣汝嫁,谓言无誓违。汝今无罪过,不迎而自归。"兰芝惭阿母:"儿实无罪过。"阿母大悲摧。还家十馀日,县令遣媒来。云"有第三郎,窈窕世无双。年始十八、九,便言多令才"。阿母谓阿女:"汝可去应之。"阿女衔泪答:"兰芝初还时,府吏见丁宁,结誓不别离。今日违情义,恐此事非奇。自可断来信,徐徐更谓之。"阿母白媒人:"贫贱有此女,始适还家门。不堪吏人妇,岂合令郎君?幸可广问讯,不得便相许。"媒人去数日,寻遣(承)〔丞〕请还。谁"有兰家女,承籍有宦官"。云"有第五郎,娇逸未有婚。遣丞为媒人,主簿通语言"。直说"太守家,有此令郎君。既欲结大义,故遣来贵门"。阿母谢媒人:"女子先有誓,老姥岂敢言?"阿兄得闻之,怅然心中烦。举言谓阿妹:"作计何不量?先嫁得府吏,后嫁得郎君。否泰如天地,足以荣汝身。不嫁义郎体,其往欲何云?"兰芝仰头答:"理实如兄言。谢家事夫婿,中道还兄门。处分适兄意,那得自任专。虽与府吏要,渠会永无缘。登即相许和,便可作婚姻。"媒人下床去,诺诺复尔尔。还部白府君:"下官奉使命,言谈大有缘。"府君得闻之,心中大欢喜。视历复开书,便利此月内。六合正相应,良吉三十日。"今已二十七,卿可去成婚"。交语速装束,络绎如浮云。青雀白鹄舫,四角龙子幡。婀娜随风转,金车玉作轮。踯躅青骢马,流苏金镂鞍。赍钱三百万,皆用青丝穿。杂彩三百匹,交广市鲑珍。从人四五百,郁郁登郡门。阿母谓阿女:"适得府君书,明日来迎汝。何不作衣裳,莫令事不举!"阿女默无声,手巾掩口啼,泪落便如泻。移我琉璃榻,出置前窗下。左手持刀尺,右手执绫罗。朝成绣袷裙,晚成单罗衫。晻晻日欲暝,愁思出门啼。府吏闻此变,因求假暂归。未至二三里,摧藏马悲哀。新妇识马声,蹑履相逢迎。怅然遥相望,知是故人来。举手拍马鞍,嗟叹使心伤。"自君别我后,人事不可量。果不如先愿,又非君所详。我有亲父母,逼迫兼弟兄。以我应他人,君还何所望?"府吏(为)〔谓〕新妇:"贺卿(德)〔得〕高迁。磐石方(可)〔且〕厚,可以卒千年。蒲苇一时纫,便作旦夕间。卿当日胜贵,吾独向黄泉!"新妇谓府吏:"何意出此言?同是被逼迫,君尔妾亦然。黄泉下相见,(忽)〔勿〕违今日言!"执手分道去,各各还家门。生人作死别,恨恨那可论!念与世间辞,千万不复全。府吏还家去,上堂拜阿母:"今日大风寒,寒风摧树木,严霜结庭兰。儿今日冥冥,令母在后单。故作不良计,勿复怨鬼神。命如南山石,四体康且直。"阿母得闻之,零泪应声落。"汝是大家子,仕宦于台阁。慎勿为妇死,贵贱情何薄。东家有贤女,窈窕艳城郭。阿母为汝求,便复在旦夕。"府吏再拜还,长叹空房中,作计乃尔立。转头向户里,渐见愁煎迫。其日牛马嘶,新妇入青庐。奄奄黄昏后,寂寂人定初。我命绝今日,魂去尸长留。揽裙脱丝履,举身赴清池。府吏闻此事,心知长别离。徘徊庭树下,自挂东南枝。两家求合葬,合葬华山傍。东西植松柏,左右种梧桐。枝枝相覆盖,叶叶相交通。中有双飞鸟,自名为鸳鸯。仰头相向鸣,夜夜达五更。行人驻足听,寡妇(赴)〔起〕彷徨。多谢后世人,戒之慎勿忘!

卢女曲　　　　唐·崔颢

《乐府解题》曰:"卢女者,魏武帝时宫人也,故将军阴升之姊。七岁入汉宫,善鼓琴。至明帝崩后,出嫁为尹更生妻。梁简文帝《妾薄命》曰:'卢姬嫁日晚,非复少年时。'盖伤其嫁迟也。"

二月春来半,宫中日渐长。柳垂金屋暖,花覆玉楼香。拂匣先临镜,调笙更炙簧。还将《卢女曲》,夜夜奉君王。

卢姬篇　　　　　　　崔颢

卢姬小小魏王家,绿鬓红唇桃李花。魏王绮楼十二重,水精帘箔绣芙蓉。白玉阑干金作柱,楼上朝朝学歌舞。前堂后堂罗袖人,南窗北窗花发春。翠幌珠帘斗弦管,一奏一弹云欲断。君王日晚下朝归,鸣环佩玉生光辉。人生今日得骄贵,谁道卢姬身细微?

邯郸才人嫁为厮养卒妇　齐·谢朓

生平宫阁里,出入侍丹墀。开箪方罗縠,窥镜比蛾眉。初别意未解,去久日生悲。憔悴不自识,娇羞馀故姿。梦中忽仿佛,犹言承宴私。

同前　　　　　　　唐·李白

妾本丛台女,扬蛾入丹阙。自倚颜如花,宁知有凋歇?一辞玉阶下,去若朝云没。每忆邯郸城,深宫梦秋月。君王不可见,惆怅至明发。

杨白花　　　　　　　无名氏

《梁书》曰:"杨华,武都仇池人也。少有勇力,容貌雄伟,魏胡太后逼通之。华惧及祸,乃率其部曲来降。胡太后追思之不能已,为作《杨白华》歌辞,使宫人昼夜连臂蹋足歌之,声甚凄惋。"故《南史》曰:"杨华本名白花,奔梁后名华,魏名将杨大眼之子也。"

阳春二三月,杨柳齐作花。春风一夜入闺闼,杨花飘荡落南家。含情出户脚无力,拾得杨花泪沾臆。秋去春还双燕子,愿衔杨花入窠里。

杨白花　　　　　　　唐·柳宗元

杨白花,风吹度江水。坐令宫树无颜色,摇荡春光千万里。茫茫晓日下长秋,哀歌未断城鸦起。

茱萸女　　　　　　　梁简文帝

茱萸生狭斜,结子复衔花。遇逢纤手摘,滥得映铅华。杂与鬟簪插,偶逐鬓钿斜。东西争赠玉,纵横来问家。不无夫婿马,空驻使君车。

同　前　　　　　　　唐·万楚

山阴柳家女,九日采茱萸。复得东邻伴,双为陌上姝。插花向高髻,结子置长裾。作性恒迟缓,非关姹丈夫。平明折林树,日入反城隅。侠客邀罗袖,行人挑短书。蛾眉自有主,年少莫踟蹰。

舞媚娘三首　　　　　　陈后主

《乐苑》曰:"《舞媚娘》、《大舞媚娘》,并羽调曲也。《唐书》曰:'高宗永徽末,天下歌《舞媚娘》。未几,立武氏为皇后。'按陈后主已有此歌,则永徽所歌,盖旧曲云。"

楼上多娇艳,当窗并三五。争弄游春陌,相邀开绣户。转态结红裙,含娇拾翠羽。留宾乍拂弦,托意时移柱。

淇水变新台,春炉当夏开。玉面含羞出,金鞍排夜—作暗来。

春日多—作好风光,寻观向—作戏市傍。转身移佩响,牵袖起衣香。

同前　　　周·庾信

朝来户前照镜,含笑盈盈自看。眉心浓黛直点,额角轻黄细安。只疑落花漫去,复道春风不还。少年唯有欢乐,饮酒那得留残!

于阗采花

山川虽异所,草木尚同春。亦如溱洧地,自有采花人。

同前　　　李　白

于阗采花人,自言花相似。明妃一朝西入胡,胡中美女多羞死。乃知汉地多名姝,胡中无花可方比。丹青能令丑者妍,无盐翻在深宫里。自古妒蛾眉,胡沙埋皓齿。

秦王卷衣　　　梁·吴　均

《乐府解题》曰:"《秦王卷衣》,言咸阳春景及宫阙之美。秦王卷衣,以赠所欢也。"唐李白有《秦女卷衣》。

咸阳春草芳,秦帝卷衣裳。玉检茱萸匣,金泥苏合香。初芳薰复帐,馀辉耀玉床。当须晏朝罢,持此赠龙—作华阳。

秦女卷衣 　　　　　李　白

天子居未央，妾侍—作来卷衣裳。顾无紫宫宠，敢拂黄金床。水至亦不去，熊来尚可当。微身奉—作捧日月，飘若萤火光。愿君采葑菲，无以下体妨。

爱妾换马 　　　　　梁简文帝

《乐府解题》曰："《爱妾换马》，旧说淮南王所作，疑淮南王即刘安也。"古辞今不传。

功名幸多种，何事苦生离？谁言似白玉，定是愧青骊。必取匣中钏，回作饰金羁。真成恨不已，愿得路傍儿。

同　　前　　　　　梁·刘孝威

骢马出楼兰，一步九盘桓。小史赎金络，良工送玉鞍。龙骖来甚易，乌孙去实难。麟胶妾犹有，请为急弦弹。

同　　前　　　　　梁·庾肩吾

渥水出腾驹，湘川实应图。来从西北道，去逐东南隅。琴声悲玉匣，山路泣蘼芜。似鹿将含笑，千金会不俱。

同　　前　　　　　隋·僧法宣

朱鬣饰金镳，红妆束素腰。似云来躞蹀，如雪去飘飖。桃花含浅汗，柳叶带馀娇。骋先将独立，双绝不俱标。

同　前　　　　　唐·张　祜

一面妖桃千里蹄,娇姿骏骨价应齐。乍牵玉勒辞金栈,催整花钿出绣闺。去日岂无沾袂泣?归时还有顿衔嘶。婵娟蹀躞春风里,挥手摇鞭杨柳堤。

绮阁香销华厩空,忍将行雨换追风。休怜柳叶双眉翠,却爱桃花两耳红。侍宴永辞春色里,趁朝休立漏声中。恩劳未尽情先尽,暗泣嘶风两意同。

乐府诗集卷第七十四　　杂曲歌辞 十四

枯鱼过河泣　　　　古　辞

枯鱼过河泣,何时悔复及。作书与鲂鱮,相教慎出入。

同　前　　　　唐·李白

白龙改常服,偶被豫且制。谁使尔为鱼?徒劳诉天帝。作书报鲸鲵,勿恃风涛势。涛落归泥沙,翻遭蝼蚁噬。万乘慎出入,柏人以为诫—作识。

冉冉孤生竹　　　　古　辞

冉冉孤生竹,结根泰山阿。与君为新婚,菟丝附女萝。菟丝生有时,夫妇会有宜。千里远结婚,悠悠隔山陂。思君令人老,轩车来何迟!伤彼蕙兰花,含英扬光辉。过时而不采,将随秋草萎。亮君执高节,贱妾亦何为?

同　前　　　　宋·何偃

流萍依清源,孤鸟亲宿止。荫干相经荣,风波能终始。草生有日月,婚年行及纪。思欲侍衣裳,关山分万里。徒作春夏期,空望良人轨。芳色宿昔事,谁见过时美?凉鸟临—作散秋竟,欢愿亦云已。岂意倚君恩,坐守零落耳。

枣下何纂纂　　　　　　　简文帝

《古咄唶歌》曰："枣下何攒攒,荣华各有时。枣欲初赤时,人从四边来。枣适今日赐,谁当仰视之?"潘安仁《笙赋》曰："咏园桃之夭夭,歌枣下之纂纂。歌曰:枣下纂纂,朱实离离。宛其死矣,化为枯枝。"纂纂,枣花也。枣之纂纂盛貌,实之离离将衰,言荣谢之各有时也。

垂花临碧涧,结翠依丹巇。非直入游宫,兼期植灵苑。落日芳春暮,游人歌吹晚。弱刺引罗衣,朱实凌还襒。且欢洛浦词,无羡安期远。

同前二首　　　　　　　隋·王胄

柳黄知节变,草绿识春归。复道含云影,重檐照日辉。
御柳长条翠,宫槐细叶开。还得闻春曲,便逐鸟声来。

西园游上才

沈约《咏月》诗曰："月华临静夜,夜静灭氛埃。方晖竟户入,圆影隙中来。高楼切思妇,西园游上才。"因以为题也。

西园游上才,清夜可徘徊。月桂临樽上,山云影盖来。飞花随烛度,疏叶向帷开。当轩顾应、阮,还觉贱邹、枚。

薄暮动弦歌　　　　　　　梁·沈君攸

柳谷向夕沉馀日,蕙楼临砌徙斜光。金户半入蘩林影,兰径时移落蕊香。丝绳玉壶传绮席,秦筝赵瑟响高堂。舞裙拂履喧珠珮,歌响出扇绕尘梁。云边雪飞弦柱促,留宾但须罗袖长。日暮歌钟恒不倦,处处行乐为时康。

羽觞飞上苑　　　　　　　沈君攸

《楚辞》曰:"瑶浆(密)〔蜜〕勺实羽觞。"张衡《西京赋》曰:"促中堂之狭坐,羽觞行而无算。"羽觞,谓杯上缀羽以速饮。《汉书音义》曰"羽觞,作生爵形"是也。

上路薄晚风尘合,禁苑初春气色华。石径断丝阑蔓草,山流细沫拥浮花。鱼文熠爚含馀日,鹤盖低昂照落霞。隔树银鞍喧宝马,分衢玉轪动香车。车马处处尽成阴,班荆促席对芳林。藤杯屡动情仍畅,翠樽引满趣弥深。山阳倒载非难得,宜城醇醁促须斟。半醉骊歌应可奏,上客莫虑掷黄金。

桂楫泛河中　　　　　　　沈君攸

黄河曲渚通千里,浊水分流引八川。仙查逐源终未极,苏亭—作汉帝遗迹尚难迁。眇眇云根侵远树,苍苍水气杂—作合遥天。波影杂霞无定色,湍文触岸不成圆。赤马青龙—作骊交出浦,飞云盖海远凌烟。莲舟渡沙转不碍,桂楫距浪弱难前。风急金乌翅自转,汀长锦缆影微悬。榜人欲歌先扣枻,津吏犹醉强持船。河堤极望今如此,行杯落叶讵虚传?

内殿赋新诗　　　　　　　陈·江总

兔影脉脉照金铺,虹水滴滴写玉壶。绮翼雕甍迩清汉,虹梁紫—作桂柱丽黄图。风高暗绿凋残柳,雨驶芳红湿晚芙。三五二八佳年少,百万千金买歌笑。偏羞故人织素诗,愿奉秦声采莲—作菱调。织女今夕渡银河，当见清—作新秋停玉梭。

武溪深行　　　后汉·马　援

一曰《武陵深行》。崔豹《古今注》曰："《武溪深》，马援南征之所作也。援门生爰寄生善吹笛，援作歌，令寄生吹笛以和之，名曰《武溪深》。"

滔滔武溪一何深！鸟飞不度，兽不敢临。嗟哉武溪兮多毒淫！

同　　前　　　梁·刘孝胜

武溪深不测，水安舟复轻。暂侣庄生钓，还滞鄂君行。棹歌争后发，噪鼓逐前征。秦上山川险，黔中木石并。林壑秋籁急，猿哀夜月明。澄源本千仞，回峰忽万萦。昭潭让无底，太华推削成。日落野通气，目极怅馀情。下流曾不浊，长迈寂无声。羞学沧浪水，濯足复濯缨。

半渡溪　　　梁·刘孝威

《乐府解题》曰："《半渡溪》，言战而半涉溪水见迫，所言皆岭南地里，与《武溪深》相类。"梁元帝又有《半路溪》，则言相逢隔溪，已识行步，辞旨与此全殊。

本厕偏伍伴，一战殄凶渠。制赐文犀节，驿报紫泥书。入营陈御盖，还家乘紫车。皇恩空以重—作知已重，丹心恨不纾。渡泸且不畏，凌溪嗟有馀。

半路溪　　　　　　　梁元帝

相逢半路溪,隔溪犹不渡。望望判知是,翩翩识行步。摘赠兰泽芳,欲表同心句。先将一作持动旧情,恐君疑妾妒。

昔思君　　　　　　　晋·傅玄

昔君与我兮形影潜结,今君与我兮云飞雨绝。昔君与我兮音响相和,今君与我兮落叶去柯。昔君与我兮金石无亏,今君与我兮星灭光离。

妾安所居　　　　　　梁·吴均

贱妾先有宠,蛾眉进不迟。一从西北丽,无复城南期。何因暂艳逸,岂为乏妍姿?徒有黄昏望,宁遇青楼时。惟惜应门掩,方馀永巷悲。匡床终不共,何由横自思。

饮酒乐　　　　　　　晋·陆机

《乐苑》曰:"《饮酒乐》,商调曲也。"

蒲萄四时芳醇,琉璃千钟旧宾。夜饮舞迟销烛,朝醒弦促催人。

同　前　　　　　　　无名氏

饮酒须饮多,人生能几何?百年须受乐,莫厌管弦歌。

同　前　　　　　　　唐·聂夷中

日月似有事,一夜行一周。草木犹须老,人生得无愁?

一饮解百结,再饮破百忧。白发欺贫贱,不入醉人头。我愿东海水,尽向杯中流。安得阮步兵,同入醉乡游!

淫思古意　　　宋·颜竣

春风飞远方,纪转流思堂。贞节寄君子,穷闱妾所藏。裁书露微疑,千里问新知。君行过三稔,故心久当移。

思公子　　　齐·王融

《楚辞·九歌》曰:"雷填填兮雨冥冥,猿啾啾兮狖夜鸣。风飒飒兮木萧萧,思公子兮徒离忧。"《思公子》盖出于此。

春尽风飒飒,兰凋木修修。王孙久为客,思君徒自忧。

同　前　　　梁·费昶

公子才气饶,凌云自飘飘。东出斗鸡道,西登饮马桥。夕宴银为烛,朝燔桂作焦。虞卿亦何命,穷极苦无聊。

同　前　　　北齐·邢劭

绮罗日减带,桃李无颜色。思君君未归,归来岂相识。

王孙游　　　齐·谢朓

《楚辞·招隐士》曰:"王孙游兮不归,春草生兮萋萋。"《王孙游》盖出于此。

绿草蔓—作萝如丝,杂树红英发。无论君不归,君归芳已歇。

同　前　　　　　王　融

置酒登广殿,开襟望所思。春草行已歇,何事久佳期—
本辞同《思公子》。

同　前　　　　唐·崔国辅

自与王孙别,频看黄鸟飞。应由春草误,著处不成归。

阳翟新声　　　齐·王　融

《隋书·乐志》曰:"西凉乐曲《阳翟新声》、《神白马》之类,皆生于胡戎歌,非汉、魏遗曲也。"

怀春发下蔡,含笑向阳城。耻为飞雉曲,好作鹍鸡鸣。

金乐歌　　　　梁简文帝

槐香欲覆井,杨柳正藏鸦。山炉当—作好无比,玉构火窗赊。床头辟绳结,镜上领巾斜。铁镂种梁子,铜枢生(秦)〔枣〕花。开门抛水柱—作信,城按特言家。

同　前　　　　　梁元帝

啼乌怨别偶,曙乌忆谁家? 石阙题书字,金灯飘落花。东方晓星没,西山晚日斜。縠衫回广袖,团扇掩轻纱。暂借青骢马,来送黄牛车。

同　前　　　　梁·房　篆

前溪流碧水,后渚映青天。登台临宝镜,开窗对绮钱。

玉颜光粉色,罗袖拂金钿。春风散轻蝶,明月映新莲。摘花竞时侣,催(指)〔桔〕及芳年。

乐未央　　　　梁·沈约

亿舜日,万尧年。咏《湛露》,歌《采莲》。愿杂百和气,宛转金炉前。

南征曲　　　　梁·萧子显

棹歌来扬女,操舟惊越人。图蛟怯水伯,照鹬悚江神。

发白马　　　　梁·费昶

《通典》曰:"白马,春秋时卫国曹邑有黎阳津,一曰白马津。郦生云'守白马之津'是也。"《发白马》,言征戍而发兵于此也。

家本楼烦俗,召募羽林儿。怖羌角觚戏,习战昆明池。弓弢不复挽,剑衣恒露铍。一辞豹尾内,长别属车垂。白马今虽发,黄河未结澌。寄言闺中妇:逢春心勿移!

同　前　　　　李　白

将军发白马,旌节渡黄河。箫鼓聒川岳,沧溟涌洪（一作涛）波。武安有振瓦,易水无寒歌。铁骑若雪山,饮流涸滹沱。扬兵猎月窟,转战略朝那。倚剑登燕然,边峰列嵯峨。萧条万里外,耕作五原多。一扫清大漠,包虎戢金戈。

济黄河　　　　梁·谢微

积阴晦平陆,凄风结暮序。朝辞金谷戍,夕逗黄河渚。

赤兔徒联翩,青凫讵容与?泪甚声难发,悲多袖未举。虚薄谬君恩,方嗟别宛、许。

同　前　　　陈·江总

葱山沦外(城)〔域〕,盐泽隐遐方。两京分际远,九道派流长。未殚所闻见,无待验词章。留连嗟太史,惆怅践黎阳。导波萦地节,疏气耿天潢。悯周〔沉〕用宝,嘉晋肇为梁。

同　前　　　隋·萧悫

大蕃连帝室,骖驾奉皇猷。未明驱羽骑,凌晨方画舟。津城度维锦,岸柳夹缇油。钟声扬别岛,旗影照苍流。早光生剑服,朝风起节楼。滔滔细波动,裔裔轻舣浮。回栧避近碛,放舳下前洲。全疑上天汉,不异谒蓬丘。望知云气合,听识水声秋。从军何等乐,喜从神仙游!

结袜子　　　后魏·温子昇

《帝王世纪》曰:"文王伐崇侯虎,至五凤墟。袜系解,顾左右无可使者,乃俯而结之。武王至商郊牧野,誓众,左仗黄钺,右秉白旄。王袜解,莫肯与王结,王乃释旄,俯而结之。"《汉书》曰:"王生者,善为黄老言,处士。尝召居廷中,公卿尽会立。王生老人曰:'吾袜解。'顾谓张释之:'为我结袜。'释之跪而结之。既已,人或让王生:'独奈何廷辱张廷尉如此!'王生曰:'吾老且贱,自度终亡益于张廷尉。廷尉方天下名臣,吾故聊使结袜,欲以重之。'诸公闻之,贤王生而重释之。"唐李白辞,大抵言感恩之重,而以命相许也。

谁能访故剑,会自逐前鱼。裁纨终委箧,织素空有馀。

同前　　　唐·李白

燕南壮士吴门豪,筑中置铅鱼隐刀。感君恩重许君命,太山一掷轻鸿毛。

沐浴子

澡身经兰汜,濯发傃芳洲。折荣聊踯躅,攀桂且淹留。

同前　　　李白

沐芳莫弹冠,浴兰莫振衣。处世忌太絜,志—作至人贵藏晖。沧浪有钓叟,吾与尔同归!

安定侯曲　　　后魏·温子昇

封疆在上地,钟鼓自相和。美人当窗舞,妖姬掩扇歌。

泽雉

《庄子》曰:"泽雉十步一啄,百步一饮,不期畜乎樊中。"《泽雉曲》,盖取此也。《古今乐录》曰:"《凤将雏》以《泽雉》送曲。"

擅场延绣颈,朝飞弄绮翼。饮啄常自在,惊雄恒不息。

短箫　　　梁·张崱

促柱弦始繁,短箫吹初亮。舞袖拂长席,钟音由簴飏。已落檐瓦间,复绕梁尘上。时属清夏阴,恩晖亦非望。

伍子胥　　　　　鲍机

忠孝诚无报,感义本投身。日暮江波急,谁怜渔父人?楚墓悲犹—作空在,吴门恨—作怨未申。

清凉　　　　　梁张率

登台待初景,帐殿蔼馀晨。罗帷夕风净,清气尚波人。长簟凉可仰,平莞温未亲。幸愿同枕席,为君横自陈。

乐府诗集卷第七十五　　杂曲歌辞 十五

三台二首　　唐·韦应物

《后汉书》曰:"蔡邕为侍御史,又转持书侍御史,迁尚书。三日之间,周历三台。"冯鉴《续事始》曰:"乐府以邕晓音律,制《三台曲》以悦邕,希其厚遗。"刘禹锡《嘉话录》曰:"三台送酒,盖因北齐高洋毁铜雀台,筑三个台。宫人拍手呼上台送酒,因名其曲为《三台》。"李氏《资暇》曰:"《三台》,三十拍促曲名。昔邺中有三台,石季龙常为宴游之所。乐工造此曲以促饮。"未知孰是。《邺都故事》曰:"汉献帝建安五年,曹操破袁绍于邺。十五年筑铜雀台,十八年作金虎台,十九年造冰井台,所谓邺中三台也。"《北史》曰:"齐文宣天保中营三台于邺,因其旧基而高博之。九年台成,改铜爵曰金凤,金虎曰圣应,冰井曰崇光"云。按《乐苑》,唐天宝中羽调曲有《三台》,又有《急三台》。

一年一年老去,明日后日花开。未报长安平定,万国岂得衔杯?冰泮寒塘始绿,雨馀百草皆生。朝来门阁无事,晚下高斋有情。

上皇三台

不寐倦长更,披衣出户行。月寒秋竹冷,风切夜窗声。

突厥三台

雁门山上雁初飞,马邑栏中马正肥。日旰山西逢驿使,殷勤南北送征衣。

宫中三台二首　　唐·王　建

鱼藻池边射鸭,芙蓉园里看花。日色柘袍相似,不著红鸾扇遮。

池北池南草绿,殿前殿后花红。天子千年万岁,未央明月清风。

江南三台四首　　唐·王　建

扬州桥边小妇,长干市里商人。三年不得消息,各自拜鬼求神。

青草湖边草色,飞猿岭上猿声。万里三湘客到,有风有雨人行。

树头花落花开,道上人去人来。朝愁暮愁即老,百年几度三台?

闻身强健且为一作闻身康健早为,头白齿落难追。准拟百年千岁,能得几许多时?

陵云台　　梁·谢　举

《魏志》曰:"文帝黄初元年十二月,初营洛阳宫。戊午,幸洛阳。二年,筑陵云台。"刘义庆《世说》曰:"陵云台,楼观精巧,先秤众木轻重,然后构造,无锱铢相负揭。台高峻,恒随风动摇。"杨龙骧《洛阳记》曰:"陵云台高二十三丈,登之见孟津也。"

绮甍悬桂栋,隐暧傍乔柯。势高凌玉井,临迥度金波。易觉凉风至,早飞秋雁过。高台相思曲,望远骚人歌。幸属一作瞩此迢递,知承云雾多。

同前　　　周·王褒

高台悬百尺,中夕殊未穷。北临酸枣寺,西眺明光宫。城旁抵双府,林里对相风。书题鹿卢榜,观写飞廉铜。窗开神女电,梁映美人虹。虞捐滥天宠,郑督特怀忠。庄生垂翠钓,昭仪抵斗熊。驰轮有盈缺,人道亦污隆。还念西陵舞,非复邺城中!

建兴苑　　　梁·纪少瑜

丹陵抱天邑,紫渊更上林。银台悬百仞,玉树起千寻。水流冠盖影,风扬歌吹音。踟蹰怜拾翠,顾步惜遗簪。日落庭光转,方幰屡移阴。愿言乐未极,不道爱黄金。

曲池水　　　齐·谢朓

缓步遵莓渚,披衿待蕙风。芙蕖舞轻带,苞笋出芳丛。浮云自西北,江海思无穷。鸟去能传响,见我测琴中。

筑城曲　　　唐·张籍

马(扁)〔缟〕编《中华古今注》曰:"秦始皇三十二年,得谶书云:'亡秦者胡。'乃使蒙恬击胡,筑长城以备之。"《淮南子》曰:"秦发卒五十万筑修城,西属流沙,北系辽水,东结朝鲜,中国内郡辇车而饷之。后因有《筑城曲》,言筑长城以限胡虏也。又有《筑城睢阳曲》,与此不同。"《古今乐录》曰:"筑城相杵者,出自汉梁孝王。孝王筑睢阳城,方十二里,造唱声,以小鼓为节,筑者下杵以和之,后世谓此声为

《睢阳曲》。"晋《太康地记》曰："今乐家《睢阳曲》,是其遗音。"《唐书·乐志》曰"《睢阳操》用春牍"是也。按《汉书》曰"梁孝王广睢阳城七十二里",而云十二里,未知孰实。

筑城去,千人万人齐抱杵。重重土坚试行锥,军吏执鞭催作迟。来时一年深碛里,着尽短衣渴无水。力尽不得抛一作休杵声,杵声未定人皆死。家家养男当门户,今日作君城下土。

同前五解　　　　　唐·元　稹

年年塞下丁,长作出塞兵。自从冒顿强,官筑遮虏城。一解筑城须努力,城高遮得贼。但恐贼路多,有城遮不得。二解丁口传父口,莫问城坚不。平城被虏围,汉厮城墙走。三解因兹虏请和虏一作请休和,往骑来多。半疑兼半信,筑城犹嵯峨。四解筑城安敢烦,愿听丁一言:请筑鸿胪寺,兼愁虏出关。五解

同前二首　　　　　唐·陆龟蒙

城上一抔土,手中千万杵。筑城畏不坚,坚城在何处?

莫叹筑城劳,将军要却敌。城高功亦高,尔命何处一作足惜!

大道曲　　　　　　晋·谢　尚

《乐府广题》曰:"谢尚为镇西将军,尝着紫罗襦,据胡床,在市中佛国门楼上弹琵琶,作《大道曲》。市人不知是三公也。"

青阳二三月,柳青桃复红。车马不相识,音落黄埃中。

采荷调　　　　　梁·江从简

《乐府广题》曰："梁太尉从事中郎江从简,年十七,有才思。为《采荷调》以刺何敬容。敬容览之,不觉嗟赏,爱其巧丽。敬容时为宰相。"

欲持荷作柱,荷弱不胜梁。欲持荷作镜,荷暗本无光。

湖阴曲　　　　　唐·温庭筠

温庭筠《曲序》曰："晋王敦举兵至湖阴。明帝微行,视其营伍。由是乐府有《湖阴曲》。后其辞亡,因作而附之。"

祖龙黄须珊瑚鞭,铁骢金面青连钱。虎髯拔剑欲成梦,日压贼营如血鲜。海旗风急惊眠起,甲重光摇照湖水。苍黄追骑尘外归,森索妖星阵前死。五陵愁碧春萋萋,灞川玉马空中嘶。羽书如电入青琐,雪腕如捶催画鞞。白虹天子金煌铓,高临帝座回龙章。吴波不动楚山晚,花压阑干春昼长。

永明乐十首　　　　齐·谢　朓

《南齐书·乐志》曰："《永明乐歌》者,竟陵王子良与诸文士造奏之。人为十曲。道人释宝月辞颇美,武帝常被之管弦,而不列于乐官。"按此曲永明中造,故曰永明乐。

帝图闰九有,皇风浮四溟。永明一为乐,《咸池》无复灵。

民和礼乐富,世清歌颂徽。鸿名轶卷领,称首迈垂衣。

朱台郁相望,青槐纷驰道。秋云湛甘露,春风散芝草。

龙楼日月照,淄馆风云清。储光温似玉,藩度式如琼。
化洽鲲海君,恩变龙庭长。西北骛环裘,东南尽龟象。
出车长洲苑,选旅朝夕川。络络结云骑,奕奕泛戈船。
燕驷游京洛,赵服丽有辉。清歌留上客,妙舞送将归。
实相薄五礼,妙花开六尘。明祥已玉烛,宝瑞亦金轮。
生蔑芊萝性,身与嘉惠隆。飞缨入华殿,屣步出重宫。
彩凤鸣朝阳,玄鹤舞清商。瑞此永明曲,千载为金皇。

同前十首　　　齐·王　融

玄符昭景历,茂实偶英声。长为南山固,永与朝日明。
灵丘比翼栖,芳林合条起。两代分宪章,一朝会书轨。
二离金玉相,三衮兰蕙芳。重仪文世子,再奉东平王。
空谷返逸骎,阴山响鸣鹤。振玉蹦丹墀,怀芳步青阁。
崇文晦已明,胶庠杂复整。弱台留折巾,沂川咏芳颖。
定林去喧俗,鹿野出埃霞。香风流梵琯,泽雨散云花。
楚望倾渑涤,日馆仰銮铃。已睎五云发,方照两河清。
幸哉明盛世,壮矣帝王居。高门夜不柝,饮帐晓长舒。
总棹金陵渚,方驾玉山阿。轻露炫珠翠,初风摇绮罗。
西园抽蕙草,北沼掇芳莲。生逢永明乐,死日生之年。

同　　前　　　梁·沈　约

联翩贵游子,侈靡千金客。华毂起飞尘,珠履竟长陌。

永世乐　　　　北齐·魏　收

《隋书·乐志》曰:"后魏太武平河西,得西凉乐,其歌曲有《永世乐》。"

绮窗斜影入,上客酒须添。翠羽方开美,铅华汗不沾。关门今可下,落珥不相嫌。

无愁果有愁曲　　　唐·李商隐

《隋书·乐志》曰:"北齐后主自能度曲,尝倚弦而歌,别采新声,为《无愁曲》。自(殚)〔弹〕胡琵琶而唱之,音韵窈窕,极于哀思。使胡儿阉官辈齐和之,曲终乐阕,莫不陨涕。虽行幸道路,或时马上奏之,乐往哀来,竟以亡国。"李商隐曰:"《无愁果有愁曲》,北齐歌也。"《唐会要》:"天宝十三载,改《无愁》为《长欢》。"

东有青龙西白虎,中含福皇包世度。玉壶渭水笑清潭,凿天不到牵牛处。麒麟踏云天马狞,牛山撼碎珊瑚声。秋娥点滴不成泪,十二玉楼无故钉。推烟唾月抛千里,十番红桐一行死。白杨别屋鬼迷人,空留暗记如蚕纸。日暮向风牵短丝,血凝血散今谁是?

起夜来　　　梁·柳恽

《乐府解题》曰:"《起夜来》,其辞意犹念畴昔思君之来也。"唐聂夷中又有《起夜半》。

城南断兵骑,阁道覆青埃。露华光翠网,月影入兰台。洞房且莫掩,应门或复开。飒飒秋桂响,非君起夜来。

同　前　　　唐·施肩吾

香销连理带,尘覆合欢杯。懒卧相思枕,愁吟《起夜来》。

起夜半 唐·聂夷中

念远心如烧,不觉中夜起。桃花带露泛,立在月明里。

独不见 梁·柳恽

《乐府解题》曰:"《独不见》,伤思而不得见也。"

别岛望云台,天渊临水殿。芳草生未积,春花落如霰。出从张公子,还过赵飞燕。奉帚长信宫,谁知独不见。

同前 唐·沈佺期

卢家小妇郁金堂,海燕双栖玳瑁梁。九月寒砧催下叶,十年征戍忆辽阳。白狼河北音书断,丹凤城南秋夜长。谁知含愁独不见,使妾明月照流黄。

同前 唐·王训

日晚宜春暮,风软上林朝。对酒近初节,开楼荡夜娇。石桥通小涧,竹路上青霄。持底谁见许,长愁成细腰。

同前 唐·杨巨源

东风艳阳色,柳绿花如霰。竞理同心鬟,争持合欢扇。香传贾娘手,粉离何郎面。最恨卷帘时,含情独不见。

同前 唐·李白

白马谁家子?黄龙边塞儿。天山三丈雪,岂是远行时?

春蕙忽秋草,莎鸡鸣曲池。风催寒梭响,月入霜闺悲。忆与君别年,种桃齐蛾眉。桃今百馀尺,花落成枯枝。终然独不见,流泪空自知。

同 前　　唐·戴叔伦

前宫路非远,旧苑春将遍。玉户看早梅,雕梁数归燕。身轻逐舞袖,香暖传歌扇。自知秋风词,长侍昭阳殿。谁信后庭人,年年独不见?

同 前　　唐·胡 曾

玉关一自有氛埃,年少从军竟未回。门外尘凝张乐榭,水边香灭按歌台。窗残夜月人何处?帘卷春风燕复来。万里寂寥音信绝,寸心争忍不成灰?

乐府诗集卷第七十六　杂曲歌辞 十六

携手曲　　　梁·沈约

《携手曲》,梁沈约所制也。《乐府解题》曰:"《携手曲》,言携手行乐,恐芳时不留,君恩将歇也。"

舍辔下雕辂,更衣奉玉床。联簪映秋水,开镜比春妆。所畏红颜促,君恩不可长。鸰冠且容裔,岂吝桂枝亡。

同前　　　梁·吴均

艳裔阳之春,携手清洛滨。鸡鸣上林苑,薄暮小平津。长裾藻白日,广袖带芳尘。故交一如此,新知讵忆人。

同前　　　唐·田娥

携手共惜芳菲节,莺啼锦花满城阙。行乐透迤念容色,色衰只恐君恩歇。凤笙龙管白日阴,盈亏自感青天月。

邯郸行　　　齐·陆厥

《通典》曰:"邯郸,战国时赵国所都,自敬侯始都之。有丛台、洪波台在焉。邯,山名;郸,尽也。"《乐府广题》曰:"《邯郸》,舞曲也。"

赵女撅鸣琴,邯郸纷蹋步。长袖曳三街,兼金轻一顾。有美独临风,佳人在遐路。相思欲褰衽,丛台日已暮。

邯郸歌　　　　　梁武帝

回顾灞陵上,北指邯郸道。短衣妾不伤,南山为君老。

大垂手　　　　　梁·吴均

《乐府解题》曰:"《大垂手》、《小垂手》,皆言舞而垂其手也。"隋江总《妇病行》曰"夫婿府中趋,谁能大垂手"是也。又,《独摇手》亦与此同。

垂手忽迢迢,飞燕掌中娇。罗衫恣风引,轻带任情摇。讵似长沙地,促舞不回腰。

同　前　　　　　唐·聂夷中

金刀剪轻云,盘用黄金缕。装束赵飞燕,教来掌上舞。舞罢飞燕死,片片随风去。

小垂手　　　　　梁·吴均

舞女出西秦,蹑影舞阳春。且复小垂手,广袖拂红尘。折腰应两笛,顿足转双巾。蛾眉与慢脸,见此空愁人。

夜夜曲二首　　　　　沈约

《夜夜曲》,梁沈约所作也。梁《乐府解题》曰:"《夜夜曲》,伤独处也。"

北斗阑干去,夜夜心独伤。月辉横射枕,灯光半隐床。
河汉纵复横,北斗横复直。星汉空如此,宁知心有忆。
孤灯暧不明,寒机晓犹织。零泪向谁道,鸡鸣徒叹息。

同　前　　　　　　梁简文帝

霭霭夜中霜,何关向晓光。枕啼常带粉,身眠不著床。兰膏尽更益,薰炉灭复香。但问愁多少,便知夜短长。

同　前

愁人夜独伤,灭烛卧兰房。只恐多情月,旋来照妾床。

同　前　　　　　　唐·王偓

北斗星移银汉低,班姬愁思凤城西。青槐陌上人行绝,明月楼前乌夜啼。

同　前　　　　　　唐·僧贯休

蟪蛄切切风骚骚,芙蓉喷香蟾蜍高。孤灯耿耿征妇劳,更深扑落金错刀。

秋夜长　　　　　　齐·王融

魏文帝诗曰:"漫漫秋夜长,烈烈北风凉。展转不能寐,披衣起彷徨。彷徨忽已久,白露沾我裳。俯视清水波,仰看明月光。"又曰:"草虫鸣何悲,孤雁独南翔。郁郁多悲思,绵绵思故乡。"《秋夜长》其取诸此。

秋夜长,夜长乐未央。舞袖拂花烛,歌声绕凤梁。

同　前　　　　　　唐·王勃

秋夜长,殊未央。月明白露澄清光,层城绮阁遥相望。

遥相望,川无梁。北风受节南雁翔,崇兰委质时菊芳。鸣环曳履出长廊,为君秋夜捣衣裳,纤罗对凤凰,丹绮双鸳鸯,调砧乱杵思自伤。思自伤,征夫万里戍他乡。鹤关音信断,龙门道路长。所在天一方,寒衣徒自香!

同　前　　　　唐·张籍

　　秋天如水夜未央,天汉东西月色光。愁人不寐畏枕席,暗虫唧唧绕我傍。荒城为村无更声,起看北斗天未明。白露满田风裛裛,千声万声鹈鸟鸣。

秋夜曲二首　　　　唐·王建

　　天清漏长霜泊泊,兰绿收荣桂膏涸。高楼云鬟弄婵娟,古瑟暗断秋风弦。玉关遥隔万里道,金刀不剪双泪泉。香囊火死香气少,向帷合眼何时晓—作向谁眠阁何时晓?城乌作营啼野月,秦州少妇生离别。

　　秋灯向壁掩洞房,良人此夜直明光。天河悠悠漏水长,南楼北斗两相当。

同前二首　　　　唐·王维

　　丁丁漏水夜何长,漫漫轻云露月光。秋壁暗虫通夕响,寒衣未寄莫飞霜!

　　桂魄初生秋露微,轻罗已薄未更衣。银筝夜久殷勤弄,心怯空房不忍归。

夜坐吟　　　　　　宋·鲍照

《夜坐吟》，鲍照所作也。其辞曰"冬夜沉沉夜坐吟"，言听歌逐音，因音托意也。宗夬又有《遥夜吟》，则言永夜独吟，忧思未歇，与此不同。

冬夜沉沉夜坐吟，含情—作声未发已知心。霜入幕，风度林。朱灯灭，朱颜寻。体君歌，逐君音。不贵声，贵意深。

同　前　　　　　　唐·李白

冬夜夜寒觉夜长，沉吟久坐坐北堂。冰合井泉月入闺，青钉凝—作金钉青凝明照悲啼。青—作金钉灭，啼转多。掩妾泪，听君歌。歌有声，妾有情。情声合，两无违。一语不入意，从君万曲梁尘飞。

同　前　　　　　　唐·李贺

踏踏马头—作蹄谁见过？眼看北斗直天河。西风罗幕生翠波，铅华笑妾鬈青娥。为君起唱—作舞长相思，帘外严霜皆倒飞，明星烂烂东方陲。红霞稍出东南涯，陆郎去矣乘斑骓。

遥夜吟　　　　　　梁·宗夬

遥夜复遥夜，遥夜忧未歇。坐对风动帷，卧见云间月。

寒夜怨　　　　　　梁·陶弘景

《乐府解题》曰："晋陆机《独寒吟》云：'雪夜远思君，寒窗独不寐。'但叙相思之意尔。"陶弘景有《寒夜怨》，梁简文帝有《独处愁》，亦皆类此。

夜云生，夜鸿惊，凄切嘹唳伤夜情。空山霜满高烟平，铅华沈照帐孤明。寒日微，寒风紧。愁心绝，愁泪尽。情人不胜怨，思来谁能忍？

寒夜吟　　　　　　　唐·鲍溶

九衢金吾夜行行，上宫玉漏遥分明。霜飙乘阴扫地起，旅鸿迷雪绕枕声，远人归梦既不成。留家惜夜欢心发，罗幕画堂深皎絜。兰烟对酒客几人，兽火扬光二三月。细腰楚姬丝竹间，白纻长袖歌闲闲。岂识苦寒损朱颜？

独处愁　　　　　　　梁简文帝

司马相如《美人赋》曰："芳香郁烈，黼帐高张。有女独处，婉然在床。乃歌曰：'独处室兮廓无依，思佳人兮情伤悲。'"《独处愁》盖取诸此。

独处恒多怨，开幕试临风。弹棋镜奁上，傅粉高楼中。自君征马去，音信不曾通。只恐金屏掩，明年已复空。

忧旦吟　　　　　　　齐·张融

鸣琴当春夜，春夜当鸣琴。羁人不及乐—作自不乐，何似千里心。

霜妇吟　　　　　　　周·萧㧑

寒夜静房栊，孤妾思偏丛。悲生聚绀黛，泪下浸妆红。

蓄恨萦心里，含啼归帐中。会须明月落，那忍见床空？

同声歌　　　　　后汉·张　衡

《乐府解题》曰："《同声歌》，汉张衡所作也。言妇人自谓幸得充闺房，愿勉供妇职，不离君子。思为莞簟，在下以蔽匡床；衾裯，在上以护霜露。缱绻枕席，没齿不忘焉。以喻臣子之事君也。"晋傅玄《何当行》曰："同声自相应，同心自相知。"言结交相合，其义亦同也。

邂逅承际会，得充君后房。情好新交接，恐慄若探汤。不才勉自竭，贱妾职所当。绸缪主中馈，奉礼助蒸尝。思为（苑）〔莞〕蒻席，在下蔽匡床；愿为罗衾帱，在上卫风霜。洒扫清枕席，鞮芬以狄香。重户结金扃，高下华灯光。衣解巾粉御，列图陈枕张。素女为我师，仪态盈万方。众夫所希见，天老教轩皇。乐莫斯夜乐，没齿焉可忘。

何当行　　　　　晋·傅　玄

同声自相应，同心自相知。外合不由中，虽固终必离。管鲍不世出，结交安可为。

定情诗　　　　　后汉·繁　钦

《乐府解题》曰："《定情诗》，汉繁钦所作也。言妇人不能以礼从人，而自相悦媚。乃解衣服玩好致之，以结绸缪之志，若臂环致拳拳，指环致殷勤，耳珠致区区，香囊致扣扣，跳脱致契阔，珮玉结恩情，自以为志而期于山隅、山阳、山西、山北。终而不答，乃自伤悔焉。"

我出东门游，邂逅承清尘。思君即幽房，侍寝执衣巾。

时无桑中契,迫此路侧人。我(即)〔既〕媚君姿,君亦悦我颜。何以致拳拳,绾臂双金环;何以致殷勤,约指一双银;何以致区区,耳中双明珠;何以致叩叩,香囊系肘后;何以致契阔,绕腕双跳脱;何以结恩情,珮玉缀罗缨;何以结中心,素缕连双针;何以结相於,金薄画搔头;何以慰别离,耳后玳瑁钗;何以答欢悦,纨素三条裾;何以结愁悲,白绢双中衣。与我期何所,乃期东山隅,日旰兮不至,谷风吹我襦。远望无所见,涕泣起踟蹰。与我期何所,乃期山南阳,日中兮不来,飘风吹我裳。逍遥莫谁睹,望君愁我肠。与我期何所,乃期西山侧。日夕兮不来,踯躅长叹息。远望凉风至,俯仰正衣服。与我期何所,乃期山北岑。日暮兮不来,凄风吹我衿。望君不能坐,悲苦愁我心。爱身以何为,惜我华色时。中情既款款,然后克密期。褰衣蹑花草,谓君不我欺。厕此丑陋质,徙倚无所之。自伤失所欲,泪下如连丝。

定情篇　　　唐·乔知之

共君结新婚,岁寒(必)〔心〕未卜。相与游春园,各随情所逐。君念菖蒲花,妾感苦寒竹。菖花多艳姿,寒竹有贞叶。此时妾比君,君心不如妾。簪玉步河堤,(交)〔夭韶〕援绿(簇)〔萸〕。凫雁将子游,莺燕从双栖。君念春光好,妾向春光啼。君时不得意,妾弃还金闺。结〔言〕本同心,悲欢何未齐?怨(明)〔咽〕前致辞,愿得申所悲。人间丈夫易,世路妇难为。始经天月照,终若流星驰。〔天月恒终始,流星无定期。〕长信佳丽人,失意非蛾眉。庐江小史妇,非关织作迟。本愿长相对,今已长相思。复有游宦子,结援从梁、陈。燕居崇三朝,去来历九春。誓心妾终始,蚕桑奉所亲。归愿未克从,黄金赠路人。絜妇怀明义,从沉河之津。于今千万年,谁当问水滨。更忆倡家楼,夫婿事封侯。去时思灼灼,去罢心悠悠。不怜妾岁晏,(千)〔十〕载陇西头。以兹常惕惕,百虑恒盈积。由来共结褵,几人同匪石。故岁雕梁燕,双去今来只。今日玉庭梅,朝红暮成碧。碧荣始芬敷,黄叶已渐沥。何用念芳春,芳春有流易;何用重欢娱,欢娱俄戚戚。家本巫山阳,归去路何长。叙言情未尽,采菉已盈筐。桑〔榆〕日〔反〕映,物(草)色盈高冈。下有碧流水,上有丹桂香。桂枝不须折,碧流清且絜。赠君比芳菲,受惠常不灭;赠君泪潺湲,相思无断绝。妾有秦家镜,宝匣装珠玑。鉴来年二八,不记易阴晖。妾〔无〕光寂寂,委照影依依。今日特为赠,相识莫相违!

定情乐　　　　唐·施肩吾

敢嗟君不怜,自是命不谐。著破三条裾,却还双股钗。

合欢诗五首　　　晋·杨　方

《乐府解题》曰:"《合欢诗》,晋杨方所作也。言妇人谓虎啸风起,龙跃云浮,磁石引针,阳燧取火,皆以同声相应,同气相求,我与君情,亦犹形影宫商之不离也。常愿食共并根穗,饮共连理杯,衣共双丝绢,寝共无缝裯;坐必接膝,行必携手。如鸟同翼,如鱼比目,利断金石,密逾胶漆也。"

虎啸谷风起,龙跃景云浮。同声好相应,同气自相求。

我情与子亲,譬如影追躯。食共同根穗,饮共连理杯,衣共双丝绢,寝共无缝裯。居愿接膝坐,行愿携手趋。子静我不动,子游我不留。齐彼同心鸟,譬彼比目鱼。情至断金石,胶漆未为牢。但愿长无别,合形作一躯。生为并身物,死为同棺灰。秦氏自言至,我情不可俦。

磁石引长针,阳燧下炎烟。宫商声相和,心同自相亲。我情与子合,亦如影追身。寝共织成被,絮共同功绵。暑摇比翼扇,寒坐并肩毡。子笑我必哂,子蹙我无欢。来与子共迹,去与子同尘。齐彼蛩蛩兽,举动不相捐。唯愿长无别,合形作一身。生有同室好,死成并棺民。徐氏自言至,我情不可陈。

独坐空室中,愁有数千端。悲响答愁叹,哀涕应苦言。彷徨四顾望,白日入西山。不睹佳人来,但见飞鸟还。飞鸟亦何乐,夕宿自作群。

飞黄衔长辔,翼翼回轻轮。俯涉渌水涧,仰过九层山。修途曲且险,秋草生两边。黄华如沓金,白花如散银。青敷罗翠采,绛葩象赤云。爰有承露枝,紫荣合素芬。扶(路重)〔疏垂〕清藻,布翘芳且鲜。且为艳采回,心为奇色旋。抚心悼孤客,俯仰还自怜。踟蹰向壁叹,揽笔作此文。

南邻有奇树,承春挺素华。丰翘被长条,绿叶蔽朱柯。因风吹微音,芳气入紫霞。我心羡此木,愿徙著予家。夕得游其下,朝得弄其葩。尔根深且坚,予宅浅且洿。移植良无期,(欲)〔叹〕息将如何?

乐府诗集卷第七十七　杂曲歌辞 十七

春江行　　　　　　　梁简文帝

唐郭元振曰:"《春江》,巴女曲也。"

客行只念路,相争渡京口。谁知堤上人,拭泪空摇手。

春江曲　　　　　唐·郭元振

江水春沈沈,上有双竹林。竹叶坏水色,郎亦坏人心。

同　前　　　　　唐·张　籍

春江无云潮水平,蒲心出水凫雏鸣。长干夫婿爱远行,自染春衣缝已成。妾身生长金陵侧,去年随夫住江北。春来未到父母家,舟小风多渡不得。欲辞舅姑先问人,私向江头祭水神。

同前三首　　　　唐·张仲素

摇漾越江春,相将看白蘋。归时不觉夜,出浦月随人。
家寄征江岸,征人几岁游?不知潮水信,每日到沙头。
乘晓南湖去,参差叠浪横。前洲在何处?雾里雁嘤嘤。

江上曲　　　　　齐·谢　朓

易阳春草出,踟蹰日已暮。莲叶尚田田,淇水不可渡。

愿子淹桂舟,时同千里路。千里既相许,桂舟复容与。江上可采菱,清歌共南楚。

同前　　　　唐·李嘉祐

江上澹澹芙蓉花,江口蛾眉独浣纱。可怜应是阳台女,坐对鸬鹚娇不语。掩面羞看北地人,回首忽作空山雨。苍梧秋色不堪论,千载依依帝子魂。君看峰上斑斑竹,尽是湘妃泣泪痕!

江皋曲　　　　齐·王融

林断山更续,洲尽江复开。云峰帝乡起,水源桐柏来。

杨花曲　　　　宋·汤惠休

葳蕤华结情,宛转风含思。掩涕守春心,折兰还自遗。江南相思引,多叹不成音。黄鹤西北去,衔我千里心。深堤下生草,高城上入云。春人心生思,思心长为君。

桃花曲　　　　梁简文帝

但使新花艳,得间美人簪。何须论后实,怨结子瑕心。

同前　　　　唐·顾况

魏帝宫人舞凤楼,隋家天子泛龙舟。君王夜醉春眠晏,不觉桃花逐水流。

映水曲　　　　　梁·范静妻沈氏

轻鬓学浮云,双蛾拟初月。水澄正落钗,萍开理垂发。

登楼曲　　　　　范静妻沈氏

凭高川陆近,望远阡陌多。相思隔重岭,相忆限—作恨长河。

越城曲

别怨凄歌响,离啼湿舞衣。愿假《乌栖曲》,翻从南向飞。

迎客曲　　　　　梁·徐　勉

丝管列,舞席陈,含声未奏待嘉宾。罗丝管,舒舞席,敛袖嘿唇迎上客。

送客曲　　　　　徐　勉

袖缤纷,声委咽,馀曲未终高驾别。爵无算,景已流,空纡长袖客不留。

送归曲　　　　　梁·吴　均

送子独南归,揽衣空闵默。关山昼欲暗,河冰夜向塞。燕至他人乡,雁去还谁国?寄子两行书,分明达济北。

还台乐 　　　　　陈·陆 琼

蒲萄四时芳醇,琉璃千钟旧宾。夜饮舞迟销烛,朝醒弦促催人。春风秋月恒好,欢醉日月言新。

芙蓉花 　　　　　隋·辛德源

洛神挺凝素,文君拂艳红。丽质徒相比,鲜彩两难同。光临照波日,香随出岸风。涉江良自远,托意在无穷。

浮游花 　　　　　辛德源

窗中斜日照,池上落花浮。若畏春风晚,当思秉烛游。

芳林篇 　　　　　梁·柳恽

芳林晔兮发朱荣,时既晚兮随风零。随风零兮返无期,安得阳华遗所思。

上 林 　　　　　梁·昭明太子

千金骢裹骑,万(斥)〔斤〕流水车。争游上林苑,高盖逗春华。

夹 树 　　　　　吴均

桂树夹长歧,复值清风吹。氛氲揉芳叶,连绵交密枝。能迎春露点,不逐秋风移。愿君长惠爱,当使岁寒知。

树中草　　　　梁简文帝

幸有青袍色,聊因翠幄凋。虽间珊瑚蒂,非是合欢条。

同　前　　　　唐·李白

鸟衔野田草,误入枯桑里。客土植危根,逢春犹不死。草木虽无情,因依尚可生。如何同枝叶,各自有枯荣?

同　前　　　　唐·张祜

青青树中草,托根非不危。草生树却死,荣枯君可知。

城上麻　　　　梁·吴均

麻生满城头,麻叶落城沟。麻茎左右披,沟水东西流。少年感恩命,奉剑事西周。但令直心尽,何用返封侯!

燕燕于飞　　　　陈·江总

《燕燕》诗曰:"燕燕于飞,差池其羽。之子于归,远送于野。"《燕燕于飞》盖出于此。按《燕燕》,本卫庄姜送归妾之诗也。若江总辞,咏双燕而已。

二月春晖晖,双燕理毛衣。衔花弄藿蘼,拂叶隐芳菲。或在堂间戏,多从幕上飞。若作仙人履,终向日南归。

锦石捣流黄　　　　隋炀帝

汉使出燕然,愁闺夜不眠。易制残灯下,鸣砧秋月前。今夜长城下,雪昏月应暗。谁见倡楼前,心悲不成惨?

河曲游　　　　　　　隋·卢思道

邺下盛风流,河曲有名游。应、徐托后乘,车马践芳洲。丰茸鸡树密,遥裔鹤烟稠。日上疑高盖,云起类重楼。金羁自沃若,兰棹成夷犹。悬匏动清吹,采菱转艳讴。还珂响金堁,归袂拂铜沟。唯畏三春晚,勿言千载忧。

城南隅宴　　　　　　卢思道

城南气初新,才王邀故人。轻盈云映日,流乱鸟啼春。花飞北寺道,弦散南漳滨。舞动淮南袖,歌扬齐后尘。骈镳歇夜马,接轸限归轮。公孙饮弥月,平原宴浃旬。即是消声地,何须远避秦!

喜春游歌二首　　　　隋炀帝

禁苑百花新,佳期游上春。轻身赵皇后,歌曲李夫人。
步缓知无力,脸慢动馀娇。锦袖淮南舞,宝袜楚宫腰。

春游吟　　　　　　　唐·李章

初春遍芳甸,千里蔼盈瞩。美人摘新英,步步玩春绿。所思杳何处?宛在吴江曲。可怜不得共芳菲,日暮归来泪满衣。

春游乐　　　　　　　唐·施肩吾

一年三百六十日,赏心那似春中物。草迷曲坞花满园,东家少年西家出。

同前二首　　　　　唐·李端

游童苏合带,倡女蒲葵扇。初日映城时,相思忽相见。褰裳踏露草,理鬓回花面。薄暮不同归,留情此芳甸。

柘弹连钱马,银钩妥堕鬟。采桑春陌上,踏草夕阳间。意合词先露,心诚貌却闲。明朝若相忆,云雨出巫山。

春游曲三首　　　　张仲素

烟柳飞轻絮,风榆落小钱。濛濛百花里,罗绮竞秋千。

骋望登香阁,争高下砌台。林间踏青去,席上意钱来。

行乐三春节,林花百和香。当年重意气,先占斗鸡场。

乐　府　　　　　　古辞

行胡从何方?列国持何来?氍毹氍毲五木香,迷迭艾蒳及都梁。

同前　　　　　　魏明帝

种瓜东井上,冉冉自逾垣。与君新为婚,瓜葛相结连。寄托不肖躯,有如倚太山。兔丝无根株,蔓延自登缘。萍藻托清流,常恐身不全。被蒙丘山惠,贱妾执拳拳。天日照知之,想君亦俱然。

同前二首　　　　　唐·刘言史

花额红鬃一向偏,绿槐香陌欲朝天。仍嫌众里娇行疾,傍鞚深藏白玉鞭。

喷珠团香小桂条,玉鞭兼赐霍嫖姚。弄影便从天禁出,碧蹄声碎五门桥。

同　前　　　顾　况

暖谷春光至,宸游近甸荣。云随天仗转,风入御帘轻。翠盖浮佳气,朱楼倚太清。朝臣冠剑退,宫女管弦迎。细草承雕辇,繁花入幔城。文房开圣藻,武卫宿天营。玉醴随觞至,铜壶逐漏行。五星含土德,万姓彻中声。亲祀先崇典,躬推示劝耕。国风新正乐,农器近消兵。道德关河固,刑章日月明。野人同鸟兽,率舞感升平。

同　前　　　唐·权德舆

光风淡荡百花吐,楼上朝朝学歌舞。身年二八婿侍中,幼妹承恩兄尚主。绿窗珠箔绣鸳鸯,侍婢先焚百和香。莺啼日出不知曙,寂寂罗帏春梦长。

同前三首　　　唐·孟　郊

莲子不可得,荷花生水中。犹胜道傍柳,无事—作时荡春风。

渌萍与荷叶,同此一水中。风吹荷叶在,渌萍西复东。

莲花未开时,苦心终日卷。春水—作风徒荡漾,荷花未开展。

同　前　　　　　唐·陆长源

芙蓉初出水,菡萏露中花。风吹著枯木,无奈值空槎。

杂曲二首　　　　梁·王　筠

鸟—作乌还夜已逼,虫飞晓尚赊。桂月徒留影,兰台空结花。

可怜洛城东,芳树摇春风。丹霞映白日,细雨带轻虹。

同　前　　　　　陈·傅　縡

新人新宠住兰堂,翠帐金屏玳瑁床。丛星不如珠帘色,度月还如—作似粉壁光。从来著名推赵子,复有丹唇发皓齿。一娇一态本难逢,如画如花定相似。楼台宛转曲皆通,弦管逶迤彻下风。此殿笑语恒长共,傍省欢娱不复同。讶许人情太厚薄,分恩赋念能斟酌。多作绣被为鸳鸯,长弄绮琴憎别鹤。人今投宠要须坚,会使岁寒恒度前。共取辰星作心抱,无转无移千万年。

同　前　　　　　陈·徐　陵

倾城得意已无俦,洞房连阁未消愁。宫中本造鸳鸯殿,为谁新起凤凰楼？绿黛红颜两相发,千娇百念情无歇。舞衫回袖胜春风,歌扇当窗似秋月。碧玉宫妓自翩妍,绛树新声自—作最可怜。张星旧在天河上,犹来张姓本连天。二八年时不忧度,傍边得宠谁应—作相妒？立春历日自当新,正月春幡底须故。流苏锦帐挂香囊,织成罗幌隐灯光。只应私将琥珀枕,暝暝来上珊瑚床。

同前三首　　　　陈·江总

行行春径蘼芜绿,织素那复解琴心？乍悭南阶悲绿草,谁堪东陌怨黄金？红颜素月俱三五,夫婿何在今追房。关山陇月春雪冰,谁见人啼花照户？

殿内一处起金房,并胜馀人白玉堂。珊瑚挂镜临网户,芙蓉作帐照雕梁。房栊宛转垂翠幕,佳丽逶迤隐珠箔。风前花管飐难留,舞处花钿低不落。阳台通梦太非真,洛浦凌波复不新。曲中唯闻《张女曲》,定有同姓可怜人。但愿私情赐斜领,不愿傍人相比并。妾门逢春自可荣,君面未秋何意冷？

泰山言应可转移,新宠不信更参差。合欢锦带鸳鸯鸟,同心绮袖连理枝。皎皎新秋明月开,早露飞萤暗里来。鲸灯落花殊未尽,虬水银箭莫相催。非是神女期河汉,别有仙姬入吹台。未眠解着同心结,欲醉那堪连理杯。后宫不悭茱萸芳,夜夜争开苏合房。宝钗翠鬓还相似,朱唇玉面非一行。新人未语言如涩,新宠无前判不臧。愿奉更衣兰麝气,恐君马到自惊香。

同　前　　　　唐·王勃

智琼神女,来访文君。蛾眉始约,罗袖初薰。歌齐曲韵,舞乱行分。若向阳台荐枕,何啻得胜朝云。

古　曲　　　　　　　陈后主

桂钩影,桂枝开。紫绮袖,逐风回。日明珠色偏亮。叶尽衫香更来。

同　前　　　　　　　周·王褒

青楼临大道,游侠尽淹留。陈王金被马,秦女桂为钩。驰轮洛阳巷,斗鸡南陌头。薄暮风尘起,聊为清夜游。

同前五首　　　　　　唐·施肩吾

可怜江北女,惯唱江南曲。摇(落)〔荡〕木兰舟,双凫不成浴。

郎为匕上香,妾为笼上灰。归时虽暖热,去罢生尘埃。

夜裁鸳鸯绮,朝织蒲桃绫。欲试一寸心,待缝三尺冰。

怜时鱼得水,怨罢商与参。不如山支子,却解结同心。

红颜感暮花,白日同流水。思君如孤灯,一夜一心死。

乐府诗集卷第七十八　杂曲歌辞 十八

敦煌乐　　　　　后魏·温子昇

《通典》曰:"敦煌,古流沙地,黑水之所经焉。秦及汉初为月支、匈奴之境。武帝开其地,后分酒泉置敦煌郡。敦,大;煌,盛也。"

客从远方来,相随歌且笑。自有敦煌乐,不减安陵调。

同前二首　　　　　隋·王胄

长途望无已,高山断还续。意欲此念时,气绝不成曲。

极目眺修涂,平原忽超远。心期在何处?望望崦嵫晚。

阿那瓌　　　　　古辞

《北史》曰:"阿那瓌,蠕蠕国主也。蠕蠕之为国,冬则徙渡漠南,夏则还居漠北。"《通典》曰:"蠕蠕自拓跋初徙云中,即有种落。后魏太武神麚中强盛,尽有匈奴故地。阿那瓌,孝明帝时蠕蠕国主。"辞云匈奴主也。

闻有匈奴主,杂骑起尘埃。列观长平坂,驱马渭桥来。

高句丽　　　　　周·王褒

《通典》曰:"高句丽,东夷之国也。其先曰朱蒙,本出于夫馀。朱蒙善射,国人欲杀之,遂弃夫馀,东南走,渡普述水,至纥升骨城居焉。号曰句丽,以高为氏。"按:唐亦有《高丽曲》,李勣破高丽所进,后改《夷宾引》者是也。

萧萧易水生波,燕赵佳人自多。倾杯覆碗灌灌,垂手奋袖娑娑。不惜黄金散尽,只畏白日蹉跎。

同前　　　　唐·李白

金花折风帽,白马小迟回。翩翩舞广袖,似鸟海东来。

舍利弗　　　　李白

金绳界宝地,珍木荫瑶池。云间妙音奏,天际法蠡吹。

摩多楼子　　　　李白

从戎向边北,远行辞密亲。借问阴山候,还知塞上人。

同前　　　　唐·李贺

玉塞去金人,二万四千里。风吹沙作云,一时渡辽水。天白水如绢,甲丝双串断。行行莫苦辛,城月犹残半。晓气朔烟上,趡趡胡马蹄。行人听水别,隔陇长东西。

法寿乐　　　　齐·王融

天长命自短,世促道悠悠。禅衢开远驾,爱海乱轻舟。累尘曾未极,积树岂能筹?情埃何用洗,正水有清流。

右歌本处

百神肃以虔,三灵震且越。常耀掩芳霄,薰风镜兰月一作微风动兰月。丹荣落一作藻玉墀,翠羽文珠阙。皓毳非虚来,交轮岂徒发?

右歌灵瑞

韶年春已仲,明星夜未央。千祀钟休历,万国会佳祥。金容函夕景,翠鬟佩晨光。表尘维净觉,泛俗乃轮皇。

右歌下生

袭气变离宫,重柝警曾殿。曼响感心神,修容展欢宴。生老终已萦,死病行当荐。方为净国游,岂结危城恋?

右歌在宫

春木—作枝多病夭,秋叶少欣荣。心骸终委灭,亲爱暂平生。长风吹北垄,迅影急东瀛。知三既情竭—作畅,得一乃身贞。

右歌田游

飞策辞国门,端仪偃郊树。慈爱徒相思,闺中空怨慕。风隶乖往涂,骏足独归路。举袂谢时人,得道且还顾。

右歌出国

明心弘十力,寂虑安—作通四禅。青禽承逸轨,文镳镜重川。鹫岩标远胜,鹿野究清玄。不有希世宝,何以导蒙泉?

右歌得道

亭亭宵月流,朏朏晨霜结。川上不徘徊,条间问生灭。灵知湛常然,符应有盈缺。感运复来仪,且压—作厌人间泄—作世。

右歌宝树—作双树

春山玉所府,檀林鸾所栖。引火归炎隧,揖水自青堤。

庵园无异辙，祇馆有同跻。比肩非今古，接武岂燕齐？

右歌贤众

昔余轻岁月，兹也重光阴。闺中屏铅黛，阙下挂缨簪。禅悦兼芳旨，法言恋清琴。一异非能辨，宠辱—作空有谁为心？

右歌学徒

峻岸临层穹，迢迢疏远风。腾芳清汉里，响梵高云中。金华纷冉弱，琼树郁青葱。贞心逸—作延净景，邃业嗣天宫。

右歌供具

影响未尝隔，晦明殊复亲。弘慈邈已远，睿后扇高尘。区中提景福，宇外沐深仁。万祀留国祚，亿兆庆唐民。

右歌福应

步虚词十首　　　周·庾信

《乐府解题》曰："《步虚词》，道家曲也，备言众仙缥缈轻举之美。"

浑成空教立，元始正涂开。赤玉灵文下，朱陵真气来。中天九龙馆，倒景八风台。云度弦歌响，星移空殿回。青衣上少室，童子向蓬莱。逍遥闻四会，倏忽度三灾。

无名万物始，有道百灵初。寂绝乘丹气，玄冥上玉虚。三元随建节，八景逐回舆。赤凤来衔玺，青鸟入献书。坏机仍成机，枯鱼还作鱼。栖心浴日馆，行乐止云墟。

凝真天地表，绝想寂寥前。有象犹虚豁，忘形本自然。开经壬子岁，值道甲申年。回云随舞曲，流水逐歌弦。石髓香如饭，芝房脆似莲。停鸾宴瑶水，归路上（鸣）〔鸿〕天。

道生乃太一，守静即玄根。中和练九气，甲子谢三元。

居心受善水,教学重香园。凫留报关吏,鹤去画城门。更以欣无迹,还来寄绝言。

洞庭尊上德,虞石会明真。要妙思玄(纪)〔牝〕—作绝,虚无养谷神。丹丘乘翠凤,玄圃驭斑麟。移梨付苑吏,种杏乞山人。自此逢何世?从今复几春?海无三尺水,山成数寸尘。

东明九芝盖,北属—作烛五云车。飘飘入倒景,出没上烟霞。春泉下玉溜—作霤,青鸟向金华。汉帝看桃核,齐侯问枣花。上元应送酒,来向蔡经家。

归心游太极,回向入无名。五香芬紫府,千灯照赤城。凤林采珠实,春山种玉荣。夏笛三山响,春钟九乳鸣。绛河应远别,黄鹄来相迎。

北阁临玄水,南宫坐绛云。龙泥印玉策,天火练真文。上元风雨散,中天歌吹分。灵驾千寻上,空香万里闻。

地镜阶基远,天窗影迹深。碧玉成双树,空青为一—作迥林。鹄巢堪炼石,蜂房得煮金。汉武多骄慢,淮南不小心。蓬莱入海底,何处可追寻?

麟洲一海阔,玄圃半天高。浮丘迎子晋,若士避卢敖。经餐林虑李,旧食绥山桃。成丹须竹节,刻髓用芦刀。无妨隐士去,即是贤人逃。

同前二首　　　　　　　　隋炀帝

洞府凝玄液,灵山体自然。俯临沧海岛,回出大罗天。八行分宝树,十丈散芳莲。悬居烛日月,天步役风烟。蹑记书金简，乘空诵玉篇。冠法二仪立，佩带五星连。琼轩觯甘露，瑜井挹膏泉。南巢息云马，东海戏桑田。回旗游八极，飞轮入九玄。高蹈虚无外，天地乃齐年。

总辔行无极，相推凌太虚。翠霞承凤辇，碧雾翼龙舆。轻举金台上，高会玉林墟。朝游度圆海，夕宴下方诸。

同　前　　　唐·陈　羽

汉武清斋读鼎书，内官扶上画云车。坛上月明宫殿闭，仰看星斗礼空虚。

同　前　　　唐·顾　况

迴步游三洞，清心礼七真。飞符超羽翼，禁火醮星辰。残药沾鸡犬，灵香出凤麟。壶中无窄处，愿得一容身。

同前十首　　　唐·吴　筠

众仙仰灵范，肃驾朝神宗。金景相照曜，透迤升太空。七玄已高飞，火炼生朱宫。馀庆逮天壤，平和王道融。八威清游气，十绝舞祥风。使我跻阳源，其来自阴功。逍遥太霞上，真鉴靡不通。

逸辔登紫清，元乘迈奔电。阆风隔三天，俯视犹可见。玉闱—作阆标敞朗，琼林郁葱蒨。自非挺金骨，焉得谐夙愿。真朋何森森，合景恣游宴。良会忘淹留，千龄才一眄。

三宫发明景，朗照同郁仪。纷然驰飙欻，上采空清蕤。令我洞金色，后天耀琼姿。心叶太虚静，寥寥竟何思？玄中有至乐,淡泊终无为。但与正真友,飘飖散遨嬉。

禀化凝正气,炼形为真仙。忘心符元宗,返本叶自然。帝一集绛宫,流光出丹玄。元英与桃君,朗咏长生篇。六符焕明霞,百阙一作关罗紫烟。飙车涉寥廓,靡靡乘景迁。不觉云路远,斯须游万天。

扶桑诞初景,羽盖凌晨霞。倏欻造西域,嬉游金母家。碧津湛洪源,灼烁敷荷花。煌煌青琳宫,璀璨列玉华。真气溢绛府,自然思无邪。俯矜区中士,夭浊良可嗟!

琼台为万仞,孤映大罗表。常有三素云,凝光自飞绕。羽童泛明霞,升降何缥缈。鸾凤吹雅音,栖翔绛林标。玉虚无昼夜,灵景何皎皎。一睹太上京,方知众天小。

灼灼青华林,灵风振琼柯。三光无冬春,一气清且和。回首迩结邻,倾眸亲曜罗。豁落制六天,流铃威百魔。绵绵庆不极,谁谓椿龄多?

高情无侈靡,遇物生华光。至乐无箫歌,玉音自玲琅。或登明真台,宴此羽景堂。香霭结宝云,靡微散灵香。天人诚遐旷,欢泰不可量。

爰从太微上,肆觐虚皇尊。腾我八景舆,威迟入天门。既登玉(晨)〔宸〕庭,肃肃仰紫轩。敢问龙汉末,如何辟乾坤?怡然辍云璈,告我希夷言。幸闻至精理,方见造化源。

二气播万有,化机无停轮。而我操其端,乃能出陶钧。寥寥天汉上,所遇皆清真。澄莹含元和,气同自相亲。绛树结丹实,紫霞流碧津。以兹保童婴,永用超形神。

同前二首　　　唐·刘禹锡

阿母种桃云海际，花落子成二千岁。海风吹折最繁枝，跪捧琼盘献天帝。

华表千年鹤一归，凝丹为顶雪为衣。星星仙语人听尽，却向五云翻翅飞。

同前十九首　　　唐·韦渠牟

玉简真人降，金书道箓通。烟霞方蔽日，云雨已生风。四极威仪异，三天使命同。那将人世恋，不去上清宫。

羽驾正翩翩，云鸿最自然。霞冠将月晓，珠珮与星连。镂玉留新诀，雕金得旧编。不知飞鸟学，更有几人仙！

上帝求仙使，真符取玉郎。三才闲布象，二景郁生光。骑吏排龙虎，笙歌走凤皇。天高人不见，暗入白云乡。

鸾鹤共徘徊，仙官使者催。香花三洞启，风雨百神来。凤篆文初定，龙泥印已开。何须生羽翼，始得上瑶台。

羽节忽排烟，苏君已得仙。命风驱日月，缩地走山川。几处留丹灶？何时种玉田？一朝骑白虎，直上紫微天。

静发降灵香，思神意智长。虎存时促步，龙想更成章。扣齿风雷响，挑灯日月光。仙云在何处？仿佛满空堂。

几度游三洞，何方召百神。风云皆守一，龙虎亦全真。执节仙童小，烧香玉女春。应须绝岩内，委曲问皇人。

上法杳无营，玄修似有情。道宫琼作想，真帝玉为名。召岳驱旌节，驰雷发吏兵。云车降何处？斋室有仙卿。

羽卫一何鲜,香云起暮烟。方朝太素帝,更向玉清天。凤曲凝犹吹,龙骖俨欲前。真文几时降?知在永和年。

大道何年学?真符此日催。还持金作印,未要玉为台。羽节分明授,霞衣整顿裁。应缘五云使,教上列仙来。

独自授金书,萧条咏紫虚。龙行还当马,云起自成车。九转风烟合,千年井灶馀。参差从太一,寿等混元初。

道学已通神,香花会女真。霞床珠斗帐,金荐玉舆轮。一室心偏静,三天夜正春。灵官竟谁降?仙相有夫人。

上界有黄房,仙家道路长。神来知位次,乐变协宫商。竞把琉璃碗,谁倾白玉浆?霞衣最芬馥,苏合是灵香。

珠佩紫霞缨,夫人会八灵。太霄犹有观,绝宅岂无形。暮雨徘徊降,仙歌宛转听。谁逢玉妃辇,应检九真经。

西海辞金母,东方拜木公。云行疑带雨,星步欲凌风。羽袖挥丹凤,霞巾曳彩虹。飘飘九霄外,下视望仙宫。

玉树杂金花,天河织女家。月邀丹凤舄,风送紫鸾车。雾縠笼绡带,云屏列锦霞。瑶台千万里,不觉往来赊。

舞凤凌天出,歌麟入夜听。云容衣眇眇,风韵曲泠泠。扣齿端金简,焚香检玉经。仙宫知不远,只近太微星。

紫府与玄洲,谁来物外游?无烦骑白鹿,不用驾青牛。金化颜应驻,云飞鬓不秋。仍闻碧海上,更用玉为楼。

管鹤复骖鸾,全家去不难。鸡声随羽化,犬影入云看。酿玉当成酒,烧金且转丹。何妨五色绶,次第给仙官。

同前　　　　　唐·僧皎然

予因览真诀,遂感西域君。玉笙下青冥,人间未曾闻。

日华炼魂魄,皎皎无垢氛。谓我有仙骨,且令饵氤氲。俯仰愧灵颜,愿随鸾鹤群。俄然动风驭,缥眇归青云。

同　前　　唐·高骈

青溪道士人不识,上天下天鹤一只。洞门深锁碧窗寒,滴露研珠写《周易》。

步虚引　　唐·陈陶

小隐山人十洲客,莓苔为衣双耳白。青编为我忽降书,暮雨虹蜺一千尺。赤城门闭六丁直,晓日已烧东海色。朝天半夜闻玉鸡,星斗离离碍龙翼。

乐府诗集卷第七十九　近代曲辞一

《荀子》曰："久则论略,近则论详。"言世近而易知也。两汉声诗著于史者,唯《郊祀》、《安世》之歌而已。班固以巡狩福应之事,不序郊庙,故馀皆弗论。由是汉之杂曲所见者少,而相和、铙歌,或至不可晓解。非无传也,久故也。魏、晋已后,讫于梁、陈,虽略可考,犹不若隋、唐之为详。非独传者加多也,近故也。近代曲者,亦杂曲也,以其出于隋、唐之世,故曰近代曲也。隋自开皇初,文帝置七部乐:一曰西凉伎,二曰清商伎,三曰高丽伎,四曰天竺伎,五曰安国伎,六曰龟兹伎,七曰文康伎。至大业中,炀帝乃立清乐、西凉、龟兹、天竺、康国、疏勒、安国、高丽、礼毕,以为九部,乐器工衣于是大备。唐武德初,因隋旧制,用九部乐。太宗增高昌乐,又造宴乐,而去礼毕曲。其著令者十部:一曰宴乐,二曰清商,三曰西凉,四曰天竺,五曰高丽,六曰龟兹,七曰安国,八曰疏勒,九曰高昌,十曰康国,而总谓之燕乐。声辞繁杂,不可胜纪。凡燕乐诸曲,始于武德、贞观,盛于开元、天宝。其著录者十四调二百二十二曲。又有梨园,别教院法歌乐十一曲,云韶乐二十曲。肃、代以降,亦有因造。僖、昭之乱,典章亡缺,其所存者,概可见矣。

纪辽东二首　　　　　隋炀帝

《纪辽东》,隋炀帝所作也。《通典》曰:"高句丽自东晋以后,居平壤城,亦曰长安城。随山屈曲,南临浿水,在辽东南。复有辽东、玄菟等数十城。"《隋书》曰"大业八年,炀帝伐高丽,度辽水,大战于东岸,击贼破之,进围辽东"是也。王建又有《渡辽水》,亦出于此。

辽东海北剪长鲸，风云万里清。方当销锋散马牛，旋师宴镐京。前歌后舞振军威，饮至解戎衣。判不徒行万里去，空道五原归。

秉旄仗节定辽东，俘馘变夷风。清歌凯捷九都水，归宴洛阳宫。策功行赏不淹留，全军藉智谋。讵似南宫复道上，先封雍齿侯。

同前　　　　　隋·王胄

辽东浿水事龚行，俯拾信神兵。欲知振旅旋归乐，为听凯歌声。十乘元戎才渡辽，扶涉已冰消。讵似百万临江水，按辔空回镳。天威电迈举朝鲜，信次即言旋。还笑魏家司马懿，迢迢用一年。鸣銮诏跸发浯潼，合爵及畴庸。何必丰沛多相识？比屋降尧封。

辽东行　　　　　唐·王建

辽东万里辽水曲，古戍无城复无屋。黄云盖地雪作山，不惜黄金买衣服。战回各自收弓箭，正西回面家乡远。年年郡县送征人，将与辽东作丘坂。宁为草木乡中生，有身不向辽东行。

渡辽水　　　　　王建

渡辽水，此去咸阳五千里。来时父母知隔生，重著衣裳如送死。亦有白骨归咸阳，营家各与题本乡。身在应无回渡—作渡辽日，驻马相看辽水傍。

昔昔盐　　　　　隋·薛道衡

隋薛吏部有《昔昔盐》,唐赵嘏广之为二十章。《乐苑》曰:"《昔昔盐》,羽调曲,唐亦为舞曲。""昔"一作"析"。

垂柳覆金堤,蘼芜叶复齐。水溢芙蓉沼,花飞桃李蹊。采桑秦氏女,织锦窦家妻。关山别荡子,风月守空闺。恒敛千金笑,长垂双玉啼。盘龙随镜隐,彩凤逐帷低。飞魂同夜鹊,倦寝忆晨鸡。暗牖悬蛛网,空梁落燕泥。前年过代北,今岁往辽西。一去无消息,那能惜马蹄?

同　前

碧落风烟外,瑶台道路赊。何如连御苑,别自有仙家。此地回鸾驾,缘溪满翠华。洞中明月夜,窗下发烟霞。

昔昔盐二十首　　唐·赵嘏
垂柳覆金堤

新年垂柳色,袅袅对空闺。不畏芳菲好,自缘离别啼。因风飘玉户,向日映金堤。驿使何时度?还将赠陇西。

蘼芜叶复齐

提筐红叶下,度日采蘼芜。掬翠香盈袖,看花忆故夫。叶齐谁复见?风暖恨偏孤。一被春光累,容颜与昔殊。

水溢芙蓉沼

渌沼春光后,青青草色浓。绮罗惊翡翠,暗粉妒芙蓉。

云遍窗前见,荷翻镜里逢。将心托流水,终日渺无从。

花飞桃李蹊

远期难可托,桃李自依依。花径无容迹,戎裘未下机。随风开又落,度日扫还飞。欲折枝枝赠,那知归不归?

采桑秦氏女

南陌采桑出,谁知妾姓秦。独怜倾国貌,不负早莺春。珠履荡花湿,龙钩折桂新。使君那驻马,自有侍中人。

织锦窦家妻

当年谁不羡?分作窦家妻。锦字行行苦,罗帏日日啼。岂知登陇远,只恨下机迷。直候阳关使,殷勤寄海西。

关山别荡子

那堪闻荡子,迢递涉关山。肠为马嘶断,衣从泪滴斑。愁看塞上路,讵惜镜中颜。傥见征西雁,应传一字还。

风月守空闺

良人犹远戍,耿耿夜闺空。绣户流宵月,罗帏坐晓风。魂飞沙帐北,肠断玉关中。尚自无消息,锦衾那得同?

恒敛千金笑

玉颜恒自敛,羞出镜台前。早惑阳城客,今悲华锦筵。

从军人更远,投喜鹊空传。夫婿交河北,迢迢路几千!

长垂双玉啼

双双红泪堕,度日暗中啼。雁出居延北,人犹辽海西。向灯垂玉枕,对月洒金闺。不惜罗衣湿,惟愁归意迷。

蟠龙随镜隐

鸾镜无由照,蛾眉岂忍看?不知愁发换,空见隐龙蟠。那惬红颜改,偏伤白日残。今朝窥玉匣,双泪落阑干。

彩凤逐帷低

巧绣双飞凤,朝朝伴下帷。春花那见照,暮色已频欺。欲卷思君处,将啼裛泪时。何年征戍客,传语报佳期?

惊魂同夜鹊

万里无人见,众情难与论。思君常入梦,同鹊屡惊魂。孤寝红罗帐,双啼玉筯痕。妾心甘自保,岂复暂忘恩!

倦寝听晨鸡

去去边城骑,愁眠掩夜闺。披衣窥落月,拭泪待鸣鸡。不愤连年别,那堪长夜啼?功成应自恨,早晚发辽西。

暗牖悬蛛网

暗中蛛网织,历乱绮窗前。万里终无信,一条徒自悬。

分从珠露滴,愁见隙风牵。妾意何聊赖,看看剧断弦。

空梁落燕泥

春至今朝燕,花时伴独啼。飞斜珠箔隔,语近画梁低。帷卷闲窥户,床空暗落泥。谁能长对此,双去复双栖。

前年过代北

代北几千里,前年又复经。燕山云自合,胡塞草应青。铁马喧鼙鼓,蛾眉怨锦屏。不知羌笛曲,掩泪若为听。

今岁往辽西

万里飞书至,闻君已渡辽。只谙新别苦,忘却旧时娇。烽戍年将老,红颜日向雕。胡沙兼汉苑,相望几迢迢!

一去无还意

良人征绝域,一去不言还。百战攻胡虏,三冬阻玉关。萧萧边马思,猎猎戍旗闲。独把千重恨,连年未解颜。

那能惜马蹄

云中路杳杳,江畔草萋萋。妾久垂珠泪,君何惜马蹄?边风悲晓角,营月怨春鼙。未道休征战,愁眉又复低。

江都宫乐歌　　　隋炀帝

扬州旧处可淹留,台榭高明复好游。风亭芳树迎早夏,

长皋麦陇送馀秋。渌潭桂楫浮青雀,果下金鞍驾紫骝。绿
觞素蚁流霞饮,长袖清歌乐戏州。

十索四首　　　　　　隋·丁六娘

《乐苑》曰:"《十索》,羽调曲也。"

　　裙裁孔雀罗,红绿相参对。映以蛟龙锦,分明奇可爱。
粗细君自知,从郎索衣带。
　　为性爱风光,偏憎良夜促。曼眼腕中娇,相看无厌足。
欢情不耐眠,从郎索花烛。
　　君言花胜人,人今去花近。寄语落花风,莫吹花落尽。
欲作胜花妆,从郎索红粉。
　　二八好容颜,非意得相关。逢桑欲采折,寻枝倒懒攀。
欲呈纤纤手,从郎索指镮。

同前二首

　　含娇不自转,送眼劳相望。无那关情伴,共入同心帐。
欲防人眼多,从郎索锦障。
　　兰房下翠帷,莲帐舒鸳锦。欢情宜早畅,密态须同寝。
欲共作缠绵,从郎索花枕。

水调二首

《乐苑》曰:"《水调》,商调曲也。"旧说,《水调河传》,隋炀帝幸江
都时所制。曲成奏之,声韵怨切。王令言闻而谓其弟子曰:"但有去
声而无回韵,帝不返矣。"后竟如其言。按唐曲凡十一叠,前五叠为
歌,后六叠为入破。其歌,第五叠五言调,声最为怨切。故白居易诗

云:"五言一遍最殷勤,调少情多似有因。不会当时翻曲意,此声肠断为何人!"唐又有新《水调》,亦商调曲也。

歌第一

平沙落日大荒西,陇上明星高复低。孤山几处看烽火,壮一作战士连营候鼓鼙。

第 二

猛将关西意气多,能骑骏马弄雕戈。金鞍宝铰精神出,笛倚新翻《水调》歌。

第 三

王孙别上绿珠轮,不羡名公乐此身。户外碧潭春洗马,楼前红烛夜迎人。

第 四

陇头一段气长秋,举目萧条总是愁。只为征人多下泪,年年添作断肠流。

第 五

双带仍分影,同心巧结香。不应须换彩,意欲媚浓〔妆〕。

入破第一

细草河边一雁飞,黄龙关里挂戎衣。为受明王恩宠甚,从事经年不复归。

第 二

锦城丝管日纷纷,半入江风半入云。此曲只应天上去,人间能得几回闻?

第 三

昨夜遥欢出建章,今朝缀赏度昭阳。传声莫闭黄金屋,为报先开白玉堂。

第 四

日晚筇声咽戍楼,陇云漫漫水东流。行人万里向西去,满目关山空—作无恨—作自愁。

第 五

千年一遇圣明朝,愿对君王舞细腰。乍可当熊任生死,谁能伴凤上—作入云霄?

第六彻

闺烛无人影,罗屏有梦魂。近来音耗绝,终日望君门!

水 调　　唐·吴 融

凿河千里走黄沙,浮殿西来动日华。可道新声是亡国,且贪惆怅《后庭花》。

堂堂二首　　　　　唐·李义府

《乐苑》曰："《堂堂》，角调曲，唐高宗朝曲也。"《会要》曰："调露中，太子既废，李嗣真私谓人曰：'祸犹未已。主上不亲庶务，事无巨细，决于中宫。宗室虽众，俱在散位，居中制外，其势不敌。恐诸王藩翰，为中宫所蹂践矣。隋已来乐府有《堂堂曲》，再言堂者，是唐再受命也。中宫僭擅，复归子孙，则为再受命矣。近日闾里又有'侧堂堂'、'挠堂堂'之谣，侧者不正之辞，挠者不安之称，将见患难之作不久矣。'后皆如其言。"按《堂堂》本陈后主所作，唐为法曲，故白居易诗云"法曲法曲歌《堂堂》"是也。

镂月成歌扇，裁云作舞衣。自怜回雪影，好取洛川归。
懒正鸳鸯被，羞褰玳瑁床。春风别有意，密处也寻香。

同　前　　　　　唐·李贺

堂堂复堂堂，红脱梅灰香—作红熟海梅香。十年粉蠹生画梁，饥虫不食推碎黄。蕙花已老桃叶长，禁院悬帘隔御光。华清源中礜石汤，徘徊百—作白凤随君王。

凉州五首

《乐苑》曰："《凉州》，宫调曲。开元中，西凉府都督郭知运进。"《乐府杂录》曰："《梁州曲》，本在正宫调中，有大遍小遍。至贞元初，康昆仑翻入琵琶玉宸宫调，初进曲在玉宸殿，故有此名。合诸乐即黄钟宫调也。"张同《幽闲鼓吹》曰："段和尚善琵琶，自制《西凉州》。后传康昆仑，即《道调凉州》也，亦谓之《新凉州》云。"

歌第一

汉家宫里柳如丝,上苑桃花连碧池。圣寿已传千岁酒,天文更赏百僚诗。

第 二

朔风吹叶雁门秋,万里烟尘昏戍楼。征马长思青海北,胡笳夜听陇山头。

第 三

开箧泪沾襦,见君前日书。夜台空寂寞,犹是紫云车。

排遍第一

三秋陌上早霜飞,羽猎平田浅草齐。锦背苍鹰初出按,五花骢马喂来肥。

第 二

鸳鸯殿里笙歌起,翡翠楼前出舞人。唤上紫微三五夕,圣明方寿一千春。

凉州词　　　唐·耿沣

国使翩翩随旆旌,陇西歧路足荒城。毡裘牧马胡雏小,日暮蕃歌三两声。

同　前　　　唐·张　籍

边城暮雨雁飞低,芦笋初生渐欲齐。无数铃声遥过碛,应驮白练到安西。

古镇城门白碛开,胡兵往往傍沙堆。巡边使客行应早,每待平安火到来。

凤林关里水东流,白草黄榆六十秋。边将皆承主恩泽,无人解道取凉州。

同　前　　　唐·薛　逢

昨夜蕃兵报国仇,沙州都护破(梁)〔凉〕州。黄河九曲今归汉,塞外纵横战血流。

大　和

《乐苑》曰:"大和,羽调曲也。"

第　一

国门卿相旧山庄,圣主移来宴绿芳。帘外辗为车马路,花间踏出舞人场。

第　二

国鸟尚含天乐啭,寒风犹带御衣香。为报碧潭明月夜,会须留赏待君王。

第 三

庭前鹊绕相思树,井上莺歌争刺桐。含情少妇悲春草,多是良人学转蓬。

第 四

塞北江南共一家,何须泪落怨黄沙?春酒半酣千日醉,庭—作边前—作庭还有落梅花。

第五彻

我皇膺运太平年,四海朝宗会百川。自古几多明圣主,不如今帝胜尧天。

伊 州

《乐苑》曰:"《伊州》,商调曲,西京节度盖嘉运所进也。"

歌第一

秋风明月独离居,荡子从戎十载馀。征人去日殷勤嘱,归雁来时数寄书。

第 二

彤闱晓辟万鞍回,玉辂春游薄晚开。渭北清光摇草树,州南嘉景入楼台。

第 三

闻道黄花戍,频年不解兵。可怜闺里月,偏照汉家营。

第 四

千里东归客,无心忆旧游。挂帆游白水,高枕到青州。

第 五

桂殿江乌对,雕屏海燕重。只应多酿酒,醉罢乐高钟。

入破第一

千门今夜晓初晴,万里天河彻帝京。璨璨繁星驾秋色,稜稜霜气韵钟声。

第 二

长安二月柳依依,西出流沙路渐微。阏氏山上春光少,相府庭边驿使稀。

第 三

三秋大漠冷溪山,八月严霜变草颜。卷斾风行宵渡碛,衔枚电扫晓应还。

第 四

行乐三阳早,芳菲二月春。闺中红粉态,陌上看花人。

第　五

君住孤山下，烟深夜径长。辕门渡绿水，游苑绕垂杨。

陆　州
歌第一

分野中峰变，阴晴众壑殊。欲投人处宿，隔浦问樵夫。

第　二

共得烟霞径，东归山水游。萧萧望林夜，寂寂坐中秋。

第　三

香气传空满，妆花映薄红。歌声天仗外，舞态御楼中。

排遍第一

树发花如锦，莺啼柳若丝。更逢欢宴地，愁见别离时。

第　二

明月照秋叶，西风响夜砧。强言徒自乱，往事不堪寻。

第　三

坐对银釭晓，停留玉筯痕。君门常不见，无处谢前恩。

第　四

曙月当窗满，征人出塞游。画楼终日闭，清—作丝管为谁调?

簇拍陆州

西去轮台万里馀,故乡音耗日应疏。陇山鹦鹉能言语,为报闺人数寄书。

石　州

《乐苑》曰:"《石州》,商调曲也。又有《舞石州》。"

自从君去远巡边,终日罗帏独自眠。看花情转切,揽镜泪如泉。一自离君后,啼多双脸穿。何时狂虏灭,免得更留连。

乐府诗集卷第八十　近代曲辞 二

盖罗缝二首

秦时明月汉时关,万里征人尚未还。但愿龙庭神—作飞将在,不教胡马渡阴山!

音书杜绝白狼西,桃李无颜黄鸟啼。寒雁春深归去尽,出门肠断草萋萋。

双带子

私言切语谁人会,海燕双飞绕画梁。君学秋胡不相识,妾亦无心去采桑。

昆仑子

扬子谭经去,淮王载酒过。醉来啼鸟唤—作换,坐久落花多。

祓禊曲三首

王子年《拾遗记》曰:"周昭王溺于江汉,二女延娟、延娱与王乘舟,夹拥王身,同没焉。故江汉之人到今思之。至春上巳之日,禊集祠间,或以时鲜甘味,采兰杜包裹,以沉水中,或结五色纱囊盛食,或用金铁之器并沉水中,言蛟龙畏五色金铁,则不侵此食也。"《后汉书·礼仪志》曰:"三月上巳,官民皆絜于东流水上,曰洗濯祓除,去宿垢痰为大絜。絜者,言阳气布畅,万物讫出,始絜之矣。"注:"谓之禊也。"《风俗通》曰："《周礼·女巫》：掌岁时以祓除疾病。禊者，絜也。春者，蠢也。蠢〔蠢〕，摇动也。《尚书》：'以殷仲春，厥民析。'言人解析也。"蔡邕曰：《论语》"暮春者，春服既成，冠者五、六人，童子六、七人，浴乎沂，风乎舞雩，咏而归"。今三月上巳被禊于水滨，盖出于此。一说云：后汉有郭虞者，三日上巳产二女，二日中并不育，俗以为大忌，至此月日讳止家，皆于东流水上为祈禳自絜濯，谓之禊祠，引流行觞，遂成曲水。《韩诗》曰：郑国之俗，三月上巳，之溱、洧两水之上，招魂续魄，秉兰草，祓除不祥。《汉书》："八月祓灞水。"亦斯义也。杜笃《祓禊赋》曰："王侯公主，暨于富商，用事伊、洛，帷幔玄黄。"本传大将军梁商亦歌泣于洛禊也。自魏不复用三日水宴者焉。《晋书》曰："武帝尝问挚虞三日曲水之义，虞对曰：'汉章帝时，平原徐肇以三月初生三女，至三日俱亡。人以为怪，乃招携之水滨洗祓，遂因水以泛觞。其义起此。'束晳曰：'昔周公城洛邑，因流水以泛酒，故逸诗云"羽觞随波"。又秦昭王以三日置酒河曲，见金人奉水心之剑，曰："令君制有西夏。"乃霸诸侯，因此立为曲水。二汉相缘，皆为盛集。'《西京杂记》曰："汉宫三月上巳，张乐于流水"是也，晋宋已后皆因之，至唐传以为曲。

昨见春条绿，那知秋叶黄。蝉声犹未断，寒—作塞雁已成行。金谷园中柳，春来已—作自舞腰。那堪好风景，独上洛阳桥。何处堪愁思，花间长乐宫。君王不重客，泣泪向春—作东风。

上巳乐　　　　唐·张　祜

猩猩血彩系头标，天上齐声举画桡。却是内人争意切，六宫罗袖一时招。

穆护砂

《历代歌辞》曰:"《穆护砂》曲,犯角。"

玉管朝朝弄,清歌日日新。折花当驿路,寄与陇头人。

思归乐二首

《乐苑》曰:"《思归乐》,商调曲也。后一曲犯角。"

晚日催弦管,春风入绮罗。杏花如有意,偏落舞衫多。

万里春应尽,三江雁亦稀。连天汉水广,孤客未言归。

金殿乐

入夜秋砧动,千门起四邻。不缘楼上月,应为陇头人。

胡渭州二首

《乐苑》曰:"《胡渭州》,商调曲也。"

亭亭孤月照行舟,寂寂长江万里流。乡国不知何处是?云山漫漫使人愁。

杨柳千寻色,桃花一苑芳。风吹入帘里,唯有惹衣香。

戎浑

风劲角弓鸣,将军猎渭城。草枯鹰眼疾,雪尽马蹄轻。

墙头花二首

蟋蟀鸣洞房,梧桐落金井。为君裁舞衣,天寒剪刀冷。

妾有罗衣裳,秦王在时作。为舞春风多,秋来不堪著。

采　桑

《乐苑》曰："《采桑》，羽调曲。又有《杨下采桑》。"按《采桑》本清商西曲也。

自古多征战，由来尚甲兵。长驱千里去，一举两蕃平。按剑从沙漠，歌谣满帝京。寄言天下将，须立武功名。

杨下采桑

飞丝惹绿尘，软叶对孤轮。今朝入园去，物色强看人。

破阵乐

《历代歌辞》曰："《破阵乐》，小歌曲。"《乐苑》曰："商调曲也。"按，《破阵乐》本舞曲，唐太宗所造。玄宗又作《小破阵乐》，亦舞曲也。

秋来四面足风沙，塞外征人暂别家。千里不辞行路远，时光早晚到天涯。

同前二首　　　唐·张　说

汉兵出顿金微，照日明光铁衣。百里火幡焰焰，千行云骑骓骓。蹙踏辽河自竭，鼓噪燕山可飞。正属四方朝贺，端知万舞皇威。

少年胆气凌云，共许骁雄出群。匹马城南挑战，单刀蓟北从军。一鼓鲜卑送款，五饵单于解纷。誓欲成名报国，羞将开口论勋。

战胜乐

百战得功名，天兵意气生。三边永不战，此是我皇英。

剑南臣

不分君恩断，观妆视镜中。容华尚春日，娇爱已秋风。枕席临窗晓，屏帷对月空。年年后庭树，芳悴在深宫。

征步郎

塞外虏尘飞，频年度碛西。死生随玉剑，辛苦向金微。

叹疆场

《乐苑》曰："《叹疆场》，宫调曲也。"

闻道行人至，妆梳对镜台。泪痕犹尚在，笑靥自然开。

塞　姑

昨日卢梅塞口，整见诸人镇守。都护三年不归，折尽江边杨柳。

水鼓子

雕弓白羽猎初回，薄夜牛羊复下来。梦水河边秋草合，黑山峰外阵云开。

婆罗门

《乐苑》曰："《婆罗门》，商调曲。开元中，西凉府节度杨敬述进。"《唐会要》曰:"天宝十三载,改《婆罗门》为《霓裳羽衣》。"

回乐峰前沙似雪,受降城外月如霜。不知何处吹芦管,一夜征人尽望乡。

浣沙女二首

南陌春风早,东邻去日斜。千花开瑞锦,香扑美人车。
长乐青门外,宜春小苑东。楼开万户上,人向百花中。

镇西二首

天边物色更无春,只有羊群与马群。谁家营里吹羌笛,哀怨教人不忍闻!
岁去年来拜圣朝,更无山阙对溪桥。九门杨柳浑无半,犹自千条与万条。

回　纥

《乐苑》曰:"《回纥》,商调曲也。"

曾闻瀚海使难通,幽闺少妇罢裁缝。缅想边庭征战苦,谁能对镜治愁容。久戍人将老,须臾变作白头翁。

长命女

《乐苑》曰:"《长命西河女》,羽调曲也。"《乐府杂录》曰:"大历中,尝有乐工自造一曲,即古曲《长命西河女》也。增损节奏,颇有新声。"

云送关西雨,风传渭北秋。孤灯然客梦,寒杵捣乡愁。

醉公子

昨日春园饮,今朝倒接䍦。谁人扶上马?不省下楼时。

一片子

柳色青山映,梨花雪鸟藏。绿窗桃李下,闲坐叹春芳。

甘 州

《乐苑》曰:"《甘州》,羽调曲也。"

欲使传消息,空书意不任。寄君明月镜,偏照故人心。

濮阳女

《乐苑》曰:"《濮阳女》,羽调曲也。"

雁来书不至,月照独眠房。贱妾多愁思,不堪秋夜长。

相府莲

《古解题》曰:"《相府莲》者,王俭为南齐相,一时所辟,皆才名之士。时人以入俭府为莲花池,谓如红莲映绿水。今号莲幕者自俭始。其后语讹为'想夫怜',亦名之丑尔。又有《簇拍相府莲》。"《乐苑》曰:"《想夫怜》,羽调曲也。"白居易诗曰:"玉管朱弦莫急催,客听歌送十分杯。长爱《夫怜》第二句,倩君重唱夕阳开。"王维右丞词云"秦川一半夕阳开"是也。

夜闻邻妇泣,切切有馀哀。即问缘何事,征人战未 一作骨 回。

簇拍相府莲

莫以今时宠,宁无旧日恩。看花满眼泪,不共楚王言。闺烛无人影,罗屏有梦魂。近来音耗绝,终日望应门。

离别难

《乐府杂录》曰:"《离别难》,武后朝有一士人陷冤狱,籍其家。妻配入掖庭,善吹觱篥,乃撰此曲以寄情焉。初名《大郎神》,盖取良人第行也。既畏人知,遂三易其名曰《悲切子》,终号《怨回鹘》云。"

此别难重陈,花深复变人。来时梅覆雪,去日柳含春。物候催行客,归途淑气新。剡川今已远,魂梦暗相亲。

同 前　　　　白居易

绿杨陌上送行人,马去车回一望尘。不觉别时红泪尽,归来无泪可沾巾。

山鹧鸪二首

《历代歌辞》曰:"《山鹧鸪》,羽调曲也。"

玉关征戍久,空闺人独愁。寒露湿青苔,别来蓬鬓秋。人坐青楼晚,莺语百花时。愁多人自老,肠断君不知。

鹧鸪词　　　　唐·李益

湘江斑竹枝,锦翼鹧鸪飞。处处湘阴合,郎从何处归?

同前二首　　　　　唐·李涉

湘江烟水深,沙岸隔枫林。何处鹧鸪飞,日斜斑竹阴。二女虚垂泪,三闾枉自沉。惟有鹧鸪啼,独伤行客心。

越冈连越井,越鸟更南飞。何处鹧鸪啼,夕烟东岭归。岭头行人少,天涯北客稀。鹧鸪啼别处,相对泪沾衣。

乐　世　　　　　白居易

一曰《绿腰》。《琵琶录》曰:"《绿腰》,即'录要'也。贞元中,乐工进曲,德宗令录出要者,因以为名,后语讹为'绿腰'。"《新唐书》曰:"《凉州》、《胡渭》、《录要》,杂曲是也。"《乐府杂录》曰:"《绿腰》,软舞曲也。康昆仑尝于琵琶弹一曲,即新翻羽调《绿腰》也。"《乐苑》曰:"《乐世》,羽调曲,又有急乐也。"

管急丝繁拍渐稠,绿腰宛转曲终头。诚知《乐世》声声乐,老病人听未免愁。

急乐世　　　　　白居易

正抽碧线绣红罗,忽听黄莺敛翠蛾。秋思冬愁春(恨)〔怅〕望,大都不得意时多!

何满子　　　　　白居易

唐白居易曰:"何满子,开元中沧州歌者,临刑进此曲以赎死,竟不得免。"《杜阳杂编》曰:"文宗时,宫人沈阿翘为帝舞《何满子》,调辞风态,率皆宛畅。"然则亦舞曲也。

世传满子是人名,临就刑时曲始成。一曲四词歌八叠,从头便是断肠声。

同前　　　　唐·薛　逢

系马宫槐老,持杯店菊黄。故交今不见,流恨满川光。

清平调三首　　　唐·李　白

《松窗录》曰:"开元中,禁中重木芍药。会花方繁开,帝乘照夜白,太真妃以步辇从。李龟年以歌擅一时之名,帝曰:'赏名花,对妃子,焉用旧乐辞为!'遂命李白作《清平调》辞三章,令梨园弟子略抚丝竹以促歌,帝自调玉笛以倚曲。"《唐书》曰"玄宗尝自度曲,欲造乐府新辞,亟召白。白已醉,卧于酒肆,召入,以水洒面,即令秉笔。顷之,成十数章"是也。

云想衣裳花想容,春风拂槛露华浓。若非群玉山头见,会向瑶台月下逢。

一枝红艳露凝香,云雨巫山枉断肠。借问汉宫谁得似?可怜飞燕倚新妆。

名花倾国两相欢,长得君王带笑看。解释春风无限恨,沉香亭北倚栏干。

回波乐　　　　唐·李景伯

《回波乐》,商调曲。唐中宗时造,盖出于(西)〔曲〕水引流泛觞也。《本事诗》曰:"中宗之世,尝因内宴,群臣皆歌《回波乐》,撰辞起舞。时沈佺期以罪流岭表,恩还旧官,而未复朱绂。佺期乃歌《回波乐》辞以见意,中宗即以绯鱼赐之,自是多求迁擢。"《唐书》曰:"景龙中,中宗宴侍臣,酒酣,令各为《回波乐》,众皆为谄佞之辞,及自要荣位。次至谏议大夫李景伯,乃歌此辞。后亦为舞曲。"

回波尔时酒卮,微臣职在箴规。侍宴既过三爵,喧哗窃恐非仪。

圣明乐三首　　　　唐·张仲素

《乐苑》曰:"《圣明乐》,开元中太常乐工马顺儿造。又有《大圣明乐》,并商调曲也。"《隋书·乐志》曰:"文帝开皇六年,高昌献《圣明乐》曲。帝令知音者于馆所听之,归而肄习。及客方献,先于前奏之,胡夷皆惊焉。"然则隋已有之矣。

玉帛殊方至,歌钟比屋闻。华夷今一贯,同贺圣明君。
海浪恬丹徼,边尘靖黑山。从今万里外,不复镇萧关。
九陌祥烟合,千春瑞月明。宫华将苑柳,先发凤凰城。

大酺乐

《乐苑》曰:"《大酺乐》,商调曲,唐张文收造。"

泪滴珠难尽,容残玉易销。倪随明月去,莫道梦魂遥!

同前二首　　　　唐·杜审言

圣后乘乾日,皇明御历辰。紫宫初启坐,苍璧正临春。雷雨垂膏泽,金钱赐下人。诏酺欢赏遍,交泰睹惟新。

毗陵震泽九州通,士女欢娱万国同。伐鼓撞钟惊海上,新妆袨服照江东。梅花落处疑残雪,柳叶开时任好风。大德不官逢道泰,天长地久属年丰。

同　前　　　　张　祜

车驾东来值太平,大酺三日洛阳城。小儿一伎竿头绝,天下传呼万岁声。

紫陌醹归日欲斜,红尘开路薛王家。双鬟前说楼前鼓,两伎争轮好结花。

千秋乐　　　　　　张　祜

《唐书》曰:"开元十七年八月癸亥,玄宗以降诞日,宴百僚于花萼楼下。百僚表请以每年八月五日为千秋节,王公已下献镜及承露囊,天下请咸令宴乐,仍著于令,从之。"《千秋乐》盖起于此。

八月平时花萼楼,万方同乐奏千秋。倾城人看长竿出,一伎初成赵解愁。

火凤辞　　　　　　唐·李百药

《乐苑》曰:"《火凤》,羽调曲也。又有《真火凤》。《唐会要》曰:"贞观中,有裴神符者,妙解琵琶。初唯作《胜蛮奴》、《火凤》、《倾杯乐》三曲,声度清美,太宗深爱之。"则《火凤》盖贞观已前曲也。

歌声扇里出,妆影(扇)〔镜〕中轻。未能令掩笑,何处欲郸声? 知音自不惑,得念是分明。莫见双颦敛,疑人含笑情。

佳人靓晚妆,清唱动兰房。影入含风扇,声飞照日梁。娇颦眉际敛,逸韵口中香。自有横陈分,应怜秋夜长。

热戏乐　　　　　　张　祜

《教坊记》曰:"玄宗在藩邸,有散乐一部。及即位,且羁縻之。尝于九曲阅太常乐,卿姜晦押乐以进。凡戏,辄分两朋以判优劣,人心竞勇,谓之热戏。乃诏宁王主藩邸乐以敌之。一伎戴百尺幢,鼓舞而进,太常所戴则百馀尺。比彼伎一出,则往复矣,长欲半之,疾乃兼倍。太常群乐方鼓课。上不说，命内养五、六十人各执一物，皆铁马鞭骨榧之属也，潜匿袖中，杂立于声儿后。候复鼓噪，当乱摇之。左右初怪内养麇至，窃见袖中有物，皆夺气丧魄，而戴竿者方振摇其幢，南北不已。上顾谓内人曰：'其竿即当自折。'斯须中断，上抚掌大笑。内伎咸称庆，于是罢遣。"

热戏争心剧火烧，铜槌暗执不相饶。上皇失喜宁王笑，百尺幢竿果动摇。

春莺啭　　　　　张　祜

《乐苑》曰："《大春莺啭》，唐虞世南及蔡亮作。又有《小春莺啭》，并商调曲也。"《教坊记》曰："高宗晓声律，闻风叶鸟声，皆蹈以应节。尝晨坐，闻莺声，命乐工白明达写之为《春莺啭》，后亦为舞曲。"二说不同，未知孰是。

兴庆池南柳未开，太真先把一枝梅。内人已唱《春莺啭》，花下傞傞软舞来。

达磨支　　　　　唐·温庭筠

《唐会要》曰："天宝十三载，改《达磨支》为《泛兰丛》。"《乐苑》曰："《泛兰丛》，羽调曲。又有《急泛兰丛》。"《乐府杂录》曰："《达磨支》，健舞曲也。"

捣麝成尘香不灭，拗莲作寸丝难绝。红泪文姬洛水春，白头苏武天山雪。君不见无愁高纬花漫漫，漳浦宴馀清露寒。一旦臣僚共囚虏，欲吹羌管先汍澜。旧臣头鬓霜华一作雪早，可惜雄心醉中老。万古春归梦不归，邺城风雨连天草。

如意娘

《乐苑》曰:"《如意娘》,商调曲。唐则天皇后所作也。"

看朱成碧思纷纷,憔悴支离为忆君。不信比来长下泪,开箱验取石榴裙。

雨霖铃　　　　　张　祜

《明皇别录》曰:"帝幸蜀,南入斜谷。属霖雨弥旬,于栈道雨中闻铃声与山相应。帝既悼念贵妃,因采其声为《雨霖铃》曲,以寄恨焉。时独梨园善觱篥乐工张徽从,至蜀,帝以其曲授之。洎至德中,复幸华清宫,从官嫔御皆非旧人。帝于望京楼命张徽奏《雨霖铃》曲,不觉凄怆流涕。其曲后入法部。"《乐府杂录》曰:"明皇自蜀反正,乐工制《还京乐》、《雨霖铃》二曲。"

雨霖铃夜却归秦,犹是张徽一曲新。长说上皇垂泪教,月明南内更无人。

桂华曲　　　　　白居易

《桂华曲》,白居易苏州所作。苏之东城,古吴都城也,今为樵牧场。有桂一株,生于城下。惜其不得地而作曲,音韵怨切,听辄动人。故其诗云:"桂华词苦意丁宁,唱到嫦娥醉便醒。此是世间肠断曲,莫教不得意人听!"又《听都子歌》云:"都子新歌有性灵,一声格转已堪听。更听唱到嫦娥字,犹有樊家旧典刑。"

可怜天上桂华孤,试问姮娥更要无?月宫幸有闲田地,何不中央种两株?

渭城曲　　　　唐·王　维

《渭城》一曰《阳关》,王维之所作也。本《送人使安西》诗,后遂被于歌。刘禹锡《与歌者》诗云:"旧人唯有何戡在,更与殷勤唱渭城。"白居易《对酒》诗云:"相逢且莫推辞醉,听唱阳关第四声。"阳关第四声,即"劝君更尽一杯酒,西出阳关无故人"也。《渭城》、《阳关》之名,盖因辞云。

渭城朝雨浥轻尘,客舍青青柳色春。劝君更尽一杯酒,西出阳关无故人。

乐府诗集卷第八十一　近代曲辞 三

竹　枝　唐·顾　况

《竹枝》本出于巴渝。唐贞元中，刘禹锡在沅、湘，以俚歌鄙陋，乃依骚人《九歌》作《竹枝》新辞九章，教里中儿歌之，由是盛于贞元、元和之间。禹锡曰："竹枝，巴歙也。巴儿联歌，吹短笛、击鼓以赴节。歌者扬袂睢舞，其音协黄钟羽。末如吴声，含思宛转，有淇濮之艳焉。"

帝子苍梧不复归，洞庭叶下荆云飞。巴人夜唱《竹枝》后，肠断晓猿声渐稀。

同前九首　唐·刘禹锡

白帝城头春草生，白盐山下蜀江清。南人上来歌一曲，北人莫上动乡情。

山桃红花满上头，蜀江春水拍江（拍江一作拍山）流。花红易衰似郎意，水流无限似侬愁。

江上朱楼新雨晴，瀼西春水縠文生。桥东桥西好杨柳，人来人去唱歌行。

日出三竿春雾消，江头蜀客驻兰桡。凭寄狂夫书一纸，住在成都万里桥。

两岸山花似雪开，家家春酒满银杯。昭君坊中多女伴，永安宫外踏青来。

瞿塘嘈嘈十二滩，此中道路古来难。长恨人心不如水，等闲平地起波澜。

巫峡苍苍烟雨时,清猿啼在最高枝。个里愁人肠自断,由来不是此声悲。

城西门前滟滪堆,年年波浪不能摧。懊恼人心不如石,少时东去复西来。

山上层层桃李花,云间烟火是人家。银钏金钗来负水,长刀短笠去烧畬。

同前二首　　　　　　刘禹锡

杨柳青青江水平,闻郎江上唱歌声。东边日出西边雨,道是无情还有情。

楚水巴山江雨多,巴人能唱本乡歌。今朝北客思归去,回入纥那披绿罗。

同前四首　　　　　　白居易

瞿塘峡口冷烟低,白帝城头月向西。唱到《竹枝》声咽处,寒猿晴鸟一时啼。

《竹枝》苦怨怨何人?夜静山空歇又闻。蛮儿巴女齐声唱,愁杀江楼病使君。

巴东船舫上巴西,波面风生雨脚齐。水蓼冷花红簇簇,江蓠湿叶碧萋萋。

江畔谁人唱竹枝?前声断咽后声迟。怪来调苦缘词苦,多是通州司马诗。

同前四首　　　　　　唐·李涉

荆门滩急水潺潺,两岸猿啼烟满山。渡头年少应官去,月落西陵望不还。

巫峡云开神女祠,绿潭红树影参差。下牢戍口初相问,无义滩头剩别离。

石壁千重树万重,白云斜掩碧芙蓉。昭君溪上年年月,独自婵娟色最浓。

十二峰头月欲低,空濛江上子规啼。孤舟一夜东归客,泣向春风忆建溪。

同前二首　　　　　晋·孙光宪

门前春水白𬞟花,岸上无人小艇斜。商女经过江欲暮,散抛残食饲神鸦。

乱绳千结绊人深,越罗万丈表长寻。杨柳在身垂意绪,藕花落尽见莲心。

杨柳枝二首　　　　　唐·白居易

《杨柳枝》,白居易洛中所制也。《本事诗》曰:"白尚书有妓樊素善歌,小蛮善舞。尝为诗曰:'樱桃樊素口,杨柳小蛮腰。'年既高迈,而小蛮方丰艳,乃作《杨柳枝》辞以托意曰:'永丰西角荒园里,尽日无人属阿谁?'及宣宗朝,国乐唱是辞。帝问谁辞,永丰在何处,左右具以对。时永丰坊西南角园中有垂柳一株,柔条极茂,因东使命取两枝植于禁中。居易感上知名,且好尚风雅,又作辞一章云:'定知玄象今春后,柳宿光中添两星。'"河南卢尹时亦继和。薛能曰:"《杨柳枝》者,古题所谓《折杨柳》也。乾符五年,能为许州刺史。饮酣,令部妓少女作杨柳枝健舞,复赋其辞为《杨柳枝》新声云。"

一树春风万万枝,嫩于金色软于丝。永丰西角荒园里,尽日无人属阿谁?

一树衰残委泥土,双枝荣耀植天庭。定知玄象今春后,柳宿光中添两星。

同前八首　　　　　　白居易

《六么》、《水调》家家唱,《白雪》、《梅花》处处吹。古歌旧曲君休听,听取新翻《杨柳枝》。

陶令门前四五树,亚夫营里百千条。何似东都正二月,黄金枝映洛阳桥。

依依袅袅复青青,勾引清风无限情。白雪花繁空扑地,绿丝条弱不胜莺。

红板江桥青酒旗,馆娃宫暖日斜时。可怜雨歇东风定,万树千条各自垂。

苏州杨柳任君夸,更有钱塘胜馆娃。若解多情寻小小,绿杨深处是苏家。

苏家小女旧知名,杨柳风前别有情。剥条盘作银环样,卷叶吹为玉笛声。

叶含浓露如啼眼,枝袅轻风似舞腰。小树不禁攀折苦,乞君留取两三条。

人言柳叶似愁眉,更有愁肠似柳丝。柳丝挽断肠牵断,彼此应无续得期。

同　前　　　　　　唐·卢贞

一树依依在永丰,两枝飞去杳无踪。玉皇曾采人间曲,应逐歌声入九重。

同前九首　　　　刘禹锡

　　塞北梅花羌笛吹,淮南桂树小山词。请君莫奏前朝曲,听唱新翻《杨柳枝》。

　　南陌东城春早时,相逢何处不依依。桃红李白皆夸好,须得垂杨相发辉。

　　凤阙轻遮翡翠帷,龙墀遥望曲尘丝。御沟春水柳晖映,狂杀长安年少儿!

　　金谷园中莺乱飞,铜驼陌上好风吹。城东桃李须臾尽,争似垂杨无限时!

　　花萼楼前初种时,美人楼上斗腰支。如今抛掷上一作长街里,露叶如啼欲恨谁?

　　炀帝行宫汴水滨,数株残柳不胜春。昨来风起花如雪,飞入宫墙不见人。

　　御陌青门拂地垂,千条金缕万条丝。如今绾作同心结,将赠行人知不知?

　　城外春风满酒旗,行人挥袂日西时。长安陌上无穷树,唯有垂杨管别离。

　　轻盈袅娜占春华,舞榭妆楼处处遮。春尽絮飞留不得,随风好去落谁家?

同前三首　　　　刘禹锡

　　扬子江头烟景迷,隋家宫树拂金堤。嵯峨犹有当时色,半蘸波中水鸟栖。

迎得春光先到来,浅黄轻绿映楼台。只缘袅娜多情思,便被春风长请按。

巫峡巫山杨柳多,朝云暮雨远相和。因想阳台无限事,为君回唱《竹枝歌》。

同前二首　　　　唐·李商隐

暂凭樽酒送无憀,莫损愁眉与细腰。人世死前唯有别,春风争拟惜长条。

含烟惹雾每依依,万绪千条拂落晖。为报行人休尽折,半留相送半迎归。

同　前　　　　唐·韩琮

梁苑隋堤事已空,万条犹舞旧春风。那堪更想千年后,谁见杨花入汉宫?

同　前　　　　唐·施肩吾

伤见路傍杨柳春,一枝折尽一重新。今年还折去年处,不送去年离别人。

同前八首　　　　唐·温庭筠

宜春苑外最长条,闲袅春风伴舞腰。正是玉人肠断处,一渠春水赤栏桥。

南内墙东御路傍,预知春色柳丝黄。杏花未肯无情思,何事情人最断肠？

　　苏小门前柳万条,毵毵金线拂平桥。黄莺不语东风起,深闭朱门伴细腰。

　　金缕毵毵碧瓦沟,六宫眉黛惹春愁。晚来更带龙池雨,半拂栏干半入楼。

　　馆娃宫外邺城西,远映征帆近拂堤。系得王孙归意切,不关春草绿萋萋。

　　两两黄鹂色似金,袅枝啼露动芳音。春来幸自长如线,可惜牵缠荡子心。

　　御柳如丝映九重,凤凰窗柱绣芙蓉。景阳楼伴千条露,一面新妆待晓钟。

　　织锦机边莺语频,停梭垂泪忆征人。塞门三月犹萧索,纵有垂杨未觉春。

同前二首　　　　唐·皇甫松

　　春入行宫映翠微,玄宗侍女舞烟丝。如今柳向空城绿,玉笛何人更把吹？

　　烂漫春归水国时,吴王宫殿柳垂丝。黄莺长叫空闺畔,西子无因更得知。

同前四首　　　　唐·僧齐己

　　凤楼高映绿阴阴,凝碧多含雨露深。莫谓一枝柔软力,几曾牵破别离心。

　　馆娃宫畔响廊前,依托吴王养翠烟。剑去国亡台榭毁,却随红树噪秋蝉。

秾低似中陶潜酒，软极如伤宋玉风。多谢将军绕营种，翠中闲卓战旗红。

高僧爱惜遮江寺，游子伤残露野桥。争似著行垂上苑，碧桃红杏对摇摇。

同前二首　　　唐·张　祜

莫折宫前杨柳枝，玄宗曾向笛中吹。伤心日暮烟霞起，无限春愁生翠眉。

凝碧池边敛翠眉，景阳楼下绾清丝。那胜妃子朝元阁，玉手和烟弄一枝。

同前五首　　　孙　鲂

灵和风暖太昌春，舞线摇丝向昔人。何似晓来江雨后，一行如画隔遥津。

彭泽初栽五树时，只应闲看一枝枝。不知天意风流处，要与佳人学画眉。

暖傍离亭静拂桥，入流穿槛绿摇摇。不知落日谁相送，魂断千条与万条。

春来绿树遍天涯，未见垂杨未可夸。晴日万株烟一阵，闲坊兼是莫愁家。

十首当年有旧词，唱青歌翠几无遗。未曾得向行人道，不为离情莫折伊。

同前十首　　　　　唐·薛　能

华清高树出离宫,南陌柔条带暖风。谁见轻阴是良夜,瀑泉声畔月明中。

洛桥晴影覆江船,羌笛秋声湿塞烟。闲想习池公宴罢,水蒲风絮夕阳天。

嫩绿轻悬似缀旒,路人遥见隔宫楼。谁能更近丹墀种,解播皇风入九州。

暖风晴日断浮埃,废路新条发〔钓〕台。处处轻阴可惆怅,后人攀处古人栽。

潭上江边袅袅垂,日高风静絮相随。青楼一树无人见,正是女郎眠觉时。

汴水高悬百万条,风清两岸一时摇。隋家力尽虚栽得,无限春风属圣朝。

和花烟树九重城,夹路春阴十万营。唯向边头不堪望,一株憔悴少人行。

窗外齐垂旭日初,楼边轻好暖风徐。游人莫道栽无益,桃李清阴却不如。

众木犹寒独早青,御沟桥畔曲江亭。陶家旧日应如此,一院春条绿绕厅。

帐偃缨垂细复繁,令人心想石家园。风条月影皆堪重,何事侯门爱树萱?

同前九首　　　　　薛　能

数首新词带恨成,柳丝牵我我伤情。柔娥幸有腰支稳,试踏吹声作唱声。

高出军营远映桥,贼兵曾斫火曾烧。风流性在终难改,依旧春来万万条。

县依陶令想嫌迁,营伴将军即大粗。此日与君除万恨,数篇风调更应无。

狂似纤腰软胜绵,自多情态更谁怜?游人不折还堪恨,抛向桥边与路边。

朝阳晴照绿杨烟,一别通波十七年。应有旧枝无处觅,万株风里卓旌旄。

晴垂芳态吐牙新,雨摆轻条湿面春。别有出墙高数尺,不知摇动是何人?

暖梳簪朵事登楼,因挂垂杨立地愁。牵断绿丝攀不得,半空悬著玉搔头。

西园高树后庭根,处处寻芳有折痕。终忆旧游桃叶舍,一株斜映竹篱门。

刘白苏台总近时,当初章句是谁推?纤腰舞尽春杨柳,未有侬家一首诗。

同前五首　　后唐·牛　峤

解冻风来末上青,解垂罗袖拜卿卿。无端袅娜临官路,舞送行人过一生。

吴王宫里色偏深,一簇纤条万缕金。不愤钱塘苏小小,引郎枝下结同心。

桥北桥南千万条,恨伊张绪不相饶。金羁白马临风望,认得羊家静婉腰。

狂雪随风扑马飞,惹烟无力被风欹。莫交移入灵和殿,宫女三千又妒伊。

袅翠笼烟拂暖波,舞裙新染曲尘罗。章华台畔隋堤上,倚得春风尔许多。

同前三首　　晋·和　凝

软碧摇烟似送人,映花时把翠眉颦。青青自是风流主,慢飐金丝待洛神。

瑟瑟罗裙金缕腰,黛眉隈破未重描。醉来咬损新花子,拽住仙郎尽放娇。

鹊桥初就咽银河,今夜仙郎自性和。不是昔年攀桂树,岂能月里索姮娥?

同前四首　　晋·孙光宪

(间)〔阊〕门风暖落花干,飞遍江城雪不寒。独有晚来临水驿,闲人多凭赤栏干。

有池有榭即濛濛,浸润翻成长养功。恰似有人长点检,著行排立向春风。

根柢虽然傍浊河,无妨终日近笙歌。骎骎金带谁堪比?还共黄莺不较多。

万株枯槁怨亡隋,似吊吴台各自垂。好是淮阴明月里,酒楼横笛不胜吹!

乐府诗集卷第八十二　近代曲辞 四

浪淘沙九首　　唐·刘禹锡

九曲黄河万里沙,浪淘风簸自天涯。如今直上银河去,同到牵牛织女家。

洛水桥边春日斜,碧流轻浅见琼沙。无端陌上狂风急,惊起鸳鸯出浪花。

汴水东流虎眼文,清淮晓色鸭头春。君看渡口淘沙处,渡却人间多少人?

鹦鹉洲头浪飐沙,青楼春望日将斜。衔泥燕子争归舍,独自狂夫不忆家。

濯锦江边两岸花,春风吹浪正淘沙。女郎剪下鸳鸯锦,将向中流定晚霞。

日照澄洲江雾开,淘金女伴满江隈。美人首饰侯王印,尽是沙中浪底来。

八月涛声吼地来,头高数丈触山回。须臾却入海门去,卷起沙堆似雪堆。

莫道谗言如浪深,莫言迁客似沙沉。千淘万（洒）〔漉〕虽辛苦,吹尽狂沙始到金。

流水淘沙不暂停,前波未灭后波生。令人忽忆潇湘渚,回唱迎神三两声。

　　　　同前六首　　　　　唐·白居易

　一泊沙来一泊去，一重浪灭一重生。相搅相淘无歇日，会交山海一时平。

　白浪茫茫与海连，平沙浩浩四无边。暮去朝来淘不住，遂令东海变桑田。

　青草湖中万里程，黄梅雨里一人行。愁见滩头夜泊处，风翻暗浪打船声。

　借问江湖与海水，何似君情与妾心？相恨不如潮有信，相思始觉海非深。

　海底飞尘终有日，山头化石岂无时？谁道小郎抛小妇，船头一去没回期。

　随波逐浪到天涯，迁客生还有几家？却到帝乡重富贵，请君莫忘浪淘沙。

　　　　同前二首　　　　　唐·皇甫松

　滩头细草接疏林，浪恶罾船半欲沉。宿鹭眠洲非旧浦，去年沙觜是江心。

　蛮歌豆蔻北人愁，松雨蒲风野艇秋。浪起鸤鹋眠不得，寒沙细细入江流。

　　　　纥那曲二首　　　　　刘禹锡

　杨柳郁青青，竹枝无限情。同郎一回顾，听唱纥那声。

　踏曲兴无穷，调同词不同。愿郎千万寿，长作主人翁。

潇湘神二曲　　　刘禹锡

湘水流,湘水流,九疑云物至今愁。君问二妃何处所?零陵香草露中秋。

斑竹枝,斑竹枝,泪痕点点寄相思。楚客欲听瑶瑟怨,潇湘深夜月明时。

抛球乐二首　　　刘禹锡

五彩绣团团,登君玳瑁筵。最宜红烛下,偏称落花前。上客如先起,应须赠一船。

春早见花枝,朝朝恨发迟。及看花落后,却忆未开时。幸有抛球乐,一杯君莫辞。

太平乐二首　　　白居易

《乐苑》曰:"《太平乐》,商调曲也。"

岁丰仍节俭,时泰更销兵。圣念长如此,何忧不太平?湛露浮尧酒,薰风起舜歌。愿同尧舜意,所乐在人和。

同前二首　　　唐·王维

风俗今和厚,君王在穆清。行看采花曲,尽是太阶平。圣德超千古,皇威静四方。苍生今息战,无事觉时长。

升平乐十首　　　唐·薛能

《唐会要》曰:"《升平乐》,商调曲也。"

正气绕宫楼,皇居信上游。远冈延圣祚,平地载神州。

会合皆重译,潺湲近八流。中兴岂假问,据此自千秋。

寥泬敞延英,朝班立位横。宣传无草动,拜舞有衣声。鸳瓦云消湿,虫丝日照明。辛勤自不到,遥见似前生。

处处足欢声,时康岁已深。不同三尺剑,应似五弦琴。寿笑山犹尽,明嫌日有阴。何当怜一物,亦遣断愁吟。

曙质绝埃氛,彤庭列禁军。圣颜初对日,龙尾竞缘云。珮响交成韵,帘阴暖带纹。逍遥岂有事,于此咏《南薰》。

一物周天至一作一物至周天,洪纤尽晏然。车书无异俗,甲子并丰年。奇技皆归朴,征夫亦服田。君王故不有,台鼎合韦弦一作贤。

日日听歌谣,区中尽祝尧。虫蝗初不害,夷狄近全销。史笔惟书瑞,天台绝见祅。因令匹夫志,转欲事清朝。

品物尽昭苏,神功复帝谟。他时应有寿,当代且无虞。赐历通遐俗,移关入半胡。鹪鹩一何幸,于此寄微躯。

无战复无私,尧时即此时。焚香临极早,待月卷帘迟。端拱乾坤内,何言黈纩垂。君看圣明验,只此是神龟。

旭日上清穹,明堂坐圣聪。衣裳承瑞气,冠冕盖重瞳。花木经宵露,旌旗立仗风。何期于此地,见说似一作是仙宫。

五帝三皇主,萧曹魏邴臣。文章惟反朴,戈甲尽生尘。谏纸应无用,朝纲自有伦。升平不可纪,所见是闲人。

金缕衣　　　　　李锜

劝君莫惜金缕衣,劝君惜取少年时。花开堪折直须折,莫待无花空折枝。

凤归云二首　　　唐·滕　潜

金井栏边见羽仪,梧桐树上宿寒枝。五陵公子怜文采,画与佳人刺绣衣。

饮啄蓬山最上头,和烟飞下禁城秋。曾将弄玉归云去,金翮斜开十二楼。

拜新月　　　唐·李　端

开帘见新月,便即下阶拜。细语人不闻,北风吹裙带。

同　前　　　唐·吉中孚妻张氏

拜新月,拜月出堂前。暗魄深笼桂,虚弓未引弦。拜新月,拜月妆楼上。鸾镜未安台,娥眉已相向。拜新月,拜月不胜情。庭前风露清,月临人自老,望月更长生。东家阿母亦拜月,一拜一悲声断绝。昔年拜月逞容仪,如今拜月双泪垂。回看众女拜新月,却忆红闺年少时。

忆江南三首　　　白居易

一曰《望江南》。《乐府杂录》曰:"《望江南》,本名《谢秋娘》,李德裕镇浙西,为妾谢秋娘所制。后改为《望江南》。"

江南好,风景旧曾谙。日出江花红胜火,春来江水绿如蓝,能不忆江南?

江南忆,最忆是杭州。山寺月中寻桂子,郡亭枕上看潮头,何日更重游?

江南忆,其次忆吴宫。吴酒一杯春竹叶,吴娃双舞醉芙蓉,早晚复相逢。

同前二首　　　　　刘禹锡

春过也,共惜艳阳年。犹有桃花流水上,无辞竹叶醉樽前,惟待见青天。

春去也,多谢洛城人。弱柳从风疑举袂,丛兰裛露似沾巾,独笑亦含嚬。

宫中调笑四首　　　唐·王　建

《乐苑》曰:"《调笑》,商调曲也。戴叔伦谓之《转应词》。"

团扇,团扇,美人病来遮面。玉颜憔悴三年,谁复商量管弦。弦管,弦管,春草昭阳路断。

胡蝶,胡蝶,飞上金花枝叶。君前对舞春风,百叶桃花树红。红树,红树,燕语莺啼日暮。

罗袖,罗袖,暗舞春风依旧。遥看歌舞玉楼,好日新妆坐愁。愁坐,愁坐,一世虚生虚过。

杨柳,杨柳,日暮白沙渡口。船头江水茫茫,商人少妇断肠。肠断,肠断,鹧鸪夜飞失伴。

同前二首　　　　　唐·韦应物

胡马,胡马,远放燕支山下。咆沙咆雪独嘶,东望西望路迷。迷路,迷路,边草无穷日暮。

河汉,河汉,晓挂秋城漫漫。愁人起望相思,江南塞北别离。离别,离别,河汉虽同路绝。

转应词　　　　　唐·戴叔伦

边草,边草,边草尽来兵老。山南山北雪晴,千里万里月明。明月,明月,胡笳一声愁绝。

宫中行乐辞八首　　唐·李　白

小小生金屋,盈盈在紫微。山花插宝髻,石竹绣罗衣。每出深宫里,常随步辇归。只愁歌舞散—作罢,化作彩云飞。

柳色黄金嫩,梨花白雪香。玉楼巢—作关翡翠,金—作珠殿锁鸳鸯。选妓随雕—作朝辇,徵歌出洞房。宫中谁第一?飞燕在昭阳。

卢橘为秦树,蒲萄出—作是汉宫。烟花宜落日,丝管醉春风。笛奏龙鸣水,箫吟凤下空。君王多乐事,何必向回中?

玉树—作殿春归日—作好,金宫乐事多。后庭朝未入,轻辇夜相过。笑出花间语,娇来烛下歌。莫教明月去,留著醉姮娥。

绣户香风暖,纱窗曙色新。宫花争笑日,池草暗生春。绿树闻歌鸟,青楼见舞人。昭阳桃李月,罗绮自—作坐相亲。

今日明光里,还须结伴游。春风开紫殿,天乐下珠楼。艳舞全知巧,娇歌半欲羞。更怜花月夜,宫女笑藏钩。

寒雪梅中尽,春风柳上归。宫莺娇欲醉,檐燕语还飞。

迟日明歌席,新花艳舞衣。晚来移彩仗,行乐泥光辉。

水绿南薰殿,花红北阙楼。莺歌闻太液,凤吹远瀛洲。素女鸣珠佩,天人弄彩球。今朝风日好,宜入未央游。

宫中乐五首　　　　唐·令狐楚

楚塞金陵静,巴山玉垒空。万方无一事,端拱大明宫。
霜霁长杨苑,冰开太液池。宫中行乐日,天下盛明时。
柳色烟相似,梨花雪不如。春风真有意,一一丽皇居。
月上宫花静,烟含苑树深。银台门已闭,仙漏夜沉沉。
九重青锁闼,百尺碧云楼。明月秋风起,珠帘上玉钩。

同前五首　　　　唐·张仲素

网户交如绮,纱窗薄似烟。乐吹天上曲,人是月中仙。
翠匣开寒镜,珠钗挂步摇。妆成只畏晓,更漏促春宵。
江果瑶池实,金盘露井冰。甘泉将避暑,台殿晓光凝。
月彩浮鸾殿,砧声隔凤楼。笙歌临水槛,红烛乍迎秋。
奇树留寒翠,神池结夕波。黄山一夜雪,渭水雁声多。

踏歌词二首　　　　唐·崔　液

彩女迎金屋,仙姬出画堂。鸳鸯裁锦袖,翡翠帖花黄。歌响舞分行,艳色动流光。

庭际花微落,楼前汉已横。金台催夜尽,罗袖拂寒轻。乐笑畅欢情,未半著天明。

同前三首　　　唐·谢偃

春景娇春台,新露泣新梅。春叶参差吐,新花重叠开。花影飞莺去,歌声度鸟来。倩看飘飖雪,何如舞袖回?

逶迤度香阁,顾步出兰闺。欲晓鸳鸯殿,先过桃李蹊。风带舒还卷,簪花举复低。欲问今宵乐,但听歌声齐。

夜久星沉没,更深月影斜。裙轻才动佩,鬟薄不胜花。细风吹宝袜,轻露湿红纱。相看乐未已,兰灯照九华。

同前二首　　　唐·张说

花萼楼前雨露新,长安城里太平人。龙衔火树千灯艳,鸡踏—作上莲花万岁春。

帝宫三五戏春台,行雨流风莫妒来。西域灯轮千影合,东华金阙万重开。

踏歌行　　　刘禹锡

春江月出大堤平,堤上女郎连袂行。唱尽新词看—作欢不见,红霞影树鹧鸪鸣。

桃蹊柳陌好经过,灯下妆成月下歌。为是襄王故宫地,至今犹自细腰多。

新词宛转递相传,振袖倾鬟风露前。月落乌啼云雨散,游童陌上拾花钿。

日暮江头闻《竹枝》,南人行乐北人悲。自从雪里唱新曲,直至三春花尽时。

天长地久词五首　　唐·卢　纶

《天长地久词》,卢纶所作也。其和云:"天长久,万年昌。"

玉砌红花树,香风不敢吹。春光解天意,偏发殿南枝。

虹桥千步廊,半在水中央。天子方清暑,宫人重暮妆。

辞辇复当熊,倾心奉上宫。君王若看貌,甘在众妃中。

云日呈祥礼物殊,北庭生献五单于。塞天万里无飞鸟,可在边城用郅都?

台殿云凉风日微,君王初赐六宫衣。楼船罢泛归犹早,行道才人斗射飞。

欸乃曲五首　　唐·元　结

《欸乃曲》,元结之所作也。其序曲曰:"大历初,结为道州刺史,以军事诣都。使还州,逢春水,舟行不进。作《欸乃曲》,令舟子唱之,以取适于道路云。"欸音袄,乃音霭,棹船声也。

偏存名迹在人间,顺俗与时未安闲。来谒大官兼问政,扁舟却入九疑山。

湘江二月春水平,满月和风宜夜行。唱桡欲过平阳戍,守吏相呼问姓名。

千里枫林烟雨深,无朝无暮有猿吟。停桡静听曲中意,好是云山韶濩音。

零陵郡北湘水东,浯溪形胜满湘中。溪口石颠堪自逸,谁能相伴作渔翁?

下泷船似入深渊,上泷船似欲升天。泷南始到九疑郡,应绝高人乘兴船。

十二月乐辞十三首　　唐·李贺

正月

上楼迎春新春归—作正月上楼迎春归，暗黄著柳宫漏迟。薄薄淡霭弄野姿，寒绿幽泥生短丝。锦床晓卧玉肌冷，露脸未开对朝暝。官街柳带不堪折，早晚菖蒲胜绾结。

二月

二月饮酒采桑津，宜男草生兰笑人，蒲如交剑—作绞刀风如薰。劳劳胡燕怨酣春，薇帐逗烟生绿尘—作香绿昏。金翅峨髻愁暮云，沓飒起舞真珠裙。津头送别唱流水，酒客背寒南山死。

三月

东方风来满眼春，花城柳暗—作禁愁几—作杀人。复宫深殿竹风起，新翠舞襟静如水。光风转蕙百馀里，暖雾驱云扑天地。军装宫妓扫蛾浅，摇摇锦旗夹城暖。曲水飘香去不归，梨花落尽成秋—作愁苑。

四月

晓凉暮凉树如盖，千山浓绿生云外。依微香雨青氛氲—作过清氛，腻叶蟠花照曲门。金塘闲水摇碧漪，老景沉重—作帖无惊飞，堕红残萼暗参差。

五　月

　　雕玉押帘上—作雕玉帘押上，轻縠笼虚门。井汲铅华水，扇织鸳鸯文。回雪舞凉殿，甘露洗空绿。罗袖从徊翔—作罗绶从风翔，香汗沾宝粟。

六　月

　　裁生罗，伐湘竹，帔—本无帔字拂疏霜簟秋玉。炎炎红镜东方开，晕如车轮上徘徊。啾啾赤帝骑龙来。

七　月

　　星依云渚冷，露滴盘中圆。好花生木末，衰蕙愁空—作故园。夜天如玉砌，池叶极青钱。仅厌舞衫薄，稍知花簟寒。晓风何拂拂，北斗光阑干。

八　月

　　孺—作宫妾怨长夜，独客梦归家。傍檐虫绩—作织丝，向壁灯垂花。檐外月光吐，帘中树影斜。悠悠飞露姿，点缀池中荷。

九　月

　　离宫散萤天似水，竹黄池冷芙蓉死。月缀金铺光脉脉，凉苑虚庭空澹白。霜花飞飞风草草，翠锦斓班满层道。鸡人罢唱晓珑璁，鸦啼金井下疏桐。

999

十 月

玉壶银箭稍难倾,钉花夜笑凝幽明。碎霜斜舞上罗幕,烛笼两行照飞阁。珠帷怨卧不成眠,金凤刺衣著体寒,长眉对月斗弯环。

十一月

宫城团回凛严光,白天碎碎堕琼芳。挝钟高饮千日酒,却天凝寒作君寿。御沟泉合—作冰合如环素,火井温水在何处?

十二月

日脚淡光红洒洒,薄霜不销桂枝下。依俙和气解冬严,已就长日辞长夜。

闰 月

帝重光,年重时,七十二候回环推。天官玉琯灰剩飞,今岁何长来岁迟。王母移桃献天子,羲氏和氏迁龙辔。

乐府诗集卷第八十三　杂歌谣辞一

　　言者，心之声也；歌者，声之文也。情动于中而形于言，言之不足故嗟叹之；嗟叹之不足故永歌之。歌之为言也，长言之也。夫欲上如抗，下如坠，曲如折，止如槁木，倨中（短）〔矩〕，句中钩，累累乎端如贯珠，此歌之善也。《宋书•乐志》曰："黄帝、帝尧之世，王化下洽，民乐无事，故因击壤之欢，庆云之瑞，民因以作歌。其后风衰雅缺，而妖淫靡曼之声起。周衰，有秦青者，善讴，而薛谭学讴于秦青，未穷青之伎而辞归。青饯之于郊，乃抚节悲歌，声震林木，响遏行云。薛谭遂留不去，以卒其业。又有韩娥者，东之齐，至雍门，匮粮，乃鬻歌假食。既去而馀响绕梁，三日不绝。左右谓其人不去也。过逆旅，逆旅人辱之，韩娥因曼声哀哭。一里老幼悲愁垂涕相对，三日不食。遽追之，韩娥还，复为曼声长歌；一里老幼喜跃抃舞，不能自禁，忘向之悲也，乃厚赂遣之。故雍门之人善歌哭，效韩娥之遗声。卫人王豹处淇川，善讴，河西之民皆化之。齐人绵驹居高唐，善歌，齐之右地亦传其业。前汉有鲁人虞公者，善歌，能令梁上尘起。若斯之类，并徒歌也。《尔雅》曰：'徒歌谓之谣。'"《广雅》曰："声比于琴瑟曰歌。"《韩诗章句》曰："有章曲曰歌，无章曲曰谣。"梁元帝《纂要》曰："齐歌曰讴，吴歌曰歈，楚歌曰艳，浮歌曰哇，振旅而歌曰凯歌，堂上奏乐而歌曰登歌，亦曰升歌。故歌曲有《阳陵》、《白露》、《朝日》、《鱼丽》、《白水》、《白雪》、《江南》、《阳春》、《淮南》、《驾辩》、《渌水》、《阳阿》、《采菱》、《下里巴人》，又有长歌、短歌、雅歌、缓歌、浩歌、放歌、怨歌、劳歌等行。汉世有相和歌，本出于街陌讴谣。而吴歌杂曲，始亦徒歌，复有但歌四曲，亦出自汉世，无弦节作伎，最先一

1001

人唱,三人和,魏武帝尤好之。时有宋容华者,清彻好声,善唱此曲,当时特妙。自晋已后不复传,遂绝。凡歌有因地而作者,《京兆》、《邯郸歌》之类是也;有因人而作者,《孺子》、《才人歌》之类是也;有伤时而作者,微子《麦秀歌》之类是也;有寓意而作者,张衡《同声歌》之类是也。宁戚以困而歌,项籍以穷而歌,屈原以愁而歌,卞和以怨而歌,虽所遇不同,至于发乎其情则一也。历世已来,歌讴杂出。今并采录,且以谣谶系其末云。"

歌 辞 一

击壤歌

《帝王世纪》曰:"帝尧之世,天下大和,百姓无事。有八九十老人击壤而歌。"

日出而作,日入而息。凿井而饮,耕田而食。帝何力于我哉!

卿云歌三首

《尚书大传》曰:"舜将禅禹,于时俊乂百工相和而歌《卿云》。帝乃唱之曰'卿云烂兮';八伯咸进,稽首曰'明明上天';帝乃再歌曰'日月有常'。"《史记·天官书》曰:"若烟非烟,若云非云,郁郁纷纷,萧索轮囷,是谓庆云。"庆云即卿云,盖和气也。舜时有之,故美之而作歌。

卿云烂兮,(礼漫漫)〔纠缦缦〕兮。日月光华,旦复旦兮。
明明上天,烂然星陈。日月光华,弘于一人。
日月有常,星辰有行。四时顺经,万姓允诚。于予论乐,配天之灵。迁于贤善,莫不咸听。

饔乎鼓之,轩乎舞之。精华已竭,褰裳去之。

涂山歌

《吴越春秋》曰:"禹年三十未娶,行涂山,恐时暮失嗣,辞云:'吾之娶也,必有应也。'乃有白狐九尾造于禹,禹曰:'白者,吾之服也;九尾者,王之证也。'于是涂山之人歌之。禹因娶涂山,谓之女娇。"

绥绥白狐,九尾庞庞。我家嘉夷,来宾为王。成于家室,我都攸昌。天人之际,于兹则行,明矣哉!

夏人歌二首

《尚书大传》曰:"夏人饮酒,醉者持不醉者,不醉者持醉者,而歌曰:'盍归乎薄,薄亦大矣。'伊尹退而更曰:'觉兮较兮,吾大命格兮。去不善而〔就〕善,何不乐兮!'薄,汤之都,言当归汤也。"《韩诗外传》曰:"桀为酒池糟堤,纵靡靡之乐,〔一鼓〕而牛饮者三千。群臣皆相持而歌。"

江水沛兮,舟楫败兮,我王废兮。趣归于亳,亳亦大兮。

乐兮乐兮,四牡骄兮,六辔沃兮。去不善而从善,何不乐兮?

商歌二首　　　齐·宁戚

《淮南子》曰:"宁越欲干齐桓公,困穷无以自达,于是为商旅,将任车以商于齐,暮宿于郭门外。桓公郊迎客,夜开门,辟任车,爝火甚盛,从者甚众。越饭牛车下,望见桓公而悲,击牛角而疾商歌。桓公闻之曰:'异哉,非常人也!'命后车载之。"越,一作戚。

南山矸,白石烂。生不遭尧与舜禅,短布单衣适至骭。从昏饭牛薄夜半,长夜漫漫何时旦。

沧浪之水白石粲,中有鲤鱼长尺半。弊布单衣裁至骭,清朝饭牛至夜半。黄犊上坂且休息,吾将舍汝相齐国。

师乙歌

《家语》曰:"孔子相鲁,齐人归女乐,鲁君淫荒。孔子遂行,师乙送。孔子曰:'吾欲歌可乎?'乃歌之。"

彼妇人之口,可以出走。彼妇人之谒,可以死败。优哉游哉,聊以卒岁。

获麟歌　　　　鲁·孔子

《孔丛子》曰:"叔孙氏之车子鉏商,樵于野而获麟焉。众莫之识,以为不祥,弃之五父之衢。冉有告曰:'麇身而肉角,岂天之妖乎?'夫子曰:'吾将往观焉。'遂泣曰:'予之于人,犹麟也。麟仁兽出而死,吾道穷矣!'乃歌云。"

唐虞世兮麟凤游,今非其时来何求?麟兮麟兮我心忧!

河激歌　　　　赵简子夫人

《列女传》曰:"女娟者,赵河津吏之女也。简子南击楚,津吏醉卧,不能渡简子。简子怒,召欲杀之。娟惧,持楫走前曰:'愿以微躯易父之死。'简子遂释不诛。将渡,用楫者少一人。娟攘拳操楫而请,简子遂与渡,中流,为简子发《河激之歌》。简子归,纳为夫人。"

升彼(河)〔阿〕兮而观清,水扬波兮(冒)〔杳〕冥冥。祷求福兮醉不醒,诛将加兮妾心惊。罚既释兮渎乃清。妾持楫兮操其维,蛟龙助兮主将归,(呼)〔浮〕来棹兮行勿疑。

越人歌

刘向《说苑》曰:"鄂君子晳泛舟于新波之中,乘青翰之舟,张翠盖,会钟鼓之音毕。榜枻越人拥楫而歌,于是鄂君乃揄修袂,行而拥之,举绣被而覆之。鄂君,楚王母弟也。"

今夕何夕兮搴洲中流,今日何日兮得与王子同舟。蒙羞被好兮不訾诟耻,心几顽而不绝兮得知王子。山有木兮木有枝,心说君兮知不知?

徐人歌

刘向《新序》曰:"延陵季子将聘晋,带宝剑以过徐君。徐君观剑,不言而色欲之。季子未献也,然其心许之矣。使反而徐君已死,季子于是以剑带徐君墓树而去。徐人乃为之歌。"

延陵季子兮不忘故,脱千金之剑兮带丘墓。

渔父歌　　　　　　古辞

《楚辞》曰:"屈原既放,游于江潭。渔父见之,鼓枻而歌。"沧浪,水名也。清谕明时,可以振缨而仕;浊谕乱世,可以抗足而去。故孔子曰:"清斯濯缨,浊斯濯足矣。"言自取之也。若张志和《渔父歌》,但歌渔者之事。

沧浪之水清兮,可以濯吾缨;沧浪之水浊兮,可以濯吾足。

渔父歌五首　　　　唐·张志和

西塞山边白鹭飞,桃花流水鳜鱼肥。青箬笠,绿蓑衣,春江细雨不须归。

　　钓台渔父褐为裘,两两三三舴艋舟。能纵棹,惯乘流,长江白浪不曾忧。

　　雪溪湾里钓渔翁,舴艋为家西复东。江上雪,浦边风,笑着荷衣不叹穷。

　　松江蟹舍主人欢,菰饭莼羹亦共餐。枫叶落,荻花干,醉宿渔舟不觉寒。

　　青草湖中月正圆,巴陵渔父棹歌连。钓车子,掘头船,乐在风波不用仙。

同　前　　　晋·和　凝

　　白芷汀寒立鹭鸶,蘋风轻剪浪花时。烟幂幂,日迟迟,香引芙蓉惹钓丝。

同　前　　　晋·欧阳炯

　　风浩寒溪照胆明,小君山上玉蟾生。荷露坠,翠烟轻,拨剌游鱼几处惊!

同前三首　　　晋·李　珣

　　水接衡门十里馀,信船归去卧看书。轻爵禄,慕玄虚,莫道渔人只为鱼。

　　避世垂纶不记年,官高争得似君闲?倾白酒,对青山,笑指柴门待月还。

　　棹警鸥飞水溅袍,影侵潭面柳垂绦。终日醉,绝尘劳,曾见钱塘八月涛。

采葛妇歌

《吴越春秋》曰："采葛，越之妇人，伤越王用心，乃作苦何之歌。"

尝胆不苦味若饴，今我采葛以作丝。

紫玉歌

《乐府诗集》曰："紫玉，吴王夫差女也。作歌诗以与韩重。"

南山有鸟，北山张罗。意欲从君，谗言孔多。悲结成疹，没命黄垆。命之不造，冤如之何！羽族之长，名为凤皇。一日失雄，三年感伤。虽有众鸟，不为匹双。故见鄙姿，逢君辉光。身远心近，何曾暂忘？

邺民歌

《（史记）〔汉书〕》曰："魏襄王时，史起为邺令，引漳水溉邺以富魏之河内，而民作歌云。"

邺有贤令兮为史公，决漳水兮灌邺旁，终古舄卤兮生稻粱。

郑白渠歌

《史记》曰："韩闻秦之好兴事，欲罢，无令东伐。乃使水工郑国间说秦，令凿泾水自中山西抵瓠口为渠，并北山，东注洛，溉舄卤之地四万馀顷，今曰郑国渠。"《汉书》曰："太始二年，赵中大夫白公复奏穿渠。引泾水，首起谷口，尾入栎阳，注渭中，袤二百里，溉田四千五百馀顷，名曰白渠。人得其饶，于是歌之。"

田于何所？池阳、谷口。郑国在前，白渠起后。举臿如云，决渠为雨。〔水流灶下，鱼跃入釜。〕泾水一石，其泥数斗。且溉且粪，长我禾黍。衣食京师，亿万之口。

百里奚歌　　　　　　　梁·高允生

羁旅入秦庭，始得收显曜。释褐出辎车，卓为千乘道。艳色进华容，繁弦发(微)〔徵〕调。居贵易素心，翻然忘久要。装金五羊皮，写情陈所告。岂徒望自伤，念君无定操。

秦始皇歌

《古今乐录》曰："秦始皇祠洛水，有黑头公从河中出，呼始皇曰：'来受天宝。'乃与群臣作歌。"

洛阳之水，其色苍苍。祠祭大泽，倏忽南临。洛滨醊祷，色连三光。

鸡鸣歌

《乐府广题》曰："汉有鸡鸣卫士，主鸡唱。宫外旧仪，宫中与台并不得畜鸡。昼漏尽，夜漏起，中黄门持五夜，甲夜毕传乙，乙夜毕传丙，丙夜毕传丁，丁夜毕传戊，戊夜，是为五更。未明三刻鸡鸣，卫士起唱。"《汉书》曰："高祖围项羽垓下，羽是夜闻汉军四面皆楚歌。"应劭曰："楚歌者，《鸡鸣歌》也。"《晋太康地记》曰："后汉固始、鲖阳、公安、细阳四县卫士习此曲，于阙下歌之，今《鸡鸣歌》是也。然则此歌盖汉歌也。"按《周礼·鸡人》"掌大祭祀，夜嘑旦以嘂百官"，则所起亦远矣。

东方欲明星烂烂，汝南晨鸡登坛唤。曲终漏尽严具陈，月没星稀天下旦。千门万户递鱼钥,宫中城上飞乌鹊。

鸡鸣曲　　　　　唐·王建

鸡初鸣,明星照东屋。鸡再鸣,红霞生海腹。百官待漏双阙前,圣人亦挂山龙服。宝钗命妇灯下起,环珮玲珑晓光里。直内初烧玉案香,司更尚滴铜壶水。金吾卫里直一作更郎妻,到明不睡听晨鸡。天头日月相送迎,夜栖旦鸣人不迷。

同　前　　　　　唐·李廓

星稀月没上五更,胶胶角角鸡初鸣。征人牵马出门立,辞妾欲向安西行。再鸣引颈檐头下,月中角声催上马。才分地色第三鸣,旌旗一作旆红尘已出城。妇人上城乱招手,夫婿不闻遥哭声。长恨鸡鸣别时苦,不遣鸡栖近窗户。

平城歌

《汉书·匈奴传》曰:"高祖自将兵三十二万击韩王信。帝先至平城,步兵未尽到,冒顿纵精兵三十馀万围帝于白登,七日,汉兵中外不得救饷。"樊哙时为上将军,不能解围,天下皆歌之。后用陈平秘计得免。白登在平城东南,去平城十馀里。

平城之下亦诚苦,七日不食,不能彀弩。

楚　歌　　　　　汉高帝

《汉书》曰:"高祖欲立戚夫人子赵王如意而废太子,后不果。戚夫人泣涕,帝曰:'为我楚舞,吾为若楚歌。'"其旨言太子得四皓为辅,羽翼成就,不可易也。颜师古曰:"楚歌者,楚人之歌,犹吴歈越吟也。"

鸿鹄高飞,一举千里。羽翼以就,横绝四海。横绝四海,又可奈何?虽有缯缴,尚安所施?

吴楚歌　　　　晋·傅玄

《乐府诗集》曰:"傅玄辞。一曰《燕美人歌》。"

燕人美兮赵女佳,其室则迩兮限曾崖。云为车兮风为马,玉在山兮兰在野。云无期兮风有止,思心多端谁能理?

同　前　　　　唐·张籍

庭前春鸟啄林声,红夹罗襦缝未成。今朝社日停针线,起向朱樱树下行。

乐府诗集卷第八十四　杂歌谣辞 二

歌　辞 二

戚夫人歌

《汉书·外戚传》曰："高祖得定陶戚姬,爱幸,生赵隐王如意。惠帝立,吕后为皇太后,乃令永巷囚戚夫人,髡钳,衣赭衣,令舂。戚夫人舂且歌,太后闻之大怒。曰：'乃欲倚子邪！'召赵王杀之。戚夫人遂有人彘之祸。"

子为王,母为虏。终日舂薄暮,常与死为伍。相离三千里,当谁使告汝。

画一歌

《汉书》曰："惠帝时,曹参代萧何为相国。初,高帝与何定天下,法令既明具。及参守职,举事无所变更,一遵何之约束,于是百姓歌之。"

萧何为法,讲若画一。曹参代之,守而勿失。载其清静,民以宁壹。

赵幽王歌

《汉书》曰："赵幽王友,高帝之子。孝惠时,友以诸吕女为后,不爱,爱它姬。诸吕女谗之于太后。太后怒,召赵王,置邸,令卫围守之。赵王饿,乃作歌,遂幽死。"

1011

诸吕用事兮刘氏微,迫胁王侯兮强授我妃。我妃既妒兮诬我以恶,谗女乱国兮上曾不寤。我无忠臣兮何故弃国?自快中野兮苍天与直。于嗟不可悔兮宁早自贼,为王饿死兮谁者怜之?吕氏绝理兮托天报仇。

淮南王歌

《汉书》曰:"淮南厉王长,高帝少子也。长废法不轨,文帝不忍置于法,乃载以辎车,处蜀严道邛邮,遣其子、子母从居。长不食而死。后民有作歌歌淮南王。帝闻之,乃追尊淮南王为厉王,置园如诸侯仪。"

一尺布,尚可缝;一斗粟,尚可舂。兄弟二人不相容。

京兆歌　　　　　齐·陆厥

《通典》曰:"京兆、冯翊、扶风,皆古雍州之域。秦始皇以为内史。汉景帝二年,分置左右内史。武帝改左内史为左冯翊,右内史为右扶风,后与京兆号三辅。"故赵广汉云:"乱吾治者,常二辅是也。"

兔园夹池水,修竹复檀栾。不如黄山苑,储胥与露寒。迤逦傍无界,岑崟郁上干。上干入翠微,下趾连长薄。芳露浸紫茎,秋风摇素萼。雁起宵未央,云间月将落。照梁桂兮影徘徊,承露盘兮光照灼。寿陵之街走狐兔,金卮玉碗会销铄。愿奉蒲萄花,为君实羽爵。

左冯翊歌　　　　　陆厥

上林潋紫泉,离宫赫千户。飞鸣乱凫雁,参差杂兰杜。

比翼独未群，连叶谁为伍？一物或难致，无云泣易睹。

扶风歌九首　　　　晋·刘琨

朝发广莫门，暮宿丹水山。左手弯繁弱，右手挥龙渊。
顾瞻望宫阙，俯仰御飞轩。据鞍长叹息，泪下如流泉。
系马长松下，发鞍高岳头。冽冽悲风起，泠泠涧水流。
挥手长相谢，哽咽不能言。浮云为我结，飞鸟为我旋。
去家日已远，安知存与亡？慷慨穷林中，抱膝独摧藏。
麋鹿游我前，猴猿戏我侧。资粮既乏尽，薇蕨安可食？
揽辔命徒侣，吟啸绝岩中。君子道微矣，夫子故有穷。
惟昔李骞期，寄在匈奴庭。忠信反获罪，汉武不见明。
我欲竟此曲，此曲悲且长。弃置勿重陈，重陈令心伤。

同　前　　　　宋·鲍照

昨辞金华殿，今次雁门县。寝卧握秦戈，栖息抱越箭。忍悲别亲知，行泣随征传。寒烟空徘徊，朝日乍舒卷。

秋风辞　　　　汉武帝

《汉武帝故事》曰："帝行幸河东，祠后土。顾视帝京，忻然中流，与群臣饮宴。帝欢甚，乃自作《秋风辞》。"

秋风起兮白云飞，草木黄落兮雁南归。兰有秀兮菊有芳，怀佳人兮不能忘。泛楼船兮济汾河，横中流兮扬素波。箫鼓鸣兮发棹歌，欢乐极兮哀情多，少壮几时兮奈老何！

乐府诗集

卫皇后歌

《汉书》曰:"卫子夫为皇后。弟青,贵震天下,天下歌之。"按《外戚传》:"卫子夫为平阳主讴者。武帝被霸上,还过平阳主。既饮,讴者进,帝独说子夫。帝起更衣,子夫侍尚衣轩中,得幸。平阳主因奏子夫送入宫,是为卫皇后。"

生男无喜,生女无怒。独不见卫子夫霸天下?

李延年歌

《汉书·外戚传》曰:"李延年,性知音,善歌舞,武帝爱之。尝侍上起舞而歌。延年后为协律都尉。"

北方有佳人,绝世而独立。一顾倾人城,再顾倾人国。宁不知倾城与倾国,佳人难再得。

李夫人歌　　　　　汉武帝

《汉书·外戚传》曰:"孝武李夫人,本以倡进。初,武帝爱其兄延年,平阳主因言延年有女弟,帝乃召见之。实妙丽善舞,由是得幸。夫人少而蚤卒,帝思念不已。方士齐人少翁言能致其神,乃夜张灯烛,设帷帐,陈酒肉。而令帝居他帐,遥望见好女如李夫人之貌,还幄坐而步。又不得就视,帝愈益相思悲感,为作诗,令乐府诸音家弦歌之。"

是邪非邪?立而望之,偏何姗姗其来迟!

同前三首　　　　　唐·李商隐

一带不结心,两股方安髻,惭愧白茅人,月没教星替。

剩结茱萸枝,多擘秋莲的。独自有波光,彩囊盛不得。
蛮丝系条脱,妍眼和香屑。寿宫不惜铸南人,柔肠早被秋波割。清澄有馀幽素香,鳏鱼渴凤真珠房。不知瘦骨类冰井,更许夜帘通晓霜。土花漠（碧）〔茫〕云（忙忙）〔茫茫〕,黄河欲尽天苍黄。

　　　　　　同　前　　　　唐·李贺

紫皇宫殿重重开,夫人飞入琼瑶台。绿香绣帐何时歇?青云无光宫水咽。翩联桂花坠秋月,孤鸾惊啼商丝发。红壁阑珊悬佩珰,歌台小妓遥相望。玉蟾滴水鸡人唱,露华兰叶参差光。

　　　　　　同　前　　　　唐·鲍溶

璿闺羽帐华烛陈,方士夜降夫人神。葳蕤半露芙蓉色,窈窕将期环佩身。丽如三五月,可望难亲近。嚬黛含犀竟不言,春思秋怨谁能问?欲求巧笑如生时,歌尘在空瑟衔丝。神来未及梦相见,帝比初亡心更悲。爱之欲其生又死,东流万代无回水。宫漏丁丁夜向晨,烟消雾散愁方士。

　　　　　　同　前　　　　唐·张祜

延年不语望三星,莫说夫人上涕零。争奈世间惆怅在,甘泉宫夜看图形。

　　　　李夫人及贵人歌　　　　陆　厥

属车桂席尘,豹尾香烟灭。彤殿向蘼芜,青蒲复萎绝。

坐萎绝,对蘼芜。临丹阶,泣椒涂。寡鹤羁雌飞且止,雕梁翠壁网蜘蛛。洞房明月夜,对此泪如珠。

未央才人歌　　梁·庾肩吾

从来守未央,转欲讶春芳。朝风凌日色,夜月夺灯光。相逢悦游豫,暂为卷衣裳。

中山〔王〕孺子妾歌二首　　齐·陆 厥

《汉书》曰:"诏赐中山靖王子哙及孺子妾冰、未央才人歌诗四篇。"如淳曰:"孺子,幼少称孺子。妾,宫人也。"颜师古曰:"孺子,王妾之有品号者。妾,王之众妾也。冰,其名。才人,天子内官。"按,此谓以歌诗赐中山王及孺子妾、未央才人等尔,累言之,故云及也。而陆厥作歌,乃谓之中山孺子妾,失之远矣。《艺文志》又曰:"临江王及愁思节士歌诗四篇,李夫人及幸贵人歌诗三篇。"亦皆累辞也。

未央才人,中山孺子,一笑倾城,一顾倾市。倾城不自美,倾市复为容。愿把陵阳袖,披云望九重。

如姬寝卧内,班婕—作妾坐同车。洪波陪饮帐,林光宴秦馀。岁暮寒飙及,秋水落芙蕖。子瑕矫后驾,安陵泣前鱼。贱妾终已矣—作贱妾恩已毕,君子定焉如。

同　前　　唐·李 白

中山孺子妾,特以色见珍。虽不如延年妹,亦是当时绝世人。桃李出深井,花艳惊上春。一贵复一贱,关天岂由身?芙蓉老秋霜,团扇羞网尘。戚姬髡剪入春市,万古共悲辛。

临江王节士歌　　　齐·陆　厥

木叶下，江波连，秋月照浦云歇山。秋思不可裁，复带秋风来。秋风来已寒，白露惊罗纨。节士慷慨发冲冠，弯弓挂若木，长剑竦云端。

同　前　　　唐·李　白

洞庭白波木叶稀，燕鸿始入吴云飞。吴云寒，燕鸿苦，风号沙宿潇湘浦。节士感秋泪如雨。白日当天心，照之可以事明主。壮士愤，雄风生。安得倚天剑，跨海斩长鲸！

行幸甘泉宫　　　梁简文帝

《汉书》曰："武帝太始三年正月，行幸甘泉宫。成帝永始四年正月，行幸甘泉。"扬雄《甘泉赋》曰："乃命群僚，历吉日，协灵辰，星陈而天行。乘舆登夫凤皇兮而翳华芝，驷苍螭兮六素虬。"刘歆《甘泉宫赋》曰："轶陵阴之地室，过阳谷之秋城。回天门而凤举，蹑黄帝之明庭。冠高山而为居，乘昆仑而为宫。"王褒《甘泉宫颂》曰："甘泉山，天下显敞之名处也。前接大荆，后临北极，左抚仁乡，右望素域。其为宫室也，仍巇辥而为观，攘抗岸以为阶。览除阁之丽美，觉堂殿之巍巍。"按刘孝威歌辞云"避暑甘泉宫"，盖与《上之回》同意。

雉归海水寂，裘来重译通。吉行五十里，随处宿离宫。鼓声恒入地，尘飞上暗空。赦书随豹尾，太史逐相风。铜鸣周国籋，旗曳楚云虹。幸臣射覆罢，从骑新歌终。董桃拜金紫，贤妻侍禁中。不羡神仙侣，排烟逐驾鸿。

1017

同 前 梁·刘孝威

汉家迎夏毕,避暑甘泉宫。机车鸣里鼓,驷马驾相风。校尉乌丸骑,待制楼烦(宫)〔弓〕。后旌游五柞,前箱度九嵕。才人豹尾内,御酒属车中。辇回百子阁,扇动七轮风。鸣钟休卫士,披图召后宫。材官促校猎,秋来一作凉秋戏射熊。

乌孙公主歌

《汉书·西域传》曰:"武帝元封中,遣江都王建女细君为公主,以妻乌孙王昆莫。公主至其国,自治宫室居,岁时一再与昆莫会,置酒饮食。昆莫年老,言语不通,公主悲,乃自作歌。"

吾家嫁我兮天一方,远托异国兮乌孙王。穹庐为室兮旃为墙,以肉为食兮酪为浆。居常土思兮心内伤,愿为黄鹄兮归故乡。

匈奴歌

《十道志》曰:"焉支、祁连二山,皆美水草。匈奴失之,乃作此歌。"《汉书》曰:"元狩二年春,霍去病将万骑出陇西,讨匈奴,过焉支山千有余里。其夏,又攻祁连山,捕首虏甚多。""祁连山即天山,匈奴呼天为祁连,故曰祁连山。焉支山即燕支山也。"

失我焉支山,令我妇女无颜色。失我祁连山,使我六畜不蕃息。

骊驹歌 古 辞

《汉书·儒林》曰:"王式除为博士,既至舍中,会诸大夫共持酒

卷第八十四◎杂歌谣辞二◎歌辞二

肉劳式,皆注意高仰之。博士江公心嫉式,谓歌吹诸生曰:'歌《骊驹》。'式曰:'闻之于师:客歌《骊驹》,主人歌《客毋庸归》。'今日诸君为主人,日尚早,未可也。"骊驹者,客欲去歌之,故式以为言也。

骊驹在门,仆夫具存。骊驹在路,仆夫整驾。

离　歌

晨行梓道中,梓叶相切磨。与君别交中,缅如新缣罗。裂之有馀丝,吐之无还期。

瓠子歌二首　　　　汉武帝

《史记·河渠书》曰:"汉武帝既封禅,乃使汲仁、郭昌发卒数万人塞瓠子决河。于是天子已用事万里沙,还,自临决河,沉白马玉璧,令群臣从官自将军已下皆负薪填决河。是时东郡以故薪柴少,而下淇园之竹以为楗。天子既临河决,悼功之不成,乃作歌二章。于是卒塞瓠子,筑宫其上,曰宣房宫。"

瓠子决兮将奈何?浩浩洋洋兮虑殚为河。殚为河兮地不得宁,功无已时兮吾山平。吾山平兮钜野溢,鱼弗郁兮柏冬日。正道弛兮离常流,蛟龙骋兮方远游。归旧川兮神哉沛,不封禅兮安知外?为我谓河伯兮何不仁?泛滥不止兮愁吾人。齧桑浮兮淮、泗满,久不反兮水维缓。

河汤汤兮激潺湲,北渡回兮迅流难。搴长茭兮湛美玉,河伯许兮薪不属。薪不属兮卫人罪,烧萧条兮噫乎何以御水。隤林竹兮楗石菑,宣防塞兮万福来。

李陵歌

《汉书》曰:"昭帝即位,数年,匈奴与汉和亲。汉使求苏武等,单

1019

于许武还。李陵置酒贺武曰：'异域之人，一别长绝。'因起舞而歌，陵泣下数行，遂与武决。"

径万里兮度沙漠，为君将兮奋匈奴。路穷绝兮矢刃摧，士众灭兮名已隤。老母已死，虽〔欲〕报恩将安归？

广川王歌二首

《汉书》曰："广川王去，缪王齐太子也。有幸姬王昭平、王地馀，许以为后，后皆杀之。更立阳城昭信①为后，幸姬陶望卿为修靡夫人，主缯帛，崔修成为明贞夫人，主永巷。昭信复谮望卿：'疑有奸。'去以故不爱望卿。后与昭信等饮，诸婢皆侍，去为望卿作歌曰《背尊章》，使美人相和歌之。后昭信谮杀望卿，欲擅爱，曰：'王使明贞夫人主诸姬，淫乱难禁。请闭诸姬舍门，无令出教。'使其大婢为仆射，主永巷，尽封闭诸舍，上籥于后，非大置酒召，不得见。去怜之，为作歌曰《愁莫愁》，令昭信声鼓为节，以教诸姬歌之。"按《西京杂记》作广川王去疾。

背尊章，嫖以忽。谋屈奇，起自绝。行周流，自生患。谅非望，今谁怨？

愁莫愁，生无聊。心重结，意不舒。内弗郁，忧哀积。上不见天，生何益！日崔隤，时不再。愿弃躯，死无悔。

牢石歌

《汉书·佞幸传》曰："元帝时，石显为中书令，与仆射牢梁、少府五鹿充宗结为党友，诸附倚者皆得宠位。而民歌之，言其兼官据势也。"

---

① 此后"为后……上不见天，生"，底本阙，据四部丛刊本补。

1020

牢邪石邪,五鹿客邪!印何累累,绶若若邪!

黄鹄歌　　　　　　　　汉昭帝

《西京杂记》曰:"始元元年,黄鹄下太液池,帝为此歌。"按清商吴声曲有《黄鹄歌》,与此不同。

黄鹄飞兮下建章,羽肃肃兮行跄跄。金为衣兮菊为裳,唼喋荷荇,出入蒹葭。自顾菲薄,愧尔嘉祥。

黄门倡歌

《汉书·礼乐志》曰:"成帝时,郑声尤甚。黄门名倡丙疆、景武之属,富显于世。"《隋书·乐志》曰:"汉乐有《黄门鼓吹》,天子宴群臣之所用也。"

佳人俱绝世,握手上春楼。点黛方初月,缝裙学石榴。君王入朝罢,争竞理衣裘。

乐府诗集卷第八十五　杂歌谣辞 三

歌　辞 三

五侯歌

《汉书》曰："成帝河平二年,悉封舅大将军王凤庶弟谭为平阿侯,商成都侯,立红阳侯,根曲阳侯,逢时高平侯。五人同日封,故世谓之五侯。时五侯群弟,争为奢侈,后庭姬妾各数十人,罗钟磬,舞郑女,作优倡,狗马驰逐;大治第室,起土山渐台,洞门高廊阁道,连属弥望。百姓歌之,言其奢僭如此。"按传称成都侯穿长安城,引内沣水注第中大陂。曲阳侯第,园中土山渐台类白虎殿。则穿城引水非曲阳,与歌辞不同。高都、外杜,皆长安里名。

五侯初起,曲阳最怒。坏决高都,连竟外杜。土山渐台西白虎。

上郡歌

《汉书》曰："成帝时,冯野王为上郡太守。其后弟立亦自五原徙西河、上郡。立居职公廉,治行略与野王相似,而多知有恩贷,好为条教。吏民嘉美野王、立相代为太守,乃歌之云。"

大冯君,小冯君,兄弟继踵相因循,聪明贤知惠吏民。政如鲁卫德化钧,周公、康叔犹二君。

燕王歌

《汉书》曰："燕剌王旦,武帝第四子也。昭帝时,谋事不成,妖祥数见。燕仓知其谋,告之,由是发觉。王忧懑,置酒万载宫,会宾客群臣妃妾坐饮。王自歌,华容夫人起舞,坐者皆泣。王遂自杀。"

归空城兮狗不吠,鸡不鸣,横术何广广兮,固知国中之无人。

华容夫人歌

发纷纷兮置渠,骨籍籍兮亡居。母求死子兮,妻求死夫。裴回两渠间兮,君子独安居!

广陵王歌

《汉书》曰:"广陵厉王胥,武帝第五子也。昭帝时,胥见帝年少无子,有觊欲心。迎女巫李女须,使下神祝诅。宣帝即位,祝诅事发觉。胥置酒显阳殿,召太子霸及子女董訾、胡生等夜饮,使所幸八子郭昭君、家人子赵左君等鼓瑟歌舞。王自歌,左右悉涕泣奏酒,至鸡鸣时罢。"

欲久生兮无终,长不乐兮安穷。奉天期兮不得须臾,千里马兮驻待路。黄泉下兮幽深,人生要死,何为苦心。何用为乐心所喜,出入无惊为乐亟。蒿里召兮郭门阅,死不得取代庸,身自逝。

鲍司隶歌

《乐府广题》曰:"《列异传》云:'鲍宣,宣子永,永子昱,三世皆为司隶,而乘一骢马,京师人歌之。'"

鲍氏骢,三人司隶再入公。马虽瘦,行步工。

五噫歌

《三辅决录》曰:"梁鸿东出关,过京师,作五噫之歌。肃宗闻而悲之,求鸿不得。"

陟彼北邙兮,噫!顾瞻帝京兮,噫!宫阙崔嵬兮,噫!民之劬劳兮,噫!辽辽未央兮,噫!

董少平歌

《后汉书》曰:"董宣,字少平。光武时为洛阳令,搏击豪强,京师号为卧虎,而歌之云。"

枹鼓不鸣董少平。

张君歌

《后汉书》曰:"张堪为渔阳太守,捕击奸猾,赏罚必信,吏民皆乐为用。乃于狐奴开稻田八千馀顷,劝民耕种,以致殷富。百姓歌之。"

桑无附枝,麦穗两歧。张君为政,乐不可支。

廉叔度歌

《后汉书》曰:"廉范,字叔度。建初中为蜀郡太守,成都民物丰衍,邑宇逼侧。旧制禁民夜作以防火灾,而更相隐蔽,烧者日属。范乃毁削先令,但严使储水而已。百姓为便,乃歌之云。"

廉叔度,来何暮。不火禁,民安作。平生无襦今五裤。

范史云歌

《后汉书》曰:"范冉,字史云。桓帝时为莱芜长,遭母丧不到官。

后于梁沛间,徒行敝服,卖卜于市。遭党人禁锢,遂推鹿车,载妻子,捃拾自资。或寓息客庐,或依宿树阴,如此十馀年,乃治草堂而居焉。所止单漏,有时绝粒,闾里歌之。及党禁解,为三府所辟,乃应司空命。"冉或作丹。

甑中生尘范史云,釜中生鱼范莱芜。

岑君歌

《后汉书》曰:"岑熙为魏郡太守,招聘隐逸,与参政事,无为而化。视事二年,舆人歌之。"

我有枳棘,岑君伐之。我有蟊贼,岑君遏之。狗吠不惊,足下生氂。含哺鼓腹,焉知凶灾。我喜我生,独丁斯时。美矣岑君,於戏休兹。

皇甫嵩歌

《后汉书》曰:"皇甫嵩为冀州牧。请冀州一年田租以赡饥民,百姓歌之。"

天下大乱兮市为墟,母不保子兮妻失夫,赖得皇甫兮复安居。

郭乔卿歌

《后汉书》曰:"郭贺,字乔卿。建武中为尚书令,在职六年,拜荆州刺史。到官,有殊政,百姓歌之。显宗巡狩到南阳,特见嗟赏,赐以三公之服,敕行部去襜帷,使百姓见其容服,以章有德。"

厥德仁明郭乔卿,中正朝廷上下平。

贾父歌

《后汉书》曰:"中平元年,交趾屯兵执刺史及合浦太守,自称柱天将军。灵帝敕三府精选能吏,有司举贾琮为交趾刺史。琮到部,即移书告示,各使安其资业,百姓为之歌。"

贾父来晚,使我先反。今见清平,吏不敢饭。

朱晖歌

《东观汉(记)〔纪〕》曰:"朱晖,字文季。再迁临淮太守,吏民畏爱而为之歌。"

强直自遂,南阳朱季。吏畏其威,民怀其惠。

刘君歌

《后汉书》曰:"刘陶,举孝廉,除顺阳长。县多奸猾,陶到官,按发若神。以病免,吏民思而歌之。"

邑然不乐,思我刘君。何时复来,安此下民?

洛阳令歌

《长沙耆旧传》曰:"祝良,字石卿,为洛阳令。岁时亢旱,天子祈雨不得。良乃暴身阶庭,告诚引罪,自晨至中,紫云沓起,甘雨登降。人为之歌。"

天久不雨,蒸人失所。天王自出,祝令特苦。精符感应,滂沱下雨。

荥阳令歌

《殷氏世传》曰:"殷褒,为荥阳令。广筑学馆,会集朋徒,民知礼让,乃歌之云。"

荥阳令,有异政。修立学校人易性,令我子弟耻讼争。

徐圣通歌

《会稽典录》曰:"徐弘,字圣通,为汝阴令。诛锄奸桀,道不拾遗,民乃歌之。"

徐圣通,政无双。平刑罚,奸宄空。

王世容歌

《吴录》曰:"王锽,字世容,为武城令。民服德化,宿恶奔迸,父老歌之。"

王世容,政无双。省徭役,盗贼空。

晋高祖歌

《晋阳秋》曰:"高祖伐公孙渊,过故乡,赐牛酒谷帛,会父老故旧饮宴,高祖作歌。"

天地开辟,日月重光。遭逢际会,奉辞遐方。将扫逋秽,还过故乡。肃清万里,总齐八荒。告诚归老,待罪武阳。

徐州歌

《晋书》曰:"王祥隐居庐江三十馀年,不应州郡之命。后徐州刺史吕虔檄为别驾,固辞不受。弟览为具车牛,虔乃召祥,委以州事。于时寇盗充斥,祥率励兵士,频讨破之,州界清静,政化大行,时人歌之。"

海沂之康,实赖王祥。邦国不空,别驾之功。

束皙歌

《晋书》曰:"束皙,阳平元城人。太康中,郡界大旱,皙为邑人请雨,三日而雨注。众谓皙诚,感而为作歌。"

束先生,通神明,请天三日甘雨零。我黍以育,我稷以生。何以畴之?报束长生。

豫州歌

《晋书》曰:"祖逖为豫州刺史,躬自俭约,督课农桑,克己务施,不畜资产,子弟耕耘,负担樵薪。又收葬枯骨,为之祭醊。百姓感悦。尝置酒大会,耆老中坐流涕曰:'吾等老矣,更得父母,死将何恨!'乃作此歌,其得人心如此。"

幸哉遗黎免俘虏,三辰既朗遇慈父。玄酒忘劳甘瓠脯,何以咏思歌且舞。

应詹歌

《晋书》曰:"王澄为荆州牧,应詹督南平、天门、武陵三郡军事。天下大乱,詹境独全,百姓歌之。"

乱离既普,殆为灰朽。侥幸之运,赖兹应后。岁寒不凋,孤境独守。拯我涂炭,惠隆丘阜。润同江海,恩犹父母。

吴人歌

《晋书》曰:"邓攸为吴郡守,载米之官,俸禄无所受,唯饮吴水而已。及去郡,百姓数千人留牵攸船,不得进,乃以小舟夜中发去,吴人歌之。"

统如打五鼓,鸡鸣天欲曙。邓侯挽不来,谢令推不去。

并州歌

《乐府广题》曰:"晋汲桑力能扛鼎,呼吸闻数里,残忍少恩。六月盛暑,重裘累茵,使人扇之,忽不清凉,便斩扇者。并州大姓田兰、薄盛,斩于平原,士女庆贺,奔走道路而歌之。"

士为将军何可羞,六月重茵披豹裘,不识寒暑断他头。雄儿田兰为报仇,中夜斩首谢并州。

陇上歌

《晋书·载记》曰:"刘曜围陈安于陇城,安败,南走陕中。曜使将军平先、丘中伯率劲骑追安。安与壮士十馀骑于陕中格战,安左手奋七尺大刀,右手执丈八蛇矛,近交则刀矛俱发,辄害五六,远则双带鞬服,左右驰射而走。平先亦壮健绝人,与安搏战,三交,夺其蛇矛而退,遂追斩于涧曲。安善于抚接,吉凶夷险,与众同之。及其死,陇上为之歌。曜闻而嘉伤,命乐府歌之。"

陇上壮士—作陇上健儿有陈安,躯干虽小腹中宽,爱养将士同心肝。骢骢父马铁(瑕)〔锻〕鞍,七尺大刀奋如湍,丈八蛇矛左右盘,十荡十决无当前。战始三交失蛇矛,弃我骢骢窜岩幽,为我外援而悬头。西流之水东流河,一去不还奈子何!

司马将军歌　　唐·李　白

《司马将军歌》,李白所作,以代陇上健儿陈安。

狂风吹古月,窃弄章华台。北落明星动光彩,南征猛将如云雷。手中电曳倚天剑,直斩长鲸海水开。我见楼船壮心目,颇似龙骧下三蜀。扬兵习战张虎旗,江中白浪如银屋。身居玉帐临河魁,紫髯若戟冠崔嵬。细柳开营揖天子,始知灞上为婴孩。羌笛横吹阿嚲回,向月楼中吹落梅。将军自起舞长剑,壮士呼声动九垓。功成献凯见明主,丹青画像麒麟台。

郑樱桃歌　　　　　唐·李　颀

《晋书·载记》曰:"石季龙,勒之从子也,性残忍。勒为聘将军郭荣之妹为妻,季龙宠惑优僮郑樱桃而杀郭氏,更纳清河崔氏,樱桃又谮而杀之。"樱桃美丽,擅宠宫掖,乐府由是有《郑樱桃歌》。

石季龙,僭天禄,擅雄豪,美人姓郑名樱桃。樱桃美颜香且泽,娥娥侍寝专宫掖。后庭卷衣三万人,翠眉清镜不得亲。官军女骑一千匹,繁花照耀漳河春。织成花映红(轮)〔纶〕巾,红旗掣曳卤簿新。鸣鼙走马接飞鸟,铜钛(琴)〔琵〕瑟随去尘。凤阳重门如意馆,百尺金梯倚银汉。自言富贵不可量,女为公主男为王。赤花双簟珊瑚床,盘龙斗帐琥珀光。淫昏伪位神所恶,灭石者陵终不误。邺城苍苍白露微,世事翻覆黄云飞。

襄阳童儿歌

《晋书》曰:"山简,永嘉中镇襄阳。时四方寇乱,朝野危惧。简优游卒岁,唯酒是耽。诸习氏荆土豪族,有佳园池。简每出嬉游,多之池上,置酒辄醉,名之曰高阳池。于是童儿皆歌之。有葛强者,简之爱将,家于并州,故歌云'举鞭向葛强:何如并州儿?'"

山公出何许,往至高阳池。日夕倒载归,酩酊无所知。时时能骑马,倒著白接䍦。举鞭向葛强:何如并州儿?

襄阳歌　　　　　　　　李　白

落日欲没岘山西,倒著接䍦花下迷。襄阳小儿齐拍手,拦街争唱《白铜鞮》。傍人借问笑何事,笑杀山公醉似泥。鸬鹚杓,鹦鹉杯,百年三万六千日,一日须倾三百杯。遥看汉水鸭头绿,恰似蒲桃初酦醅。此江若变作春酒,垒曲便筑糟丘台。千金骏马换少妾,醉坐雕鞍歌《落梅》。车傍侧挂一壶酒,凤笙龙管行相催。咸阳市上叹黄犬,何如月下倾金罍?君不见晋朝羊公一片石一作一片古碑材,龟龙剥落生莓苔。泪亦不能为之堕,心亦不能为之哀。谁能忧彼身后事,金凫银鸭葬死灰。清风朗月不用一钱买,玉山自倒非人推。舒州杓,力士铛,李白与尔同死生。襄王云雨今安在?江水东流猿夜声。

襄阳曲四首　　　　　　　李　白

襄阳行乐处,歌舞《白铜鞮》。江城回渌水,花月使人迷。

山公醉酒时,酩酊襄阳下。头上白接䍦,倒着还骑马。

岘山临汉江,水渌沙如雪一作水色如霜雪。上有堕泪碑,青苔久磨灭。

且醉习家池,莫看堕泪碑。山公欲上马,笑杀襄阳儿。

苏小小歌　　　　　　　　古　辞

一曰《钱塘苏小小歌》。《乐府广题》曰:"苏小小,钱塘名倡也,

1031

盖南齐时人。西陵在钱塘江之西,歌云'西陵松柏下'是也。"

我乘油壁车,郎乘青骢马。何处结同心?西陵松柏下。

同　前　　　唐·李贺

幽兰露,如啼眼。无物结同心,烟花不堪剪。草如茵,松如盖,风为裳,水为珮。油壁车,久相待。冷翠烛,劳光彩。西陵下,风吹雨。

同　前　　　唐·温庭筠

买莲莫破券,买酒莫解金。酒里春容抱离恨,水中莲子怀芳心。吴宫女儿腰似束,家在钱塘小江曲。一自檀郎逐便风,门前春水年年绿。

同前三首　　　唐·张　祜

车轮不可遮,马足不可绊。长怨十字街,使郎心四散。
新人千里去,故人千里来。剪刀横眼底,方觉泪难裁。
登山不愁峻,涉海不愁深。中擘庭前枣,教郎见赤心。

河中之水歌　　　梁武帝

河中之水向东流,洛阳女儿名莫愁。莫愁十三能织绮,十四采桑南陌头,十五嫁为卢郎妇,十六生儿(似)〔字〕阿侯。卢家兰室桂为梁,中有郁金苏合香。头上金钗十二行,足下丝履五文章。珊瑚挂镜烂生光—作生辉光,平头奴子擎履箱。人生富贵何所望?恨不早嫁东家王。

乐府诗集卷第八十六　杂歌谣辞 四

歌　辞 四

中兴歌十首　　　宋·鲍照

千冬逢一春,万夜视朝日。生年值中兴,欢起百(年)〔忧〕毕。

中兴太平运,化清四海乐。祥景照玉台,紫烟游凤阁。
碧楼含夜月,紫殿争朝光。彩墀散兰麝,风起自生芳。
白日照前窗,玲珑绮罗中。美人掩轻扇,含思歌春风。
三五容色满,四五妙华歇。已输春日欢,分随秋光没。
北出湖边戏,前还苑中游。飞縠绕长松,驰管逐波流。
九月秋水清,三月春花滋。千金逐良日,皆竞中兴时。
穷泰已有分,寿夭复属天。既见中兴乐,莫持忧自煎。
襄阳是小地,寿阳非帝城。今日中兴乐,遥治在上京。
梅花一时艳,竹叶千年色。愿君松柏心,采照无穷极。

劳歌二首　　　宋·伍缉之

《庄子》曰:"劳我以生,佚我以老,息我以死。"《韩诗》曰:"饥者歌食,劳者歌事。"若伍缉之云"迍邅已穷极",又云"居身苦且危",则劳生可知矣。

幼童轻岁月,谓言可久长。一朝见零悴,叹息向秋霜。迍邅已穷极,痄痫复不康。每恐先朝露,不见白日光。庶及盛年时,暂遂情所望。吉辰既乖越,来期眇未央。促促岁月尽,穷年空怨伤。

女萝依附松,终已冠高枝。浮萍生托水,至死不枯萎。伤哉抱关士,独无松与期。月色似冬草,居身苦且危。幽生重泉下,穷年冰与澌。多谢负郭生,无所事六奇。劳为社下宰,时无魏无知。

同　前　　　北周·萧 扐

百年能几许?公事罢平生。寄言任立政,谁怜李少卿?

白日歌　　　齐·张　融

张融歌序曰:"悬象著明,莫大于日月,而彼日月不能不谢。固知无准,衰为盛之终,盛乃衰之始,故为《白日歌》。"

白日白日,舒天照晖。数穷则尽,盛满而衰。

云　歌　　　梁·王台卿

玉云初度色,金风送影来。全生疑魄暗,半去月时开。欲知无处所,一为上阳台。

一旦歌

一旦被头痛,避头还着床。自无亲伴侣,谁当给水浆?匍匐入山院,正逢虎与狼。对虎低头啼,垂泪泪千行。

滟滪歌二首

郦道元《水经注》曰:"白帝山城水门之西,江中有孤石,名滟滪石。(水)冬出〔水〕二十餘丈,夏则没,亦有裁出焉。江水东径广〔峡溪〕〔溪峡〕,乃三峡〔之首〕〔首之〕也。峡中有瞿塘、黄龛二滩,夏水回复,沿溯所忌。"《十道志》曰:"淫豫石与城郭门外石潜通,蜀人往烧火伏石则淫预边沸。"《国史补》曰:"蜀之三峡,最号峻急,四月、五月尤险,故行者歌之。"淫或作滟,预或作豫。

滟预大如马,瞿塘不可下。

滟预大如牛,瞿塘不可流。

同　前　　　　　梁简文帝

淫预大如服,瞿塘不可触。金沙浮转多,桂浦忌经过。

巴东三峡歌二首

郦道元《水经注》曰:"巴东三峡,谓广溪峡、巫峡、西陵峡也。三峡七百里中,两岸连山,略无阙处。重岩叠嶂,隐蔽天日。非亭午夜分,不见日月。其中有滩,名曰黄牛。江湍纡回,信宿犹见,故行者谣曰:'朝发黄牛,暮宿黄牛。三日三暮,黄牛如故。'《宜都山川记》曰:'自黄牛滩东入西陵界,至峡口一百许里,山水纡曲,林木高茂。猿鸣至清,山谷传响,泠泠不绝,行者闻之,莫不怀土,故渔者歌云。'"

巴东三峡巫峡长,猿鸣三声泪沾裳。

巴东三峡猿鸣悲,猿鸣三声泪沾衣。

挟琴歌　　　梁·范静妻沈氏

逶迤起尘唱,宛转绕梁声。调弦可以进,娥眉画未成。

挟瑟歌　　　北齐·魏　收

春风宛转入曲房，兼送小苑百花香。白马金鞍去未返，红妆玉箸下成行。

同　前　　　唐·陆龟蒙

挟瑟为君抚，君嫌声太古。寥寥倚浪丝，嗓嗓沈湘语。赖有秋风知，清(冷)〔泠〕吹玉(桂)〔柱〕。

鄱阳歌二首

《南史》曰："梁陆襄为鄱阳内史。大同初，郡人鲜于琮结(同)〔门〕徒，杀广晋令王筠，有众万馀人，将出攻郡。襄先已率人吏修城隍为备，及贼至，破之，生获琮。时邻郡守宰案其党与，皆不得实，或有善人尽室罹祸，唯襄郡柱直无滥，民乃作歌。又有彭、李二家，因忿争相诬告。襄引入内室，不加责诮，但和言解喻之。二人感恩，深自悔咎。乃为设酒食，令其尽欢，酒罢同载而还，因相亲厚。民因歌之。"

鲜于抄后善恶分，人无横死赖陆君。

陆君政，无怨家。斗既罢，仇共车。

北军歌

《南史》曰："梁临川(静)〔靖〕惠王宏为扬州刺史。天监中，武帝诏都督诸军侵魏。宏以帝之介弟，所领皆器甲精新，军容甚盛，北人以为百数十年所未之有。军次洛口，前军克梁城。诸将欲乘胜深入，宏闻魏援近，畏懦不敢进，召诸将欲议旋师。吕僧珍曰：'知难而退,不亦善乎!'停军不进。魏人知其不武,遗以巾帼。北军乃歌之,歌云韦武,谓韦叡也。"

不畏萧娘与吕姥,但畏合肥有韦武。

雍州歌

《南史》曰:"梁南平王伟子恪,为雍州刺史,年少(去)〔未〕闲庶务,委之群下。百姓每通一辞,数处输钱,方得闻彻。宾客有江仲举、蔡薳、王台卿、庾仲容四人,俱被接遇,并有蓄积。民间歌之。后达武帝,帝因接末句云。"

江千万,蔡五百,王新车,庾大宅。主人愦愦不知客。

始兴王歌

《南史》曰:"梁始兴忠武王憺为都督、荆州刺史。时天监初,军旅之后,公私匮乏。憺厉精为政,广辟屯田,减省力役,供其穷困,辞讼者皆立待符教,决于俄顷,曹无留事,下无滞狱。后征还朝,而民歌之。荆土方言谓父谓爹,故歌云'人之爹'也。"

始兴王,人之爹。赴人急,如水火,何时复来哺乳我?

夏侯歌

《梁书》曰:"夏侯夔为豫州刺史,于苍陵立堰,溉田千馀顷,境内赖之。夔兄亶先居此任,兄弟并有恩惠,百姓歌之。夔在州七年,远近多亲附。"

我之有州,赖彼夏侯。前兄后弟,布政优优。

咸阳王歌

《北史》曰:"后魏咸阳王禧谋逆伏诛,后宫人为之歌,其歌遂流

1037

于江表。"

可怜咸阳王,奈何作事误?金床玉几不能眠,夜起踏霜露。洛水湛湛弥岸长,行人那得度?

郑公歌

《北史》曰:"后魏郑述祖为(兖)〔光〕州刺史。有人入市盗布,其父执之以归述祖,述祖特原之,自是境内无盗。先是述祖之父道昭亦尝为(兖)〔光〕州刺史,故百姓歌之。"

大郑公,小郑公,相去五十载,风教尚犹同。

裴公歌

《北史》曰:"裴侠为河北郡守,躬履俭素,爱民如子。郡旧有渔猎夫三十人,以供郡守,侠曰:'以口腹役人,吾所不为也。'悉罢之。又有丁三十人,供郡守役,侠亦罢之,不以入私,并收庸为市官马。岁时既积,马遂成群。去职之日,一无所取。民歌之云。"

肥鲜不食,丁庸不取。裴公贞惠,为世规矩。

长白山歌

《北史》曰:"来整,荣国公护之子也。尤骁勇,善抚御,讨击群贼,所向皆捷。诸贼歌之。"

长白山头百战场,十十五五把长枪。不畏官军千万众,只怕荣公第六郎。

敕勒歌

《乐府广题》曰:"北齐神武攻周玉壁,士卒死者十四五。神武恚愤,疾发。周王下令曰:'高欢鼠子,亲犯玉壁,剑弩一发,元凶自毙。'神武闻之,勉坐以安士众。悉引诸贵,使斛律金唱《敕勒》,神武自和之。"其歌本鲜卑语,易为齐言,故其句长短不齐。

敕勒川,阴山下。天似穹庐,笼盖四野。天苍苍,野茫茫,风吹草低见牛羊。

同 前　　　　唐·温庭筠

敕勒金(埭)〔帻〕壁,阴山无岁华。帐外风飘雪,营前月照沙。羌儿吹玉管,胡姬踏锦花。却笑江南客,梅落不归家。

东征歌　　　　隋·王　通

杜淹《文中子世家》曰:"隋仁寿中,文中子西游长安,见文帝,奏太平十有二策。帝下其议于公卿,公卿不悦。文中子知谋之不用,作《东征之歌》而归。帝闻而再征之,不至。"

我思国家兮远游京畿,忽逢帝王兮降礼布衣。遂怀古人之心兮,将兴太平之基。时异事变兮志乖愿违。吁嗟道之不行兮垂翅东归,皇之不断兮将身西飞。

薛将军歌

《唐书》曰:"高宗时,薛仁贵领兵击九姓突厥于天山。时九姓有众十馀万,令骁健数十人逆来挑战。仁贵发三矢,射杀三人,自馀一时下马请降。仁贵恐为后患,并坑杀之。九姓自此衰弱,不复更为边患,于是军中歌之。"

将军三箭定天山,战士长歌入汉关。

1039

颜有道歌

《唐书》曰:"颜游秦,师古叔父。武德初为廉州刺史,时刘黑闼初平,人多以强暴寡礼,风俗未安。游秦抚恤境内,敬让大行,邑里歌之,高祖玺书勉劳焉。"

廉州颜有道,(姓)〔性〕行同庄老。爱人如赤子,不杀非时草。

新河歌

《唐书》曰:"薛大鼎,贞观中为沧州刺史。州界有无棣河,隋末填废,大鼎奏开之,引鱼盐于海。百姓歌之。"

新河得通舟楫利,直达沧海鱼盐至。昔日徒行今结驷,美哉薛公德滂被。

田使君歌

《唐书》曰:"田仁会,永徽中为郢州刺史。属时旱,仁会自曝祈祷,竟获甘泽。其年大稔,百姓歌之。"

父母育我田使君,精诚为人上天闻。田中致雨山出云,仓廪既实礼义申。但愿常在不忧贫。

黄獐歌

《唐书·五行志》曰:"如意初,里中歌黄獐。后契丹李尽忠、孙万荣叛,陷营州。则天令总管曹仁师、王孝杰等将兵百万讨之,大败于硖石黄獐谷而死。"朝廷嘉其忠,为造此曲,后亦为舞曲。

黄獐黄獐草里藏,弯弓射尔伤。

得体歌

《唐书》曰:"天宝初,韦坚为陕郡太守、水陆转运使,于长安城东浐水傍,穿广运潭以通吴会数十郡舟楫,若广陵郡船,即堆积广陵所出锦镜铜器,馀郡皆然。舟人大笠宽衫芒屦,如吴楚之制。先是,民间戏唱《得体歌》。至开元末,田同秀上言,见玄元皇帝,云有宝符在陕州桃林县古关令尹喜宅。遣中使求得之,以为殊祥,改县为灵宝。及坚凿新潭成,又致扬州铜器。陕县尉崔成甫乃翻此词为《得宝歌》,集两县官伎女子唱之。成甫又作歌词十章,自衣缺胯绿衫锦半臂偏袒膊红抹额,于第一船作号头唱之,和者女子百人,皆鲜服靓妆,齐声接影,鼓笛胡部以应之。"《乐府杂录》曰:"《得宝歌》,一曰《得宝子》,又曰《得鞢子》。明皇初得太真妃,喜而谓后宫曰:'予得杨氏,如得至宝。'乐府遂作此曲。"二说不同。

得体纥那也,纥囊得体耶。潭里船车闹,扬州铜器多。三郎当殿坐,看唱《得体歌》。

得宝歌

得宝弘农野,弘农得宝耶。潭里船车闹,扬州铜器多。三郎当殿坐,看唱《得宝歌》。

黄台瓜辞　　唐·章怀太子

《唐书》曰:"高宗武后生四子,长曰孝敬皇帝弘,为太子监国,而仁明孝悌。武后方图临朝,乃杀孝敬,立雍王贤为太子。贤日怀忧惕,知必不保全,无由敢言,乃作《黄台瓜辞》,命乐工歌之,冀武后闻之感悟。后终为武后所逐,死于黔中。"

种瓜黄台下,瓜熟子离离。一摘使瓜好,再摘令瓜稀,三摘尚自可,摘绝抱蔓归。

古　歌　　　　　唐·沈佺期

落叶流风向玉台,夜寒秋思洞房开。水精帘外金波下,云母窗前银汉回。玉阶阴阴苔藓色,君王履綦难再得。璇闺窈窕秋夜长,绣户徘徊秋月光。燕姬彩帐芙蓉色,秦子金炉兰麝香。北斗七星横夜半,清歌一曲断君肠。

同前二首　　　　唐·薛维翰

美人怨何深,含情倚金阁。不嚬复不语,红泪双双落。
美人闭红烛,独坐裁心锦。频放剪刀声,夜寒知未寝。

乐府诗集卷第八十七　杂歌谣辞 五

歌　辞 五

颍川歌

《汉书》曰:"灌夫不好文学,喜任侠,已然诺,诸所与交通,无非豪杰大猾。家累数千万,食客日数十百人。陂池田园,宗族宾客为权利,横颍川。颍川儿歌之。"

颍水清,灌氏宁。颍水浊,灌氏族。

庾公歌二首

《晋书·五行志》曰:"庾亮初镇武昌,出至石头,百姓于岸上歌之。后连征不入,及薨,还都葬焉。"

庾公上武昌,翩翩如飞鸟。庾公还扬州,白马牵旒旐。

庾公初上时,翩翩如飞鸟。庾公还扬州,白马牵流苏。

御路杨歌

《宋书·五行志》曰:"晋海西公太和中民为此歌,白者金行,马者国族,紫为夺正之色,明以紫间朱也。海西公寻废,三子非海西子,并缢以马缰,死之。明日,南方献甘露。"

青青御路杨,白马紫游缰。汝非皇太子,那得甘露浆?

凤皇歌

《宋书·五行志》曰:"晋海西公生皇子,百姓歌之,其歌甚美,其

1043

旨甚微。海西公不男,使左右向龙与内侍接生子以为己子。"

凤皇生一雏,天下莫不喜。本言是马驹,今定成龙子。

黄昙子歌　　　　　　　　唐·温庭筠

《晋书·五行志》曰:"桓石民为荆州,百姓忽歌《黄昙子曲》。后石民死,王忱为荆州之应,黄昙子,王忱字也。"按横吹曲李延年二十八解有《黄覃子》,不知与此同否? 凡歌辞考之与事不合者,但因其声而作歌尔。

参差绿蒲短,摇艳云一作春塘满。红潋荡融融,莺翁鸂鶒暖。萋芊小城路,马上修娥懒。罗衫袅向风,点粉金鹂卵。

历阳歌

《晋书·五行志》曰:"庾楷镇历阳,百姓歌之。后楷南奔桓玄,为玄所杀。"

重罗黎,重罗黎,使君南上无还时。

符坚时长安歌

《晋书·载记》曰:"符坚既灭燕,慕容冲姊伪清河公主年十四,有殊色,坚纳之,宠冠后庭。冲年十二,亦有龙阳之姿,坚又幸之。姊弟专宠,宫人莫进。长安歌之,咸惧为乱。王猛切谏,坚乃出冲,后竟为冲所败。"

一雌复一雄,双飞入紫宫。

王子年歌二首

《南史》曰:"齐太祖高皇帝讳道成,姓萧氏。未受命时,王子年作此歌。案谷中精细者,稻也,即道也;熟犹成也。金刀,刘字;刘犹剪也。"

欲知其姓草肃肃,谷中最细低头熟,鳞身甲体永兴福。金刀利刃齐刈之。

邯郸郭公歌

《乐府广题》曰:"北齐后主高纬,雅好傀儡,谓之郭公。时人戏为《郭公歌》。及将败,果营邯郸。高郭声相近。九十九,末数也。滕口,邓林也。大儿,谓周帝,太祖子也。高冈,后主姓也。雉鸡类,武成小字也。后败于邓林,尽如歌言,盖语妖也。"

邯郸郭公九十九,技两渐尽入滕口。大儿缘高冈,雉子东南走。不信吾言时,当看岁在酉。

邯郸郭公辞　　　　唐·温庭筠

金笳悲故曲,玉座积深尘。言是邯郸伎,不见邺城人。青苔竟埋骨,红粉自伤神。唯有漳河柳,还向旧营春。

齐云观歌

《隋书·五行志》曰:"陈后主造齐云观,国人歌之,功未毕而为隋师所房。"

齐云观,寇来无际畔。

周宣帝歌

《隋书·五行志》曰:"周宣帝与宫人夜中连臂蹋蹋而歌。"

自知身命促,把烛夜行游。

谣 辞 一

黄泽辞

《穆天子传》曰:"天子东游于黄泽,使宫乐谣云。"

黄之陀,其马歕沙,皇人威仪。皇之泽,其马歕玉,皇人寿谷。

白云谣

《穆天子传》曰:"天子觞西王母于瑶池之上,西王母为天子谣,天子答之。"

白云在天,山陵自出。道里悠远,山川间之。将子无死,向复能来。

穆天子谣

予归东土,和治诸夏。万民平均,吾顾见汝。比及三年,将复而野。

越谣歌　　　　　　古辞

君乘车,我带笠,它日相逢下车揖。君檐簦,我跨马,它日相逢为君下。

长安谣

《汉书·佞幸传》曰:"成帝初,石显与妻子徙归故(乡)〔郡〕,其党牢梁、陈顺皆免官,诸所交结,以显为官,皆废罢。少府五鹿充宗左迁玄菟太守,御史中丞伊嘉为雁门都尉。长安谣云。"

伊徙雁,鹿徙兔,去牢与陈实无价。

城中谣

《后汉书》曰:"前世长安《城中谣》,言改政移风,必有其本,上之所好,下必甚焉。"

城中好高髻,四方高一尺。城中好广眉,四方且半额。城中好大袖,四方全匹帛。

会稽童谣

《后汉书》曰:"张霸,永元中为会稽太守。时贼未解,郡界不宁,乃移书开购,明用信赏,贼遂束手归附,不烦士卒之力,于是有童谣。"

弃我戟,捐我矛。盗贼尽,吏皆休。

二郡谣

《后汉书》曰:"汝南太守宗资,任功曹范滂,南阳太守成瑨,亦委功曹岑晊。范滂,字孟博。岑晊,字公孝。二郡为谣。"

汝南太守范孟博,南阳宗资主画诺。南阳太守岑公孝,弘农成瑨但坐啸。

京兆谣

《续汉书》曰:"李燮拜京兆,诏发西园钱。燮上封事,遂止不发。吏民爱敬,乃为此谣。"

我府君,道教举。恩如春,威如虎。刚不吐,弱不茹。爱如母,训如父。

后汉桓灵时谣

《后汉书》曰:"桓灵之世,更相滥举,人为之谣。"

举秀才,不知书。察孝廉,父别居。

吴　谣

《吴志》曰:"周瑜少精意于音乐,虽三爵之后,其有阙误,瑜必知之,知之必顾,故时人谣云。"

曲有误,周郎顾。

晋泰始中谣

《晋书》曰:"泰始中人为贾充等谣,言亡魏而成晋也。"

贾裴王,乱纪纲。王、裴、贾,济天下。

阁道谣

《晋书》曰:"潘岳才名冠世,为众所疾。后为河阳令,而郁郁不得志。时尚书仆射山涛领吏部,王济、裴楷等并为帝所亲遇,岳内非之,乃题阁道为谣。"

阁道东,有大牛。王济鞅,裴楷鞦,和峤刺促不得休。

南土谣

王隐《晋书》曰:"杜预为镇南大将军,都督荆州诸军事,南土美而谣之。"

后世无叛由杜翁,孰识智名与勇功。

宋时谣

《南史》曰:"宋时用人乖实,有谣云。"

上车不落为著作,体中何如作秘书。

宋大明中谣

《南史》曰:"大明中,有奚显度者,为员外散骑侍郎。孝武尝使主领人功,而苛虐无道,动加捶挞,暑雨寒雪,不听暂休,人不堪命,或自经死。时建康县考囚,或用方材压额及踝胫,故民间有此谣。又相戏曰:'勿反顾,付奚度。'其暴酷如此。"

宁得建康压额,不能受奚度柏。

山阴谣

《南史》曰:"丘仲孚为山阴令,居职甚有声称,而百姓为此谣。前世傅琰父子、沈宪、刘玄明相继宰山阴,并有政绩,言仲孚皆过之也。"

二傅沈刘,不如一丘。

梁时童谣

《南史》曰:"临贺郡王正德,性凶愿。其后梁室倾覆,既由正德。百姓至闻临贺郡名,亦不欲道,其恶之如是,故有童谣。"

宁逢五虎入市,不欲见临贺父子。

曲堤谣

《北史》曰:"宋世良为清河太守,才识闲明,尤善政术。郡东南有曲堤,群盗所萃。世良施八条之制,盗奔它境,而民为此谣。"

曲堤虽险贼何益,但有宋公自屏迹。

赵郡谣

《北史》曰:"后魏李孝伯,父曾,道武时为赵郡太守,令行禁止。并州丁零数为山东害,知曾能得百姓死力,不敢入境。贼于常山界得一死鹿,贼长为赵郡地也,责之,还令送鹿故处,其见惮如此。郡人为之谣。"

诈作赵郡鹿,犹胜常山粟。

北齐太上时童谣

千金买药园,中有芙蓉树。破家不分明,莲子随它去。

独酌谣四首　　陈后主

陈后主序曰:"齐人淳于髡善为十酒,偶效之作《独酌谣》。"

独酌谣,独酌且独谣。一酌岂陶暑,二酌断风飙,三酌意不畅,四酌情无聊,五酌孟易覆,六酌欢欲调,七酌累心去,八酌高志—作德超,九酌忘物我,十酌忽凌霄。凌霄异羽翼,任致得飘飘。宁学世人醉,扬波去我遥。尔非浮丘伯,安见王子乔?

独酌谣,独酌起中宵。中宵照春月,初花发春朝。春花春月正徘徊,一樽一弦当夜开。聊奏孙登曲,仍斟毕卓杯。罗绮徒纷乱,金翠转迟回。中心更如水,凝志本同灰。逍遥自可乐,世语世情哉!

独酌谣,独酌酒难消。独酌三两碗,弄曲两三调。调弦忽未毕,忽值出房朝。更似游春苑,还如逢丽谯。衣香逐娇去,眼语送杯娇。馀樽尽复益,自得是逍遥。
　　独酌谣,独酌一樽酒。樽酒倾未酌,明月正当牖。是牖非圜瓮,[1]吾乐非击缶。自任物外欢,更齐椿菌久。卷舒乃一卷,忘情且十斗。宁复语绮罗,因情即山薮。

　　　　同　　前　　　　陈·陆 瑜

　　独酌谣,芳气饶。一倾荡神虑,再酌动神飙。忽逢凤楼下,非待鸾弦招。窗明影乘入,人来香逆飘。杯随转态尽,钏逐画杯摇。桂宫非蜀郡,当垆也至宵。

　　　　同　　前　　　　陈·沈 炯

　　独酌谣,独酌谣,独酌独长谣。智者不我顾,愚夫余不要。不愚复不智,谁当余见招?所以成独酌,一酌一倾瓢。生涯本漫漫,神理暂超超。再酌矜许、史,三酌傲松、乔。频烦四五酌,不觉凌丹霄。倏尔厌五鼎,俄然贱《九韶》。彭、殇无异葬,夷、跖可同朝。龙蠖非不屈,鹏鷃本逍遥。寄语号呶侣,无乃太尘嚣。

　　　　羁　谣　　　　　孔仲智

　　芳杜觞春酒,仿佛伤山时。徒歌不成乐,空以羁自悲。羁伤怀土心,遽复还山路。追及春复时,无使春光暮。

---

[1] 此首以上文字底本多有漶漫,据四部丛刊本补。

箜篌谣

结交在相得,骨肉何必亲!甘言无忠实,世薄多苏秦。从风暂靡草,富贵上升天。不见山巅树,摧抓下为薪。岂甘井中泥,上出作埃尘。

同前　　唐·李白

攀天莫登龙,走山莫骑虎。贵贱结交心不移,唯有严陵及光武。周公称大圣,管、蔡宁相容。汉谣一斗粟,不与淮南春。兄弟尚路人,吾心安所从?它人方寸间,山海几千重。轻言托朋友,对面九疑峰。多花必早落,桃李不如松。管、鲍久已死,何人继其踪?

玉浆泉谣

《隋书》曰:"豆卢勣,为渭州刺史,甚有惠政,华夷悦服,大致祥瑞。乌鼠山俗呼为高武陇,其下渭水所出,其山绝壁千寻,由来乏水,诸羌苦之。勣马足所践,忽飞泉涌出。有白乌翔止厅前,乳子而后去。民为之谣,后因号其泉曰玉浆泉。"

我有丹阳,山出玉浆。济我人夷,神乌来翔。

邺城童子谣　　唐·李贺

邺城中,暮尘起。将黑丸,斫文吏。棘为鞭,虎为马。团团走,邺城下。切玉剑,射日弓。献何人?奉相公。扶毂来,阁右儿。香扫涂,相公归。

唐天宝中京(兆)〔师〕谣

《唐书》曰:"李岘为京兆尹,甚著声绩。天宝中,连雨六十馀日。宰臣杨国忠恶其不附己,以雨灾归京兆尹,乃出为长沙太守。时京师米麦踊贵,百姓为之谣。其为政得人心如此。"

欲得米麦贱,无过追李岘。

乐府诗集卷第八十八　杂歌谣辞 六

谣辞二

尧时康衢童谣

《列子》曰："尧治天下五十年，不知天下之治与不治，亿兆之愿戴己与不愿戴己，顾问左右外朝及在野，皆不知也。尧乃微服游于康衢，闻童儿谣。尧喜，问曰：'谁教尔为此言？'童儿曰：'闻之大夫。'大夫曰：'古诗也。'尧还宫，召舜，因禅以天下，舜不辞而受之。"

立我烝民，莫匪尔极。不识不知，顺帝之则。

晋献公时童谣

《春秋左氏传》曰："晋献公伐虢，围下阳，问于卜偃曰：'吾其济乎？'偃以童谣对，曰：'克之。十月丙子旦，日在尾，月在策，鹑火中，必是时也。冬十二月丙子朔，晋灭虢，虢公丑奔京师。'"《汉书·五行志》曰："周十二月，夏十月也。言天者以夏正。"

丙之晨，龙尾伏辰。袀服振振，取虢之旂。鹑之奔奔，天策焞焞。火中成军，虢公其奔。

晋惠公时童谣

《汉书·五行志》曰："晋惠公赖秦力得立，立而背秦，内杀二大夫，国人不说。及更葬其兄恭太子申生而不敬，故诗妖作也。后与秦战，为秦所获，立十四年而死，晋人绝之，更立其兄重耳，是为文

1054

公,遂伯诸侯。"

恭太子更葬兮,后十四年晋亦不昌,昌乃在其兄。

鲁国童谣

《汉书·五行志》曰:"《左氏传》,鲁文、成之世童谣也。至昭公时,有鸲鹆来巢,公攻季氏败,出奔齐,居外野,次乾侯八年,死于外,归葬鲁。昭公名裯。公子宋立,是为定公。"

鸲之鹆之,公出辱之。鸲鹆之羽,公在外野。往馈之马,鸲鹆跦跦。公在乾侯,征褰与襦。鸲鹆之巢,远哉遥遥。裯父丧劳,宋父以骄。鸲鹆鸲鹆,往歌来哭。

楚昭王时童谣

《家语》曰:"楚昭王渡江,江中有物,大如斗,圆而赤,直触王舟。舟人取之,王大怪之,遍问群臣,莫之能识。王使使聘于鲁,问于孔子。孔子曰:'此为萍实也,可剖而食之,吉祥也,唯霸者为能获焉。'使者反,王遂食之,大美。久之,使来以告鲁大夫。大夫因子游问曰:'夫子何以知其然?'曰:'吾昔之郑,过乎陈之野,闻童谣,此楚王之应也,是以知之。'"

楚王渡江得萍实,大如斗,赤如日,剖而食之甜如蜜。

周末时童谣

《家语》曰:"齐有一足之鸟,飞习于公朝,下止于殿前,舒翅而跳。齐侯大怪之,使使聘鲁,问于孔子。孔子曰:'此鸟名曰商羊,水祥也。昔童儿有屈其一脚,振讯两(眉)〔肩〕而跳且谣,今齐有之,其应至矣。急告民趋治沟渠,修堤防,将有大水为灾。'顷之,大霖雨,水溢泛诸国,伤害民人,唯齐有备不败。"

天将大雨,商羊鼓舞。

汉元帝时童谣

《汉书·五行志》曰:"元帝时童谣,至成帝建始二年三月戊子,北宫中井泉稍上,溢出南流。井水,阴也,灶烟,阳也;玉堂、金门,至尊之居:象阴盛而灭阳,窃有宫室之应也。王莽生于元帝初元四年,至成帝封侯,为三公辅政,因以篡位也。"

井水溢,灭灶烟,灌玉堂,流金门。

汉成帝〔时〕燕燕童谣

《汉书·五行志》曰:"成帝时童谣,后帝为微行出游,常与富平侯张放俱称富平侯家人,过阳阿主作乐,见舞者赵飞燕而幸之,故曰'燕燕尾(涎涎)〔涏涏〕',美好貌也。'张公子',谓富平侯也。'木门仓琅根',(为)〔谓〕宫门铜锾,言将尊贵也。后遂立为皇后,与弟昭仪贼害后宫皇子,卒皆伏辜,所谓'燕飞来,啄皇孙。皇孙死,燕啄矢'者也。"

燕燕尾涏涏,张公子,时相见。木门仓琅根。燕飞来,啄皇孙。皇孙死,燕啄矢。

汉成帝时歌谣

《汉书·五行志》曰:"成帝时歌谣也。桂,赤色,汉家象。华不实,无继嗣也。王莽自谓黄象,黄爵巢其颠也。"

邪径败良田,谗口乱善人。桂树华不实,黄爵巢其颠。故为人所羡,今为人所怜。

王莽时汝南童谣

《汉书》曰:"汝南旧有鸿隙大陂,郡以为饶。成帝时,关东数水,陂溢为害。翟方进为相,与御史大夫孔光共遣掾行视,以为决去陂水,其地肥美,省堤防费而无水忧,遂奏罢之。及翟氏灭,乡里归恶,言方进请陂下良田不得而奏罢陂。王莽时常枯旱,郡中追怨方进,时有童谣。"子威,方进字也。

坏陂谁?翟子威。饭我豆食羹芋魁。反乎覆,陂当复。谁云者?两黄鹄。

更始时南阳童谣

《后汉书·五行志》曰:"更始时,南阳有童谣。是时更始在长安,世祖为大司马,平定河北。更始大臣并僭专权,故谣妖作也。后更始遂为赤眉所杀,是更始之不谐在赤眉也。世祖自河北兴。"

谐不谐,在赤眉。得不得,在河北。

后汉时蜀中童谣

《后汉书·五行志》曰:"世祖建武六年,蜀中童谣。是时公孙述僭号于蜀,时人窃言王莽称黄,述欲继之,故称白。五铢,汉家货,明当复也。述遂诛灭。"

黄牛白腹,五铢当复。

后汉顺帝末京都童谣

《后汉书·五行志》曰:"顺帝之末,京都童谣。按顺帝即世,孝质短祚,大将军梁冀贪树疏幼,以为己功,专国号令,以赡其私。太尉李固以为清河王雅性聪明,敦诗悦礼,加又属亲,立长则顺,置善则固。而冀建白太后,策免固,征蠡吾侯,遂即至尊。固是月幽毙于狱,暴尸道路,而太尉胡广封安乐乡侯、司徒赵戒厨亭侯、司空袁汤安国亭侯。"

直如弦,死道边。曲如钩,反封侯。

后汉桓帝初小麦童谣

《后汉书·五行志》曰:"桓帝之初,天下童谣。按元嘉中,凉州诸羌一时俱反,南入蜀、汉,东抄三辅,延及并、冀,大为民害。命将出众,每战常负,中国益发甲卒,麦多委弃,但有妇女获刈之也。'吏买马,君具车'者,言调发重及有秩者也。'请为诸君鼓咙胡'者,不敢公言,私咽语也。"

小麦青青大麦枯,谁当获者妇与姑。丈人何在西击胡。吏买马,君具车,请为诸君鼓咙胡。

大麦行　　　　　唐·杜　甫

大麦干枯小麦黄,妇女行泣夫走藏。东至集壁西梁洋,问谁腰镰胡与羌。岂无蜀兵三千人,部领辛苦江山长。安得如鸟有羽翅,托身白云还故乡。

后汉桓帝初城上乌童谣

《后汉书·五行志》曰:"桓帝之初,京都童谣。按此皆谓为政贪也。'城上乌,尾毕逋'者,处高利独食,不与下共,谓人主多聚敛也。'公为吏,子为徒'者,言蛮夷将畔逆,父既为军吏,其子又为卒徒往击之也。'一徒死,百乘车'者,言前一人往讨胡既死矣,后又遣百乘车往。'车班班,入河间'者,言桓帝将崩,乘舆班班入河间迎灵帝也。'河间姹女工数钱,以钱为室金为堂'者,灵帝既立,其母永乐太后好聚金以为堂也。'石上慊慊舂黄粱',言永乐(唯)〔虽〕积金钱,慊慊常(若)〔苦〕不足,(史)〔使〕人舂黄粱而食之也。'梁下有悬鼓,我欲击之丞卿怒'者,言永乐教灵帝,使卖官受钱,所禄非其人,天下忠笃之士怨望,欲击悬鼓以求见,丞卿主鼓者,亦复诣顺,怒而止我也。"刘昭以为:"此谣后验,竟为灵帝作。言'一徒',似斥桓帝,帝贵任群阉,参委机政,左右前后莫非刑人,有同囚徒之长,故言寄一徒也。且又弟则废黜,身无嗣,块然单独,非一而何?'百乘车'者,乃国之君。解犊后征,正膺斯数,继以班班,尤得以类焉。"解犊,灵帝所封也。

城上乌,尾毕逋。公为吏,子为徒。一徒死,百乘车。车班班,入河间,河间姹女工数钱。以钱为室金为堂,石上慊慊舂黄粱。梁下有悬鼓,我欲击之丞卿怒。

后汉桓帝初京都童谣

《后汉·五行志》曰:"桓帝之初,京都童谣。至延熹末,邓皇后以谴自杀,乃以窦贵人代之。其父名武,字游平,拜城门校尉。及太后摄政,为大将军,与太傅陈蕃合心戮力,惟德是建,印绶所加,咸得其人,豪贤大姓,皆绝望矣。"

游平卖印自有平,不避豪贤及大姓。

后汉桓帝末京都童谣

《后汉书·五行志》曰:"桓帝之末,京都童谣。按解犊亭,属饶阳河间县也。居无几何而桓帝崩,使者与解犊侯皆白盖车从河间来。延延,众貌。是时御史刘儵建议立灵帝,以儵为侍中。中常侍侯览畏其亲近，必当间己，白拜儵泰山太守，因令司隶迫促杀之。朝廷少长，思其功效，乃拔用其弟郃，致位司徒，此为合谐也。"刘昭按："《郡国志》饶阳本属涿，后属安平。灵帝既是河间王曾孙，谣言自是有征，无俟河间之县为验也。"

白盖小车何延延。河间来合谐，河间来合谐。

后汉灵帝末京都童谣

《后汉书·五行志》曰："灵帝之末，京都童谣。至中平六年，少帝登蹑至尊，献帝未有爵号，为中常侍段珪等所执，公卿百官皆随其后，到河上，乃得来还。此为非侯非王上北芒者也。"

侯非侯，王非王，千乘万骑上北芒。

后汉献帝初童谣

《后汉(初)〔书〕·五行志》曰："献帝初童谣。公孙瓒以为易地当之，遂徙镇焉。乃修城积谷，以待天下之变。建安三年，袁绍攻瓒，瓒大败，缢其姊妹妻子，引火自焚。绍兵趣登台斩之。初，瓒破黄巾，杀刘虞，乘胜南下，侵据齐地，雄威大振，而不能开廓远图，欲以坚城观时，坐听围戮，斯亦自易地而去世也。"

燕南垂，赵北际，中央不合大如砺，唯有此中可避世。

后汉献帝初京都童谣

《后汉书·五行志》曰："献帝元初，京都童谣。按'千里草'为董，'十日卜'为卓。凡别字之体，皆从上起，左右离合，无有从下发端者也。今二字如此者，天意若曰，卓自下摩上，以臣陵君也。'青青'〔者〕，暴盛之貌。'不得生'者，亦旋破亡也。"

千里草，何青青。十日卜，不得生。

魏明帝景初中童谣

《宋书·五行志》曰:"魏明帝景初中童谣。及宣王平辽东,归至白屋,当还镇长安。会帝疾笃,急召之。乃乘追锋车东渡河,终剪魏室,如童谣之言也。"

阿公阿公驾马车,不意阿公东渡河。阿公东还当奈何。

魏齐王嘉平中谣

《宋书·五行志》曰:"魏齐王嘉平中谣。按朱虎者,楚王彪小字也。王(陵)〔凌〕令狐愚闻此谣,谋立彪。事发,凌等伏诛,彪赐死。"

白马素羁西南驰,其谁乘者朱虎骑。

吴孙亮初童谣

《宋书·五行志》曰:"吴孙亮初童谣。按(杨)〔成〕子阁者,反语石子堈也。钩络,钩带也。及诸葛恪死,果以苇席裹身,篾束其腰,投之石子堈。后听恪故吏收葬,求之此堈云。"

吁汝恪,何若若,芦苇单衣篾钩络,于何相求(杨)〔成〕子阁。

吴孙亮初白鼍鸣童谣

《宋书·五行志》曰:"吴孙亮初,公安有白鼍鸣童谣。按南郡城可长生者,有急,易以逃也。明年,诸葛恪败,弟融镇公安,亦见袭。融刮金印龟,服之而死。鼍有鳞介,甲兵之象也。"

白鼍鸣,龟背平,南郡城中可长生,守死不去义无成。

1061

白鼍鸣　　　　　唐·张　籍

天欲雨,有东风,南溪白鼍鸣窟中。六月人家井无水,夜闻白鼍人尽起。

吴孙皓初童谣

《宋书·五行志》曰:"吴孙皓初童谣。按皓寻迁都武昌,民溯流供给,咸怨毒焉。"

宁饮建业水,不食武昌鱼。宁还建业死,不止武昌居。

吴孙皓天纪中童谣

《宋书·五行志》曰:"吴孙皓天纪中童谣。晋武帝闻之,加王濬龙骧将军。及征吴,江西众军无过者,而王濬先定秣陵。"

阿童复阿童,衔刀游渡江。不畏岸上虎,但畏水中龙。

晋武帝太康后童谣三首

《宋书·五行志》曰:"晋武帝太康后江南童谣。于时吴人皆谓在孙氏子孙,故窃发为乱者相继。按横目者'四'字,自吴亡至晋元帝兴,几四十年,皆如童谣之言。元帝懦而少断,'局缩肉',直斥之也。干宝云'不知所斥',讳之也。"

局缩肉,数横目,中国当败吴当复。

宫门柱,且莫朽,吴当复,在三十年后。

鸡鸣不拊翼,吴复不用力。

晋惠帝永熙中童谣

《晋书·五行志》曰:"惠帝永熙中童谣。时杨骏专权,楚王用事,故言'荆笔杨板'。二人不诛,则君臣礼悖,故云'几作驴'也。"

二月末,三月初,荆笔杨板行诏书,宫中(人)〔大〕马几作驴。

晋惠帝元康中京洛童谣二首

《晋书·五行志》曰:"惠帝元康中京洛童谣。南风,贾后字也。白,晋行也。沙门,太子小(字)〔名〕也。鲁,贾谧国也。言贾后将与谧为乱,以危太子,而赵王因衅咀嚼豪贤,以成篡夺也。"按《贾后传》有此谣云:"南风烈烈吹黄沙,遥望鲁国郁嵯峨,前至三月灭汝家。"与《五行志》所载不同。其后贾谧既诛,贾后寻亦废死。《宋书·五行志》曰:"是时愍怀颇失众望,卒以废黜,不得其死焉。"

南风起,吹白沙,遥望鲁国何嵯峨,千岁髑髅生齿牙。

城东马子莫咙哅,比至来年缠汝鬃。

晋元康中洛中童谣

《宋书·五行志》曰:"晋元康中,赵王伦既篡,洛中有童谣。数月而齐王、成都、河间义兵同会诛伦。按成都西蕃而在邺,故曰'虎从北来';齐东蕃而在许,故曰'龙从南来';河间水汇而在关中,故曰'水从西来'。齐留辅政,居宫西,有无君之心,故曰'登城看'也。"

虎从北来鼻头汗,龙从南来登城看,水从西来何灌灌。

晋惠帝时洛阳童谣

《晋书》曰:"惠帝时洛阳童谣。明年而胡贼石勒、刘羽反。"

邺中女子莫千妖,前至三月抱胡腰。

晋惠帝太安中童谣

《宋书·五行志》曰:"晋惠帝太安中童谣。其后中原大乱,宗蕃多绝,唯琅邪、汝南、西阳、南顿、彭城同至江表,而元帝嗣晋矣。"

五马游渡江,一马化为龙。

晋怀帝永嘉初谣

《晋书·五行志》曰:"苟晞将破汲桑时有此谣。司马越由是恶晞,夺其兖州,隙难遂构焉。"按列传:"东海孝献王越,字元超,怀帝永嘉初出镇许昌,自许昌率苟晞及冀州刺史丁劭讨汲桑,破之。越还于许。长史潘滔说之曰:'兖州天下枢要,公宜自牧。'乃转苟晞为青州刺史,由是与晞有隙。"

元超兄弟大洛度,上桑打椹为苟作。

晋怀帝永嘉初童谣

《晋书·五行志》曰:"司马越还洛时童谣也。"按《列传》:"越既与苟晞构怨,寻诏越为丞相,领兖州牧,督兖、豫、司、冀、幽、并六州。越辞丞相不受,自许迁于鄄城,移屯濮阳,又迁于荥阳,后自荥阳还洛。"《帝纪》曰"永嘉三年三月丁巳,东海王越归京师"是也。

洛中大鼠长尺二,若不早去大狗至。

晋永嘉中童谣

《三十国春秋》曰:"永嘉中童谣也。"

秦川中,血没腕,唯有凉州倚柱观。

1064

晋明帝太宁初童谣

《晋书·五行志》曰："明帝太宁初童谣。及明帝崩,成帝幼,为苏峻所逼,迁于石头,御膳不足,此'大马死,小马饿'也。高山,峻也,言峻寻死。石,峻弟苏石也。峻死后,石据石头,寻亦破,此山崩石破之应也。"

恻恻力力,放马山侧。大马死,小马饿。高山崩,石自破。

晋哀帝隆和初童谣

《晋书·五行志》曰："哀帝隆和初童谣。朝廷闻而恶之,改年曰兴宁。民复歌曰:'虽复改兴宁,亦复无聊生。'哀帝寻崩。升平五年而穆帝崩,不满斗,不至十年也。"

升平不满斗,隆和那得久。桓公入石头,陛下徒跣走。

晋太和末童谣

《晋书·五行志》曰："太和末童谣,及海西公被废,百姓耕其门以种小麦,遂如谣言。"

犁牛耕御路,白门种小麦。

晋孝武太元末京口谣

《晋书·五行志》曰："孝武帝太元末京口谣,寻王恭起兵诛王国宝,旋为刘牢之所败,故言'拉飒栖'也。"

黄雌鸡,莫作雄父啼。一旦去毛衣,衣被拉飒栖。

乐府诗集卷第八十九　杂歌谣辞 七

谣　辞 三

晋安帝元兴初童谣

《宋书·五行志》曰:"晋桓玄既篡,有此童谣。及玄败走至江陵,五月中诛,如其期焉。时又有民谣云:'征钟落地桓迸走。'征钟,至秽之服。桓,四体之下称。玄自下居上,犹征钟之厕歌谣,下体之咏民口也。而云'落地',坠地之祥,迸走之言,其验明矣。"按《帝纪》,桓玄篡位在安帝元兴二年十二月也。

草生及马腹,乌啄桓玄目。

晋安帝元兴中童谣

《宋书·五行志》曰:"晋安帝元兴中,桓玄既得志而有童谣。及玄败走,而诸桓悉诛焉。郎君,司马元显也。"

长干巷,巷长干。今年杀郎君,明年斩诸桓。

晋安帝义熙初童谣

《晋书·五行志》曰:"安帝义熙初童谣。时官养卢龙,宠以金紫,奉以名州,养之已极,而龙不能怀我好音,举兵内伐,遂成仇敌也。及败,斩伐其党,如草木之成积焉。"按《列传》:"卢循小字元龙,元兴二年寇广州,逐刺史吴隐之,自摄州事,号平南将军。安帝乃假循征虏将军、广州刺史。义熙中,刘裕破循于豫章。循走交州,为刺史杜慧度所杀。"

官家养芦化成荻,芦生不止自成积。

晋安帝义熙初谣二首

《宋书·五行志》曰:"卢龙据有广州,民间有谣。后拥上流数州之地,内逼京辇,应'天半'之言。时复有谣言,龙后果败,不得入石头矣。"

芦生漫漫竟天半。

卢橙橙,逐水流。东风忽如起,那得入石头?

晋吴中童谣

《宋书·五行志》曰:"晋庾(义)〔羲〕在吴郡时吴中童谣。无几而庾(义)〔羲〕王洽相继亡。"

宁食下湖荇,不食上湖莼。庾吴没命丧,复杀王领军。

晋荆州童谣

《晋书·五行志》曰:"殷仲堪在荆州时童谣。未几而仲堪败,桓玄遂有荆州。"

芒笼目,绳缚腹。殷当败,桓当复。

晋京口谣

《宋书·五行志》曰:"晋王恭镇京口,诛王国宝,百姓为此谣。按'昔年食白饭',言得志也。'今年食麦麸',麦麸粗秽,其精已去,明将败也,天公将加谴谪而诛之也。'捻咙喉',气不通,死之祥也。'败复败',丁宁之辞也。恭寻死,京都大行咳疾,而喉并喝焉。"

昔年食白饭,今年食麦麸。天公诛谪汝,教汝捻咙喉。咙喉喝复喝,京口败复败。

晋京口民间谣二首

《宋书·五行志》曰:"晋王恭在京口,民间忽有此谣。按黄字,上恭字头也,小人,恭字下也。寻如谣言。"

黄头小人欲作贼,阿公在城下,指缚得。

黄头小人欲作乱,赖得金刀作蕃扞。

苻坚时长安谣

《晋书·载记》曰:"苻坚时长安有此谣。坚以凤皇非梧桐不栖,非竹实不食,乃植桐竹数十万株于阿房城以待之。后坚为慕容冲所败,入止阿房城焉。凤皇,冲小字也。"

凤皇凤皇止阿房。

苻坚初童谣

《晋书·五行志》曰:"苻坚初有此童谣,及坚败于淝水,为姚苌所杀,在伪位凡三十年。"

阿坚连牵三十年,后若欲败时,当在江湖边。

苻坚时童谣

《晋书·载记》曰:"苻坚强盛时有此童谣。坚闻而恶之,每征伐,戒军候云:'有新城者避之。'后因寿(阳)〔春〕之败,其国大乱,竟死于新(城)〔平〕佛寺。"《五行志》曰:"时复有谣云:'鱼羊田斗当灭秦。'识者以为鱼羊,鲜也。田斗,卑也。坚自号秦,言灭之者鲜卑也。其群臣谏坚,令尽诛鲜卑,坚不从。及淮南败还,初为慕容冲所攻,又为姚苌所杀,身死国灭云。"

河水清复清,苻诏死新城。

宋元嘉中魏地童谣

《南史》曰:"宋元嘉二十七年,魏太武帝围汝南戍,文帝遣臧质比救至盱(台)〔眙〕,太武已过淮。自广陵返攻盱(台)〔眙〕,就质求酒。质封溲便与之,且报书云:'不闻童谣言邪?虏马饮江水,佛狸死卯年。冥期使然,非复人事。尔智识及众,岂能胜苻坚邪?顷年展尔陆梁者,是尔未饮江,太岁未卯耳。'时魏地有童谣,故质引之云。"

辒车北来如穿雉,不意虏马饮江水。虏主北归石济死,虏欲渡江天不徙。

梁武帝时谣

《南史》曰:"梁武帝天监元年十一月,立长子统为皇太子。时民间有谣。按'鹿子开'者,反语为来子哭也。后太子果薨。是时长子欢为徐州刺史,以嫡孙次应嗣位,而帝意在晋安王,犹豫未决。及立晋安王为皇太子,而欢止封豫章郡王还任。谣言'心徘徊'者,未定也。'城中诸少年,逐欢归去来'者,复还徐方之象也。"统即昭明太子也。

鹿子开城门,城门鹿子开。当开复未开,使我心徘徊。城中诸少年,逐欢归去来。

梁大同中童谣

《隋书·五行志》曰:"梁大同中有童谣。其后侯景破丹(杨)

〔阳〕,乘白马,以青丝为羁勒以应之。"

青丝白马寿阳来。

梁末童谣

《南史》曰:"梁末有童谣。及王僧辩灭,说者以为僧辩本乘巴马以击侯景。'马上郎',王字也。'尘'谓陈也。江东谓杀羊角为'皂荚',隋氏姓杨,杨,羊也,言陈终灭于隋也。"

可怜巴马子,一日行千里。不见马上郎,但有黄尘起。黄尘污人衣,皂荚相料理。

陈初童谣

《隋书·五行志》曰:"陈初有童谣。其后陈主果为韩擒所败。擒本名擒虎,黄班之谓也。破建康之始,复乘青骢马,往反时节皆应。"

黄班青骢马,发自寿阳涘。来时冬气末,去日春风始。

同　前

御路种竹篓,萧萧已复起。合盘贮蓬块,无复扬尘已。

陈初时谣

日西夜乌飞,拔剑倚梁柱。归去来,归山下。

后魏宣武孝明时谣

《北史·魏本纪》曰:"宣武孝明间谣,识者以为索谓魏本索发,'焦梨狗子'指宇文泰,俗谓之黑獭也。"

狐非狐,貉非貉,焦梨狗子啮断索。

后魏末童谣

《北史·齐本纪》曰:"后魏末,文宣未受禅时有童谣。按藁然两头,于文为高。'河边羖䍧'为水边羊,指帝名也。于是徐之才劝帝受禅。"

一束藁,两头然,河边羖䍧飞上天。

东魏童谣

《北史》曰:"东魏孝静帝之将立也,时有童谣。按'青雀子',谓静帝实清河王之世子。'鹦鹉'谓齐神武也。后竟为齐所灭。"

可怜青雀子,飞来邺城里。羽翮垂欲成,化作鹦鹉子。

北齐邺都童谣

《隋书·五行志》曰:"齐神武始移都于邺,时有童谣。按魏孝静帝者,清河王之子也。后则神武之女。邺都宫室未备,即逢禅代,作窠未成之效也。孝静寻崩,文宣以后为太原长公主,降于杨愔。时娄后尚在,故言寄书于父母。新妇子,斥后也。"

可怜青雀子,飞入邺城里。作窠犹未成,举头失乡里。寄言与父母,好看新妇子。

北齐武定中童谣

《隋书·五行志》曰:"武定中有童谣。按高者,齐姓也。澄,文襄名。五年神武崩,摧折之应。七年文襄遇盗所害,澄灭之征也。"

百尺高竿摧折,水底然灯澄灭。

北齐文宣时谣

《北史·齐本纪》曰:"文宣时谣。按帝以午年生,故曰'马子'。三台,石季龙旧居,故曰'石室'。三千六百日,十年也。文宣在位十年,果如谣言。"

马子入石室,三千六百日。

北齐后主武平初童谣

《隋书·五行志》曰:"武平元年童谣。按其年四月,陇东王胡长仁谋遣刺客杀和士开,事露,反为士开所谮而死。"

狐截尾,你欲除我我除你。

北齐后主武平中童谣二首

《隋书·五行志》曰:"武平二年童谣,小儿唱讫,一时拍手,云'杀却'。至七月二十五日,御史中丞琅邪王俨执士开,送于南台而斩之。是岁又有童谣,而七月士开被诛。九月,琅邪王遇害。十一月,赵彦深出为西兖州刺史。"

和士开,七月三十日,将你向南台。

七月刈禾伤早,九月吃糕正好。十月洗荡饭瓮,十一月出却赵老。

北齐后主武平末童谣

《隋书·五行志》曰:"武平末有童谣。时穆后母子淫僻,干预朝政,时人患之。穆后小字黄花,寻逢齐亡,欲落之应也。"

黄花势欲落,清尊但满酌。

北齐末邺中童谣

《隋书·五行志》曰:"北齐末邺中有童谣。未几,周师入邺。"

金作扫帚玉作把,净扫殿屋迎西家。

周初童谣

《隋书·五行志》曰:"周初有童谣。按静帝,隋氏之甥,既逊位而崩,诸舅强盛。"

白杨树头金鸡鸣,只有阿舅无外甥。

隋炀帝大业中童谣

《隋书·五行志》曰:"炀帝大业中童谣。其后李密坐杨玄感之逆,为吏所拘,在路逃叛,潜结群盗,自阳城山而来,袭破洛口仓,后复屯兵苑内。'莫浪语',密也。宇文化及自号许国,寻亦破灭。'谁道许'者,盖惊疑之辞也。"

桃李子,鸿鹄绕阳山,宛转花林里。莫浪语,谁道许?

唐武德初童谣

《新唐书·五行志》曰:"窦建德未败时,有此谣也。"

豆入牛口,势不得久。

唐贞观中高昌国童谣

《唐书》曰:"贞观中,高昌国有此童谣。其国王文泰使人捕其初唱者,不能得。"《帝纪》曰:"十三年,以侯君集为交河道行军大总管,帅师伐高昌。十四年平之,以其地置西州,又置安西都护府。"

1073

高昌兵马如霜雪,汉家兵马如日月。日月照霜雪,回首自消灭。

唐永淳初童谣

《新唐书·五行志》曰:"高宗永淳元年童谣。是岁七月,东都大雨,人多殍殣。"

新禾不入箱,新麦不入场。迨及八九月,狗吠空垣墙。

唐高宗永淳中童谣

《新唐书·五行志》曰:"高宗自调露中欲封嵩山,属突厥叛而止。后又欲封,以吐蕃入寇遂停。时有童谣。"按《旧书》:"武后自封岱之后,劝帝封中岳。每下诏草仪注,即岁饥、边事警急而止。永淳中,既至山下,未及行礼,遘疾还宫而崩。"

嵩山凡几层,不畏登不得,但恐不得登。三度征兵马,傍道打腾腾。

唐武后时童谣

红绿复裙长,千里万里闻香。

唐神龙中谣

《新唐书·五行志》曰:"中宗神龙以后民谣。按'山南',唐也。'乌鹊窠'者,人居寡也。'山北',胡也。'金骆驼'者,虏获而重载也。"

山南乌鹊窠,山北金骆驼。镰柯不凿孔,斧子不施柯。

唐中宗时童谣

《新唐书·五行志》曰:"安乐公主于洛州造安乐寺,时有童谣。"按《旧书》:"安乐公主,中宗幼女,韦皇后所生。初降武崇训,崇训死,降武延秀。所造安乐佛寺,拟于宫掖,巧妙过之。"

可怜安乐寺,了了树头悬。

唐景龙中谣

《新唐书·五行志》曰:"景龙中民谣也。"按《会要》:"东都圣善(守)〔寺〕,神龙初,中宗为武太后追福所造,景龙中复增广焉。"

可怜圣善寺,身著绿毛衣。牵来河里饮,踏杀鲤鱼儿!

唐天宝中童谣

《新唐书·五行志》曰:"天宝中,安禄山未反时童谣。"按《旧书》:"天宝十四载,禄山以范阳叛。明年,窃号燕国。"

燕燕飞上天,天上女儿铺白毡,毡上有千钱。

唐天宝中幽〔州〕谣

《新唐书·五行志》曰:"天宝中,幽州有此谣也。"

旧来夸戴竿,今日不堪看。但看五月里,清水河边见契丹。

唐德宗时童谣

《新唐书·五行志》曰:"朱泚未败前两月有童谣。"按《旧书》:"建中四年,朱泚以泾原兵叛,僭号曰大秦,明年改号曰汉。是岁六月,兵败而死。"

一只箸,两头朱。五六月,化为蛆。

唐元和初童谣

《新唐书·五行志》曰:"元和初童谣,既毕乃转身曰:'舞了也。'"按《旧书·志》云:"为十年六月三日,武元衡为盗所害之应。"本传云:"'打麦',谓打麦时也。'麦打',谓暗中突击也。'三三三',谓六月三日也。既而旋其袖曰'舞了也',谓元衡之卒也。"

打麦,麦打。三三三,舞了也。

唐咸通中童谣

《新唐书·五行志》曰:"懿宗咸通七年童谣也。"

草青青,被严霜。鹊始后,看颠狂。

唐咸通末成都童谣

《新唐书·五行志》曰:"咸通十四年,成都有童谣。是岁,岁阴在巳,明年在午。巳,蛇也。午,马也。"

咸通癸巳,出无所之。蛇去马来,道路稍开。头无片瓦,地有残灰。

唐僖宗时童谣

《新唐书·五行志》曰:"僖宗时有此童谣。"按《旧书》云:"乾符中仍岁凶荒,人饥为盗,河南尤甚。曹州人王仙芝、尚君长,聚盗起于濮阳,攻剽城邑,陷曹、濮、郓等州。五年,仙芝败,而黄巢之众攻江西云。"

金色虾蟆争努眼,翻却曹州天下反。

唐乾符中童谣

《新唐书·五行志》曰:"乾符六年童谣也。"

八月无霜塞草青,将军骑马步空城。汉家天子西巡狩,犹向江东更索兵。

唐中和初童谣

《新唐书·五行志》曰:"中和初有此童谣。"按《旧书》:"中和四年,黄巢既败,以其残众东走。李克用追击,至济阴而还。贼散于兖、郓,黄巢入泰山,至狼虎谷,为其将林言所杀。"

黄巢走,泰山东,死在翁家翁。

梁太祖时蜀中谣

《五代史》曰:"刘知俊初事梁太祖,后奔蜀,王建虽加宠待,然亦忌之,常谓近侍曰:'刘知俊非尔辈能驾驭,不如早为之所。'有嫉之者,于里巷间作此谣。知俊色黔,丑生。棕绳者,王氏子孙皆以宗承为名,故以此猜疑之,遂见杀于成都。"

黑牛出圈棕绳断。

乐府诗集卷第九十　新乐府辞 一

　　乐府之名,起于汉、魏。自孝惠帝时,夏侯宽为乐府令,始以名官。至武帝,乃立乐府,采诗夜诵,有赵、代、秦、楚之讴。则采歌谣,被声乐,其来盖亦远矣。凡乐府歌辞,有因声而作歌者,若魏之三调歌诗,因弦管金石,造歌以被之是也。有因歌而造声者,若清商、吴声诸曲,始皆徒歌,既而被之弦管是也。有有声有辞者,若郊庙、相和、铙歌、横吹等曲是也。有有辞无声者,若后人之所述作,未必尽被于金石是也。新乐府者,皆唐世之新歌也。以其辞实乐府,而未常被于声,故曰新乐府也。元微之病后人沿袭古题,唱和重复,谓不如寓意古题,刺美见事,犹有诗人引古以讽之义。近代唯杜甫《悲陈陶》、《哀江头》、《兵车》、《丽人》等歌行,率皆即事名篇,无复倚旁。乃与白乐天、李公垂辈,谓是为当,遂不复更拟古题。因刘猛、李馀赋乐府诗,咸有新意,乃作《出门》等行十馀篇。其有虽用古题,全无古义,则《出门行》不言离别,《将进酒》特书列女。其或颇同古义,全创新词,则《田家》止述军输,《捉捕》请先蝼蚁。如此之类,皆名乐府。由是观之,自风雅之作,以至于今,莫非讽兴当时之事,以贻后世之审音者。傥采歌谣以被声乐,则新乐府其庶几焉。

乐府杂题 一

新　曲　　　　谢　偃

　　青楼绮阁已含春,凝妆艳粉复如神。细细轻裾全漏影,离离薄扇讵障尘?樽中酒色恒宜满,曲里歌声不厌新。紫燕欲飞先绕栋,黄莺始哢即娇人。撩乱丝垂昏柳陌,参差浓叶暗桑津。上客莫畏斜光晚,自有西园明月轮。

同前二首　　　　　长孙无忌

家住朝歌下,早传名。结伴来游淇水上,旧长情。玉佩金钿随步动,云罗雾縠逐风轻。转目机心悬自许,何须更待听琴声。

回雪凌波游洛浦,遇陈王。婉约娉婷工语笑,侍兰房。芙蓉绮帐还开搶,翡翠珠被烂齐光。长愿今宵奉颜色,不爱闻箫逐凤皇。

湘川新曲二首　　　　　杜易简

昭潭深无底,橘洲浅而浮。本欲凌波去,翻为目成留。愿君稍弭楫,无令贱妾羞。

二八相招携,采菱渡前溪。弱腕随桡起,纤腰向舸低。自解看花笑,憎闻染竹啼。

小曲新辞二首　　　　　白居易

霁色鲜宫殿,秋声脆管弦。圣明千载乐,岁岁似今年。

红裾明月夜,碧簟早秋时。好向昭阳宿,天(源)〔凉〕玉漏迟。

公子行　　　　　刘希夷

天津桥下阳春水,天津桥上繁华子。马声回合青云外,人影摇扬绿波里。绿波清迥玉为砂,青云离披锦作霞。可怜杨柳伤心树,可怜桃李断肠花。此日遨游邀美女,此时歌舞入倡家。倡家美女郁金香,飞去飞来公子傍。的的珠帘白日映,娥娥玉颜红粉妆。花际徘徊双蛱蝶,池边顾步两鸳鸯。倾国倾城汉武帝,为云为雨楚襄王。古来容光人所羡,况复今日遥相见。愿作轻罗着细腰,愿为明镜分娇面。与君相向转相亲,与君双栖共一身。愿作贞松千岁古,谁论芳槿一朝新。百年同谢西山日,千秋万古北邙尘。

同前 陈羽

金羁白面郎,何处踏青来。马娇郎半醉,蹩躠望楼台。似见楼上人,玲珑窗户开。隔花闻一笑,落日不知回。

同前 韩琮

紫袖长衫色,银蟾半臂花。带装盘水玉,鞍绣坐云霞。别殿承恩泽,飞龙赐渥洼。控罗青袅辔,镂象碧重靶。意气催歌舞,阑珊走钿车。袖(彰)〔障〕云缥缈,钗转凤欹斜。珠卷迎归箔,红笼晃醉纱。唯无难夜日,不得似仙家。

同前 顾况

轻薄儿,白如玉,紫陌春风缠马足。双镫悬金缕鹘飞,长衫刺雪生犀束。绿槐夹道阴初成,珊瑚几节敌流星。红肌拂拂酒光狞,当街背拉金吾行。朝游冬冬鼓声发,暮游冬冬鼓声绝。入门不肯自升堂,美人扶踏金阶月。

1080

同　前　　　　　　聂夷中

汉代多豪族，恩深益娇逸。走马踏杀人，街吏不敢诘。红楼宴青春，数里望云蔚。金釭焰胜昼，不畏落晖疾。美人尽如月，南威不敢匹。芙蓉自天来，不向水中出。绮席戛云和，碧箫吹凤质。唯(限)〔恨〕鲁阳死，无人驻白日。

花树出墙头，花里谁家楼。一行书不读，身封万户侯。美人楼上歌，不是古凉州。

同　前　　　　　　于　鹄

少年初拜太常秋，半醉垂鞭见列侯。马上抱鸡三市斗，袖中携剑五陵游。玉箫金管迎归院，锦袖红妆拥上楼。更向苑东新买宅，碧波春水入门流。

同　前　　　　　　雍　陶

公子风流轻锦绣，新裁白纻作春衣。金鞭留当谁家酒？拂柳穿花信马归。

同前二首　　　　　　张　祜

玉堂前后画帘垂，立却花骢待出时。红粉美人擎酒劝，锦衣年少臂鹰随。轻将玉杖敲花片，旋把金鞭约柳丝。晴日独游三五骑，等闲行傍曲江池。

春色满城池，杯盘看处移。镫金斜雁子，鞍帕嫩鹅儿。买笑敧桃李，寻歌折柳枝。可怜明月夜，长是管弦随。

同 前　　　　　　　孟宾于

锦衣红夺彩霞明,侵晓春游向野庭。不识农夫辛苦力,骄骢踏烂麦青青。

将军行　　　　　　　刘希夷

将军辟辕门,耿介当风立。诸将欲言事,逡巡不敢入。剑气射云天,鼓声振原隰。黄尘塞路起,走马追兵急。弯弓从此去,飞箭如雨集。截围一百重,斩首五千级。代马流血死,胡人抱鞍泣。古来养甲兵,有事常讨袭。乘我庙堂运,坐使干戈戢。献凯归京都,军容何翕习!

同 前　　　　　　　张 籍

弹筝峡东有胡尘,天子择日拜将军。蓬莱殿前赐六纛,还领禁兵为部曲。当朝受诏不辞家,夜向咸阳原上宿。战车彭彭旌旗动,三十六军齐上陇。陇头战胜夜亦行,分兵处处收旧城。胡儿杀尽阴碛暮,扰扰唯有牛羊声。边人亲戚曾战殁,今逐官军收旧骨。碛西行见万里空,乐府独奏将军功。

老将行　　　　　　　王 维

少年十五二十时,步行夺得胡马骑。射杀山中白额虎,肯数邺下黄须儿。一身转战三千里,一剑曾当百万师。汉兵奋迅如霹雳,虏骑崩腾畏蒺藜。卫青不败由天幸,李广无功缘数奇。自从弃置便衰朽，世事蹉跎成白首。昔时飞箭无全目，今日垂杨生左肘。路傍时卖故侯瓜，门前学种先生柳。茫茫古木连穷巷，寥落寒山对虚牖。誓令疏勒出飞泉，不似颍川空使酒。贺兰山下阵如云，羽檄交驰日夕闻。节使三河募年少，诏书五道出将军。试拂铁衣如雪色，聊持宝剑动星文。愿得燕弓射〔人〕〔大〕将，耻令越甲鸣吴军。莫嫌旧日云中守，犹堪一战取功勋。

燕支行　　　　　　王　维

汉家天将才且雄，来时谒帝明光宫。万乘亲推双阙下，千官出饯五陵东。誓辞甲第金门里，身作长城玉塞中。卫霍才堪一骑将，朝廷莫数贰师功。赵、魏、燕、韩多劲卒，关西侠少何咆勃。报仇只是闻尝胆，饮酒不曾妨刮骨。画戟雕戈白日寒，连旗大旆黄尘没。叠鼓遥翻瀚海波，鸣笳乱动关山月。麒麟锦带佩吴钩，飒沓青骊跃紫骝。拔剑已断天骄臂，归鞍共饮月支头。汉军大呼一当百，虏骑相看哭且愁。教战虽令赴汤火，终知上将伐谋猷。

桃源行　　　　　　王　维

宋陶潜《桃花源记》曰："晋太元中，武陵人沿溪捕鱼，忽逢桃花林。夹岸数百步，中无杂树，芳华鲜美，落英缤纷。渔人甚异之。复前行，林尽水源，得一山，山有小口，仿佛有光。乃舍船而入，初才通人，行数十步，豁然开朗，土地平旷，屋舍俨然，有良田美池桑竹之属。阡陌交通，鸡犬相闻。其中往来种作，男女衣著悉如外人，黄发垂髫，怡然自乐。见渔人，大惊，问所从来。邀还家，为设酒杀鸡。

1083

自云先世避秦乱，率妻子邑人来此不复出，遂与外人隔绝。问今何世，乃不知有汉，无论魏晋。渔人为具言，皆叹惋。停数日辞去，〔曰〕此中人语〔云〕：'不足为外人道也。'既出得船，复由向路，处处志之。其后欲往，迷不复得路云。"

　　渔舟逐水爱山春，两岸桃花夹古津。坐看红树不知远，行尽青溪忽值人。山口潜行始隈隩，山开旷望旋平陆。遥看一处攒云树，近入千家散花竹。樵客初传汉姓名，居人未改秦衣服。居人共住武陵源，还从物外起田园。月明松下房栊静，日出云中鸡犬喧。惊闻俗客争来集，竞引还家问都邑。平明闾巷扫花开，薄暮渔樵乘水入。初因避地去人间，更问神仙遂不还。峡里谁知有人事，世中遥望空云山。不疑灵境难闻见，尘心未尽思乡县。出洞无论隔山水，辞家终拟长游衍。自谓经过旧不迷，安知峰壑今来变。常时只记入山深，清溪几度到云林。春来遍是桃花水，不辨仙源何处寻？

同　　前　　刘禹锡

　　渔舟何招招，浮在武陵水。拖纶掷饵信流去，误入桃源行数里。清源寻尽花绵绵，踏花觅径至洞前。洞门苍黑烟雾生，暗行数步逢虚明。俗人毛骨惊仙子，争来致词何至此。须臾皆破冰雪颜，笑语一作言委曲问世间。因嗟隐身来种玉，不知人世如风烛。筵羞石髓劝客餐，灯蒸松脂留客宿。鸡声犬声遥相闻，晓光葱笼开五云。渔人振衣起出户，满庭无路花纷纷。翻然恐迷乡县处，一息不肯桃源住。桃花满溪水似镜，尘心如垢洗不去。仙家一出寻无踪，至今水流山重重。

春女行　　　　　　　刘希夷

春女颜如玉,怨歌阳春曲。巫山春树红,沅江春草绿。自怜妖艳姿,妆成独见时①。愁心伴杨柳,春尽乱如丝。目极千里馀,悠悠春江水。遥想玉关人,愁卧金闺里。尚言春花落,不知秋风起。娇爱犹未终,悲凉从此始。忆昔楚王宫,玉楼妆粉红。纤腰弄明月,长袖拂春风。容华委曲山,光阴不可还。桑林变东海,富贵今何在？寄言桃李容,胡为闺阁重。但看楚王墓,唯有数株松。

同　前　　　　　　　王　翰

紫台穹跨连绿波,红轩铪匝垂纤罗。中有一人金作面,隔幌玲珑遥可见。忽闻黄鸟鸣且悲,镜边含笑着春衣。罗袖婵娟似无力,行拾落花比容色。落花一度无再春,人生作乐须及辰。君不见楚王台上红颜子,今日皆成狐兔尘。

洛阳女儿行　　　　　　王　维

洛阳女儿对门居,才可颜容十五馀。良人玉勒乘骢马,侍女金盘脍鲤鱼。画阁朱楼尽相望,红桃绿柳垂檐向。罗帏送上七香车,宝扇迎归九华帐。狂夫富贵在青春,意气骄奢剧季伦。自怜碧玉亲教舞,不惜珊瑚持与人。春窗曙灭九微火,九微片片飞花琐。戏罢曾无理曲时,妆成只是薰香

---

① 时,底本脱,据四部丛刊本补。

坐。城中相识尽繁华,日夜经过赵、李家。谁怜越女颜如玉,贫贱江头自浣沙。

扶南曲五首　　　　　王　维

翠羽流苏帐,春眠曙不开。羞从面色起,娇逐语声来。早向昭阳殿,君王中使催。

堂上清弦动,堂前绮席陈。齐歌卢女曲,双舞洛阳人。倾国徒相看,宁知心所亲。

香气传空满,妆华影箔通。歌闻天仗外,舞出御筵中。日暮归何处?花间长乐宫。

宫女还金屋,将眠复畏明。入春轻衣好,半夜薄妆成。拂曙朝前殿,玉除多珮声。

朝日照绮窗,佳人坐临镜。散黛恨犹轻,插钗嫌未正。同心勿遽游,幸得春妆竟。

笑歌行　　　　　李　白

笑矣乎,笑矣乎。君不见曲如钩,古人知尔封公侯;君不见直如弦,古人知尔死道边。张仪所以只掉三寸舌,苏秦所以不垦二顷田。笑矣乎,笑矣乎。君不见沧浪老人歌一曲,还道沧浪濯吾足。平生不解谋此身,虚作《离骚》遣人读。笑矣乎,笑矣乎。赵有豫让楚屈平,卖身买得千年名。巢由洗耳有何益?夷齐饿死终无成。君爱身后名,我爱眼前酒。饮酒眼前乐,虚名何处有?男儿穷通当有时,曲腰向君君不知。猛虎不看机上肉,洪炉不铸囊中锥。笑矣乎,笑矣乎。宁武子,朱买臣,叩角行歌皆负薪。今日逢君君不识,岂得不如佯狂人。

江夏行　　　　　　　李　白

忆昔娇小姿,春心亦自持。为言嫁夫婿,得免长相思。谁知嫁商贾,令人却愁苦。自从为夫妻,何曾在乡土。去年下扬州,相送黄鹤楼。眼看帆去远,心逐江水流。只言期一载,谁为历三秋。使妾肠欲断,恨君情悠悠。东家西舍同时发,北去南来不逾月。未知行李游何方,作个音书能断绝。适来往南浦,欲问西江船。正见当垆女,红妆二八年。一种为人妻,独自多悲凄。对镜便垂泪,逢人只欲啼。不如轻薄儿,旦暮长追随。悔作商人妇,青春长别离。如今正好同欢乐,君去容华谁得知?

横江词六首　　　　　李　白

人言横江好,侬道横江恶。一风三日吹倒山—作猛风吹倒天门山,白浪高于瓦官阁。

海潮南去过浔阳,牛渚由来险马当。横江欲渡风波恶,一水牵愁万里长。

横江西望阻西秦,汉水东流—作楚水东连杨子津。白浪如山那可渡?狂风愁杀峭帆人。

海神东—作来过恶风回,浪打天门石壁开。浙江八月何如此,涛似连山喷雪来。

横江馆前津吏迎,向余东指海云生。郎今欲渡缘何事?

如此风波不可行。

〔日〕〔月〕晕天风雾不开,海鲸东蹙百川回。惊波一起三山动,公无渡河归去来!

静夜思

床前看月光,疑是地上霜。举头望山月,低头思故乡。

黄葛篇

黄葛生洛溪,黄花自绵幂。青烟蔓长条,缭绕几百尺。闺人费素手,彩缉作缔绤。缝为绝国衣,远寄日南客。苍梧大火落,暑服莫轻掷。此物虽过时,是妾手中迹。

采葛行　　　　　鲍溶

春溪几回葛花黄,黄麝引子山山香。蛮女不惜手足损,钩刀一一牵柔长。葛丝茸茸春雪体,深涧择泉清处洗。殷勤十指蚕吐丝,当窗袅娜声高机。织成一尺无一两,供进天子五月衣。水精夏殿开凉户,冰山绕座犹难御。衣亲玉体又何如,杳然独对秋风曙。镜湖女儿嫁鲛人,鲛绡逼穴色不分。吴中角簟泛清水,摇曳胜被三素云。自兹贡荐无人惜,那敢更争龙手迹。蛮女将来海市头,卖与岭南贫估客。

乐府诗集卷第九十一　新乐府辞 二

乐府杂题 二

祖龙行　　　　　　　　韦楚老

《汉书·五行志》曰:"秦始皇三十六年,郑客从关东来,至华阴,望见素车白马从华山上下,知其非人,道住,止而待之。遂至,持璧与客曰:'为我遗镐池君。'因言'今年祖龙死',忽不见。郑客奉璧,即始皇二十八年过江所湛璧也。是岁始皇死,后三年而秦灭。"颜师古曰:"此直江神告镐池之神,以始皇将死尔。"苏林曰:"祖,始也。龙,人君象,谓始皇也。"应劭曰:"祖,人之先。龙,君之象。"《祖龙行》盖出于此。

黑云兵气射天裂,壮士朝眠梦冤结。祖龙一夜死沙丘,胡亥空随鲍鱼辙。腐肉偷生二千里,伪书先赐扶苏死。墓接骊山土未干,瑞光已向芒砀起。陈胜城中鼓三下,秦家天地如崩瓦。龙蛇撩乱入咸阳,少帝空随汉家马。

邺都引　　　　　　　　张　说

君不见魏武草创争天禄,群雄睚眦相驰逐。昼携壮士破坚阵,夜接词人赋华屋。都邑缭绕西山阳,桑榆漫漫漳河曲。城郭为墟人改代,但有西园明月在。邺傍高冢多贵臣,蛾眉曼睩共灰尘。试上铜台歌舞处,唯有秋风愁杀人!

孟门行　　　　　　崔颢

黄雀衔黄花—作蘋花，翩翩傍檐隙。本拟报君恩，如何反弹射？金罍美酒满座春，平原爱(财)〔才〕多众宾。满堂尽是忠义士，何意得有谗谀人。谀人翻覆那可道，能令君心不自保。北园新栽桃李枝，根株未固何转移。成阴结子君自取，若问傍人那得知。

邯郸宫人怨　　　　　崔颢

邯郸陌上三月春，暮行逢见一妇人。自言乡里本燕、赵，少小随家西入秦。母兄怜爱无俦侣，五岁名为阿娇女。七岁丰茸好颜色，八岁黠惠能言语。十三兄弟教诗书，十五青楼学歌舞。我家青楼临道傍，纱窗绮幔暗闻香。日暮笙歌君驻马，春日妆梳妾断肠。不用城南使君婿，本求三十侍中郎。何知汉帝好容色，玉辇携归登建章。建章宫殿不知数，万户千门深且长。百堵椒涂接青琐，九华阁道连洞房。水精帘箔云母扇，琉璃窗牖玳瑁床。岁岁年年奉欢宴，娇贵荣华谁不羡？恩情莫比陈皇后，宠爱全胜赵飞燕。瑶房侍寝世莫知，金屋更衣人不见。谁言一朝复一日，君王弃世市朝变。宫车出葬茂陵田，贱妾独留长信殿。一朝太子升至尊，两宫人事如掌翻。同时侍女见谗毁，后来新人莫敢言。兄弟印绶皆被夺，昔年赏赐不复存。一旦放归旧乡里，乘车垂泪还入门。父母慜我曾富贵，嫁与西舍金王孙。念此翻覆复何道，百年盛衰谁能保？忆昨尚如春日花，悲今已作秋时草。少年去去莫停鞭，人生万事由上天。非我今日独如此，古今歌薄皆共然。

吴宫怨　　　　卫万

君不见吴王宫阁临江起，不卷珠帘见江水。晓气晴来双阙间，潮声夜落千门里。勾践城中非旧春，姑苏台下起黄尘。只今唯有西江月，曾照吴王宫里人。

同前　　　　张籍

吴宫四面秋江水，江清露白芙蓉死。吴王醉后欲更衣，座上美人娇不起。宫中千门复万户，君恩返覆谁能数。君心与妾既不同，徒向君前作歌舞。茱萸满宫红实垂，秋风袅袅生繁枝。姑苏台上夕燕罢，他人侍寝还独归。白日在天光在地，君今讵得长相弃。

青楼曲二首　　　　王昌龄

白马金鞍从武皇，旌旗十万宿长杨。楼头小妇鸣筝坐，遥见飞尘入建章。

驰道杨花满御沟，红妆缦绾上青楼。金章紫绶千馀骑，夫婿朝回初拜侯。

同前　　　　于濆

青楼临大道，一上一回老。所思终不来，极目伤春草。

中流曲　　崔国辅

归时日尚早,更欲向芳洲。渡口水流急,回船不自由。

圣寿无疆词十首　　杨巨源

文物京华盛,讴歌国步康。瑶池供寿酒,银汉丽宸章。雨露涵双阙,雷霆肃万方。代推仙祚远,春共圣恩长。凤扆临花暖,龙炉傍日香。遥知千万岁,天意奉君王。

鹓鹭彤庭际,轩车绮陌前。九城多好色,万井半祥(禋)〔烟〕。人醉逢尧酒,莺歌答舜弦。花明御沟水,香暖禁城天。锡宴文逾盛,(微欢)〔徽歌〕物更妍。无穷艳阳月,长照太平年。

云陛临黄道,天门在碧虚。大明含睿藻,元气抱宸居。戈偃征苗后,诗传宴镐初。年华富仙苑,时哲满公车。化入絪缊大,恩垂涣汗馀。悠然万方静,风俗揖华胥。

玉漏飘青琐,金铺丽紫宸。云山九门曙,天地一家春。瑞霭方呈赏,暄风本配仁。岩廊开凤翼,水殿压鳌身。文雅逢明代,欢娱及贱臣。年年未央阙,恩共物华新。

垂拱乾坤正,欢心品类同。紫烟含北极,玄泽付东风。珠缀留晴景,金茎直晓空。发生资盛德,交泰让全功。间气登三事,祥光启四聪。遐荒似川水,天外亦朝宗。

代是文明昼,春当宴喜时。炉烟添柳重,宫漏出花迟。汉典方宽律,周官正采诗。碧霄传凤吹,红旭在龙旂。造化膺神契,阳和沃圣思。无因随百兽,率舞奉丹墀。

睿德符玄化，芳情翊太和。日轮皇鉴远，天仗圣朝多。曙色含金榜，晴光转玉珂。中宫陈广乐，元老进赓歌。莲叶看龟上，桐花识凤过。小臣空击壤，沧海是恩波。

物象朝高殿，簪裾溢上京。春当九衢好，天向万方明。乐报箫韶发，(林)〔杯〕看沉湮生。芙蓉丹阙暖，杨柳玉楼晴。阊阖开中禁，衣裳俨太清。南山同圣寿，长(献)〔对〕凤皇城。

日上苍龙阙，香含紫禁林。晴光五云叠，春色九天深。赏协元和德，文垂雅颂音。景云随御辇，颢气在宸襟。永保无疆寿，长怀不战心。圣朝多庆赐，琼树粉墙阴。

化洽生成遂，功宣动植知。瑞凝三秀草，春入万年枝。凤掖嘉言进，鹓行喜气随。仗临丹地近，衣对碧山垂。渥泽方柔远，聪明本听卑。愿同东观事，长睹汉威仪。

朝元引四首　　　　陈　陶

帝烛荧煌下九天，蓬莱宫晓玉炉烟。无央鸾凤随金母，来贺薰风一万年。

玉殿云开露冕旒，下方珠翠压鳌头。天鸡唱罢南山曙，春色光辉十二楼。

万宇灵祥拥帝居，东华元老荐屠苏。龙池遥望非烟拜，五色曈昽在玉壶。

宝祚河宫一向清，龟鱼天篆益分明。近臣谁献登封草，五岳齐呼万岁声。

平蕃曲三首　　　　刘长卿

吹角报蕃营，回军欲洗兵。已教青海外，自筑汉家城。

渺渺戍烟孤,茫茫塞草枯。陇关何用闭,万里不防胡。绝漠大军还,平沙独戍闲。空留一片石,万古在燕山。

悲陈陶　　　　　　　杜甫

孟冬十郡良家子,血作陈陶泽中水。野旷天清无战声,四万义军同日死。群胡归来血洗箭,仍唱胡歌饮都市。都人回面向北啼,日夜更望官军至。

悲青坂　　　　　　　杜甫

我军青坂在东门,天寒饮马太白窟。黄头奚儿日向西,数骑弯弓敢驰突。山雪河冰野萧飋,青是烽烟白人骨。焉得附书与我军,忍待明年莫仓卒。

哀江头　　　　　　　杜甫

少陵野老吞声哭,春日潜行曲江曲。江头宫殿锁千门,细柳新蒲为谁绿?忆昔霓旌下南苑,苑中万物生颜色。昭阳殿里第一人,同辇随君侍君侧。辇前才人带弓箭,白马嚼啮黄金勒。翻身向天仰射云,一箭正坠双飞翼。明眸皓齿今何在?血污游魂归不得。清渭东流剑阁深,去住彼此无消息。人生有情泪沾臆,江水江花岂终极。黄昏胡骑尘满城,欲往城南望城北—作望南北。

哀王孙　　　　　　　杜甫

长安城头头白乌,夜飞延秋门上呼。又向人家啄大屋,屋底达官走避胡。金鞭断折九马死,骨肉不待同驰驱。腰下宝玦青珊瑚,可怜王孙泣路隅。问之不肯道姓名,但道困苦乞为奴。已经百日窜荆棘,身上无有完肌肤。高帝子孙尽高准,龙种自与常人殊。豺狼在邑龙在野,王孙善保千金躯。不敢长语临交衢,且为王孙立斯须。昨夜东风吹血腥,东来橐驼满旧都。朔方健儿好身手,昔何勇锐今何愚!窃闻天子已传位,圣德北服南单于。花门劈面请雪耻,慎勿出口他人狙。哀哉王孙慎勿疏,五陵佳气无时无。

兵车行

车辚辚,马萧萧,行人弓箭各在腰。爷娘妻子走相送,尘埃不见咸阳桥。牵衣顿足拦道哭,哭声直上干云霄。道傍过者问行人,行人但云点行频。或从十五北防河,便至四十西营田。去时里正与裹头,归来头白还戍边。边亭流血成海水,武皇开边意未已。君不闻汉家山东二百州,千村万落生荆杞。纵有健妇把锄犁,禾生陇亩无东西。况复秦兵耐苦战,被驱不异犬与鸡。长者虽有问,役夫敢申恨?且如今年冬,未休关西卒—云:役夫心益愤。如今纵得休,还为陇西卒。县官急索租,租税从何出?信知生男恶,反是生女好。生女犹是嫁比邻,生男埋没随百草。君不见青海头,古来白骨无人收。新鬼烦冤旧鬼哭,天阴雨湿声啾啾。

来从窦车骑　　　　李　益

束发逢世屯,怀恩抱明义。读书良不武,学剑惭非智。

遂别鲁诸生,来从窦车骑。追兵赴边急,络马黄金辔。出入燕南陲,由来重意气。自经皋兰战,又破楼烦地。西北护三边,东南留一尉。时过如云雨,参差不自意。将军失恩泽,万事从此异。置酒高楼上,薄暮秋风起。长戟与我归,归来同弃置。自酌还自饮,非名又非利。歌出易水寒,琴下雍门泪。出逢平乐旧,言在天阶侍。问我从军苦,自陈少年贵。丈夫交四海,(从)〔徒〕论身自致。汉将不封侯,苏卿来远使。令我终此曲,此曲成不易。贵人难识心,何由知忌讳?

忆长安曲二首　　　岑　参

东望望长安,正值日初出。长安不可见,但见长安日。
长安何处在,只在马蹄下。明日归长安,为君急走马。

九曲词三首　　　高　适

《河图》曰:"黄河出昆仑山,东北流千里,折西而行,至于蒲山。南流千里,至于华山之阴。东流千里,至于桓雍。北流千里,至于下津。河水九曲,长九千里,入于渤海。"郦道元《水经注》曰:"黄河百里一小曲,千里一曲一直矣。"《新唐书》曰:"天宝中,哥舒翰攻破吐蕃洪济、大莫等城,收黄河九曲,以其地置洮阳郡。"适由是作《九曲词》。

铁骑横行铁岭头,西看逻逤取封侯。青海只今将饮马,黄河不用更防秋。

许国从来彻庙堂,连年不为在疆场。将军天上封侯印,御史台中异姓王。

万骑争歌杨柳春,千场对舞绣骐驎。到处尽逢欢洽事,相看总是太平人。

情人玉清歌　　　　毕　耀

洛阳城中有一人名玉清,可怜玉清如其名。善〔踏〕斜柯能独立,婵娟花艳无人及。珠为裙,玉为缨。临春风,吹玉笙,悠悠满天星。(万)〔黄〕金阁上晚妆成,《云和曲》中为慢声。玉梯不得踏,摇袂两盈盈,城头之日复何情。

湘中弦二首　　　　崔　涂

烟愁雨细云冥冥,杜兰香老三湘清。故山望断不知处,鹧鸪隔花啼一声。

苍山遥遥江潾潾,路傍老尽无闲人。王孙不见草空绿,惆怅渡头春复春。

湘弦怨　　　　孟　郊

昧者理芳草,蒿兰同一锄。狂飙怒秋林,曲植同一枯。嘉木忌深蠹,哲人悲巧诬。灵均入回流,靳尚为良谟。我愿分众泉,清浊各异渠。我愿分众巢,枭鸾相远居。此志谅难保,此情竟何如?湘弦少知意,孤响空踟蹰。

湘弦曲　　　　庄南杰

楚琴铮铮夏秋露,巫云两脚飞朝暮。古磬高敲百尺楼,孤猿夜哭千丈树。云軿碾火声珑珑,连山卷尽长江空。莺啼寂寞花枝雨,鬼啸荒郊松柏风。满堂怨咽悲相续,(具)

〔苦〕调中含古离曲。繁弦响绝楚魂遥,湘(山)〔江〕水碧(天)〔湘〕山绿。

促促曲　　　　　　李　益

促促何促促,黄河九回曲。嫁与棹船郎,空床将影宿。不道君心不如石,那教妾貌长如玉!

促促词　　　　　　王　建

促促复刺刺,水中无鱼山无石。少年虽嫁不将归,白头犹著父母衣。四边田宅非所有,我身不及逐鸡飞。出门若有归死处,猛虎当衢向前去。百年不遣踏君门,在家谁唤为新妇。岂不见他邻舍娘,嫁来长在舅姑傍。

同　前　　　　　　张　籍

促促复促促,家贫夫妇欢不足。今年为人送租船,去年捕鱼在江边。家中姑老子复小,自执吴绡输税钱。家家桑麻满地黑,念君一身空努力。乍教牛蹄团团羊角直,君身长在应不得。

楼上女儿曲　　　　卢　仝

谁家女儿楼上头,指麾婢子挂帘钩。林花撩乱心之愁,卷却罗袖弹箜篌。箜篌历乱五六弦,罗袖掩面啼向天。相思弦断情不断,落花纷纷心欲穿。心欲穿,凭栏干。相忆柳条绿,相思锦帐寒。直缘感君恩爱一回顾,使我双泪长珊珊。我有娇靥待君笑,我有娇娥待君扫,莺花烂熳君不来,及至君来花已老。心肠寸断谁得知,玉阶幂羃生青草。

青青水中蒲三首　　　　韩　愈

青青水中蒲,下有一双鱼。君今上陇去,我在与谁居?
青青水中蒲,长在水中居。寄语浮萍草,相随我不如。
青青水中蒲,叶短不出水。妇人不下堂,行子在万里。

乐府诗集卷第九十二　新乐府辞 三

乐府杂题 三

塞上曲　　　　　　李　白

大汉无中策,匈奴犯渭桥。五原秋草绿,胡马一何骄。命将征西极,横行阴山侧。燕支落汉家,妇女无花色。转战渡黄河,休兵乐事多。萧条清万里,瀚海寂无波。

同前二首　　　　　　王昌龄

蝉鸣桑树间,八月萧关道。出塞入塞云,处处黄芦草。从来幽并客,皆向沙场老。莫学游侠儿,矜夸紫骝好。

边头何惨惨,已葬霍将军。部曲皆相吊,燕南代北闻。功勋多被黜,兵马亦寻分。更遣黄龙戍,唯当哭塞云。

同　　前　　　　　　耿　沣

惯习干戈事鞍马,初从少小在边城。身微久属千夫长,家远多亲五郡(兄)〔兵〕。懒说疆场曾大获,且悲年鬓老长征。塞鸿过尽残阳里,楼上凄凄暮角声。

同　　前　　　　　　司空曙

塞柳接胡桑,军门向大荒。幕营随月魄,兵气长星芒。

横吹催春酒,重裘隔夜霜。冰开不防虏,青草满辽阳。

同前九曲　　　　　僧贯休

幽并儿百万,百战未曾输。蕃界已深入,将军仍远图。月明风拔帐,碛暗鬼骑狐。但有东归日,甘从筋力枯。

中军杀白马,白日祭苍苍。号变旗幡乱,鼙干草木黄。朔云含冻雨,枯骨放妖光。故国今何处?参差近鬼方。

白雁兼羌笛,几年垂泪听。阴风吹杀气,永日在青冥。远戍秋添将,边烽夜杂星。嫖姚头半白,犹自看兵经。

大雨始无尘,边声四散闻。浸河荒寨柱,吹角白头军。牛马辣腥草,乌鸢识阵云。征人心力尽,枯骨更遭焚。

帐幕侵奚界,凭陵未可涯。擒生行别路,寻箭向平沙。赤落蒲桃叶,香微甘草花。不堪登陇望,白日又西斜。

地角天涯外,人号鬼哭边。大河流败卒,寒日下苍烟。杀气诸蕃动,军书一箭传。将军莫惆怅,高处是燕然。

山接胡奴水,河连勃勃城。数州今已伏,此命岂堪轻?碛吼旄头落,风干刁斗清。因嗟李陵苦,只得没蕃名。

锦袷胡儿黑如漆,骑羊上(水)〔冰〕如箭疾。蒲桃酒白雕腊红,首蓿根甜沙鼠出。单于右臂何须断,天子昭昭本如日。一握髭髯一握丝,须知只为平戎术。

去年转斗阴山脚,生得单于却放却。今年深入于不毛。胡兵拔帐遗弓刀。(儿男)〔男儿〕贵展平生志,为国输忠合天地。甲穿虽则失黄金,剑缺犹能生紫气。塞草萋萋兵士苦,胡虏如今勿胡虏。封侯十万始无心,玉关生入君看取。

同前二首　　　　　戎昱

汉将归来虏塞空,旌旗初入玉关东。高蹄战马三千匹,落日平原秋草中。

胡风略地烧连山,碎叶孤城未下关。山头烽子声声叫,知是将军夜猎还。

同前二首　　　　　王维

天骄远塞行,鞘里宝刀鸣。定是酬恩日,今朝觉命轻。

塞虏常为敌,边风已报秋。平生多志气,箭底觅封侯。

同前　　　　　周朴

一坠风来一坠砂,有人行处没人家。黄河九曲冰先合,紫塞三春不见花。

同前　　　　　张祜

边风卷地时,日暮帐初移。碛迥三通角,山寒一点旗。连收拓索马,引满射雕儿。莫道勋功细,将军昔成师。

塞上行　　　　　欧阳詹

闻说胡兵欲利秋,昨来投笔到营州。骁雄已许将军用,边塞无劳天子忧。

同前　　　　　鲍溶

西风应时筋角坚,承露牧马水草冷。可怜黄河九曲尽,毡馆牢落胡无影。

同　　前　　　　李昌符

莽仓卢关北，孤城帐幕多。客军甘入阵，老将望回戈。树尽禽栖草，冰坚路在河。汾阳寻下世，羌虏肯先和？

同　　前　　　　周　朴

秦筑长城在，连云碛气侵。风吹边草急，角绝塞鸿沈。世世征人往，年年战骨深。辽天望乡者，回首尽沾襟。

塞　　上　　　　高　适

东出卢龙塞，浩然客思孤。亭堠列万里，汉兵犹备胡。边尘满北溟，虏骑正南驱。转斗岂长策，和亲非远图。惟昔李将军，按节出皇都。总戎扫大漠，一战擒单于。常怀感激心，愿效纵横谟。倚剑欲谁语，关河空郁纡。

同　　前　　　　王　建

漫漫复凄凄，黄沙暮渐迷。人当故乡立，马过旧营嘶。断雁逢（水）〔冰〕碛，回军占雪溪。夜来山下哭，应是送降奚。

同　　前　　　　鲍　溶

朔风号蓟门，杀气日夜兴。咸阳三千里，铁马如饥鹰。行子久去乡，见山不敢登。寒日惨大野，虏云若飞鹏。西北防秋军，麾幢宿层冰。匈奴天未丧，战鼓长腾腾。汉卒马上老,樊缨空丝绳。诚知天所骄,欲罢又不能。

同前　　　李端

二十在边城,军中得勇名。卷旗收败马,断碛拥残兵。覆阵乌鸢起,烧山野火明。塞闲思远猎,师老厌分营。雪岭无人迹,冰河足雁声。李陵甘没此,惆怅汉公卿。

同前　　　曹松

边塞来处阔,今日复明朝。河凌(去声)坚通马,朝云缺见雕。沙中程独泣,乡外隐谁招。回首若经岁,灵州生柳条。

同前　　　郑渥

出门何处问西东?指画翻为语论同。到此客头潜觉白,未秋山叶已飘红。帐前影落传书雁,日下声交失马翁。早晚回鞭复南去,大衣高盖汉乡风。

同前二首　　　谭用之

秋风(汉)〔漠〕北雁飞天,单骑那堪绕贺兰。碛暗更无岩树影,地平时有野烧瘢。貂披寒色和衣冷,剑佩胡霜隔匣寒。早晚横戈似飞尉,拥旄深入异田单。

钵略城边日欲西,游人却忆旧山归。牛羊集水烟黏步,雕鹗盘空雪满围。猎骑静逢边气薄,戍楼寒对暮烟微。横行总是男儿事,早晚重来似(汉)〔翰〕飞。

同　前　　　　　　姚　合

碛路三千里,黄云覆草平。战须移死地,军讳杀降兵。印马秋遮虏,蒸砂夜筑城。故乡归未得,都尉欠功名。

同　前　　　　　　张　乔

勒兵辽水边,风急卷旌旃。绝塞寒无树,平沙势盖天。雪晴回探骑,月落控鸣弦。永定山河誓,南归改汉年。

同前二首　　　　　周　朴

柳色正沉沉,风吹秋更深。山河空远道,乡国自鸣砧。巷有千家月,人无万里心。长城哭崩后,寂寞至如今。

受降城必破,回落陇头移。蕃道北海北,谋生今始知。

同　前　　　　　　秦韬玉

到处人皆著战袍,麾旗风紧马蹄劳。黑山霜重弓添硬,青冢砂平月更高。大野几重闲雪岭,长河无限旧风涛。凤林关外皆唐土,犹尚搜兵数似毛。

同　前　　　　　　戴师颜

空碛昼苍茫,沙腥古战场。逢春多霰雪,生计在牛羊。冷角吹乡泪,干榆落梦床。从来山水客,谁谓到渔阳。

同　前　　　　　　江　为

万里黄云冻不飞,碛烟烽火夜深微。胡儿移帐寒笳绝,雪路时闻探马归。

同前二首　　　　　　杜荀鹤

旌旗猎猎汉将军,(闲)〔间〕出巡游帝命新。沙塞旋收饶帐幕,犬戎时杀少烟尘。冰河夜渡偷来马,雪岭朝飞猎去人。独作书生疑不稳,软弓轻剑也随身。

草白河冰合,蕃戎出掠频。戍楼三号火,探骑一条尘。战士风霜老,将军雨露新。封侯不由此,何以慰征人?

塞下曲六首　　　　　　李　白

五月天山雪,无花只有寒。笛中闻《折柳》,春色未曾看。晓战随金鼓,宵眠抱玉鞍。愿将腰下剑,直为斩楼兰。

天兵下北荒,胡马欲南饮。横戈从百战,直为衔恩甚。握雪海上餐,拂沙陇头寝。何当破月氏,然后方高枕。

骏马如风飙,鸣鞭出渭桥。弯弓辞汉月,插羽破天骄。阵解星芒尽,营空海雾销。功成画麟阁,独有霍嫖姚。

白马黄金塞,云砂绕梦思。那堪愁苦节,远忆边城儿。萤飞秋窗满,月度霜闺迟。摧残梧桐叶,萧飒沙棠枝。无时独不见,泪流空自知。

塞虏乘秋下,天兵出汉家。将军分虎竹,战士卧龙沙。边月随弓影,胡霜拂剑花。玉关殊未入,少妇莫长嗟。

烽火动沙漠,连照甘泉云。汉皇按剑起,还召李将军。兵气天上合,鼓声陇底闻。横行负勇气,一战静妖氛。

###　　同　前　　　　　郭元振

塞外虏尘飞，频年出武威。死生随玉剑，辛苦向金微。久戍人将老，长征马不肥。仍闻酒泉郡，已合数重围。

###　　同前二首　　　　王昌龄

饮马渡秋水，水寒风似刀。平沙日未没，黯黯见临洮。昔日长城战—作当日龙城战，咸言意气高。黄尘足今古—作黄沙满今古，白骨乱蓬蒿。

秋风夜渡河，吹却雁门桑。遥见胡地猎，鞴马宿严霜。五道分兵去，孤军百战场。功多翻下狱，士卒但心伤。

###　　同前二首　　　　马　戴

旌旗倒北风，霜霰逐南鸿。夜救龙城急，朝焚虏帐空。骨销金镞在，鬓改玉关中。却想羲皇代，无人说战功。

广漠云凝惨，日斜飞霰生。烧山搜猛兽，伏道击回兵。风折旗竿曲，沙埋树杪—作塞路平。黄云飞旦夕，偏奏苦寒声。

###　　同　前　　　　　张　籍

边州八月修城堡，候骑先烧碛中草。胡风吹沙度陇飞，陇头林木无北枝。将军阅兵青塞下，鸣鼓逢逢促猎围。天寒山路石断裂，白日不销帐上雪。乌孙国乱多降胡，诏使名王持汉节。年年征战不得闲，边人杀尽唯空山。

同 前　　　　　　于濆

赤子别父母,犬戎围逻娑。戰鼓声未齐,乌鸢已相贺。燕然山上云,半是离乡魂。卫霍待富贵,不知谁与论?

同 前　　　　　　陶翰

进军飞狐北,穷寇势将变。落日沙尘昏,背河更一战。骁马黄金勒,雕弓白羽箭。射杀左贤王,归奏未央殿。欲言塞下事,天子不召见。东出咸阳门,哀哀泪如霰。

同前二首　　　　　李益

蕃州部落能结束,朝驰暮猎黄河曲。燕歌未断塞鸿飞,牧马群嘶边草绿。秦筑长城城已摧,汉武北上单于台。古来征战虏不尽,今日还复天兵来。黄河东流流九折,沙场埋恨何时绝?蔡琰没处造胡笳,苏武归来持汉节。为报如今都护雄,匈奴旦莫下云中。请书塞北阴山石,愿勒燕然车骑功。

汉家今上郡,秦塞古长城。有日云长惨,无风沙自惊。当今圣天子,不战四夷平。

乐府诗集卷第九十三　新乐府辞 四

乐府杂题 四

塞下曲十一首　　　　僧贯休

下营依遁甲，分师把河隍。地使人心恶，风吹旗焰荒。
搜山见探卒，放火猎黄羊。唯有南飞雁，声声断客肠。

归去是何年？山连逻逤川。苍黄曾战地，空阔养雕天。
旗插蒸沙堡，枪担卓槊泉。萧条寒日落，号令彻穷边。

虏寇日相持，如龙马不肥。突围金甲破，趁贼铁枪飞。
汉月堂堂上，胡云惨惨微。黄河冰已合，犹未送征衣。

南北唯堪恨，东西实可嗟。常飞侵夏雪，何处有人家！
风刮阴山薄，河推大岸斜。只应寒夜梦，时见故园花。

不是将军勇，胡兵岂易当？雨曾淋火阵，箭又中金疮。
铁岭全无土，豺群亦有狼。因思无战日，天子是陶唐。

榆叶飘萧尽，关防烽寨重。寒来知马疾，战后觉人凶。
烧逐飞蓬死，沙生毒雾浓。谁能奏明主，功业已堪封。

万战千征地，苍茫古寨门。阴兵为客祟，恶酒发刀痕。
风落昆仑（食）〔石〕，河萌苜蓿根。将军更移帐，日日近西蕃。

古塞腥膻地，胡兵聚如蝇。寒雕中骷石，落在黄河冰。
苍茫逻逤城，梆梆贼气兴。铸金祷秋穹，还拟相凭陵。

战骨践成尘，飞入征人目。黄云忽变黑，战鬼作阵哭。

1109

阴风吼大漠,火号出不得。谁为天子前,唱此边城曲?

日向平沙出,还向平沙没。飞蓬落阵营,惊雕去天末。帝乡青楼倚霄汉,歌吹掀天对花月。岂知塞上望乡人,日日双眸滴清血!

狼烟作阵云,匈奴爱轻敌。领兵不知数,牛羊复吞碛。严冬大河枯,嫖姚去深击。战血染黄沙,风吹映天赤。

同前六首　　　　　卢　纶

鹫翎金仆姑,燕尾绣蝥弧。独立扬新令,千营共一呼。
林暗草惊风,将军夜引弓。平明寻白羽,没在石棱中。
月黑雁飞高,单于夜遁逃。欲将轻骑逐,大雪满弓刀。
野幕蔽琼筵,羌戎贺劳旋。醉和金甲舞,雷鼓动山川。
调箭又呼鹰,俱闻出世能。奔狐将迸雉,扫尽古丘陵。
亭亭七叶贵,荡荡一隅清。他日题麟阁,唯应独不名。

同前二首　　　　　僧皎然

寒塞无因见落梅,胡人吹入笛声来。劳劳亭上春应度,夜夜城南战未回。

都护今年破武威,胡沙万里鸟空飞。旌竿瀚海扫云出,毡骑天山踏雪归。

同　前　　　　　李　贺

胡角引北风,蓟门白于水。天含青海道,城头见千里。露下旗蒙蒙,寒金鸣夜刻。蕃甲锁蛇鳞,马嘶青冢白。秋静是旄头,沙远席(萁)〔羁〕愁。帐北天应尽,河声出塞流。

同　　前　　　　　　刘　驾

勒兵辽水边,风急卷旌旃。绝塞阴无草,平沙去尽天。下营看斗建,传号信狼烟。圣代书青史,当时破虏年。

同前二首　　　　　　王　维

辛勤几出黄花戍,迢递初随细柳营。塞晚每愁残月苦,边秋更逐断蓬惊。

年少辞家从冠军,金装宝剑去邀勋。不知马骨伤寒水,唯见龙城起暮云。

同前二首　　　　　　令狐楚

雪满衣裳冰满须,晓随飞将伐单于。平生志气今何在,把得家书泪似珠。

边草萧条塞雁飞,征人南望尽沾衣。黄尘满面长须战,白发生头未得归。

同前五首　　　　　　张仲素

三戍渔阳再渡辽,骍弓在臂剑横腰。匈奴欲似知名姓,休傍阴山更射雕。

猎马千群雁几双,燕然山下碧油幢。传声(汉)〔漠〕北单于破,火照旌旗夜受降。

朔雪飘飘开雁门,平沙历乱卷蓬根。功名耻计擒生数,直斩楼兰报国恩。

陇水潺湲陇树秋,征人到此泪双流。乡关万里无因见,西戍河源早晚休。

阴碛茫茫塞草腓,桔槔烽上暮烟飞。交河北望天连海,苏武曾将汉节归。

同前六首　　　　戎昱

惨惨寒日没,北风卷蓬根。将军领疲兵,却入古塞门。回头指阴山,杀气成黄云。

上山望胡兵,胡马驰骤速。黄河冰已合,意又向南牧。嫖姚夜出军,霜雪割人肉。

塞北无草木,乌鸢巢僵尸。泱漭沙漠空,终日胡风吹。战卒多苦辛,苦辛无四时。

晚渡西海西,向东看日没。傍岸砂砾堆,半和战兵骨。单于竟未灭,阴气常勃勃。

城上画角哀,则知兵辛苦。试问左右人,无言泪如雨。何意休明时,终年事鼙鼓。

北风凋白草,胡马日骎骎。夜后戍楼月,秋来边将心。铁衣霜露重,战马岁年深。自有卢龙塞,烟尘飞至今。

同　前　　　　丁稜

北风鸣晚角,雨雪塞云低。烽举战军动,天寒征马嘶。出营红旆展,过碛暗沙迷。诸将年皆老,何时罢鼓鼙?

###　　同　　前　　　　　郎士元

宝刀塞上儿,身经百战曾百胜,壮心竟未嫖姚知。白草山头日初没,黄沙戍下悲歌发。萧条夜静边风吹,独倚营门望秋月。

###　　同　　前　　　　　许　浑

夜战桑乾雪,秦兵半不归。朝来有乡信,独自寄征衣。

###　　同　　前　　　　　周　朴

石国胡儿向碛东,爱吹横笛引秋风。夜来云雨皆飞尽,月照平沙万里空。

###　　同前二首　　　　　张　祜

二十逐嫖姚,分兵远戍辽。雪迷经塞夜,冰壮渡河朝。促放雕难下,生骑马未调。小儒何足问,看取剑横腰。

万里配长陉,连年惯野营。入群来拣马,抛伴去擒生。箭插雕翎阔,弓盘鹊角轻。(问)〔间〕看行远近,西去受降城。

###　　塞　　下　　　　　李宣远

秋日并州路,黄榆落故关。孤城吹角罢,数骑射雕还。帐幕遥临水,牛羊自下山。行人正垂泪,烽火起云间。

###　　同前三首　　　　　沈　彬

塞叶声悲秋欲霜,寒山数点下牛羊。映霞旅雁随疏雨,向碛行人带夕阳。边骑不来沙路失,国恩深后海城荒。胡儿向化新成长,犹自千回问汉王。

贵主和亲杀气沉,燕山闲猎鼓鼙音。旗分雪草偷边马,箭入寒云落塞禽。陇月尽牵乡思动,战衣谁寄泪痕深?金钗谩作封侯别,擘破佳人万里心。

月冷榆关过雁行,将军寒笛老思乡。贰师骨恨千夫壮,李广魂飞一剑长。戍角就沙催落日,阴云分碛护秋霜。谁知汉武轻中国,闲夺天山草木荒。

交河塞下曲　　胡曾

交河冰薄日迟迟,汉将思家感别离。塞北草生苏武泣,陇西云起李陵悲。晓侵雉堞乌先觉,春入关山雁独知。何处疲兵心最苦?夕阳楼上笛声时。

汾阴行　　李峤

君不见昔日西京全盛时,汾阴后土亲祭祠。齐宫宿寝设厨供,撞钟鸣鼓树羽旗。汉家五世才且雄,宾延万灵服九戎。柏梁赋诗高宴罢,诏书法驾幸河东。河东太守亲扫除,奉迎至尊导銮舆。五营将校列容卫,三河纵观空里闾。回旌驻跸降灵场,焚香奠醑邀百祥。金鼎发食正焜煌,灵祇炜烨摅景光。埋玉陈牲礼神毕,举麾上马乘舆出。彼汾之曲嘉可游,木兰为楫桂为舟。棹歌微吟彩鹢浮,箫鼓哀鸣白云秋。欢娱宴洽赐群后,家家复除户牛酒。声明动天乐无有,千秋万岁南山寿。自从天子向秦关,玉辇金车不复还。珠帘羽帐长寂寞,鼎湖龙髯安可攀?千龄人事一朝空,四海为家此路穷。雄豪意气今何在?坛场宫馆尽蒿蓬。路逢古老长叹息,世事回环不可测。昔时青楼对歌舞,今日黄埃聚荆棘。山川满目泪沾衣,富贵荣华能几时?不见只今汾水上,唯有年年秋雁飞。

大梁行　　　　　唐尧客

客有成都来,为我弹鸣琴。前弹《别鹤操》,后奏《大梁吟》。大梁伤客情,荒台对古城。版筑有陈迹,歌吹无遗声。雄哉魏公子,畴日好罗英。秀士三千人,煌煌象列星。金槌夺晋鄙,白刃刎侯嬴。邯郸救赵北,函谷走秦兵。君子荣且昧,忠信莫之明。间谍忽来及,雄图靡克成。千龄万化尽,但见荣与清。旧国多狐兔,夷门荆棘生。苍梧彩云没,汜浦绿池平。闻有东山去,萧萧班马鸣。河洲搴宿莽,日夕泪沾缨。因之唁公子,慷慨此歌行。

同　前　　　　　高　适

古城莽苍饶荆榛,驱马荒城愁杀人。魏王宫观尽禾黍,信陵宾客随灰尘。忆昔雄都旧朝市,轩车照曜歌钟起。军容带甲三十万,国步连衡一千里。全盛须臾那可论,高台曲池无复存。遗墟但见狐狸迹,古地空多—作馀草木根。暮天摇落伤怀抱,抚剑悲歌对秋草。侠客犹传朱亥名,行人尚识夷门道。白璧黄金万户侯,宝刀骏马填山丘。年代凄凉不可问,往来唯见水东流。

洛阳行　　　张籍

洛阳宫阙当中州,城上峨峨十二楼。翠华西去几时返?枭巢乳鸟藏蛰燕。御门空锁五十年,税彼农夫修玉殿。六街朝暮鼓冬冬,禁兵持戟守空宫。百官月月谢拜表,驿使相续长安道。上阳宫树黄复绿,野豸入苑食麋鹿。陌上老翁双泪垂,共说武皇巡幸时。

永嘉行　　　张籍

《晋书》曰:"怀帝永嘉五年六月,刘曜、王弥陷洛阳,入于南宫,升太极前殿,纵兵大掠,悉收宫人珍宝。曜于是害诸王公及百官已下三万馀人,迁帝于平阳。刘聪以帝为会稽公。"按刘元海本匈奴冒顿之后,曜其族子也。

黄头鲜卑入洛阳,胡儿持戟升明堂。晋家天子作降虏,公卿齐走如牛羊。紫陌旌旛暗相触,家家鸡犬惊上屋。妇人出门随乱兵,夫死眼前不敢哭。九州诸侯自旷土,无人领兵来护主。北人避胡多在南,南人至今能晋语。

田家行　　　王建

男声欣欣女颜悦,人家不怨言语别。五月虽热(麦)〔麦〕风清,檐头索索缲车鸣。野蚕作茧人不取,叶间扑扑秋蛾生。(麦)〔麦〕收上场绢在轴,的知输得官家足。不愿一作望入口复上身,且免向城卖黄犊。田家衣食无厚薄,不见县门身即乐。

同　前　　　　元　稹

牛吒吒，田确确，旱块敲牛蹄趵趵。种得官仓珠颗谷，六十年来兵簇簇，日月食粮车辘辘。一日官军收海服，驱牛驾车食(羊)〔牛〕肉，归来收得牛两角。重铸(楼)〔耧〕犁作斤劚，姑舂妇担〔去输官〕，输官不足归卖屋。愿官早胜仇早覆，农死有儿牛有犊，不遣官军粮不足。

思远人　　　　王　建

妾思常悬悬，君行复绵绵。征途向何处？碧海与青天。岁久自有念，谁令长在边。少年若不归，萧室如黄泉。

同　前　　　　张　籍

野桥春水清，桥上送君行。去去人应老，年年草自生。出门看远道，无信向边城。杨柳别离处，秋蝉今复鸣。

忆远曲

水上山沉沉，征途渡远林。途荒人行少，马迹犹可寻。雪中独立树，海口失侣禽。谁爱如长(绵)〔线〕，千里萦我心。

同　前　　　　元　稹

忆远曲，郎身不远郎心远。沙随郎饭俱在匙，郎意看沙那比[①]饭。水中画字无字痕，君心暗画谁会君？况妾事姑姑

① 此以下至本卷末，底本阙，据四部丛刊本补。

进止,身去门前同万里。一家尽是郎腹心,妾似生来无两耳。妾身何足言？听妾私劝君。君今夜夜醉何处？姑来伴妾自闭门。嫁夫恨不早,养儿将备老。妾自嫁郎身骨立,老姑为郎求娶妾。妾不忍见姑郎忍见,为郎忍耐看姑面。

望远曲　　　　　孟　郊

朝朝候归信,日日登高台。行人未去植庭梅,别来三见庭花开。庭花开尽复几时,春光骀荡阻佳期。愁来望远烟尘隔,空怜绿鬓风吹白。何当归见远行客？

夫远征　　　　　元　稹

赵卒四十万,尽为坑中鬼。赵王未信赵母言,犹点新兵更填死。填死之兵兵气索,秦强赵破括敌起。括虽专命起尚轻,何况牵肘之人牵不已。坑中之鬼妻在营,髽麻戴绖鹅雁鸣。送夫之妇又行哭,哭声送死非送行。夫远征,远征不必戍长城,出门便不知死生。

乐府诗集卷第九十四　新乐府辞 五

乐府杂题 五

寄远曲　　　　王　建

美人别来无处所,巫山月明湘江雨。千回想见不分明,井底看星梦中语。两心相对尚难知,何况万里不相疑!

同　前　　　　张　籍

美人去来春江暖,江头无人湘水满。浣沙石上水禽栖,江南路长春日短。兰舟桂楫常渡江,无因重寄双琼珰。

征妇怨四首　　　孟　郊

良人昨日去,明月又不圆。别时各有泪,零落青楼前。

君泪濡罗巾,妾泪满路尘。罗巾去在手,今得随妾身。路尘如因风,得上君车轮。

生在丝罗下,不识渔阳道。良人自戍来,夜夜梦中到。

渔阳千里道,近如中门限。中门逾有时,渔阳长在眼。

同　前　　　　张　籍

九月匈奴杀边将,汉军全殁辽水上。万里无人收白骨,家家城下招魂葬。妇人依倚子与夫,同居贫贱心亦舒。夫死战场子在腹,妾身虽存如昼烛。

织妇词　　　　　孟　郊

夫是田中郎,妾是田中女。当年嫁得君,为君秉机杼。筋力日已疲,不息窗下机。如何织纨素,自著蓝缕衣？官家榜村路,更索栽桑树。

同　前　　　　　元　稹

织妇何太忙？蚕经三卧行欲老。蚕神女圣早成丝,今年丝税抽征早。早征非是官人恶,去岁官家事戎索。征人战苦束刀枪,主将勋高换罗幕。缲丝织帛犹努力,变缲撩机苦难织。东家头白双女儿,为解挑纹嫁不得。檐前袅袅游丝上,上有蜘蛛巧来往。羡他虫豸解缘天,能向虚空织罗网。

同　前　　　　　鲍　溶

百日织彩丝,一朝停杼机。机中有双凤,化作天边衣。使人马如风,诚不阻音徽。影响随羽翼,双双绕君飞。行人岂愿行,不怨不知归。所怨天尽处,何人见光辉？

织锦曲　　　　　王　建

大女身为织锦户,名在县家供进簿。长头起样呈作官,闻道官家中苦难。回花侧叶与人别,唯恐秋天丝线干。红缕葳蕤紫茸软,蝶飞参差花宛转。一梭声尽重一梭,玉腕不停罗袖卷。窗中夜久睡鬓偏,横钗欲堕垂著肩。合衣卧时参没后,停灯起在鸡鸣前。一匹千金亦不卖,限日未成官里怪。锦江水涸贡转多,宫中尽著单丝罗。莫言山积无尽日,百尺高楼一曲歌。

织锦词　　　　　　温庭筠

丁东细漏侵琼瑟,影转高梧月初出。蔟蔟金梭万缕红,鸳鸯艳锦初成匹。锦中百结皆同心,蕊乱云盘相间深。此意欲传传不得,玫瑰作柱朱弦琴。为君裁破合欢被,星斗迢迢共千里。象尺薰炉未觉秋,碧池中—作已有新莲子。

当窗织　　　　　　王　建

梁横吹曲《折杨柳》曰:"门前一株枣,岁岁不知老。阿婆不嫁女,那得孙儿抱？唧唧复唧唧,女子临窗织。不闻机杼声,只闻女叹息。"《当窗织》其取诸此。

叹息复叹息,园中有枣行人食。贫家女(大)〔为〕富家织,父母隔墙不得力。水寒手涩丝脆断,续来续去心肠烂。草虫促促机下啼,两日催成一匹半。输官上头有零落,姑未得衣身不著。当窗却羡青楼倡,十指不动衣盈箱。

捣衣曲　　　　　　王　建

班婕妤《捣素赋》曰:"广储县月,晖木流清。桂露朝满,凉衿夕轻。改容饰而相命,卷霜帛而下庭。于是投香杵,加纹砧,择鸾声,争凤音。"又曰:"调无定律,声无定本。任落手之参差,从风飙之近远。或连跃而更投,或暂舒而长卷。"盖言捣素裁衣,缄封寄远也。

月明中庭捣衣石,掩帏下堂来捣帛。妇姑相对初力生,双揎白腕调杵声。高楼敲玉节会成,家家不睡皆起听。秋天丁丁复冻冻,玉钗低昂衣带动。夜深月落冷如刀,湿著一双纤手痛。回编易裂看生熟,鸳鸯纹成水波曲。重烧熨斗帖两头,与郎裁作迎寒裘。

同 前　　　　刘禹锡

爽砧应秋律,繁杵含凄风。一一远相续,家家音不同。户庭凝露清,伴侣明月中。长裾委襞积,轻珮垂璁珑。汗馀衫更馥,钿移麝半空。报寒惊边雁,促思闻候虫。天狼正芒角,虎落定相攻。盈箧寄何处?征人如转蓬。

送衣曲　　　　王　建

去秋送衣渡黄河,今秋送衣上陇坂。妇人不知道径处,但闻新移军近远。半年著道经雨湿,开笼见风衣领急。旧来十月初点衣,与郎著向营中集。絮时厚厚绵纂纂,贵欲征人身上暖。愿郎莫著裹尸归,愿妾不死长送衣。

寄衣曲　　　　张　籍

纤素缝衣独苦辛,远因回使寄征人。官家亦自寄衣去,贵从妾手看君身。高堂姑老无侍子,不得自到边城里。殷勤为看初著时,征夫身上宜不宜?

淮阴行五首　　　刘禹锡

刘禹锡序曰:"古有《长干行》,备言三江之事。禹锡阻风淮阴,乃作《淮阴行》。"

簇簇淮阴市，竹楼缘岸上。好日起樯竿，鸟飞惊五两。
今日转船头，金乌指西北。烟波与春草，千里同一色。
船头大铜镮，摩挲光阵阵。早晚使风来，沙头一眼认。
何物令侬羡，羡郎船尾燕。衔泥趁樯竿，宿食长相见。
隔浦望行船，头昂尾幰幰。无奈脱叶时，清淮春浪软。

泰娘歌　　　　　　　　　刘禹锡

刘禹锡歌序曰："泰娘，本韦尚书家主讴者。初，尚书为吴郡得之，命乐工教以琵琶歌舞，尽得其技。后携之归京师，京师多善工，又捐去故技，授以新声，而泰娘颇见称于贵游间。元和初，尚书薨于东都，泰娘出居民间。久之，为蕲州刺史张愻所得。其后愻坐事谪武陵郡，愻卒，泰娘无所归，地远，无有知其容与艺者，故日抱乐器而哭，其音甚悲。禹锡闻之，乃作《泰娘歌》云。"

泰娘家本阊门西，门前渌水环金堤。有时妆成好天气，走上皋桥折花戏。风流太守韦尚书，路傍忽见停隼旟。斗量明珠鸟传意，绀幰迎入专城居。长鬟如云衣似雾，锦茵罗荐承轻步。舞学惊鸿水榭春，歌传一作撩上客兰堂暮。从郎西入帝城中，贵游簪组香帘栊。低鬟缓视抱明月，纤指破拨生胡风。繁华一旦有消歇，题剑无光履声绝。洛阳旧宅生草莱，杜陵萧萧松柏哀。妆奁虫网厚如茧，博山炉侧倾寒灰。蕲州刺史张公子，白马新到铜驼里。自言买笑掷黄金，月堕云中从此始。安知鹏鸟坐隅飞，寂寞旅魂招不归。秦嘉镜有前时结，韩寿香销故箧衣。山城少人江水碧，断雁哀猿风雨夕。朱弦已绝为知音，云鬟未秋私自惜。举目风烟非旧时,梦归归路多参差。如何将此千行泪,更洒湘江斑竹枝!

更衣曲　　　　　　　　刘禹锡

《汉武帝故事》曰:"武帝立卫子夫为皇后。初,上行幸平阳主家,主置酒作乐。子夫为主讴者,善歌,能造曲,每歌挑上。上意动,起更衣,子夫因侍得幸。头解,上见其美发悦之。主遂纳子夫于宫。"《更衣曲》其取于此。

博山炯炯吐香雾,红烛引至更衣处。夜如何其夜漫漫,邻鸡未鸣寒雁度。庭前雪压松桂丛,廊下点点悬纱笼。满堂醉客争笑语,嘈囋琵琶青幕中。

视刀环歌　　　　　　　　刘禹锡

常恨言语浅,不如人意深。今朝两相视,脉脉万重心。

堤上行三首　　　　　　　刘禹锡

《古今乐录》曰:"清商西曲《襄阳乐》云:'朝发襄阳城,暮至大堤宿。大堤诸女儿,花艳惊郎目。'梁简文帝由是有《大堤曲》,《堤上行》又因《大堤曲》而作也。"

酒旗相望大堤头,堤下连樯堤上楼。日暮行人争渡急,桨声幽轧满中流。

江南江北望烟波,人夜行人相应歌。《桃叶》传情《竹枝》怨,水流无限月明多。

长堤缭绕水徘徊,酒舍旗亭次第开。日晚上帘招贾客,轲峨大艑落帆来。

竞渡曲　　　　刘禹锡

刘昪《事始》曰:"楚传云:竞渡起于越王勾践。"《荆楚岁时记》云:"旧传屈原死于汨罗,时人伤之,竞以舟楫拯焉,因以成俗。"《岁华纪丽》云"因勾践以成风,拯屈原而为俗"是也。刘禹锡序曰:"竞渡始于武陵,至今举楫而相和之音,咸呼'何在',招屈之义也。"《竞渡曲》盖起于此。

沅江五月平堤流,邑人相将浮彩舟。灵均何年歌已矣,哀谣振楫从此起。扬枹击节雷阗阗,乱流齐进声轰然。蛟龙得雨鬐鬣动,䗹蛛饮河形影联。刺史临流褰翠帏,揭竿命爵分雄雌。先鸣徐勇争鼓舞,末至衔枚颜色沮。百胜本自有前期,一飞由来无定所。风俗如狂重此时,纵观云委江之湄。彩旂夹岸照鲛室,罗袜凌波呈水嬉。曲终人散空愁暮,招屈亭前水东注。

沓潮歌　　　　刘禹锡

刘禹锡歌序曰:"元和十年夏五月,大风驾潮,南海泛溢,南人云沓潮也,率三岁一有之。客或言其状,禹锡因歌之。"

屯门积日无回飙,沧波不归成沓潮。轰如鞭石矻且摇,亘空欲驾鼋鼍桥。惊湍蹙缩悍而骄,大陵高岸失岧峣。四边无阻音响调,背负元气掀重霄。介鲸得性方逍遥,仰鼻嘘吸扬朱翘。海人狂顾迭相招,罽衣髽首声哓哓。征南将军登丽谯,赤旗指麾不敢嚣。翌日风回沴气消,归涛纳纳景昭昭。乌泥白沙复满海,海色不动如青瑶。

北邙行　　　王建

晋张协《登北邙赋》曰:"陟峦丘之巘崿,升逶迤之修坂。回余车于峻岭,聊送目于四远。伊洛混而东流,帝居赫以崇显。于是徘徊绝岭,踟蹰步趾。前瞻狼山,却窥大岯,东眺虎牢,西睨熊耳。邪亘天际,旁极万里。莽眩眼以芒昧,谅群形之维纪。尔乃地势苁隆,丘墟陂陀。坟垄峨叠,棋布星罗。松林掺映以攒列,玄木搜寥而振柯。壮汉氏之所营,望五陵之巍峨。"《后汉书》曰:"光武葬于原陵。"《帝王世纪》曰:"原陵在临平亭东,去洛阳十五里。"朱超石《与兄书》曰:"登北邙远眺,众美都尽。"且言光武坟边杏甚美,即原陵盖在北邙也。《魏志》曰:"明帝欲平北邙,令登台观见孟津。廷尉辛毗谏止之。"按《北邙行》,言人死葬北邙,与《梁甫吟》、《泰山吟》、《蒿里行》同意。

北邙山头少闲土,尽是洛阳人旧墓。旧墓人家归葬多,堆著黄金无置处。天涯悠悠葬日促,岗阪崎岖不停毂。高张素幕绕铭旌,夜唱挽歌山下宿。洛阳城北复城东—作城西并城东,魂车祖马长相逢。车辙广若长安路,蒿草少于松柏树。山头涧底石渐稀,尽向坟前作羊虎。谁家石碑文字灭,后人重取书年月。朝朝车马送葬回,还起大宅与高台。

同前　　　张籍

洛阳北门北邙道,丧车辚辚入秋草。车前齐唱《薤露歌》,高坟新起日峨峨。朝朝暮暮长送葬,洛阳城中人更多。千金立碑高百尺,终作谁家柱下石?山头松柏半无主,地下白骨多于土。寒食家家送纸钱,鸱鸢作窠衔上树。人居朝市未解愁,请君暂向北邙游。

野田行　　唐·李益

日没出古城,野田何茫茫。寒狐上孤冢,鬼火烧白杨。昔人未为泉下客,行到此中曾断肠。

同前　　唐·张碧

风昏昼色飞斜雨,冤骨千堆髑髅语。八(弦)〔纮〕牢落人物悲,是个田园荒废主。悲嗟自古争天下,几度乾坤复如此。秦皇矻矻筑长城,汉祖区区白蛇死。野田之骨兮又成尘,楼阁风烟兮还复新。愿得华山之下长归马,野田无复堆冤者。

斜路行　　王建

《长安有狭斜行》曰:"长安有狭斜,道隘不容车。"《斜路行》其义亦同。

世间娶容非—作不娶妇,中庭牡丹胜松树。九衢大道人不行,走马奔车逐斜路。斜路行熟直路荒,东西岂是—作不横太行。南楼弹弦北户舞,行人到此多徊—作彷徨。头白如丝面如茧,亦学少年行不返。纵令自解思故乡,轮折蹄穿白日晚。谁将古曲换斜音,回取行人斜路心。

雉将雏　　王建

雉咿喔,雏出壳。毛班班,觜啄啄。学飞未得一尺高,还逐母行旋母脚。麦垄浅浅虽蔽身,远去恋雏低怕人。时时土中鼓两翅,引雏拾虫不相离。

乐府诗集卷第九十五　新乐府辞 六

乐府杂题 六

长安羁旅行　　　　　　　孟　郊

十日一理发，每梳飞旅尘。三旬九过饮，每食唯旧贫。万物皆及时，独余不觉春。失名谁肯访？得意争相亲。直木有恬翼，静流无躁鳞。始知喧竞场，莫处君子身。野策藤竹轻，山蔬薇蕨新。潜歌《归去来》，事外风景真。

羁旅行　　　　　　　　　张　籍

远客出门世路难，停车敛策在门端。荒城无人雪满路，火烧野桥不得度。寒虫入窟鸟归巢，僮仆问我谁家去？行寻田头暗未息，双毂长辕碍荆棘。缘岗入涧投田家，主人舂米为夜食。晨鸡喔喔茆屋傍，行人起扫车上霜。旧山已别行已远，身计未成难复返。长安陌上相识稀，遥望天门白日晚。谁能听我苦辛行，为向君前歌一声。

求仙曲　　　　　　　　　孟　郊

仙教生为门，仙宗静为根。持心苦妄求，服食安足论。铲惑有灵药，饵真成本源。自当出尘网，驭凤升昆仑。

求仙行 　　　　　　　张　籍

汉皇欲作飞仙子，年年采药东海里。蓬莱无路海无边，方士舟中相就死。招摇在天因白日，甘泉玉树无仙实。九皇真人终不下，空向离宫祠太一。丹田有气凝素华，君能保之升绛霞。

结　爱 　　　　　　　孟　郊

心心复心心，结爱务在深。一度欲离别，千回结衣襟。结妾独守志，结君早归意。始知结衣裳，不如结心肠。坐结行亦结，结尽百年月。

节妇吟 　　　　　　　张　籍

君知妾有夫，赠妾双明珠。感君缠绵意，系在红罗襦。妾家高楼连苑起，良人执戟明光里。知君用心如日月，事夫誓拟同生死。还君明珠双泪垂，何不相逢未嫁时？

楚宫行 　　　　　　　张　籍

章华宫中九月时，桂花半落红橘垂。江头骑火照辇道，君王夜从云梦归。霓旌凤盖到双阙，台上重重歌吹发。千门万户开相当，烛笼左右列成行。下辇更衣入洞房，洞房侍女尽焚香。玉阶罗幕微有霜，齐言此夕乐未央。玉酒湛湛盈华觞，丝竹次第鸣中堂。巴姬起舞向君王，回身垂手结明珰。愿君千年万年寿，朝出射麋夜饮酒。

山头鹿　　　　　　　张　籍

山头鹿,角芰芰,尾促促。贫儿多租输不足,夫死未葬儿在狱。(旱)〔早〕日熬熬蒸野岗,禾黍不收无狱粮。县家唯忧少(年)〔军〕食,谁能令尔无死伤?

各东西　　　　　　　张　籍

游人别,一东复一西。出门相背两不返,唯信车轮与马蹄。道路悠悠不知处,山高海阔谁辛苦?远游不定难寄书,日日空寻别时语。浮云上天雨堕地,暂时会合终离异。我今与子非一身,安得死生不相弃?

湘江曲　　　　　　　张　籍

湘水无潮秋水阔,湘中月落行人发。(送)〔行〕人发,送人归,白蘋茫茫鹧鸪飞。

雀飞多　　　　　　　张　籍

雀飞多,触网罗。网罗高树(山)颠。汝飞蓬蒿下,勿复投身网罗间。粟积仓,禾在田,巢之雏望其母来还。

梦上天　　　　　　　元　稹

梦上高高天,高天苍苍高不极。下视五岳块累累,仰天依旧苍苍色。踏云耸身身更上,攀天上天攀未得。西瞻若(木)〔水〕兔轮低,东望蟠桃海波黑。日月之光不到此,非暗非明烟塞塞。天悠地远身跨风,下无阶梯上无力。来时畏有他人上,截断龙胡斩鹏翼。茫茫漫漫方自悲,哭向青云掐素臆。哭声厌咽旁人恶,唤起惊悲泪飘露。千惭万谢唤厌人,向使无君终不寤。

君莫非　　　　　　元　稹

鸟不解走,兽不解飞,两不相解,那得相讥?犬不饮露,蝉不啖肥,以蝉易犬,蝉死犬饥。燕在梁栋,鼠在阶基,各自窠窟,不能改移。妇好针缕,夫读书诗。男翁女嫁,卒不相知。惧聋摘耳,效痛嚬眉,我不非尔,尔无我非。

田头狐兔行　　　　元　稹

种豆耘锄,种禾沟甽。禾苗豆甲,狐揩兔剪。割鹄喂鹰,烹麟啖犬,鹰怕兔毫,犬被狐引。狐兔相须,鹰犬相尽。日暗天寒,禾稀豆损。鹰犬就烹,狐兔俱哂。

人道短　　　　　　元　稹

古道天道长,人道短,我道天道短,人道长。天道昼夜回转不曾住,春秋冬夏忙。颠风暴雨电雷狂,晴被阴暗,月夺日光,往往星宿,日亦堂堂。天既职性命,道德人自强。尧、舜有圣德,天(下)〔不〕能遣,寿命永昌,泥金刻玉与秦始皇,周公、傅说何不长宰相,老聃、仲尼何事栖遑,莽、卓、恭、显皆数十年贵富,梁冀夫妇车马煌煌,若此颠倒事,岂非天道短,岂非人道长?尧、舜留得神圣事,百代天子有典章。

仲尼留得孝顺语,千年万岁父子不敢相灭亡。没后千馀载,唐家天子封作文宣王。老君留得五千字,子孙万万称圣唐,谥作玄元帝,魂魄坐天堂。周公《周礼》十二卷,有能行者知纪纲。傅说《说命》三四纸,有能师者称祖宗。天能夭人命,人使道无穷。若此神圣事,谁道人道短,岂非人道长!天能种百草,犹得十年有气息,蕣才一日芳,人能拣得丁沈兰蕙,料理百和香;天解养禽兽,喂虎豹豺狼,人解和曲(蘖)〔蘖〕,充牺祀烝尝。杜鹃无百作,天遣百鸟哺雏,不遣哺凤皇,巨蟒寿千岁,天遣食牛吞象充腹肠,蛟螭与变化,鬼怪与隐藏,蚊蚋与利觜,枳棘与锋铓。赖得人道有拣别,信任天道真茫茫。若此撩乱事,岂非天道短,赖得人道长!

苦乐相倚曲　　　元　稹

古来苦乐之相倚,近于掌上之十指。君心半夜猜恨生,荆棘满怀天未明。汉皇一作成眼瞥飞燕时,可怜班女恩已衰。未有因由相决绝,犹得半年伴暖热。转将深意喻旁人,缉缀疵瑕遣潜说。一朝诏下辞金屋,班姬自痛何仓卒。呼天抚地将自明,不悟寻时暗一作已销骨。白首宫人前再拜,愿将日月相挥解。苦乐相寻昼夜间,灯光那得天明在。主今被夺心应苦,妾夺深恩初为主。欲知妾意恨主时,主今为妾思量取。班姬收泪抱妾身,我曾排摈无限人。

捉捕歌　　　元　稹

捉捕复捉捕,莫捉狐与兔。狐兔藏窟穴,豺狼妨道路。

道路非不妨,最忧蝼蚁聚。豺狼不陷阱,蝼蚁潜幽蠹。切切主人窗,主人轻细故。延缘蚀栾栌,渐入栋梁柱。梁栋尽空虚,攻穿痕不露。主人坦然意,昼夜安寝寤。网罗布参差,鹰犬走回（玄）〔互〕。尽力穷窟穴,无心自还顾。客来歌捉捕,歌竟泪如雨。岂是惜狐兔,畏君先后误。愿君扫梁栋,莫遣蝼蚁附。次及清道途,尽灭豺狼步。主人堂上坐,行客门前度。然后巡野田,遍张畋猎具。外无枭（镜）〔獍〕援,内有熊（罢）〔罴〕驱。狡兔掘荒榛,妖狐熏古墓。用力不足多,得禽自无数。畏君听未详,听客有明喻。虮虱谁不轻？鲸鲵谁不恶？在海尚幽退,在怀交秽污。歌此劝主人,主人那不悟。不悟还更歌,谁能恐违忤！

采珠行　　　　　元　稹

海波无底珠沉海,采珠之人判死采。万人判死一得珠,斛量买婢天何在？年年采珠珠避人,今年采珠由海神。海神采珠珠尽死,死尽明珠空海水。珠为海物属海神,神今自采何况人。

同　前　　　　　鲍　溶

东方暮空海面平,骊龙弄珠烧月明。海人惊窥水底火,百宝错落随龙行。浮心一夜生奸见,月质龙躯看几遍。擘波下去忘此身,迢迢谓海无灵神。海宫正当龙睡重,昨夜孤光今得弄。河伯空忧水府贫,天吴不敢相惊动。一团冰容掌上清,四面人人光中行。腾华乍摇白日影,铜镜万古羞为灵。海边老翁怨狂子,抱珠哭向无底水。一富何须龙颔前,千金几葬鱼肠里。鳞虫变化回阴阳,填海破山无景光。拊心仿佛失珠意,此土为尔离农桑。饮风衣日亦饱暖,老翁掷却荆鸡卵。

平戎辞二首　　　　王　维

太白秋高助汉兵,长风夜卷虏尘清。男儿解却腰间剑,喜见君王道化平。

卷旆生风喜气新,早持龙节静边尘。汉家天子图麟阁,身是当今第一人。

望春辞二首　　　　令狐楚

高楼晓见一花开,便觉春光四面来。晚日晴云知次第,东风不用更相催。

云霞五采浮天阙,梅柳千般夹御沟。不上黄山南北望,岂知春色满神州?

思君恩三首　　　　令狐楚

小苑莺歌歇,长门蝶舞多。眼看春又去,翠辇不经过。

紫禁香如雾,青天月似霜。云韶何处奏?只是在昭阳。

鸡鸣天汉曙,莺语禁林春。谁入巫山梦?唯应洛水神。

汉苑行三首　　　　张仲素

二月风光变柳条,九天清乐奏云韶。蓬莱殿后花如锦,紫阁阶前雪未销。

　　回雁高翻太液池,新花低发上林枝。年光到处皆堪赏,春色人间总不知。

　　春风淡淡影悠悠,莺转高枝燕入楼。千步回廊闻凤吹,珠帘处处上银钩。

　　　　　　烧香曲　　　　　李商隐

　　细云蟠蟠牙比鱼,孔雀翅尾蛟龙须。(章)〔漳〕宫旧样博山炉,楚娇捧笑开芙蕖。八蚕茧绵小分炷,兽焰微红隔云母。白天月泽寒未冰,金虎含秋向东吐。玉佩呵光铜照昏,帘波日暮冲斜门。西来欲上茂陵树,柏梁已失栽桃魂。露庭月井大红气,轻衫薄(细)〔袖〕当君意。蜀殿琼人伴夜深,金銮不问残灯事。何当巧吹君怀度,襟灰为土填清露。

　　　　　　房中曲　　　　　李商隐

　　蔷薇泣幽素,翠带花钱小。娇郎痴若云,抱日西帘晓。枕是龙宫石,割得秋波色。玉簟失柔肤,但见蒙罗碧。忆得前年春,未语悲含辛。归来已不见,锦瑟长于人。今日涧底松,明日山头蘖。愁到天池翻,相看不相识。

　　　　　　河内诗三首
　　　　　　楼上曲

　　鼍鼓沈沈虬水咽,秦丝不上蛮弦绝。常娥衣薄不禁寒,蟾蜍夜艳秋河月。碧城冷落空蒙烟,帘轻幕重金钩栏。灵香不下两皇子，孤星直上相风竿。八桂林边九芝草，短襟小鬟相逢道。入门暗数一千春，愿去闰年留月小。栀子交加香蓼繁，停辛伫苦留待君。

湖中曲　　　　　　李商隐

阊门日下吴歌远，陂路绿菱香满满。后溪暗起鲤鱼风，船旗闪断芙蓉干。轻身奉君畏身轻，双桡两桨樽酒清。莫因风雨罢团扇，此曲断肠唯此声。低楼小径城南道，犹自金鞍对芳草。

同　前　　　　　　李　贺

长眉越沙采兰若，桂叶水蓁春—作秋漠漠。横船醉眠白昼闲，渡口梅风歌扇薄。燕钗玉股照青莪，越王娇郎—作娘小字书。蜀纸封中报云鬟，晚漏壶中—作铜壶水淋尽。

春怀引　　　　　　李　贺

芳蹊密影成花洞，柳结浓烟—作阴香带重。蟾蜍碾玉挂明弓，捍拨装金打仙凤？宝枕垂云选春梦，钿合碧寒—作空龙脑冻。阿侯系锦觅周郎，凭仗东风好相送。

静女春曙曲　　　　　李　贺

嫩蝶怜芳抱新蕊，泣露枝枝滴天泪。粉窗香咽颓晓云，锦堆花蜜藏春睡。恋屏孔雀摇金尾，莺舌分明呼婢子。冰洞寒龙半匦水，一只商鸾逐烟起。

白虎行　　　　　　李　贺

　　火乌日暗崩腾云，秦皇虎视苍生群。烧书灭国无暇日，铸剑佩玦唯将军。玉坛设醮思冲天，一世二世当万年。烧丹未得不死药，挈舟海上寻神仙。鲸鱼张鬣海波沸，耕人半作征人鬼。雄豪气猛如焰烟，无人为决天河水。谁最苦兮谁最苦？报人义士深相许。渐离击筑荆卿歌，荆卿把酒燕丹语。剑如霜兮肠如铁，出燕城兮望秦月。天授秦封祚未终，衮龙衣点荆卿血。朱旗卓地白蛇死，汉皇却是真天子。

月漉漉篇　　　　　　李　贺

　　月漉漉，波咽玉。莎青桂花繁，芙蓉别江木。粉态袜罗寒，雁羽铺烟湿。谁能看石帆，乘船镜中入。秋白鲜红死，水香莲子齐。挽菱隔歌袖，绿刺胃银泥。

黄头郎　　　　　　李　贺

　　《汉书·佞幸传》曰："邓通以棹船为黄头郎。文帝尝梦欲上天，不能，有一黄头郎推上天。觉而之渐台，以梦阴求推者郎，得邓通，梦中所见也。"颜师古曰："棹船，能持棹行船也。土胜水，其色黄，故刺船之郎皆著黄帽，因号曰黄头郎。黄帽，盖染绡帛为之也。"

　　黄头郎，捞拢去不归。南浦芙蓉影，愁红独自垂。水弄湘娥珮，竹啼山露月。玉瑟调青门，石云湿黄葛。沙上蘼芜花，秋风已先发。好持扫罗荐，香出鸳鸯—作笼热。

倚瑟行　　　　　鲍溶

《汉书》曰："文帝至霸陵,慎夫人从。帝指视新丰道曰:'此走邯郸道也。'使慎夫人鼓瑟,帝自倚瑟而歌,意凄怆悲怀。"李奇曰:"声气依倚瑟也。"颜师古曰:"慎夫人,邯郸人。倚瑟即今之以歌合曲也。"

金舆传警灞水涯,龙旗参天行殿巍。左文皇帝右慎姬,北面侍臣张释之。因高知处邯郸道,寿陵已见生秋草。万世何人不此归,一言出口堪生老。高歌倚瑟扬清悲,乐馀哀生知为谁？臣惊谣叹不可放,愿赐一言释名妄。明珠为日红亭亭,水银为河玉为星。泉宫一闭秦国丧,牧童弄火骊山上。与世无情在速贫,弃尸于野由斯葬。生死茫茫不可知,是不一姓君莫悲。始皇有训二世誓,君独何人至于斯！灞陵一代无发毁,俭风本自张廷尉。

江南别　　　　　罗隐

去年今夜江南别,鸳鸯翅冷飞蓬热。今年今夜江北边,鲤鱼肠断音书绝。男儿心事无了时,出门上马不自知。

乐府诗集卷第九十六　新乐府辞 七

系乐府十二首　　　　元　结

元结序曰："天宝中,结将前世尝可称叹者为诗十二篇,引其义以名之,总曰系乐府。"

思太古

东南三千里,沅、湘为太湖。湖上山谷深,有人多似愚。婴孩寄树颠,就水捕鼯鲈。所欢同鸟兽,身意复何拘。吾行遍九州,此风皆已无。吁嗟圣贤教,不觉久踟蹰。

陇上叹

援车登陇坂,穷高遂停驾。延望戎狄乡,巡回复悲咤。滋移有情教,草木犹可化。圣贤礼让风,何不遍西夏。父子忍猜害,君臣敢欺诈。所适今若斯,悠悠欲安舍。

颂东夷

尝闻古天子,朝会张新乐。金石无全声,宫商乱清浊。东惊且悲欢,节变何烦数。始知中国人,耽此亡纯朴。尔为外方客,何为独能觉？其音若或在,蹈海吾将学。

贱士吟

南风发天和,和气天下流。能使万物荣,不能变羁愁。

为愁亦何尔,自请说此由。诏竟实多路,苟邪皆共求。常闻古君子,指以为深羞。正方终莫可,江海有沧洲。

欸乃曲

谁能听欸乃?欸乃感人情。不恨湘波深,不怨湘水清。所嗟岂敢道,空羡江月明。昔闻扣断舟,引钓歌此声。始歌悲风起,歌竟愁云生。遗曲今何在?逸为渔父行。

贫妇词

谁知苦贫夫,家有愁怨妻。请君听其词,能不为酸嘶。所怜抱中儿,不如山下麑。空念庭前地,化为人吏蹊。出门望山泽,回顾心复迷。何时见府主,长跪向之啼。

去乡悲

踟蹰古塞关,悲歌为谁长?日行见孤老,羸弱相提将。闻其呼怨声,闻声问其方。乃言无患苦,岂弃父母乡。非不见其心,仁惠诚所望。念之何可说,独立为凄伤。

寿翁兴

借问多寿翁,何方自修育?惟云顺所然,忘情学草木。始知世上术,劳苦化金玉。不见充所求,空闻恣耽欲。清和存主母,潜濩无乱黩。谁正好长生,此言堪佩服。

农臣怨

农臣何所怨?乃欲干人主。不识天地心,徒然怨风雨。

将论草木患，欲说昆虫苦。巡回宫阙傍，其意无由吐。一朝哭都市，泪尽归田亩。谣颂若采之，此言当可取。

谢天龟

客来自江汉，云得双天龟。且言龟甚灵，问我君何疑。自昔保方正，顾尝无妄私。顺和固鄙分，全守真常规。行之恐不及，此外将何为。惠恩如可谢，占问敢终辞。

古遗叹

古昔有遗叹，所叹何所为？有国遗贤臣，万世为冤悲。所遗非遗望，所遗非可遗，所遗非遗用，所遗在遗之。嗟嗟山海客，全独竟何辞。心非膏濡类，安得无不遗？

下客谣

下客无黄金，岂思主人怜。客言胜黄金，主人然不然。珠玉诚彩翠，绮罗如婵娟。终恐见斯好，有时去君前。岂知保终信，长使令德全。风声与时茂，歌颂万千年。

补乐歌十首　　　　元　结

元结序曰："自伏羲至于殷，凡十代，乐歌有其名亡其辞。考之传记，义或存焉，故采其名义以补之，凡十篇十〔八〕〔九〕章，各引其义以序之，命曰《补乐歌》。"

网　罟

伏羲氏之乐歌也，其义盖称伏羲能易人取禽兽之劳。

吾人苦兮,水深深;网罟设兮,水不深。
吾人苦兮,山幽幽;网罟设兮,山不幽。
《网罟》二章,章四句。

丰 年

神农氏之乐歌也,其义盖称神农教人种植之功。
猗太帝兮,其智如神;分草实兮,济我生人。
猗太帝兮,其功如天;均四时兮,成我丰年。
《丰年》二章,章四句。

云 门

轩辕氏之乐歌也,其义盖言云之出润益万物,如帝之德无所不施。
玄云溟溟兮,垂雨蒙蒙;类我圣泽兮,涵濡不穷。
玄云漠漠兮,含映逾光;类我圣德兮,庥被无方。
《云门》二章,章四句。

九 渊

少昊氏之乐歌也,其义盖称少昊之德渊然深远。
圣德至深兮,蕴蕴如渊。生类娱娱兮,孰知其然?
《九渊》一章,四句。

五 茎

颛顼氏之乐歌也,其义盖称颛顼得五德之根茎。
植植万物兮,滔滔根茎。五德涵柔兮,沨沨而生。其生如何兮,(袖)〔柚〕。天下皆自我君兮,化成。

《五茎》一章,(七)〔八〕句。

六 英

高辛氏之乐歌也,其义盖称帝喾能总六合之英华。

我有金石兮,击考崇崇。与汝歌舞兮,上帝之风。由六合兮,英华沨沨。

我有丝竹兮,韵和泠泠。与汝歌舞兮,上帝之声。由六合兮,根柢嬴嬴。

《六英》二章,章六句。

咸 池

陶唐氏之乐歌也,其义盖称尧德至大,无不备全。

元化油油兮,孰知其然?至德汩汩兮,顺之以先。

元化浘浘兮,孰知其然?至道泱泱兮,由之以全。

《咸池》二章,章四句。

大 韶

有虞氏之乐歌也,其义盖称舜能绍先圣之德。

森森群象兮,日见生成。欲闻朕初兮,玄封冥冥。

洋洋至化兮,日见深柔。欲闻大濩兮,大渊油油。

《大韶》二章,章四句。

大 夏

有夏氏之乐歌也,其义盖称禹治水,其功能大中国。

茫茫下土兮,乃生九州。山有长岑兮,川有深流。
茫茫下土兮,乃均四方。有国安人兮,野有封疆。
茫茫下土兮,乃歌万年。上有茂功兮,下戴人天。

《大夏》三章,章四句。

大濩

有殷氏之乐歌也,其义盖称汤救天下,濩然得所。

万姓苦兮,怨且哭。不有圣人兮,谁濩育?
圣人生兮,天下和。万姓熙熙兮,舞且歌。

《大濩》二章,章四句。

补九夏歌九首　　皮日休

《周礼》曰:"钟师掌金奏,凡乐事以钟鼓奏九夏,《王夏》、《肆夏》、《昭夏》、《纳夏》、《章夏》、《齐夏》、《族夏》、《祴夏》、《骜夏》。"郑司农云:"夏,大也,乐之大歌有九。"杜子春云:"王出入奏《王夏》,尸出入奏《肆夏》,牲出入奏《昭夏》,四方宾来奏《纳夏》,臣有功奏《章夏》,夫人祭奏《齐夏》,族人侍奏《族夏》,客醉而出奏《祴夏》,公出入奏《骜夏》。"郑康成云:"九夏皆诗篇名,颂之类也。此歌之大者,载在乐章,乐崩亦从而亡。祴与陔同。"皮日休曰:"九夏亡者,吾能颂之。"乃作《补九夏歌》。

王夏

煌煌皎日,欸丽乎天。厥明御舒,如王出焉。
煌煌皎日,欸入于地。厥晦厥贞,如王入焉。
出有龙旂,入有珩珮。勿驱勿驰,惟慎惟戒。

出有嘉谋,入有内则。繄彼臣庶,钦王之式。

《王夏》四章,章四句。

肆　夏

惛惛清庙,仪仪衮服。我尸出矣,迎神之谷。
杳杳阴竹,坎坎路鼓。我尸入矣,得神之祜。

《肆夏》二章,章四句。

昭　夏

有郁其邑,有俨其彝。九变未作,(全)〔金〕乘来之。
既醑既酢,爰(畅)〔𣂑〕爰舞。象物既降,(全)〔金〕乘之去。

《昭夏》二章,章四句。

纳　夏

麟之仪仪,不縶不维。乐德而至,如宾之嬉。
凤之愉愉,不簨不笈。乐德而至,如宾之娱。
自筐及筥,我有牢醑。自筐及篚,我有货币。
我牢不愸,我货不匮。硕硕其才,有乐而止。

《纳夏》四章,章四句。

章　夏

王有虎臣,锡之钺钺。征彼不慁,一扑而灭。
王有虎臣,锡之圭瓒。征彼不享,一烘而泮。

王有掌封,迨尔疆理。王有掌(容)〔客〕,馈尔饔饩。
何以乐之?金石九奏。何以锡—作赐之?龙旂九旒。

《章夏》四章,章四句。

齐 夏

瑝瑝衡笄,翚(衣)〔翟〕褕翟。自内而祭,为君之则。

《齐夏》一章,四句。

族 夏

洪源谁孕?疏为江河。大块孰埏?播为山阿。
厥流浩(涘)〔漾〕,厥势嵯峨。今君之酌,慰我实多。

《族夏》二章,章四句。

祴 夏

礼酒既酌,嘉宾既厚,胾为之奏。
礼酒既竭,嘉宾既悦,应为之节。
礼酒既馨,嘉宾既醒,雅为之行。

《祴夏》一章,三句。

骜 夏

桓桓其珪,衮衮其衣。出作二伯,天子是毗。
桓桓其珪,衮衮其服。入作三孤,国人是福。

《骜夏》二章,章四句。

新题乐府 上　　唐·元　稹

元稹序曰：李公垂作乐府新题二十篇，稹取其病时之尤急者，列而和之，盖十五而已，今所得才十二篇。又得《八骏图》一篇，总十三篇。

上阳白发人

白居易传曰："天宝五载已后，杨贵妃专宠，后宫无复进幸。六宫有美色者，辄置别所，上阳其一也。贞元中尚存焉。"

天宝年中花鸟使，撩花（鹟）〔狎〕鸟含春思。满怀墨诏求嫔御，走上高楼半酣醉。醉酣直入卿士家，闺闱不得偷回避。良人顾望—作妾心死别，小女呼爷血垂泪。十中一得—作十中有—预更衣，九配深宫作宫婢。御马南奔胡马蹙，宫女三千合宫弃。宫门一闭不复开，上阳花草青苔地。月夜闲闻洛水声，秋池暗度风荷气。日日长看提（众）〔象〕门，终身不见门前事。近年又送数人来，自言兴庆南宫至。我悲此曲将彻骨，更想深冤复酸鼻。此辈贱嫔何足言，帝子天孙古称贵。诸王在阁四十年，十宅六宫门户闭。隋炀枝条袭封邑，肃宗血胤无官位。王无妃媵主无夫—作婿，阳亢阴淫结灾累。何如决壅顺众流，女遣从夫男作吏。

华原磬

白居易传曰："天宝中，始废泗滨磬，用华原石代之。磬人曰：'泗滨磬下，调之不能和，得华原石考之乃和。'由是不改。"

泗滨浮石裁为磬,古乐疏音少人听。工师小贱牙、旷稀,不辨邪声嫌雅正。正声不屈古调高,钟律参差管弦病。铿金戛瑟徒相杂,投玉敲冰杳然(零)〔震〕。华原软石易追琢,高下随人无雅郑。弃旧美新由乐胥,自此黄钟不能竞。玄宗爱乐爱新乐,梨园弟子承恩横。《霓裳》才彻胡骑来,《云门》未得蒙亲定。我藏古磬藏在心,有时激作《南风》咏。伯夔曾抚野兽驯,仲尼暂叩春雷盛。何时得向筍簴悬,为君一吼君心醒。愿君每听念封疆,不遣豺狼剿人命!

五弦弹

《乐苑》曰:"五弦未详所起,形如琵琶,五弦四隔,孤柱一。合散声五,隔声二十,柱声一,总二十六声,随调应律。"《唐书·乐志》曰:"五弦琵琶稍小,盖北国所出。"《乐府杂录》曰:"唐贞元中,赵璧妙于此伎。"《国史补》曰:"赵璧弹五弦,人问其术,曰:'吾之于五弦也,始则心驱之,中则神遇之,终则天随之。方吾洗然眼如耳,耳如鼻,不知五弦之为璧,璧之为五弦也。'"

赵璧五弦弹徵调,徵声巉绝何清峭。避一作辟雄皓鹤警露啼,失子哀猿绕林啸。风入春松正凌乱,莺含晓舌怜娇妙。呜呜暗溜咽冰泉,杀杀霜刀涩寒鞘。促节频催渐繁拨,珠幢斗绝金铃掉。千䩵鸣镝发胡弓,万片清球击虞庙。众乐虽同第一部,德宗皇帝常偏召。旬休节假暂归来,一声狂杀长安少。主第侯家最难见,授歌(接)〔按〕曲皆承诏。水精帘外教贵嫔,玳瑁筵心伴中要。臣有五贤非此弦,或在拘囚或屠钓。一贤得进胜累百,两贤得进同周、召,三贤事汉灭暴强,四贤镇岳宁边徼,五贤并用调五常,五常既序三光耀。

赵璧五弦非此贤,九九何劳设庭燎!

西凉伎

吾闻昔日西凉州,人烟扑地桑柘稠。蒲萄酒熟恣行乐,红艳青旗朱粉楼。楼下当垆称卓女,楼头伴客名莫愁。乡人不识离别苦,更卒多为沈滞游。哥舒开府设高宴,八珍九酝当前头。前头百戏竞撩乱,丸剑跳踯霜雪浮。师子摇光毛彩竖,胡腾醉舞筋骨柔。大宛来献赤汗马,赞普亦奉翠茸裘。一朝燕贼乱中国,河湟泪尽空遗丘。开远门前万里堠,今来蹙到行原州。去京五百而近何其逼,天子县内半没为荒陬,西凉之道尔阻修。连城边将但高会,每听此曲能不羞?

法　曲

《唐会要》曰:"文宗开成三年,改法曲为仙韶曲。"按法曲起于唐,谓之法部。其曲之妙者,(其)〔有〕《破阵乐》、《一戎大定乐》、《长生乐》、《赤白桃李花》,馀曲有《堂堂》、《望瀛》、《霓裳羽衣》、《献仙音》、《献(大)〔天〕花》之类,总名法曲。白居易传曰:"法曲虽似失雅音,盖诸夏之声也,故历朝行焉。"太常丞宋况传汉中王旧说曰:"玄宗虽雅好度曲,然未尝使蕃汉杂奏。天宝十三载,始诏道调法曲,与胡部新声合作。识者深异之。明年冬而安禄山反。"

吾闻黄帝鼓清角,弭伏熊罴舞玄鹤。舜持干羽苗革心,尧用《咸池》凤巢阁。《大夏》、《濩》、《武》皆象功,功多已讶玄功薄。汉祖过沛亦有歌,秦王破阵非无作。作之宗庙见艰难,作之军旅传糟粕。明皇度曲多新态,宛转侵(摇)〔淫〕

易沈著。《赤白桃李》取花名,《霓裳羽衣》号天落。雅弄虽云①已变乱,夷音未得相参错。自从胡骑起烟尘,毛毳腥膻满咸、洛。女为胡妇学胡妆,伎进胡音务胡乐。火凤声沉多咽绝,春莺啭罢长萧索。胡音胡骑与胡妆,五十年来竞纷泊。

驯 犀

白居易传曰:"贞元丙戌岁,南海进驯犀,诏养苑中。至十三年冬大寒而驯犀死。"

建中之初放驯象,远归林邑近交、广。兽返深山鸟构巢,鹰雕鹞鹘无羁靮。贞元之岁贡驯犀,上林置圈官司养。玉盆金栈非不珍,虎唊狖牢鱼食网。渡江之橘逾汶貉,反时易性安能长。腊月北风霜雪深,踣跼鳞身遂长往。行地无疆费传驿,通天异物罹幽枉。乃知养兽如养人,不必人人自敦奖。不扰则得之于理,不夺有以多于赏。脱衣推食衣食之,不若男耕女令纺。尧民不自知有尧,但见安闲聊击壤。前观驯象后驯犀,理国其如指诸掌。

立部伎

《新唐书·礼乐志》曰:"太宗贞观中,始造宴乐。其后又分为立坐二部,堂下立奏谓之立部伎,堂上坐奏谓之坐部伎。"李公垂传曰:"太常选坐部伎,无性识者退入立部伎。又选立部伎,无性识者退入雅乐部,则雅乐可知矣。故作歌以讽焉。"

---

① 云,底本阙,据四部丛刊本补。

胡部新声锦筵坐，中庭汉振高音播。太宗庙乐传子孙，取类群凶阵初破。戢戢攒枪霜雪耀，腾腾击鼓云雷磨。初疑遇敌身启行，终象由文士宪左。昔日高宗常立听，曲终然后临玉座。如今节将一掉头，电卷风收尽摧挫。宋音郑女歌声发，满堂会客齐喧和。珊珊佩玉动腰身，一一贯珠随咳唾。顷向圜丘见郊祀，亦曾正旦亲朝贺。太常雅乐备宫悬，九奏未终百寮惰。滃滞难令季札辨，迟回但恐文侯卧。工师尽取聋昧人，岂是先王作之过。宋沇尝传天宝季，法曲胡音忽相和。明年十月燕寇来，九庙千门虏尘涴。我闻此语叹复泣，古来邪正将谁奈。奸声入耳佞人心，侏儒饱饭夷齐饿。

乐府诗集卷第九十七　新乐府辞 八

新题乐府 下

骠国乐　　　　　　　　　　　　　　　元　稹

《新唐书·礼乐志》曰："贞元十七年，骠国王雍羌遣其弟悉利〔移〕城主舒难陀献其国乐，至成都，韦皋复谱次其声，又图其舞容乐器以献。大抵皆夷狄之器，其声曲不隶于有司，故无足采。"《旧（本）〔书〕·志》曰："骠国王献本国乐凡一十二曲，以乐工三十五人来朝，乐曲皆演释氏经论之辞。"《会要》曰："骠国在云南西，与天竺国相近，故乐曲多演释氏词云。"

骠之乐器头象驼，音声不合十二和。促舞跳趫筋节硬，繁词变乱名字讹。千弹万唱皆咽咽，左旋右转空偻偻。俯地呼天终不会，曲成调变当如何！德宗深意在柔远，笙镛不御停娇娥。史馆书为朝贡传，太常编入鞮鞻科。古时陶尧作天子，逊遁（新）〔亲〕听《康衢歌》。又遣遒人持木铎，遍采讴谣天下过。万人有意皆洞达，四岳不敢施烦苛。尽令区中击壤块，然及海外覃恩波。秦霸周衰古官废，下堙上塞王道颇。共矜异俗同声教，不念齐民方荐瘥。传称鱼鳖亦咸若，苟能效此诚（是）〔足〕多。借如牛马未蒙泽，岂在抱瓮滋鼃黾。教化从来有源委，必将泳海先泳河。是非倒置自古有，骠兮骠兮谁尔诃？

胡旋女

白居易传曰:"天宝末,康居国献胡旋女。"《唐书·乐志》曰:"康居国乐舞急转如风,俗谓之胡旋。"《乐府杂录》曰:"胡旋舞居一小圆球子上舞,纵横腾掷,两足终不离球上,其妙如此。"

天宝欲末胡欲乱,胡人献女能胡旋。旋得明王不觉迷,妖胡奄到长生殿。胡旋之义世莫知,胡旋之容我能传。蓬断霜根羊角疾,竿戴朱盘火轮炫。骊珠迸珥逐飞星,虹晕轻巾掣流电。潜鲸暗噏笡波海,回风乱舞当空霰。万过其谁辨终始,四座安能分背面?才人观者相为言,承奉君恩在圆变。是非好恶随君口,南北东西逐君旳。柔软依身着佩带,徘徊绕指同环钏。佞臣闻此心计回,荧惑君心君眼眩。君言似曲屈为(一作如)钩,君言好直舒为箭。巧随清影触处行,妙学春莺百般啭。倾天侧地用君力,抑塞周遮恐君见。翠华南幸万里桥,玄宗始悟坤维转。寄言旋目与旋心,有国有家当共谴。

蛮子朝

《唐书》曰:"贞元之初,韦皋招抚诸蛮。至九年四月,南诏异牟寻请归附,十四年又遣使朝贺。"李公垂传曰:"贞元末,蜀川始通蛮国。"

西南六诏有遗种,僻在荒陬路寻壅。部落支离君长贱,比诸夷狄为幽冗。犬戎强盛频侵削,降有愤心战无勇。夜防钞盗保深山,朝望烟尘上高冢。鸟道绳桥来款附,非因慕化因危悚。清平官(系)〔击〕金咄嗟,求天叩地持双(拱)〔珙〕。

益州大将韦令公，顷实遭时定汧陇。自居剧镇无他绩，幸得蛮来固恩宠。为蛮开道引蛮朝，迎蛮送蛮常继踵。天子临轩四方贺，朝廷无事唯端拱。漏天走马春雨寒，泸水飞蛇瘴烟重。椎头丑类除忧患，瘴足役夫劳汹涌。匈奴（玄）〔互〕市岁不供，云蛮通好（蛮）〔罄〕长驲。戎王养马渐多年，南人耗悴西人恐。

缚戎人

李公垂传曰："近制，西边，每禽蕃囚，皆传置南方，不加剿戮，故作歌以讽焉。"

边头大将差健卒，入抄擒生快于鹘。但逢颓面即捉来，半是边人半戎羯。大将论功重多级，捷书飞奏何超忽。圣朝不杀谐至仁，远送炎方示惩一作微罚。万里虚劳肉食费，连头尽被毡裘喝。华茵重席卧腥臊，病犬愁鸱声咽嗢。中有一人能汉语，自言家本长城窟。小年随父戍安西，河渭瓜沙眼看没。天宝未乱犹数载，狼星四角光蓬勃。中原祸作边防危，果有豺狼四来伐。蕃马膘成正翘健，蕃兵肉饱争唐突。烟尘乱起无亭燧，主帅惊跳弃旄钺。半夜城摧鹅雁鸣，妻啼子叫曾不歇。阴森神庙未敢依，脆薄河冰安可越？荆棘深处共潜身，前困蒺藜后跪跣。平明蕃骑四面走，古墓深林尽（诛搰）〔株榾〕。少壮为俘头被髡，老弱留居足多刖。乌鸢满野尸狼藉，楼榭成灰墙突兀。暗水溅溅入旧池，平沙漫漫铺明月。戎王遣将来安慰，口不敢言心咄咄。供进腤胺御叱殷，岂料穹庐拣肥腯。五六十年消息绝，中间盟会又猖獗。眼穿东日望尧云，肠断正朝梳汉发。近年如此思汉者，半为老病半埋骨。尝—作向教孙子学乡音,犹话平时好城阙。老者傥尽少者壮,生长蕃中似蕃悖。不知祖父皆汉民,便恐为蕃心矻矻。缘边饱馁十万众,何不齐驱一时发。年年但捉两三人,精卫衔芦塞溟渤。

阴山道

《通典》曰:"秦始皇平天下,北却匈奴,筑长城,渡河以阴山为塞。阴山,唐之安北都护府也。"《唐书》曰:"高宗显庆初,诏苏定方等并回纥,破贺鲁于阴山,即其地也。"李公垂传曰:"元和二年,有诏,内出金帛酬回纥马价。"

年年买马阴山道,马死阴山帛空耗。元和天子念女工,内出金银代酬犒。臣有一言昧死进,死生甘分答恩焘。费财为马不独生,耗帛伤工有他盗。臣闻平时七十万匹马,关中不省闻嘶噪。四十八监选龙媒,时贡天庭付良造。如今垌野十无一,尽在飞龙相践暴。万束刍菱供旦暮,千钟菽粟长牵漕。屯军郡国百馀镇,缣缃岁奉春冬劳。税户逋逃例摊配,官司折纳仍贪冒。挑纹变缋力倍费,弃旧从新人所好。越縠缭绫织一端,十匹(半)〔素〕缣功未到。豪家富贾逾常制,令族清班无雅操。从骑爱奴丝布衫,臂鹰小儿云锦韬。群臣利己安差僭,天子深衷空悯悼。久立花砖鵷凤行,雨露恩波几时报?

八骏图

《穆天子传》曰:"天子之骏赤骥、盗骊、白义、渠黄、黄𬳿、绿耳、逾轮、山子,所谓八骏也。"郭璞曰:"八骏,皆因其毛色以为名号尔。

赤骥,骐骥也。骊,黑色。华骝,色如华而赤,今名马骏赤者为骓骝。骝,赤色也。"

穆满志空阔,将行九州野。神驭四来归,天与八骏马。龙种无凡性,龙行无暂舍。朝辞(浮)〔扶〕桑底,暮宿昆仑下。鼻息吼春雷,蹄声裂寒瓦。尾掉沧波黑,汗染浮—作白云赭。华辀本修密,翠盖尚妍冶。御者腕不移,乘者寐不假。车无轮扁斫,辔无王良把。虽有万骏来,谁是敢骑者?

新乐府 上　　　　白居易

新乐府五十篇,白居易元和四年作也。其序曰:"《七德舞》以陈王业,《法曲》以正华声,《二王后》以明祖宗之意,《海漫漫》以戒求仙,《立部伎》以刺雅乐之替,《华原磬》以刺乐工之非其人,《上阳白发人》以愍怨旷,《胡旋女》以戒近习,《新丰折臂翁》以戒边功,《太行路》以讽君臣之不终,《司天台》以引古而儆今,《捕蝗》以刺长吏,《昆明春水满》以思王泽之广被,《城盐州》以诮边将,《道州民》以美臣之遇主,《驯犀》以感为政之难终,《五弦弹》以恶郑声之夺雅,《蛮子朝》以刺将骄而相备位,《骠国乐》以言王化之先后,《缚戎人》以达穷民之情,《骊宫高》以惜人之财力,《百炼镜》以为皇王之鉴,《青石》以激忠烈,《两朱阁》以刺佛寺之寖多,《西凉伎》以刺封疆之臣,《八骏图》以惩游侠,《涧底松》以念寒俊,《牡丹芳》以忧农,《红线毯》以忧蚕桑之费,《杜陵叟》以伤农夫之困,《缭绫》以念女工之劳,《卖炭翁》以苦宫市,《母别子》以刺新间旧,《阴山道》以疾贪虏,《时世妆》以儆风俗,《李夫人》以鉴嬖惑,《陵园妾》以怜幽闭,《盐商妇》以恶幸人,《杏为梁》以刺居处之奢,《井底引银瓶》以止淫奔,《官牛》以讽执政,《紫毫笔》以讥失职,《隋堤柳》以悯亡国,《草茫茫》以惩厚葬,《古冢狐》

以戒艳色,《黑潭龙》以疾贪吏,《天可度》以恶诈人,《秦吉了》以哀冤民,《鸦九剑》以思决壅,《采诗官》以鉴前王乱亡之由。"大抵皆以讽谕为体,欲以播于乐章歌曲焉。

七德舞

《唐书·乐志》曰:"太宗为秦王时,征伐四方,民间作《秦王破阵乐》之曲。及即位,享宴奏之。贞观七年,太宗制《破阵乐舞图》,诏魏徵、虞世南、褚亮、李百药为之歌辞,更名《七德之舞》。"白居易传曰:"自龙朔已后,诏郊庙享宴,皆先奏之。"

　　七德舞,七德歌,传自武德至元和。元和小臣白居易,观舞听歌知乐意。乐终稽首陈其事。太宗十八举义兵,白旄黄钺定两京。擒充戮窦四海清,二十有四功业成。二十有九即帝位,三十有五致太平。功成理定何神速,速在推心置人腹。亡卒遗骸散帛收,饥人卖子分金赎。魏徵梦见子夜泣,张谨哀闻辰日哭。怨女三千放出宫,死囚四百来归狱。剪须烧药赐功臣,李勣呜呼思—作咽杀身。含血吮疮抚战士,思摩奋呼乞效死。则知不独善战善乘时,以心感人人心归。今来一百九十载,天下至今歌舞之。歌七德,舞七德,圣人有作垂无极。岂徒耀神武,岂徒夸圣文,太宗意在陈王业,王业艰难示子孙。

法　曲

　　法曲法曲歌大定,积德重熙有馀庆,永徽之人舞而咏。法曲法曲舞《霓裳》,政和世理音洋洋,开元之人乐且康。法曲法曲歌堂堂,堂堂之庆垂无疆。中宗、肃宗复鸿业,唐祚中兴万万叶。法曲法曲合夷歌,夷声邪乱华声和。以乱干和天宝末,明年胡尘犯宫阙。乃知法曲本华风,苟能审音与政通。一从胡曲相参错,不辨兴衰与哀乐。愿求牙、旷正华音,不令夷夏相交侵。

二王后

《礼记·郊特牲》曰:"礼二王之后,尊贤不过二代。"杜佑曰:"不臣二王后者,尊也。先王通三正之义,故《书》有'虞宾在位',《诗》云'有客有客,亦白其马',明天下非一家所有,敬让之至。故封建之,使得服其正朔,用其礼乐,以事先祀。故孔子云:'夏礼吾能言之,杞不足征也,殷礼吾能言之,宋不足征也。'隋封后周靖帝为介国公,唐封隋帝为酅国公,以为二王后。"

二王后,彼何人,介公、酅公为国宾,周武、隋文之子孙。古人有言,天下者非是一人之天下,周亡天下传于隋,隋人失之唐得之。唐兴十叶岁二百,介公、酅公世为客。明堂太庙朝享时,引居宾位备威仪。备威仪,助郊祭,高祖、太宗之遗制。不独兴灭国,不独继绝世,欲令嗣位守文君,亡国子孙取为戒。

海漫漫

海漫漫,其下无底旁无边,云涛烟浪最深处,人传中有三神山。山上多生不死药,服之羽化为天仙。秦皇、汉武信此语,方士年年采药去。蓬莱今古但闻名,烟水茫茫无觅处。海漫漫,风浩浩,眼穿不见蓬莱岛。不见蓬莱不敢归,童男丱女舟中老。徐福、文成多诳诞,上元、太一虚祈祷。君看骊山顶上茂陵头,毕竟悲风吹蔓草。何况玄元圣祖五千言,不言药,不言仙,不言白日升青天!

立部伎

立部伎,鼓笛喧。舞双剑,跳九一作七丸。袅巨索,掉长竿。太常部伎有等级,堂上者坐堂下立。堂上坐部笙歌清,堂下立部鼓笛鸣。笙歌一声众侧耳,鼓笛万曲无人听。立部贱,坐部贵。坐部退为立部伎,击鼓吹笙和杂戏。立部又退何所任,始就乐悬操雅音。雅音替坏一至此,长令尔辈调宫徵。圜丘后土郊祀时,言将此乐感神祇。欲望凤来百兽舞,何异北辕将适楚。工师愚贱安足云,太常三卿尔何人?

华原磬

华原磬,华原磬,古人不听今人听。泗滨石,泗滨石,今人不击古人击。今人古人何不同,用之舍之由乐工。乐工虽在耳如壁,不分清浊即为聋。梨园弟子调律(品)〔吕〕,知有新声不如古。古称浮磬出泗滨,立辩致死声感人。宫悬一听华原石,君心遂忘封疆臣。果然胡寇从燕起,武臣少肯封疆死。始知乐与时政通,岂听铿锵而已矣。磬襄入海去不归,长安市人为乐师。华原磬与泗滨石,清浊两声谁得知?

上阳白发人

上阳人,红颜暗老白发新。绿衣监使守宫门,一闭上阳多少春!玄宗末岁初选入,入时十六今六十。同时采择百馀人,零落年深残此身。忆昔吞悲别亲族,持入车中不教哭。

皆云入内便承恩,脸似芙蓉胸似玉。未容君王得见面,已被杨妃遥侧目。(如)〔妒〕令潜配上阳宫,一生遂向空房宿。秋夜长,夜长无寐天不明。耿耿残灯背壁影,萧萧暗雨打窗声。春日迟,日迟独坐天难暮。宫莺百啭愁厌闻,梁燕双栖老休妒。莺归燕去长悄然,春往秋来不记年。唯向深宫望明月,东西四五百回圆。今日宫中年最老,大家遥赐尚书号。小头鞋履窄衣裳,青黛点眉眉细长。外人不见见应笑,天宝末年时世妆。上阳人,苦最多。少亦苦,老亦苦,少苦老苦两如何! 君不见昔时吕向《美人赋》,又不见今日《上阳白发歌》。

胡旋女

胡旋女,胡旋女,心应弦,手应鼓。弦鼓一声两袖举,回雪飘飖转蓬舞。左旋右转不知疲,千匝万周无已时。人间物类无可比,奔车轮缓旋风迟。曲终再拜谢天子,天子为之微启齿。胡旋女,出康居,徒劳东来万里馀。中原自有胡旋者,斗妙争能尔不如。天宝季年时欲变,臣妾人人学圆转。中有太真外禄山,二人最道能胡旋。梨花园中册作妃,金鸡障下养为儿。禄山胡旋迷君眼,兵过黄河疑未反。贵妃胡旋惑君心,死弃马嵬念更深。从兹地轴天维转,五十年来制不禁。胡旋女,莫空舞,数唱此歌悟明主。

新丰折臂翁

新丰老翁八十八,头鬓眉须皆似雪。玄孙扶向店前行,左臂凭肩右臂折。问翁臂折来几年? 兼问致折何因缘? 翁云贯属新丰县,生逢圣代无征战。惯听梨园歌管声,不识旗枪与弓箭。无何天宝大征兵,户有三丁点一丁。点得驱将何处去?五月万里云南行。闻道云南有泸水,椒花落时瘴烟起。大军徒涉水如汤,未过十人二三死。村南村北哭声哀,儿别爷娘夫别妻。皆云前后征蛮者,千万人行无一回。是时翁年二十四,兵部牒中有名字。夜深不敢使人知,偷将大石锤折臂。张弓簸旗俱不堪,从兹始免征云南。骨碎筋伤非不苦,且图拣退归乡土。臂折来来六十年,一肢虽废一身全。至今风雨阴寒夜,直到天明痛不眠。痛不眠,终不悔,且喜老身今独在。不然当时泸水头,身死魂飞骨不收。应作云南望乡鬼,万人冢上哭呦呦。老人言,君听取。君不闻开元宰相宋开府,不赏边功防黩武。又不闻天宝宰相杨国忠,欲求恩幸立边功。边功未立生人怨,请问新丰折臂翁。

太行路

太行之路能摧车,若比人心是坦途。巫峡之水能覆舟,若比人心是安流。人心好恶苦不常,好生毛羽恶成疮。与君结发未五载,忽从牛女为参商。古称色衰相弃背,当时美人犹怨悔。何况如今鸾镜中,妾颜未改君心改。为君薰衣裳,君闻兰麝不馨香;为君事容饰,君看金翠无颜色。行路难,难重陈,人生莫作妇人身,百年苦乐由他人。行路难,难于山,险于水,不独人间夫与妻,近代君臣亦如此。君不见左纳言,右内史,朝承恩,暮赐死。行路难,不在水,不在山,只在人心反覆间。

乐府诗集卷第九十八　新乐府辞 九

新乐府 中　　　白居易

司天台

　　司天台,仰观俯察天人际。羲和死来职事废,官不求贤空取艺。昔闻西汉元、成间,上凌下替谪见天。北辰微暗少光色,四星煌煌如火赤。耀芒动角射三台,上台半灭中台坼。是时非无太史官,眼见心知不敢言。明朝趋入明光殿,唯奏庆云寿星见。天文时变两如斯,九重天子不得知。不得知,安用台高百尺为!

捕　蝗

　　捕蝗捕蝗谁家子?天热日长饥欲死。兴元兵久伤阴阳,和气蛊蠹化为蝗。始自两河及三辅,荐食如蚕飞似雨。雨飞蚕食千里间,不见青苗空赤土。河南长吏言忧农,课人昼夜捕蝗虫。是时粟斗钱三百,蝗虫之价与粟同。捕蝗捕蝗竟何利,徒使饥人重劳费。一虫虽死百虫来,岂将人力竞天灾?我闻古之良吏有善政,以政驱蝗蝗出境。又闻贞观之初道欲昌,文皇仰天吞一蝗。一人有庆兆民赖,是岁虽蝗不为害。

昆明春水满

《汉书·武帝纪》曰："元狩三年秋,发谪吏穿昆明池。"《西南夷传》曰："越嶲昆明国有滇池,方三百里。汉使求身毒国而为昆明所闭,欲伐之,故作昆明池象之,以习水战,在长安西南,周回四十里。"《食货志》曰："时越欲与汉用船战,遂大修昆明池。"白居易传曰："贞元中始涨之。"

昆明春,昆明春,春池岸古春流新。影浸南山青混瀁,波沉西日红奫沦。往年因旱灵池竭,龟尾曳涂鱼煦沫。诏开八水注恩波,千介万鳞同日活。今来净渌水照天,游鱼鲅鲅莲田田。洲香杜若抽心短,沙暖鸳鸯铺翅眠。动植飞沉皆遂性,皇泽如春无不被。鱼者仍丰网罟资,贫人又获菰蒲利。诏以昆明近帝城,官家不得收其征。菰蒲无租鱼无税,近水之人感君惠。感君惠,独何人？吾闻率土皆王民,远民何疏近何亲？愿推此惠及天下,无远无近同欣欣。吴兴山中罢榷茗,鄱阳坑里休封银。天涯地角无禁利,熙熙同似昆明春。

城盐州

《通典》曰："盐州,春秋时戎狄之地,秦、汉属北地郡,后魏置大兴郡,西魏改为五原,后为盐州,以北近盐池,因以为名。唐为盐州,或为五原郡。"白居易传曰："贞元八年,特诏城之。"

城盐州,城盐州,城在五原原上头。蕃东节度钵阐布,忽见新城当要路。金乌飞传赞普闻,建牙传箭集群臣。君臣赭面有忧色,皆言勿谓唐无人。自筑盐州十馀载,左衽毡裘不犯塞。昼牧牛羊夜捉生，长去新城百里外。诸边急警劳戍人，唯此一道无烟尘。灵夏潜安谁复辨？秦原暗通何处见？鄜州驿路好马来，长安药肆黄耆贱。城盐州，盐州未城天子忧。德宗案图自定计，非关将略与庙谋。吾闻高宗、中宗世，北虏猖狂最难制。韩公创筑受降城，三城鼎峙屯汉兵。东西亘绝数千里，耳冷不闻胡马声。如今边将非无策，心笑韩公筑城壁。相看养寇为身谋，各握强兵固恩泽。愿分今日边将恩，褒赠韩公封子孙。谁能将此盐州曲，翻作歌词闻至尊？

道州民

道州民，多侏儒，长者不过三尺馀。市作矮奴年进送，号为道州任土贡。任土贡，宁若斯，不闻使人生别离，老翁哭孙母哭儿。一自阳城来守郡，不进矮奴频诏问。城云臣按六典书，任土贡有不贡无。道州水土所生者，只有矮民无矮奴。吾君感悟玺书下，岁贡矮奴宜悉罢。道州民，老者幼者何欣欣。父兄子弟始相保，从此得作良人身。道州民，民到于今受其赐，欲说使君先下泪。仍恐儿孙忘使君，生男多以阳为字。

驯 犀

驯犀驯犀通天犀，躯貌骇人角骇鸡。海蛮闻有明天子，驱犀乘传来万里。一朝得谒大明宫，欢呼拜舞自论功。五年驯养始堪献，六译语言方得通。上嘉人兽俱来远，蛮馆四方犀入苑。秣以瑶苕锁以金,故乡迢递君门深。海鸟不知钟鼓乐,池鱼空结江湖心。驯犀生处南方热,秋无白露冬无雪。一入上林三四年,又逢今岁苦寒月。饮冰卧霰苦踡跼,角骨冻伤鳞甲缩。驯犀死,蛮儿啼,向阙再(三)〔拜〕颜色低。奏乞生归本国去,恐身冻死似驯犀。君不见建中初,驯象生还(放)〔故〕林邑。君不见贞元末,驯犀冻死蛮儿泣。所嗟建中异贞元,象生犀死何足言!

五弦弹

五弦弹,五弦弹,听者倾耳心寥寥。赵璧知君入骨爱,五弦一一为君调。第一第二弦索索,秋风拂松疏韵落。第三第四弦泠泠,夜鹤忆子笼中鸣。第五弦声最掩抑,陇水冻咽流不得。五弦并奏君试听,凄凄切切复铮铮。铁击珊瑚一两曲,(水)〔冰〕写玉盘千万声。杀声入耳肤血寒,惨气中人肌骨酸。曲终声尽欲半日,四座相对愁无言。座中有一远方士,唧唧咨咨声不已。自叹今朝初得闻,始知辜负平生耳。唯忧赵璧白发生,老死人间无此声。远方士,尔听五弦信为美,吾闻正始之音不如是。正始之音其若何?朱弦疏越清庙歌。一弹一唱再三叹,曲淡节稀声不多。融融曳曳召元气,听之不觉心平和。人情重今多贱古,古琴有弦人不抚。更从赵璧艺成来,二十五弦不如五。

蛮子朝

蛮子朝,泛皮船兮渡绳桥,来自巂州道路遥。入界先经蜀川过,蜀将收功先表贺。臣闻云南六诏蛮,东连牂牁西连蕃。六诏星居初琐碎,合为一诏渐强大。开元皇帝虽圣神,唯蛮倔强不来宾。(解)〔鲜〕于仲通六万卒,征蛮一阵全军没。至今西洱河岸边,箭孔刀痕满枯骨。谁知今日慕华风,不劳一人蛮自通。诚由陛下休明德,亦赖微臣诱谕功。德宗看一作省表知如此,笑令中使迎蛮子。蛮子导从者谁何?摩挲俗羽双隈伽。清平官持赤藤杖,大将军系金呿嗟。异牟寻劳寻阁劝,(持)〔特〕敕召对延英殿。上心贵在怀远蛮,引临玉座近天颜。冕旒不垂亲劳倈,赐衣赐食移时对。移时对,不可得,大臣相看有羡色。可怜宰相拖紫佩金章,朝日唯闻对一刻。

骠国乐

骠国乐,骠国乐,出自大海西南角。雍羌之子舒难陀,来献南音举正朔。德宗立仗御紫庭,觥矿不塞为尔听。玉螺一吹椎髻耸,铜鼓千击文身踊。珠缨炫转星宿摇,花鬘斗薮龙蛇动。曲终王子启圣人,臣父愿为唐外臣。左右欢呼何翕习,至尊德广之所及。须臾百辟诣阁门,俯伏拜表贺至尊。伏见骠人献新乐,请书国史传子孙。时有击壤老农父,暗测君心闲独语。闻君政化甚圣明,欲感人心致太平。感人在近不在远,太平由实非由声。观身理国国可济,君如心兮民如体。体生疾苦心憯凄,民得和平君恺悌。贞元之民若未安,骠乐虽闻君不欢;贞元之民苟无病,骠乐不来君亦圣。骠乐骠乐徒喧喧,不如闻此刍荛言。

缚戎人

缚戎人,缚戎人,耳穿面破驱入秦。天子矜怜不忍杀,诏徙东南吴与越。黄衣小使录姓名,领出长安乘递行。身被金疮面多瘠,扶病徒行日一驿。朝餐饥渴费杯盘,夜卧腥臊污床席。忽逢江水忆交河,垂手齐声呜咽歌。其中一虏语诸虏:尔苦非多我苦多。同伴行人因借问,欲说喉中气愤愤。自云乡贯—作管本凉原,大历年中没落蕃。一落蕃中四十载,遣着皮裘(击)〔系〕毛带。唯许正朝服汉仪,敛衣整巾潜泪垂。誓心密定归乡计,不使蕃中妻子知。暗思幸有残筋力,更恐年衰归不得。蕃候严兵鸟不飞,脱身冒死奔逃归。昼伏宵行经大漠,云阴月黑风沙恶。(惊)〔警〕藏青冢寒草疏,偷渡黄河夜冰薄。忽闻汉军鼙鼓声,路傍走出再拜迎。游骑不听能汉语,将军遂缚作蕃生。配向江南卑湿地,岂无存恤空防备。念此吞声仰诉天,若为辛苦度残年。凉原乡井不得见,胡地妻儿虚弃捐。没蕃被囚思汉土,归汉被劫为蕃虏。早知如此悔归来,两地宁如一处苦。缚戎人,戎人之中我苦辛。自古此冤应未有:汉心汉语吐蕃身!

骊宫高

《唐会要》曰:"开元十一年十月,置温泉宫于骊山。"《旧书·帝纪》曰:"是年十月,幸温泉宫,自是岁数幸焉。天宝六载十月,改温泉宫为华清宫。"

高高骊山上有宫,朱楼紫殿三四重。迟迟兮春日,玉甃暖兮温泉溢;(溺溺)〔袅袅〕兮秋风,山蝉鸣兮宫树红。翠华不来岁月久,墙有衣兮瓦有松。吾君在位已五载,何不一幸乎其中。西去都门几多地,吾君不游有深意。一人出兮不容易,六宫从兮百司备。八十一车千万骑,朝有宴饫暮有赐。中人之产数百家,未足充君一日费。吾君修己人不知,不自逸兮不自嬉;吾君爱人人不识,不伤财兮不伤力。骊宫高兮高入云,君之来兮为一身,君之不来兮为万人。

百炼镜[①]

百炼镜,熔范非常规,日辰处所灵且祇,江心波上舟中铸,五月五日日午时。琼粉金膏磨莹已,化为一片秋潭水。镜成将献蓬莱宫,扬州长史手自封。人间臣妾不合照,背有九五飞天龙。人人呼为天子镜,我有一言闻太宗。太宗常以人为镜,鉴古鉴今不鉴容。四海安危居掌内,百王治乱悬心中。乃知天子别有镜,不是扬州百炼铜。

青　石

青石出自蓝田山,兼车运载来长安。工人磨琢欲何用?石不能言我代言。不愿作人家墓前神道碣,坟土未干名已灭;不愿作官家道旁德政碑,不镌实录镌虚辞。愿为颜氏、段氏碑,雕镂太尉与太师。刻此两片坚贞质,状彼二人忠烈姿。义心若石屹不转,死节名流确不移。如观奋击朱泚日,似见叱呵希烈时。各于其上题名谥,一置高山一沉水,陵谷虽迁碑独存,骨化为尘名不死。长使不忠不烈臣,观碑改节

[①] 此诗正文至下首《青石》"不镌实录镌",底本阙,据四部丛刊本补。

慕为人。慕为人,劝事君。

两朱阁

两朱阁,南北相对起。借问何人家?贞元双帝子。帝子吹箫双得仙,五云飘飖飞上天。第宅亭台不将去,化为佛寺在人间。妆阁伎楼何寂静,柳似舞腰池似镜。花落黄昏悄悄时,不闻歌吹闻钟磬。寺门敕榜金字书,尼院佛庭宽有馀。青苔明月多闲地,比屋疲人无处居。忆昨平阳宅初置,吞并平人几家地。仙去双双作梵宫,渐恐人间尽为寺。

西凉伎

西凉伎,西凉伎,假面胡人假师子。刻木为头丝作尾,金镀眼睛银帖齿。奋迅毛衣摆双耳,如从流沙来万里。紫髯深目两胡儿,鼓舞跳梁前致辞。应似凉州未陷日,安西都护进来时。须臾云得新消息,安西路绝归不得。泣向师子涕双垂,凉州陷没知不知?师子回头向西望,哀吼一声观者悲。贞元边将爱此曲,醉坐笑看看不足。享宾犒士宴三军,师子胡儿长在目。有一征夫年七十,见弄凉州低面泣。泣罢敛手白将军,主忧臣辱昔所(闵)〔闻〕。自从天宝兵戈起,犬戎日夜吞西鄙。凉州陷来四十年,河、陇侵将七千里。平时安西万里疆,今日边防在凤翔。缘边空屯十万卒,饱食温衣闲过日。遗民肠断在凉州,将卒相看无意收。天子每思常痛惜,将军欲说合惭羞。奈何仍看西凉伎,取笑资欢无所愧。纵无智力未能收,忍取西凉弄为戏。

乐府诗集卷第九十九　新乐府辞 十

新乐府 下　　白居易

八骏图

穆王八骏天马驹,后人爱之写为图。背如龙兮颈如象,骨竦筋高脂肉壮。日行万里速如飞,穆王独乘何所之？四荒八极踏欲遍,三十二蹄无歇时。属车轴折趁不及,黄屋草生弃若遗。瑶池西赴王母宴,七庙经年不亲荐。璧台南与盛姬游,明堂不复朝诸侯。白云黄竹歌声动,一人荒乐万人愁。周从后稷至文、武,积德累功世勤苦。岂知才及(四)〔五〕代孙,心轻王业如灰土。由来尤物不在大,能荡君心则为害。文帝却之不肯乘,千里马去汉道兴。穆王得之不为戒,八骏驹来周室坏。至今此物世称珍,不知房星之精下为怪。《八骏图》,君莫爱。

涧底松

左太冲诗曰:"郁郁涧底松,离离山上苗。以彼径寸茎,荫此百尺条。世胄蹑高位,英俊沈下僚。地势使之然,由来非一朝。金、张藉旧业,七叶珥汉貂。冯公岂不伟,白首不见招。"《涧底松》盖取诸此。

有松百尺大十围,生在涧底寒且卑。涧深山险人路绝,老死不逢工度之。天子明堂欠梁木一作栋,此求彼有两不知。谁谕苍苍造物意,但与之材不与地？金张世禄原宪贫,牛衣寒(贼)〔贱〕貂蝉贵。貂蝉与牛衣,高下虽有殊。高者未必贤,下者未必愚。君不见沉沉海底生珊瑚,历历天上种白榆。

牡丹芳

牡丹芳,牡丹芳,黄金蕊绽红玉房。千片赤英霞烂烂,百枝绛艳灯煌煌。照地初开锦绣段,当风不结兰麝囊。仙人琪树白无色,王母桃花小不香。宿露轻盈泛紫艳,朝阳照耀生红光。红紫二色间深浅,向背万态随低昂。映叶多情隐羞面,卧丛无力含醉妆。低娇笑容疑掩口,凝思怨人如断肠。秾姿贵彩信奇绝,杂卉乱花无比方。石竹金钱何细碎,芙蓉芍药苦寻常。遂使王公与卿士,游花冠盖日相望。轻车软舆贵公主,香衫细马豪家郎。卫公宅静闭东院,西明寺深开北廊。戏蝶双舞看人久,残莺一声春日长。共愁日照芳难驻,仍张帷幕垂阴凉。花开花落二十日,一城之人皆若狂。三代以还文胜质,人心重华不重实。重华直至牡丹芳,其来有渐非今日。元和天子忧农桑,恤下动天天降祥。去岁嘉禾生九穗,田中寂寞无人至。今年瑞(麦)〔麦〕分两岐,君心独喜无人知。无人知,可叹息。我愿暂求造化力,减却牡丹妖艳色。少回卿士爱花心,同似吾君忧稼穑。

红线毯

白居易传曰:"贞元中,宣州进开样红线毯。"

红线毯,择茧缲丝清水煮,拣丝练线红蓝染。染为红线红于蓝,织作披香殿上毯。披香殿广十丈馀,红线织成可殿铺。彩丝茸茸香拂拂,线软花虚不胜物。美人踏上歌舞来,罗袜绣鞋随步没。太原毯涩毳缕硬,蜀都褥薄锦花冷。不如此毯温且柔,年年十月来宣州。宣城太守加样织,自谓为臣能竭力。百夫同担进宫中,线厚丝多卷不得。宣城太守知不知:一丈毯,千两丝。地不知寒人要暖,少夺人衣作地衣!

杜陵叟

杜陵叟,杜陵居,岁种薄田一顷馀。三月无雨旱风起,麦苗不秀多黄死。九月降霜秋草寒,禾穗未熟皆青干。长吏明知不申破,急敛暴征求考课。典桑卖地纳官租,明年衣食将何如!剥我身上帛,夺我口中粟,虐人害物即豺狼,何必钩爪锯牙食人肉。不知何人奏皇帝,帝心恻隐知人弊。白麻纸上书德音,京畿尽放今年税。昨日里胥方到门,手持敕牒榜乡村。十家租税九家毕,虚受吾君蠲免恩!

缭绫

缭绫缭绫何所似?不似罗绡与纨绮,应似天台山上月明前,四十五尺瀑布泉。中有文章又奇绝,地铺白烟花簇雪。织者何人衣者谁?越溪寒女汉宫姬。去年中使宣口敕,天上取样人间织。织为云外秋雁行,染作江南春水色。广裁衫袖长制裙,金斗熨波刀剪文。异彩奇文相隐映,转侧看花花不定。昭阳舞人恩正深,春衣一对直千金。汗沾粉污不再着,曳土拖—作踏泥无惜心。缭绫织成费功绩,莫比寻常缯与帛。丝细缲多女手疼,札札千声不盈尺。昭阳殿里歌舞人,若见织时应也惜。

卖炭翁

卖炭翁,伐薪烧炭南山中。满面尘灰烟火色,两鬓苍苍十指黑。卖炭得钱何所营?身上衣裳口中食。可怜身上衣正单,心忧炭贱愿天寒。夜来城外一尺雪,晓驾炭车辗冰辙。牛困人饥日已高,市南门外泥中歇。翩翩两骑来是谁?黄衣使者白衫儿。手把文书口称敕,回车叱牛牵向北。一车炭,千馀斤,宫使驱将惜不得。半匹红纱一丈绫,系向牛头充炭直。

母别子

母别子,子别母,白日无光哭声苦。关西骠骑大将军,去年破房新策勋。敕赐金钱二百万,洛阳迎得如花人。新人〔迎〕来旧人弃,掌上莲花眼中刺。宠新弃旧未足悲,悲在君家留两儿。一始扶床一初坐,坐啼行哭牵人衣。以汝夫妇新嬿婉,使我母子生别离。不如林中(鸟)〔乌〕与鹊,母不失雏雄伴雌。应似后园桃李树,花落随风子在枝。新人新人听我语:洛阳无限红楼女,但愿将军重立功,更有新人胜于汝!

阴山道

阴山道,阴山道,纥逻敦肥水泉好。每至戎人送马时,道傍千里无纤草。草尽泉枯马病羸,飞龙但印骨与皮。五十匹缣易一匹,缣去马来无了日。养无所用去非宜,每岁死伤十六七。缣丝不足女工苦,疏织短截充匹数。藕丝蛛网三丈馀,回鹘诉称无用处。咸安公主号可敦,远为可汗频奏论。元和二年下新敕,内出金帛酬马直。仍诏江淮马价缣,从此不令疏短织。合罗将军呼万岁,捧授金银与缣彩。谁知黠虏启贪心,明年马多来一倍。缣渐好,马渐多。阴山虏,奈尔何?

时世妆

时世妆,时世妆,出自城中传四方。时世流行无远近,腮不施朱面无粉。乌膏注—作膏唇唇似泥,双眉画作八字低。妍蚩黑白失本态,妆成尽似含悲啼。圆鬟垂鬓椎髻样,斜红不晕赭面状。昔闻被发伊川中,幸有见之知有戎。元和妆梳君记取,髻椎面赭非华风。

李夫人

汉武帝,初哭—作丧李夫人。夫人病时不肯别,死后留得生前恩。君恩不尽念未已,甘泉殿里令写真。丹青画出竟何益?不言不笑愁杀人。又令方士合灵药,玉釜煎炼金炉焚。九华帐中夜悄悄,反魂香降夫人魂。夫人之魂在何许?香烟引到焚香处。既来何苦不须臾,缥缈悠扬还灭去。

去何速兮来何迟,是耶非耶两不知。翠蛾仿佛平生貌,不似昭阳寝疾时。魂之不来君心苦,魂之来兮君亦悲。背灯隔帐不得语,安用暂来还见(为)〔违〕。伤心不独汉武帝,自古及今皆若斯。君不见穆王三日哭,重璧台前伤盛姬。又不见泰陵一掬泪,马嵬路上念杨妃。纵令妍姿艳质化为土,此恨长在无销期。生亦惑,死亦惑,尤物惑人忘不得。人非木石皆有情,不如不遇倾城色。

陵园妾

　　陵园妾,颜色如花命如叶。命如叶薄将奈何?一奉寝宫年月多。年月多,春愁秋思知何限!青丝发落丛鬓疏,红玉肤销系裙慢。忆昔宫中被妒猜,因谗得罪配陵来。老母啼呼趁车别,中官监送锁门回。山宫一闭无开日,未死此身不令出。松门到晓月徘徊,柏城尽日风萧瑟。松门柏城幽闭深,闻蝉听燕感光阴。眼看菊蕊重阳泪,手把梨花寒食心。把花掩泪无人见,绿芜墙绕青苔院。四季徒支妆粉钱,一朝不识君王面。遥想六宫奉至尊,宣徽雪夜浴堂春。雨露之恩不及者,犹闻不啻三千人。三千人,我尔君恩何厚薄?愿令轮转直陵园,三岁一来均苦乐。

盐商妇

　　盐商妇,多金帛,不事田农与蚕绩。南北东西不失家,风水为乡船作宅。本是扬州小家女,嫁得西江大商客。绿鬟富去金钗多,皓腕肥来银钏窄。前呼苍头后叱婢,问尔因何得如此？婿作盐商十五年，不属州县属天子。每年盐利入官时，少入官家多入私。官家利薄私家厚，盐铁尚书远不知。何况江头鱼米贱，红鲙黄橙香稻饭。饱食浓妆倚柂楼，两朵红腮花欲绽。盐商妇，有幸嫁盐商。终朝美饭食，终岁好衣裳。好衣美食有来处，亦须惭愧桑弘羊。桑弘羊，死已久，不独汉时今亦有。

杏为梁

杏为梁，（柱）〔桂〕为柱，何人堂室李开府。碧砌红轩色未干，去年身殁今移主。高其墙，大其门，谁家第宅卢将军。素泥朱板光未灭，今岁官收别赐人。开府之堂将军宅，造未成时头已白。逆旅重居逆旅中，心是主人身是客。更有愚夫念身后，心虽甚长计非久。穷奢极丽越规模，付子传孙令保守。莫教门外过客闻，抚掌回头笑杀君。君不见马家宅，尚犹存，宅门题作奉宸园—作凤城园。君不见魏家宅，属他人，诏赎赐还五代孙。俭存奢失今在目，安用高墙围大屋。

井底引银瓶

井底引银瓶，银瓶欲上丝绳绝。石上磨玉簪，玉簪欲成中央折。瓶沉簪折知奈何？似妾今朝与君别。忆昔在家为女时，人言举动有殊姿。婵娟两鬓秋蝉翼，宛转双蛾远山色。笑随戏伴后园中，此时与君未相识。妾弄青梅凭—作倚短墙，君骑白马傍垂杨。墙头马上遥相顾，一见知君即断肠。知君断肠共君语，君指南山松柏树。感君松柏化为心，暗合双鬟逐君去。到君家舍五六年,君家大人频有言。聘则为妻奔是妾,不堪主祀奉蘋蘩。终知君家不可住,其奈出门无去处。岂无父母在高堂,亦有亲情满故乡。潜来更不通消息,今日悲羞归不得。为君一日恩,误妾百年身。寄言痴小人家女:慎勿将身轻许人!

官　牛

官牛官牛驾官车,浐水岸边般载沙。一石沙,几斤重,朝载暮载将何用?载向五门官道西,绿槐阴下铺沙堤。昨来新拜右丞相,恐怕泥涂污马蹄。右丞相,马蹄踏沙虽净絜,牛领牵车欲流血。右丞相,但能济人治国调阴阳,官牛领穿亦无妨。

紫毫笔

紫毫笔,尖如锥兮利如刀。江南石上有老兔,吃竹饮泉生紫毫。宣城之人采为笔,千万毛中拣一毫。毫虽轻,功甚重。管勒工名充岁贡,君兮臣兮勿轻用。勿轻用,将何如?愿赐东西府御史,愿颁左右台起居。搦管趋入黄金阙,抽毫立在白玉除。臣有奸邪正衙奏,君有动言直笔书。起居郎,侍御史,尔知紫毫不易致。每岁宣城进笔时,紫毫之价如金贵。慎勿空将弹失仪,慎勿空将录制词。

隋堤柳

《通典》曰:"隋炀帝大业初,发河南诸郡男女百馀万开通济渠,自西苑引榖、洛水达于河,又引河通于淮海。"《大业拾遗记》曰:"炀帝将幸江都，命云屯将军麻祜谋浚黄河入汴堤，使胜巨舰，所谓隋堤也。"

隋堤柳，岁久年深尽衰朽。风飘飘兮雨萧萧，三株两株汴河口。老枝病叶愁杀人，曾经大业年中春。大业年中炀天子，种柳成行夹流水。西自黄河东至淮，绿(影)〔阴〕一千三百里。大业末年春暮月，柳色如烟絮如雪。南幸江都恣佚游，应将此柳系龙舟。紫髯郎将护锦缆，青娥御史直迷楼。海内财力此时竭，舟中歌笑何日休？上荒下困势不久，宗社之危如缀旒。炀天子，自言福祚长无穷，岂知皇子封酅公。龙舟未过彭城阁，义旗已入长安宫。萧墙祸生人事变，晏驾不得归秦中。土坟数尺何处葬？吴公台下多悲风。二百年来汴河路，沙草和烟朝复暮。后王何以鉴前王，请看隋堤亡国树。

草茫茫

草茫茫，土苍苍。苍苍茫茫在何处？骊山脚下秦皇墓。墓中下锢三重泉，当时自以为深固。下流水银象江海，上缀珠光作乌兔。别为天地于其间，拟将富贵随身去。一朝盗掘坟陵破，龙𣛮神堂三月火。可怜宝玉归人间，暂借泉中买身祸。奢者狼藉俭者安，一凶一吉在眼前。凭君回首向南望，汉文葬在霸陵原。

古冢狐

古冢狐，妖且老，化为妇人颜色好。头变云鬟面变妆，大尾曳作长红裳。徐徐行傍荒村路，日欲暮时人静处。或歌或舞或悲啼,翠眉不动花颜低。忽然一笑千万态,见者十人八九迷。假色迷人犹若是,真色迷人应过此。彼真此假俱迷人,人心恶假贵重真。狐假女妖害犹浅,一朝一夕迷人眼。女为狐媚害即深,日长月长溺人心。何况褒妲之色善蛊惑,能丧人家覆人国。君看为害浅深间,岂将假色同真色。

黑潭龙

黑潭水深色如墨,传有神龙人不识。潭上架屋官立祠,龙不能神人神之。丰凶水旱与疾疫,乡里皆言龙所为。家家养豚漉清酒,朝祈暮赛依巫口。神之来兮风飘飘,纸钱动兮锦伞摇。神之去兮风亦静,香火灭兮杯盘冷。肉堆潭岸石,酒泼庙前草。不知龙神飨几多,林鼠山狐长醉饱。狐何幸,豚何辜,年年杀豚将喂狐。狐假龙神食豚尽,九重泉底龙知无?

天可度

天可度,地可量,唯有人心不可防。但见丹诚赤如血,谁知伪言巧似簧。劝君掩鼻君莫掩,使君夫妇为参商。劝君掇蜂君莫掇,使君父子成豺狼。海底鱼兮天上鸟,高可射兮深可钓。唯有人心相对时,咫尺之间不能料。君不见李义府之辈笑欣欣,笑中有刀潜杀人。阴阳神变皆可测,不测人间笑是瞋。

秦吉了

《唐书·乐志》曰:"岭南有鸟,似鹦鹆而稍大,乍视之不相分辨,笼养久则能言无不通，南人谓之吉了。开元初，广州献之，声音雄重，委曲识人情，惠于鹦鹉远矣。《汉书·武帝本纪》书南越献驯象、能言鸟，即吉了也。"

秦吉了，出南中，彩毛青黑花颈红。耳聪心惠舌端巧，鸟语人言无不通。昨日长爪鸢，今朝大觜乌，鸢捎乳燕一窠覆，乌啄母鸡双眼枯。鸡号堕地燕惊去，然后拾卵攫其雏。岂无雕与鹗？嗉中肉饱不肯搏。亦有鸾鹤群，闲立飏高如不闻。秦吉了，人云尔是能言鸟，岂不见鸡燕之冤苦？吾闻凤凰百鸟主，尔竟不为凤凰之前致一言，安用噪噪闲言语！

鸦九剑

欧冶子死千年后，精灵暗授张鸦九。鸦九铸剑吴山中，天与日时神借功。金铁腾精火翻焰，踊跃求为镆铘剑。剑成未试十馀年，有客持金买一观。谁知开匣长思用，三尺青蛇不肯蟠。客有心，剑无口，客代剑言告鸦九：君勿矜我玉可切，君勿夸我钟可刺。不如持我决浮云，无令漫漫蔽白日。为君使无私之光及万物，蛰虫昭苏萌草出。

采诗官

《汉书·艺文志》曰："哀乐之心感而歌咏之声发，诵其言谓之诗，咏其声谓之歌。故古有采诗之官，王者所以观风俗、知得失、自考政也。"《食货志》曰："孟春之月，行人振木铎徇于路以采诗，献之大师，比其音律以献于天子。"采诗，谓采取怨刺之诗也。

采诗官，采诗听歌导人言。言者无罪闻者诫，下流上通上下泰。周灭秦兴至隋氏，十代采诗官不置。郊庙登歌赞君美，乐府艳词悦君意。若求兴谕规刺言，万句千章无一字。不是章句无规刺，渐及朝廷绝讽议。诤臣杜口为冗员，谏鼓高悬作虚器。一人员戾常端默，百辟入门两自媚。夕郎所贺皆德音，春官每奏唯祥瑞。君之堂兮十里远，君之门兮九重閟。君耳唯闻堂上言，君眼不见门前事。贪吏害民无所忌，奸臣蔽君无所畏。君不见厉王、胡亥之末年，群臣有利君无利。君兮君兮愿听此，欲开壅蔽达人情，先向歌诗求讽刺。

乐府诗集卷第一百　新乐府辞 十一

乐府倚曲　　　温庭筠

汉皇迎春辞

春〔草〕芊芊晴扫烟，宫城大锦红殷鲜。海日如融照仙掌，淮王小队缨铃响。猎猎东风展焰旗，画神金甲葱笼网。钜公步辇迎句芒，复道扫尘鸾簪长。豹尾竿前赵飞燕，柳风吹尽眉间黄。碧草含情杏花喜，上林莺啭游丝起。宝马摇环万骑归，恩光暗入帘栊里。

夜宴谣

长钗坠发双蜻蜓，碧尽山斜开画屏。虬须公子五侯客，一饮千钟如建瓴。鸾咽姹唱圆无节，眉敛湘烟袖回雪。清夜恩情四座同，莫令沟水东西别。亭亭蜡泪香珠溅，暗露小—作晓风罗幕寒。飘飘—作飘飖戟带俨相次，二十四枝龙画竿。裂管萦弦共繁曲，芳樽细浪倾春渌。高楼客散杏花多，脉脉新蟾如瞪目。

莲浦谣

鸣桡轧轧溪溶溶，废绿平烟吴苑东。水清莲媚两相向，镜里见愁愁更红。白马金鞭大堤上，西江日夕多风浪。荷心有露似骊珠,不是真圆亦摇荡。

遐水谣

天兵九月渡遐水,马踏沙鸣雁声起。杀气空高万里情,塞寒如箭伤眸子。狼烟堡上霜漫漫,枯叶飘—作号风天地干。犀带鼠裘无暖色,清光炯冷黄金鞍。虏尘如雾罩—作昏亭障,陇首年年汉飞将。麟阁无名期未归,楼中思妇徒相望。

晓仙谣

玉妃唤月归海宫,月色淡白涵春空。银河欲转星靥靥,雪浪叠山埋早红。宫花有露如新泪,小苑茸茸—作丛丛入寒翠。绮阁空传唱漏声,网轩未辨凌云字。遥遥珠帐连湘烟,鹤扇如霜金骨仙。碧箫曲尽彩霞动,下视九州皆悄然。秦王女骑红尾凤,乘—作半空回首晨鸡弄。雾盖狂尘亿兆家,世人犹作牵情梦。

水仙谣

水客夜骑红鲤鱼,赤鸾双鹤蓬瀛书。轻尘不起雨新霁,万里孤光含碧虚。露魄冠轻见云发,寒丝七柱香泉咽。夜深天碧乱山姿,光碎玉—作平波满船月。

东峰歌

锦砾潺湲玉溪水,晓来微雨蕉—作藤花紫。冉冉山鸡红尾长,一声樵斧惊飞起。松刺梳空石差齿,烟香风软人参蕊。阳崖一梦伴云根,仙菌灵芝梦魂里。

罩鱼歌

朝罩罩城东—作南,暮罩罩城西。两桨鸣幽幽,莲子相高低。持罩入深水,金鳞大如手。鱼尾迸圆波,千珠落湘藕。风飕飕,雨离离,菱尖茭刺漉鶒飞。水连网眼白如影,淅沥蓬声寒点微。楚岸有花花盖屋,金塘柳色前溪曲。悠溶杳若去无穷,五色澄潭鸭头绿。

生祺屏风歌

玉墀暗接昆仑井,井上无人金索冷。画壁阴森九子堂,阶前细月铺花影。绣屏银鸭香蓊蒙,天上梦归花绕丛。宜男漫作后庭草,不似樱桃千子红。

湘宫人歌

池塘芳意湿,夜半东风起。生绿画罗屏,金壶贮春水。黄粉楚宫人,方飞—作芳花玉刻鳞。娟娟照棋烛,不语两含嚬。

太液池歌

《汉书》曰:"建章宫北有太液池,池中有蓬莱、方丈、瀛州,象神山也。"颜师古曰:"太液池者,言其津润所及广也。"

腥鲜龙气连清防,花风漾漾吹细光。叠澜不定照天井,倒影荡摇晴翠长。平碧浅春生绿塘,云容雨态连青苍。夜深银汉通柏梁,二十八宿朝玉堂。

鸡鸣埭歌

南朝天子射雉时,银河耿耿星参差。铜壶漏断梦初觉,宝马尘高人未知。鱼跃莲东荡宫沼,蒙蒙御柳悬栖鸟。红妆万户镜中春,碧树一声天下晓。盘踞势穷三百年,朱方杀气成愁烟。彗星拂地浪连海,战鼓渡江尘涨天。绣龙画雉填宫井,野火风驱烧九鼎。殿巢江燕砌生蒿,十二金人霜炯炯。芊绵平绿台城基,暖色春空荒古陂。宁知《玉树后庭曲》,留待野棠如雪枝。

雉场歌

茭叶萋萋接烟树,鸡鸣埭上梨花露。彩仗锵锵已合围,绣翎白颈遥相妒。雕尾扇张金缕高,碎铃素拂骊驹豪。绿场红迹未相接,箭发铜牙伤彩毛。(麦)〔麦〕垄桑阴小山晚,六虬归去凝笳远。城头却望几含情,青亩春芜连古苑。

东郊行

斗鸡台下东西道,柳覆班隹—作雎蝶萦草。块霭韶容锁澹愁,青筐叶尽蚕应老。绿渚幽香注—作生白蘋,差差小浪吹鱼鳞。王孙骑马有归意,林彩空中—作著空如细尘。安得一生—作人主各相守,烧船破栈休驰走。世上方应无别离,路傍更长千枝柳!

春野行

草浅浅,春如剪。花压李娘愁,饥蚕欲成茧。东城年少气堂堂,金丸惊起双鸳鸯。含羞更问卫公子,月到枕前春梦长。

吴苑行

锦雉双飞梅结子,平春远绿窗中起。吴江澹画水连空,三尺屏风隔千里。小苑有门红扇开,天丝舞蝶俱—作共徘徊。绮户雕楹长若此,韶光岁岁如归来。

塞寒行

燕弓弦劲霜封瓦,扑簌寒雕睇平野。一点黄尘起雁喧,白龙堆下千蹄马。河源怒浊风如刀,剪断朔云天更高。晚出榆关逐征北,惊沙飞迸冲貂袍。心许凌烟名不灭,年年锦字伤离别。彩毫一画竟何荣,空使青楼泣—作泪成血。

台城晓朝曲

司马门前火千炬,阑干星斗天将曙。朱网龛骖丞相车,晓随叠鼓朝天去。博山镜树香丰茸,袅袅浮航金画龙。大江敛势避宸极,两阙深严烟翠浓。

走马楼三更曲

春姿暖气昏神沼,李树拳枝紫牙小。玉皇夜入未央宫,长火千条照栖鸟。马过平桥通画堂,虎幡龙戟风悠扬。帘间清唱报寒点,丙舍无人遗烬香。

春晓曲

家临长信往来道,乳燕双双拂烟草。油壁车轻金犊肥,流苏帐晓春鸡早。笼中娇鸟暖犹睡,帘外落花闲不扫。衰桃一树近前池,似惜红颜镜中老。

惜春词

百舌问花花不语,低回似恨横塘雨。蜂争粉蕊蝶分香,不似垂杨惜金缕。愿君留得长妖韶,莫逐东风还荡摇。秦女含颦向烟月,愁红带露空迢迢。

春愁曲

红丝穿露珠帘冷,百尺哑哑下纤绠。远翠愁山入卧屏,两重云母空烘影。凉簪坠发春眠重,玉兔熨香—作氤柳如梦。锦叠空床委堕红,飔飔扫尾双金凤。蜂喧蝶驻俱—作戏悠扬,柳拂赤栏纤草长。觉后梨花委平绿,春风和雨吹池溏。

春洲曲

韶光染色如娥翠,绿湿红鲜水容媚。苏小慵多兰渚闲,融融浦日鵁鶄寐。紫骝蹀躞金衔嘶,岸上扬鞭烟草迷。门外平桥连柳堤,归来晚树黄莺啼。

晚归曲

格格水禽飞带波,孤光斜起夕阳多。湖西山浅似相笑,菱刺惹衣攒黛蛾。青丝系船向江木,兰牙出土吴江曲。水极晴摇泛滟红,草平春染烟绵绿。玉鞭骑马白玉—作杨叛儿,刻金作凤光参差。丁丁暖漏滴花影,催入景阳人不知。弯堤弱柳遥相嘱,雀扇团圆掩香玉。莲塘艇子归不归?柳暗桑浓闻布谷。

湘东宴曲

湘东夜宴金貂人,楚女含情娇翠顣。玉管将吹插钿带,锦囊斜拂双骐骥。重城漏断孤帆去,唯恐琼签报天曙。万户沈沈碧树圆,云飞雨散知何处?欲上香车俱脉脉,清歌响断银屏隔。堤外红尘蜡—作蜜炬归,楼前澹月连天白。

照影曲

景阳妆罢琼窗暖,欲照澄明香步懒。桥上衣多抱彩云,金鳞不动春塘满。黄印额山轻为尘,翠鲜红稚俱含顣。桃花百媚如欲语,曾为无双今两身。

舞衣曲

藕肠纤缕(抽)〔袖〕轻春,烟机漠漠娇蛾顣。金梭淅沥透空薄,剪落交刀吹断云。张家公子夜闻雨,夜向兰堂思楚舞。蝉衫麟带压愁香,偷得莺黄锁金缕—作偷得黄莺锁金缕。

管含兰气娇语悲,胡槽雪腕鸳鸯丝。芙蓉力弱应难定,杨柳风多不自持。回(频)〔顩〕笑语西窗客,星斗寥寥波脉脉。不逐秦王卷象床,满楼明月梨花白。

故城曲

漠漠沙堤烟,堤西雉子班。雉声何角角,麦秀桑阴间。游丝荡平绿,明灭时相续。白马金络头,东风故城曲。故城殷贵嫔,曾占未央春。自从香骨化,飞作马蹄尘。

兰塘辞

塘水汪汪凫喽喋,忆上江南木兰楫。绣颈金须荡倒光,团团皱绿鸡头叶。露凝荷卷珠净圆,紫菱刺短浮根鲜。小(始)〔姑〕归晚红妆浅,镜里芙蓉照水鲜。东沟滆滆劳回首,欲寄一杯琼液酒。知道无郎却有情,长教月照相思柳。

碌碌古词

左亦不碌碌,右亦不碌碌,野草自根肥,羸牛生健犊。融蜡作杏蒂,男儿不恋家。春风破红意,女颊如桃花。忠言未见信,巧语翻咨嗟。一鞘无两刀,徒劳油壁车。

昆明池水战辞

汪汪积水连碧空,重叠细纹交敛红。赤帝龙孙鳞甲怒,临流一眄生阴风。鼍鼓三声报天子,雕旗一作旌战舰凌波起。雷吼涛惊白若山,石鲸眼裂蟠蛟死。滇池海浪相喧豗,青翰画鹢相次来—作青帜白旌相次刺。箭羽枪缨三百万,踏翻西海生尘埃。茂陵仙去菱花老,唼唼游鱼近烟岛。渺莽残阳钓艇归,绿头江鸭眠沙草。

猎骑辞

早辞平恳殿,夕奉湘南宴。香兔抱微烟,重鳞叠轻扇。仆饥使君马,雁避将军箭。宝柱惜离弦,流黄悲赤县。理钗低舞鬓,换袖回歌面。晚柳未如丝,春花已如霰。所嗟故里曲,不及青楼燕。

乐府杂咏六首　　　陆龟蒙

双吹管

长短裁浮筠,参差作飞凤。高楼明月夜,吹出《江南弄》。

东飞凫

裁得尺锦书,欲寄东飞凫。胫短翅亦短,雌雄恋菰蒲。

花成子

春风等君意,亦解欺桃李。写得去时真,归来不相似。

月成弦

孤光照还没,转益伤离别。妾若是姮娥,长圆不教缺。

孤独怨

前回边使至,闻道交河战。坐想鼓鞞声,寸心攒百箭。

金吾子

嫁得金吾子,长闻轻薄名。君心如不重,妾腰徒自轻。

正乐府十首　　　　皮日休

正乐府,皮日休所作也。其意以乐府者,盖古圣王采天下之诗,欲以观民风之美恶,而被之管弦,以为训戒,非特以魏、晋之侈丽,梁、陈之浮艳,而谓之乐府也。故取其可悲可惧者著于歌咏,凡十篇,名之曰正乐府。

卒妻悲

河隍戍卒去,一半多不回。家有半菽食,身为一囊灰。官吏按其籍,伍中斥其妻。处处鲁人髽,家家杞妇哀。少者任所归,老者无所携。况当札瘥年,米粒如琼瑰。累累作饿莩,见之心若摧。其夫死锋刃,其室委尘埃。其命即用矣,其赏安在哉!岂无黔敖恩,救此穷饿骸。谁知白屋士,念此翻欷歔。

橡媪叹

秋深橡子熟,散落榛芜岗。伛伛黄发媪,拾之践晨霜。移时始盈掬,尽日方满筐。几曝复几蒸,用作三冬粮。山前有熟稻,紫穟袭人香。细获又精舂,粒粒如玉珰。持之纳于官，私室无仓箱。如何一石馀，只作五斗量？狡吏不畏刑，贪官不避赃。农时作私债，农毕归官仓。自冬及于春，橡实诳饥肠。吾闻田成子，诈仁犹自王。吁嗟逢橡媪，不觉泪沾裳。

贪官怨

国家省闼吏，赏之皆与位。素来不知书，岂能精吏理？大者或宰邑，小者皆尉史。愚者若混沌，毒者如雄虺。伤哉尧、舜民，肉袒受鞭棰。吾闻古圣王，天下无遗士。朝廷及下邑，治者皆仁义。国家选贤良，定制兼拘忌。所以用此徒，令之充禄士。何不广取人？何不广历试？下位既贤哉，上位何如矣。胥徒赏以财，俊造悉为吏。天下若不平，君当甘弃市。

农父谣

农父冤苦辛，向我述其情。难将一人农，可备十人征。如何江、淮粟，挽漕输咸京。黄河水如电，一半沉与倾。均输利其事，职司安敢评。三川岂不农？三辅岂不耕？奚不车其粟，用以供天兵？美哉农父言，何计达王程？

路臣恨

路臣何方来？去马真如龙。行骄不动尘，满辔金珑璁。有人自天来，将避荆棘丛。狞呼不觉止，推下苍黄中。十夫制鞭策，御之如惊鸿。日行六七邮，瞥若雁无踪。路臣慎勿恳,恳则刑尔躬。军期方似雨,天命正如风。七雄战争时,宾旅犹自通。如何太平世,动步却途穷?

贱贡士

南越贡珠玑,西蜀进罗绮。到京未晨旦,一一见天子。如何贤与俊,为贡贱如此!所知不可求,敢望前席事。吾闻古圣人,射宫亲选士。不肖尽屏迹,贤能皆得位。所以谓得人,所以称多士。叹息几编书,时哉又何异?

颂夷臣

夷臣本学外,仍善唐文字。吾人本尚舍,何况夷臣事。所以不学者,反为夷臣戏。所以尸禄人,反为夷臣忌。吁嗟华风衰,何尝不由是!

惜义鸟

商颜多义鸟,义鸟实可嗟。危巢(年)〔半〕累累,隐在梌木花。他巢若有雏,乳之如一家;他巢若遭捕,投之同一罗。商人每秋贡,所贡复如何?饱以稻粱滋,饰以组绣华。惜哉仁义禽,委戏于宫娥。吾闻凤之贵,仁义亦足夸。所以不遭捕,盖缘生不多。

诮虚器

襄阳作髹器,中有库露真。持以遗北虏,绐云生有神。每岁走其使,所费如云屯。吾闻古圣王,修德来远人。未闻作巧诈,用欺禽兽君。吾道尚如此,戎心安足云。如何汉宣帝,却得呼韩臣。

哀陇民

陇山千万仞,鹦鹉巢其巅。穷危又极险,其山犹不全。茧茧陇之民,悬度如登天。空中觇其巢,堕者争纷然。百禽不得一,十人九死焉。陇川有戍卒,戍卒亦不闲。将命提雕笼,直到金堂前。彼毛不自珍,彼舌不自言。胡为轻人命,奉此玩好端?吾闻古圣王,珍禽皆舍旃。今此陇民属,每岁啼涟涟!

《国学典藏》丛书已出书目

周易 [明] 来知德 集注
诗经 [宋] 朱熹 集传
尚书 曾运乾 注
仪礼 [汉] 郑玄 注 [清] 张尔岐 句读
礼记 [元] 陈澔 注
论语·大学·中庸 [宋] 朱熹 集注
孟子 [宋] 朱熹 集注
左传 [战国] 左丘明 著 [晋] 杜预 注
孝经 [唐] 李隆基 注 [宋] 邢昺 疏
尔雅 [晋] 郭璞 注
战国策 [汉] 刘向 辑录
　　　　[宋] 鲍彪 注 [元] 吴师道 校注
国语 [战国] 左丘明 著
　　　[三国吴] 韦昭 注
徐霞客游记 [明] 徐弘祖 著
荀子 [战国] 荀况 著 [唐] 杨倞 注
近思录 [宋] 朱熹 吕祖谦 编
　　　　[宋] 叶采 [清] 茅星来 等注
老子 [汉] 河上公 注 [汉] 严遵 指归
　　　[三国魏] 王弼 注
庄子 [清] 王先谦 集解
列子 [晋] 张湛 注 [唐] 卢重玄 解
　　　[唐] 殷敬顺 [宋] 陈景元 释文
孙子 [春秋] 孙武 著 [汉] 曹操 等注
墨子 [清] 毕沅 校注
韩非子 [清] 王先慎 集解
吕氏春秋 [汉] 高诱 注 [清] 毕沅 校
管子 [唐] 房玄龄 注 [明] 刘绩 补注
淮南子 [汉] 刘安 著 [汉] 许慎 注
坛经 [唐] 惠能 著 丁福保 笺注
世说新语 [南朝宋] 刘义庆 著
　　　　　[南朝梁] 刘孝标 注
山海经 [晋] 郭璞 注 [清] 郝懿行 笺疏
梦溪笔谈 [宋] 沈括 著
容斋随笔 [宋] 洪迈 著
困学纪闻 [宋] 王应麟 著
　　　　　[清] 阎若璩 等注
楚辞 [汉] 刘向 辑
　　　[汉] 王逸 注 [宋] 洪兴祖 补注

玉台新咏 [南朝陈] 徐陵 编
　　　　　[清] 吴兆宜 注
　　　　　[清] 程琰 删补
乐府诗集 [宋] 郭茂倩 编撰
唐诗三百首 [清] 蘅塘退士 编选
　　　　　　[清] 陈婉俊 补注
宋词三百首 [清] 朱祖谋 编选
词综 [清] 朱彝尊 汪森 编
陶渊明全集 [晋] 陶渊明 著 [清] 陶澍 集注
王维诗集 [唐] 王维 著 [清] 赵殿成 笺注
孟浩然诗集 [唐] 孟浩然 著 [宋] 刘辰翁 评
李商隐诗集 [唐] 李商隐 著 [清] 朱鹤龄 笺注
杜牧诗集 [唐] 杜牧 著 [清] 冯集梧 注
李贺诗集 [唐] 李贺 著
　　　　　[宋] 吴正子 注 [宋] 刘辰翁 评
王阳明全集 [明] 王守仁 著
李煜词集（附李璟词集、冯延巳词集）
　　　　　[南唐] 李煜 著
柳永词集 [宋] 柳永 著
晏殊词集·晏幾道词集
　　　　　[宋] 晏殊 晏幾道 著
苏轼词集 [宋] 苏轼 著 [宋] 傅幹 注
黄庭坚词集·秦观词集
　　　　　[宋] 黄庭坚 著 [宋] 秦观 著
李清照诗词集 [宋] 李清照 著
辛弃疾词集 [宋] 辛弃疾 著
纳兰性德词集 [清] 纳兰性德 著
西厢记 [元] 王实甫 著 [清] 金圣叹 评点
牡丹亭 [明] 汤显祖 著
　　　　[清] 陈同 谈则 钱宜 合评
长生殿 [清] 洪昇 著 [清] 吴人 评点
桃花扇 [清] 孔尚任 著 [清] 云亭山人 评点
古文辞类纂 [清] 姚鼐 纂集
古文观止 [清] 吴楚材 吴调侯 选注
文心雕龙 [南朝梁] 刘勰 著
　　　　　[清] 黄叔琳 注 纪昀 评
　　　　　李详 补注 刘咸炘 阐说
诗品 [南朝梁] 钟嵘 著 古直 笺
人间词话·王国维词集 王国维 著

部分将出书目
（敬请关注）

周礼	三国志	金刚经
公羊传	水经注	文选
穀梁传	史通	曹植全集
说文解字	颜氏家训	李白全集
史记	孔子家语	杜甫全集
汉书	日知录	白居易诗集
后汉书	文史通义	花间集

上海古籍出版社
官方微信

《国学典藏》丛书
官方公众号